La mossa del tapiro

Leonardo Poggi   Miki Fossati   Laura Molina

La mossa del tapiro
Una storia di Amazzonia, calcio e amache

Questa è un'opera di fantasia. Nomi, personaggi, luoghi e avvenimenti sono frutto della immaginazione degli autori o usati in chiave fittizia. Qualsiasi rassomiglianza a fatti e località reali o a persone realmente esistenti o esistite è puramente casuale.

ISBN 978-88-909172-6-4

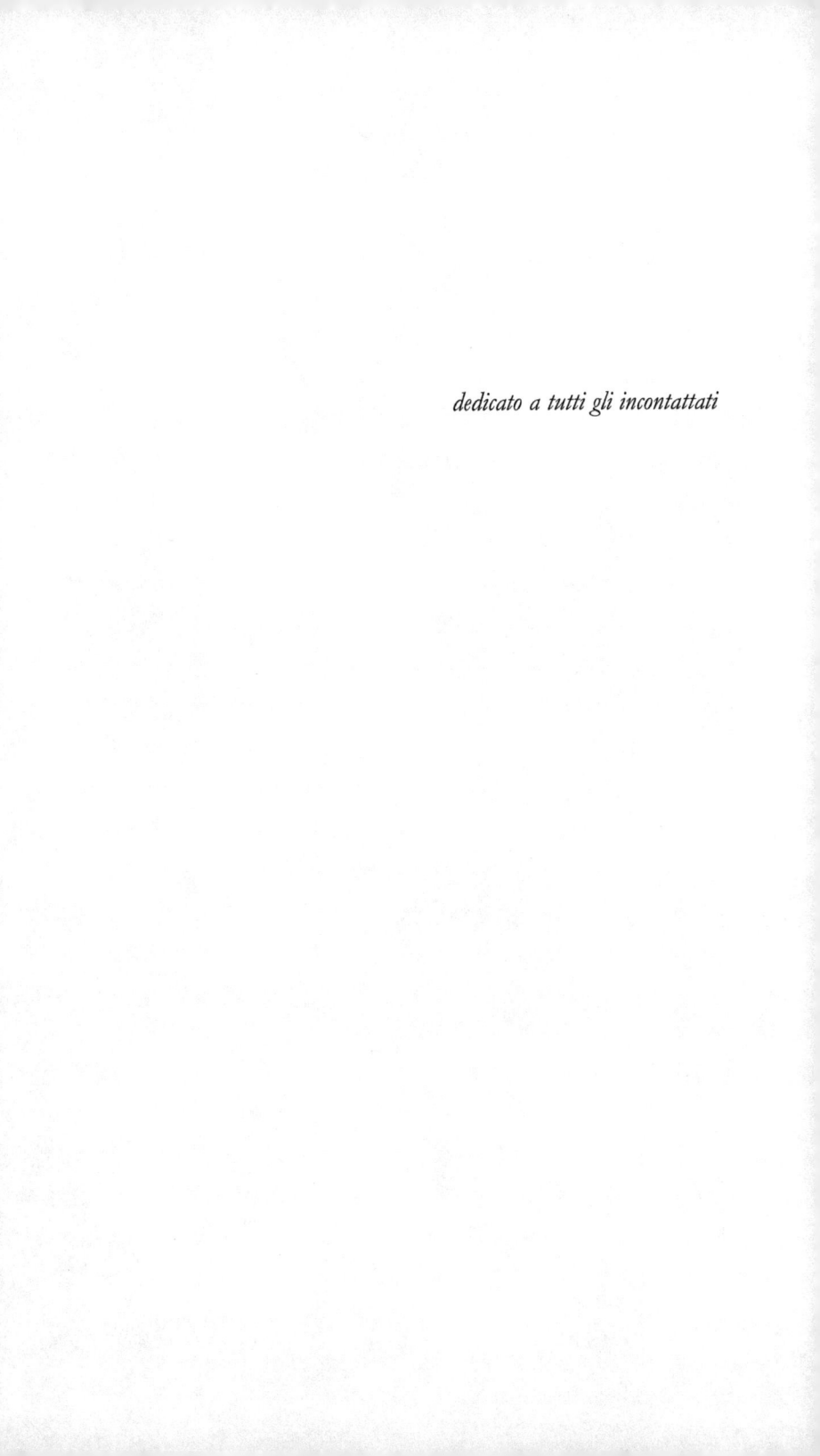

dedicato a tutti gli incontattati

Questa storia non finisce bene, io lo so.

Altro che natura, altro che l'armonia dell'uomo e del cosmo, altro che recuperare i ritmi primordiali, io ci muoio in questa foresta di merda, muoio qui e nessuno saprà mai dove sono finito, altro che natura, muoio qui di fame e di sete, quanto ci vuole per morire, si muore prima di sete, si sa, ma ho ancora due dita d'acqua ma i ragni, non ci avevo pensato quando pensavo alla natura, magari fosse stato un giaguaro – oddio ci saranno giaguari qui – meglio un giaguaro ma non i ragni non voglio morire mangiato dai ragni, allora meglio un serpente, come quelli di cui mi parlava mia nonna che non fai neanche in tempo a dire intero il nome di gesù-cristo e sei morto, meglio quello piuttosto che i ragni.

Si guardò attorno, nell'erba folta, per vedere se per caso il serpente fosse già in agguato. I pensieri gli si facevano sconnessi, la fame, la stanchezza, la sete. Si prese la testa tra le mani, i gomiti sulle ginocchia, forse era meglio lasciarsi morire lì, cosa poteva fare del resto.

Capitolo 1

1.0

Tutto dipende.

«È una questione di... prima di giudicare bisogna considerare l'errore di...» disse Antônio.

«Prospettiva» propose Eduardo, l'allenatore in seconda.

«Sì, quello. E dalla nostra prospettiva la nostra barriera sembra messa veramente male. Ma quello che conta è la prospettiva del portiere.»

«Dici? Io credo che la barriera sia messa male per davvero.»

Ma Antônio non lo ascoltava già più. Il tiro rasoterra del centravanti era passato di fianco alla barriera senza nemmeno degnarla di uno sguardo e sembrava destinato all'angolino in basso alla sinistra del portiere. Ma il portiere, il cui punto forte non era il piazzamento della barriera, era invece un agile tuffatore e si era disteso con il tempismo corretto. In quell'istante, che Antônio aveva fissato fotografandolo con il pensiero, dalla sua prospettiva sembrava che sarebbe riuscito a deviare la palla con la punta delle dita. Dalla prospettiva del centravanti, che saltellava impaziente trattenendo la voglia di esultare, probabilmente sembrava che la palla si sarebbe insaccata. E dalla prospettiva delle tribune forse poteva sembrare che il tiro sarebbe finito direttamente sul palo, o fuori.

Tutto dipende.

Poi a un certo punto la palla finisce fuori, o sul palo, o sulle dita del portiere, o in rete, e non dipende più.

1.1 Radio

«Oilà, Antônio!» lo salutò João, il custode della radio: «Com'è andata la partita?»

«Dipende» rispose Antônio Carlos Rocha de Almeida, conosciuto da tutti semplicemente come Antônio, senza nemmeno accorgersi di quanto questa prevedibilissima risposta suscitasse subito un sorriso in João.

«Se mi chiedi del risultato, lavori in radio quindi lo saprai meglio di me, il risultato. Quindi non mi stai chiedendo il risultato e allora ti dico che la partita è andata bene: gli schemi hanno dato i loro frutti, dovevi vedere la faccia dei ragazzi quando hanno visto che il polpo aggressivo funzionava più e più volte. D'altro canto gli schemi difensivi hanno bisogno ancora di molto lavoro. Dipende da che parte la guardi, insomma.»

Come sempre, il primo atto di Antônio appena entrava in radio, con gli usuali venticinque minuti di anticipo sull'inizio della trasmissione, era accendere il computer. Come sempre, il computer era spento. Ed era lento. Da quando schiacciavi il pulsante di accensione a quando potevi iniziare a usarlo passava un'eternità. Come sempre Antônio impiegava questa eternità a pensare: il computer spento è la metafora perfetta per la vostra curiosità nei confronti del mondo.

Era un pensiero breve, che Antônio aveva già articolato centinaia di volte. Eppure nel tempo lunghissimo dall'accensione a quando il computer era utilizzabile Antônio non pensava ad altro. Non ossessivamente, come 'il mattino ha l'oro in bocca' di Shining. E neanche con perifrasi ogni volta diverse. No, schiacciava il pulsante, fissava lo schermo e pensava in un'unica lentissima volta: il computer spento è la metafora perfetta per la vostra curiosità nei confronti del mondo.

L'unica cosa a cambiare era la musica che accompagnava questa attesa, musica che Antônio percepiva distrattamente, con la coda dell'orecchio, e che ogni volta era diversa perché Isabel, la conduttrice del programma prima del suo, aveva scommesso con sé stessa di non mettere mai due volte lo stesso brano. Mai.

«E se ti piace? Perché non lo riascolti?» le aveva chiesto una volta Antônio.

«Lo recupero con la memoria e me lo sento con le orecchie della mente» gli aveva risposto lei.

Poi il computer si accendeva e Antônio poteva avviare il collegamento a internet. Anche lì c'era da aspettare, ma il gracidare del modem rendeva l'attesa più gradevole: era lo stridio del pianeta che arrivava incontro a lui, con tutte le sue informazioni. Antônio iniziava il consueto giro del mondo: La Nacion, Público, Cnn, Bbc, El mundo, Repubblica, Le Monde. Era portato per le lingue: inglese e spagnolo li aveva studiati a scuola e se parlavi inglese, spagnolo e portoghese anche leggere francese e italiano era fattibile, però gli spiaceva non aver mai studiato qualche lingua esotica come l'arabo o il cinese perché capiva che così, per quanto ampia, la sua visione del mondo era comunque limitata. Il computer caricava le pagine con lentezza, ma ad Antônio non importava: man mano che le notizie comparivano sullo schermo iniziava a leggere e prendere appunti sul suo taccuino.

Anche quel giorno, come sempre, dopo venti minuti Isabel gli posò una mano sulla spalla, gli disse «Tocca a te» e lo lasciò da solo davanti al microfono, mentre risuonava l'ennesima canzone che Isabel aveva messo per la prima e ultima volta in vita sua.

Guardandola andare via Antônio pensò che questa cosa di mettere ogni volta una canzone diversa dovesse essere un sintomo di grande curiosità intellettuale (chissà da dove prende gli spunti, però: il computer è sempre spento). E, per certi versi, anche quello di cambiare sempre era uno schema fisso e ad Antônio gli schemi piacevano.

Si sedette sulla poltroncina verde oliva, regolò il microfono, diede un'ultima occhiata agli appunti, aspettò che le note di 'Smooth', di Santana e Rob Thomas, sfumassero e poi attaccò con il suo notiziario globa-locale.

«Buon pomeriggio a tutti. Iniziamo la nostra rassegna stampa di oggi, tre novembre 1999, con una notizia che interesserà gli amici del bar Rainha da Inglaterra di Avenida General Gurjão: mancano pochi giorni al referendum con il quale gli australiani sceglieranno se restare sotto il regno di Elisabetta II oppure no. Su due piedi a me sembra pazzesco, che ne dite? Ovvio che la cacceranno a pedate, che c'entra la Regina d'Inghilterra con l'Australia? Però poi penso che il mondo ha bisogno di regole e certezze e talvolta anche la più assurda delle regole ti dà più conforto dell'assenza di certezze e allora penso che magari, chissà, gli australiani sceglieranno di tenersi la Regina. Voi che pensate?»

La sua voce era calda e suadente, era sempre stata così fin da quando era un ragazzo e dopo le prime vergogne adolescenziali di questa voce era sempre andato molto fiero. In questi tre anni di lavoro in radio, poi, aveva perfezionato il timbro e lo stile e ormai queste vibrazioni sui toni bassi infondevano subito in tutti gli ascoltatori una sensazione di piacere.

«Gli abitanti di Rua Noruega, invece, saranno felici di sapere che in questi giorni a Oslo, capitale della Norvegia, si è tenuto l'incontro tra leader israeliani e palestinesi, con il presidente degli Stati Uniti Clinton a fare da cerimoniere. Clinton ha poi incontrato anche il nuovo primo ministro russo, tale Vladimir Putin. Che dite, sarà la volta buona? Pace e amore per tutti? Non so, io guardo la foto di Barack e Arafat che si stringono la mano e l'unica cosa che riesco a pensare è che la stessa foto due di questi tre signori l'hanno già fatta qualche anno fa e non è cambiato niente. Ma la gente di Rua Noruega è gente che pensa in positivo, lo so, e quindi continuiamo a sperare.»

Si prese una pausa e sorrise. Non era mai del tutto certo del suo senso dell'umorismo, ma questa gli era parsa una buona battuta, bravo Antônio.

Un click del mouse, una pagina che si caricava sempre molto lentamente e…

«E ora purtroppo una notizia che colpisce da vicino gli abitanti del quartiere dell'aeroporto e tutti noi: sono state sospese le ricerche di eventuali superstiti del volo EgyptAir 990, coinvolto ieri in un disastroso incidente al largo di Nantucket, Massachusetts. Le tragedie dell'aria colpiscono sempre duramente il nostro immaginario e l'idea che ci siamo fatti di noi stessi come dominatori della natura per tramite della scienza. E colpisce in modo ancora più duro una città come la nostra, quasi del tutto isolata via terra e che così tanto ha bisogno degli aerei per collegarsi con il resto del Paese. I nostri pensieri vanno ai parenti delle vittime.»

Il silenzio che seguì, per una volta, fu la naturale conclusione di quanto aveva appena finito di dire e non il bizzarro intervallo che, in genere, segnalava che Antônio stava continuando un qualche soliloquio all'interno della propria testa.

«Comunque» riprese Antônio. Il timbro della sua voce era sceso di un'ottava, rendendola ancora più attraente: «La vita è fatta di alti e bassi. Talvolta i bassi sono bassissimi e talvolta ad aiutarci a tornare su ci pensa la bella musica. E quando la musica è bella, la si può ascoltare anche due volte di fila, cara Isabel, ché magari ci si fissa meglio nella memoria. Dedicata a te, e a tutti gli abitanti della vicina città di Santana: Smooth.»

Le note di Smooth sfumarono e Antônio diede il via alle telefonate. Anzi: alla telefonata. Sì, perché nella sua vita alcuni schemi erano meno voluti di altri: alcuni sembravano avere un senso universale, di altri ti chiedevi "Ma perché?". E la prima telefonata della trasmissione, sempre, era quella di Teresa.

«Antônio, che belle parole. Così tristi ma così toccanti. E che scelta della musica perfetta, lasciatelo dire.»

«Veramente questo brano l'ha scelto Isab…»

«È stata una scelta azzeccatissima, guarda, stavo per mettermi a piangere. A ogni modo non ho chiamato per la tristezza, ma per la gioia. Guarda, lo sai che io non so niente e le cose del mondo ce le insegni tu con la tua bella voce, ma lo stesso volevo dire che la Norvegia e la Palestina che finalmente fanno la pace è una notizia bellissima, che ci dà tanto conforto e speranza, grazie di avercela raccontata. La faccenda della regina d'Australia, invece, non l'ho capita bene, non ho capito come fa un popolo a dire a un re "non ti vogliamo più", però mi sembra lo stesso una bella cosa. Ciao Antônio, passa una bella serata.»

Invece, pensò Antônio.

«Grazie Teresa, buona serata a te.»

1.2 Scuola

A Macapá c'è un bar per ogni cosa. C'è un bar per quando si ha sete, c'è un bar per quando ci si sente soli, c'è un bar per quando si vogliono menar le mani. Ci sono bar che si sforzano di essere eleganti e bar malfamati. E poi c'era il bar sotto casa di Antônio, con un televisore nell'angolo che trasmetteva sempre qualche evento sportivo, che fosse in diretta o in differita.

Antônio lo frequentava non perché gli piacesse bere, né perché gli garbasse particolarmente Louis il barista, un omone sudaticcio che aveva la noiosa abitudine di abbandonare le sue sigarette alla menta fumate a metà sullo spigolo sbocconcellato del bancone, lasciandole consumarsi in spirali di fumo azzurrino. E neppure lo entusiasmavano le caipirinhe che Louis preparava abbondando in ghiaccio e zucchero per risparmiare su cachaça e lime. Ci andava spesso semplicemente perché gli piaceva guardare le partite in compagnia, approfittandone per esporre le sue teorie agli avventori.

Quella sera una televisione locale stava ritrasmettendo una partita di pallavolo. E che partita poi! La finale della World League tra Italia e Cuba di qualche mese addietro. Antônio si sedette al bancone e ordinò una birra, che perlomeno non era annacquata.

«Ecco. Lo vedete il movimento che ha appena fatto quel giocatore, incrociandosi con quell'altro?» disse Antônio allo sconosciuto alla sua destra, ma più che altro a sé stesso «Credete che sia casuale? Nulla è casuale nella pallavolo. Voi mi chiederete: ma come fanno in un millisecondo ad aver deciso tutto, e io vi rispondo che non hanno deciso un bel niente, come uno non decide di buttarsi per terra se sente dei colpi di pistola. Bum! Per terra. È istinto.»

La pallavolo era sempre stato un grande amore di Antônio, la nazionale italiana in particolare. Più alto della media e dotato fisicamente, aveva passato la sua giovinezza alternando la rete di metà campo con quella delle porte. Ma la pallavolo è uno sport crudele: devi essere davvero alto, molto più alto di Antônio, e per giocare devi avere molti amici, ci deve essere bel tempo e bisogna trovare un campo libero. Con il pallone è più facile, uno come Antônio era avvantaggiato e bastava un amico per iniziare una partita, anche sotto la pioggia.

«Ma ripararsi dagli spari è una cosa, giocare un secondo tempo millimetrico in zona tre è un'altra, come fa a essere istinto quello, mi chiederete» disse ancora Antônio all'uomo alla sua destra, senza accorgersi che quello di prima alla chetichella si era alzato e se n'era andato e lo sconosciuto a cui stava spiegando la pallavolo era un altro.

«E io vi rispondo che *diventa* istinto. Provi, provi, riprovi tutti gli schemi possibili e anche quelli impossibili finché non *diventano istinto*, finché il tuo corpo li sa come sa che lo schema prevede di inspirare e poi espirare, e poi di nuovo inspirare ed espirare seguendo il ritmo, ma se all'improvviso, inaspettato, arriva un corpo estraneo: etciù! Questa è la pallavolo: uno starnuto istintivo al momento giusto.»

Lo sconosciuto (lo stesso di prima? Un altro ancora? E chi poteva dirlo, per saperlo sarebbe stato necessario guardarli con un minimo di attenzione) gli lanciò un'occhiata perplessa, scosse la testa e continuò a sorseggiare la sua cachaça.

«E vi dico questo,» il giorno dopo Antônio a scuola parlava ai suoi alunni mentre giocavano cercando di applicare i suoi schemi, e il flusso di pensieri della sera prima non si era ancora interrotto «anche se vi sembrerà sorprendente, il Brasile è una nazione in crescita. E nulla mostrerà più chiaramente la nostra crescita del dominio nella pallavolo – Alvaro! Ti ho detto mille volte che la zona uno si difende con il piede destro avanti! – Tutti là a pensare che siamo capaci solo di ballare la samba e giocare a pallone, e ci lodano per il calcio spettacolo e la fantasia. E invece ora che abbiamo finalmente capito come funziona il mondo, quali sono gli schemi che ne regolano l'essenza, trionferemo nello sport più schematico di tutti – Fermo con le braccia a muro Enrique! – Basta con tutti questi quarti posti. L'inventiva ci ha portato per anni alle semifinali, ma arriva un momento in cui l'inventiva non basta più, ci vogliono gli schemi. E io vedo che l'abbiamo capito. Che l'avete capito. Lo vedo quando guardo una partita alla TV. Quando vado al palazzetto a vedere il Macapá. Quando guardo voi – Bravo George, così, perfetto – Gli unici che non hanno ancora capito sono quelli della federazione, ahimè si sono fatti sfuggire Bebeto, che disgrazia! Ma quando lo capiranno, quando sceglieranno un allenatore che respira schemi, uno come Bernardinho per esempio, beh, a quel punto per le altre nazioni del mondo sarà una dura lotta per il secondo posto.»

«E il calcio? Mi chiederete voi» cambiò discorso al volo Antônio, entrando in campo con il pallone da calcio mentre i suoi alunni ancora continuavano a giocare a pallavolo. Ormai nessuno più si stupiva di lui, nemmeno i ragazzi di prima il primo giorno di scuola, già debitamente informati dell'esistenza di un professore di ginnastica pazzo che si metteva a spiegare gli schemi della pallanuoto mentre i suoi studenti giocavano a calcio, imponeva partite di pallavolo con il pallone da rugby e via così.

«Il calcio è la stessa cosa, ma è ancora di più. È la più precisa...»

«Metafora, prof?» lo interruppe George, il suo alunno migliore.

«Sì, giusto, la più precisa metafora di come dovrebbe essere la vita: lottare assieme per un risultato, ognuno con l'apporto che le sue capacità consentono, sacrificarsi per gli altri ma saper essere individualisti, saper soffrire oltre i limiti che il tuo corpo sembra importi, gioire assieme per le vittorie e imparare, sempre insieme, a non disperarsi per le sconfitte. Ma, badate bene, ho detto: dovrebbe. Nella vita, lo so, non mi piace ma lo so, c'è grande spazio per l'egoismo. Ma nel calcio ormai no, per fortuna. E se non lo capiamo, anzi se non lo capite, i Mondiali ve li scordate fino al 2100.»

«Ma allora prof, a cosa giochiamo? A pallavolo o a calcio?» chiese spavaldo George.

Ma Antônio stava guardando fuori perso nei suoi pensieri e non sentì neanche la domanda. Vedeva gli schemi della pallavolo incastrarsi nei campi da calcio, sentiva le parole di Julio Velasco, lo storico allenatore dei primi trionfi italiani, rimbombare nella sua testa: "Gli alibi, i nostri giocatori sono bravissimi a crearsi gli alibi", immaginava una squadra dove la sofferenza del rugby, o della pallanuoto, fosse il motore di ogni giocatore, dove la tagliente precisione degli schemi si potesse mescolare all'inventiva del suo popolo, dove…

«Prof?» George agitava una mano davanti agli occhi di Antônio con un'espressione vagamente preoccupata, riportandolo di colpo sulla terra.

«Sì?» rispose Antônio un po' imbarazzato.

«Giochiamo a pallavolo o a calcio?»

«Dipende.»

1.3 Stadio

Lasciata la scuola e dopo aver pranzato come ogni giovedì da sua madre, che non mancava mai di fornirgli anche un pacchetto di dolci "per la merenda", Antônio percorreva in bicicletta il viale che separa i due parcheggi dello stadio Zerão, diretto verso la sessione di allenamento pomeridiana.

Dipinte per terra una linea gialla e una verde segnano la metà della carreggiata e soprattutto, come sanno tutti a Macapá, segnalano la presenza di quella linea potente e immaginaria che è l'equatore.

Un equatore che non si ferma davanti a niente: sorvola senza paura il Rio delle Amazzoni, corre veloce verso il continente, trafigge l'orribile monumento eretto in suo nome di fronte all'ingresso dello stadio, salta agilmente il vecchio muro di cinta il cui azzurro originale è ormai stato scrostato dalla pioggia, dal caldo e dalle decine di mani che hanno lasciato ogni tipo di scritta, divide in due gli spalti costruiti nel 1990 e da allora sempre poco frequentati e, cosa più importante, ringrazia chi ha progettato lo stadio facendo in modo che la linea di centrocampo corresse precisamente tra i due emisferi, facendo dello Zerão un posto unico al mondo.

Antônio aveva sempre preferito l'emisfero sud, si era sempre sentito più del sud, forse per il "Sud" in "Sud America", la parte sud dello stadio era sempre stata quella che prediligeva, nonostante fosse la più assolata: era a sud che era stata messa la panchina della squadra di casa, ogni volta che giocava da quella parte sentiva che la sua squadra non stava solo difendendo un'area o una porta, era l'intero emisfero sud che ogni volta era in gioco, che veniva minacciato dai lanci avversari e messo in pericolo dalle punizioni del nord. E anche mentre pedalava calmo e perso nei suoi pensieri, d'istinto percorreva la strada rovinata da mille buche andando contromano nella corsia di sinistra, a sud, appunto.

La strada che portava allo stadio Zerão era la camera di decompressione della sua vita, la imboccava schivando lucertole e groppi di erbacce passando tra i muri sbiaditi gialli e arancioni del povero quartiere che circonda lo stadio, la percorreva ancora immerso nei suoi problemi a scuola, nelle sue bollette sempre troppo care, nelle donne sfuggenti che si stufavano sempre troppo presto di lui e dei suoi lunghi discorsi, in un mondo in cui il denaro valeva troppo e i rapporti umani non valevano più niente.

Ma poi la vista del muro azzurro dello stadio lo rasserenava, in quelle poche centinaia di metri che lo separavano dalla porta d'ingresso di ferro il suo quotidiano si purificava di ogni pensiero negativo e i valori ideali del calcio trovavano strada dentro di lui. Il momento in cui smontava sudato dalla bicicletta con le chiavi già in mano era il momento in cui la sua esistenza gli sembrava più completa: ecco Antônio, nientepopodimeno che l'allenatore del Macapá Futebol Clube, nella sua testa la squadra di calcio più importante del pianeta.

Perfino il rumore sinistro dei vecchi cardini arrugginiti era motivo di felicità, era lo stadio che lo accoglieva con la sua voce rauca e gli diceva "Ciao". Al di là del muro il mondo cambiava, cambiavano i colori e cambiavano anche gli odori. L'odore così tipico di spogliatoio e di ormoni maschili in libera uscita si mescolava con quello del cuoio delle decine di palloni e con quello dell'erba, così rara nel quartiere, che spiccava pungente su tutto il resto. Antônio amava arrivare presto all'allenamento, amava fare un giro per gli spogliatoi dove spesso raccattava gli oggetti dimenticati dai ragazzi delle altre squadre, amava portare lentamente i palloni in campo – naturalmente nella parte sud – e contemplare dalla porta d'ingresso gli spalti, un unico blocco trapezoidale costruito a ovest del campo.

"Gli spalti vuoti hanno una loro energia" era forse la frase che Eduardo, il suo allenatore in seconda, aveva sentito pronunciare più spesso. Prima di ogni allenamento una scena si ripeteva sempre uguale a sé stessa: Eduardo entrava nello spogliatoio dove trovava Antônio indaffarato in qualche faccenda e chiedeva: «Sei già qui?»

«Mi piace arrivare presto,» rispondeva invariabilmente Antônio «gli spalti vuoti hanno una loro energia.»

«E quale energia?» gli rispondeva quando si sentiva in vena polemica Eduardo, forte dei suoi studi alla facoltà di fisica abbandonata anni prima, «Potenziale? Cinetica?»

Domanda alla quale Antônio reagiva spesso con una scrollata di spalle e qualche volta con l'ennesimo "pippone", così Eduardo chiamava i lunghi monologhi di Antônio: «Non ti devi ancorare a un concetto così ristretto di energia come quello che insegnano tra i banchi di scuola. Quando ti innamori di una bella ragazza cosa senti dentro? Non è energia quella? E quando tutto gira per il verso giusto e la nostra squadra gioca bene, lo so non succede tanto spesso, ma qualche volta sì, cos'è che li spinge? Hai visto i loro occhi? Vuoi negare che sia energia quella? Tutto è energia! Tutto! E ti assicuro che gli spalti di questo stadio sperduto in cima alla nazione più assurda del mondo, questi spalti hanno una loro energia anche quando sono vuoti. E se la smettessi di avere quell'atteggiamento scientifico su tutti gli argomenti sono sicuro che riusciresti a percepirlo anche tu!»

A questo punto la scrollata di spalle di Eduardo era quasi obbligatoria, seguita quasi sempre da un sorriso, da una pacca sulla spalla e da un: «Come ti posso aiutare, Antônio?»

1.4 Macapá

I pomeriggi di Macapá possono essere di due tipi: pigri oppure molto pigri.

Non c'è silenzio: ci sono sempre grida di uccelli e i bambini giocano e schiamazzano indisturbati anche alle due del pomeriggio. E c'è sempre, lontana o vicina, la voce di una radio o radiolina che trasmette musica, sempre. Sul bus, all'osteria, all'aeroporto, al mercato, per strada dalle finestre aperte, la musica è ovunque. I più ricchi e più fortunati, che purtroppo sono spesso anche i più farabutti, si chiudono nelle loro automobili di grossa cilindrata, mettono la musica e l'aria condizionata al massimo e iniziano a circolare lentamente per la città, per controllare i loro territori o semplicemente per sfuggire a loro stessi.

Macapá si trova nella regione di Amapá e Amapá nella lingua dei Tupi, l'antica popolazione indigena ormai estinta che abitava lungo la costa, significa "luogo della pioggia". Se ci capiti da agosto a dicembre, durante quella che gli abitanti chiamano la stagione della polvere, forse ti chiederai perché. Fa caldo, molto caldo e i pomeriggi sono pigri. Non piove molto, e quando arriva uno spruzzo di pioggia si è contenti perché il caldo molla per qualche momento la sua presa.

Ma resta a Macapá fino alla fine dell'anno e capirai perché ha quel nome: nella stagione del fango piove tanto, tantissimo. Quando piove i pomeriggi diventano molto pigri. Sono pomeriggi lunghi, intervallati da caffè o guaranà, accompagnati dal battere della pioggia sui tetti delle case in lamiera e dall'odore del rio, inconfondibile. Le macchine con l'aria condizionata sono costrette a rimanere parcheggiate perché spesso le strade diventano impraticabili e al deserto del sole accecante si sostituisce un deserto di fango. Un deserto imperfetto però, perché anche con la pioggia, a meno che non si tratti di una vera e propria bufera, i bambini possono giocare a calcio.

Giocano sotto la pioggia i bambini del Bairro Central, addirittura giocano con le scarpe e addirittura qualche volta sull'erba. Giocano sotto la pioggia anche i bambini del Bairro do Laguinho dove il famigerato Pretinho, figlio di schiavi, in un tempo non molto lontano girava armato da mezzogiorno alle sei e se ti trovava per strada ti buttava in un pozzo. Giocano tutti sotto la pioggia nel Bairro do Trem dove ha sede l'Ypiranga Clube e giocano grandi e piccini, nonostante l'acqua e il fango, sulle passerelle delle palafitte delle baixadas, la zona più povera della città dove oltre al calcio e alla samba c'è poco altro che possa dare gioia (ma il calcio di gioia per fortuna ne dà molta). Nessuno invece gioca per strada nel quartiere di Beirol, sono tutti troppo seri, le strade sono a posto e non si allagano, non c'è posto per il calcio.

L'unico che gira tra mezzogiorno e le sei, con qualunque tempo e da sessant'anni, è Mendonça che nel quartiere Pacoba tutti conoscono e in qualche modo rispettano. Pacoba significa "banana" e proprio in cambio di una banana Mendonça vi può raccontare la storia del primo aereo arrivato a Macapá. Dice di ricordarselo di persona ma naturalmente non è vero, è solo una tradizione orale postmoderna che qualche suo parente gli ha tramandato, forse suo padre.

«Era il 18 marzo 1922, vigilia dell'assunzione di San Giuseppe,» racconta con la sua voce stentorea Mendonça «e un idrovolante diretto a Buenos Aires fece un atterraggio di fortuna, venite, seguitemi...», imbocca l'Avenida Pará, che nonostante il nome è poco più di un viottolo fangoso, e sale fino in cima. Indica con il dito verso est, il rio si vede appena all'orizzonte: «Là, proprio là.»

I suoi occhi guardano lontano, una mossa studiata, finge di pensare a una storia che ricorda benissimo e che avrà raccontato centomila volte.

«Erano le sette del mattino e i pescatori stavano tornando regolarmente ai loro moli. Improvvisamente il silenzio del mattino si rompe e si rompe dall'alto. I miei occhi si alzano al cielo e sento qualcuno dei pescatori urlare "Aereo!". Ne avevo già sentito parlare,» come mente bene Mendonça «ma non ne avevo mai visto uno.»

Il vecchio riprende: «Una vecchia mulatta si mette a urlare "La fine del mondo! È la fine del mondo!", tutti si inginocchiano e cominciano a domandare perdono per i loro peccati.»

Sorride, forse il pensiero dell'intera città che si inginocchia di fronte al grande uccello di metallo lo diverte ancora.

«Il vecchio Marcelo, che tutti pensavano paralizzato, si mette a correre in tondo urlando ave marie; il comandante della Guardia Nacional scoppia in lacrime e confessa alla moglie di averla tradita; la moglie lo perdona pubblicamente nel tripudio degli astanti; le campane di São José suonano a morto. A guidare il gruppo di coraggiosi sulle canoe è Cirilo José Simıes, raggiungerà per primo all'aereo e troverà i due piloti tedeschi preoccupati per l'arrivo di tutta quella gente, l'aviogetto non ne avrebbe retto il peso.»

Sempre, in questo punto della storia, Mendonça si prende una pausa, sbuccia la banana e se la mangia lentamente, ringraziando continuamente per il regalo. Le banane pacoba sono le più dolci ma non tutti le sanno riconoscere.

«L'aereo viene trasportato vicino alla fortezza e il pomeriggio del giorno dopo viene organizzata una vera e propria processione per visitarlo. Ci sono tutte le famiglie più in vista, le autorità e tutte le classi sociali. Le suore del Colégio di S. Maria portano i loro ragazzi a vedere quel prodigio d'acciaio e i ragazzi non fanno che far domande. Alexandre Vaz Tavares, il prefetto dell'epoca, decreta due giorni di festa ed è per questo che ce lo ricordiamo ancora.»

E se qualcuno per caso gli dovesse chiedere che fine ha fatto l'aereo lui taglierebbe corto scocciato: «Dieci giorni. Dieci giorni è stato qui, poi è arrivato il carburante ed è ripartito in mezzo a una tempesta.»

Non saprete altro da Mendonça.

1.5 Isabel

Pioveva. In novembre, nella stagione della polvere, non piove quasi mai eppure pioveva.

In giornate come quelle il bar avrebbe potuto tranquillamente rimanere chiuso almeno fino a mezzogiorno perché a nessuno veniva voglia di bere qualcosa quando pioveva così. Non era di questo avviso Ana Maria, la padrona, per la quale avere un bar era una specie di missione divina: «Cosa diceva Gesù Cristo? Dar da bere agli assetati! Non diceva di stare in casa ad aspettare il sole, no? Dar da bere agli assetati!»

La pioggia di quella mattina era calda, grigia e battente, portava con sé l'odore del fiume e attutiva i rumori della strada, di qualche rara automobile, qualche raro passante che correva via trattenendo le sue maledizioni nei confronti del tempo: «Non dovrebbe piovere così tanto a novembre.»

Maria Isabel Barbosa, collega di Antônio alla radio, era in piedi dietro alla porta del bar, guardava la strada, parlava da sola e il suo fiato si condensava in un cerchio perfetto sul vetro. I suoi occhi di un azzurro tanto chiaro da sembrare quasi bianco guardavano con curiosità la polvere della città che si trasformava in fango, il fango che diventava torrente e scorreva via verso il fiume, il Rio delle Amazzoni che in città tutti chiamavano più semplicemente "il rio".

Ferma Isabel, resta immobile.

Nonostante la leggerissima canottiera turchese che le faceva da vestito Isabel sentiva molto caldo.

Gocce di sudore le si formavano alla base del collo e rotolavano pigramente verso il basso sulla sua schiena olivastra per rimanere poi intrappolate nella lunga coda corvina dei suoi capelli.

Stai immobile, non respirare.

Era scalza, aveva lasciato le infradito dietro alla cassa. Divaricò leggermente i piedi nudi alla ricerca di piastrelle un po' più fresche, inspirò profondamente e chiuse gli occhi.

Immobile.

Il tamburellare delle gocce si trasformò presto nella sua testa in un ritmo di samba che diventava sempre più preciso finché il suo corpo iniziò a muoversi da solo, senza che lei ne fosse consapevole. Quando il ritmo ti entra dentro c'è un calore che si irradia dalla parte bassa della colonna vertebrale e niente può impedirti di muoverti, le gambe diventano il ritmo, le anche diventano il ritmo e poi anche la parte superiore del corpo non si può più trattenere e inizia a muoversi. La colonna vertebrale diventa un motore, una centrale di energia, e più il calore pompa vigoroso e si distribuisce nel corpo e più la danza semplicemente "avviene", non è più un atto cosciente.

Quanto manca al carnevale? Ancora quattro mesi! Troppo! Troppo!

Danzava Isabel seguendo il ritmo della pioggia e danzando dimenticava il fango e l'odore di frutta morta, la povertà e la tristezza di tanti quartieri, dimenticava Macapá con le sue case troppo spesso troppo affollate e il Brasile intero, dimenticava tutto. Danzava attorno ai quattro tavolini di ferro mezzo arrugginito, sfiorando il frigo dei gelati rotto da ormai tre settimane che ancora nessuno era venuto ad aggiustare.

Nonostante il fisico non esattamente longilineo volteggiava con sorprendente leggerezza lungo il bancone d'acciaio puntellato da decine di ammaccature grandi e piccole, compiva un lungo arco per ritornare davanti alla porta. Danzare era un modo per viaggiare, perché viaggiare era sempre stato il suo sogno e i sacrifici che aveva fatto per studiare, per finire l'università, erano sempre stati fatti con una parola sola in testa: viaggiare. Eppure non era nemmeno mai uscita da Macapá. Non ancora, pensò.

Ancora con gli occhi chiusi, il suo respiro affannato stava appannando una sezione di vetro sempre più larga. Il sudore le scorreva su tutto il corpo, sentiva che la canottiera si era appiccicata alla pelle e sentiva il suo corpo percorso da ondate di piacere. Il fuoco nel suo ventre non si era ancora spento e la tentazione di rimettersi a ballare era fortissima. Non le importava nulla del caldo, come a nessuno a Macapá e forse nell'intero Brasile, le importava sentirsi viva.

Avevamo detto immobile, Isabel, avevamo detto immobile.

Il bacino si era già rimesso in moto quando il ritmo della pioggia venne sovrastato da un rumore battente più regolare, come se qualcuno stesse tirando palline di gomma contro la porta, no, come se qualcuno stesse bussando!

Isabel aprì gli occhi, al di là della porta un uomo anziano stava guardando dentro, usando le mani come paraocchi.

«Signor Oliveira, venite dentro!» esclamò Isabel aprendo la porta di colpo e cogliendo il signor Oliveira così di sorpresa che quasi finì lungo disteso sulle piastrelle bianche.

«Scusami Isabel, da fuori vedevo che c'era movimento, pensavo stessi pulendo per terra.»

«Pulendo per terra?» Isabel sorrise «Non proprio.»

«Perché sono bagnato e non vorrei sporcare...»

«Non vi preoccupate signor Oliveira, cosa vi posso offrire?»

«Offrire? No, guarda che oggi i soldi ce li ho, non ne ho tanti ma qualcosa...»

Il signor Oliveira si interruppe di colpo guardando il corpo della ragazza, che la canottiera intrisa di sudore non poteva più nascondere, mentre aggirava il bancone per andare a prendere il liquore di cocco, il suo preferito. Bei fianchi abbondanti, belle natiche ondeggianti, bella figliolona di zio Oliveira.

«Non state a pensarci,» disse Isabel con voce divertita facendo finta di niente «sapete cosa dice sempre la signora Ana Maria no? Dar da bere agli assetati! Voi avete sete?»

«Beh... sì» rispose Oliveira un po' imbarazzato per non essere stato capace di trattenere il suo sguardo.

«Allora offro io!» concluse Isabel con un sorriso. E mentre il signor Oliveira si trascinava verso il tavolino più vicino alla vetrina non poté impedire ai suoi occhi di ritornare sulla ragazza che stava già riempiendo fino all'orlo un bicchiere del liquido bianco e sempre con un bel sorriso stampato sul viso lo portava rapidamente verso il tavolo.

Nulla, pensò un signor Oliveira rimasto a bocca aperta, quella canottiera non nasconde proprio nulla.

1.6 Minimatch

Antônio era un allenatore di calcio sui generis.

Quando aveva ventun anni suo nonno era andato in visita da un amico di Rio de Janeiro e aveva deciso di portare con sé anche il nipote. Era la prima volta che Antônio lasciava Macapá, e l'occasione era di quelle importanti: c'erano i campionati del mondo di pallavolo, il Brasile giocava in casa ed era favoritissimo e l'amico del nonno aveva trovato chissà come tre biglietti per la semifinale contro l'Italia di Julio Velasco, un allenatore di cui Antônio aveva soltanto sentito parlare ma che da quel giorno sarebbe diventato il suo idolo.

Era il 27 ottobre 1990, Antônio non se lo dimenticherà più. La capienza ufficiale del Maracanãzinho era di diciassettemila spettatori ma nessuno aveva dubitato che i presenti fossero almeno ventiduemila. La partita sarebbe iniziata alle quattro del pomeriggio ma già all'una gli spalti roventi erano gremiti e la Torcida aveva iniziato a scaldare l'ambiente con la sua musica e i suoi balli.

Il Brasile era meraviglioso: c'era quel genio di Mauricio Lima, c'erano Tande, Marcelo Negrao e Giovane Gavio, non poteva perdere.

Invece quei sei ragazzi dall'aria quasi dimessa vestiti di azzurro guidati da quell'omino argentino avevano dimostrato al mondo dove si può arrivare applicando gli schemi alla lettera, senza smettere di avere fiducia nella loro efficacia nemmeno quando si perde malamente il primo set, nemmeno quando ci sono ventiduemila persone che tifano contro.

Di tutta quell'esperienza ad Antônio era rimasto impresso il silenzio che era calato nel palazzetto dopo l'ultima schiacciata di Lucchetta, soprattutto il silenzio nella sua testa, come se il suo cervello fosse stato resettato da quella sconfitta scioccante e avesse avuto bisogno di qualche minuto di inattività per poter accettare l'impossibile.

Velasco. Il responsabile dell'impossibile era stato Velasco.

Da adolescente Antônio aveva sfiorato la carriera da professionista nel calcio: era una mezz'ala con piedi buoni e gambe lunghe. Andare a giocare in una squadra di prima divisione avrebbe però voluto dire lasciare la famiglia, lasciare Macapá e forse buttarsi in una vita che non voleva davvero. Aveva lasciato perdere, continuando però a giocare fino ai venticinque anni, quando era stato costretto a smettere a causa di un brutto colpo (forse non così brutto in verità) ricevuto durante la semifinale del campionato Amapaense, campionato che poi la sua squadra, il Macapá Futebol Clube, aveva finito con il perdere in finale, qualcuno aveva insinuato proprio per colpa della sua assenza.

L'anno successivo stava già allenando: da tempo frequentava assiduamente il Glicério Marques, l'altro stadio cittadino mettendosi spesso a sedere in prima fila e non risparmiando i suoi commenti, anche molto plateali, su tutto e su tutti durante l'intera partita. In breve era stato notato da un dirigente del Real Amapá, una delle squadre rivali del Macapá FC, che lo aveva ingaggiato per allenare i giovani.

Antônio aveva preso questo incarico con grande senso di responsabilità. Dopo aver passato la sua carriera calcistica sempre in disaccordo con metodi e argomenti di tutti gli allenatori incontrati, inclusi gli allenatori della nazionale le cui interviste in TV spesso gli procuravano bruciori di stomaco, aveva sentito che questa era la sua grande occasione per rivoluzionare le metodologie di allenamento mondiali, per dare al calcio il posto che merita nell'olimpo intellettuale.

Aveva studiato tanto, Antônio, e si era documentato non solo sul calcio ma anche su un ampio ventaglio di sport: pallavolo, pallanuoto, pallacanestro, pallamano. Si era accorto che le dinamiche di allenamento potevano essere anche molto diverse, che non sempre l'innovazione corrispondeva al raggiungimento di risultati. In lui si era cominciata a formare l'idea che il compito di un allenatore fosse quello di rendere consapevoli i propri giocatori del fatto che l'allenatore era inutile. Bisognava allenarli ad affrontare da soli tutte le situazioni di gioco, molte delle quali necessitavano di inventiva pura perché non erano replicabili in allenamento.

Il suo modello era diventato, naturalmente, Julio Velasco.

A partire dall'anno seguente, il 1996, tutte queste riflessioni lo avevano portato a creare un metodo che lui aveva ritenuto completamente nuovo: quello che lui stesso battezzò come metodo dei "minimatch".

La squadra veniva divisa in gruppi e ciascun gruppo doveva giocare una mini partita contro un altro gruppo in una parte limitata del campo. Le possibilità erano infinite: giocare due contro quattro in un rettangolo lungo e stretto che andava da porta a porta, giocare sei contro sei in un piccolo campo quadrato di cinque metri di lato, due contro due in un campo a forma di L che prendeva la fascia laterale e una sola area di porta, otto contro sette solo in area e decine e decine di altre combinazioni. I risultati di ciascuna partita contribuivano a creare una classifica di giocatori da usare per le convocazioni per le partite di campionato.

L'inizio dell'anno per i ragazzi del Real Amapá era stato disastroso. Allenati in quel modo avevano perso presto l'abitudine a giocare a tutto campo e quel poco di visione di gioco che avevano avuto sembrava improvvisamente svanita: le critiche avevano iniziato a fioccare su Antônio da tutte le parti.

Ciononostante almeno un lato positivo questo metodo lo aveva mostrato subito: i ragazzi andavano agli allenamenti volentieri perché di fatto giocavano tutto il tempo, risparmiandosi tutte quelle fasi noiose di tecnica che non piacciono mai a nessuno.

Antônio poi, ragionando sempre su sezioni di forma arbitraria del campo, aveva iniziato a dare un nome a molte situazioni di gioco: «Questa è una L densa» diceva ai genitori dei suoi giocatori che di volta in volta lo aiutavano nelle vesti di massaggiatore, medico sportivo, magazziniere e quant'altro. "Il triangolo piatto", "il diagonalone", "il pistone rovesciato", "il finto cerchio", "il trapezio strappato" e moltissime altre definizioni che i genitori dei ragazzi, perplessi, spesso fingevano di non sentire.

Ma Antônio non si perdeva d'animo e presto questo gergo aveva iniziato a entrare anche nelle comunicazioni coi giocatori: «André, iniziamo con una tazza riversa e vediamo se possiamo sviluppare il diagonalone. Attenzione perché loro fanno spesso la giacchetta corta e non ci permettono di fare il flipper diradato, soprattutto a sinistra.»

Non erano argomenti che potessero attirare la simpatia della dirigenza.

Dopo alcuni mesi difficili un vento diverso però aveva cominciato a spirare nella giovanile del Real Amapá, merito anche del fatto che con il metodo dei minimatch i ragazzi presto erano diventati avvezzi alla partita, avevano giocato tanto e imparato tanto, molto più dei loro pari grado delle altre squadre.

Il Real Amapá non aveva vinto il campionato giovanile quell'anno, l'inizio era stato troppo disastroso, ma Antônio era stato notato anche dalle altre squadre: il suo gioco forse non era il più spettacolare o il più creativo, ma era certamente il più efficace.

I ragazzi, grazie anche alla freschezza dei loro quindici anni, si erano abituati a riconoscere autonomamente le varie situazioni di gioco ed erano diventati abilissimi a condurre gli avversari in situazioni provate e riprovate nelle quali si sentivano a casa. E più ampio era lo spettro di minimatch che Antônio consolidava, più di frequente queste trappole scattavano in partita e più clamorosa diventava la vittoria.

«Siete strani ma vincete» era il più bel complimento che Antônio poteva sentirsi fare.

1.7 Teresa

Teresa era troppo disordinata per essere un'abitudinaria. C'era per esempio un negozietto in cui le piaceva fare la spesa, ma poi sulla via del ritorno si accorgeva di non aver comprato le uova, o la farina di manioca, o il caffè e allora andava a completare gli acquisti nel primo negozio in cui incappava. Cambiava spesso strada per andare al lavoro, non perché fosse un suo vezzo ma perché c'era sempre qualcosa che attirava la sua attenzione o qualcuno da salutare che la portava a deviare, a volte anche di parecchio.

Da qualche tempo, però, la sua routine quotidiana aveva trovato un punto fermo: la trasmissione radio di Antônio. Non sapeva perché le piacesse tanto né, in realtà, se l'era mai chiesto: le piaceva e basta. Qualunque cosa stesse facendo alle sei accendeva la radio e prendeva in mano il telefono, pronta a chiamare. E sì, perché se ogni persona che dio ha mandato sulla terra ha un dono, il dono di Teresa era quello di prendere sempre la linea. Qualche sua amica maligna insinuava che fosse per via del fatto che a quella radio non telefonava nessuno tranne lei, ma Teresa sapeva che non era così: la sua era proprio un'abilità, che conosceva e sfruttava da anni.

Una volta, quando quella vipera di Luiza l'aveva fatta arrabbiare più del solito, era tornata a casa e, per mettersi alla prova, aveva addirittura telefonato a "Hola, Christina!", la popolarissima trasmissione del pomeriggio. La soddisfazione era stata tale che invece di salutare Christina, Teresa se n'era uscita con una pernacchia. E vai poi a spiegare che la pernacchia non era per Christina ma per la sua amica Luiza. Che poi, amica. Bah, amici così meglio perderli che trovarli. Comunque sia Christina e il suo staff non erano parsi molto interessati alla storica rivalità tra Teresa e Luiza e il pernacchione aveva suscitato un discreto putiferio, ma nonostante questo Teresa lo considerava un punto luminoso della propria carriera di telefonatrice.

A casa, vicino al letto, c'era una seggiolina di plastica rossa, parecchio graffiata ma ravvivata da un cuscino di finto broccato verde e marrone. Sulla sedia dormivano accanto a lei un quaderno con in copertina la fotografia di un buffo maialino con gli stivali e Gionì il pupazzo, anche lui un maialino, che era appartenuto a sua madre e chissà forse prima ancora a sua nonna. Il fatto che sulla copertina fosse raffigurato un maialino non aveva niente a che fare con Gionì, Teresa teneva sempre un quaderno accanto all'amaca sul quale scrivere i numeri di telefono dei programmi a cui telefonare e qualche appunto per ricordarsi quello che voleva dire. Quello con in copertina il maialino l'aveva lasciato qualcuno al salone di bellezza dove da vent'anni lavava i capelli, e nessuno lo aveva mai reclamato.

La sua stanza era stata fino a pochi mesi prima l'officina di un meccanico: una saracinesca, una finestra con le inferriate e molto olio per terra. L'olio ormai era stato quasi del tutto ripulito, la saracinesca era stata dipinta dagli amici a raffigurare un grande sole nascente all'interno e una spiaggia con un gabbiano, così grasso da sembrare più che altro un pinguino, all'esterno. Le inferriate invece erano rimaste, non si sa mai. Oltre al vecchio tavolo traballante sotto alla finestra e all'altrettanto vecchia cucina a gas la stanza non conteneva molto altro se si escludevano le due cose più preziose: un vecchio televisore la cui antenna aveva dovuto laboriosamente fissare all'esterno della saracinesca e una grande radio con il mangiacassette integrato e programmabile con il quale Teresa registrava tutte le trasmissioni radiofoniche alle quali partecipava come telefonatrice.

Accumulava le cassette in una grossa scatola di cartone nell'angolo; ogni tanto le riascoltava, ma in realtà le bastava guardarle per perdersi nei ricordi. Questa era la cassetta di quella volta che aveva telefonato ad Antônio per parlare del Venezuela, e questa invece era quella dell'intervento sugli Oscar.

Guardò l'orologio, notò che stava per iniziare il programma di Antônio, sorrise e andò ad accendere la radio. Chissà di cosa avrebbero parlato oggi. Si era all'imbrunire, un'ora della giornata che le metteva un po' di timore e anche per questo le piaceva la calda voce di Antônio, che arrivava a scacciar via la tristezza e quella specie di paura così naturali per quel momento del giorno.

Paura che improvvisamente si materializzò quando sentì un rumore di passi che correvano per strada appena fuori dalla saracinesca. Il suo dito si congelò a pochi millimetri dall'interruttore della luce, una solitaria lampadina appesa al soffitto solo grazie ai cavi elettrici, e il suo istinto la spinse, controvoglia, a spegnere la radio. Presto urla provenienti da entrambi i lati della strada iniziarono a convergere verso casa sua e l'uomo che si era fermato appena fuori dalla saracinesca si trovò intrappolato. Teresa si spostò camminando silenziosamente verso l'angolo più lontano della stanza e si fece piccola piccola accovacciandosi a terra. Le risse non erano rare nella sua zona ma nella maggior parte dei casi tutto finiva con molti insulti e qualche cazzotto o spintone. Anche i coltelli non erano rari ma quella non era una zona ricca né in cui capitavano stranieri, per cui di solito le lame rimanevano più uno status sociale che una vera e propria arma.

La colluttazione durò poco. Molte grida e insulti, due o tre colpi molto forti sulla saracinesca e poi i passi che si dileguavano nella sera che rapidamente stava diventando notte. E una voce soffocata: «Aiuto!», «Che qualcuno mi aiuti!», che non smetteva, «Aiutatemi per il Signore Gesù Cristo!» e che diventava sempre più debole: «Aiutatemi, aiutatemi…»

Teresa non era una donna particolarmente coraggiosa ma era gentile e anche molto curiosa. Non poter vedere, non poter sapere quello che stava accadendo a pochi metri da lei dietro quella saracinesca chiusa era semplicemente inaccettabile. Aspettò quello che le sembrò un tempo infinito finché le parve di udire solo un debole respiro. Le sembrava di sentire la voce di sua madre, povera donna: stai lontana dai guai, Teresa, stai lontana dalle risse. Aveva ragione naturalmente, ma quella volta era diverso, quella volta capitava proprio davanti a casa sua. Si abbottonò per bene il golfino e alzò un poco la saracinesca, aspettandosi tutto il peggio possibile. Un uomo molto grosso era riverso sul selciato, sanguinava copiosamente ed emetteva rantoli a ogni respiro.

Teresa aveva preso in mano un asciugamano – non aveva in casa bende né medicinali e quella salvietta era stata l'unica cosa che le era sembrata vagamente utile – e con quello iniziò a tamponare con cautela la ferita dell'uomo.

«Telefono…» sussurrò l'uomo per terra.

Teresa si voltò verso l'interno della casa e fissò il telefono, vicino ma non abbastanza da prenderlo senza smettere di tamponare la ferita.

«Scusatemi signor… signore. Stavo pensando che potrei forse telefonare all'ospedale ma se mollo la presa, voi cosa dite…» cominciò goffamente a spiegare al ferito che però la interruppe, la voce poco più di un soffio: «In tasca! In tasca! Il MIO telefono!»

Un telefono cellulare. Teresa pensava che a Macapá si potessero contare sulle dita di una mano, l'unico che avesse visto da vicino era quello della padrona del salone in cui lavorava – della quale sospettava avesse altre attività oltre a quella dell'estetista, per potersi permettere capricci tanto costosi – e che era stato al centro di una lunghissima e penosissima trattativa con TIM Brasil che ci aveva messo quasi un anno per consegnarglielo.

«Il numero… cerca Inácio.»

«Non lo so usare, non lo so usare…» balbettò Teresa rovistando nelle tasche dell'uomo e sporcandosi le mani e la sottana del suo sangue. Invece, scoprì, era molto semplice. Schiacciando un po' di tasti a caso, anche con una mano tremante come la sua, compariva la scritta di come sbloccare la tastiera, schiacciando il bottone verde su cui era dipinta una cornetta si arrivava a una lista, schiacciando la freccia in giù si scorreva sulla lista, il terzo nome era proprio 'INÁCIO', scritto tutto maiuscolo: provò a schiacciare di nuovo il pulsante con la cornetta verde e in effetti il telefono prese vita.

«Gustavo che c'è? Lo sai che non voglio che mi chiami a quest'ora...» rispose una voce profonda e rauca dall'altra parte.

«Pronto? Pronto?» Teresa non sapeva bene cosa dire: «Ecco, il signor Gustavo è stato picchiato, forse l'hanno accoltellato...»

«E voi chi siete?»

«È...» Teresa esitò un istante: «È successo davanti a casa mia, in Avenida Piauì, lui è per terra, non sta bene, fate presto!»

Il pick-up nero senza targa arrivò dopo i cinque minuti più lunghi della vita di Teresa. Sul cassone quattro figure a volto coperto portavano tra le gambe un fucile, dalle loro spallucce si intuiva che erano poco più che bambini. Un uomo grosso e pelato che era alla guida scese correndo e sbattendo la portiera. Diede un'occhiata esperta al corpo di Gustavo, lo sollevò senza nessuno sforzo apparente e lo scaraventò sul cassone senza troppi complimenti. Poi si girò a guardare dritta negli occhi Teresa che per tutto quel tempo era rimasta impietrita.

«Voi. Come vi chiamate?»

«Teresa...» rispose lei con la voce che quasi non le usciva dalla bocca.

L'omone risalì di corsa sul pick-up e ripartì sgommando. Fu in quell'istante che Teresa, l'asciugamano insanguinato ancora in mano e tremante come una foglia, pensò: che forza! Con un telefono così non mi fermerebbe più nessuno.

1.8 Inácio

Inácio Alfonso Império de Oliveira, conosciuto da tutti come Senhor Inácio, come molti suoi concittadini non era quasi mai uscito da Macapá. Come tutti, attribuiva il fatto al quasi totale isolamento stradale della città: le barche puzzano, l'aereo non mi fido. Ma la realtà era che l'isolamento gli andava bene, perché del mondo esterno gli importava assai poco: sì, posso andare in macchina fino a Calçoene, ma quante volte le vuoi vedere, quelle due rocce messe in fila? Sì, con una jeep potrei andare in Guiana, ma che me ne frega a me della Guiana?

Il Senhor Inácio non credeva nella sfortuna, credeva che la sua vita fosse attentamente osservata e sorvegliata da qualcuno lassù e, come succede spesso in Brasile, vedeva il suo dio costantemente mescolato alla miriade di riti e segni che componevano il suo quotidiano. Quando le cose andavano bene, i suoi traffici loschi si dimostravano più redditizi del solito, gli scagnozzi dei suoi rivali si tenevano alla larga dai suoi uomini, era certamente merito della Madonna la cui immagine non smetteva di venerare, o di Gesù, o più spesso di qualche santo.

Quando qualcosa andava storto, come l'anno in cui arrivò quel nuovo poliziotto mezzo indiano che si mise a ficcare il naso nei suoi affari, era sempre colpa sua: non era andato abbastanza in chiesa, l'immagine della Madonna era stata sostituita troppo spesso da immagini molto più voluttuose o più semplicemente aveva ignorato i messaggi che il Signore gli mandava in continuazione. Quella volta del poliziotto aveva piovuto ininterrottamente per più di un mese senza mai smettere nemmeno un minuto: era un segnale, avrebbe dovuto capirlo, sarebbe stato necessario andare a fare penitenza. Ma non lo aveva fatto, e alla fine quel poliziotto aveva dovuto farlo ammazzare.

Questo incidente a Gustavo era un segno, ne era certo. Dio gli parlava continuamente attraverso questo tipo di segni, gli faceva capire se era sulla buona strada e gli faceva capire se stava sbagliando. Dio però non era particolarmente chiaro, quando stava sbagliando, su che cosa ci fosse di sbagliato nelle sue azioni.

Controllava mezza città con (la violenza) una severa ma giusta autorevolezza, aveva una famiglia rispettata con quattro figli (grassi) ben piantati come lui, aggiustava le sue faccende fiscali in una squadra di calcio locale dove il suo denaro entrava (molto sporco) da varie fonti e magicamente si ripuliva. Dio a volte avrebbe potuto essere più chiaro con lui: dove sto sbagliando?

Gustavo, a differenza del suo capo, si interessava al mondo esterno, gli sarebbe piaciuto viaggiare. Era anche per questa bizzarria che il suo giovane braccio destro affascinava Inácio. Talvolta sospettava persino potesse essere suo figlio: quel ragazzino che anni prima così spavaldamente aveva chiesto di lavorare per lui aveva negli occhi qualcosa che gli ricordava sé stesso a quell'età. Non era molto attento alle vicende delle sue amanti una volta che ne aveva lasciato il letto, perciò non era affatto escluso.

Comunque fosse, Gustavo aveva dato più volte prova del suo valore e della sua fedeltà, tanto che era il solo nelle mani del quale il Senhor Inácio si sarebbe fidato a mettere la propria vita. Chi gli aveva fatto del male era un uomo morto, di questo non doveva dubitare nessuno. E chi lo aveva salvato andava ricompensato.

Cosa ci facesse Gustavo così fuori dalla sua zona non si sapeva ancora di preciso, all'ospedale lo tenevano sotto sedativo, ma il Senhor Inácio non aveva dubbi che stesse andando a donne. Anzi, i suoi aggressori, quelli che faranno una brutta fine, avrebbero potuto benissimo essere stati i parenti della ragazza, padre e fratelli. Di certo non stava andando a trovare questa tizia, pensò Inácio ridacchiando, mentre squadrava la pettinatura cotonata e le forme non aggraziatissime della donna che si trovava di fronte a lui.

«Siete Teresa Alves Miguenhes?»

«Sì, signore.»

Inácio leggeva da un foglio stropicciato e scritto a mano, Teresa era rimasta in piedi aspettando un cenno per potersi sedere sulla sedia di fronte alla scrivania, cenno che non arrivò.

«Abitate in Avenida Piauí e lavorate nel salone di Madame Samuela?»

«Sì, signore. Scusate, ma voi siete una specie di poliziotto?»

Poliziotto o fuorilegge nella testa di Teresa erano quasi la stessa cosa, solo che quel posto non sembrava una stazione di polizia. Forse era un investigatore privato? Come nei film?

«Poliziotto? No, no. Sono un onesto cittadino che vuole ricompensare una gentile signora per un gesto coraggioso. Avete salvato la vita a Gustavo, lo sapevate? Senza di voi sarebbe morto. Vi devo un favore, signora, potete chiedermi quello che volete.»

«Come sarebbe a dire quello che voglio?»

Fuorilegge, aveva deciso: uno che si comporta così non può essere che un fuorilegge.

«Gustavo è come un figlio per me e io sono un uomo molto generoso, chiedetemi quello che volete.»

Teresa rimase di stucco. Il pensiero corse alla conversazione avuta quel mattino con Luiza, che le aveva dato della pazza incosciente per aver corso un pericolo grandissimo e senza ricavarne nulla in cambio. Poi ripensò con un brivido all'incidente della sera precedente, a quell'uomo ferito e sanguinante e a come lo aveva aiutato.

«Un telefono» disse quasi tra sé e sé.

«Volete fare una telefonata?» chiese Inácio, travisando le sue parole.

«No, no. Avete detto che potete darmi quel che voglio. Io vorrei un telefono, come quello del signor Gustavo.»

«Un telefono come quello del signor Gustavo. Capisco,» Inácio aprì un cassetto e le fece cenno a di avvicinarsi «scegliete quello che preferite. C'è altro che posso fare per voi?»

Teresa sbirciò nel cassetto e vide che conteneva almeno una decina di telefonini, di tutte le forme e colori. Il suo voltò si illuminò quando ne vide uno nero, a forma di banana, così simile a quello usato in quel bel film di fantascienza che aveva visto pochi mesi addietro. Chiese conferma con gli occhi di poterlo prendere e poi rispose: «No, sto bene così. Bisogna sapersi accontentare.»

1.9 Interrogazione

Le lezioni di Antônio non erano mai normali ore di ginnastica.
«Oggi interroghiamo.»

Antônio si infilò i guanti e si piazzò al centro della porta. Il primo a presentarsi sul dischetto fu João.
«Dove si trova Murrayfield?»
«Uhm… in Scozia?»
«Giusto.»
João tirò il suo consueto rigore mollo, che Antônio parò senza problemi. Era anche per questo, forse, che inconsciamente gli faceva sempre domande facili.

«Lucas: dimmi il nome di uno sport in cui si gioca senza arbitro.»
«Frisbee!»
«Quasi. Lo sport però si chiama Ultimate, mi spiace, niente rigore.»
George alzò la mano: «Prof!»
«Sì?»
«Veramente ci sono alcune federazioni in cui lo chiamano Ultimate Frisbee e un paio in cui lo chiamano Frisbee. Visto che non avete specificato la nazione, secondo me la risposta di Lucas era giusta.»
Antônio dovette dirsi d'accordo e così Lucas poté tirare il suo rigore, spiazzandolo e aggiudicandosi il suo segno "più" sul registro.

«Dimmi uno sport in cui non si può toccare la palla con le mani, Raul.»

Raul, un moretto lungo lungo ed esile come un fuscello, era un altro con un tiro parabile: «Il calcio.»

Alle spalle di Raul la maggior parte dei compagni di classe iniziò a ridacchiare. George si prese la testa tra le mani. Alexandre mormorò «Deficiente» forte abbastanza da farsi sentire da tutti.

«Il calcio, Raul? Veramente? Il portiere non fa parte del calcio?»

«Scusate prof, non ci avevo pensato…» rispose mortificato Raul. Niente rigore per lui.

Alexandre era il ragazzo con il tiro più forte di tutta la classe. Di interrogazione in interrogazione aveva tirato sempre più forte per vedere quale fosse il limite posto dal professore. Quando aveva capito che non c'erano limiti e valeva tutto, come in prima divisione, si era messo a tirare delle bombe da far tremare i polsi. Per questo Antônio spesso gli faceva domande astruse sui regolamenti del Curling, sul nome degli stadi in Australia o altro del genere. Ma quel giorno Antônio si sentiva in forma, l'idea di parare un bel rigore non gli dispiaceva e comunque valeva la pena di provare a dare una lezione ad Alexandre.

«Dimmelo tu, Alexandre, uno sport in cui *durante il gioco* non si può toccare la palla con le mani.»

«Il tennis!» esclamò sicuro Alexandre, e già stava prendendo la rincorsa.

«E come la lanciano in aria la pallina per battere? Con i piedi? Con la bocca?»

Tutti ridacchiavano.

«Ma prof, avete marcato le parole *durante il gioco,* io pensavo…»

«La battuta fa parte del gioco, Alexandre. Mi spiace, oggi niente rigore per te.»

George borbottò: «Deficiente.»

A Raul scappò una risata più forte. Alexandre si girò e gli lanciò un'occhiata di fuoco che gli fece subito chinare il capo, ma a Raul non importava, il prof e George lo avevano rimesso al suo posto.

George era l'alunno di Antônio più preparato. Il suo tiro di solito non era temibile, non perché non avesse la forza per tirare una bella fucilata ma perché in lui prevaleva sempre la goliardia. Il tiro a cucchiaio, quello con la rabona, di tacco: una volta si era sdraiato per terra e aveva tirato il rigore di testa. Comunque sia, George meritava delle domande stimolanti. Ma ora Antônio aveva notato il suo sorrisetto e non poteva resistere alla curiosità di sapere.

«Allora George, ce lo vuoi dire tu qual è uno sport in cui nessuno può mai toccare la palla con le mani?»

«L'hockey su ghiaccio.»

E senza aspettare l'approvazione di Antônio tirò un missile rasoterra alla sua sinistra, che Antônio vide solo quando la palla fu ormai in rete.

Quando tutti ebbero avuto la loro possibilità Antônio raccolse gli studenti a semicerchio davanti a sé, per la "morale della favola".

«Oggi George ci ha dato una bella lezione sull'importanza di pensare fuori dagli schemi.»

«Ma prof,» lo interruppe Alvaro «voi ci dite sempre che gli schemi sono importantissimi.»

«Certo. Ma gli schemi sono le fondamenta del vostro gioco, sulle quali si regge tutto il resto. Poi, appunto, c'è tutto il resto. Pensate che Picasso abbia sempre disegnato così? Picasso prima ha imparato la tecnica classica alla perfezione e solo poi si è concesso di stravolgerla. Lo stesso dovete fare voi: respirare schemi fino a padroneggiarli del tutto, e poi al momento giusto – zac! – stravolgerli e lasciare di stucco gli avversari che si aspettavano la Gioconda e si ritrovano nel mezzo di Guernica.»

George avrebbe voluto chiedere perché mai gli avversari avrebbero dovuto aspettarsi la Gioconda, dato che non era stata dipinta da Picasso, ma per una volta ritenne che non fosse il caso di fare il saputello e si trattenne.

«E soprattutto,» concluse Antonio «quello che mi aspetto da voi è che sappiate capire quando è il caso di seguire uno schema e quando invece è il momento di pensare fuori dagli schemi. Quando giocate, quando vi interrogano, quando un giorno diventerete sportivi famosi. Ricordatevi Guernica. Ricordatevi che siete voi a scegliere se mettere due volte la stessa canzone o se invece non ripeterla mai.»

Ecco, cosa c'entrino le canzoni proprio non l'ho capito, pensò George.

1.10 Millennium bug

Una volta alla settimana Antônio utilizzava la sua ora di trasmissione radio per fare lezioni di internet ai suoi ascoltatori. Non aveva mai studiato informatica, non aveva il computer a casa (ma pensava di comprarlo presto) e prima di iniziare a lavorare in radio non ne aveva mai usato uno in vita sua. Ma aveva la curiosità dalla sua e quella mezz'ora di utilizzo prima della trasmissione, ripetuta nel tempo, gli bastava e avanzava per essere "l'esperto di computer della radio" (dove per esperto s'intendeva l'unico che lo accendesse) e il più smanettone dei suoi conoscenti, con l'ovvia esclusione di Vitor. Vitor era uno smanettone vero, lo aiutava quando c'era un problema e soprattutto gli passava le dritte sui siti e i programmi più interessanti, quelli che sarebbero divenuti popolari nei mesi successivi, permettendo così ad Antônio di passare non solo per divulgatore ma anche per uno che ci vedeva lungo (all'interno della ristretta cerchia di quelli che ascoltavano il suo programma, beninteso).

«Oggi è una puntatona, vi avviso. Tenete pronti i vostri blocchi per appunti perché vi assicuro che non vorrete dimenticare quanto vi spiegherò. Partiamo con una novità strabiliante: un programma che permette di scaricare qualunque canzone vogliate, in qualunque momento, gratis. Si chiama Napster e funziona così: lo installate nel vostro computer e gli dite in quale cartella tenete la vostra musica. Tutti gli altri utenti fanno lo stesso e Napster vi consente di cercare nelle loro cartelle, nelle cartelle dei pc di tutto il mondo! Quando trovate la canzone che vi interessa, un click e nel giro di una ventina di minuti ve la ritroverete nel vostro computer. Capisco che suoni incredibile, ma per dimostrarvi che è vero faremo una prova. Il primo ascoltatore che telefonerà sceglierà un brano a suo piacimento, io lo cercherò e vediamo se entro la fine della trasmissione riusciamo ad ascoltarlo insieme.»

«Pronto?»

«Antônio?»

«Ciao Teresa.»

«Antônio, ho un bellissimo telefono nuovo, vedessi. Ti chiamo con quello, si sente? La senti la differenza?»

Teresa non aveva mai usato il computer, ne aveva a malapena visto da lontano uno, gli aveva candidamente raccontato, e non sembrava intenzionata a iniziare. Ma, come aveva già più volte spiegato in diretta per l'imbarazzo di Antônio, Antônio aveva una così bella voce che anche sentire parlare di questi argomenti noiosissimi era comunque piacevole.

«Allora, che brano vuoi che cerchi?»

«Eeeeh, non saprei. A me piace molto Caetano Veloso, però magari nel resto del mondo non lo conoscono. Davvero potrai cercare nei computer di tutto il mondo?»

«Sì, Teresa, a quanto pare sì.»

«Anche in Giamaica?»

«Sì.»

«Oddio che emozione. Allora… direi una bella canzone allegra. 'Could you be loved' potrebbe andar bene? Non ho capito come farai a collegarti con il computer del signor Bob Marley, dato che è morto da un pezzo. Forse i suoi familiari? Comunque salutali da parte mia, e saluti a te, Antônio caro.»

«Bene. Mettiamo in download 'Could you be loved' e intanto passiamo alla seconda notizia, che purtroppo non è altrettanto bella, anzi è molto preoccupante. Vi ho già parlato qualche volta del millennium bug: un problema nei programmi dei computer che, parrebbe, quando inizierà l'anno nuovo, confonderanno il 2000 con il 1900. E chi se ne frega, chiederete voi? Quando il mio vicino, il senhor Bastos, torna a casa ubriaco e confonde il venerdì con il sabato per me non cambia niente.

Però ho letto svariati articoli in cui gli esperti concordavano che molte strutture che si basano sull'informatica potrebbero dare messaggi di errore e arrivare a bloccarsi. E se si blocca il mio computer, pazienza. Ma se si blocca il computer di una banca e trasferisce i soldi dal vostro conto al mio? O se si blocca quello a bordo di un aereo, che succede? In un articolo che ho letto oggi un esperto si dice molto preoccupato di quello che può succedere in paesi come l'India e il Pakistan che sono in possesso di un arsenale atomico, e dice che lui festeggerà il capodanno del Pakistan più di quello di Rio de Janeiro, perché è dal primo che dipenderà il nostro essere ancora vivi per festeggiare il secondo.

Io dico: ma che razza di mondo abbiamo costruito se dobbiamo avere paura che un errore in un computer possa causare un bombardamento nucleare? A ogni modo, gli esperti sono alla ricerca di una soluzione, dicono.»

Antônio si interruppe per lanciare l'intermezzo musicale. Per restare in tema mise 'Two Suns In The Sunset' dei Pink Floyd e 'Russians' di Sting.

«A proposito di ricerca, torniamo a parlare di cose belle e di quanto sa essere inventiva l'umanità quando ci si mette. Avete presente quando mi fermate per la strada e mi chiedete dove trovo tutte queste informazioni?» gli era successo solo due volte da quando lavorava in radio, ma "due" giustificavano l'uso del plurale «Beh, ovviamente uso un cosiddetto motore di ricerca. Fino a pochi giorni fa usavo, come tutti, Altavista o Yahoo, ma ora ne ho scoperto uno nuovo. Ha un nome stranissimo: Gùgol, scritto G O O G L E e vi posso garantire che è una bomba. Voi scrivete una parola e su dieci risultati che fornisce state sicuri che almeno sette o otto hanno a che fare con la vostra ricerca. Ed è anche veloce. Poi certo, l'evoluzione di internet è così rapida che probabilmente l'anno prossimo ce ne sarà uno ancora migliore, ma fino a che non arriverà segnatevi questo nome e iniziate a usarlo, non ve ne pentirete.»

Controllò il computer e con un sorriso vide che il suo esperimento era riuscito.

«E per oggi è tutto. Alla prossima puntata. Ma prima di andarmene: c'era un esperimento in corso, vediamo che frutti ha dato.»

Antônio spense il microfono, lanciò 'Could you be loved', salutò Paco, il fonico, salutò João e se ne andò soddisfatto.

1.11 Macapá Futebol Clube

I due anni di successi che con le giovanili del Real Amapá erano seguiti al pessimo inizio avevano aperto ad Antônio le porte del ritorno al Macapá Futebol Clube, in veste di allenatore della prima squadra. Ma in prima squadra le cose si erano fatte presto difficili. Il carisma che a fatica Antônio era riuscito a costruirsi con i quindicenni era evaporato in un istante con gli adulti, soprattutto trattandosi dei suoi ex compagni di squadra. Il metodo dei minimatch era visto malissimo a tutti i livelli, il gergo di Antônio non faceva presa su nessuno, nemmeno su Eduardo. Eduardo era un uomo pragmatico e amante dei numeri che leggeva nelle statistiche andamenti che Antônio non poteva e non voleva capire.

La prima stagione era finita senza infamia e senza lode. I giocatori si autogestivano in partita senza ascoltare i consigli di Antônio e si sottoponevano ai minimatch controvoglia ma senza mai arrivare a una vera e propria ribellione. In fondo si giocava per divertirsi, soldi non ne giravano, e se si vinceva qualche partita nonostante quell'allenatore voleva dire che qualche valore i giocatori ce l'avevano.

«Il metodo funziona,» diceva uno sfiduciato Antônio a Eduardo «voi non volete vedere quello che per me è ovvio: funziona. Cosa ti dicono le statistiche? Ti dicono che stiamo migliorando, no?»

«Le statistiche mi dicono che i ragazzi giocano meglio *nonostante* il metodo di allenamento.»

«Come puoi dirlo? Io devo allenare i giocatori a fare a meno di me, l'ho sempre detto che questo è il mio scopo, no? E loro stanno imparando bene, ecco tutto.»

Il rapporto di fiducia tra i due allenatori non decollava, quello tra i giocatori e Antônio era inesistente, Eduardo sentiva tutto il peso della squadra sulle proprie spalle: la squadra a fine anno era arrivata quinta, un mezzo disastro.

Ma questo era capitato il primo anno. Nonostante le frizioni e la ruggine la dirigenza aveva deciso di tenere Antônio ancora per un anno e le cose lentamente si erano aggiustate. Nessuno ammise mai pubblicamente che il metodo di Antônio avesse portato qualche beneficio ma la squadra l'anno successivo andò effettivamente meglio del solito, finendo prima nel primo girone di eliminazione e seconda nel secondo, finché continuando a vincere tutti gli scontri a eliminazione diretta raggiunse la semifinale. Lentamente Eduardo era arrivato ad apprezzare alcuni lati del carattere di Antônio e anche in parte la sua preparazione, soprattutto la sua continua spinta a interessarsi, documentarsi, studiare.

Per Antônio raccontare a Eduardo cosa aveva preparato per l'allenamento non era mai facile. Preparava una lista di situazioni in cui a suo giudizio la squadra poteva mettere in difficoltà gli avversari o nelle quali gli avversari avrebbero cercato di mettere in difficoltà il Macapá e poi la proponeva a Eduardo per una verifica preliminare.

«Oggi dobbiamo fare il binario spaccato, certamente un po' di polpo, qualche barchetta sulla destra e sicuramente dobbiamo provare la fortaleza nel caso ci capiti di passare presto in vantaggio, magari anche con qualche arciere impazzito.»

«Il binario spaccato?» Eduardo non era perfettamente a suo agio con il gergo di Antônio, un po' perché nuovi nomi nascevano tutte le settimane e un po' perché non si era mai veramente impegnato a studiare tutte le definizioni.

«Sì, il binario spaccato, il rinvio lungo del portiere con tutti i centrocampisti e gli attaccanti che scattano in avanti.»

Antônio, forse concentrato su come organizzare la separazione dei vari minicampi di gioco, non si accorse dell'espressione perplessa sul viso di Eduardo.

«Il rinvio lungo? Stai scherzando, vero?» il tono di Eduardo si era fatto molto serio ma Antônio sembrò non rendersene conto.

«Sì, cioè no. E poi ora che ci penso anche un po' di piranha.»

«Aspetta, Antônio. Domenica c'è la semifinale, giusto? Non so che problemi hai tu con le semifinali ma il Macapá sono sei anni che non arriva in semifinale. E tu vuoi sprecare il nostro tempo facendo rinvii lunghi?»

«Eduardo, non capisci perché non vuoi capire. Ma non è un problema solo tuo, è un problema di tutti, anche dei politici. Vi rifiutate di avere coraggio, di provare ad andare oltre a quello a cui siete abituati, siete tutti arroccati sulle vostre posizioni, non volete veramente ottenere dei risultati. Sopravvivere, ecco quello che volete fare, solo sopravvivere. E con questo negate la natura stessa dell'essere umano, la sua naturale spinta all'evoluzione: noi siamo stati programmati per evolvere, per cercare sempre cose nuove, per migliorare. Voi non vivete in questo tempo, vivete nel passato.»

«Ma voi chi, scusa? Chi vive nel passato?»

«Dicevo così per dire. Quest'anno l'Ypiranga ha preso tre goal su rinvii lunghi, perché non dovremmo provarli in allenamento? Perché non dovremmo cercare di sfruttare quella che è un'evidente debolezza degli avversari? Cosa sarebbe successo se, che ne so, durante la seconda guerra mondiale gli americani si fossero rifiutati di sfruttare le debolezze degli avversari? Ti piacerebbe che ci fosse un governo nazista mondiale?»

«Ma quali debolezze? I nazisti? Ma cosa dici?»

«E comunque il problema è che non siete in grado di riconoscere e dare valore al merito, vi sentite sempre in diritto di criticare anche sulla base di argomenti discutibili o sulla base di una preparazione oggettivamente inferiore...»

Eduardo alla parola "oggettivamente" smise di ascoltare Antônio, diede un'occhiata ai suoi appunti, guardò l'orologio, cercò di tenersi occupato mettendo in ordine qui e là, infine quando non sentì più la voce di Antônio rimbombare tra le travi di cemento armato disse: «Glielo dici tu, oggi. Parli tu con i ragazzi.»

«È il dodici novembre. Ci credete voi? È già il dodici novembre. L'inizio del campionato 1999? Mi sembra ieri. Non sembra così anche a voi? Abbiamo passato momenti di grande carica, abbiamo passato momenti così così, abbiamo giocato bene e abbiamo giocato meno bene, però siamo qui.»

Dante e Diego lo guardavano, ciascuno con la spalla appoggiata a uno stipite della porta d'ingresso dello spogliatoio. Stavano fumando, come sempre prima di un allenamento o di una partita, e si scambiavano veloci occhiate d'intesa per comunicarsi la noia di dover ascoltare l'ennesimo discorso di Antônio, che conoscevano bene essendo stati suoi compagni di squadra per anni. Dani e Ricardo si allacciavano lentamente gli scarpini, annuendo silenziosamente. Maurìcio con la sua inconfondibile chioma bionda fece finta di cercare qualcosa nella sua borsa, prese in mano la bomboletta di deodorante e la rimise in una delle tasche, controllò che il tappo del nuovo bagnoschiuma fosse chiuso saldamente e verificò con cura tutte le cerniere.

«Siamo arrivati alla semifinale. Domenica ci giochiamo la stagione, come ce la siamo giocata domenica scorsa e come ce la siamo giocata due domeniche fa. Solo che dopodomani giochiamo contro l'Ypiranga.»

«Quegli stronzi dell'Ypiranga!» intervenne Danilo José, capitano della squadra, suscitando uno scoppio di risate che Antônio accolse con insofferenza.

«Il rispetto ragazzi, il rispetto. Non possiamo scendere in campo con una squadra forte come l'Ypiranga senza portare rispetto verso di loro. Lo sport è prima di tutto una scuola di vita, non possiamo sempre pensare di essere i migliori in tutto quello che facciamo.»

«Ma Mister,» era ancora la voce di Danilo José «noi siamo i migliori!»

«Vedremo Danilo, vedremo.»

Mentre parlava Antônio tracciava con gessetti colorati sulla grande lavagna di ardesia sulla quale erano stati prestampati quattro campi da calcio con le linee che delimitavano i campi per i minimatch.

Quando fu il turno di tracciare lo schema per il "binario spaccato" un mormorio serpeggiò tra i giocatori. Fu sempre Danilo José a farsi portavoce della sua squadra: «Mister! Quello schema non lo conosciamo, come si chiama? Il libro bollito? La carta igienica interrotta?»

Altre risate riempirono lo spogliatoio.

«Non importa. A questo punto il nome non importa. Importa che voi proviate questa situazione di gioco. L'Ypiranga quest'anno ha preso tre goal in questa situazione e io voglio che voi la proviate. Bisogna provare rispetto per gli avversari e conoscere le loro debolezze, queste due cose non sono in contraddizione. Solo imparando a ragionare sulle debolezze altrui possiamo riconoscere e migliorare le nostre.»

«Quale situazione, Mister?»

«Rinvio lungo del portiere e aggressione in zona di attacco.»

I ragazzi si guardarono un po' rassegnati e un po' divertiti, alcuni nemmeno troppo sicuri di aver capito bene. Il silenzio nello spogliatoio si ispessì finché nessuno quasi osò più respirare. La tensione venne rotta da Danilo José che si alzò di scatto e uscì dallo spogliatoio mormorando: «Vado a parlare con Eduardo» seguito a ruota dai suoi caporali Henrique e Lucas e poi piano piano da tutti gli altri.

Solo Thiago, uno dei più giovani, rimase seduto in attesa di istruzioni. Portava l'apparecchio e una fascia in testa che lo faceva assomigliare a un tennista degli anni ottanta e sfoggiava un sorriso che faceva sospettare ad Antônio che non avesse colto appieno la situazione. Dopo pochi istanti irruppe nello spogliatoio Amauri con la sua tuta da meccanico: «Scusate, scusate mi si è rotto il motorino, scusate…»

La frase restò appesa a metà quando si rese conto che lo spogliatoio era vuoto e realizzò di aver visto i ragazzi già tutti fuori sul campo.

«Cos'è successo?» chiese timidamente.

«Niente,» rispose Antônio «niente. Cambiati velocemente che abbiamo da fare» concluse uscendo dalla porta.

1.12 Semifinale

La mattina del 14 novembre 1999 le porte della chiesa di São José assistettero a un insolito andirivieni. Non che la chiesa rimanesse solitamente deserta di domenica, anzi, ma quel giorno molte persone che in quella parrocchia non avevano mai messo piede si presentarono alla porta, incuriosite.

L'intera squadra di calcio del Macapá Futebol Clube era schierata davanti all'altare, in ginocchio, con il sacerdote che passava a dare la benedizione a tutti sotto gli occhi attenti del senhor Inácio Império, il presidente, e del vice allenatore Eduardo.

«Dov'è?» chiese Inácio molto irritato.

«Non lo so,» rispose Eduardo «gli ho telefonato e mi ha detto che sarebbe venuto ma onestamente non sembrava molto convinto, sapete com'è Antônio.»

«No, non lo so.»

«Beh, è uno difficile da convincere.»

«Comunque sia sarà meglio che si presenti, non vogliamo certo che una disgrazia si abbatta su di noi, vero?»

«No, no, certo che no...» mormorò Eduardo, a sua volta senza troppa convinzione.

La disgrazia temuta dal Senhor Inácio si era annunciata poco dopo l'alba sotto forma di una impressionante tromba d'acqua che si era sollevata a qualche centinaio di metri dal porticciolo di Macapá ed era rimasta lì minacciosa per quasi un'ora mentre un'ondata di panico si diffondeva a macchia d'olio per la città. «È di malaugurio!» fu il commento più diffuso, ma anche «Moriremo tutti» o, con una certa esagerazione, «È la fine del mondo».

Le trombe d'acqua non sono così rare a Macapá, negli anni sfortunati se ne possono vedere anche due o tre. Quello che rendeva particolare questa tromba d'acqua era la sua persistenza: di solito dopo pochi minuti la tromba si dissolveva e si allontanava verso l'oceano. Ma la tromba di quel giorno di novembre non se ne voleva andare: rimaneva lì a girare sollevando mulinelli spaventosi, ora avvicinandosi alla costa ora tornando leggermente indietro come a volersi prendere gioco degli impauriti cittadini.

«Che disgrazia se si abbatte sulle nostre case!»

«È già una disgrazia così, anche se non colpisce le case: quella è la sfortuna che ci guarda con gli occhi di dio!»

E via dicendo.

Antônio aveva passato una notte difficile. Dopo una lunga serata passata a pensare e ripensare a schemi di gioco era crollato dal sonno ancora vestito sullo scomodo divano del soggiorno. L'alba lo aveva sorpreso rannicchiato in una posizione innaturale, i suoi appunti ancora stretti nella mano, e il risveglio era stato accompagnato da dolori di schiena e un senso di fastidio alla testa che nemmeno un caffè e una doccia erano riusciti a scacciare. Aveva appreso della tromba d'acqua dalla radio che aveva acceso per avere un po' di compagnia mentre riordinava i fogli della sera prima ma, forse perché ormai assorto nel pensiero della semifinale, la notizia non aveva lasciato nessuna traccia in lui, almeno fino alla telefonata di Eduardo.

«Pronto, Antônio?»

«Eduardo! Cosa succede?»

«Non hai sentito la notizia?» la voce di Eduardo era stranamente concitata.

«Notizia? Quale notizia?»

«La tromba d'acqua, c'è una tromba d'acqua appena fuori dal porto, è lì da quasi un'ora e non se ne vuole andare!»

«Ma c'è da preoccuparsi? Le autorità cosa dicono? Non è come al solito che dopo un po' si allontana verso nord-est?»

«È lì da quasi un'ora, capisci? Non è una tromba d'acqua normale!»

«E che cos'è allora?»

«Qui tutti dicono che è la fine del mondo, è un segno di sventura.»

«E tu ci credi? Eduardo, l'uomo di scienza, improvvisamente si scopre superstizioso?»

«Non sono io che sono superstizioso, è la tromba d'acqua che non se ne vuole andare! Comunque il Senhor Inácio ci ha convocati tutti in sede.»

«In sede? Ma ci metto mezz'ora a venire là, per cosa ci ha convocati?»

«Per la sventura. Cioè, per combattere la sventura.»

«E come intende combatterla, scusa?»

«Senti Antônio, il Senhor Inácio mi ha detto di dirti di venire, poi le domande le fai a lui, va bene?»

Ricostruendo a posteriori la vicenda nessuno sarebbe riuscito a ricordare con precisione chi fu a pronunciare la frase "andiamo a farci benedire", certo è che gli occhi di Inácio si illuminarono e non ci fu nessun bisogno di ripeterlo due volte. In cuor suo Eduardo sapeva benissimo di essere stato lui e sapeva benissimo di averlo fatto per sbrogliare una situazione che si faceva sempre più tesa: il presidente disperato per l'infausto presagio, i giocatori incerti se prenderlo sul serio o meno, il tempo che passava senza che la tensione si riuscisse a sciogliere, Antônio che non si faceva vivo.

Dalla sede del Macapá in Avenida Fab alla chiesa di São José erano poche centinaia di metri ma certo quella strana comitiva non poteva passare inosservata. Una strana domenica quel quattordici novembre per gli abitanti del quartiere di Santa Rita: una funesta tromba d'acqua seguita da un corteo di maschi adulti in pantaloncini corti verdi e maglietta verde e arancio, con le facce buie se non addirittura in lacrime, diretto in una piccola chiesa del centro.

Antônio era indeciso sul da farsi. Non voleva mancare alla convocazione del suo presidente ma era certo che la motivazione fosse futile, e poi in bicicletta la sede del Macapá era a mezz'ora da casa sua e andare fino là gli avrebbe fatto di certo saltare tutta la preparazione della partita. Infine c'era un segnale d'allarme che stava suonando nei recessi della sua mente e che era composto dalle lettere di fuoco della parola "SEMIFINALE".

Antônio era un allenatore da campionato, bravo a studiare gli avversari e a usare tutto il lungo tempo di una stagione per fare aggiustamenti e miglioramenti. Ma l'eliminazione diretta, quella no.

Durante le partite a eliminazione diretta tutte le sue insicurezze si materializzavano e diventavano reali e più si avvicinava la finale più le gambe gli tremavano.

Ottavi di finale: primi dubbi; quarti di finale: introspezione critica; semifinale: paralisi. Ogni volta il suo cervello provava quel momento di tilt sperimentato durante la semifinale del campionato del mondo di pallavolo, quella che il Brasile non poteva perdere, e invece.

Anche nell'ultimo anno da giocatore di calcio la sua ultima partita era stata una semifinale: avrebbe fatto qualunque cosa pur di fuggire da sé stesso, anche fingere, come era accaduto, che il lieve fastidio alla caviglia fosse qualcosa di molto più grave.

Decisamente Antônio aveva qualche problema con le semifinali.

E se il quarto di finale del campionato 1999 era stato una sfida troppo facile per mettere in crisi le sue convinzioni, la semifinale del quattordici novembre sarebbe stata invece contro l'Ypiranga, una squadra forte e motivata.

Non si seppe mai se la colpa fosse da attribuire alle ostie, che il prete aveva recuperato in fretta e furia in uno sportello della sacrestia e che non erano proprio freschissime, o al vino ormai diventato aceto. Sta di fatto che i ragazzi del Macapá uscirono dalla benedizione letteralmente trasformati: chi si teneva la pancia, chi provava giramenti di testa, chi si ritrovava con la vista annebbiata.

Qualcuno avrebbe sentito in questo più l'odore di un complotto che la forza di una punizione divina.

E poi c'era la rabbia sorda del Senhor Inácio che contagiava tutti, persino il razionale Eduardo aveva iniziato a domandarsi se l'assenza di Antônio non fosse l'ennesimo segno di un destino che da molto tempo non smetteva di mettersi di traverso.

«Perché il Signore,» ululava Inácio «deve prendersela con noi? Quelli dell'Ypiranga vengono da una favela dove sono tutti morti di fame? E questo è sufficiente per renderli suoi prediletti? Non è che i ragazzi di Santa Rita navighino nell'oro, eh! Non ci sono modi più leali per organizzare questo scontro? Il Signore Iddio nostro a volte non lo capisco proprio!»

Quello che il destino decide difficilmente l'uomo potrà cambiare. I primi giocatori del Macapá arrivarono allo stadio quando tutto l'Ypiranga era già a metà del riscaldamento; nei loro occhi e nel loro intestino un malessere improvviso, impossibile da contrastare. Danilo José, il capitano, l'uomo dal tiro "orrendamente preciso" come spesso lo definivano scherzosamente i compagni, era al tappeto. Si disse poi che aveva appena fatto in tempo a tornare a casa e a entrare in bagno, dove sarebbe restato piegato in due dal dolore durante tutta la partita.

Inácio era sul punto di esonerare sui due piedi Antônio, arrivato in quel momento, solo l'intervento di Eduardo rimandò quella che sembrava una perfino blanda riparazione a un'imperdonabile sgarro. Antônio stesso, i cui nervi erano diventati sempre più fragili man mano che si avvicinava il fischio iniziale, non sarebbe riuscito a pensare che a una sola parola durante tutta la partita: semifinale, semifinale, semifinale.

La partita? La semifinale del campionato Amapaense dell'anno 1999, giocata il torrido pomeriggio del quattordici novembre, vide la fortissima e motivatissima squadra dell'Ypiranga travolgere quelli che sembravano i fantasmi del Macapá FC. Un secco 4 a 0 che non lasciava spazio a nessuna replica.

"È il calcio bailado che finalmente trionfa contro chi vede negli schemi e non nell'anima l'essenza dello sport più bello del mondo" scriverà la Gazeta Esportiva (sottotitolo 'Giornale di verità') il mattino dopo.

«È una maledizione» commenteranno altri.

1.13 Fine delle trasmissioni

Appena salite le scale Antônio si accorse che qualcosa non andava: la porta era aperta e già dal pianerottolo si vedeva la confusione, carte sparpagliate, cavi attorcigliati, il portamatite di Isabel rovesciato per terra. Seduto sulla poltroncina del mixer trascinata in mezzo alla stanza Paco si teneva la testa tra le mani, sembrava non averlo nemmeno sentito entrare.

«Paco, ma cosa… cosa diavolo è successo?»

«Ladri – gli rispose senza guardarlo – devono essere entrati dalla finestrina del bagno, forse hanno appoggiato una scala sul tetto del garage di sotto, chissà. E chi se ne frega di come sono entrati, comunque. Hanno portato via tutto.»

Paco alzò gli occhi, lucidi di rabbia e sgomento: «Tutto, tutto quello che ha un minimo di valore: mixer, computer, microfoni, cuffie, amplificatori, tutto. Persino quella scatola di vecchi CD che era nel ripostiglio da anni.»

Antônio era impietrito. Girò lo sguardo sui locali che erano stati letteralmente spogliati, restavano sedie e scrivanie e armadietti spalancati, i poster sul muro e quel paio di cavi che i ladri avevano lasciato sul pavimento.

João arrivò dall'altra stanza a occhi bassi, tenendo in una mano una presa multipla e nell'altra un sacchetto di dolciumi, vuoto: «Che disastro, Antônio, che disastro. Chissà quando riusciremo a rimetterci in piedi.»

«Se, se ci riusciremo, non è affatto detto. Anzi diciamo pure che non succederà, la radio è finita, basta, non facciamoci illusioni del cazzo.»

«Dai, Paco, non dire così... un modo lo troveremo, cercheremo uno sponsor...»

Paco nemmeno gli rispose, accennò solo un gesto di stizza prima di scuotere la testa e riprendersela tra le mani. Il mixer, quel vecchio scatolone che lui amorosamente teneva insieme con nastro isolante e cavi di risulta era per lui come un figlio, una fidanzata, un cane. Era un fonico di talento e ogni tanto parlava di andare a far carriera negli USA o in Europa ma poi finiva sempre con il restare lì, a coccolarsi la sua radio come una bambola di pezza.

Antônio stava cercando, senza molta speranza, di trovare qualcosa da dire per consolarlo quando entrò Isabel, che il mercoledì andava in onda dopo di lui. Anzi, non entrò affatto: rimase bloccata sulla soglia, gli occhi sgranati.

«I... ladri...?» mormorò lasciando cadere la borsa per terra.

João che vagava con la spina in mano palesemente senza sapere cosa fare di se stesso le rispose allargando le braccia, sconsolato.

«Ma potevate avvisarmi, telefonare alla polizia, non so, fare qualcosa!»

«Sono arrivato un'ora fa e ho trovato questo, Isabel: nemmeno il tempo di capire cosa fosse successo ed è arrivato Paco...» abbassò la voce, ammiccò con la testa verso il fonico: «Sapessi, Isabelita, avresti dovuto vedere come ha dato fuori di matto quando si è reso conto, mai vista una cosa del genere. Ho avuto paura si buttasse giù dalla finestra, altro che telefonate.»

Proprio in quel momento il telefono, con il suo squillo che rimbombava nell'ambiente svuotato, li fece sobbalzare.

«Pronto?»

«Teresa?»

«Antônio! Cosa succede? Sono venti minuti che ho acceso la radio ma la vostra stazione non si prende. Subito mi sono spaventata perché ho pensato si fosse rotta la mia radio, ma poi ho controllato su un'altra stazione, gesù santissimo che programmi che fanno gli altri, non c'è proprio paragone sai? Siete la miglior radio di Macapá, io lo dico sempre a Luiza, che invece insiste con quell'altro programma di quel tipo che fa finta di essere un attore americano, io non so come fa ad ascoltarlo.»

«Teresa, scusa ma non...»

«Oh, ho perso il filo. Dicevo: cosa succede? Come mai non siete in onda?»

«Teresa, temo che dovrai abituarti ad ascoltare il programma di Luiza.»

«In che senso? Cosa vuoi dire?»

«Voglio dire che la radio non c'è più. Hanno rubato tutto.»

Isabel aveva dichiarato di avere bisogno di una sigaretta e Antônio – che fumava forse una volta o due all'anno – era così scioccato che decise di farle compagnia. Sedettero sul marciapiede e Isabel non faceva che scuotere la testa, aveva le lacrime agli occhi e non sapeva nemmeno lei se fosse più arrabbiata o più affranta: «Che peccato, che peccato... andavamo così bene... andavamo proprio benino, vero Antônio? Iniziavamo a farci un pubblico come si deve e adesso, adesso questo.»

«Non fare così, mi sembri Paco, dai, tu non sei così pessimista. Qualcosa faremo, troveremo uno sponsor, vedrai.»

«Certo, uno sponsor. Come se fossero zanzare, che le devi scacciare per quante ce ne sono. Ma anche ammesso che siamo così fortunati, tra il cercarlo, il trovarlo e il rimettere in moto tutto passeranno dei mesi. E tra cinque o sei mesi chi tra il pubblico si ricorderà di noi?»

«Beh, ma...»

«Ma niente. Se c'era una cosa bella in questa merda di città, una cosa che mi piaceva davvero, *una*, era questa nostra stupida radiolina. Forse nel suo piccolo faceva compagnia a qualcuno, forse per qualche momento lo sollevava dai suoi problemi, forse aveva una sua piccola anima importante per questa città. Adesso boh, non c'è rimasto niente.»

Antônio non sapeva cosa dire, Isabel non aveva torto ma lo faceva soffrire vederla tanto amareggiata. D'improvviso, senza rendersene affatto conto, si udì dire: «Beh, stare qui a lagnarci non serve a granché. Andiamo a bere qualcosa, a cenare da qualche parte: almeno se dobbiamo piangerci addosso lo facciamo davanti a una birretta.»

Ancora meravigliato per aver pronunciato quelle parole – di solito non era così diretto con le ragazze, anzi – rimase ancora più stupito quando, del tutto inaspettatamente, Isabel si alzò spolverandosi i pantaloncini e dicendo: «Ma sì, va bene. Mi avevano invitato in un posto e ho detto di no perché ero convinta di andare in onda: ormai per quello è tardi, ma non mi va di passare la sera da sola a rimuginare. Andiamo. Avevi già in mente un posto?»
Antônio ebbe un momento di buio totale: mangiava fuori quasi tutte le sere eppure non gli veniva in mente un locale che fosse uno. Mentre Isabel lo guardava interrogativa, frugando affannosamente nella memoria riuscì finalmente a cavarne fuori la trattoria di Armandinha: tutt'altro che un posto elegante ma perlomeno si mangiava bene, e comunque era proprio l'unico a cui riuscisse a pensare.
Così si avviarono, mentre un torpido sole color della papaya calava sulla polvere del marciapiede, sui capelli di Isabel ricciuti, sul povero Paco che rimasto solo nelle stanze vuote singhiozzava perdutamente carezzando l'unico cavo rimasto, sull'idea di quell'invito a cena che Antônio già iniziava a dubitare fosse così buona.

Camminarono a lungo – me la ricordavo più vicina, la trattoria – mentre Antônio approfittava per dettagliare a Isabel una sua teoria, elaborata proprio in quel preciso momento, su come le trasmissioni radiofoniche potessero avere dei paralleli con certe attività sportive, segnatamente il calcio, e come lo schema della barchetta a remi, per dirne uno, potesse essere, naturalmente traslandolo, applicato alla gestione del notiziario delle sei.

Isabel camminava assorta, Antônio era molto soddisfatto che lei lo ascoltasse con tanto concentrato interesse, una ragazza intelligente, non come quel vecchio capibara di Eduardo che ostentava quell'aria di sufficienza soltanto perché non capiva.

Un casuale contatto di fianchi gli fece sorgere un fuggevole pensiero riguardo a un possibile dopo cena. Ti va di entrare un momento? Mah, sì, magari beviamo ancora qualcosina insieme, solo un attimo però. Scusa la confusione, ho il letto ancora sfatto... Ma figuriamoci, la riaccompagnerai a casa e vi saluterete parlando della radio da buoni amici e sarà finita così, inutile stare a pensarci. Piuttosto, forse aveva dimenticato di spiegarle bene la differenza tra avere uno schema e l'esserne vincolati, era meglio che gliela chiarisse – magari facendo l'esempio dell'hockey – altrimenti il discorso poteva non risultarle completo.

Tanto era stata taciturna lungo la strada quanto Isabel divenne ciarliera quando, finalmente arrivati, si sedettero a tavola. Non sembrò fare affatto caso agli spazi angusti della trattoria, alle pareti gialline decorate con immagini di orixas, schizzi di sugo e foto di attori ritagliate dai giornali, che Antônio – dopo tutte le volte che era stato lì – per la prima volta invece notò rimanendone vagamente imbarazzato. Che razza di posto per portare a cena una ragazza, sei un cretino, pensò mentre passava senza farsi notare il tovagliolo di carta sulla formica del tavolo per togliere un alone di un unto imprecisato, mentre si augurava che lei non notasse la dubbia limpidezza dei bicchieri, mentre sperava che non sentisse le sguaiate bestemmie dei commensali del tavolo a fianco, tre uomini e tre bottiglie di cachaça.

La cucina era come sempre ottima, anche se sembrava che nemmeno al cibo Isabel stesse facendo attenzione, parlava a raffica neanche fosse in onda: la politica, la radio, le amiche, il diario che teneva ogni sera – ecco, lì forse si era un po' distratto – i viaggi, soprattutto i viaggi.

«Perché vedi, Antônio, io non ho mai viaggiato ma è da sempre, da sempre il mio sogno. Imparare le lingue per vedere il mondo, per poter conoscere gente diversa. E poi avere davanti ai tuoi occhi certe meraviglie della natura, dell'architettura, cose che hai visto solo sui libri, ecco io per quello non so cosa darei.»

Bevve un altro sorso di caipirinha e prima che Antônio potesse interloquire ricominciò, eccitata: «Sai, forse quello che è successo ha una sua ragione, dopotutto. Ci ho pensato per tutta la strada, mentre venivamo qui, per tutto il tempo ho pensato solo a questo: forse la cosa della radio è un segno che qualcosa – oh, non pensare a cose mistiche, lo sai che non sono il tipo – ma dico, qualcosa che mi fa percepire che è ora di cambiare, di fare cose diverse, non so.»

«Beh, è molto bello quello che dici... mi viene in mente quello che diceva un mio amico che ha una barca a vela: "Quando il vento cambia devi cambiare rotta anche tu, altrimenti finisci sugli scogli." Ecco, mi è sempre rimasto impresso perché...»

«Esatto! Proprio così, una frase che esprime perfettamente quello che intendo dire. Vedi, non ho il becco di un quattrino e non ho più nemmeno la radio ma forse proprio per quello, guarda, mi è sbocciato dentro qualcosa, un entusiasmo, una fiducia nel futuro, non so. Sono convinta che sia arrivato il momento di una svolta, di una nuova vita, capisci?»

Ad Antônio, colpito da quell'esplosione di sentimenti, da quella vivacità, dalle sue guance accese dal cibo speziato, balenò l'idea che forse un piccolissimo pensiero sul dopo cena si poteva anche fare, a quel punto. Le birre erano state più d'una ed erano già alla seconda caipirinha, lei era tutta un fervore e accaldata, lo guardava con occhi di fiamma: «Capisci, Antônio?»

«Ma certo, Isabelita, capisco benissimo, e sai, stavo pensando, io abito proprio qui dietro: potremmo andare lì, ci mettiamo comodi, ci beviamo un'altra birretta... Ci sono schemi nuovi di cui possiamo parlare e...»

Isabel lo fermò appoggiando una mano sulla sua: «Antônio. Ascolta, Antônio: meglio di no.»

«Cioè, io volevo solo…»

Isabel lasciò la sua mano, sorrideva ma i suoi occhi erano chiari e decisi: «Meglio di no, te l'ho detto. Ci conosciamo da tanto tempo, mi sei simpatico e ti voglio anche bene, ma ecco, tu non fai affatto parte dei miei programmi. Sei un bravo ragazzo, ti considero un buon amico ma insomma, finisce lì. Non complichiamo le cose.»

Antônio sentì come se gli avessero versato addosso una secchiata d'acqua del rio, ne sentì distintamente i rivoli freddi lungo la schiena. Aveva sempre avuto un debole per quella ragazza e senza mai pensarci in modo del tutto cosciente aveva creduto che anche lei provasse interesse per lui. In qualche modo aveva sempre vagamente pensato che un domani, in futuro, ci sarebbe stato senz'altro qualcosa, qualcosina, tra loro. Forse aveva solo sbagliato momento, provò un po' annaspando a lasciarsi aperta una strada: «No scusami, certo, non è la serata adatta, la radio e tutto, è stata una giornata un po' così. Magari usciamo insieme tra qualche giorno, andiamo al cinema, parliamo con calma di tutto, di noi…»

Questa volta Isabel si mise a ridere davvero: «Ahahaha, Antoninho, dai, ma cosa vai a pensare… non mi è mai passato per la testa nessun altro "noi" che non fosse di amicizia: guarda, mi spiace davvero se in qualche modo, non so, ti ho fatto credere – però non mi sembra, giuro – se ti ho fatto pensare a qualcosa d'altro. Mi dispiace sinceramente, ti auguro tutta la fortuna del mondo ma io davvero non faccio per te, io voglio andarmene da qui, ho altri progetti… Scusami, non sono proprio la persona giusta.»

Non restava altro da dire, e Antônio non disse niente quando lei si alzò per andarsene, sfiorandogli la spalla con una carezza.

Del resto della serata ebbe sempre un ricordo confuso, una notte umida e calda, un tavolino di formica azzurra, lui e i suoi tre commensali e le loro bottiglie di pinga, diventate nel frattempo quattro.

1.14 Finale di partita

Nella stagione della polvere non può sfuggire neanche all'osservatore più disattento un altro passatempo (oltre al calcio) molto popolare tra i bambini della città. Basta passeggiare sul lungofiume per veder spuntare dalle piccole spiagge sottostanti decine e decine di coloratissimi aquiloni, la maggior parte dei quali autocostruiti con cannucce e sacchi di plastica colorati. La Rua Beira Rio, il lungofiume, per alcuni mesi tramortita dalle piogge sferzanti e sommersa, a volte letteralmente, dal marrone del rio si può trasformare per qualche ora in uno dei posti più allegri e colorati del pianeta.

Il vento dominante è il levante, un vento caldo e rafficato amico dei pescatori ma nemico degli aquiloni: percorrendo il lungofiume non si può fare a meno di osservare quanto i fili della luce siano pieni zeppi di vecchi aquiloni strappati, rimasti incastrati lì da chissà quanto tempo. In alcuni punti somigliano a installazioni artistiche, non si riconosce quasi più il traliccio o il palo della luce talmente tanti relitti vi si sono accartocciati sopra, tanto il colore cerca di combattere il marrone presente ovunque.

Uno dei luoghi in cui i fili della luce hanno fatto più vittime è un breve tratto di lungofiume vicino al confine nord del Perpétuo Socorro, dove le donne un tempo andavano a lavare i panni nel rio e a fare il bagno sotto le palme del lungofiume, lontano da occhi che se fossero diventati indiscreti si sarebbero trovati davanti alla canna di un fucile da caccia imbracciato a turno da una di loro per salvaguardare la virtù del gruppo. Lì la stretta spiaggia che costeggia la strada si allarga improvvisamente ed è lì che si danno appuntamento bambine e ragazzine del quartiere per far volare, qualcuno direbbe "impigliare", i loro aquiloni.

Alle spalle di questa spiaggia, poco discosto dalla strada e affogato incongruamente nel folto delle jacarande, si affacciava un basso edificio di polverosi mattoni con grandi e non troppo pulite vetrate sul rio, il secondo e ultimo piano del quale ospitava l'ufficio del Senhor Inácio.

L'appuntamento era il diciassette novembre alle undici del mattino ma Antônio uscì di casa con grande anticipo, era una bella giornata e con la bicicletta avrebbe risalito il lungofiume verso nord sperando di far sciogliere al sole i suoi pensieri funesti. Gli aquiloni di ogni quartiere sono sistematicamente dei colori del quartiere stesso: giallo e verde per il quartiere di Santa Inés dove abitava Antônio; blu e nero per il Trem, gli stessi colori dell'Ypiranga e dell'Inter, squadra del cuore di Padre VitÛrio Galliani suo fondatore; rosso, giallo e verde, i colori della bandiera ufficiale di Macapá, per il Bairro Central; rosso e giallo per il Perpétuo Socorro. Quando già i primi aquiloni rossi e verdi della Citade Nova erano in vista Antônio fermò la bicicletta e scese cercando un posto ragionevolmente sicuro dove lasciarla.

Si rese conto di non sapere niente del Senhor Inácio, né quale fosse il suo vero lavoro né quale fosse la sua vita al di fuori del calcio. Per lui, e per tutti, era sempre e solo stato il Senhor Inácio, il Presidente. Anche la convocazione nel suo ufficio personale e non nella sede della società non lo lasciava tranquillo. Non era mai successo che una riunione con la dirigenza si tenesse al di fuori delle mura della sede e Antônio stesso non aveva mai avuto idea che là lungo il rio il Senhor Inácio avesse un altro ufficio.

Un'ora di anticipo, gli aquiloni in volo erano tantissimi: Antônio li guardava affascinato, la sua infanzia passata a tirar calci a un pallone non gli aveva permesso di gioire abbastanza di questa meraviglia. C'erano bambini e bambine di tutte le età, alcuni dei quali veramente provetti nel condurli in volo. Per contro c'erano pochissimi adulti, guardando bene forse soltanto lui. Seduto su un muretto nell'odore caldo del fiume osservava un lucertolone verde che inseguiva le mosche, cercando qualunque appiglio per non pensare alla semifinale persa in maniera così disonorevole il giorno prima. In distanza la sagoma di un ragazzo si avvicinò con andatura dinoccolata. Aveva barba e capelli lunghi e il suo modo di camminare era molto ritmato, come se stesse danzando. Antônio lo riconobbe: era Douglas, non lo vedeva da mesi.

«Douglas? Sei tu?»

«Antônio? Ciao! Sì, sono io! Che piacere vederti!»

Si abbracciarono, si guardarono a lungo, risero.

«Che cosa ti è successo? Sei magro, sei abbronzato, sei...» Antônio esitò un momento considerando se potesse risultare offensivo o meno «...sei bello!»

«Intendi dire rispetto al ragazzo ciccione e palliduccio che conoscevi?»

«Beh, sì, magari non proprio ciccione, però guardati! Non sei davvero più tu!»

«Niente, Antônio, che ti devo dire: sono stato lungo il rio, nella foresta, per qualche settimana, un viaggio con due amici...» Antônio non ricordava di aver mai visto Douglas così contento: «Ce l'abbiamo qui a due passi e non ci rendiamo nemmeno conto di questa ricchezza. Quante volte hai pensato di risalirlo? Eppure non ci rendiamo conto di cosa significhi davvero.»

«Infinite. Ho pensato infinite volte di risalire il fiume e di esplorarlo come si deve, poi per qualche motivo non l'ho mai fatto.»

L'ora che aveva di anticipo passò in fretta tra i racconti di Douglas. La parola che lui pronunciò più spesso fu "bello", gli occhi erano luminosi e perduti nel ricordo di incontri con gente che lui definiva "più vera" e di una natura affascinante che improvvisamente diventava troppo grande e complessa per poter essere compresa appieno.

Un'ora, un'ora e cinque, un'ora e dieci...

«Scusami Douglas, devo proprio andare, ti va se ci vediamo una sera così continui a raccontarmi? Voglio sapere tutto fin nei minimi dettagli, che percorso hai seguito, chi ti ha accompagnato: voglio sapere tutto.»

Il Senhor Inácio lo stava aspettando seduto dietro una grande scrivania di legno, un sigaro spento in bocca, la camicia di lino rosa appiccicata al corpo per il sudore nonostante il vento che penetrava attraverso il grande finestrone aperto sul rio. Sulla scrivania le pagine sportive dei quotidiani locali, sulle quali campeggiavano grandi cerchi in pennarello rosso attorno agli articoli che parlavano della partita del giorno precedente. La luce proveniente da un enorme monitor da computer – Antônio neanche pensava esistessero monitor così grandi – si rifletteva sulla pelle unta e bianchiccia del presidente che iniziò a parlare senza preamboli con una leggera balbuzie che Antônio non aveva mai percepito.

Antônio non sarebbe mai riuscito a guardarlo in faccia per una specie di improvviso ribrezzo, tutto quello che i suoi occhi guardarono furono i coloratissimi aquiloni che volteggiavano vicini, appena fuori dalla finestra.

«Antônio, ti ho convocato perché è stato deciso di non rinnovarti il contratto.»

La notizia non colse certo Antônio di sorpresa: guardava gli aquiloni, non muoveva un muscolo.

«Non nego che in parte tu abbia fatto un buon lavoro, però non è bastato. I ragazzi non sono contenti e nemmeno Eduardo è contento, non gli ho ancora parlato ma so che non lo è.»

Eduardo? Antônio sapeva che Eduardo non era entusiasta, forse, ma tra loro c'era un rapporto franco e se ci fossero stati problemi gliene avrebbe parlato. Comunque era chiaro che non c'era nessun margine per discutere e non disse niente.

«Non vorrei che pensassi che è una questione di soldi, assolutamente no, anzi volevo assicurarti che il tuo stipendio di novembre ti verrà regolarmente pagato.»

Non era una questione di soldi anche perché lo "stipendio", come lo chiamava il Senhor Inácio, era talmente misero che non sarebbe nemmeno bastato per ricomprarsi la pompa per la bicicletta.

«Però insomma, non ci siamo, Antônio. Il tuo metodo di allenamento non è ortodosso, non ha dato i frutti sperati, non siamo contenti.»

Uno degli aquiloni seguiva traiettorie particolarmente attraenti, sembrava sempre sul punto di precipitare ma si riprendeva sempre, seguendo molto rapidamente un percorso a forma di otto per poi risalire. Aveva una tensione interna quell'aquilone, un'energia. Questo pensiero fece sorridere Antônio, gesto che il presidente interpretò in maniera del tutto sbagliata.

«Vedo che sei divertito, bene. Daremo l'annuncio oggi pomeriggio prima dell'allenamento, se vorrai salutare i tuoi ragazzi potrai venire: l'allenamento lo condurrà Eduardo che rimarrà primo allenatore finché non troveremo un sostituto. Ah, e vorrei che consegnassi tutto il materiale: la borsa, le magliette e la tuta, grazie.»

Ancora quella traiettoria a otto dell'aquilone, ancora ripresa all'ultimo momento.

«Beh, Antônio? Non hai niente da dire?»

«Oh, Senhor Inácio, ne avrei di cose da dire. Potrei parlare dei miei ragazzi e di quanto siano stati disastrosi quest'anno, un gruppo di giocatori scarsissimi salvato solo dalla mia organizzazione di gioco. Potrei parlare di una dirigenza miope la cui mossa più coraggiosa è stata portare i giocatori in chiesa a farsi avvelenare prima di una semifinale. Potrei parlare della tristezza che provavo vedendo i nostri spalti sempre vuoti e gli stessi identici spalti sempre pieni quando giocava l'Ypiranga. Ma io non sono fatto così. Volete mandarmi via? Lo capisco, abbiamo perso la semifinale e la responsabilità me la assumo tutta io. Però forse una cosa ve la voglio dire. Non vincerete. Non vincerete mai più. Finché il Futebol Clube avrà voi come presidente, Senhor Inácio, potreste anche prendere, che so, l'allenatore del Palmeiras e uno come Catu o Rolando e non vincereste lo stesso mai più.»

«Antônio, Antônio, quanto rancore. Se vuoi diventare un allenatore di successo devi imparare a mettere da parte le questioni personali, sai? E poi ti voglio dire un'altra cosa, e la voglio dire solo a te: l'anno prossimo il campionato non si farà. Sono finiti i soldi, lo Zerão chiude e saluti a tutti. Vedi come sei miope? Vedi che pensi solo al Macapá quando invece siamo in mezzo a una crisi molto più grande di te e di me?»

«Ma presidente, siete sicuro di quello che dite? Cosa significa che lo Zerão chiude?»

«Significa che nonostante siano stati costruiti neanche dieci anni fa gli spalti stanno crollando e non ci sono soldi per metterli a posto, significa che cinque squadre di Macapá non avranno più uno stadio dove allenarsi, significa che forse riusciremo a giocare in qualche coppa del nord del Brasile ma niente di più.»

«Lo metteranno a posto. Lo Zerão è troppo importante per questa città, troveranno il modo.»

«Ti piace vivere ancora nel mondo dei sogni, eh?»

Antônio si alzò di scatto, si tolse la spilletta del Macapá Futebol Clube che teneva attaccata alla maglietta e la lasciò cadere rumorosamente sulla scrivania, con passo controllato uscì dall'ufficio e con una lentezza enfatica scese i gradini uno a uno fino ad arrivare in strada. Il bagliore del sole di mezzogiorno quasi lo accecò.

Nel cielo l'aquilone che stava seguendo con lo sguardo fino a pochi minuti prima perse improvvisamente quota e si andò a impigliare sui fili della luce proprio sotto alla finestra del Senhor Inácio, andando a fare compagnia ad altri aquiloni dello stesso colore che avevano subito la stessa sorte in passato.

1.15 Rio

Antônio era in piedi sul contrafforte della Fortaleza e pensava al suicidio. Di tanto in tanto gli capitava di rifletterci su, come possibilità teorica del tutto slegata dalla realtà. Del genere: se arrivasse un dottore con il siero dell'immortalità e te lo volesse iniettare cosa faresti? Prenderei una spranga e lo massacrerei di botte, ecco cosa farei. Ma se non ci riuscissi, allora mi ammazzerei senza pensarci un attimo. L'immortalità, figuriamoci.

Altre volte aveva pensato al suicidio come potenziale soluzione ai suoi problemi. Sono indietro con le bollette della luce? Beh, se mi suicidassi non sarebbe più un problema. Devo fare quella telefonata che proprio non ho voglia di fare? Idem. Però ogni singola volta gli era chiaro – già dall'inizio, già dal "se" – che non stava davvero prendendo in considerazione questa ipotesi. E ogni volta il pensiero successivo era: quale potrebbe essere un motivo per cui potrei davvero pensarci su?

Poi gli saliva un vago senso di vergogna per aver associato l'idea del suicidio a pensieri così banali e in genere la sua mente iniziava a vagare, iniziava a riflettere sui metodi creativi per suicidarsi e cinque minuti dopo stava già pensando a tutt'altro.

Anche quella volta non stava davvero pensando di suicidarsi. Ma pensava alla sua solitudine e forse a Isabel, pensava alla radio, pensava ai computer bacati e forse alla fine del mondo, pensava alla semifinale e a quell'altra semifinale, pensava al muro azzurro del suo amato stadio. E poi il pensiero gli cadde sul pilota del volo Egyptian. Su quanto devi stare male per volerti suicidare, quanto devi stare malissimo per farlo davvero e quanto devi stare male in maniera inimmaginabile per farlo e portare via con te un centinaio di persone. Ma come si fa? Ma come cazzo si fa a finire così? E pensa se il pilota avesse già pensato di suicidarsi in passato, da solo nella sua stanza, e un suo caro fosse riuscito a dissuaderlo. A salvarlo. Pensa la maledetta ironia. Forse è meglio suicidarsi subito, la prima volta che ti viene in mente.

Poi, piano piano, anche quella volta iniziò a divagare. Tornò agli aspetti pratici del suicidio e pensò, come sempre, che se avesse dovuto farlo avrebbe scelto il fiume. E fu il fiume a distrarlo, con quel suo colore fantastico, l'unico colore possibile per un fiume degno di questo nome: marrone.

Tornò bambino con la memoria, la prima volta in cui a scuola erano stati messi davanti a una cartina: «Maestra! Che cosa sono queste righe azzurre?»

«Quelli sono i fiumi. Questo disegnato qui è il Rio delle Amazzoni.»

«I fiumi? Si vede che chi li ha disegnati non ne ha mai visto uno!»

Le matte risate. E la maestra, paziente, a spiegare che il colore del rio è un colore particolare, dovuto alle caratteristiche che lo rendono quasi unico al mondo, ma che in generale altri fiumi sono davvero azzurri o blu, più o meno come il mare: «C'è anche una canzone che parla di un bel fiume europeo: 'Danubio blu', una volta ve la faccio sentire.»

E poi un salto in avanti, Antônio giovane adulto, per la prima volta davanti a un computer collegato a internet. I suoi amici tutti a cercare Pamela Anderson e lui "foto Danubio". E l'incredulità dapprima e le risate poi, a vedere che era marrone pure il Danubio blu. Foto Tamigi, click: marrone. Nilo: marrone. Mississippi: marrone. Hahahah, maledetti cartografi e io che vi ho creduto per tutto questo tempo, a voi e alla maestra. Poi però altri click mostravano foto di fiumi blu, in alcune foto anche gli stessi Danubio, Nilo e gli altri sembravano blu. Forse dipendeva dalla ripresa, dai punti del fiume? E quindi gli occhi sgranati, l'intuizione, la veloce ricerca e la conferma: esistevano foto (e quante!) del Rio delle Amazzoni che lo mostravano blu, di un blu profondissimo. A pensarci era ovvio, ma avendolo sempre avuto davanti agli occhi non si era mai soffermato a rifletterci nemmeno una volta in oltre venticinque anni: il rio era molto più vario di come lo pensava lui e aveva in serbo un sacco di sorprese.

Quella lontana volta aveva spento il pc con ritrosia e si era ripromesso che presto sarebbe andato a cercarle, quelle sorprese; ma i mesi erano passati e poi gli anni, e la scuola, il caldo, la radio, la pioggia, il calcio... e il rio aveva continuato a fluire verso di lui senza mai una sola volta essere ricambiato.

1.16 Partenze

Isabel, di famiglia relativamente agiata e i cui genitori le avrebbero volentieri pagato gli studi universitari, per orgoglio personale aveva scelto di pagarseli da sola, lavorando nel bar di Ana Maria. Alla radio invece dedicava il suo tempo per pura passione. Ma ora gli studi erano finiti e non c'era nemmeno più la scusa della radio, forse morta per sempre: bisognava decidere cosa fare "da grande". E forse parte del diventare grande era imparare a mettere da parte il proprio orgoglio.

«Papà, ci ho pensato su: ho deciso di accettare la vostra generosa offerta di pagarmi gli studi alla scuola internazionale per interpreti a New York.»

«Mi fa piacere, Isabelita cara. E quando pensavi di partire?»

«Dopodomani, se per voi va bene. Mi piacerebbe iniziare già con il prossimo semestre.»

«Vedo che hai lavorato sull'orgoglio. Mi fa piacere. Poi magari lavoriamo un po' anche sull'impulsività, eh? Ma sono molto contento per te.»

Isabel arrivò di fronte alla porta del numero 1630 della sessantesima strada di Brooklyn quando ormai il sole era abbondantemente tramontato. Sette scalini portavano a una casetta di mattoncini chiari immersa nel giallo dei lampioni stradali, la sua enorme valigia con le rotelle non sarebbe mai entrata senza l'aiuto di qualcuno. Il campanello era incastrato e lei era troppo stanca anche solo per bussare sui vetri smerigliati. Aveva viaggiato per ventiquattr'ore filate, per raggiungere New York da Macapá bisognava inoltrarsi nel profondo sud del Brasile, prima a Brasilia e poi a San

Paolo, e solo allora un grande aereo della US Airways l'aveva finalmente trasportata a destinazione.

Di quelle ventiquattr'ore conservava un ricordo confuso: le attese in coda assurdamente lunghe prima di tutto, la parola "Aliens" all'aeroporto di New York, le cose orribili mangiate sull'aereo, la scritta "8.000 $" stampata sul biglietto, l'inglese che sentiva e che non capiva (sono laureata in lingue, dannazione!), la gente, una quantità di persone tutte assieme che pareva toglierle il respiro, la paura del primo decollo subito sopraffatta dalla curiosità e dal piacere nuovo del volare, dell'innalzarsi e fendere le nuvole, i sorrisi dei suoi vicini di sedile all'arrivo a New York, la vista mozzafiato della città dal finestrino dell'aereo prima e del taxi poi, in particolare delle enormi torri gemelle che si potevano vedere davvero da ogni angolo della città

Era il suo primo, vero, viaggio. Durante le dieci ore e mezza di volo tra San Paolo e la grande mela aveva avuto finalmente occasione di scrivere un vero diario di viaggio e dalla sua penna era uscito un fiume in piena: un intero quaderno comprato per l'occasione all'aeroporto di Brasilia era stato riempito da scritte fittissime e da disegni incerti. Aveva deciso talmente in fretta e papà aveva accettato talmente in fretta (che si volesse sbarazzare di me? pensava ridendo) che non c'era stato modo di provare qualche emozione: giusto il tempo di avvisare Ana Maria, la padrona del bar, fare una telefonata in radio per comunicarlo a qualcuno e fare le valigie. La scuola accettava iscrizioni a patto di iniziare al rientro di "Mid Term" il 19 novembre. Ricordava con vergogna la telefonata quasi comica alla segreteria durante la quale non capiva e non riusciva a farsi capire, altro che interpreti e traduttori.

Il freddo, aveva addosso solo uno spolverino troppo leggero, le diede il coraggio o la forza di bussare alla porta. La casa era di una cugina di terzo grado di suo padre che si era trasferita con la famiglia decenni prima, aveva avuto un numero imprecisato di figli, aveva perso il marito e ora si godeva la sua nemmeno troppo misera pensione affittando il piano superiore di quella casetta sperduta nel sud della metropoli dove coreani, cinesi, italiani, brasiliani, polacchi ed ebrei ortodossi si spartivano abbastanza pacificamente ogni centimetro quadrato edificabile e abitabile.

La donna vestita di nero che aprì la porta aveva un enorme naso adunco che le ornava il volto e che la faceva assomigliare a un'aquila o, meglio, a un corvo. Iniziò a parlarle in quello che dal suo punto di vista era portoghese, lingua che non frequentava più da almeno trent'anni, e che Isabel ebbe il tatto di fingere di comprendere. L'anziana signora le fece strada sulle ripide scale che portavano all'appartamento di sopra, dal quale proveniva una musica e un buon profumo di qualcosa che Isabel non riusciva a riconoscere.

Dio dà le noci a chi non ha i denti, pensava Teresa tenendo in mano il suo telefonino nuovo. Aveva passato metà dei giorni precedenti a studiarne diligentemente il manuale e l'altra metà a vantarsene con Luiza. All'ora in cui di solito telefonava ad António, però, la prendeva un senso di malinconia. Dovrò davvero abituarmi a telefonare al programma di quel pappagallo spelacchiato?

Soppesò ancora il telefono, aprì e chiuse la copertura a scatto sentendosi la coprotagonista di quel film, fece un respiro forte e compose il numero.

«Pronto?»

«Ecco, Senhor Inácio? Sono Teresa, vi ricordate di me? Sono quella signora del telefono.»

«Quale signora del telef...»

«Quella che ha aiutato Gustavo. A proposito come sta?»

«Sta meglio, grazie. Si sta riprendendo bene, ha già iniziato la riabilitaz...»

«Mi fa piacere,» lo interruppe Teresa, che non poteva stare troppo a lungo senza parlare altrimenti tutta la determinazione che miracolosamente aveva racimolato sarebbe svanita in un soffio, «mi scuso per il disturbo, ma stavo ripensando a quanto mi avete detto quando ci siamo visti. Ricordate?»

«Mhhh, sì...»

«Ecco, mi avete regalato questo bellissimo telefono e ve ne sarò per sempre grata, ma avevate detto che era poco e che potevo chiedere quello che volevo. Ecco, mi è venuta in mente un'altra cosa che vorrei.»

«Sentiamo, sentiamo» la incoraggiò Inácio, divertito e quasi ammirato da quella sfrontatezza.

«Ecco, avete presente Radio Nova Amizade? Qualche giorno fa c'è stato un furto, hanno rubato tutto e ora la radio è chiusa. Ecco, sapete, mi piacerebbe che riaprisse.»

«Haha, puntate in alto, eh, signora Teresa,» rise Inácio al quale nel frattempo era tornato in mente l'incontro: «ricordo che mi avevate detto che nella vita bisogna sapersi accontentare.»

«La penso ancora così, Senhor Inácio,» disse Teresa, facendo appello alle ultime gocce della sua riserva di coraggio e spudoratezza, «ma qualche volta bisogna anche saper osare. Chi non risica non rosica.»

Quasi dall'altra parte della città Antônio era sdraiato sul suo giaciglio intento a guardare il soffitto, con una convinzione solida che gli si era formata dentro. Partire. Devo partire. I racconti di Douglas sul suo girovagare per la Foresta dell'Amazzonia gli risuonavano in testa e l'amarezza che provava per come era finita la stagione di calcio e per il furto alla radio non faceva che amplificarli e renderli più vicini, quasi a portata di mano. Ma c'era dell'altro. Il giorno prima era arrivato in radio per fare il punto della situazione e decidere come continuare e Isabel non c'era.

«È partita» aveva detto un João molto abbacchiato.

«Partita? E dove? Come?» Antônio non se lo aspettava proprio.

«È andata a New York, non ne so molto di più, è partita ieri.»

«A New York? João, non mi prendere in giro, non è possibile...»

«Antônio, non ti sto prendendo in giro: ti dico che è andata, ha detto che era arrivato il momento di cambiare, di aver preso una decisione veloce ma giusta per andare a studiare. Non so altro.»

Era tornato a casa pedalando lentamente, l'odore del fiume era fortissimo nell'aria umida, quasi una dolce putrefazione di frutta.

Le facciate delle case sembravano inzuppate dalla luce del sole calante, grigie, giallastre e rosa come un acquarello scadente. Antônio aveva ancora nelle orecchie quel silenzio che significava un completo, ennesimo, reset del cervello. Isabel se n'era andata. Negli ultimi tempi era stata una presenza costante e aveva finito per essere parte del suo paesaggio interiore, la sua assenza pesava più di quanto fosse disposto ad ammettere con sé stesso. Ho bisogno di una vacanza: domani chiamo la scuola e prendo un paio di settimane di ferie, tanto ormai l'anno scolastico è finito, io non ho mai preso le ferie, vuoi che non me le diano?

Il suo soffitto si riempì di colori, di facce, di sapori, di suoni. Prese il telefono e compose il numero che Douglas gli aveva lasciato.

«Pronto, Douglas?»

«Antônio?»

«Ciao, sì, sono io. Ho deciso che me ne vado a fare un giro in Amazzonia e volevo chiederti se mi dai qualche consiglio, mi spieghi bene che giro hai fatto e come ci sei andato.»

«Quando ci vediamo?»

«Anche subito se vuoi.»

Capitolo 2

2.1 *Acqua*

Monte Dourado, Pará. Il paese, se vogliamo chiamarlo così, era un semplice agglomerato di casupole raccolte intorno a una piazzetta spoglia dominata da un modesto edificio coloniale, alle cui spalle già incombeva la foresta, che ospitava un microscopico ufficio postale con la serranda in legno mezza abbassata e una sonnolenta pousada con gli scuri socchiusi.

Intorno al palo del pelourinho giocavano cinque o sei bambini e cani ma per il resto, una volta ripartito l'ansimante autobus che aveva portato Antônio fin lì e sparite nelle stradine il paio di persone che ne erano scese con lui, il paese sembrava deserto. Quella pace era un sollievo dopo il viaggio che era sembrato interminabile, schiacciato tra donne, bagagli, bambini che schiamazzavano e vecchie che spettegolavano senza sosta, con la radio a tutto volume dell'autista che strillava una canzonetta dopo l'altra.

Era un sollievo soprattutto dopo i giorni precedenti, quando il suo desiderio di andarsene per un po' lontano dalla solita vita era stato frustrato dalla folla, dal rumore, dalla quantità di gente e turisti che affollavano le città lungo il rio.

Le gite organizzate per guardare i formichieri o per assaggiare il jacaré, su barche stracolme di americani ed europei che fotografavano ogni pappagallo come fosse l'ultimo al mondo, attorniati da bambini che cercavano di vender loro ghiaccioli e frutta appiccicaticcia, non erano quello che lui si era aspettato dall'Amazzonia. Le botteghe, i tavolini coi vecchietti che bevevano cachaça nel caldo del pomeriggio, le automobili, le radioline, gli avvoltoi annoiati sui resti delle verdure del mercato, i ragazzi dagli occhi foschi che squa-

dravano gli orologi dei turisti, i culi tondi delle ragazze che ciabatta-
vano in infradito ridendo tra loro erano uguali a quelli della sua città.

Aveva doverosamente visitato Santarém e Manaus, ma gli sembrava di aver cambiato quartiere, niente di più. Non era quella
l'Amazzonia che tante volte si era immaginato, certo non era lì che
avrebbe potuto riannodare i fili dei suoi pensieri e della sua vita
immerso nella natura, non era da un viaggio così che avrebbe
potuto tornare a casa entusiasta, rinnovato, arricchito.

Ormai sulla via di un deludente ritorno si era fermato ad
Almeirim, indeciso se lasciar perdere tutto e tornarsene al suo
bilocale al primo piano o credere all'ennesimo opuscolo che prometteva fantastiche escursioni alla scoperta delle bellezze del rio: i
rarissimi delfini rosa! Il pericolosissimo anaconda! La confluenza
dei due fiumi, le acque che per chilometri non si mescolano!

Mentre passeggiava perplesso per le torride vie della cittadina
un furioso acquazzone l'aveva fatto riparare di corsa dentro una
stazione degli autobus. In attesa che spiovesse aveva ciondolato
bevendo il suo cafezinho, buttando uno sguardo distratto alle
pareti coperte di manifesti e volantini sovrapposti che pubblicizzavano gelati, spettacoli, offerte speciali di detersivi, scuole di
samba ed estetiste dalle molte promesse, finché l'occhio gli era
caduto sul tabellone degli orari. A quanto pareva da lì partivano
linee del tutto secondarie, che collegavano senza troppa frequenza località dell'interno i cui nomi non gli dicevano niente. Un'idea
aveva iniziato a farglisi strada nella testa e si era avvicinato al bot-
teghino della biglietteria dove un ometto in pantaloncini e ciabat-
te stava leggendo un giornale sportivo mettendosi le dita nel naso.

«Sentite un po', ho visto che c'è un autobus che porta a Monte
Dourado e c'è scritto tra parentesi "Rio Jarì": vuol dire che il paese
è sul fiume, giusto?»

«Se c'è scritto così, dovrà essere così, no?»

«Eh eh eh, sì, certo, certo. Ma ecco, secondo voi una volta arrivati lì c'è possibilità di trovare una barca, di noleggiarla dico, per
risalire un po' lo Jarì?»

L'omino si era tolto il dito dal naso, lo aveva osservato per bene, poi soddisfatto aveva alzato le spalle e detto con un gran sorriso: «Beh, il fiume è lì, qualche barca ci sarà pure, altrimenti l'imbarcadero cosa lo costruivano a fare?»

«Eh già, non avete torto. Va bene, allora datemi un biglietto. La corriera parte domani alle nove, vero?»

«C'è scritto così, mercoledì e venerdì alle nove, quindi visto che domani è mercoledì sarà così, no? Poi nove, nove e mezza, a volte se c'è tanto da caricare si fanno le dieci, le undici, vai a sapere. Ma se voi venite alle nove state tranquillo, prendete anche il posto davanti che gira più aria. Fanno trenta reais.»

Era stata una decisione presa d'impulso: Antônio all'improvviso si era sentito tutto eccitato, e contento come mai da quando era partito. Basta seguire gli itinerari organizzati, quelli prestabiliti per i turisti, basta finte avventure in una foresta addomesticata, adesso me ne vado per conto mio, mi prendo una bella stanzetta a Monte Dourado e trovo un ragazzo che mi porti sul fiume verso l'interno, basta opuscoli, è arrivato il momento di rompere gli schemi, è il mio viaggio e da adesso me lo organizzo io.

Dietro le quattro case che costituivano la sonnolenta Monte Dourado non fece fatica a trovare l'imbarcadero, giusto un molo di assi che si sporgeva tre metri scarsi sul fiume verdastro. Tirate in secco lungo la riva c'erano sei o sette barchine di legno grandi come vasche da bagno, roba di pescatori, e ormeggiate al molo soltanto due barche a motore, non molto più grandi ma fornite di un abbozzo di pozzetto e di un telone di plastica tirato a ombreggiare la tolda. Una delle due era vecchissima e pencolava visibilmente da un lato, sull'altra un uomo con un gran cespuglio di capelli color ferro armeggiava intorno al motore.

«Ehi! Sentite, dico a voi! Questa barca qui, la noleggiate?»

L'uomo si pulì le mani sui pantaloncini, si grattò i peli sul petto nudo, valutò la maglietta di Antônio e le sue scarpe Adidas e si accese una sigaretta: «Come no, come no. Noleggio con pilota, buon prezzo, bellissima gita. Il pilota sono io. Dov'è che volevate andare?»

«Mah, volevo fare un giro sul fiume, risalirlo un po' per dare un'occhiata alla foresta... magari star via un paio di giorni, non so, se si trova da dormire...»

«Come no, dormire sulla barca, è tutto attrezzato, comodissimo, state come un signore. Si sta via due o tre giorni, un sacco di foresta, bellissima gita. Ottimo prezzo, compreso il mangiare, compreso il cuoco, il cuoco sono io.»

«Ah, bene, benissimo. Potremmo partire anche domani o dovete finire di sistemare la barca?»

«La barca è a postissimo, va che è un gioiello.»

Sbatté lo sportello che chiudeva il motore, buttò in acqua il mozzicone: «Partiamo domani mattina, voi intanto potete dormire là alla pousada, bel posto, pulito, ottima cena. Ottimo prezzo. La pousada è di mia sorella Gesita.»

La cena era ottima davvero, una moqueca di gamberi di fiume da leccarsi i baffi e una birra quasi del tutto fredda, in compenso il conto gli parve un po' salato per essere chiamato un ottimo prezzo, anche tenendo conto del fatto che il letto era stretto e gibboso e l'alto soffitto della stanza era interamente coperto di gechi. Un geco o due non gli davano fastidio ma quelli dovevano essere come minimo cinquemila e anche se Dona Gesita aveva risposto ai suoi dubbi con un ampio sorriso contento perché così "non avrebbe avuto nemmeno una zanzara in camera" Antônio dormì di un sonno un po' inquieto.

Non gli parve affatto un ottimo prezzo nemmeno quello che Gambone – di nome farei Paulo, ma va bene Gambone, mi chiamano tutti Gambone, forza venite a bordo, attento a quell'asse, no il cane è buonissimo, si chiama Supplizio: non morde, scoreggia e basta ahahahah! Guardate che giornata, guardate che barca, una bellissima gita – gli estorse ancora prima di farlo salire su quella carretta, ma ormai era lì, a quanto pareva quella era l'unica barca disponibile e ormai lui quel giro sul fiume moriva dalla voglia di farlo.

Il viaggio cominciò in modo davvero gratificante: dopo poche ore di navigazione arrivarono in vista di una enorme cascata, che interrompeva di colpo la sonnolenza della corrente ribollendo di schiuma, voli di uccelli e arcobaleni di spruzzi.

Gambone fece gli onori di casa tutto fiero, orgoglioso come se l'avesse fabbricata lui quel mattino: «Questa è la Cachoeira do Santo Antônio, bellissima. Grande cascata, la più grande dell'Amapà, bellissima, vero? Bellissima. Molto fortunato voi a vederla. Vale la pena la gita, anche solo per la cascata, vale la pena, bellissima gita.»

Antônio, anche se molto colpito dall'imponenza di quel salto d'acqua in piena foresta, rimase un po' male: «Ma allora adesso si torna indietro? È già finito il viaggio sul fiume?»

«Eh, pensavate, eh?» Gambone si era voltato a guardarlo sornione, l'occhio semichiuso per il fumo della sigaretta che gli pendeva in bocca «La gita è ancora lunga, ancora più bella. Molto fortunato voi perché io conosco così bene il fiume. Vecchio imbroglione lo Jarì, vecchio dispettoso, chi non lo conosce finisce male, vecchio giallo pericoloso e imbroglione.»

Virò per tornare indietro, gloriandosi mentre imboccava un ramo laterale più a valle, secondario e quasi nascosto tra i rami: «Conosco tutti i trucchi di questo fiumaccio, siete molto fortunato voi a venire con me, ha più braccia di una donna vogliosa questo vecchio giallone, mille braccia che cambiano giri tra oggi e domani. Solo io li conosco i suoi imbrogli, io so come gira e rigira e vi porto dove volete, su per il fiume. Gente della città che è venuta si è persa, su questo fiume, un sacco di gente. Venuti e persi, dei professoroni, gente che scrive i libri, persi in mezzo ai suoi bracci senza più sapere se stavano scendendo o salendo. Molto fortunato voi a venire con me, bellissima barca la mia.»

E davvero Antônio si sarebbe perso, in quel continuo biforcarsi tra il verde di acque che sembravano indistinguibili una dall'altra. Dovette ammettere che la vanagloria del suo nocchiero era tutto sommato fondata quando dopo un paio d'ore sbucarono di nuovo sul corso principale del fiume, largo e giallo e sorvolato da stormi di pappagalli, senza più traccia della cascata, lasciata parecchio alle spalle.

Il resto del viaggio si rivelò una faccenda molto più noiosa del previsto: la barca borbottava e ondeggiava sputando gas di scarico su un'acqua opaca e giallognola, la foresta era un muro verde su entrambi i lati, aggrovigliato e incessante, la cui monotona, incombente massa era ravvivata soltanto dalla moltitudine di uccelli che si alzavano e abbassavano stridendo una gamma infinita di versi e di tanto in tanto dal velocissimo volteggiare di scimmiette irrequiete.

Gambone pilotava con una mano accendendosi ininterrotte sigarette con l'altra, un paio di volte al giorno ormeggiava la barca e si dedicava a soporifere sedute di pesca alle quali Antônio non si sentiva molto ispirato a partecipare e che arricchivano la monotona cucina di bordo – che per il resto iniziava e finiva con empanadas fritte a lungo in denso olio di palma – di pesci oblunghi dal gusto melmoso di cui Supplizio sembrava entusiasta.

Dopo aver scattato quattro interi rullini a quel muraglione di rami, foglie, liane e orchidee Antônio perse la speranza di inquadrare per caso un giaguaro in caccia o perlomeno una lotta tra tapiri, un accoppiamento di capibara, una specie di pappagallo che si sarebbe poi rivelata sconosciuta e a cui avrebbero dato il suo nome. Si capiva che quel marasma di fronde brulicava di vita, ma era una vita molto elusiva e, tranne gli onnipresenti volatili e scimmie, apparentemente invisibile. Prendeva pigramente appunti, si rannicchiava sotto il telone accanto a Supplizio per evitare l'acquazzone pomeridiano, ascoltava Gambone raccontare per l'ennesima volta la formidabile prestazione con le gemelle mulatte

Diamira e Alfonsinha che aveva dato origine a quel suo soprannome così evocativo. La foresta sembrava così a portata di mano eppure gli pareva di non riuscire a vederla davvero, a sentirla, a toccarla.

Nonostante questa vaga delusione si sentiva bene. Certamente riposato: quei giorni di quieta navigazione la cui unica emozione era la lotta incessante con le zanzare avevano fatto decantare lo stress degli ultimi mesi e Antônio iniziava a vagheggiare di comprarsi una barca e un cane giallo banana e sistemarsi in una casetta a Monte Dourado, forse con una ragazza (Isabel, forse?), mettere su una piccola stazione radio che trasmettesse soltanto jazz e musica india, magari scrivere un romanzo che parlava di calcio, quando il viaggio fluviale giunse improvvisamente al termine.

Fino a un attimo prima stavano navigando in assoluta pace, godendosi la brezza e l'odore di nafta, quando a un tratto Gambone rallentò e accostò a riva, dove un piccolo spiazzo di terra battuta si affacciava sul fiume. Poggiò l'asse, scese a terra, legò la barca a un alberello poi tranquillamente prese lo zaino di Antônio e lo scaricò a terra.

«Si scende!» annunciò festoso.

Antônio era leggermente perplesso, non aveva capito ci sarebbe stata una fermata e oltretutto lì non sembrava ci fosse nulla che la giustificasse, ma seguì Supplizio che era sbarcato scodinzolando contento. Gambone portò ad Antônio una lattina di birra invitandolo ad accomodarsi su un tronco caduto, aspettò che la bestiola facesse un paio di bisognini ai piedi di una yucca, risalì a bordo, tolse l'asse e richiamò con un fischio il cane, che con eleganza saltò a bordo mentre già il motore scoppiettava allontanandosi dalla sponda.

«Bellissima gita, bellissima. La gita sul fiume è finita, tu aspetti e viene mio cugino a prenderti con la jeep. Bellissima jeep, un viaggio di ritorno molto comodo. Ottimo prezzo.»

Antônio era esterrefatto: «Ma come? Ma cosa vuol dire? Ma sei matto, non puoi lasciarmi qui! Io ho pagato per andata e ritorno! Torna subito indietro! Non puoi lasciarmi qui!!!»

«Tranquillo, mio cugino arriva presto. Prezzo di solo andata con la barca, ottimo prezzo, bellissima gita, bellissima barca. Tra pochissimo mio cugino arriva, tranquillo. Tranquillo, un bravo ragazzo, bellissima jeep.»

La voce di Gambone già si allontanava, la pista appena accennata che sfociava nella radura era deserta a perdita d'occhio, la foresta rumoreggiava. Supplizio abbaiava, sembrava lo salutasse.

2.2 Frastuono

La jeep sobbalzava e cigolava, alzandosi e ricadendo sulle gobbe del terreno come una nave tra le onde. O forse erano stati quei tre giorni di fila passati in barca a far sentire Antônio come se ancora si trovasse sull'acqua. L'odore che infradiciava l'aria era lo stesso, denso e greve: aveva creduto fosse l'odore del fiume, quel fiume così torbido e lento che si annodava come un serpente giallastro tra pareti di foglie, ma si rese conto che era invece l'odore della foresta, come della foresta era il frastuono che lo avvolgeva incessante fin da quando era partito da Monte Dourado.

Aveva sempre pensato che Macapá fosse una città rumorosa, tanto da considerare il breve momento tra quando in radio si infilava le cuffie e quando iniziava la trasmissione come un piccolissimo regalo che si concedeva ogni volta: due, tre secondi di silenzio perfetto. L'unico da quando apriva gli occhi al mattino e già la radio della vicina berciava stridula al piano di sotto, mentre Maribel spazzando il cortile gorgheggiava il repertorio della cantante lirica che non sarebbe mai diventata e dalle finestre accanto alle sue il televisore del vecchio Benito, acceso a ogni ora del giorno, ronzava un sottofondo continuo e inintelligibile di parole, gemiti e spari.

Eppure al confronto era silenzio quello di Macapá, un silenzio di cui dentro questo fragore ininterrotto di suoni iniziava quasi ad aver nostalgia. Vedi, uno non ci pensa mai a queste cose, immagina per anni la foresta, guarda le foto, non riesce proprio a vedere com'è davvero – quello è del tutto impossibile – ma ad andare abbastanza vicino a tutto questo verde, quest'ombra, quelle liane e quei fiori preistorici zuppi di umidità, eppure non pensa mai ai suoni: non si vede nelle foto il rumore, non si sente neanche questo odore, come di immenso animale sudato e coperto di muschio.

Non l'aveva sorpreso la manfrina all'inizio per scroccargli qualche soldo in più, per carità: a queste cose era abituato da quando era nato, anche se continuavano a seccarlo un pochino. L'aveva quasi stupito, al contrario, che la jeep fosse arrivata poco più di un'ora dopo che Gambone era sparito: che una persona tardasse di due ore, più spesso tre, era la norma e un ritardo soltanto di un'ora e un quarto una inaspettata eccezione.

L'aveva divertito, all'inizio, il fatto che Pepè – così si era presentato – avesse una bottiglia di pinga di fianco al sedile e ne traesse generose sorsate, così come aveva trovato simpatico questo suo modo smargiasso di comportarsi, il suo cappellaccio, il baffone spavaldo: «Andiamo, capo, via che si va nella foresta!»

L'età indefinibile della jeep ammaccata, verniciata alla meglio di un improbabile rosso, l'aveva data per scontata, così come il fatto che il pilota guidasse con i piedi nodosi mezzi infilati nelle infradito: praticamente tutti guidavano in quel modo, anche se ad Antônio non era mai piaciuto.

L'aveva affascinato quella pista che Pepè tracotante aveva imboccato, in realtà solo un accenno, un varco sommariamente disboscato dagli alberi più grossi dove la jeep doveva arrancare comunque nel sottobosco, facendosi strada tra erbe, arbusti e cespugli divelti. Aveva pensato eccitato che finalmente era nella foresta, finalmente la viveva davvero, ecco che si entrava nel folto, anche se per un breve tratto, finalmente sono qui dentro la foresta, solo (con Pepè, ma lui non importa), senza turisti, finalmente posso guardare e godere da vicino di questi alberi, di tutta questa natura, degli odori, degli uccelli, dei suoni.

Non l'avevano trovato impreparato i frequenti ostacoli, il dovere scendere a farsi largo con il machete per aggirare un tronco caduto o un aggrovigliarsi di arbusti che ostruivano il passo. Non era nemmeno rimasto stupito – non era un turista, lui, era nato appena lì dietro – quando erano arrivati davanti a quella palude che sicuramente prima non c'era: si sa, quando piove i fiumi si allargano, escono, creano ramificazioni e pantani che poi cessata la pioggia scompaiono, o a volte invece restano lì per anni interi.

Quando Pepè aveva deviato per aggirare la palude con una curva larghissima a sinistra lui era rimasto tranquillo, sono cose normali nella foresta.

Ma aveva cominciato a preoccuparsi un pochino quando dopo ore stavano costeggiando ancora l'orlo incerto di quell'acqua fangosa. Quando si erano avviati era mattina, e il sole li illuminava da davanti, alzandosi poco alla volta dalle brume sopra gli strilli di pappagalli e tucani. Poi avevano deviato per aggirare quel pantanal, trovandosi il sole sulla destra, sole che pian piano era arrivato allo zenit e aveva iniziato la sua discesa: se avessero seguito la direzione iniziale ora avrebbero dovuto averlo alle spalle e invece l'avevano a sinistra, da un sacco di tempo. Antônio ci aveva ragionato un bel po', non era bravo in queste cose e il suo senso dell'orientamento era sempre stato tra il tremendo e il pessimo. Ma tra due mura quasi indistinte di verde, con niente da fare se non ballonzolare su quei tremendi, bitorzoluti sedili che gli avevano indolenzito il fondoschiena peggio che se l'avessero preso a bastonate e tutto il tempo di guardarsi intorno, dopo un po' ci fai caso. Così aveva preso coraggio per insinuare a Pepè: «Ehm... molto lunga questa deviazione, è per via della palude, vero?»

«Sì, molto lunga. È molto grande questa palude, molto lunga sì, molto.»

Ma non l'aveva guardato mentre parlava: Pepè diventava a ogni momento più taciturno e la frequenza dei sorsi di pinga cresceva in modo allarmante. Berla come acqua è normale per un sacco di gente, ma in effetti acqua non è, e anche se ci sei abituato non migliora certo la concentrazione e i riflessi.

Un'altra ora era passata, tra cigolii e scossoni, e ancora il sole era a sinistra e continuava a calare. C'erano state delle brevi, brusche deviazioni (delle prove, dei tentativi?) immediatamente abortite davanti all'impenetrabile bastione di fronde, poi via di nuovo, sempre più barcollanti sul margine di quel limo opaco. Pepè era curvo sopra il volante, gli occhi arrossati e la bottiglia ormai quasi vuota, e Antônio iniziava a essere preoccupato sul serio: «Davvero parecchio lunga questa deviazione... certo le piogge, i rami del fiume... ma insomma tutto sommato si arriva, no, sulla strada, come si chiama, la 210, stiamo solo facendo un giro un po' lungo, dopo si arriva, giusto, si arriva alla strada?»

«Certo, un giro molto lungo. Molta palude. Si arriva, sì... certo, tranquillo. Pepè la conosce la strada, l'ho fatta tantissime volte, l'ho fatta. Non preoccuparti, capo, della palude: la so benissimo la strada, tranquillo, vedi, guarda, la so.»

Le mani di Pepè sempre più incerte, la bottiglia ormai vuota che rotolava tintinnando su e giù sul pianale, il sole sempre più basso, nessuna traccia di pista, solo l'orlo della palude e tutto quel risuonare di versi, di strilli, oddio ma dove mi sono cacciato, questo è sbronzo perso e ormai sono sicuro che ha perso la strada, e sono stato davvero uno stupido perché nessuno sa dove sono, adesso questo cretino mi si addormenta con la testa sopra il volante, voleva solo i miei soldi ma non sa la strada, si è perso e più cala il sole più cresce il rumore, anche questo non lo sapevo, la foresta non riposa mai.

Per quanto agitato Antônio non aveva più osato rivolgere la parola a Pepè che adesso sembrava concentratissimo sulle mani e il cambio e lo sterzo, concentratissimo ma ormai assente, il sole era sempre più spostato a sinistra, sempre più sbagliato, forse sarebbe meglio fermarsi, adesso glielo propongo, vediamo, è ubriaco e sicuramente ha un coltello, vabbe' glielo propongo lo stesso, questa palude è del tutto insensata. E d'improvviso lo schiocco, il colpo, forse un tronco non visto o una buca, una giravolta, il tonfo tremendo, lo schianto. E poi tutto fermo, uno sgocciolìo e il frastuono della foresta.

2.3 Foresta

Nonostante si sforzasse Antônio non riusciva a ricordare con precisione il momento in cui si era allontanato dalla jeep capovolta: era certamente sotto choc, forse aveva anche battuto la testa. Ricordava di essersi alzato in piedi, contuso, sconvolto, dopo essere stato catapultato via ed essere atterrato scompostamente in mezzo ai cespugli. Ricordava la jeep, le ruote che ancora giravano adagio, ricordava la consapevolezza stranamente attutita che Pepè non poteva che essere morto, schiacciato là sotto. Ma non ricordava come avesse deciso di mettersi in cammino per raggiungere a piedi la 210, né ricordava in base a cosa avesse scelto la direzione verso cui incamminarsi.

Il suo zaino doveva essere stato sbalzato fuori insieme a lui e doveva averlo trovato e raccolto perché se lo ritrovò in spalla quando, forse un'ora dopo (mezz'ora, due ore?), i suoi pensieri tornarono a essere in qualche modo coerenti e si trovò a camminare sotto un torrenziale scroscio di pioggia nel folto più folto che avesse mai immaginato, con il solo pensiero di raggiungere quella maledetta strada.

Ricordò vagamente di essersi aggirato intorno al mezzo cercando incongruamente di ritrovare il suo cappello, ma solo dopo essersi già incamminato per qualche metro di avere pensato al machete. Era tornato indietro ma aveva capito subito che non c'era modo di raggiungerlo, sepolto sotto la carcassa della jeep assieme a Pepè e alla sua pinga. Ripensandoci più lucidamente qualche ora dopo si rese conto che avrebbe dovuto almeno provarci: farsi largo in quella foresta era un incubo, e ora che calava la notte il pensiero di avere come unica difesa il suo coltellino da campeggiatore lo faceva sentire parecchio insicuro.

Per chissà quale motivo lasciando la jeep si era convinto che in un'oretta, massimo due, sarebbe arrivato a incrociare la strada ma ora iniziava a capire che avrebbe potuto volerci molto, molto di più.

Ringraziò il cielo di avere conservato due delle empanadas bisunte che quel malfidato di Gambone gli aveva propinato per pranzo e cena durante tutti e tre i giorni della loro navigazione. Quelle, mezza bottiglia d'acqua e le sue favorite caramelle alla ciliegia erano tutti i suoi viveri e mentre pensava vagamente che avrebbe forse dovuto fermarsi per la notte – la pioggia cesserà, certo, ma sicuramente non potrò dormire, chissà quanti animali, senti come gridano quelle scimmie, i giaguari caceranno con il buio? – gli venne in mente la feijoada come la faceva Armandinha e quell'intingolo nero e fumante, i pezzi di carne ben cotta, le fette d'arancia a guarnirla, ma anche i due tavolini di formica sbeccata, i bicchieri dalla dubbia pulizia, l'odore di sudore e cipolla della grassissima Armandinha, persino i suoi baffi, gli parvero una visione da paradiso. Appena torno, appena trovo la 210 e un passaggio e poi torno a casa, appena torno vado a ingozzarmi di feijoada e mi ubriaco di pinga che nemmeno il povero Pepè, quel pezzo di delinquente ubriacone che neanche sapeva la strada, pace all'anima sua, chissà se aveva famiglia pover'uomo, devo raggiungere in fretta la strada, mandare qualcuno che lo seppellisca.

2.4 Incontro

Aveva camminato tutto il giorno, con in corpo soltanto una empanada ormai rinsecchita, due pacchetti di caramelle gommose al gusto ciliegia e due noci di cocco, l'unico frutto tra tutti quelli che aveva visto che non gli aveva fatto venire il sospetto di essere velenoso. Aveva fame, sete ed era molto stanco, ma soprattutto iniziava a essere davvero impaurito. Aveva rifatto i conti un sacco di volte ma era ormai ora di ammettere che se partendo dal luogo dell'incidente fosse andato nella direzione giusta a quel punto avrebbe dovuto incontrare qualche segno di civiltà già da un pezzo.

Non voleva a nessun costo dirsi che si era perso – perso nella Foresta Amazzonica, dio di tutti i santi, nella Foresta Amazzonica, s'è mai salvato qualcuno che si è perso qui, gesù splendente, perché proprio a me, perché io – ma non poteva farsi molte illusioni al riguardo.

Quella che stava seguendo da ore poteva essere una pista, un sentiero, una traccia come poteva non esserlo affatto. Poteva benissimo essere un susseguirsi del tutto casuale di tratti di vegetazione meno fitta, percorsi di animali, chiazze di erbe per chissà quale motivo più basse.

Del resto non aveva alternative, anche se avesse deciso di tornare non sarebbe mai riuscito a rifare all'indietro la strada percorsa in quel giorno e mezzo. Il torbido, melmoso calore dell'aria umida gli aveva incollato la camicia addosso ma era impensabile toglierla ed esporre agli insetti altri centimetri di pelle nuda: non avrebbe mai creduto che al mondo potessero esistere tante zanzare.

Si rendeva conto che tra non molto sarebbe calata la sera e non riusciva a sopportare il pensiero di un'altra notte come quella passata, seduto sullo zaino con la schiena appoggiata a un tronco, affondato in una oscurità così completa e assoluta come non aveva mai sospettato esistesse, con gli occhi sbarrati su ogni rumore e fruscio – e c'erano un'infinità di rumori e fruscii e versi e pigolii: la foresta sembrava più viva con il buio che durante il giorno. E fare di continuo balenare la torcia (quanto potranno durare le batterie, meglio tenerle da conto) non serviva a niente: la piccola lama di luce mostrava sempre soltanto tronchi e un viluppo di fronde.

Dovrei costruirmi un riparo, pensò, con dei rami: non servirebbe a proteggermi da niente, certo, ma magari mi sentirei più tranquillo, magari potrei anche dormire. Potrei fabbricarmi un tetto di frasche e poi bere un sorso d'acqua e mangiare l'ultima caramella gommosa. Di acqua ne ho ancora due dita sul fondo della bottiglia, non posso berne più di un sorso per volta (finché non ne trovo dell'altra che sembri potabile, finché non arrivo da qualche parte, finché non piove) ma quando cala il sole una sorsata la bevo, non prima, meglio di no anche se ho la bocca che mi sembra di asfalto e lo zaino pesa ogni secondo di più.

Sentì qualcosa tra il collo e la spalla, allungò distrattamente la mano per togliere una foglia o un rametto e le dita incontrarono qualcosa di enorme, di freddo e vivo. Con uno squittìo di orrore scaraventò via un ragno grosso come la sua mano e quasi morto di raccapriccio si mise a correre preso dal panico. Fece solo pochi metri, lo zaino gli ballonzolava pesante sulla schiena e il cuore gli batteva all'impazzata. Si fermò, lasciò cadere lo zaino e ci si sedette sopra, tremando di stanchezza, di paura, di ribrezzo.

Questa storia non finisce bene, io lo so. Altro che natura, altro che l'armonia dell'uomo e del cosmo, altro che recuperare i ritmi primordiali, io ci muoio in questa foresta di merda, muoio qui e nessuno saprà mai dove sono finito, altro che natura, muoio qui di fame e di sete, quanto ci vuole per morire, si muore prima di sete, si sa, ma ho ancora due dita d'acqua ma i ragni, non ci avevo pensato quando pensavo alla natura, magari fosse stato un giaguaro – oddio ci saranno giaguari qui – meglio un giaguaro ma non i ragni non voglio morire mangiato dai ragni, allora meglio un serpente, come quelli di cui mi parlava mia nonna che non fai neanche in tempo a dire intero il nome di gesùcristo e sei morto, meglio quello piuttosto che i ragni. Si guardò attorno, nell'erba folta, per vedere se per caso il serpente fosse già in agguato. I pensieri gli si facevano sconnessi, il caldo, la fame, la stanchezza, la sete. Si prese la testa tra le mani, i gomiti sulle ginocchia, forse era meglio lasciarsi morire lì, cosa poteva fare del resto.

Una fila di grosse formiche scorreva come un ruscello poco oltre i suoi piedi, s'imbambolò a osservarle senza vederle davvero. Andavano e venivano, portando semi e foglie e Antônio le guardava scorrere e correre e pensava, mentre il batticuore cessava e il respiro gli tornava pian piano normale, pensava vagamente che forse si potevano mangiare, l'aveva visto in un documentario – gesù che fame, che sete – magari a prenderle infilzandole su uno stecco poi si potevano arrostire con l'accendino, adesso cerco uno stecco un po' lungo e sottile, forza Antônio, sempre meglio che stare qui a morire, fammi cercare uno stecco. Alzò la testa e a mezzo metro da lui vide la strega.

Restò immobile, sbigottito: non l'aveva affatto sentita arrivare, non aveva sentito un movimento, un rumore. Per un istante pensò che fosse un'allucinazione ma no, era vera e reale, una vecchia immensamente rugosa e avvizzita, nuda tranne due foglie appese sui fianchi, un groviglio di capelli bianchi e grigi intrecciati con rametti e bacche e piccoli ossi. Con appeso a un braccio una specie di canestro colmo di erbe e cortecce lo guardava immobile, del tutto tranquilla, appena un lampo di divertita curiosità nei piccoli occhi neri lustri come petrolio.

Il primo istinto, di fuga, era troppo stupido ed era facile rendersene conto. Rimase lì dove era, guardando la strega mentre altri pensieri (non è uno spirito della foresta, non lo è perché non esistono, è un essere umano) si facevano largo a fatica dentro la sua coscienza e dal momento che era in effetti una donna – acqua, cibo, riparo dai ragni – si rese conto che era la sua unica, ultima occasione.

La strega lo guardava placida, esaminava ogni dettaglio dei suoi capelli arruffati, dei suoi occhiali da sole sghembi, del sudore che lo inzuppava, dell'odore di disperazione e smarrimento che traspirava.

Passò del tempo, poi la vecchia si mosse: si girò e si avviò spedita verso una qualche destinazione. Antônio era ancora indeciso, un residuo dell'intento di lasciarsi morire lo tratteneva, ma la donna dopo pochi passi si voltò e lo guardò fisso negli occhi, con quei suoi occhi lucenti che un pochino ridevano di lui. Poi riprese a camminare e lui raccolse lo zaino e la seguì.

Camminarono forse un'ora, forse di più, aveva perso del tutto la nozione del tempo e si limitava a mettere un passo dietro l'altro seguendo quelle chiappette vizze che si muovevano con agilità inaspettata. Lei non si voltò più, non ne aveva bisogno: lui era tanto più rumoroso, la strega sapeva che lui la seguiva senza bisogno di vederlo.

La foresta sembrava indistinta e infinita ma del tutto improvvisamente si aprì: una radura emersa dal nulla, capanne e fumo e una frotta di bambini che correvano ovunque stridendo come uccellini.

Giusto il tempo di avere una visione di insieme e qualcosa lo colpì in pieno petto, una mazzata che lo scaraventò, con zaino e tutto, con il sedere per terra.

I bambini ridevano esilarati da quel goffo uomo caduto colpito da una palla di liane intrecciate, ma man mano che si smorzavano le risate subentrava la curiosità: cos'era quell'essere, bianco e pallido e ridicolo e strano, chissà dove l'aveva trovato la donna medicina.

Gli si fecero intorno interessati e guardinghi, una piccolissima bimba con la bocca sporca di fango e frutta venne a toccargli, intimidita e spavalda, la pelle del braccio.

La strega squittì due secchi ordini e i bambini gli fecero spazio: gli fece un cenno e Antônio, rialzandosi dalla terra battuta, la seguì verso l'ombra di una capanna posta all'altro capo di quello spiazzo rotondo.

2.5 Contatto

La capanna di rami e fango era molto buia e solo dopo qualche momento, abituati gli occhi all'oscurità, vide che era molto più ampia di quanto gli fosse sembrata e che sedute all'interno c'erano almeno venti o trenta persone, variamente adornate da disegni bianchi e scuri e da piume di pappagallo. Tra loro – l'unica a portare una lunga collana di quelli che gli sembrarono denti – una donna vecchissima, tanto raggrinzita e rugosa da far sembrare una ragazza fiorente l'anziana che lo aveva trovato.

Questa stava intanto facendo quello che sembrava un breve discorso di presentazione, tutto gracchi e trilli, e Antônio pensò che forse era opportuno che dicesse qualcosa, poteva anche darsi che fosse già passato qualcuno di lì, magari dei missionari, era forse possibile che questi indigeni capissero la sua lingua: «Ehm, sono molto felice di essere arrivato nel vostro bellissimo villaggio e sono grato della vostra gentile accoglienza, inoltre ringrazio questa gentile signora che mi ha accompagnato fin qui e... e sono sicuro che andremo perfettamente d'accordo, e che nascerà una bella amicizia.»

Meglio essere prudenti, non sembravano ostili ma aveva notato appoggiate là in fondo un bel po' di lance e frecce e tutti gli uomini portavano appesi ai fianchi questi coltelloni di pietra e osso: pensò di avere avuto proprio un'ottima idea a calcare sull'argomento dell'amicizia.

Si accorse però immediatamente che le sue parole erano passate del tutto inavvertite: non uno dei presenti aveva battuto ciglio o dato il minimo segno di comprensione, si limitavano a osservarlo con molta attenzione.

Poi la vegliarda gracidò qualcosa e un uomo si alzò e gli strattonò lo zaino, una, due volte. Capì che volevano che se lo togliesse e quando lo ebbe sfilato l'uomo lo prese e lo depose per terra davanti a quella che lui immaginò fosse una specie di regina. Lei sporse una manina adunca e iniziò ad armeggiare sulle fibbie con quelle sue ditine da uccello. Antônio si avvicinò premuroso – mostrati sollecito e deferente, è la prima regina che ti capita di incontrare ma si sa che è buona norma non contrariarle, chissà se è il caso di accennare un inchino, chissà se si usa – e slacciò fibbie, fibbiette e cerniere lampo. L'uomo di prima a quel punto agguantò lo zaino e semplicemente lo capovolse, prendendo poi un oggetto per volta per porgerlo alla vecchia che lo esaminava attentamente prima di passarlo a chi le stava di fianco.

Ogni singolo articolo, scarpa, mutanda, rasoio, calzino venne passato di mano in mano, toccato, scosso, rivoltato, annusato con cura. Antônio era molto in ansia per la sua macchina fotografica, che lasciò però tutti piuttosto indifferenti e venne lasciata rapidamente da parte. Gli astanti trovarono invece molto spiritosi i suoi rullini di pellicola: quando aprirono i coperchietti ed estrassero i cilindretti in vivaci colori marchiati Kodachrome e Fujitsu li commentarono a lungo, facendosi un sacco di risate.

Ora che tutto il contenuto dello zaino era passato tra le mani di tutti e debitamente verificato Antônio iniziava a sentirsi un po' stupido lì in piedi a guardare, ma ormai si era messo in mente di trovarsi di fronte a una sovrana e temeva non fosse di buon gusto sedersi senza permesso.

Proprio in quel momento lei emise un rapido trillo imperioso e lui si sentì tirare con una certa rudezza l'orlo della camicia. L'uomo, piuttosto giovane e muscoloso (un ciambellano, un dignitario, il capo delle guardie o – addirittura – il principe ereditario?) strattonava e strattonava e finalmente Antônio si rese conto che doveva levarsela. Ma certo, ecco qui. Ma come, anche i pantaloni? Va bene, non tirare, li tolgo, aspetta che mi tolgo scarpe e calzini, solo un momento, ecco fatto… no però, le mutande... insomma ma cosa fai, così le strappi... va bene, va bene, mi scusi Sua Signoria, non si arrabbi, le ho bell'e che tolte, contenti adesso?

In effetti ora che era nudo come la sua mamma l'aveva fatto l'atmosfera divenne sensibilmente più rilassata. Del resto erano nudi anche loro, tolti quel paio di foglie e cortecce: probabilmente un uomo vestito doveva sembrargli qualcosa di un po' perverso. Con tutta questa perquisizione volevano anche accertarsi che non avessi un qualche tipo di arma, pensò, tutto sommato non hanno neanche torto. Di fatto ora che avevano appurato che era in linea di massima innocuo sembravano essersi completamente dimenticati di lui, si passavano l'un l'altro pentolini, rullini e magliette e nessuno più gli rivolgeva uno sguardo.

Ma lui in piedi così, nudo bruco, si sentiva fin troppo inoffensivo, diciamo pure inerme. Con cautela e controllando di sottecchi che l'imperatrice non trovasse la cosa sconveniente si sedette in un canto, abbracciandosi le ginocchia.

Mentre gli anziani chiacchieravano amabilmente intrecciandosi tra i capelli le sue stringhe e le sue penne a sfera stava calando la sera, e da fuori gli parve di sentire un odore di carne arrostita. Sentì brontolare lo stomaco e riempirsi la bocca di saliva. Mi daranno qualcosina da mangiare, no? Siamo amici ormai, abbiamo svuotato lo zaino insieme, abbiamo riso dei rullini, siamo qua tutti nudi, praticamente siamo quasi una famiglia, mi daranno da mangiare qualcosa, vedrai. Che poi non so bene cosa, cosa mangerà questa gente, tapiri, serpenti, armadilli? Fosse anche un formichiere con tutto il pelo me lo mangerei senza far storie, non ne posso più dalla fame. E ho avuto anche un attimo di terrore, che stupido, quando hanno voluto che mi spogliassi mi è passata in mente l'immagine da fumetto del pentolone con il bianco che ci bolle dentro, tu pensa che scemo, che cose che vado a pensare, i cannibali esistono solo nei giornaletti oramai, o forse, ma forse, tuttalpiù in qualche sperduta, sconosciuta tribù nel folto della Foresta Amazz... vabbe', meglio tornare

110

a pensare al tapiro, chissà se è tenero, chissà come lo cucinano.

Si accorse che la donna accanto a lui teneva distrattamente in grembo un paio di suoi pantaloni mentre pigolava animatamente con una vecchina al suo fianco, la quale si era infilata nella matassa di capelli bianchi uno dei suoi rasoi usa e getta e di tanto in tanto se lo aggiustava vezzosa. Sembravano molto infervorate e del tutto dimentiche di lui, così osò allungare una mano per riprendersi i calzoni. Non era nemmeno riuscito a toccarli che, rapido come una serpe, un robusto anziano scattò a bloccargli la mano, sventolandogli sotto il naso trenta centimetri di lama di pietra lustra e affilata. Antônio si ritrasse alzando le mani e chiarendo precipitoso: «Certo! Ma certo che sono vostri! Ma certo che ve li ho regalati! Ma con grande piacere, giuro, tutti i vestiti, le scarpe, la saponetta, le penne, sono tutti vostri, è per me un onore e una gioia farvene dono per suggellare questa bella, bella amicizia!»

Si ritrasse nel suo angolino, tornando ad abbracciarsi le ginocchia, arreso. Vi regalo tutto, guarda, basta che mi diate almeno una zampa di topo da rosicchiare.

2.6 Villaggio

Non erano zampe di topo, anche se non sarebbe mai riuscito a stabilire di che animale fosse la carne, nera e unticcia, che qualche minuto dopo tre o quattro ragazzi e ragazze portarono nella capanna su vassoi di foglie e rami intrecciati.

Antônio, quasi annegato nella sua acquolina, aspettò che si servissero tutti, poi aspettò ancora, e ancora: non aveva nessuna voglia di rivedere da vicino quel coltellone. Finalmente la Signora Rasoio si accorse di lui e gli fece un cenno indicando la carne, lui volse uno sguardo intorno e vide che un paio d'altri tra i presenti gli indicavano di servirsi, sovrana compresa.

Si buttò grato sul vassoio: la carne era dolciastra, e dura e fibrosa come spago, ma gli parve di non averne mai mangiata di più deliziosa. Nel frattempo i ragazzi avevano portato parecchie mezze noci di cocco, alcune piene d'acqua – meglio non pensare da quale torbido, limaccioso, verdastro corso d'acqua brulicante di alligatori rospi e serpenti l'avessero presa, ma chi se ne importa, ho tanta sete che non ci penserò affatto – altre colme di una mistura sciropposa che i suoi commensali parevano gradire moltissimo. Quando gliela passarono l'assaggiò con una certa diffidenza ma stranamente gli piacque: profumata e molto zuccherina, non si fermò a domandarsi di quale vegetale fosse la fermentazione, alle cose dolci non sapeva resistere e ne sorbì parecchie lunghe sorsate.

Si svegliò obnubilato quando il sole doveva già essere alto e splendeva fuori dalla capanna, deserta. Qualunque cosa fosse quell'intruglio bisognava andarci cauti, stabilì cercando malfermo di alzarsi, non aveva assolutamente nessun ricordo dopo quello di averne bevuto parecchio.

Si guardò intorno: la sue cose, zaino compreso, erano tutte sparite, tranne il quaderno di appunti che evidentemente non aveva risvegliato l'interesse di nessuno ed era stato lasciato sul pavimento di terra battuta. Lo raccolse e con la testa ancora martellante e confusa si affacciò sulla soglia: donne e ragazze andavano e venivano dalle capanne e una quantità di bambini di tutte le età correva all'impazzata di qua e di là in un gioco molto movimentato. Un gruppetto di anziani, tra cui la Regina Madre e la Signora Rasoio, seduti in fondo allo spiazzo stavano armeggiando con rami e cortecce probabilmente fabbricando qualcosa. Non vide nemmeno un uomo: probabilmente erano a caccia o a pescare o a sbrigare altre faccende da uomini della foresta.

Appena lo videro i bambini interruppero il gioco e gli si affollarono intorno curiosi, un ragazzino scurissimo e smilzo portava annodati intorno al collo due suoi calzini spaiati e una bimbetta aveva in testa le sue mutande celesti. Nessuno faceva il minimo caso alla sua nudità, ovviamente, ma Antônio si sentiva davvero a disagio così esposto, perciò tolse con garbo le mutande dalla testa della piccina, la quale lanciò uno strillo acutissimo e si mise a berciare a gola spiegata.

Le grida fecero affacciare alla porta delle capanne un paio di madri dall'aria minacciosa e Antônio, spaventatissimo ma intenzionato a non mollare la presa, strappò velocemente una pagina dal quadernetto e in pochi secondi confezionò una barchetta di carta che porse alla bimba. La piccola la guardò un po' perplessa ma fortunatamente gli strilli erano cessati di colpo e le signore tranquillizzate erano tornate alle loro occupazioni.

Una volta infilate le mutande Antônio si sentì meglio, decisamente più a suo agio, ma si accorse che la bimba si rigirava la barchetta tra le mani, osservandola intenta: a quanto pareva le piaceva molto ma non aveva idea di cosa fosse. A fianco della capanna c'era una grossa pozzanghera e lui – immaginando che se avesse tentato di prenderle dalle mani il regalo la pupetta avrebbe fatto ripartire la sirena – strappò un'altra pagina e fece un'altra barchetta che posò sulla superficie dell'acqua.

Bastarono pochi secondi perché la piccola folla di bambini che lo stava osservando con la massima attenzione capisse di cosa si trattava: ridevano e trillavano, visibilmente entusiasti di quelle piccole piroghe bianche. Subito DueCalzini si fece avanti, tendendo una sporchissima manina. Mezz'ora dopo metà delle pagine del suo quaderno se n'era andata, ogni bambino aveva la sua barchetta e Antônio aveva ricevuto in segno di gratitudine un bastoncino scortecciato, una manciata di bacche, una rana turchese e due scarafaggi.

E si era conquistato l'incondizionata approvazione di tutta la popolazione infantile della tribù.

2.7 Esplorazione

Lasciati i bambini a inventarsi regate nelle pozzanghere Antônio pensò, visto che aveva recuperato le mutande, che fosse il caso di cercare di capire dove fosse finito tutto il resto del suo bagaglio. Così iniziò a passeggiare nella radura occhieggiando qua e là nell'ombra delle grandi capanne che circondavano quasi tutto lo spiazzo di terra battuta. Si muoveva con una certa cautela, non era del tutto sicuro se il suo status fosse quello di ospite o di prigioniero e non voleva rischiare di scoprirlo nel modo peggiore.

La prima cosa che individuò fu lo zaino, che stracolmo di legna quasi nascondeva la donnina che lo portava sulla schiena. Subito dopo fu la volta della sua maglietta preferita che, annodata ai due estremi, era stata appesa come una piccola amaca e oscillava gialla cullando un bebè. Del resto del suo abbigliamento non c'erano tracce, chissà cosa ne avevano fatto, cuscini, turbanti, strofinacci per la polvere, sacchetti per le granaglie, vai a sapere. Trovò però in un cantone, buttata da parte, la sua saponetta: recava l'impronta profonda di un morso ma il sapore di eau de cologne non era evidentemente stato gradito.

In fondo alla radura rivide alla fine anche il suo orologio: scintillava ciondolando dal polso bruno di una ragazza che allattava un bambino nato da poche ore. Pensò che probabilmente gli anziani le avevano fatto dono di quel gioiello esotico per festeggiare il neonato, come si faceva a portarglielo via?

Ma niente, non gli porto via niente, non è certo roba di gran valore, che si tengano tutto, basta che non si arrabbino: quando tra qualche giorno mi verranno a cercare e tornerò a casa vedremo, magari almeno la macchina fotografica mi piacerebbe recuperarla, vedremo.

Esaurita senza molto costrutto quella prima perlustrazione del villaggio – che di fatto consisteva in ben poco d'altro che di quelle sei capanne comuni e della radura che queste circondavano – Antônio non sapeva bene che fare. Decise di inoltrarsi nella foresta lungo un sentiero che gli sembrava largo e battuto dal quale era tutto il giorno che andavano e tornavano bambini e ragazzi: se ci andavano i bambini non poteva essere troppo pericoloso, no? Una differenza tra Antônio e i bambini di certo c'era: lui muovendosi sul sentiero faceva un rumore assordante, i piccoli erano già stati abituati a muoversi silenziosamente. Se c'è in giro un animale feroce si starà tappando le orecchie con le zampe per tutto il rumore che sto facendo... Ma come fanno loro? Questi sono rami secchi, come faccio a non calpestarli? E come fanno a non farsi male ai piedi nudi, quasi quasi torno indietro prima di calpestare una spina (un serpente nascosto tra le foglie, una scolopendra).

Antônio all'improvviso sentì dei trilli e berci che potevano benissimo essere voci maschili adulte: chissà, forse sono arrivato nella loro zona di caccia, speriamo di non aver combinato qualche pasticcio. Per qualche minuto restò incerto sul da farsi, temendo che l'incontro con gli uomini potesse trasformarsi in una qualche sorta di scontro tra maschi alfa, ma non potendo certo passare il resto della sua vita fermo in mezzo alla foresta si fece coraggio e uscì allo scoperto.

Si ritrovò in una larga radura artificiale, grossomodo rettangolare, delimitata su due lati da una specie di staccionata simile a quella delle capanne del villaggio e sull'orlo della quale qualche donna e molti bambini guardavano intenti in una sola direzione. Antônio seguì il loro sguardo e si trovò catapultato in una bolla di terrore puro. Vide un uomo lanciare urla allarmate e, in fondo alla radura, una dozzina di uomini scappare in tutte le direzioni. Ad Antônio parve di sentire un'iniezione di adrenalina direttamente nel cervello che, nell'arco di tre secondi, elaborò tutte le cause possibili – e alcune di quelle impossibili – che potessero aver provocato il fuggi fuggi generale. Un'invasione di giaguari, l'assalto di una tribù nemica, una mega rissa (già, perché non una rissa? Sono indigeni ma ci saranno degli imbecilli attaccabrighe pure tra gli indigeni, no?), l'esercito che credeva lui fosse stato rapito e veniva a liberarlo, ecco forse è l'esercito, santiddio li stanno sterminando per colpa mia, guarda quell'indio come colpisce bene il pallone, ce l'avessimo avuto noi uno che crossava così.

Eh? Domandò a sé stesso.

Mentre le pulsazioni rallentavano di colpo e la paralisi corporea iniziava ad abbandonarlo Antônio notò varie cose: che erano solo gli adulti maschi a scappare, mentre i bambini li guardavano attenti e le donne cinguettavano tra loro con concitazione ma per niente atterrite. Che l'uomo urlante aveva colpito una specie di palla in una maniera che ricordava molto da vicino un cross lungo. Che la palla veniva inseguita da un paio di uomini, uno dei quali sembrò averla conquistata. Che quest'ultimo urlò a sua volta e tutti gli altri corsero di nuovo in giro per la radura. Che il nuovo urlatore colpì la palla (meno bene del primo, parve ad Antônio) e di nuovo ci fu una lotta per conquistarla. Altro che emergenza. Stanno giocando. *Gesudiddio, stanno giocando con la palla.*

2.8 Lingua

Aggirandosi per il villaggio Antônio aveva sbirciato timidamente all'interno di una delle grandi capanne: in una amaca di liane intrecciate un anziano signore faceva la pennichella, in un'altra dormivano aggrovigliati due bimbetti di pochi mesi, alcune altre erano appese e vuote, molte erano arrotolate per terra. Si era accorto che la capanna era davvero grande, valutò che ci potessero dormire comodamente forse un'ottantina di persone quindi certamente non erano divise per famiglie. Si domandò se ci fosse un qualche criterio per andare a dormire in una capanna anziché in un'altra o se quando arrivava la sera uno semplicemente ne sceglieva una, appendeva la sua amaca a una trave qualunque e si addormentava lì. Se è così non è roba per me, finché non ci capisco qualcosa io dormo sempre nello stesso posto, decise Antônio. E non ho nemmeno un'amaca, tra l'altro, mi toccherà dormire di nuovo per terra, non so se è il caso di cercare di farmene prestare una, non so neanche se riuscirei a spiegarlo, così a gesti.

Ma il problema si risolse da solo quando alcune ore dopo, al calare della sera, due donne gli si avvicinarono e gli misero in mano il fagotto di un'amaca, prendendolo poi per le braccia e cercando di sospingerlo verso una capanna.Non capendo perché non potesse restarsene lì fuori ancora un momento – era una bella serata e milioni di insetti frinivano sotto la luna – oppose resistenza, cercando di spiegare che grazie per l'amaca, molto gentili ma pensavo di ritirarmi tra un po', ma le due non sembravano intenzionate a mollare la presa e lo spingevano con sempre maggiore insistenza. Imbarazzatissimo, e il fatto di essere in mutande non aiutava, cercò di accennare una protesta ma le due risposero con uno strillo acuto, *«Maaaaiaaaa!»* accompagnato da un gesto della mano, le dita che dal pugno chiuso si aprivano velocemente come a formare il numero cinque: *«Maaaaiaaaa!»*

Antônio qualunque cosa significassero quel suono e quel gesto si arrese presto, sia perché la sua riluttanza stava attirando l'attenzione di sempre più persone del villaggio che si aggiungevano al coro dei "Maaaaiaaaa!" con le dita della mano che si aprivano di colpo, sia perché il loro atteggiamento stava passando dal leggermente divertito al serio fino ad arrivare al preoccupato: *«Maaaaiaaaa!».*

Nella capanna si accorse che il dormitorio era organizzato in cerchi concentrici: all'esterno dormivano i più anziani e al centro i bambini, ognuno con la sua piccola amaca da cui presto spuntavano braccia e gambe a formare un groviglio inestricabile di corpicini addormentati uno incastrato nell'altro. Tra questi due anelli dormivano gli adulti, apparentemente senza nessuna regola e nella più completa promiscuità. Non chiuderò occhio nemmeno per un istante, fu l'ultimo pensiero di Antônio prima di crollare addormentato come un sasso.

«Mamma, quell'uomo strano è cattivo?»

«No, non è cattivo, è solo strano. E poi è senza armi e tutto morbido e bianco, come può essere pericoloso? Dicono i vecchi che ne era arrivato un altro di questi uomini gialli, molto tempo fa: mio nonno me ne aveva parlato e credo che la donna medicina l'abbia visto, quando era bambina. Non era cattivo, ma poi si è ammalato subito, in poco tempo era morto.»

«Ci ha regalato delle cose.»

«Quali cose?»

«Piroghe piccoline, le ha fatte lui con una foglia bianca. Guarda.»

«Graziosa. Vedi che è stato gentile, non è cattivo.»

«Possiamo tenerlo qui con noi?»

«Decideranno gli anziani ma sì, credo che lo terremo con noi. Ma non affezionarti troppo: te l'ho detto, sono delicati, muoiono subito. Poi ci resti male.»

Dopo alcuni giorni la situazione si era in qualche modo assestata, per quanto in modo un po' paradossale. Gli anziani e in generale gli adulti erano sempre variamente affaccendati e anche se non intendevano affatto ignorarlo, anzi lo osservavano con divertito interesse, il fatto che l'incomunicabilità fosse completa e che Antônio dal loro punto di vista non fosse capace di fare assolutamente nulla ne frustrava spesso l'iniziativa.

Pensava di essere portato per le lingue, ma tutto quello che riusciva a capire erano le risate, sempre ammesso che stessero ridendo. L'aveva notato fin dalle prime mattine, al momento della sveglia: quando gli uomini e le donne attorno a lui si alzavano uno dopo l'altra lui rimaneva coricato a lungo a occhi chiusi aprendo le orecchie al mondo che lo circondava. E benché la popolazione del villaggio fosse numerosa quello che le sue orecchie sentivano non era il suono di una folla, non sembrava quasi umano. Si parlavano emettendo fischi, stridii, facendo schioccare la lingua e chissà cos'altro e il risultato era spaventosamente naturalistico. Da dentro la capanna tutto quello che il cervello riusciva a ricostruire erano canti di uccelli, rane, forse scimmie, una piccola cascata, una raffica di rumori più secchi che potevano ricordare il picchio, foglie che si sollevavano per il vento e decine di altri suoni che, per quanto alle sue orecchie risultasse incredibile, costituivano la lingua di quella gente.

Inizialmente aveva pensato che fossero i suoni della foresta, e rimasto solo nella capanna un profondo senso di solitudine l'aveva attanagliato: se ne sono andati tutti, mi hanno lasciato qui. Poi si era fatto forza ed era uscito a sua volta, scoprendo di non essere affatto solo: le donne già intente a intrecciare liane, macinare e intagliare, i bambini che tornavano dal ruscello completamente bagnati squittendo come pettirossi, alcuni uomini fermi a confabulare con profondi schiocchi e gracidii prima di lasciare il villaggio diretti chissà dove.

Antônio senza molto da fare e senza poter comunicare si trovò per la maggior parte del tempo a vagare per il villaggio, tenuto attentamente sotto controllo dai suoi abitanti che avevano assunto presto un atteggiamento molto paternalistico nei suoi confronti. Già infilarsi nel sottobosco e allontanarsi di pochi metri dal villaggio era per lui virtualmente impossibile e nei primi giorni dovettero badare a lui in tutti i modi: nutrirlo, abbeverarlo e spesso difenderlo da insetti e serpenti velenosi, finché gli anziani concordarono sul da farsi. Antônio era come un bambino e con i bambini doveva rimanere.

E la prima cosa che iniziò a essergli familiare furono proprio le risate dei bambini da cui si ritrovava sempre circondato: erano numerosi e chiassosi come passeri, e avevano la risata facile. Quando si avvicinava al gruppo di bambini che era intento a rincorrere una di quelle palle fatte di frasche questi si fermavano incuriositi, finché uno di loro si faceva avanti, lo toccava con la punta di un dito e poi si girava e diceva a tutti qualcosa con la sua vocetta stridula, suscitando irrefrenabili risate. Da quel momento in poi Antônio veniva circondato dal chiasso dei loro incomprensibili pigolii.

Si mise a seguire i bambini ovunque: fu grazie a un bambino che scoprì il ramo secondario e tranquillo del fiume dove tutti andavano a prendere l'acqua da bere e grazie allo stesso bambino, un piccoletto dalla corsa velocissima e dagli occhi svegli, imparò presto l'uso di un certo tipo di foglie per bere acqua un po' più pulita; grazie a due ragazzine imparò a riconoscere almeno una decina di frutti e bacche commestibili, e loro gli mostrarono – con inequivocabili smorfie di spavento e disgusto – quali non bisognava assolutamente toccare. Assieme ai bambini andava a strappare dalle piante le foglie con le quali si costruivano le palle e grazie a un paio di ragazzi più grandi che lo presero di mira con un preciso lancio di pietre mentre li stava seguendo scoprì dove e come era considerato corretto fare i propri bisogni.

La sera nella foresta scendeva all'improvviso. Il sole calava verso un orizzonte che non si vedeva mai e dove un minuto prima un arcipelago di chiazze luminose rischiarava il sottobosco un minuto dopo, non appena cambiava di pochi gradi l'angolo del sole, era quasi del tutto buio. Antônio si era fatto sorprendere da queste ombre improvvise al ritorno dal fiume, dove era andato a rinfrescarsi e si era attardato a guardare due gigantesche farfalle che si rincorrevano sul pelo dell'acqua. Quello che non molto prima gli era sembrato un sentiero largo e di facilissimo accesso si era trasformato in pochi secondi nell'ingresso di un antro oscuro.

Gli occhi si devono abituare, non ci vorrà molto, disse a sé stesso fermandosi un attimo, giusto il tempo di sentire un urlo stridente e veder comparire dal nulla una muscolosa ragazza che con un lungo bastone colpì con violenza il tronco sul quale stava distrattamente per appoggiare la mano. Il rumore che fece il bastone non fu però quello di legno contro legno ma più simile a quello di un uovo che si rompe e che schizza da tutte le parti. Con la vista acuita dall'adrenalina che improvvisamente gli era entrata in circolo Antônio vide sotto al bastone la sagoma di un ragno multicolore di poco più grande della sua mano spiacciato sulla corteccia. Esattamente nel punto su cui stava per appoggiarsi. Altri tre o quattro ragni, uno dei quali veramente enorme, stavano scendendo rapidamente lungo il tronco. Antônio, paralizzato, si girò verso la ragazza che lo guardò con occhi di fuoco prendendogli la mano e strattonandolo via.

In men che non si dica furono di nuovo nella radura del villaggio, dove molta luce passava ancora attraverso l'apertura nel fitto tetto di alberi. La strega li stava aspettando con evidente apprensione e il suo viso si rasserenò quando li vide sbucare dal sentiero.

Antônio avrebbe voluto chiedere qualcosa ma non aveva modo di formulare nessuna domanda. La ragazza Occhi Di Fuoco gli lasciò la mano lentamente – l'aveva stretta così forte che gli formicolava – e continuò a guardarlo a lungo con un'espressione indescrivibile.

«*Maaaaiaaaa!*» gli disse finalmente con il solito gesto della mano che si apre all'improvviso: «*Maaaaiaaaa!*»

«Maaaaiaaaa!» provò a ripetere lui imitando il suo gesto:

«Maaaaiaaaa! Sono quei ragni, ho capito, ho capito: alla sera ci ritiriamo nelle capanne per proteggerci da loro, adesso ho capito… Maaaaiaaaa!» ripeté ancora una volta in modo più debole, le gambe che gli tremavano.

Occhi Di Fuoco continuò a guardarlo ancora per un breve momento, poi si voltò verso la strega che le disse qualcosa, sembrò soddisfatta e scomparì alla vista.

2.9 Tentativi

I primi giorni Antônio li aveva passati da semplice osservatore: si era posto come obiettivo principale il non farsi mangiare da un giaguaro, non farsi stritolare da un anaconda, non morire avvelenato e mille altri "non", in attesa della spedizione di soccorso che qualcuno (i suoi genitori? La scuola? Il Senhor Inàcio?) certamente aveva organizzato. Mentre aspettava che lo venissero a recuperare si era aggirato curioso per il villaggio, approfittando di questa occasione unica che gli era capitata per conoscere da vicino gli usi e i costumi di questa gente così diversa da lui.

Ma si era posto anche un dilemma etico: considerato che presto se ne sarebbe andato voleva impattare sulle loro vite il meno possibile. Per esempio si era chiesto cosa sarebbe successo nel momento in cui fossero arrivati i soccorsi. Da come lo avevano accolto Antônio non era stato in grado di capire se era il primo uomo bianco che avessero mai visto oppure no, ma certo non ne avevano visti molti e non di recente: nulla nel loro stile di vita lasciava pensare che fossero venuti a contatto con la tecnologia del mondo moderno.

Man mano che passavano i giorni, però, aveva iniziato a pensare che forse tutto sommato venirgli in soccorso non sarebbe stato così semplice. Forse ci sarebbero volute settimane o addirittura mesi prima che lo trovassero: aveva allora cominciato a pensare a cosa poteva insegnare ai suoi ospiti, come segno di riconoscenza per essere stato accolto (forse non con particolare entusiasmo, gli sembrava di poter dire, ma perlomeno non con ostilità).

Ma, appunto, non era per niente facile. Una delle prime cose che gli venne in mente era l'importanza di lavarsi le mani. Ma vai a spiegare a qualcuno che non parla nemmeno una parola della tua lingua e che per certi versi vive nella preistoria perché è utile farlo. Vagli a spiegare l'esistenza dei germi. L'approvvigionamento d'acqua non sembrava essere un problema, ma comunque Antônio pensò che ai loro occhi lavarsi le mani poteva sembrare un irragionevole spreco e decise di soprassedere.

Moltissime altre cose, quasi tutti gli oggetti che costellavano la sua vita a Macapá, erano fuori discussione: non tanto perché non ne avrebbero capito l'uso, quanto perché lui non avrebbe saputo costruirle. Non so fare niente, pensò più e più volte Antônio in quel periodo, a volte ridendone, più spesso con una punta di amarezza.

Avrebbe potuto proporre qualche innovazione nel metodo di preparazione del cibo, ma chissà, magari non avevano gli enzimi giusti. Che nome ti hanno dato gli indigeni? "Colui che fa venire la diarrea all'intero villaggio". E poi in fondo che ne so io di come si prepara un'iguana? Avrebbe potuto costruire una piccola diga nel fiume là vicino, ma se poi fosse diventato un abbeveratoio per i giaguari? Pescando tra i suoi ricordi dell'adolescenza poteva forse introdurre qualche nozione sui nodi, ma le capanne sembravano già essere solide per conto loro e comunque nemmeno aveva fatto in tempo a formulare il pensiero che già gli era venuto in mente il suo nuovo potenziale nome indio: "Colui che fece crollare tutto".

Una meridiana. Una meridiana danni non ne dovrebbe fare. Ma che se ne fanno questi di una meridiana? Forse potrebbero usarla per segnare il tempo in quelle loro partite del gioco con la palla? Ecco, sì. Potrei apportare qualche innovazione nel loro sport. Non vedo controindicazioni.

Così un giorno, mentre pensava che tipo di innovazione introdurre, gli rotolò tra i piedi la palla di foglie e liane e fango (sperava che fosse fango) colpita da un bambino e capì cosa gli sarebbe piaciuto regalare a quegli indigeni così ospitali.

Una qualche nozione di come si costruivano i palloni nell'antichità ce l'aveva, grazie a una lezione sul tema che aveva preparato per i suoi studenti qualche mese prima. Dal dire al fare, però, c'era di mezzo un capibara, un tapiro o un qualche altro animale di dimensioni adatte del quale avrebbe dovuto usare le interiora. C'era poi la questione di catturarlo, ucciderlo, sventrarlo, ripulirlo.

Volendo essere sognatori, erano tutte operazioni che gli sembravano fattibili. Ma l'ultima, essenziale operazione, quella no: nemmeno con tutto l'ottimismo di questo mondo poteva immaginare di avere il coraggio di soffiare dentro le interiora di un tapiro.

Antônio si riscosse dalle sue inconcludenti fantasie e notò che Guanciotte, il bambino che aveva calciato la palla, era a pochi passi da lui e aspettava che gli venisse restituita per poter continuare a giocare. Antônio gliela porse con un sorriso triste e si accorse di avere le lacrime agli occhi.

Girando leggermente la testa vide una bambina che gli stava porgendo un frutto. Sarà il frutto della consolazione? Se non lo è, dovrebbe esserlo, pensò Antônio mentre gustava il sapore del primo morso, sentendosi già meglio ma, al contempo, non riuscendo a scacciare del tutto quel senso di impotenza e inutilità.

Al secondo morso, mentre tratteneva il boccone più a lungo del normale per studiarne il sapore, fece caso ai semi e gli venne un'idea.

Ne prese in mano una manciata, li ripulì accuratamente dalla polpa, e mostrò la mano aperta alla bambina. Guarda attentamente, bimba. Guarda e ricorda. Quando lo sguardo della bambina passò da "ho visto" a "e adesso?" (o così parve a lui), Antônio fece un piccolo buco per terra e vi seppellì i semi. Di nuovo, cercò con lo sguardo quello di lei, aspettò l'occhiata "okay". Quindi indicò il sole, in alto, che filtrava tra le frasche della volta d'alberi, e fece una serie di gesti che lui sperava potessero essere interpretati come "passeranno molti giorni".

Diede un'ultima occhiata alla montagnetta sotto cui giacevano i semi e fece il gesto di "crescerà una pianta" (che un cinefilo appassionato di horror avrebbe potuto facilmente interpretare come "la mano di uno zombie spunterà dal terreno muovendo le dita").

Gli tornò in mente un film italiano che aveva visto tempo prima, in cui due tizi che tornavano indietro nel tempo non riuscivano a spiegare niente nemmeno a Leonardo da Vinci. Chissà bimba cara, magari io ho spiegato meglio di loro e tu sei più sveglia di Leonardo e se ricorderai, se sei riuscita a capire quello che ti ho mostrato, forse diventerai la prima contadina del tuo popolo.

La bambina gli sorrise e lo stesso, gli parve, fece la Strega, che lo stava osservando a qualche metro di distanza, parlando con un uomo.

«Vedi? È gentile.»

«Forse sì, ma è anche sciocco. Sta insegnando ad Aracì la semina. Come se noi non fossimo capaci.»

«Ma forse lui non lo sa, forse gli Strani come lui l'hanno imparata da poco. Forse sta solo cercando di capire come rendersi utile.»

2.10 Formica-Giaguaro

Yamandé stava valutando la situazione. Anzi no, Yamandé stava platealmente valutando la situazione. Anzi nemmeno, Yamandé stava platealmente mostrando di studiare la situazione, ma in realtà non c'era niente da valutare, la situazione era sempre la solita in cui finivano con il ritrovarsi ogni volta che giocavano a Formica-Giaguaro senza i ragazzi più grandi: lui e Piata erano i più veloci a salire i ranghi del regno animale e quando arrivavano a Scimmia e gli altri erano ancora a Farfalla, Tartaruga o, al massimo Armadillo, era chiaro che per l'ennesima volta la vittoria sarebbe stato un affare a due tra lui e Piata.

A dire il vero ultimamente due cambiamenti c'erano stati: uno era che anche Moacir aveva iniziato a farsi valere, soprattutto grazie al suo coraggio e ai suoi strani tuffi. Non era ancora al loro livello, ma Yamandé stava studiando dei modi per sfruttarlo dal punto di vista strategico, per confondere e complicare la vita a Piata. Il secondo cambiamento era che giocavano con uno spettatore: lo Strano, che tra le sue molte stranezze aveva appunto quella di venire spesso a guardarli mentre giocavano.

Qualcuno degli altri bambini era intimidito, non erano soliti giocare sotto gli occhi di un adulto, ma lo Strano sembrava un adulto solo fisicamente (a parte quel suo colore assurdo). Per il resto era in tutto e per tutto un bambino piccolo, più piccolo persino di Cauê, che si ostinava a giocare con loro ma restava Formica perché non aveva ancora abbastanza forza nelle gambe da arrivare a colpire l'albero della trasformazione. Lo Strano sembrava un bambino piccolo perché non sapeva parlare e non sapeva fare niente di utile per la vita del villaggio. Era un mistero come avesse fatto a sopravvivere così a lungo da diventare così alto, forse era qualcosa che aveva a che fare con il suo colore.

Un'altra cosa che aveva in comune coi bambini era la curiosità: sembrava che la sua unica occupazione fosse guardare. Ogni volta che lo incontravi stava guardando qualcosa: qualcuno che tesseva, qualcun altro che preparava il cibo, ogni tanto ti seguiva mentre andavi a pescare o a prendere l'acqua al fiume. Ma più di tutto passava il tempo a guardarli giocare. Yamandé si chiedeva se, oltre a non saper fare niente, lo Strano non sapesse nemmeno giocare a niente.

Chissà se capisce le regole del nostro gioco. Forse sì, sono molto semplici. Si parte tutti da Formica. Poi bisogna calciare la palla cercando di colpire l'albero della trasformazione. Chi lo colpisce si trasforma nell'animale superiore: se eri Bruco diventi Farfalla, poi Tartaruga, Armadillo, Tapiro, Capibara, Scimmia, Caimano e infine Giaguaro. Poi bisogna correre a riprendere il proprio pallone e tornare alla casa. In quel momento il guardiano può colpirti con il suo pallone e se lo fa tu ritorni a essere l'animale inferiore e diventi il nuovo guardiano. Chi diventa Giaguaro per primo ha vinto.

Yamandé si accorse che stava mentalmente spiegando il gioco allo Strano, si riscosse e tornò a concentrarsi sulla partita in corso, non prima di aver pensato *peccato che non capisca la Lingua, magari se gli spiegassi come si gioca potrebbe giocare anche lui, così si divertirebbe un po'!*

Piata, che per quel turno era il guardiano, guardava Yamandé e ridacchiava tra sé. *Guardalo, come fa finta di pensarci su, come se non sapessi cosa farà.*

Moacir aveva già colpito l'albero e si era quindi trasformato in Scimmia, raggiungendo così loro due. Ma ora toccava a Yamandé tirare, ultimo di questo turno. Salvo imprevisti incredibili Yamandé avrebbe colpito l'albero e sarebbe diventato Caimano. L'unica cosa che doveva decidere era da quale lato far cadere la palla che poi avrebbe dovuto andare a recuperare. La cosa più saggia era farla finire vicino alle palle degli altri. Piata aveva il tiro più forte di tutto il gruppo, e questo provocava sempre un fuggi fuggi generale: in quella confusione non era semplice mirare a un giocatore in particolare, tanto più se era rapido come Yamandé. Ma lì nei pressi c'era anche la palla di Cauê e Piata sapeva benissimo che Yamandé non voleva rischiare che il suo tiro, mancandolo, finisse per colpire proprio il piccolino.

Pensaci quanto vuoi, caro amico mio, tanto lo sappiamo benissimo tutti e due dove tirerai.

Yamandé sapeva benissimo che, se avesse fatto cadere la palla vicino a quella di Cauê, Piata avrebbe mirato verso qualcun altro per non rischiare di colpire il piccolo. Ma era una tattica che gli sembrava ingiusta e, come sempre, non la volle sfruttare.

Prese la mira e calciò la sua palla con un tiro secco e preciso mandandola a sbattere sul lato destro dell'albero della trasformazione e, di conseguenza, ad atterrare piuttosto lontana dalle palle degli altri bambini. Mentre correva a recuperarla, preparandosi a evitare il tiro di Piata, con la coda dell'occhio lanciò uno sguardo verso lo Strano e gli sembrò di vederlo sorridere.

2.11 Tempo

Da tutta la vita abitava sull'equatore eppure non se ne era mai reso conto davvero: i giorni sono sempre lunghi uguali, il buio arriva sempre alla stessa ora, non c'è alcun modo di accorgersi dello scorrere delle stagioni.

In città era diverso, c'erano orologi e scadenze, calendari e agende, ritmi di lavoro, campionati, festività e ricorrenze che spezzavano il tempo in segmenti ben definiti. Ma lì nella foresta i giorni scorrevano indifferenziati uno dopo l'altro, settimana dopo settimana, mese dopo mese. Certo, c'erano differenze tra un giorno e l'altro, piccoli avvenimenti quotidiani – quella notte di pioggia torrenziale, la nascita del bambino della ragazza della terza capanna, l'uomo morso dal serpente e riportato dagli altri cacciatori al villaggio già bell'e morto, quel giaguaro catturato dopo una lunghissima caccia – ma nella memoria potevi disporli in una sequenza qualunque, non avevano nessuna collocazione precisa nel tempo.

E questo rendeva impossibile, Antônio se ne accorse con rassegnato sgomento, rendersi conto davvero del passare dei giorni, di cui difatti smise di tenere il conto incidendo tacche in una trave della capanna dopo nemmeno sei mesi. Più o meno intorno al periodo in cui pensò che sarebbe impazzito.

Aveva dovuto a quel punto, dopo parecchio tempo in cui aveva rimosso il pensiero, prendere atto del fatto che nessuno sarebbe venuto a cercarlo. Ormai certamente l'avevano dato per morto e se per giorni, per settimane, aveva scrutato il cielo aspettandosi il rombo di un elicottero, tendendo l'orecchio per sentire una voce, un altoparlante, una sirena, qualunque cosa potesse usare una squadra di soccorso per farsi sentire, aveva dovuto ormai arrendersi al fatto che non sarebbe venuto nessuno. Forse in tutto quell'andirivieni di barche e di jeep avevano perso le sue tracce e non sapevano nemmeno da dove cominciare a cercarlo, forse non ci avevano nemmeno provato perché trovare un uomo perso nella Foresta Amazzonica è come cercare un ago nel re di tutti i pagliai, forse avevano pensato che non poteva che essere morto in pochi giorni di fame e sete o ucciso da un serpente, da un giaguaro (da un ragno).

Non che non avesse pensato di incamminarsi per cercare la jeep: da lì se, *se*, avesse preso la direzione giusta (ma come fare a sapere quale?) e se, *se*, fosse riuscito a non perdersi di nuovo, a non girare in tondo, a non incontrare un giaguaro o un serpente, in un paio di giorni di cammino poteva *forse* sperare di arrivare alla 210 dove *forse* avrebbe potuto trovare soccorso.

Ma anche solo arrivare alla jeep era un'impresa, si era reso conto, quasi impossibile. Guardandosi intorno nella radura dove sorgeva il villaggio si era accorto fin dall'inizio che non aveva la minima idea della direzione da prendere: il tratto di strada che aveva fatto seguendo la strega non lo ricordava per niente e anche se rammentava più o meno il punto in cui erano sbucati nella radura niente poteva dargli la certezza che la vecchia avesse proceduto in linea retta, anzi era pressoché certo che non l'avesse fatto. E quello era solo l'ultimo tratto: ripercorrere per due giorni a ritroso la foresta riuscendo – senza avere la minima indicazione – a ritrovare la jeep sapeva bene che era sostanzialmente impensabile.

Del resto lì non si stava male, gli indigeni erano affettuosi e gentili, l'avevano accolto con benevolenza e ormai da tempo gli uomini gli consentivano di andare a caccia con loro (sebbene non gli lasciassero ancora toccare lance o frecce), le donne si facevano aiutare a raccogliere la legna e le bacche, i bambini lo adoravano:

alle barchette erano seguiti gli aeroplanini, di cui era ovviamente impossibile spiegare il concetto ma che avevano imparato perfettamente a far volare, poi la carta del quaderno era finita (e anche le cose che lui con la carta sapeva fabbricare, del resto).

C'erano persino due o tre ragazze, un po' bassine ma per niente, per niente male: belle tette, e chiappe sempre in vista, era un piacere guardarle.

Ma a farlo ammattire era il non poter parlare con nessuno, non poter scambiare un pensiero, un'idea, un'opinione, almeno una barzelletta, gesùsanto.

Quella loro lingua da uccelli, tutta trilli e squittii e gracidii gli era completamente impenetrabile anche dopo tutti quei mesi. Aveva più o meno imparato qualche nome, anche se aveva di rado occasione di usarli: quanto spesso pronunci il nome di una persona se poi non hai niente da dirle? Aveva – gli pareva di avere – capito che quel cinguettio un po' arrotato significava "carne", ma a dire il vero avrebbe potuto benissimo significare "cena" o "pappa" o "certo che Fernanda cucina un armadillo da favola". E quello squittìo con una nota calante nel mezzo era "acqua", ma da quanto gli risultava valeva per quella della pioggia, quella del fiume, quella da bere nelle noci di cocco e forse anche per lacrime e urina, vai a sapere.

D'altro canto nemmeno l'apprendimento da parte loro della sua lingua funzionava un granché: avevano imparato il suo nome, che pronunciavano più o meno "'N't'nìììììììì-ho", i bambini riuscivano a dire in maniera quasi intelligibile "barchetta" ma la cosa finiva lì. Non sembrava avessero nessun interesse a impararla, non ne avevano del resto alcun bisogno potendo chiacchierare tra loro quanto e come volevano.

Antônio pensava che sarebbe morto di mancanza di parole, come si fa, come si fa, non poter parlare con nessuno, è peggio che essere muti, peggio che essere sordi, peggio che essere sperduto da solo nella foresta (oddio, questo magari no), vivevo di parole e non posso nemmeno dire ciao come stai, io non ce la faccio, io impazzisco, io mi butto nel fiume e mi faccio mangiare dai delfini rosa.

La vita nel villaggio non aveva niente che non andasse, una volta abituati ad andare al bagno tra un'araucaria e una palma, a essere nudi e bere acqua di fiume, a essere punti ogni minuto da milioni di insetti e a masticare bene la carne di scimmia, ma Antônio la trovava piuttosto tediosa.

La caccia sarebbe stata anche divertente, forse, ma pur lasciando perdere il fatto che l'orrore dei ragni non lo lasciava mai del tutto tranquillo quando si aggirava nella foresta, quelle spedizioni sulle tracce di animali che conosceva troppo poco, gli agguati, il sangue gli mettevano più ansia che altro. O forse era il fatto che non gli permettessero di maneggiare armi che lo faceva sentire d'impaccio e più in pericolo di quanto magari fosse davvero. Pescare lo annoiava a morte e non si può dire che raccogliere legna, intrecciare canestri, cercare bacche, frutta e cortecce assieme alle comari o fare la punta alle frecce fossero attività così esaltanti.

E le giornate erano lunghe, senza niente da leggere, senza musica da ascoltare, senza nessuno con cui dir due parole. Così Antônio si trovava sempre più spesso a guardare i bambini giocare, a osservare quei loro strani giochi con la palla, alcuni molto semplici, altri pieni di regole assai complesse. A furia di guardarli gli sembrava di averle capite tutte o quasi. L'unica cosa che ancora gli risultava incomprensibile era cosa determinasse il finale delle partite. Sistemi per misurare il tempo breve non ne avevano; il numero di punti non sembrava importare; non c'era nemmeno un evento singolo, come l'aver colpito un particolare albero, a cui si poteva attribuire il significato di "fine incontro". Eppure ogni volta, di punto in bianco, la partita era evidentemente finita e i bambini contenti, dandosi amichevoli pacche sulle spalle, correvano a fare merenda con le papaie.

Aveva notato però che questi ragazzini, anche i più piccini, erano dotati di straordinaria velocità e destrezza e un paio di loro

– DueCalzini e un bimbo robusto con la faccia seria – avevano un tiro davvero preciso e potente.

Perciò un bel pomeriggio Antônio, stufo di stare solo a guardare quelle incomprensibili giravolte e indeciso se andare a buttarsi nel fiume, si mise invece di buzzo buono a legare insieme tre rami diritti, piantando poi quella rozza C rovesciata per terra, sul confine della radura.

Poi si avvicinò ai bambini e a gesti chiese loro di prestargli la palla. La poggiò per terra e con un calcio né troppo forte né troppo corto la buttò nella porta. Si volse verso i ragazzini che lo guardavano attenti e disse: «Goal.»

Non ci fu nessuna reazione. Andò a prendere la palla, la rimise in posizione davanti ai piedi, tirò in porta. E di nuovo guardò i bambini ripetendo: «Goal.»

«Goh-ììì-hal?»

«No. Goal.»

Sembravano tutti molto perplessi. Il serio alzò le spalle, si riprese la palla e tutti ricominciarono schiamazzando la loro astrusa partita.

Antônio si sedette su un tronco, delusissimo, riconsiderando l'idea del fiume o forse quella di immolarsi a un giaguaro. Ma ecco che nel bel mezzo del gioco DueCalzini si staccò dagli altri e – come per una idea improvvisa – invece di tirare contro gli alberi mirò alla porta e la centrò con una cannonata perfetta. Poi si voltò verso Antônio e in sommesso tono interrogativo gli propose: «Go'uh-llll?»

Antônio ebbe un tuffo al cuore, balzò in piedi, urlò: «Goal! GOAL! Sì, bravo, bravo, goal, goal, GOOOOOAAAAL!» e batté le mani e si sbracciò e i bambini tutti contenti lo imitarono e si sbracciarono e saltarono e strillarono: «GOL! GOL! GOL!»

Antônio era felice: forse c'è ancora speranza, forse qualche parola in portoghese potranno impararla, forse almeno si potrà fare una partitella di calcio.

2.12 Presagi

«*È bianco!*»

Ayìndé, la donna medicina, guardava Kirimà con la sua solita aria mezza seria e mezza irridente.

«*E sai cos'è bianco? Il morto! Solo il morto è bianco!*»

Kirimà era più basso e leggermente più tarchiato della media degli abitanti del villaggio e aveva una caratteristica pelle scura che lo rendeva unico all'interno di tutta la tribù. Anche la sua voce era unica: più squillante, e capace di raggiungere un volume che gli altri potevano soltanto sognarsi.

«*Infatti te li ricordi i primi giorni? Te li ricordi? Tutti a toccarlo, anche i bambini, tutti a toccarlo con un dito per vedere se era davvero vivo o se era uno spirito della foresta!*»

Con uno schiaffo secco Kirimà schiacciò una vespa che gli si era posata sulla spalla, un gesto così frequente che ormai lo caratterizzava. Al contrario di tutti gli altri abitanti del villaggio lui non era completamente immune al veleno di vespa di una particolare specie i cui membri, da sempre, sembravano saperlo e provare gusto a tormentarlo. Se per gli altri una puntura di quel tipo di vespa non era altro che un pizzicore senza conseguenze nella zona colpita, per Kirimà diventava motivo di un lungo fastidio che poteva durare anche più giorni. Nessuna delle erbe che in casi come questo provocavano sollievo funzionava su di lui. Si era fin da piccolo abituato a vivere così, uccidendo più vespe possibile e sopportando il dolore dei pungiglioni come nessun altro. Non si ricordava nemmeno un singolo giorno in cui non avesse ucciso almeno una vespa e in alcune stagioni non passava giorno senza che venisse punto almeno due o tre volte.

Ma non si era rassegnato. Nel corso del tempo aveva sperimentato decine di diverse soluzioni per tenere lontane le vespe o per alleviare il dolore delle punture e molte delle trovate di Kirimà erano entrate a far parte del bagaglio di conoscenze della tribù, tanto che era diventato uno degli adulti più stimati per le sue notevoli conoscenze dei segreti della foresta.

Aveva anche appeso la sua amaca di fianco a quella di molte donne e da alcune aveva avuto alcuni dei bambini più sani e più belli di tutto il villaggio.

«E adesso? A te piace che se ne vada sempre in giro con i piccoli? Un uomo che non conosce la foresta è pericoloso per sé e per gli altri, e noi lo facciamo andare in giro con i piccoli?»

«Sta imparando, adesso non è più pericoloso.»

Ayìndé aveva preso in simpatia Antônio, non solo perché al villaggio lo aveva condotto lei, ma perché aveva sempre pensato che fosse davvero una specie di spirito, uno spirito buono, però, con il quale bisognava passare del tempo e quel tempo passato poi sarebbe ritornato a loro sotto forma di qualche grande vantaggio che adesso non poteva ancora prevedere ma che era certa che ci sarebbe stato. E se parlava sempre in modo molto pacato, faceva pesare in questo modo ancora di più la sua autorità.

«Sta imparando? Ma se non distingue un tapiro da un formichiere! Quanto tempo fa? Tre giorni? Quattro? L'abbiamo trovato ancora che faceva pipì nel fiume senza proteggersi!»

«Kirimà, Kirimà, devi essere paziente, quante persone conosci che sono state attaccate dal candirù? Sai bene che non ce ne sono tanti e non sono pericolosi per noi. I vecchi raccontano di questi minuscoli pesci in grado di risalire la pipì fino a entrarti nel corpo ma ti dico la verità, io non ne ho mai visto uno così piccolo, quelli che troviamo nei pesci morti sono grandi come le mie dita, quelli non sono pericolosi.»

«Ma bisogna proteggersi! I nostri vecchi ce l'hanno insegnato come i vecchi

dei vecchi lo avevano insegnato a loro!»

«Sì, bisogna proteggersi, è vero. Però i vecchi dei nostri vecchi non stavano su questo fiume. Forse erano i vecchi dei vecchi dei vecchi, ormai mi confondo. Sull'altro fiume forse c'erano più candirù ed era più pericoloso. I nostri vecchi ci hanno anche insegnato a estrarre il succo di xagua ma quante volte è servito?»

Kirimà lo sapeva bene, un altro talento che aveva sempre avuto era quello di ricordarsi le storie. Si ricordava le storie dei primi vecchi che aveva conosciuto, quelli che erano morti quando lui era giovane e si ricordava anche le storie degli attuali vecchi. La sua memoria era talmente formidabile che da tempo tutti al villaggio gli chiedevano di raccontare le storie dei vecchi, era il modo più frequente per passare le serate e Kirimà ci si buttava sempre con tutto lo spirito in questi racconti, sentiva le voci dei suoi antenati che trovavano spazio dentro di lui, sentiva gli spiriti che si fermavano ad ascoltarlo.

L'altro momento in cui gli sembrava che gli spiriti della foresta si fermassero era quando vedeva suo figlio Yamandé giocare con la palla. Kirimà non era mai stato tra i più bravi con la palla, ricordava la cerimonia di iniziazione come uno dei momenti più tristi della sua intera esistenza.

Però Yamandé era diverso, era sempre stato un bambino curioso e non appena era cresciuto abbastanza da cominciare a giocare con la palla le sue doti erano state subito chiare. Per Yamandé avrebbe fatto qualunque cosa il buon Kirimà, ma ogni giorno che passava sembrava che ce ne fosse sempre meno bisogno: cresceva bene, era forte, amato e rispettato dai suoi amici, aveva piedi veloci e precisi e il sorriso sempre pronto.

I giovani stavano ritornando dalla radura di gioco chiacchierando e ridendo ad alta voce. A poca distanza dietro di loro Antônio ancora con la sua andatura incerta dopo tutto quel tempo, ancora producendo il rumore dei tuoni a ogni passo e ancora con enormi difficoltà a comunicare anche le cose più semplici. Altro che spirito buono, agli occhi di Kirimà Antônio sembrava soltanto un enorme problema irrisolto e il fatto che passasse tutto quel tempo con i bambini non lo lasciava tranquillo, aveva il presentimento che qualcosa sarebbe andato storto.

Sciàf! Schiacciò un'altra vespa andandosene di malumore.

2.13 Figure

Il sorgere e il calare del sole, i cicli della luna che si intravedeva sottile come un sorriso tra i rami o splendeva tonda come una palla di manioca illuminando anche le felci più basse, non c'era altro a scandire il tempo in momenti.

Antônio aveva dovuto abbandonare la tentazione, il bisogno che nei primi tempi era quasi compulsivo, di cercare di suddividere i giorni in ore e minuti, di raggrupparli in mazzetti insensati dal nome di settimane o mesi.

Non era facile, nemmeno dopo un certo tempo, fabbricarsi una routine e stava iniziando a pensare che fosse del tutto inutile farlo.

Il mangiare non era un appuntamento fisso: nessuno in un preciso e ricorrente momento apparecchiava una tavola con una tovaglia di foglie di palma, con mezze noci di cocco come bicchieri e arnesi di osso come posate. Nessuno andava al fiume a un'ora precisa a riempire le caraffe d'acqua, nessuno a mezzogiorno suonava una campana fatta con una pietra scavata per chiamare tutti al pranzo: di fatto non c'era nessun momento che si potesse chiamare "pranzo", e "cena" era semplicemente il momento, prima del tramonto del sole, quando si riunivano più o meno tutti per mangiare ma anche per raccontare storie, bere una mezza noce di mistura inebriante, cantare canzoni di lontane leggende, ascoltare le raccomandazioni degli spiriti per bocca dello sciamano, spettegolare sui vicini di amaca.

I ritmi erano dettati unicamente dalla necessità, dalla disponibilità di risorse, dalle decisioni che, ancor prima delle persone, era la stessa foresta a prendere. La caccia poteva arrestarsi per diversi giorni se quella precedente era stata abbondante, poteva essere disorganizzata o perfettamente orchestrata, poteva essere un affare privato o dell'intero villaggio. Così avveniva anche per la raccolta: a volte un gruppetto di poche persone spariva per ore e tornavano con i loro cesti colmi di rifornimenti. A volte le spedizioni erano molto più numerose e rumorose e sembravano quasi lunghe scampagnate.

Nemmeno il gioco della palla, per il quale gli abitanti del villaggio avevano una vera e propria ossessione, seguiva una routine precisa. Poteva capitare che di ritorno da una battuta di caccia i cacciatori gettassero in un angolo cerbottane, archi e frecce con le loro punte avvelenate e tutto e si scatenassero in una partita improvvisata del loro strano gioco.

Anzi ad Antônio fin da subito era parso lampante come a volte le battute di caccia fossero troppo brevi, come se i cacciatori non volessero impegnarsi davvero perché avevano già la testa nella prossima partita. Anche quando cominciò a seguirli nelle battute di caccia, benché non capisse bene la lingua gli sembrò evidente come alcune volte quell'impegno sembrasse quasi un pro forma, come se volessero dire: "Facciamo una mezz'oretta a camminare nella foresta, c'è qualche animale? No, vero? Presto! Torniamo al villaggio a giocare."

La cosa buffa era che sembravano sempre tutti affaccendati, e allo stesso tempo pareva che ci fossero infiniti, dilatati momenti di pura pigrizia.

Ora, per esempio, lo scroscio di acquazzone arrivato a metà giornata se n'era andato lasciando una umidità densa che il sole tornato da poco aveva scaldato in un'afa spossante. La foresta gocciolava ancora da milioni di petali e foglie e Antônio, semisdraiato con le spalle appoggiate a un tronco, era sul punto di assopirsi, cullato dai canti degli uccelli che si scrollavano dalle ali la pioggia e dal cicalare dei bambini che facevano merenda intorno a lui con la frutta appena raccolta, umida e calda.

Riusciva a cogliere qualche parola di cui riconosceva il significato: *"mangia"*, *"buono"*, *"dolce"*, *"voglio"* *"pioggia-passata"*. E *"opiii"*, ecco, *opiii* doveva essere il nome di quei frutti rossi e succosi di cui i bambini si stavano impiastricciando la faccia. Devo ricordarmelo, pensò. *Opiii*. E sonnolento e distratto tracciò con il dito le lettere sulla terra morbida accanto alla sua mano: O P I I Ì

Un paio di secondi dopo si accorse che si era fatto silenzio: i bambini si erano ammutoliti di colpo.

Alzò gli occhi e li vide, tutti i faccini in cerchio, fissare quei segni per terra. Poi levarsi a guardarlo, una domanda in tutti gli occhi.

Si rizzò a sedere di colpo: gesùmio, la scrittura. Altro che volergli insegnare astrusità tecnologiche da pseudo Leonardo da Vinci, altro che insegnargli a piantare semi per terra, cosa che ho scoperto sanno già fare benissimo e chissà da quanto. La scrittura, madonnasanta, questa gente non la conosce, non ne ha nemmeno il concetto.

Esaltato da quella vertiginosa intuizione e dalle infinite possibilità che spalancava fu con una mano quasi tremante che prese tra le dita un frutto e disse: *«Opiii.»*

I bambini lo guardavano.

Lo poggiò per terra, vicino alla scritta, la indicò, disse di nuovo: *«Opiii.»*

In tutti quegli occhi scuri che lo osservavano non lesse altro che curiosità.

Allora davanti a sé tracciò nella terra A N T Ô N I O, disse a voce ben chiara: «Antônio» poi indicò sé stesso e di nuovo pronunciò: «Antônio.»

I bambini sapevano il suo nome, perciò anche se non capivano affatto quel gioco ridacchiarono e qualcuno ripeté: «Antônio?»

«Sì, Antônio.»

E di nuovo indicando le lettere, una a una: «A N T Ô N I O»

Poi si alzò, andò davanti a Guanciotte e tracciò per terra C A U Ê, indicando prima il bambino poi i segni, poi di nuovo il bambino. E così fece con P I R A Í e con M O A C I R e con tutti gli altri, fino a concludere il cerchio con la bimbetta seduta alla sua sinistra: A M I A J È.

Lei lo guardava intenta e lui ripeté: «A - A - Antônio» e poi «A - A - Amiajè» sottolineando con il dito le scritte, sottolineando le due A uguali: «A-ntonio, A-miajè. A, A, A.»

La bimba ripeté: «A.»

Lui le sorrise. Lei gli sorrise. Sorridevano tutti. Che gioco strano.

Il giorno dopo fu proprio lei, quando dopo avere giocato tutta la mattina con la palla si raccolsero stanchi all'ombra di un grosso ebano, che gli si avvicinò e con il ditino nella polvere tracciò incerta uno sghembo

«A?»

«Bravissima, quasi! Guarda ecco, così: A»

«A. Amiajè.»

«Sì, sì! A, Amiajè. A, Antônio» e guardandosi intorno e vedendo che erano tutti in attesa riscrisse davanti a ognuno il suo nome: «U, U, Ubiratan» «P, P, P, Piata», i bambini ridevano e ripetevano i suoni dei loro nomi scarabocchiando per terra segni più o meno a casaccio ma sempre più precisi, sempre più simili a delle A, delle U, delle P, delle M.

2.14 Ipê

Il gioco delle figure era stato una novità molto gradita. Ognuno dei ragazzini ormai sapeva tracciare benissimo la propria iniziale e non era raro vedere un bimbo disegnare con cura con fango e annatto una A o una ... sulle guance di un amichetto canterellandone il suono: AAAA A-A A... AA A A-A-A-A!

Antônio si riprometteva di iniziare coi numeri, un giorno o l'altro, ma per il momento non c'era fretta: avevano un mondo intero di parole con cui divertirsi.

Passare dalle iniziali alle parole complete fu meno facile, i più piccini si annoiarono presto e tornarono a giocare con lucertole e sassolini, ma i grandicelli presero il gioco in modo molto serio: come in tutte le cose, tutti i bambini vogliono andare a fondo di ogni nuova scoperta finché non l'hanno smontata e rimontata daccapo, finché non sentono di padroneggiarla.

Antônio pur sforzandosi non riuscì a ricordare quanto ci avesse messo, parecchi anni prima, a imparare a scrivere e leggere il proprio nome. Aveva un confuso ricordo di un'aula che a lui pareva enorme, di un odore di polvere e gesso e di bambini sudati, delle dita appiccicose di dolcetti al cocco che gli impiastricciavano il foglio. Eppure ricordava che per il compleanno di mamma era già perfettamente capace di farlo, per compitarlo su un biglietto di auguri con disegni di enormi farfalle e fiori impossibili: non ci era poi voluto molto, allora.

E infatti non ci volle molto in quell'aula verdissima, tra saltellare di rospi e brusio di insetti, con lavagne di terra fangosa da cancellare coi piedi, perché ciascuno sapesse tracciare, seppure con qualche incertezza, il proprio nome e, quando era particolarmente ispirato, anche quello dei suoi compagni.

Così Antônio tentò un passo ulteriore. Sentì che i ragazzini parlavano di andare al fiume: la parola fiume, "*ipê*", la conosceva già da un po', così richiamò la loro attenzione e disegnò per terra, I P Ê scandendo bene la parola e ripetendola più e più volte. Ma i bambini non sembrarono capire, qualcuno rise, qualcuno scrollò le spalle, tutti corsero via, a fare il bagno nel fiume. Già, troppo difficile, un conto è capire che quel segno sei tu e quell'altro è il tuo amico, un altro capire che può esserci un segno per ogni cosa, che si può disegnare per terra qualunque parola, qualunque cosa, che si può far comparire "fiume" nella polvere quando ancora è nascosto dietro gli alberi, troppo difficile, è vero, peccato.
Antônio si rialzò e con un sospiro si diresse al fiume, sì, era proprio ora di un bagno.

Qualche mattina dopo, Antônio stava modellando un paio di nuove palle, un processo lento e piuttosto noioso che aveva imparato dai bambini stessi, e i bambini non si vedevano in giro da nessuna parte. Era normale: non tutte le mattine i bambini si facevano trovare; ogni tanto partivano in gruppo per lunghissime cacce a lucertole o rane, qualche volta passavano l'intera giornata arrampicati sugli alberi in cerca di frutta e nidi di uccelli, ogni tanto andavano alla radura a guardare i grandi giocare. Un po' stufo di foglie e fango decise di andarli a cercare.
Non stavano giocando a palla in giro e non erano nemmeno nell'ombra accogliente dello shabono, non erano nella radura dove regnava solo l'incessante suono delle mille voci della foresta, così simili a quelle della loro lingua. Forse si erano addentrati in uno degli infiniti luoghi in cui Antônio non osava ancora infilarsi: percorsi che a lui sembravano muri invalicabili di fogliame e sottobosco, sentieri invisibili ai suoi occhi, alberi che sembravano impossibili da scalare.

Un po' deluso fece ritorno allo spiazzo, rassegnato a passare la mattina da solo, quando a un tratto vide qualcosa per terra, vicino a uno dei molti sentieri che si inoltravano nel folto. Si avvicinò senza osare credere a quello che vedeva, guardando con il cuore che gli batteva forte i segni incisi nella terra battuta:

ANTONIO IPÉ ⌂

Poteva essere vero? Mentre con il batticuore si precipitava lungo il sentiero del fiume pensava: no, non può essere vero, non può essere davvero quello che sembra.

La prima che vide, tra le fronde vicino all'acqua, fu Amiajè che lo guardava con gli occhi lucenti di eccitazione, fremendo sulle gambette sottili. Si fece avanti nascondendo evidentemente qualcosa dietro la schiena, seguita presto dagli altri bambini che avevano un atteggiamento tra il timido e il canzonatorio, tutti quanti con qualcosa nascosto in mano. Uno dei ragazzini più grandi si fece coraggio e ridacchiando emozionato prese Antônio per mano conducendolo verso un'ansa a monte del fiume dove l'acqua era molto calma, quasi stagnante. Antônio cercò di sbirciare dietro la schiena dei bimbi ma non riuscì a intravedere che foglie.

Arrivati al fiume tutti i bambini si schierarono lungo la riva e quello che Antônio vide lo lasciò senza fiato. Ciascuno di loro stava nascondendo dietro la schiena una o due barchette fatte con le larghe foglie di qualche pianta sconosciuta. Antônio, fiume, barchette: era davvero un messaggio, era un messaggio scritto per me. Con gli occhi pieni di orgoglio i bimbi appoggiarono le loro barchette sul pelo dell'acqua e crearono una lenta processione verde. Le barchette vennero prese dalla pigra corrente e si diressero a valle, alcune galleggiando leggere, altre rovesciandosi o incastrandosi a vicenda.

Ma Antônio non riuscì a vedere quei piccoli naufragi: aveva gli occhi colmi di lacrime.

2.15 Donne

«Non l'ha mai... davvero?»

«No, in tutto questo tempo non l'ha mai fatto, nemmeno una volta.»

«Forse non gli interessa, forse è uno di quelli a cui piace solo giocare a palla.»

«Forse non è capace. Ci sono moltissime cose che non è capace di fare. Avete mai sentito raccontare di quando ha provato a cacciare il tapiro? Ecco, forse a fare quella cosa lì è bravo quanto a cacciare i tapiri.»

«Ahahahah!»

«Eheheheeh!»

«Ma forse non è passato tanto tempo.»

«Oh sì, invece. È arrivato che si era nella luna di quando figliano i formichieri, e quella luna è già tornata e passata.»

«Te lo ricordi molto bene. Sei stata attenta, forse ti interessa? Forse vorresti tu appendere l'amaca con lui?»

«Hihihihihi!»

«Ahahaha no, cosa dici! Tutti gli spiriti scoppierebbero a ridere! Anche se è passato talmente tanto tempo da quando ho appeso l'amaca con qualcuno che quasi quasi...»

«Eheheheheh! E pensi che lui ti vorrebbe, una scimmia rinsecchita come te?»

«Meglio una scimmia che quel vecchio tucano spelacchiato che sei tu.»

«Ahahaha! Vecchio tucano a me? Ma se tu sei la nonna di tutte le anaconde!»

Antônio era rapidamente diventato il beniamino non solo di Ayìndé, la donna medicina che aveva preso per una strega, ma anche di tutte le anziane del villaggio: la sua goffaggine e il suo essere diverso avevano portato una piacevole ventata di novità e anche se erano passati mesi dal suo arrivo continuava a inanellare buffe figure alimentando risatine e pettegolezzi. Faceva ancora moltissima fatica con la lingua e pur avendo imparato un po' di parole non era abbastanza per fare un discorso nemmeno rudimentale, ma capiva comunque di essere oggetto di grande divertimento per loro. Tutto sommato la cosa non lo turbava più di tanto: certo meglio suscitare risate che astio o altri sentimenti negativi e comunque le signore lo trattavano bene e lo aiutavano quando si metteva in testa qualche compito improbabile.

No, da lì non venivano problemi. Quelle che Antônio temeva erano le donne giovani. In questi mesi di permanenza Antônio aveva osservato usi e costumi del villaggio con maggior cura di quanto avrebbe fatto un antropologo: alla peggio un errore di un antropologo si sarebbe tradotto in una ricerca sbagliata, mentre Antônio temeva che un suo errore nell'approccio a un qualche tema delicato potesse causargli serie grane. E quale tema più delicato dei rapporti con l'altro sesso?

Non che non gli sarebbe piaciuto trovarsi una ragazza, ma proprio non sapeva come comportarsi.

Già a Macapá, nell'ambiente in cui era nato e vissuto, non era mai stato un dongiovanni e anzi era sempre stato piuttosto impacciato negli approcci, come dimostrava la faccenda con Isabel che dopo tutto quel tempo ancora gli bruciava un po'. Qui proprio non sapeva da dove cominciare. L'unica cosa che aveva capito era che non pareva esserci alcuna cerimonia di matrimonio o simili. La creazione di nuove coppie avveniva in una maniera che lo affascinava per la sua semplicità: a un certo punto un uomo appendeva la sua amaca vicino a quella di una donna (o viceversa: aveva già visto parecchi casi in cui era la donna a prendere l'iniziativa) e da quel momento quella era una coppia. Tutto lì.

Ma come avessero origine queste coppie gli era ancora del tutto oscuro. Il piazzare un'amaca qui o lì come niente fosse gli sembrava troppo rozzo, era certo che ci fosse una qualche forma di corteggiamento che precedeva quel momento ma non riusciva a individuarne la dinamica. Bastava un gioco di sguardi, e poi via subito con l'amaca? O bisognava mostrarsi carini per un po'? E come, cosa si offre a una ragazza qui, una noce di cocco, un serpente morto, una lucertola per fare merenda? E come sapere se per caso qualche uomo più in vista di te (cioè tutti gli altri uomini del villaggio) fosse già interessato a quella particolare amaca?

E poi comunque erano troppo giovani, troppo. Antônio pensava alle alunne della scuola in cui insegnava: no, non se ne parlava nemmeno. Antônio capiva che lì, nel villaggio, quello era un tabù tutto suo, ma non aveva importanza: tabù era e tabù rimaneva.

Questo lo portava a cercare di evitare le ragazze in età "da marito", talvolta con conseguenze imbarazzanti, come la sera in cui aveva visto una giovane venire decisa verso di lui con un'amaca tra le braccia. Antônio si era alzato di scatto dalla sua, inciampando e rischiando una facciata per terra; poi, colto dal panico e senza sapere che altro fare, aveva spezzato il gancio di legno che le faceva da supporto: «Qui non si appendono amache». La ragazza aveva continuato lo stesso ad avanzare sorridendo verso di lui e poi aveva oltrepassato la sua postazione, senza nemmeno guardarlo, per andare ad appendere la sua amaca vicino a un giovane alto con eleganti disegni ocra sul viso, lasciando di stucco il povero Antônio e provocando grande ilarità in un paio di anziane che avevano assistito alla scena.

C'era una ragazza, a dire il vero, che aveva certamente qualche anno più delle altre eppure non aveva figli e nemmeno l'aveva mai vista appendere l'amaca con qualcuno. Tendeva a stare un po' appartata, aveva qualcosa che la differenziava dalle altre: i lineamenti avevano qualcosa di diverso, i disegni che si faceva sulla pelle avevano uno stile tutto loro, così come aveva un modo particolare di acconciare i fiori che usava come ornamento e anche i canestri che intrecciava avevano nodi che… beh, Antônio, l'hai osservata molto bene, pare, per uno che ha deciso di non avere a che fare con le donne, molto bene per uno che non vuole avere grane, un po' troppo bene, visto che potresti descriverla centimetro per centimetro. Sì, ammettiamolo, mi piacerebbe conoscerla meglio. Forse potrei provare a regalarle un po' di quelle bacche gialle che tutti sembrano apprezzare tanto, magari avvolte in una bella foglia lucida, forse potrei anche aggiungere un fiore, o magari una ranocchia azzurra. Maledetta lingua, se solo sapessi spiccicare due parole, mi piacerebbe anche solo sapere qual è la sua storia.

2.16 Janaína

Ci sono storie che non si raccontano, o che si raccontano solo a sé stessi, quando si è soli, quando si può pensare a quanto lontano può sembrare un posto, a che tempo lunghissimo possono essere due volte dieci lune.

Che il luogo da cui proveniva la ragazza appartata, quella che si dipingeva in modo diverso, fosse tanto lontano da essere irraggiungibile era più che altro una sua speranza. Il suo nome era Janaína ed erano quasi due anni che aveva lasciato il suo villaggio.

«Prima o poi lo ammazzo» aveva detto Janaína a Guiomar.

«Shhhh! Ma cosa dici, sei pazza?»

«Non lo sopporto più, non so più cosa fare.»

«Non devi saperlo tu. Lo sanno gli spiriti. E gli spiriti hanno deciso che tu sei la donna di Yarimi, non c'è altro da sapere.»

«In verità è stato Yarimi a dire che gli spiriti hanno detto così, a me gli spiriti non hanno detto niente.»

«Shhhhh! Ma allora sei veramente matta! Ma che dici? Lo sai che è Yarimi che parla con gli dei, perché avrebbero dovuto parlare con te?»

«Per spiegarmi perché devo stare con quell'animale e fare sempre quello che dice lui.»

«Gli spiriti lo sapranno e di certo non lo devono dire a te, ma al capo del villaggio. E poi io penso che gli spiriti sono arrabbiati con te perché sono passate molte lune da quando ti ha presa e ancora non hai avuto figli.»

«E meno male che non sono arrivati. È facile per te parlare così. Gli dei ti hanno destinato quel brav'uomo di Tooru, non quella scimmia ululante. Se prova a toccarmi ancora una volta lo ammazzo davvero.»

Ma quella volta Guiomar non aveva detto "Shhhh". Quella

volta si era limitata a fissare terrorizzata un punto dietro le sue spalle.

Janaína si era girata e aveva visto Yarimi, che era spuntato da dietro una palma con il silenzio del vento fermo e la guardava con occhi cattivi.

Il piano era semplice. Lo avrebbe stordito con la bevanda del cambiamento e quando fosse crollato addormentato avrebbe agito. In fondo al cuore un poco le dispiaceva di non avere il coraggio di ucciderlo davvero, ma lo spirito malvagio era lui, non lei. E un villaggio che si lascia guidare da un malvagio è un villaggio cattivo: scappare era una decisione facile, senza rimpianti, non capiva come mai non le fosse venuta in mente prima. Sarebbe andata al fiume, avrebbe preso una canoa e avrebbe vogato fino a che aveva forze, fino al più lontano dei villaggi. Molte lune prima era stata in due di questi villaggi per delle cerimonie di pace e di scambio doni e le era parso che fossero popolati da persone gentili. Il suo era il villaggio peggiore di tutta la foresta, aveva deciso Janaína e se gli spiriti erano stati tanto cattivi da mandarla lì e accoppiarla con quella scimmia, beh... Janaína non osava completare il pensiero, ma in cuor suo era chiaro che questi spiriti non meritavano rispetto, e di sicuro non era più tempo di sopportare quella sventura.

Yarimi amava la bevanda del cambiamento. Quella sera Janaína, tenendo gli occhi abbassati, gliene aveva versata in continuazione, offrendogli anche la sua parte come segno di scusa per le brutte parole che aveva detto nel pomeriggio.

Il momento critico era dopo la quarta ciotola: in genere Yarimi a quel punto andava su di giri e bastava un nonnulla per farlo diventare violento. Ma quella sera era restato più calmo del solito. Aveva bevuto anche una quinta ciotola e a metà della sesta era caduto addormentato e ubriaco.

Il destino è dalla mia parte, aveva pensato Janaína, guardando la luna quasi piena la cui luce filtrava tra le fronde abbastanza da permetterle di capire dove stava camminando, senza fare rumore e senza svegliare nessuno. Cercava di non pensare a come l'avrebbero accolta nel nuovo villaggio, concentrandosi su ogni singolo passo, compiacendosi per la propria silenziosità. Sorrideva al pensiero che questa abilità e quella di vogare, le due abilità che le sarebbero state essenziali per la fuga, le erano state insegnate dalla scimmia. Almeno a qualcosa era servito. Era così concentrata ad ascoltare il suo silenzio che sulle prime non aveva capito cosa fosse stato quel suono fortissimo che aveva udito appena messo un piede fuori dal confine del villaggio. Che razza di animale poteva essere?

Yarimi aveva molti difetti, alcuni dei quali talvolta era disposto ad ammettere egli stesso. Ma non era uno stupido. Gli spiriti non avrebbero mai messo uno stupido a capo del villaggio. Si era a lungo chiesto perché gli spiriti gli avessero affibbiato quella donna irriguardosa e disubbidiente che non riusciva nemmeno a dargli un figlio, ma ora era tutto chiaro: era una prova per temprare il suo spirito. Quel giorno avrebbe avuto l'occasione di liberarsene e l'indomani stesso avrebbe potuto prendere un'altra donna, doveva solo decidere quale.

Quella sera non aveva bevuto nemmeno un goccio della sua amata bevanda. Ogni volta che la donna gli aveva portato una ciotola lui vi aveva solo appoggiato le labbra, dando un piccolo sorso che non appena lei si allontanava aveva risputato nella ciotola, per poi svuotarla per terra. Dopo la sesta ciotola aveva deciso che la recita era completa e aveva finto di addormentarsi, avendo cura di tenere il coltello bene a portata di mano.

Quando aveva sentito Janaína alzarsi aveva stretto la mano sull'impugnatura e aveva atteso l'aggressione. Con sua grande sorpresa la donna non aveva cercato di ucciderlo, ma si era avviata fuori dalla capanna. Yarimi allora l'aveva seguita per capire che intenzioni avesse e quando aveva visto che stava uscendo dal villaggio aveva capito: quella donna maledetta dagli spiriti aveva deciso di abbandonarli. Un affronto peggiore di qualunque altro: nessuno abbandonava il villaggio di cui Yarimi era capo. Aveva inspirato profondamente e poi lanciato l'urlo di allarme a pieni polmoni.

Se avesse avuto tempo di pensare, Janaína si sarebbe chiesta dove avesse sbagliato, come mai il suo piano fosse fallito così presto e miseramente. Forse si sarebbe interrogata sul ruolo che gli spiriti le avevano riservato o forse addirittura avrebbe pensato di aver sbagliato tutto, che avrebbe dovuto accettare il messaggio degli spiriti e vivere la vita che le era stata messa davanti.

Ma Janaína non aveva avuto tempo di pensare. Solo di agire e di correre. Risvegliati dall'urlo di Yarimi, che dopo un paio di secondi lei aveva riconosciuto terrorizzata, già alcuni dei più capaci guerrieri del villaggio si erano svegliati e iniziavano a correre qua e là cercando di capire cosa stesse succedendo e cosa fare. Nella confusione aveva visto che alcuni di essi si avviavano proprio verso il fiume, tagliandole la via di fuga che si era prefissa. Aveva cambiato rapidamente rotta, allontanandosi dal fiume e inoltrandosi nel fitto della foresta. Qualcuno l'aveva vista correre e chiamando aiuto si era lanciato al suo inseguimento. Coscientemente non sapeva verso dove stava correndo, correva e basta, ma l'istinto la stava guidando verso il punto che avrebbe rappresentato forse la sua salvezza o forse la fine. Di certo il punto decisivo della sua avventura.

Aveva continuato a correre a perdifiato e quando era emersa dal fitto degli alberi con ancora un po' di vantaggio sugli inseguitori, tutto era stato chiaro, anche letteralmente.

La luna illuminava le rocce, l'acqua del fiume lucente e l'impressionante, altissimo e stretto salto della cascata. Era più alta dell'albero più alto di tutta la foresta: l'acqua precipitava giù passando tra due strette lastre di roccia per andare a gettarsi in un piccolo lago molto più in basso. Le leggende del villaggio narravano di qualche antico che era stato tanto valoroso da tuffarsi e molti giovani spavaldi parlavano spesso di andare a provare, ma nessun vivente ne aveva mai avuto il coraggio.

Janaína non si era tuffata subito. Si era fermata sull'orlo della cascata a fissare il punto da cui sarebbero usciti gli inseguitori, sperando che tra loro ci fosse Yarimi per mostrargli chi tra loro due fosse il più coraggioso. E così era avvenuto. La luce della luna non era abbastanza forte da permetterle di vedere i suoi occhi, ma non ce n'era stato bisogno. Si poteva intuire perfettamente il cambio di espressione: dalla convinzione di averla catturata al dubbio, all'incredulità quando si era girata ed era saltata di sotto.

Erano ormai giorni che vagava nella foresta seguendo il corso del fiume, senza incontrare nessuno.

Non aveva problemi a procacciarsi cibo e acqua e la quasi miracolosa riuscita della fuga le aveva dato una forza d'animo enorme. Non era in difficoltà. Però quella lunga solitudine iniziava a inquietarla un po': non si era aspettata che non ci fossero villaggi per un così lungo tratto dopo la cascata. *Meglio così*, si era trovata a pensare, *più lontano vado meglio è.*

Era l'imbrunire del quinto giorno, era quasi ora di cercare un posto per passare la notte e in quel momento, sopra i versi dei pappagalli, aveva sentito voci di bambini oltre gli alberi.

2.17 Parole

«*Quello che lo Strano fa coi bambini, quelle figure, è magia?*»

«*No, Kirimà, non è magia*» disse Itátakúara sbadigliando, mentre si dondolava pigramente nell'amaca. Non sembrava molto interessato: «*Lo Strano si chiama Antônio, lo sai, e non è capace di fare proprio nessuna magia, te lo dico io. In tutto il villaggio non c'è nessuno meno di lui con cui gli spiriti possano aver voglia di avere a che fare. È solo un gioco, non stare a pensarci.*»

«*Ma che stupido gioco è? Le figure si dipingono addosso, non si disegnano nella polvere con un bastoncino. È un gioco sciocco, non s'è mai visto, non mi piace.*»

«*Sarà un gioco che fanno i loro bambini Strani. Non preoccuparti per un gioco. Non è pericoloso, no?*»

«*No... no, non sembra che possano farsi male. Ma non mi piace.*»

«*A te non piacciono un sacco di cose, Kirimà,*»lo sciamano ridacchiò, accomodandosi meglio dentro l'amaca «*lasciali in pace, sono solo bambini, stanno solo giocando.*»

Quel gioco si era rivelato utilissimo ad Antônio che pur non avendolo affatto previsto si trovò, dovendole scrivere, a imparare un sacco di parole nuove, facendo progressi nella *Lingua* molto più velocemente di prima.

Ma i bambini avevano scoperto ben presto, man mano che acquisivano dimestichezza coi segni – e nonostante la loro lingua fosse pochissimo adatta a essere scritta – che quel gioco forniva loro uno straordinario mezzo di comunicazione segreto, di cui gli adulti e gli anziani non sapevano niente, un formidabile strumento per sottrarsi al loro controllo.

Potevi tracciare IPÊ fuori dallo shabono e i bambini che si fossero svegliati più tardi degli altri avrebbero saputo che i compagni erano andati a giocare giù al fiume. Se vedevi OPIIÍ vicino al sentiero sapevi che gli amici erano andati a fare incetta di frutti, se trovavi PUTÚ inciso nel morbido fango sulla riva potevi correre alla radura per giocare a palla con gli altri.

Era comodo vedere accanto al fuoco AYÌNDÉ DOLCE perché capivi che la donna medicina aveva preparato la sua deliziosa pappa di manioca e miele e con un po' di destrezza potevi riuscire a sgraffignarne almeno una manciata, ed era utile leggere accanto all'ingresso della capanna YBOTYRA RABBIA, perché sapevi che la vecchia Ybotyra era in una delle sue giornate di cattivo umore ed era meglio che i bambini le stessero alla larga se non volevano essere presi a sassate.

Un po' meno utile – ma che Antônio, peraltro fierissimo dei progressi dei ragazzini, sapeva essere inevitabile – era l'utilizzo di quella nuova arma nelle controversie tra loro: a un offensivo CAUÊ TAPIRO tracciato nel bel mezzo del piazzale era seguito un sanguinoso MOACIR CACCA scritto ancora più in grande, subito prima che Antônio obbligasse i due, entrambi offesissimi, a fare la pace.

Così non si stupì più di tanto quando un pomeriggio li sentì sghignazzare e, avvicinatosi al gruppo che rideva scompostamente fino alle lacrime, vide che proprio sotto l'amaca di Itátakúara era tracciato con grande cura ITÁ GROSSA PANCIA. Avrebbe dovuto sgridarli, si intende, ma guardando l'addome – oggettivamente imponente – dello sciamano che, mentre lui era beatamente immerso nel sonno, dondolava lentamente strabordando dall'amaca simile a un enorme mango troppo maturo, non riuscì a fare altro che soffocare una risata, mentre intorno a lui i ragazzini si rotolavano per terra esilarati.

Rise però molto meno, anzi avvampò arrossendo di imbarazzo e ringraziando il cielo di avere insegnato quel pericolosissimo gioco soltanto ai bambini – quando alcuni giorni più tardi uscendo di prima mattina dall'ombra dello shabono vide di sfuggita correre via, scappando in tutte le direzioni a nascondersi ridacchiando tra le frasche, una frotta di ragazzini e si trovò davanti ai piedi, proprio sulla soglia, decorata con tre sassi rotondi, la scritta ANTÔNIO AMA JANAÍNA.

2.18 Lontano

«*Ti dico che è quello, sono sicurissimo,*» insistette Yamandé, «*non te l'ho già raccontato tante volte? Leeenâ mi disse: guardalo bene. Guardalo bene, perché questo bruco non è come tutti gli altri. Questa è la cosa più buona che mangerai in vita tua. Fece un buco nella manioca, ce lo mise dentro e aveva ragione. Non ho mai più mangiato niente di così buono e non mi sono più dimenticato che aspetto avesse, non sai da quant'è che spero di ritrovarlo. Ti dico che è quello.*»

«*Lo so che me l'hai raccontato ancora e ancora,*» ribatté Piata «*e ti ripeto che non è questo il problema. Il problema è che non lo mangerà mai.*»

«*Ma se è buonissimo ti dico. Perché non dovrebbe mangiarlo?*»

«*Perché gli fanno schifo i bruchi.*»

«*Gli fanno schifo i bruchi?*»

Stavolta non fu solo Yamandé a stupirsi, ma anche quasi tutti gli altri bambini: «*E tu come fai a saperlo?*»

«*Perché l'ho osservato e ho notato che non li mangia mai.*»

«*Ma ti sarai sbagliato, va bene che è Strano ma nemmeno lui può essere così strano, i bruchi piacciono a tutti. Io dico di portarglielo e vedrai che sarà contento. Dì la verità, non glielo vuoi portare perché lo vuoi mangiare tu.*»

Piata rifletté sul da farsi e poi decise che la situazione era abbastanza grave da meritare lo svelamento del suo grande segreto.

«*No. Ti dico che non gli piacciono i bruchi. E lo sai perché non mi sembra strano? Perché non piacciono nemmeno a me.*»

«*Non ti piacciono i bruchi?*»

«*No. E non solo non mi piacciono, mi fanno proprio schifo.*»

«*Ti fanno schifo i bruchi.*»

«*Sì.*»

«*E perché li mangi?*»

«*Perché devo.*»

La rivelazione fu tanto più scioccante considerato che Piata era il più grosso di tutti loro, quello che mangiava di più e di tutto, o così avevano sempre creduto.

Tra i bambini calò un lungo silenzio.

Fu Moacir a interromperlo: «*Neanche a me piacciono. Io però non li mangio mai.*»

«*E come fai?*» gli chiese Piata, con gli occhi illuminati dalla speranza.

«*Faccio finta di mangiarli, poi quando nessuno mi vede li nascondo tra gli ossi spolpati o dove capita.*»

«*Furbo!*»

«*Ma quindi secondo te davvero c'è il pericolo che non gli piaccia?*» chiese un deluso Yamandé.

«*Sì.*»

«*Peccato. Volevo proprio fargli un regalo in cambio del pallone strano che ci ha preparato lui.*»

«*Anche io. Vedrai che troviamo qualcos'altro. E non essere triste: stai di nuovo per assaggiare quel sapore che dici che ti piace tanto.*»

Già, il bruco speciale. Si guardarono intorno, ma sembrava sparito. Poi notarono che Cauê si era allontanato dal gruppo e lo videro dall'altro lato della radura, mentre si avvicinava ad Antônio porgendogli qualcosa. Da quella distanza non potevano vedere cosa, ma erano tutti certi fosse una manioca ripiena. Si misero a correre urlando il nome del loro amico.

Antônio osservava Cauê porgergli una radice con dentro un enorme rivoltante bruco. Era quasi sicuro fosse un gesto di buona volontà del bambino, magari un ringraziamento per la palla di caucciù che aveva costruito il giorno prima. Ma mangiare il bruco? Fino a ora era sempre riuscito a evitarli, pescando carne, pesce e vegetali dai vassoi e lasciando i bruchi da parte, cosa che sicuramente agli indigeni doveva far piacere, dato che sembravano esserne ghiotti. Ma adesso non aveva scampo. Forse poteva sollevarlo, darlo al bambino e mangiarsi la manioca? Mentre ci pensava Cauê diede un bel morso a questo inusuale panino farcito, masticò, disse «*Ang-uàààà*», che Antônio aveva ormai imparato voler dire "buonissimo" (come confermato dalla faccia del bimbo) e con un sorrisone mise il resto della leccornia nelle mani di Antônio.

Antônio aveva da tempo perso la cognizione del tempo. Aveva una vaga idea di quanto tempo era passato dal suo arrivo nel villaggio, ma se qualcuno gli avesse detto che in quel momento erano le 9, ora di Rio de Janeiro, dell'undici settembre 2001, Antônio, osservando il bruco spiaccicato nella manioca, gli avrebbe certamente risposto (in un portoghese sempre più incerto per via del mancato utilizzo): «E a me che me ne importa? Ho problemi ben più pressanti da risolvere, io.»

Cinquemila chilometri più a nord, in un posto talmente lontano sotto ogni punto di vista che avrebbe potuto anche essere dall'altra parte dell'universo, Isabel fissava attonita il televisore. Era da molto che non pensava ad Antônio. L'anno precedente era tornata a Macapá a sistemare alcune faccende e aveva saputo che risultava ancora disperso nella foresta e che oramai non c'erano più speranze di ritrovarlo.

Ora, di punto in bianco, le tornò in mente quanto lo avesse colpito la tragedia di quell'aereo il cui pilota aveva deciso di suicidarsi schiantandosi in mare con tutti i passeggeri e pensò: meno male che sei morto, caro Antônio. Così non hai dovuto vedere questo orrore.

All'ennesimo replay del secondo aereo che si schiantava contro il WTC Isabel si riscosse, prese uno zainetto, ci mise il cellulare e due bottiglie d'acqua. I media di tutto il mondo saranno impazziti. Andiamo a vedere se serve un'interprete. Con una risata isterica concluse il pensiero: "Se?" Ha ha. E corse fuori di casa.

2.19 Mondiali

Signore e signori buonasera. In diretta da Tokyo vi trasmettiamo Olanda-Argentina, per i quarti di finale del campionato mondiale di calcio 2002. Le squadre stanno già entrando in campo, l'Olanda con la tradizionale maglia a pois ocra e l'Argentina con la sua bella divisa a righe marroni. Il pubblico è quello delle grandi occasioni: almeno 30 bambini, moltissimi pappagalli e un imprecisato numero di insetti e animali pericolosi. Ma silenzio, è il momento degli inni nazionali.

Antônio interruppe la telecronaca che stava facendo tra sé e sé, ordinò: «*A'iybò*» e i bambini si misero in riga, che era proprio ciò che lui sperava facessero. Un moto di orgoglio lo attraversò, mitigato dal forte dubbio che l'avessero fatto non per l'impeccabilità della sua pronuncia, ma perché avevano già capito cosa fare. Era il terzo quarto di finale. Nel primo, il Giappone aveva sorprendentemente battuto l'Italia, per il dispiacere di Antônio che non voleva pilotare gli incontri ma segretamente sperava in risultati più realistici. Nel secondo la Germania aveva regolato la Danimarca per 8 a 5. A completare il tabellone sarebbe poi arrivata Brasile-Croazia. Antônio disse «Olanda!» indicò i pois ocra e iniziò a cantare l'inno, accompagnato con grande entusiasmo dai giocatori olandesi: «Poropò, poropò, poropoppopoppopopò. Poropò, poropò, poropoppopoppopopò.»

Già da qualche tempo i bambini sembravano aver ben assorbito le principali regole del gioco del calcio e Antônio aveva già organizzato anche qualche torneo del villaggio, anche se erano tornei che si svolgevano più nella sua testa che nella realtà, dato che Antônio aveva presto rinunciato a spiegare i concetti di gironi, classifiche, punteggi, e quello che aveva imparato della loro lingua non era certo adatto alla bisogna.

Forse non c'erano parole adatte alla bisogna in tutta la loro lingua, che loro chiamavano *"Aca-aaaaa!"*, semplicemente *"Lingua"*. Comunque i bambini giocavano, lui ricostruiva le classifiche per conto suo e tutti erano contenti così. Qualcosa poteva essere fatto per migliorare ancora, si può sempre migliorare ancora, ma ad Antônio non veniva in mente cosa.

Finché una sera, una di quelle relativamente poche sere in cui ripensava al mondo che si era lasciato indietro, gli venne l'idea di cosa fare. Il pensiero gli era volato ai Mondiali di Corea e Giappone.

Antônio aveva calcolato, tenendo conto delle gravidanze che aveva visto portare a termine, che probabilmente era nella foresta da due anni e mezzo o tre: dunque i Mondiali del 2002 dovevano essersi svolti da poco o forse addirittura erano in corso in quel momento. Antônio pensò che introdurre elementi rituali come i colori delle squadre e gli inni nazionali potesse essere sia divertente sia comprensibile dai bambini.

Il mattino dopo, appena sveglio, spianò con cura un pezzo di terra ben riparato dove tracciò con un bastone appuntito la griglia delle partite dei primi fanta-mondiali amazzonici. Per non complicare troppo le cose aveva deciso di saltare la fase dei gironi e passare subito ai quarti di finale.

Aveva scelto tutte le grandi squadre, meno la Francia, la cui vittoria contro il Brasile ai Mondiali del '98 era un affronto ancora troppo fresco e doloroso per poter essere perdonato. Nella fantasia di Antônio, quindi, la Francia del maledetto Zidane era stata clamorosamente eliminata dal paese ospitante.

Inoltre, per rendere comprensibile l'associazione tra tabellone e partite, aveva deciso di non usare le bandiere nazionali, bensì i colori delle squadre. Colori che poi avrebbe dipinto direttamente sui corpi ancora acerbi dei suoi giocatori.

Qui sorse il primo problema: dopo aver creato le prime due squadre, aveva deciso di dipingere i giocatori del "Giappone" con un bel cerchio rosso sul petto, cosa della quale Yamandé e compagni sembrarono essere entusiasti. Il cerchio rosso era così bello che anche i giocatori "Italiani" avrebbero voluto farsene dipingere uno e ci volle non poca pazienza per convincerli a farsi dipingere con ondulate righe nere.

Il secondo problema venne fuori al momento degli inni nazionali: Antônio si era reso conto che della nazionale giapponese non sapeva praticamente nulla, a cominciare appunto dall'inno e aveva deciso che al suo posto avrebbe usato la marsigliese. Ma per primo aveva attaccato con Fratelli d'Italia, che era l'unico inno a eccezione del brasiliano di cui ricordava bene la musica e anche qualche parola. E il "Poropò, poropò" iniziale aveva suscitato così tanto entusiasmo tra i bambini che non c'era stato verso di convincerli ad accettare musiche diverse da quella. La marsigliese era stata subito accolta da urla di protesta: i bimbi del "Giappone" si sentivano ingiustamente discriminati e fecero capire che volevano anche loro il "Poropò, poropò" iniziale.

E fu così che Antônio trasformò Fratelli d'Italia da inno nazionale in canzone di apertura delle partite. La sigla dei Mondiali, in pratica.

Nell'introdurre al calcio i suoi giovani amici Antônio era risolutissimo a evitare che venissero anche solo sfiorati dal concetto di torti arbitrali e si era ripromesso di essere il più imparziale possibile.

Dopo la sconfitta dell'Italia contro il Giappone – ma quando mai – si rese però conto che, se voleva divertirsi di più anche lui, doveva intervenire in fase di composizione delle squadre.

Un altro punto fermo della sua azione, infatti, era quello di evitare come la peste la formazione di squadre fisse: non voleva correre il minimo rischio di creare bande e fazioni in un villaggio di cinquecento persone. Posto che la composizione delle squadre doveva variare di partita in partita, dunque, tanto valeva pilotarla un po', non per creare favoritismi ma per aumentare il realismo (ai suoi occhi) del gioco di ruolo.

I giocatori a sua disposizione erano una trentina di bambini e sei bambine, tra i sei anni e l'età dell'iniziazione. Nel quarto di finale successivo aveva composto le squadre in modo che la Germania risultasse un po' più forte e "muscolare", mentre aveva destinato alla Danimarca i bambini più agili. Olanda-Argentina invece doveva essere un incontro più equilibrato quindi Yamandé e Moacir erano finiti nella prima squadra mentre Piata e Ubiratan nella seconda, e anche i giocatori più scarsi o più piccoli erano stati divisi più o meno equamente.

Yamandé e Piata, oltre a essere i due giocatori più forti, erano anche parecchio uniti e avevano fatto una lieve smorfia di disappunto al pensiero di giocare separati. Non temete, vedrete che per la prossima partita con la maglia verde oro tornerete assieme, pensò Antônio sogghignando.

2.20 Cenere

Antônio era a circa dieci metri d'altezza, lungo tutta la corteccia dell'albero su cui si era agilmente arrampicato aveva praticato incisioni verticali con le robuste unghie di un grosso formichiere opportunamente lavorate per renderle affilate. Dalle incisioni una preziosa resina color giallo chiaro aveva cominciato a sgorgare e, opportunamente canalizzata dalla forma delle incisioni stesse, a confluire in una grande ciotola ai piedi dell'albero. Due enormi bruchi gialli con grossi pallini rossi e bianchi, che ad Antônio parvero di dimensioni modeste, camminavano pigri su un ramo a poca distanza. *Uh questi sono buoni*, pensò Antônio, *li regalo a qualcuno*.

Guardati Antônio, sei uno di noi, la gente del villaggio non aveva una parola per riferirsi a sé stessa, *stai scendendo da un albero di cui non conosci il nome* portoghese *con in mano due enormi bruchi gelatinosi che hai intenzione di mangiare assieme ai tuoi amici*. I pensieri gli fluivano nella lingua locale, lasciando spazio al portoghese ormai solamente per quelle parole che non esistevano o che in qualche modo erano intraducibili.

Il trambusto cominciò proprio mentre aveva iniziato la discesa, operazione resa complicata dal fatto che reggeva i bruchi con la mano destra. Un urlo disumano era partito dal retro di una delle capanne più grandi e già numerose persone stavano accorrendo abbandonando le loro faccende.

Antônio capì subito che era morto qualcuno, se lo sentiva dentro, un urlo del genere non poteva significare altro.

Non avevano un bel rapporto con la morte, la consideravano un'intrusa. Nei loro racconti era presente un tempo in cui la morte non esisteva e il popolo del villaggio poteva vivere in eterno. In quel periodo avevano incontrato una tribù avversaria potente che erano riusciti a sconfiggere e la morte era la punizione per aver osato tanto. Questo era il racconto fondamentale che veniva ripetuto sempre: la morte è la punizione per aver combattuto contro altri esseri come noi, non bisogna più combattere e un giorno forse la morte ci abbandonerà e se ne andrà.

Ma non quel giorno. Arrivato a terra Antônio era ormai certo che il morto fosse qualcuno di importante e amato. In generale la reazione alla morte era tanto più brutale e rabbiosa quanto più importante era all'interno della comunità il defunto, e il comportamento di chi era accorso non lasciava spazio a dubbi, sembravano impazziti e accecati dalla furia.

Le urla avrebbero presto raggiunto tutti, anche chi cacciava e giocava lontano da lì, e nel giro di un'ora al massimo l'intero villaggio si sarebbe raccolto nella fase di violenta reazione alla morte.

Nessuno cercava di canalizzare o fermare questa rabbia, anzi spesso i più anziani erano anche quelli più arrabbiati e il loro comportamento fomentava i più giovani e perfino i bambini. Sarebbero andati avanti così a urlare e scalciare per aria, ad agitarsi e a scuotersi, a battersi con violente manate il petto e le gambe fino a cadere esausti per terra, il che per alcuni dei più forti significava diverse ore di passione.

La foresta reagì al frastuono dapprima amplificandolo: uccelli e scimmie di ogni specie aggiunsero il loro grido a quello degli uomini e delle donne creando un rimbombo davvero impressionante. Poi con il protrarsi incontrollato del dolore gli animali abbandonarono il campo e lasciarono un anello di silenzio attorno agli scoppi di rabbia creando un ennesimo effetto straordinario, una specie di lontana bassa eco generata dagli alberi stessi.

No!
La prima cosa che vide Antônio furono i piedi. Per qualche motivo Antônio, senza nemmeno rendersene pienamente conto, era in grado di distinguere quasi tutti vedendo soltanto i piedi,

piedi dalla pianta solida ma incredibilmente flessibile, callosi ma eccezionalmente sensibili.

No!

Non aveva dubbi ma volle convincersi che non era vero, che non poteva essere, che si poteva benissimo sbagliare.

«No!» l'urlo in portoghese si perse tra le grida di chi gli stava attorno «No! No! No!».

Stesa a terra a occhi chiusi giaceva Ayìndé, l'espressione curiosamente rilassata, i capelli sparpagliati attorno alla testa a formare una specie di aureola.

La strega.

Quante cose gli aveva insegnato Ayìndé, la donna medicina, la strega? Tutto. Antônio sentì montare dentro di sé la stessa rabbia che gli altri stavano già esprimendo. Non gli era mai successo prima, di solito si limitava ad assistere in disparte a questa prima espressione di dolore ma questa volta era diverso. Iniziò a urlare e ad agitarsi come gli altri e in breve perse la cognizione del tempo e dello spazio.

Quando riaprì gli occhi era sdraiato sulla terra umida, l'aria calda del pomeriggio avvolgeva il villaggio mentre molti dei più resistenti, uomini e donne, stavano ancora vibrando in quella che si era trasformata in una specie di danza funebre. Gli anziani stavano già componendo il corpo e costruendo la pira funebre: in mezzo a quattro grandi pietre fu accatastata una grande quantità di legna sopra la quale venne appoggiata una lastra della stessa pietra su cui adagiare il corpo. Tutti gli averi della defunta sarebbero stati bruciati nella pira e le cose che non avrebbero preso fuoco sarebbero state raccolte e buttate nel fiume. Una volta bruciata la carne, le ossa sarebbero state raccolte e bruciate a parte fino a ridurle in cenere.

Antônio osservò con uno strano distacco tutta la procedura: il fuoco che partiva dalla resina e inondava la legna, che si alzava alto e avvolgeva la donna medicina confondendosi con il rosseggiare del tramonto, il corpo che lentamente anneriva e scompariva da questo mondo, le ossa.

Le ceneri vennero prese da quattro giovani, due uomini e due donne, e portate in cima al tetto di alberi che copriva in parte il villaggio, almeno a venti metri dal suolo, e poi lentamente lasciate cadere a neve sulle capanne, sulle persone, su tutto. Sotto questa terribile nevicata i primi cacciatori che erano partiti per la caccia speciale stavano già tornando. Avrebbero tutti banchettato e bevuto finché le forze non li avessero abbandonati. La durata del banchetto dipendeva da quanto era in vista il defunto e in questo caso non sarebbe durato meno di tre giorni e tre notti.

I primi canti già si innalzavano, le donne e i ragazzi più giovani andavano dagli anziani intonando canzoni antichissime, di cui Antônio non coglieva che qualche parola, con lo scopo esplicito di alleviarne lo spirito. Gli adulti che non erano occupati in qualche compito ascoltavano passivamente queste melodie e raramente si concedevano un mezzo sorriso, gli occhi pieni di lacrime. Presto la carne sarebbe stata cotta e la bevanda alcolica, l'acqua della foresta, avrebbe cominciato a scorrere.

I parenti più stretti della donna mescolarono un pugno delle ceneri alla loro porzione di acqua della foresta e Antônio venne invitato a berne un sorso, non era mai successo prima.

Quello che Antônio sentì fu una sensazione di completezza, l'anima della strega era entrata dentro di lui. Mangiò e bevve senza paura per tre giorni e tre notti e quando si risvegliò all'alba del quarto giorno capì che qualcosa dentro di lui era cambiata per sempre.

2.21 Felicità

Caro quaderno… Antônio passava spesso un po' di tempo con sé stesso parlando da solo, *no, c'era una parola più giusta*, giornale? Caro giornale… *no, nemmeno.* Diario! Caro diario! Dunque: caro diario, *mi trovo qui sdraiato su un'amaca circondato da ragazzini che corrono e ridono e per la prima volta ti devo confessare che sono felice. Non posso credere di stare così bene. Gioco a* calcio *tutti i giorni o al loro gioco della palla che all'inizio snobbavo e che però adesso mi sembra bellissimo, sono diventato una specie di educatore ufficiale dei bambini del villaggio e, beh, sono felice. La preoccupazione più grande di questi giorni è che non riesco a trovare un modo di spiegare a loro il concetto di* freddo. *Sono arrivato a raccontargli del* ghiaccio *dicendogli che ogni tanto l'acqua diventa pietra, tra le risate, ma il* freddo *non sono ancora riuscito a capire come raccontarlo.*

«Pal-la?»

Yamandé, che per tanto tempo Antônio aveva chiamato dentro di sé DueCalzini, lo chiese con il suo solito sorriso usando la parola portoghese.

«Mi volevo riposare un attimo» rispose Antônio usando la lingua del villaggio.

«Pal-la!» insistette Yamandé mostrando la palla.

Accidenti, questi ragazzi non si stancano mai… come tutti i ragazzini del mondo, del resto, ma questi mi sembrano vispi e attivi come ne ho visti pochi.

«Va bene, va bene, palla, palla» disse in portoghese come ogni tanto faceva. Era una specie di gesto d'affetto, a volte gli veniva spontaneo e a volte sentiva proprio il bisogno di lanciarsi in lunghi monologhi nella sua vecchia lingua, pur sapendo benissimo che non potevano capirlo.

«Però niente scatti eh? È tutta mattina che vi faccio fare scatti e allunghi, non vorrei mai che vi faceste male. Lo so, siete giovani e quando uno è giovane pensa sempre di essere invulnerabile, però dovete capire presto quando è il momento di forzare e quando è il momento di riposare.»

Yamandé lo guardò con aria divertita, come sempre quando ascoltava questo idioma sconosciuto: *«Presto, i grandi sono a caccia, i piccoli aspettano al campo!»* disse nella *Lingua*.

«Al campo eh? Quindi partita, quindi ci riposeremo domani…»

Antônio non era veramente preoccupato, questi ragazzi con lui o senza di lui avrebbero giocato comunque tutto il giorno e probabilmente stavano facendo così da generazioni, semmai si sentiva responsabile per il fatto che stava cercando di indirizzare la loro preparazione fisica e tecnica e non avrebbe voluto rompere qualche equilibrio né men che meno qualche fibra muscolare.

Arrivati al campo però i primi adulti stavano già rientrando dalla battuta di caccia. La regola era che in presenza di adulti i più giovani non avevano accesso alla radura, potevano stare solo in disparte.

Antônio aveva insegnato loro a fare un po' di tifo perché tradizionalmente gli incontri di palla venivano seguiti in silenzio, magari chiacchierando ma non certo urlando. L'arrivo dei grandi aveva lasciato sui ragazzi un velo di delusione: avrebbero dovuto tornare al villaggio e lasciare via libera agli aventi diritto. Quella volta però fu diverso: uno dei cacciatori si avvicinò ad Antônio e parlando lentamente gli disse: *«Gli altri sono ancora a caccia, giochiamo con i piccoli?»*

Non era mai successo. Poteva capitare che uno dei ragazzini più bravi partecipasse a una partita, magari per sostituire qualcuno che si era fatto male o che era impegnato altrove, ma grandi contro piccoli non si era mai visto, se non sporadicamente, magari due contro due o tre contro tre.

«Giocate piano per favore» gli rispose Antônio, temendo che qual-

che contatto fisico un po' troppo violento potesse far del male a qualcuno dei "suoi" ragazzi.

«Non piano, forte, fortissimo, così loro diventano uomini prima,» rispose l'adulto con un tono che non sembrava affatto ironico *«però al tuo gioco, a* calcio, *non al gioco della palla.»*

Sì, pensò Antônio, lo so, il gioco della palla è sacro.

I ragazzini capirono subito e divennero l'immagine della felicità, urlavano, correvano per il campo, si abbracciavano, erano la gioia impersonificata, e tutto questo prima ancora del calcio d'inizio.

«Facciamo come dici tu, Antônio, facciamo le frecce avvelenate e l'arco troppo teso, va bene?»

Antônio annuì con un grande sorriso stampato sulla faccia, gli bastava che giocassero e che si divertissero. Non era nemmeno sicuro che tutti loro avessero chiari i nomi degli schemi che lui aveva introdotto da pochissimo e più come gioco che come cosa seria. E poi non erano più bambini ma erano ancora tutti dei ragazzini, comunque troppo piccoli, erano concetti troppo difficili.

I piccoli iniziarono timidi e impacciati, bisognava capirli, di fronte avevano i grandi cacciatori del villaggio, gli uomini più forti e più rispettati. Sbagliavano i passaggi, perdevano la palla, gli schemi di Antônio generavano solo una gran confusione. A ogni goal che subivano diventavano sempre più mogi, un paio di loro erano molto vicini alle lacrime.

Poi di colpo qualcosa scattò nella testa dei ragazzi e l'arco troppo teso iniziò a funzionare. Gli esterni aiutavano i centrali nella fase difensiva e gli adulti si trovavano costantemente due o tre piccoletti tra i piedi e tenere palla diventava sempre più difficile. E dire che oggi li ho fatti correre e dovrebbero essere stanchi, pensò Antônio.

Continuarono a sbagliare i passaggi e a perdere palla ma la difesa adesso teneva e sul quattro o cinque a zero i grandi cacciatori non riuscivano più a segnare e nemmeno ad avvicinarsi troppo alla porta.

Antônio vide Yamandé che continuava a confabulare con un

paio di compagni: sta ricordando loro le frecce avvelenate, si rese conto. Stava anche aspettando l'occasione buona. Un cacciatore perse palla a centro campo assediato da tre piccoli avversari indiavolati, la palla arrivò tra i piedi di Yamandé che per due volte si produsse in uno scatto e in un cambio di direzione che lasciò il suo avversario a diversi metri di distanza. Arrivato in vista della porta fintò il tiro e invece scodellò un passaggio precisissimo verso uno dei suoi tre compagni che con tempismo perfetto si erano inseriti tra i difensori avversari: le frecce avvelenate.

Antônio contemplò la lunga parabola del passaggio provando una sensazione del tutto nuova: fu un momento di bellezza, di silenzio, di crescita. Gli occhi degli avversari erano persi nella sorpresa, gli occhi dei suoi ragazzi erano come quelli del giaguaro. Non è vero che tutto dipende: quando tutto è così preciso, quando c'è tutta questa voglia e questa gioia non dipende più. La mezza rovesciata di Jaci, uno dei ragazzi più grandi, uscì dal suo piede a una velocità incredibile figlia del perfetto tempismo. Il portiere restò immobile e forse non fece nemmeno in tempo a vedere la palla entrare in porta. Yamandé stava già esultando come gli aveva insegnato Antônio, le braccia in alto, correndo verso un compagno per abbracciarlo. Dentro di sé in qualche modo sapeva già con grande anticipo che la palla sarebbe entrata, dentro di sé sapeva già che non dipendeva più.

Questa è la miglior squadra di calcio che abbia mai avuto, pensò Antônio felice come non mai.

2.22 Racconti

«Antônio, tu sei capace di costruire tutto?»

La voce sottile di Janaína interruppe un lungo monologo sul calcio fatto di ricordi imprecisi e schemi tracciati con un bastone sul terreno. Antônio si girò stupito e la guardò con aria interrogativa mentre i ragazzi che lo circondavano si alzavano e correvano via.

«Tu racconti sempre del tuo villaggio e delle cose che ci sono nel tuo villaggio, tu quelle cose le sai costruire? Per esempio, sei capace di costruire il grande uccello luminoso?»

«L'aeroplano?» chiese Antônio in portoghese *«No, non sono capace, non sono nemmeno capace di costruire le vostre capanne»* concluse passando alla lingua locale.

«Ma tu hai visto tutte quelle cose no? Perché non le sai costruire?» insistette Janaína, che aveva la particolarità di gesticolare molto più dei suoi compagni mentre parlava perché anche per lei la lingua del villaggio non era la lingua madre. Questo dava un tono enfatico a tutto quello che diceva e sottolineava la sua presenza fisica e il suo corpo sul quale Antônio non poteva evitare di mettere gli occhi.

«Perché sono cose difficili,» Antônio a volte era stupito di quante cose riuscisse a dire usando il suo vocabolario ancora relativamente limitato *«servono tanti uomini e tanto pensiero.»*

Poco più in là due donne più anziane erano intente ad accendere un fuoco, una di loro intervenne ridendo: *«Antônio non è capace nemmeno di accendere il fuoco!»*

«Sì che sono capace!» rispose lui, *«ci metto molto tempo ma sono capace!»*

Una risata collettiva fece sorgere in Antônio il dubbio di aver detto qualcosa in modo sbagliato.

«*Racconta qualcosa di bello del tuo villaggio*» chiese ancora Janaína sedendosi di fianco ad Antônio, molto vicina, le ginocchia che quasi si sfioravano.

«*Una cosa bella?*»

Quasi tutti i suoi racconti ruotavano attorno al calcio, ai campionati del mondo, ai grandi giocatori, a qualche sua esperienza. Non lo faceva apposta, si sentiva limitato dalla lingua e il calcio era un argomento abbastanza semplice da tradurre e che interessava tutti. Dove poi non arrivava con le parole poteva arrivare dimostrando, a gesti, disegnando. Il calcio era stata la sua porta per imparare la lingua. Ora però voleva raccontare a Janaína una cosa che lui riteneva bella del suo mondo, una cosa di cui sentiva la mancanza.

«*Nel mio villaggio, ma non solo, in tutto il mondo, ci sono dei fili...*» Come raccontare questa cosa in una lingua sviluppatasi all'interno della Foresta dell'Amazzonia, adatta e sviluppata per un popolo di cacciatori? «*E in questi fili passa il pensiero degli altri, noi lo chiamiamo 'Internet', se tu ti attacchi a uno di questi fili puoi vedere cosa pensano gli altri.*»

«*Vedere?*» chiese una delle donne che prima stava prendendo in giro Antônio, affascinata.

«*Sì, vedere, perché dentro questi fili passano i pensieri che poi finiscono su una cosa che noi chiamiamo 'schermo' e se noi guardiamo lo* schermo *vediamo i pensieri. Ah, è come quando disegniamo per terra, la terra è lo* schermo *e vi fa vedere quello che sto pensando, giusto?*»

«*Non ci avevo mai pensato...*» intervenne Janaína.

«*Sì, quando disegni stai facendo uscire una cosa che hai dentro,*» com'è difficile dirlo in questa lingua «*attraverso i fili che ci sono nel mondo puoi essere anche molto lontano e il tuo pensiero arriva lo stesso sullo* schermo.»

«*Ma lontano quanto? Come fino al fiume? Come fino agli alberi di bacaba?*»

Antônio sapeva che il concetto di distanza era piuttosto vago per gli abitanti del villaggio, già più di una volta aveva avuto enormi difficoltà a parlar loro del mondo intero.

«*Lontano, lontano quanto vuoi, pensa alla cosa più lontana che conosci.*»

«*La luna.*»

«*Ecco, lontano come la luna.*»

«*Si possono sentire i pensieri della luna?*»

«*No, i pensieri della luna no, non lo so se la luna ha pensieri. Però una volta degli uomini sono andati sulla luna e noi potevamo sentire le loro parole attraverso speciali fili invisibili.*»

«*Fili invisibili?*»

«*Sì.*»

«*Che vanno dalla terra alla luna?*»

«*Sì.*»

Antônio si rese conto di quanto incredibili dovessero suonare quelle parole, tenuto conto che c'era gente che quei fili li usava eppure non credeva che l'uomo fosse stato sulla luna. Si aspettava una manifestazione di scetticismo e invece osservò con stupore Janaína guardarsi intorno con aria sognante e chiedergli: «*Ce ne sono anche qui, di fili invisibili?*»

Antônio ci mise qualche secondo a riprendersi dalla sorpresa, prima di rispondere: «*Sì.*»

«*Ma noi non riusciamo a vederli perché non siamo capaci di costruire lo* schermo, *giusto?*»

«*Giusto.*»

«*Peccato,*» concluse Janaína «*mi piacerebbe vederlo. E non c'è speranza che tu impari a costruirlo, vero?*»

«*No, mi dispiace.*»

2.23 Rivelazioni

La notizia che Antônio conosceva le storie più strane mai sentite nel villaggio si sparse e una curiosità che non sapevano nemmeno di avere si impadronì dei suoi abitanti.

Sembrava impossibile saziarli, complice anche la *Lingua* che costringeva Antônio a lunghissime parafrasi per cercare di descrivere quello che era molto difficile se non impossibile descrivere. Il risultato era sempre tra il buffo e il magico, a ogni storia il pubblico aumentava e presto Antônio si ritrovò durante i suoi racconti circondato dall'intero villaggio in ascolto.

In fondo non è molto diverso da quando stavo in radio, anzi, va a finire che qui ho più ascoltatori. A proposito... *«Non esistono solo i fili che si vedono, esistono anche i fili invisibili...»*

«Come quello che va fino alla luna!» intervenne Janaína con i suoi gesti ampi e una nota d'orgoglio nella voce.

«Ecco perché la luna rimane in cielo! È attaccata a un filo!» ribadì un'altra voce.

Antônio riprese: *«Attraverso questi fili invisibili passano le voci delle persone...»*

«Ma non passavano i pensieri?» chiese una donna anziana.

«No sorella,» intervenne ancora Janaína *«i pensieri passano nei fili veri, quelli che puoi vedere! Nei fili invisibili passa solo la voce!»*

E anche le immagini, mia cara, ma questo forse lo spiego un'altra volta...

«Ogni giorno io parlavo dentro a una trappola per la voce che prendeva le mie parole e le distribuiva ai fili invisibili. La chiamiamo 'radio' e si usa per parlare con la gente come sto facendo con voi. Solo che chi ascoltava non dove-

177

va stare davanti a me, poteva stare anche nella sua capanna, poteva anche stare all'aperto, anche lontano.»

«*Lontano quanto? Come fino agli alberi di bacaba?*» gli chiese una ragazza esattamente nel momento in cui Antônio si stava pentendo di avere toccato ancora l'argomento "distanza".

«*Fino alla luna! Fino alla luna!*» rispose Janaína mettendoci più enfasi che mai.

«*La mia voce però non arrivava fino alla luna, diciamo che arrivava circa agli alberi di bacaba, forse un po' più in là*» concluse Antônio mentre la delusione si impadroniva di Janaína che in cuor suo sperava che Antônio fosse capace di parlare alla luna.

«*È il modo che abbiamo noi di raccontare storie. Ognuno continua a fare quello che sta facendo e intanto ascolta la mia voce.*»

«*Ma ascoltare tutti insieme è bello!*» intervenne un adulto, uno dei cacciatori.

«*I giovani imparano meglio!*» disse un anziano.

«*Se senti la voce non senti i rumori, come fai a cacciare?*» argomentò il primo cacciatore chiudendo la questione.

Antônio si guardò intorno, sentiva addosso lo sguardo di tutti, in particolare di Janaína che ripresasi dallo choc della notizia che Antônio non parlava con la luna stava elaborando qualcuna delle sue idee strampalate.

«*Che strano il tuo villaggio,*» disse infine con un gran sorriso «*ci sono i fili dove passa il pensiero e i fili invisibili che portano la voce. Non potevate mettere il pensiero direttamente nei fili invisibili?*»

«*Ma sai che è una buona idea? Anzi, sono sicuro che presto o tardi sarà proprio così, i pensieri viaggeranno nei fili invisibili.*»

«*Antônio*» era una robusta e materna nonna di molti bambini che parlava: «*Ma non ti manca il tuo villaggio, la tua tribù?*»

Antônio non si aspettava una domanda così diretta, una domanda che in tutto questo tempo non si era nemmeno mai posto in modo così semplice e che lo emozionò più di quanto si aspettasse.

«*No, non molto, sto bene qui, adesso la mia tribù siete voi. Ecco, i miei genitori e le sorelle, certo, mi mancano un po'... e forse una ragazza che conoscevo...*» disse Antônio rendendosi conto all'improvviso di quanto distante fosse ormai la sua vita precedente.

«*Metteva la sua amaca vicino alla tua?*»

«*No, no, ehm...*» rispose Antônio con un sorriso imbarazzato guadando Janaína «*Lei non voleva...*»

«*Per questo te ne sei andato?*»

«*Mi sono perso, questa è la verità. Nel mio villaggio non avrebbero più fatto giocare a palla i ragazzi con cui stavo e allora ho deciso di lasciarlo per un po' di tempo, ma mi sono perso.*»

Questa affermazione provocò un sussulto in tutti i membri del villaggio che iniziarono a discutere tra loro animatamente. Due membri anziani si alzarono molto accigliati e si misero al centro del cerchio: «*Giocare a palla! Come si fa a vietare di giocare a palla?*»

«*Forse è bruciato il campo? Ma anche in questo caso basta aspettare qualche giorno!*»

Il subbuglio tra gli ascoltatori non si interrompeva e Antônio ne approfittò per riprendersi dall'ondata di emozioni che lo aveva travolto.

«*In fondo anche voi mi avete impedito per molto tempo di giocare al vostro gioco della palla, nel mio villaggio non era molto diverso. Un uomo anziano non permetteva più di far giocare i miei ragazzi.*»

«*Se ti avesse impedito di giocare,*» disse il primo dei due anziani «*l'uomo anziano sarebbe stato saggio: tu non sei bravo con la palla! Però ha impedito di far giocare i tuoi ragazzi, e questo non è saggio.*»

«*Sono davvero contento di avervi incontrati*» concluse Antônio scuotendo la testa.

2.24 Saudade

Molto tempo addietro Antônio aveva letto un articolo sulle parole uniche nelle varie lingue del mondo, quelle che è difficile tradurre perché è difficile renderne il significato. L'unica parola portoghese che compariva tra le prime dieci era 'saudade' e Antônio ricordava di aver trovato la cosa divertente perché in effetti era sempre sembrata una parola poco comprensibile anche a lui.

Il significato gli era chiarissimo, ovviamente, ma faticava a farlo suo e a capire come si potesse provare saudade per qualsiasi cosa, come sembravano fare molti dei suoi conoscenti. Aveva ipotizzato che ciò fosse dovuto almeno in parte al fatto di non aver mai lasciato Macapá, ma anche le sue sorelle facevano sempre le stesse cose e vivevano persino nella stessa casa di famiglia in cui erano nate, eppure parlavano in continuazione della saudade, per un amico che non vedevano da tempo, la maestra della scuola, un piatto che mangiavano da bambine, un giocattolo...

E adesso che viveva nella foresta ormai da chissà quanto aveva avuto la conferma definitiva che la saudade non dipende dal luogo in cui vivi.

Per alcune cose provava dispiacere: gli dispiaceva pensare che i suoi genitori e le sue sorelle lo credessero morto ma stranamente non ne aveva saudade (anche se di questo si vergognava un po'). I primi tempi gli dispiaceva non insegnare più, non spiegare il calcio, non parlare alla radio, ma passato il terribile periodo dell'incomunicabilità, ora che poteva parlare con i suoi nuovi amici non aveva il minimo rimpianto per i vecchi tempi. C'erano due sole cose per cui provava saudade.

Una era il futuro. Antônio ormai stava benissimo nel suo nuovo mondo e di certo non si annoiava, c'erano sempre cose da fare o storie da raccontare, ma nello stile di vita del popolo presso cui viveva mancava quasi completamente il progresso. Tra dieci anni avrebbero fatto le stesse cose più o meno nello stesso modo in cui le stavano facendo adesso.

Questo era per lo più rasserenante, ma di tanto in tanto Antônio non poteva esimersi dal pensare con un pizzico di malinconia al vorticoso ritmo del progresso del mondo che aveva abbandonato. Chissà quali innovazioni c'erano state nel campo dell'informatica, per esempio. Quasi sicuramente adesso le pagine internet si caricavano al doppio o anche al triplo della velocità; e con quel coso, Napper o come si chiamava, magari adesso si potevano ascoltare interi album o forse addirittura vedere i film! Ma sicuramente c'erano state anche nuove guerre, e considerato che l'uomo trovava sempre il modo di usare la tecnologia anche per fare del male, forse qualcuno era già riuscito a trovare e sfruttare il lato oscuro delle nuove tecnologie? Questo pensiero faceva capolino ogni volta e lo aiutava a tenere sotto traccia il rimpianto per il mondo fuori dalla foresta.

La forma di saudade più pura, però, la provava per il nonno.

Ricardo Paulo Almeida Carvalho era nato a Macapá nel 1918. Lo stato di semi-isolamento della città, che per tanti concittadini era stata un'ottima scusa per restare piantati lì per terra, aveva invece stimolato in Ricardo la voglia di viaggiare, conoscere il Brasile e il mondo. Venuta la guerra, nel 1943 si era subito arruolato nell'esercito. Siccome morire in battaglia sarebbe stato di impedimento al suo piano di conoscere il mondo, aveva scelto una specializzazione che lo tenesse ragionevolmente lontano dalla prima linea. E così si era ritrovato in Italia come trombettiere della banda della Força Expedicionária Brasileira, a combattere sull'appennino emiliano e a suonare l'inno del Brasile e quello d'Italia a Montese e poi via via in tutte le altre città liberate.

Antônio ricordava pochissimo delle sue storie di quell'epoca perché il più delle volte non riguardavano battaglie, che avrebbe ascoltato volentieri, ma il fascino delle ragazze bolognesi e modenesi e sentirle raccontare davanti alla nonna lo imbarazzava non poco.

Ora avrebbe ascoltato volentieri anche quei racconti, ma non c'era più il nonno a raccontarli e questo forse era il principale motivo della sua saudade. Comunque sia, Ricardo era poi tornato in Brasile a fine guerra, di stanza a Rio de Janeiro, dove aveva conosciuto una donna il cui fascino sorpassava di parecchie misure quello delle emiliane (di quante misure lo sorpassasse dipendeva dal fatto se la nonna era presente durante il racconto oppure no) e dove, soprattutto, era salito nei ranghi della banda militare in vista dei primi Mondiali di calcio del dopoguerra, che si sarebbero tenuti proprio in Brasile nel 1950.

La storia di quel mondiale e del suo tragico epilogo è nota a tutti i brasiliani. Antônio ricordava perfettamente, come se l'avesse sentita un minuto prima, la volta in cui l'aveva sentita narrare dal nonno: era il 1978, e il Brasile era stato appena defraudato della finale dall'Argentina dopo la partita scandalo con il Perù. Ricardo aveva chiamato il delusissimo Antônio undicenne, al suo primo mondiale vissuto da telespettatore consapevole, e lo aveva fatto accomodare sulle sue ginocchia.

Aveva chiamato accanto a lui anche suo figlio Italo, padre di Antônio e iniziato a raccontare.

«Pensate che questa sia una delusione? Adesso vi racconterò la storia di una vera delusione. Anzi, la storia che dovrebbe comparire nel vocabolario alla voce "delusione". Non te l'ho mai raccontata prima, Italo caro, perché è una storia troppo dolorosa e ho deciso che l'avrei raccontata una sola volta nella vita: oggi mi sembra il momento giusto.»

Ricardo era un grande narratore e ad Antônio piaceva molto ascoltare le sue storie di sport, ma più ancora gli piaceva viverne anno dopo anno di nuove insieme a lui e sentirgliele raccontare, in maniera talmente appassionata e appassionante che quasi dubitava di aver visto la stessa partita. Purtroppo le storie recenti finivano tutte male: il furto del '78, la sconfitta a sorpresa contro l'Italia nell'82, la sconfitta ai rigori contro la Francia nell'86, di nuovo la maledetta Argentina nel '90. Poi finalmente nel '94 era arrivata una nuova vittoria. Ricardo amava le partite con l'Italia, perché gli ricordavano i tempi della guerra, della sua gioventù e delle simpatiche emiliane. E poi perché di solito finivano bene. Quando Baggio aveva sparato il rigore finale sopra la traversa Ricardo aveva sorriso con il sorriso di chi ha visto al cinema il finale che desiderava e aveva detto alla famiglia riunita intorno al televisore: «Ora che finalmente ho visto un lieto fine insieme ad Antônio posso morire felice.»

Non era stato un modo di dire: Ricardo se ne era andato poche settimane dopo, con sulla bocca il sorriso che non lo aveva più abbandonato.

Quattro anni dopo il Brasile si era schiantato in finale, di nuovo contro la dannata Francia. Antônio aveva provato una sensazione di pura, dolce, amarissima saudade: per certi versi era contento che il nonno si fosse evitato questa nuova delusione, ma in realtà i suoi racconti più divertenti erano stati quelli relativi alle sconfitte e ad Antônio sarebbe piaciuto sentire quali fantasiosi insulti avrebbe riservato al maledetto Zidane.

«Antônio ha di nuovo gli occhi da racconto,» disse Yamandé a Piata *«andiamo a farci raccontare una storia.»*

«Antônio, hai gli occhi persi nel cielo, ma è un bel pomeriggio. Ci racconti una delle tue storie?»

«Eh? Ah, sì. Va bene.»

«Siiiii!» urlarono entusiasti i più piccini.

«Una con un cattivo, mi raccomando!» chiese Moacir.

«Però simpatico…» supplicò Cauê che con il passare del tempo non aveva perso le sue guanciotte tonde.

«Volete una storia con un cattivo simpatico? Va bene, allora. Mettetevi comodi, che vi racconterò la storia di Paolorossi.»

2.25 Adulti

«Tu quando sarai Uomo cosa vuoi fare?»
«Cosa vuoi dire?»
«Quello che ti ho chiesto. Cosa vuoi fare a partire da domani, quando saremo diventati Uomini?»

Erano radunati nel loro posto preferito di tutta la foresta, un grandissimo albero di ebano, a metà strada tra il villaggio e il fiume: seduti sui grandi rami che fungevano da comodi sedili, rannicchiati sotto le enormi foglie che li proteggevano dalla pioggia che quel giorno batteva con insolita insistenza in quella zona in cui la vegetazione era relativamente più rada. Pioggia che aveva fatto posare i pappagalli come fiori variopinti sui rami, da dove li osservavano gracchiando sommessi tra loro. I petali delle eliconie erano lucidi e rossi come non mai. Era un momento perfetto.

Piata rispose come se Yamandé gli avesse chiesto cosa avrebbe fatto il sole dopo essere tramontato. Il sole sarebbe sorto e poi tramontato di nuovo, la pioggia avrebbe smesso di battere e poi avrebbe ricominciato e intanto le piante avrebbero continuato a crescere, gli animali a mangiare le piante o a mangiarsi tra loro: *«Farò quello che si fa quando si diventa uomini: continuerò a far parte del villaggio, con le responsabilità degli uomini. Perché, tu cos'altro vuoi fare? Non capisco nemmeno perché me lo chiedi.»*

«È facile per te dire così. Accettare la vita come arriva. Sei il più grosso e robusto di noi e non sei nemmeno troppo scemo» Yamandé si interruppe brevemente per scansare il calcio che Piata aveva cercato di tirargli, *«Sei persino più grosso di molti nati prima di noi e tutti ti rispettano. È naturale che quando il tempo verrà sarai tu l'Anziano del villaggio.»*

«*Ma che dici? Ma chi se ne importa. Ma sai quant'acqua scenderà dal cielo prima che possa accadere? Io non voglio diventare Anziano e soprattutto non voglio pensarci adesso. Lo sai che diventare Anziano vuol dire che manca poco alla tua morte. Perché ci dovrei pensare ora? Che pensieri fai, hai così paura di domani?*»

«*Non ho paura di domani, lo sai. È quello che accadrà dopo domani che non mi lascia riposare quando dormo. Saremo Uomini. E poi? Che facciamo quando siamo uomini? Perché deve essere diverso diventare uomini?*»

«*Io lo so cosa voglio fare dopo che sarò diventato un Uomo*» disse Moacir, seduto un paio di rami più in basso, interrompendo la laboriosa incisione del suo nome che stava istoriando sul tronco. Aspettò che tutti si girassero verso di lui e poi aggiunse: «*Voglio andare a vedere il mondo.*»

Qualcuno strabuzzò gli occhi, qualcuno si mise a ridere.

«*Ma quale mondo?*» Yamandé capì subito che Moacir stava dicendo sul serio, e capì anche da dove era nata quell'idea. Anche perché, pur non volendo ammetterlo, ci aveva pensato anche lui.

«*Vuoi andare a vedere il villaggio di Antônio, vedere* Macapá?» continuò.

«*Sì. E non solo. Voglio camminare per il mondo che c'è fuori dalla foresta, voglio andare al* Maracanã, *voglio usare tutti gli strumenti di cui ci ha parlato Antônio, voglio vedere le persone che giocano a tutti quei giochi strani. Voglio salire sul grande uccello lucente.*»

Man mano che parlava gli altri avevano smesso di ridacchiare, ma l'arditezza di quest'ultima affermazione li aveva ammutoliti del tutto, li aveva lasciati senza parole e senza fiato. Non si sentiva altro che il solito tappeto sonoro della foresta che sopra alle foglie dell'ebano sembrava perfino amplificato.

«*Ma sei impazzito? Hai bevuto la bevanda dei sogni prima ancora di diventare Uomo?*»

Fu Piata a ricominciare a parlare (e Yamandé subito pensò: ed ecco il suo primo discorso da Anziano) «*Arrivare a* Macapá *è impossibile. E anche se fosse possibile, perché qualcuno dovrebbe volerlo? Antônio è* venuto qui da Macapá ed è rimasto qui. Vuol dire che qui è meglio.»

«Forse. Ma lui ha visto entrambi i villaggi e poi ha scelto. Voglio vedere anch'io, prima di scegliere.»

«E la povera Aracì? Lo sai che non vede l'ora di appendere la sua amaca vicino alla tua. La vuoi abbandonare così?» Piata sapeva che Moacir si imbarazzava a parlare di ragazze ed era il trucco a cui ricorreva sempre quando voleva metterlo a tacere. Ma non quella sera.

«Se vorrà, verrà con me» ribatté sicuro un Moacir che quella sera era deciso a stupirli fino in fondo.

Ma aveva smesso di piovere, i pappagalli si erano di nuovo levati in volo e Yamandé ne approfittò per spezzare l'imbarazzo che si era creato nel gruppo: «Basta parlare, la pioggia è finita, andiamo a farci dare gli ultimi consigli da Antônio per domani.»

2.26 Iniziazione

Il rito di iniziazione dei ragazzi era di gruppo e consisteva in una partita al Gioco della Palla tra la squadra degli adulti (per la quale venivano selezionati i più forti, come una vera nazionale del villaggio) e una squadra composta dai dieci ragazzi più grandi tra quelli che ancora non erano stati iniziati. Vicino all'ingresso dello shabono c'era la palma dell'iniziazione: man mano che un ragazzo diventava abbastanza alto, coglieva un cocco ed entrava nel gruppo dei prossimi inizandi. Quando il decimo ragazzo coglieva il frutto la squadra era formata e iniziavano i preparativi per il rito, che aveva luogo tre giorni dopo.

Piata e Yamandé erano i due ragazzi più grandi tra quelli che non erano stati inclusi nell'infornata precedente e nella loro annata c'era stato un lieve calo delle nascite, dunque era passato parecchio tempo dalla cerimonia precedente. Ma quando, giorni prima, Ubiratan era stato il nono a cogliere il frutto avevano avuto un brivido: sapevano che ormai mancava poco.

Tutti pensavano che il decimo cocco sarebbe stato colto da Ubirajara, o forse da Tainì, ma un mattino un raggiante Cauê si presentò da Itátakúara, lo sciamano delle cerimonie, con un cocco in mano.

«*Grazie, Cauê, ma non ho fame adesso*» gli rispose Itátakúara, fraintendendo quel che stava accadendo.

«*No*» scosse il capo Cauê, «*Non è per mangiare. È il cocco della cerimonia.*»

«*Cauê!*» lo aveva ammonito Itátakúara aggrottando la fronte dipinta di rosso «*Lo sai che su queste cose non si scherza.*»

«Sono felice, ma non sto scherzando.»

«E sai anche che è proibito farsi aiutare o arrampicarsi sull'albero.»

«Non mi ha aiutato nessuno, ho fatto tutto da solo.»

Cauê sapeva che la sua piccola statura, più ancora della sua giovane età, giustificava l'incredulità di Itátakúara, così si sentì in dovere di aggiungere: *«Ho fatto una montagnetta di sassi, ci sono salito sopra e sono saltato.»*

Era un fatto senza precedenti. Nemmeno nei racconti più antichi tramandati di generazione in generazione si narrava di un evento simile, tant'è che le regole non lo avevano nemmeno preso in considerazione. I ragazzi si limitavano a passare sotto la palma, allungavano la mano, qualcuno faceva un salto, ma di solito senza particolare convinzione: non c'era fretta di diventare adulti. Cauê però non voleva staccarsi dai suoi compagni di gioco di lunga data e la necessità aveva sviluppato quello che era già, in tutta evidenza, un intelletto brillante.

Dopo un breve consulto tra gli anziani, si decretò che Cauê si era guadagnato correttamente il diritto ad accedere al rito, anche se tutti si rammaricavano per lui sapendo quel che sarebbe accaduto di lì a tre giorni.

Gli altri nove furono contenti di sapere che il decimo era lui. Era piccolino, sì, ma aveva uno scatto micidiale e un senso della posizione impareggiato. Anche Antônio era convinto fosse un bene per la squadra dei ragazzi. Squadra per la quale era alquanto preoccupato: ormai erano passati anni, ma la memoria di quando il rito era toccato a lui era ancora nitida, come una cicatrice su un braccio.

Era stato uno dei momenti più intensi da quando si trovava nel villaggio. Essendo adulto non aveva dovuto cogliere nessun cocco, gli anziani a un certo punto avevano semplicemente stabilito che non era più inetto come un bimbo e che poteva essere ammesso tra gli uomini. Inizialmente l'emozione prevalente era stata la felicità, perché era la consacrazione del suo essere accettato come membro della tribù a pieno titolo. Poi era subentrata la preoccupazione. All'epoca era già in grado di comunicare, sia pure ancora rozzamente ma, anche se credeva di aver già capito le regole guardando gli incontri, aveva passato i tre giorni precedenti a ripassarle.

Si giocava in dieci contro dieci nella radura principale, che per l'occasione veniva preparata e pulita. Il giocatore con la palla non poteva muoversi. Il più vicino degli avversari poteva mettersi di fronte a lui, ma il possessore della palla aveva il diritto di allontanarlo con uno spintone. Quando riteneva di avere la visuale libera, il possessore della palla la calciava in direzione di un compagno.

Il primo a toccare la palla con le mani o con i piedi diventava il nuovo possessore, e così via. Lo scopo del gioco era arrivare a colpire i due alberi sacri in fondo al campo. Ogni volta che venivano colpiti entrambi, la squadra segnava un punto.

Alla preoccupazione, infine, era subentrato il sentimento finale: l'aspettativa dell'umiliazione. Per gli iniziandi quella era la prima partita al Gioco, al quale fino ad allora avevano solo potuto assistere. Questo, unito al fatto che la squadra degli Uomini era la migliore possibile, mentre gli iniziandi erano dieci ragazzi qualsiasi, comportava una grandissima disparità nelle forze in campo, la qual cosa si traduceva in sconfitte devastanti.

Anzi, propriamente non si poteva nemmeno parlare di sconfitte: il divario era tale che i punti non venivano conteggiati. Si teneva solo conto dei punti segnati dalla squadra degli iniziandi e la cerimonia terminava quando questi erano riusciti a raggiungerne dieci, cosa che di solito avveniva dopo ore e ore di gioco, durante le quali gli Uomini non risparmiavano nessun colpo e segnavano punti a grappoli. Il messaggio era chiaro: ora siete Uomini, ma è solo il primissimo passo, ne avete ancora di strada da fare per diventare come noi. Il rito a cui aveva partecipato Antônio era durato quasi un'intera giornata e non bisognava essere molto vecchi per ricordare riti ancora più lunghi, come quello a cui aveva partecipato Kirimà, che era durato più di due giorni.

Ora il sentimento prevalente in Antônio era di nuovo la preoccupazione. Grazie anche ai "Mondiali di calcio" che regolarmente organizzava ogni due lune questo forse era il gruppo di inizandi più forte che si fosse visto in molti anni, di certo avevano un robusto spirito di squadra. Ma non aver mai praticato il Gioco (Moacir qualche volta gli aveva chiesto di allenarli di nascosto, ma Antônio si era categoricamente rifiutato) era un grosso handicap e inoltre Antônio temeva che averli abituati al calcio finisse con il confonderli.

Fu dunque con grande sorpresa che assistette ai primi momenti del rito. I ragazzi e gli uomini, dipinti con i colori dell'iniziazione e della maturità, erano concentrati e tesi, il suono ritmato di pietre e bastoni amplificava il battito dei loro cuori mentre le donne e gli anziani cantavano le note alte e profonde del Canto del Diventare Uomini.

Itátakúara, adornato dell'acconciatura cerimoniale di piume cantò forte l'ultima strofa e diede il via alla cerimonia con un lunghissimo calcio, che venne subito intercettato da Moacir, con una specie di parata felina. La palla fu immediatamente passata a Piata e da lì partì un lungo lancio in direzione di Yamandé, che la colpì al volo mandandola a rimbalzare tra i due alberi sacri. Punto per gli iniziandi. Il tempo di riprendersi dalla sorpresa e nuovamente gli iniziandi tornarono in attacco e ne riemersero con un secondo punto, segnato da Cauê, sbucato fuori da una mischia con la velocità del lampo.

Gli adulti erano increduli. Gli iniziandi, pur rispettando le regole, stavano stravolgendo uno stile di gioco che nel villaggio era radicato da chissà quanto tempo, forse da secoli. Quando la palla era loro, la colpivano il più possibile al volo per non dare tempo agli avversari di piazzarsi a ostacolarli. Quando era in mano agli adulti, si mettevano di fronte a loro, sì, ma a distanza tale da non poter essere spinti via. Correvano qua e là per il campo come degli ossessi, impedendo agli avversari di fissare precisi punti di riferimento. E alcuni di loro, in particolare Yamandé e Cauê, avevano un calcio così preciso che riuscivano a far punto al primo tentativo anche da lontano, mentre in genere la procedura per far punto prevedeva un lento avvicinamento al bersaglio e svariati tentativi.

Gli adulti cercavano di apparire contenti per la grande prestazione dei ragazzi, ma molti di loro in realtà erano furibondi e presto cercarono di portare l'incontro sull'unico piano sul quale ancora erano superiori: quello dello scontro fisico.

I ragazzi cercavano di evitarlo il più possibile ma quando capitava gli spintoni che ricevevano erano tremendi. Cauê in un'occasione venne catapultato all'indietro di quasi due metri e batté la testa, per fortuna senza grossi danni. E anche Jaci, Itaúna e persino Piata presero delle botte non da poco.

L'unico che sembrava danzare indenne sopra tutta questa confusione era Yamandé. E fu a lui che toccò la palla del decimo punto. Piraí gli aveva servito un ottimo pallone e tra lui e gli alberi c'era solo Jaguarìuna, uno degli adulti più robusti ed esperti, che si avventò su di lui quasi con violenza ma in leggero ritardo. Yamandé ne evitò il corpo muscoloso con un salto e si ritrovò da solo con la palla tra i piedi davanti agli alberi dei punti, ma girato di spalle rispetto a questi.

Poco tempo prima Antônio gli aveva raccontato di un calciatore brasiliano, un certo Socrátes, che adorava colpire la palla con il tacco per spiazzare gli avversari. Yamandé si era entusiasmato per questa novità e si era messo subito a provare e riprovare. Ora Antônio pregava che Yamandé non volesse usare questo colpo per chiudere la cerimonia, ti prego no, va bene non essere umiliati ma umiliare gli adulti proprio no, per favore. Yamandé rimase per un attimo indeciso, poi fece un giro su se stesso, perdendo così un po' di tempo e dando a Jaguarìuna la possibilità di ritornare su di lui. Con un lieve tocco del piede passò la palla a Piraí, che nel frattempo era venuto verso di loro seguendo l'azione ed ebbe gioco facile nel colpire i due alberi e porre fine all'incontro.

Le feste potevano iniziare.

Per la prima volta nella storia del villaggio la squadra degli adulti non aveva travolto gli iniziandi. Janaína disse ad Antônio che era un peccato che non si marcassero i punti degli Uomini: «*Chissà quanti punti hanno fatto. Pensa un po' se ne avessero fatti meno dei ragazzi, sarebbe fantastico.*»

«*Chissà*» rispose Antônio. E mentre osservava le espressioni degli adulti senza riuscire bene a interpretarle, pensò che non avrebbe mai rivelato a nessuno, nemmeno a lei, nemmeno ai ragazzi, che l'incontro era finito 10 a 8 per loro.

2.27 Presagi

«Non possiamo continuare domani mattina?»

Yamandé guardò ancora una volta suo padre con aria supplichevole. Antônio aveva cominciato a parlare con il sole ancora alto nel cielo ma ormai stava diventando buio e i fuochi erano stati accesi. Kirimà aveva obbligato il giovane ad aiutarlo a scuoiare un paio di grossi caimani che erano stati pescati qualche ora prima, anche se entrambi sapevano benissimo che in realtà era una scusa per tenere Yamandé lontano da Antônio. Scuoiare i caimani era un lavoro lungo e abbastanza faticoso al quale i giovani, soprattutto nel caso di esemplari di quelle dimensioni, si sottraevano volentieri. Ma Yamandé ormai era adulto e a Kirimà non aveva potuto dire di no.

Aveva cominciato a parlare di calcio con un piccolo gruppo di ragazzi, Antônio, ma poi qualcuno gli aveva chiesto della sua lingua madre e la faccenda si era fatta lunga.

Era partito dagli antichi romani, un grande impero al di là di un grande mare, e di come avessero cercato di conquistare tutto il mondo conosciuto. Ogni cosa per loro era fonte di sorpresa e di una pioggia di domande, il grande mare – come si fa a spiegare il mare – il mondo, l'impero: il concetto stesso dell'immensità del mondo e di tutti i popoli e genti che lo abitavano era per loro qualcosa di alieno.

Più domande arrivavano più il racconto si arricchiva, anche quando per spiegare qualcosa doveva fare lunghe circumnavigazioni verbali per arrivare a descrivere gli oggetti o gli avvenimenti non esprimibili nella loro lingua. Il tempo passava e arrivato il momento della partenza dei portoghesi per la conquista del nuovo mondo tutta la tribù era radunata attorno ad Antônio ad ascoltare. Erano bellissimi da vedere: gli occhi neri spalancati e le bocche semiaperte per lo stupore; grandi e piccoli raccolti vicini l'uno all'altro e silenziosi, così coinvolti in quei racconti fantastici da dimenticarsi quasi di respirare.

Tutta la tribù tranne Kirimà e il povero Yamandé, costretto a tagliare per il lungo il ventre di uno dei due rettili, liberarne le puzzolenti e spesse interiora, iniziare la lunga e laboriosa operazione del distacco dalla carne della pelle che in alcuni punti sembrava attaccata con la resina, non veniva via nemmeno a morsi, nemmeno con il più affilato degli artigli di formichiere. E poi tagliare la carne bianchiccia e fibrosa a listelli, appenderla sui rametti appositamente preparati per farla asciugare, ricominciare con un'altra parte del corpo del caimano, un caimano grande, enorme, mai visto un caimano così grosso, anzi sì, ce n'era un altro ancora più grosso lì di fianco che non aspettava altro che di essere scuoiato.

«Il primo è quasi finito, dobbiamo solo pulire la grande roccia, continuiamo domani mattina vero?»

Molti sentimenti facevano a pugni nella testa di Kirimà. C'era l'invidia per quella platea così vasta, certo, ma non era in grado di confessarlo a nessuno, nemmeno a sé stesso. C'era la rabbia per i racconti di Antônio che lui giudicava inutili, quella sì. I racconti utili erano quelli sulla caccia, sulla pesca, sugli animali pericolosi, anche sul gioco della palla (anche se di questo non ne era troppo convinto), ma i racconti di Antônio assolutamente no.

Grandi uccelli lucenti, grandissime piroghe che solcavano una cosa inconcepibile chiamata "oceano", pensieri che viaggiavano dentro fili che assomigliavano a liane, e poi quel nuovo gioco, il "calcio", tutti quei nomi, quegli avvenimenti incomprensibili. Tutte cose assolutamente inutili per il villaggio e, Kirimà sentiva dentro di sé senza riuscire a esprimerlo bene, certamente anche dannose.

Erano un po' discosti dal villaggio, davanti a una grande pietra liscia che si trovava in direzione del fiume, usata da generazioni come base d'appoggio per quel tipo di operazioni di pulizia delle prede.

Dopo quello che a Yamandé era sembrato un tempo lunghissimo il primo caimano era stato completamente scuoiato e ripulito e stavano togliendo i resti dalla pietra per poi appoggiarci sopra l'altra bestia e ricominciare da capo. Si era fatto tardi però e presto l'oscurità non avrebbe permesso loro di vedere più niente. Di tanto in tanto Kirimà aveva allungato un orecchio per cercare di cogliere frammenti del racconto di Antônio ma ogni volta aveva finito per pentirsene con una smorfia di disgusto.

«È quasi buio, fra poco non vedremo nemmeno le nostre mani, non ce la faremo mai a pulirlo tutto!»

Kirimà sapeva che Yamandé aveva ragione. Aveva voluto scuoiare il primo con molta cura, forse con troppa, ci avevano messo un tempo infinito e si era fatto effettivamente tardi.

«Ascolta tuo padre Yamandé,» non era inusuale che iniziasse le frasi rivolte a suo figlio in questo modo *«gli apri solo la pancia e lo pulisci, sai che è pericoloso lasciarlo chiuso, potrebbe scoppiare. Intanto io scavo una buca così quando hai finito lo seppelliamo e continuiamo domani mattina.»*

Yamandé annuì e iniziò controvoglia ma di buona lena ad aprire il ventre del grosso rettile. Le ombre della sera stavano avvolgendo tutto molto velocemente e nel giro di pochi minuti non sarebbe stato più possibile andare avanti. Mettendo la mano all'interno della carcassa per estrarne le interiora Yamandé sentì qualcosa fare resistenza, qualcosa di pesante che nell'altro animale non c'era.

Yamandé attirò l'attenzione di suo padre che all'inizio non capì bene a cosa si stava riferendo il figlio sia per la scarsa luce sia per il volume di quelle interiora così viscide e contorte. Infine riuscì a capire che si trattava dello stomaco del caimano, prese l'artiglio affilato e lo aprì. Assieme a una puzza nauseabonda dallo stomaco uscì una piccola scimmia quasi integra che evidentemente il caimano aveva mangiato poco tempo prima di essere a sua volta catturato dai pescatori. Kirimà fece quasi un salto indietro inorridito urlando «*No!*».

Yamandé lo guardò senza capire.

«*I caimani non mangiano queste scimmie! Mai! Non le mangiano!*»

Si girò verso il resto della tribù e capì: «*È un segno degli spiriti della foresta! Non sono contenti! Antônio deve smetterla con questi racconti! Guarda!*»

Yamandé portava grande rispetto per suo padre e le sue conoscenze della foresta – anche se ogni tanto lo trovava noioso – e non aveva motivo per dubitare che quello che stava dicendo fosse vero. Gli era anzi capitato più volte di assistere a gruppi di scimmie che urlavano e lanciavano sassi ai caimani dall'alto dei loro alberi.

«*Sarà caduta da un ramo,*» disse Yamandé «*si sarà spezzato.*»

«*Ascolta tuo padre Yamandé, queste scimmie mangiano le stesse cose che mangiamo noi, vanno sugli stessi alberi su cui andiamo noi ma sono molto molto più brave di noi. La capisci la sventura? Se un ramo si è spezzato sotto quel piccolo peso cosa potrà succedere sotto ai nostri corpi?*»

«*Hai ragione, lo capisco, però non è colpa di Antônio no?*»

«*Non lo so.*»

2.28 Nascita

Poranga Pagé è lo spirito buono della foresta. Chi l'ha visto riesce a fatica a descriverlo: è certamente bianco, forse tondo, perfettamente silenzioso, pesante (ma questo non è mai stato un problema). È uno spirito gioioso ma sfuggente, primordiale ma timido, che persegue i suoi nobili scopi senza un piano, a casaccio, eppure con una sistematicità che nessun altro spirito della foresta possiede.

Non teme la luce perché è quasi invisibile ma preferisce il buio e l'ombra che nella foresta non mancano. È abilissimo a nascondersi e a travestirsi, sfugge agli spiriti rivali con leggerezza e tenacia, sembra goffo ma è velocissimo, imprendibile.

Si infila tra gli spazi infinitesimali lasciati liberi dalle foglie e si arrotola sopra le liane, salta, si tuffa e nuota come il più veloce dei pesci. Percorre la foresta in lungo e in largo mutando continuamente forma e nome e solo chi non lo guarda e ha la mente sgombra da pensieri tristi, rarissimamente, riesce a vederlo.

Ogni tocco di Poranga Pagé lascia una traccia, un velo più leggero della polvere e della stessa consistenza dell'aria, nella quale lo spirito interamente esiste. Sì. Poranga Pagé può essere enorme ma può anche essere piccolo come un granello di sabbia e anche molto più piccolo. Ma non importa se è un velo o un granello o un gigante, ogni sua impronta e ogni suo ricordo lo contengono completamente.

Si aggirava per la foresta, Poranga Pagé, seguendo un piccolo corso d'acqua secondario. Sfiorava con parsimonia i bassi rami degli alberi, le uova dei pesci predatori o dei pericolosi ragni. E tutto quello che toccava, come è sempre stato e sempre sarà, sbocciava, mutava, diventava vivo.

L'intera foresta risuonava in lui: i predatori, le prede, le piante inanimate. Ma più di tutti risuonavano dentro di lui le anime delle donne e degli uomini che abitano la foresta, tutte le anime: quelle passate, quelle presenti e quelle future. Perché ai loro figli gli abitanti della foresta avevano donato la carne ma non la loro anima, quella, come è sempre stato e sempre sarà, veniva da Poranga Pagé.

La piccola ansa del fiume nascondeva quasi alla vista le foglie di banano stese a terra e la piccola donna accovacciata sopra di loro che respirava affannata. Avrebbe voluto essere lasciata da sola ma non era stata ascoltata. Diversi bambini le giravano intorno affascinati come solo possono essere i bambini dalla sofferenza altrui. Molte teste sbucavano, curiose, da dietro la prima fila di piante, e due o tre adulti andavano e venivano indaffarati o più semplicemente impazienti.

Poranga Pagé sentiva la melodia di tutte le loro anime che un tempo erano state dentro di lui e fece l'equivalente di un sorriso. Un bambino piccolo appena capace di alzarsi in piedi lo vide e lo indicò con il dito emettendo alcuni suoni disarticolati. Nessuno ci fece caso nella confusione generale e il bambino stesso dopo poco perse interesse. Una delle anime gli era sconosciuta: era come uno strumento accordato di cui però non riconosceva il timbro, non gli era mai appartenuta. Provò ad avvicinarsi per sentirla meglio, le girò intorno danzando la danza degli spiriti della foresta e decise che gli piaceva, era diversa ma bella.

Se per far sbocciare un fiore o schiudere un uovo bastava un velo, per questo compito Poranga Pagé doveva impegnarsi di più, doveva cercare dentro di sé l'anima giusta, tirarla fuori piano, avvicinarsi alla donna accovacciata e approfittare del suo respiro profondo e affannato per fargliela respirare.

Quando l'anima percorse velocemente i gangli della donna, si distribuì nel suo corpo alla ricerca del suo obiettivo e finalmente entrò nel bambino, Poranga Pagé capì con un altro sorriso chi si era unito alla donna: era lo straniero.

Quando sentì i primi battiti di vera vita uscire da quel nuovo essere Poranga Pagé sorrise per l'ultima volta e si allontanò, sfiorando ora una radice, ora una corteccia, ora la coda di un uccello.

La foresta permeata del suo spirito lo stava richiamando e lui non poteva attendere oltre.

«La testa! La testa!»

Antônio venne sopraffatto dall'emozione e tutte le paure che lo avevano attanagliato fino a quel momento scomparvero.

«Forse dovremmo far bollire dell'acqua» aveva chiesto, *«Perché?»* gli era stato risposto. *«Forse dovremmo lavare bene quell'artiglio»* aveva insistito, *«Perché?»* gli era stato ancora risposto. *«Almeno pulire le foglie di banano»* aveva frignato, *«Pulirle da cosa?»* gli era stato chiesto.

Ora la testa era fuori e lui avrebbe voluto prenderla tra le mani e tirarla ma no, tirarla assolutamente no, avrebbe voluto che uscisse da sola ma Janaína non stava più spingendo, gli sembrava, o forse stava spingendo ma non si vedeva. Quanto tempo poteva rimanere così? Non è pericoloso? Non è mortalmente pericoloso? E poi quel colore? È normale che i bambini siano blu? Viola?

Janaína era sembrata per tutto il tempo così tranquilla, sofferente ma tranquilla. Non aveva emesso un lamento se non qualche rauco soffio ma in quel momento sembrava provata, aveva i pugni stretti e un'aria sfinita, anche il respiro si era fatto più sordo. Antônio era paralizzato dai propri dubbi. Si guardò attorno per cercare una conferma alle sue paure ma le donne che erano presenti erano serene, cantavano sommesse la Canzone del Nascere e guardavano la scena con confidente distacco.

«Ma cosa ci fa Antônio qui?» aveva chiesto all'inizio una delle donne, stupita per la sua presenza.

«Antônio è con noi da tanto tempo ormai, ma ricordati che all'inizio lo chiamavamo Lo Strano. Sarà qualcosa che risale alle sue antiche usanze» le

aveva risposto una seconda donna sorridendo.

L'unica cosa che Antônio riuscì a dire, sentendosi immediatamente molto stupido fu un incerto «Respira…» in portoghese.

Janaína alzò il viso rigato dal sudore e lo guardò dritto negli occhi con uno sguardo di decisione che lo colpì nel profondo. Poi sorrise o fece una smorfia, Antônio non ne era certo, e ricominciò a spingere con molta più energia di prima. Nel giro di poco tempo, poco confrontato con tutto quello che ad Antônio sembrava esser passato, il bambino uscì completamente, il primo vagito era stato emesso e Janaína si stava già rilassando.

«È un maschio, Antônio, hai visto?»
«Ho visto, ho visto.»

Il neonato teneva gli occhi e i pugni strettamente chiusi e non piangeva, il suo colore era finalmente tornato normale e molti membri del villaggio si stavano radunando attorno a loro con sorrisi di compiacimento.

«Speriamo che Poranga Pagé abbia portato un'anima bella.»
«Speriamo, sì» rispose Antônio senza capire.

2.29 Urla

Le urla e le risate che risuonano da un lato all'altro della radura. I mille rumori della giungla sembrano svaniti, coperti dal rumore della gioventù e della spensieratezza. E nella testa, già sa che le urla più raggianti ed esaltate di tutte saranno quelle che usciranno dalla sua gola tra pochi minuti. Non è ancora così in alto da svettare sopra il baldacchino della foresta pluviale, ma è vicino. Solo i più forti e coraggiosi arrivano così in alto da poter spaziare con lo sguardo sull'infinito verde della foresta e capire che sei arrivato in cima, che più in alto di così non si può andare. Non ha ancora mai provato questa sensazione, ma l'ha sentita raccontare tante volte. E oggi è lui il giovane uomo più forte e coraggioso del villaggio. Oggi sarà lui a bucare il soffitto verde che li circonda e da domani sarà lui a raccontare ai bambini cosa si prova a salire sul tetto del mondo. Il suono delle risa e delle grida di incoraggiamento copre tutto: il suono del suo fiato mentre sale deciso di ramo in ramo. Il suono degli animali che continuano la vita, incuranti dell'impresa epica che si sta compiendo vicino a loro. E il suono di un ramo che si piega sotto la spinta poderosa di questo giovane uomo e poi si spezza. Poi c'è un attimo di silenzio e poi i suoni sono brutti, diventano rumori. Rumori che non ci dovrebbero essere: rumori di rami che si spezzano, rumori di paura, rumori di un botto terribile. E poi le urla di dolore e disperazione.

2.30 Addio

Antônio arrivò sul posto quando intorno a Yamandé si era già formato un capannello disperato e, come quella maledetta altra volta con la donna medicina lo riconobbe dai piedi.

Si sentì svenire, ma poi ne vide uno muoversi e gli parve anche di sentire la voce del ragazzo. Si può riconoscere la voce di una persona mentre urla stravolta dal dolore, immersa in un coro di altre urla atterrite, si chiese. A quanto pareva sì. Se sta urlando non può essere morto, oggesù, meno male, meno male che non è morto, non avrei potuto sopportarlo.

Quando gli altri si scostarono per lasciarlo passare, il sollievo svanì e si sentì svenire di nuovo. I tagli un po' su tutto il corpo non erano un grosso problema, si notava che erano superficiali e quasi ne aumentavano la bellezza, quel bicipite schizzato di sangue faceva pensare a un valoroso guerriero appena uscito vincente da una battaglia.

Ma la gamba sinistra era messa male. Molto male. Nessuna gamba sinistra avrebbe dovuto essere messa così. Non è possibile, è sicuramente un incubo, non avrei dovuto assaggiare quel verme strano ieri sera, adesso chiudo gli occhi un attimo e quando li riapro mi sveglio e la gamba sinistra di Yamandé è di nuovo come prima, con un ginocchio solo, cosa ci fa un altro ginocchio a metà della coscia, non è possibile...

Quando Antônio riprese i sensi, vide sopra di sé i volti di Piata e Moacir.

«*Yamandé! Come sta? È...?*»

«*È nello shabono, sta dormendo. Itátakúara gli ha dato l'erba dello svenimento*» lo informò Piata.

«*E la gamba?*»

«*La gamba l'hai vista anche tu com'è.*»

«*Ma si riprenderà? Cosa dice Itátakúara?*»

«*Itátakúara dice di aspettare e sperare. Sperare moltissimo.*»

«*No!*» si intromise con rabbia Moacir «*Non c'è niente da sperare. E meno ancora da aspettare. L'unica cosa da aspettare è la sua morte.*»

«*Moacir, calmati.*»

«*No che non mi calmo, e non mi abbracciare! Lo sai benissimo anche tu. Lo sanno tutti. Da una ferita così non si è mai ripreso nessuno. Mai.*»

Le sue parole non trovarono risposta, finché non fu Piata a prendere su di sé il peso di quel che andava detto: «*Itátakúara ha detto di sperare e noi speriamo. Se Itátakúara dirà di andare a prendere qualche erba anche alla fine del fiume, ci andremo. Ma se non c'è niente altro da fare, non faremo altro. Saluteremo Yamandé, piangeremo e porteremo avanti la vita del villaggio.*»

Moacir lo guardò con uno sguardo che avrebbe potuto essere scambiato per odio e forse lo era. Poi girò gli occhi su Antônio e lì non ci furono più dubbi: era odio allo stato puro. Forse nessun giovane uomo, mai, nella storia del villaggio aveva guardato un anziano con un odio così aperto e sfacciato.

«*E tu? Non dici niente? Hai finito le parole?*»

Quasi a confermare l'accusa di Moacir, Antônio continuò a tacere. Senza abbassare gli occhi, ma senza nemmeno aprire bocca.

Il giovane continuò: «*Quante parole hai versato, in tutto questo tempo, a raccontarci di* Macapá *e del mondo fuori dalla foresta. Eh? Quante? E il grande uccello luminoso, e il carro che si muove da solo, i fili invisibili, lo schermo dei pensieri. Io me le ricordo tutte, una per una, sai? E adesso? Proprio adesso che le tue parole potrebbero servire a qualcosa, stai zitto? Non dici più niente?*»

«*Ma io non...*» Antônio pensò che Moacir sperasse di risvegliare in lui qualche dimenticata nozione medica e cercò di trovare la voce più calma che poteva avere: «*Io non sono un uomo medicina, Moacir. Lo sai, io a* Macapá *conoscevo e sapevo usare tutte queste cose di cui ti ho raccontato, ma non le so costruire. Non c'è nulla che io possa fare meglio di Itátakúara per aiutare Yamandé.»*

«Lo so che non sei un uomo medicina. Lo so che non sai fare niente.»

Moacir prese fiato per affondare meglio il colpo: *«Non hai mai saputo fare niente che non fosse il tuo stupido gioco con la palla. E sei talmente sicuro di essere inutile che non ti viene neppure in mente che ora sei l'unico che può davvero fare qualcosa per aiutare Yamandé.»*

Antônio continuò a fissarlo quasi inebetito, senza proferire parola. E Moacir non aggiunse altro.

Quando sembrò che nessuno dei due avrebbe più parlato fino alla fine dei tempi, fu Cauê a intromettersi e spiegare quello che Moacir intendeva dire e che a lui era stato chiarissimo già dal primo minuto.

«Moacir intende dire che devi aiutarci a portare Yamandé a Macapá, Antônio.»

«Non se ne parla nemmeno» provò a intervenire Piata, ma Moacir non si fece intimidire.

Era molto meno muscoloso del suo amico, ma lievemente più alto e caricò la sua rabbia su questa altezza fissando Piata dall'alto verso il basso come se fosse stato alto il doppio: *«Tu non ti intrometter e. Se non vuoi venire con noi non importa. Fai bene, il villaggio ha bisogno di te, è giusto che resti.»*

Poi, come se Piata non esistesse più, si girò e volse lo sguardo di nuovo verso Antônio: *«Allora?»*

Antônio già da tempo aveva deciso che avrebbe concluso la sua vita nel villaggio. Si trovava talmente in pace con se stesso che aveva accettato di buon grado anche la ridotta aspettativa di vita che questa scelta molto probabilmente comportava. Ma se era tranquillo nel sacrificare sull'altare della serenità anche numerosi anni della propria vita, non poteva fare altrettanto con la vita di Yamandé. E se avesse passato il resto della propria vita con il sospetto di non aver fatto quanto possibile per salvare il suo adorato DueCalzini, altro che serenità.

Si guardò intorno, guardò la sua amaca, le pareti dello shabono, la volta di alberi che gli faceva da tetto. Guardò casa sua. Poi tirò un enorme sospiro, tornò a posare lo sguardo su Moacir e Cauê e disse: «*Va bene. Avete ragione: ma il problema è che anche se volessi aiutarlo, giuro che non voglio trovare scuse, ma davvero non so come fare per tornare a* Macapá.»

«*Noi lo sappiamo*» rispose fiero Cauê.

«*Abbiamo trovato il Fiume Grande,*» avevano detto Moacir e Cauê, «*il Fiume Grande, quello che c'è nelle storie e nelle canzoni, noi l'abbiamo trovato.*»

E l'avevano detto con sicurezza, senza accennare al minimo dubbio. Avevano spiegato bene come fosse diverso dai fiumi lì intorno, gli unici che il villaggio conosceva, infidi e tortuosi tentacoli di un inestricabile groviglio di acque che cambiavano corso e forma a ogni pioggia. Avevano usato la parola *grande* più grande che ci fosse nella *Lingua*, avevano detto che l'avevano visto con gli occhi, che era *grande* fino a quel gruppo di palme là in fondo.

Avevano detto che la sua acqua correva, correva diritta, che l'acqua del fiume grande sapeva verso dove correva. Non come uno dei loro fiumi di acque lente, invischiate di liane e di fronde, non di quelli che se non stai attento e pescando ti lasci portare troppo lontano poi non trovi più la strada di casa perché girano intorno, girano in tondo, e la corrente non sa dove andare. Era il Fiume Grande, quello che conosce la strada.

L'avevano detto con foga, quasi con le lacrime agli occhi per l'ansia di essere creduti. E Antônio gli aveva creduto.

All'improvviso si era reso conto che, senza averci davvero pensato, aveva sempre dato per scontato che nonostante deviazioni e incertezze sia il lungo tratto con Pepè che il successivo suo a piedi avessero seguito la direzione iniziale, quella che – più o meno perpendicolare al fiume – se ne allontanava. Si era sempre raffigurato mentalmente un tragitto che pur con tutte le sue giravolte si fosse grosso modo lasciato lo Jarì, sempre più lontano, alle spalle.

Ma, diomio, era stato un pensiero davvero stupido. In fondo aveva sempre saputo che Pepè si era perso e lui a maggior ragione, con il suo girovagare senza riferimenti: poteva benissimo essere che quel casuale percorso fosse invece rimasto sempre più o meno parallelo al fiume, poteva essere che gira e rigira ci fosse tornato addirittura vicino. Poteva essere che lo Jarì davvero non fosse lontano, che fosse a meno di un giorno di marcia. Anzi, adesso che la foresta gli parlava e che lui capiva il suo linguaggio e molti dei suoi segreti ne era certo, il Grande Fiume non poteva essere troppo distante.

E se era così forse, con un po' di fortuna, forse Yamandé poteva davvero essere salvato. Se era così Antônio sapeva cosa doveva fare.

Si accorse di essere terrorizzato all'idea di tornare al suo mondo, al mondo di prima: in qualche modo in tutti quegli anni si era convinto che non sarebbe mai più successo, era come se fosse stato sbarcato su un altro pianeta da dove il ricordo della terra natale, delle cose, delle persone che aveva amato era a volte sfumato di nostalgia, sì, ma della nostalgia di un esule senza ritorno.

Era come se quel mondo avesse cessato di esistere, vaporizzato in materiale per raccontare storie che perfino a lui ormai sembravano quasi inventate, e ora l'idea di rivederlo, di tornare a esserci immerso, gli faceva sudare le mani.

Ma quei ragazzi avevano fiducia in lui, non poteva deluderli, non poteva tradirli. Non poteva tradire Yamandé, lasciarlo morire o, alla meno peggio, restare orribilmente storpiato: il suo Yamandé vivace come una scimmia, lui che correva più veloce di tutti. Non hanno una vita né lunga né bella gli storpi nella foresta, non poteva fare questo a Yamandé. Se c'era anche solo una possibilità, allora c'era un'unica scelta. Doveva provarci.

2.31 Saluti

Una zattera, l'unico modo è costruire una zattera. Siamo in otto, io più i sei ragazzi che vogliono a tutti i costi venire, e Yamandé che va trasportato. I tronchi scavati che usiamo per la pesca sono impensabili per viaggiare in otto sul fiume grande per giorni – quanti, e chi riesce a immaginarlo, forse due, forse tre? – e bisognerà portare anche dell'acqua, qualcosa da mangiare... Ci vuole una zattera e deve essere grande abbastanza.

Antônio, la testa ancora annebbiata dai fumi, dai suoni e dalle bevande della cerimonia che era durata quasi tutta la notte, tornava dal fiume dove si era sciacquato la faccia e aveva guardato sorgere l'alba tra le foglie delle felci arboree. Aveva guardato la foresta svegliarsi e ascoltato quel momento di silenzio sospeso, pochi attimi appena, tra lo zittirsi della folla degli animali notturni e il prender possesso dell'aria, degli alberi, della giornata da parte di quelli diurni, in un crescendo sempre più forte di suoni e versi e battiti d'ali. Me ne sto andando, pensò, tra pochi giorni, se tutto va bene sarò altrove, vedrò un'altra alba in un posto completamente – miodio, quanto completamente – diverso. Ma non me ne sto andando davvero – ne era certo mentre si dirigeva verso la capanna per salutare Janaína e il bambino – vado soltanto a cercare di salvare Yamandé, poi ritorno.

«Poi torni a casa, quando Yamandé è guarito, poi torni, Antônio?»

«Ma certo che torno a casa, farò fatica a stare lontano, mi mancherà tanto la tua amaca vicino alla mia» disse Antônio, senza però avere la forza di guardarla negli occhi: troppi rischi, troppi imprevisti per potertelo giurare, lo so io e lo sai tu.

Sorrise alla donna accovacciata che allattava il bambino, le carezzò la guancia tonda e i capelli, e la carezza scese sul seno e sulla testina di Ybyráatã che a occhi chiusi poppava beato.

«E poi voglio veder crescere questo cucciolo di formichiere, lo sai. Sai che è anche per questo che vado, so che lo sai. Se un giorno si facesse male io vorrei che ci fosse qualcuno che fa tutto quello che riesce per salvargli la vita, per salvare le sue gambe forti e farlo correre come prima.»

«Lo so. Io voglio che parti e che salvi Yamandé. Ma voglio che torni, non voglio essere senza marito, non voglio che tuo figlio cresca senza conoscerti.»

«Torno, certo che torno: non preoccuparti, ranocchia azzurrina.»

«E stai attento. Io ho molta paura del fiume grande e di tutti gli spiriti del tuo villaggio che nessuno conosce.»

«Lo sciamano ha parlato con loro, ha ascoltato le voci di tutti gli dei, ha detto che tutti hanno dato il loro permesso. Ci accompagneranno nel viaggio, non devi avere paura.»

«Sì. Ma tu stai attento. Chissà quanti giaguari ci sono, nel tuo villaggio.»

Cauê, Itaúna, Moacir, Ubiratan, Jaci e Piraí si avvicinarono silenziosamente. Non volevano interrompere ma non c'era tempo, Yamandé aveva cominciato a lamentarsi e si erano allarmati. Dovevano andare.

Arrivederci alberi dalle cime di un'altezza impossibile, uno diversa dall'altro eppure tutti così conosciuti, facili da ricordare non meno dei membri della tua tribù; fiume del quale sentire il rumore come la voce di un amico; capanne seminascoste nelle radure come timidi animali notturni: arrivederci!

Quanto può essere triste il passo di chi, cresciuto tra voi, se ne allontana! Ogni speranza di coloro che per un motivo così generoso partono volontariamente sembra sbiadire e subito la fiducia li abbandona; si stupiscono d'aver potuto decidere e tornerebbero indietro se non pensassero che è il loro più grande amico quello in pericolo. Quanto più avanzano nella selva quanto più gli occhi si abbassano già stanchi per quella nuova uniformità; l'aria sembra già pesante e morta; s'inoltrano per foreste sconosciute; gli alberi si aggiungono agli alberi, i sentieri sfociano nei sentieri; sembra che levino il respiro e davanti a nuove fronde di cui non conoscono il nome pensano al loro villaggio, alla loro amaca e alle risate che risuoneranno tornando vincitori ai loro alberi.

Arrivederci capanna che li hai da sempre protetti e da cui, sdraiati sull'amaca, impararono a distinguere dal rumore dei passi normali il rumore di un passo atteso con misterioso timore. Arrivederci capanne ancora sconosciute, tante volte guardate con occhi sfuggenti, di passaggio, e non senza vergogna, nelle quali il pensiero già immaginava di poter trovare una compagna. Arrivederci anziani del villaggio grazie a cui tante volte avevano ritrovato la serenità con le parole degli spiriti e al gioco della palla tramite il quale erano diventati adulti: arrivederci!

Capitolo 3

3.1 Partenza

Partirono appena dopo l'alba, dipinti con le figure del coraggio, dell'avventura e dell'aiutare un compagno, adornati dalle piume e dagli amuleti che Itátakúara aveva prescritto su suggerimento degli spiriti della foresta, degli spiriti del fiume e delle dee del Fiume Grande.

Yamandé nonostante sembrasse assopito gemeva piano, ininterrottamente, già pronto nella sua amaca con impacchi di foglie e fango ed erbe medicina avvolti stretti intorno a quel macello di gamba.

Le donne avevano cantato il canto delle grandi imprese e i ragazzi fremevano eccitati, decisi e spaventatissimi. Come astronauti che devono partire per Marte, pensò Antônio: si parte per un viaggio incerto e pericoloso verso un posto alieno, dove niente di niente somiglia a quello che hai visto per tutta la vita.

«Via, andiamo. Cauê, Itaúna, voi portate per primi l'amaca.»

Il primo tratto, attraverso la foresta, era quello relativamente più facile, Antônio lo sapeva bene.

Moacir e Cauê si erano dimostrati sicuri di saper ritrovare il fiume grande e procedevano infatti senza troppe incertezze, la fatica di avanzare facendosi largo nella foresta non era affatto diversa da quella di una qualunque battuta di caccia. Yamandé non era un carico troppo pesante da portare e l'esaltazione della partenza faceva spendere ai ragazzi le loro migliori e più vibranti energie.

«Non manca molto,» dicevano convinti i due esploratori *«non manca molto, presto vedremo il Fiume Grande.»*

E ci arrivarono, infatti, quando già calava la sera: videro gli alberi aprirsi e tra quelli il corso larghissimo e giallo del rio Jarì, che corre largo più di tutti i fiumi della foresta, il fiume che sa dove andare.

Si accamparono lì sulla sponda e quando usarono le braci per accendere il fuoco, prendendole dalla conca di pietra e argilla che il villaggio aveva preparato per loro, si sentirono già quasi arrivati: avevano trovato il fiume più grande che avessero mai visto, tutto era come gli dei avevano garantito.

Non avete ancora nemmeno visto il rio, quello sì che è grande, pensò Antônio. È solo il primissimo passo, solo il calcio d'inizio, ragazzi: la città è ancora molto lontana, Yamandé sta male e dobbiamo fare in fretta e io non so niente del corso del fiume, non so neanche se è quello giusto, voi pensate che io possa portarvi ma io non lo so, non so niente di questa strada di acqua che collega due mondi, non ho mai costruito una zattera e domani mattina dovrò farne una. Speriamo che gli dei dell'acqua davvero ci siano propizi, speriamo di non avervi portato a smarrirvi, a morire sperduti, a schiantarci nella cascata. La cascata. Non so affatto dov'è ma speriamo, speriamo e dormiamo adesso, che domani bisogna partire e fare in fretta.

La mattina li svegliò con il suono frusciante del fiume, con uccelli e scimmie che già sembravano diversi, e cambiato l'impacco a Yamandé – è livido in faccia, brucia di febbre, dobbiamo andare veloci – si misero, attenti alle istruzioni, a costruire la zattera.

Antônio non sapeva molto di zattere, ricordava quelle che costruiva da bimbo con legnetti e bastoncini di gelato per le gare con gli amichetti nei ruscelli fangosi, ricordava vagamente qualche documentario sul kon-tiki – chissà quanto romanzato – aveva in mente qualche foto, qualche figura.

Ma i ragazzi aspettavano direttive e lui le fornì, *ci vogliono tronchi, rami diritti, ci vogliono liane per legarli così.*

Gli venivano un sacco di dubbi, ci vorrà una cosa, come si chiama, una pala perpendicolare, una deriva, ecco, per farla andare dritta o le zattere non l'hanno affatto? Nel dubbio mettiamola, che male può fare, *ragazzi, serve un pezzo di legno fatto così*. E poi come la governiamo, non è che poi ci incagliamo nella prima ansa, e come facciamo a tornare a riva se ci prende la corrente del fiume? Servono rami, bastoni lunghi e robusti, dobbiamo poterla almeno un pochino guidare.

La zattera era bellissima, dicevano i ragazzi entusiasti: solo nella costruzione delle più grandi capanne avevano visto tanta ingegneria, e anche se erano visibilmente spaventati dal fiume altrettanto visibilmente avevano voglia di sperimentare la corsa sull'acqua a bordo di quel prodigio tecnico. Antônio non ne era altrettanto convinto, miodio che fatica fabbricare una delle più primitive imbarcazioni del mondo, chissà se reggerà, via, andiamo, si parte.

3.2 Zattera

Essere affascinati dalla costruzione della zattera era un conto, salirci e gettarsi tra le braccia del fiume era tutt'altra cosa. Fu complicato anche solo montarci tutti, dopo aver caricato quel po' di viveri e il povero Yamandé quasi incosciente, senza che quel precario assieme di tronchi si inclinasse troppo rovesciandoli in acqua. E fu solo dopo mille raccomandazioni di stare seduti e il più fermi possibile – gli dei ci proteggono, ma non se facciamo gli stupidi – che Antônio si sentì abbastanza sicuro del suo equipaggio da puntare le pertiche contro la sponda, tagliare le liane con cui avevano legato la zattera durante l'imbarco e osare prendere il largo.

Per un bel pezzo l'emozione di scivolare veloci sul fiume grande ammutolì tutti: i ragazzi, ben aggrappati ai tronchi, guardavano scorrere le rive, scambiandosi solo un gesto ogni tanto per indicare qualcosa di interessante, il tronco di un ebano altissimo, un enorme tucano che li sorvolava, una sagoma furtiva tra le fronde, forse un formichiere, un'ombra sott'acqua scomparsa troppo in fretta per essere certi che fosse uno jacaré.

Antônio guardava le rive, il formichiere, il tucano, ma più che altro pensava alla cascata. Non ne aveva parlato ai ragazzi (del resto lui si era ricordato della sua esistenza soltanto quando ormai erano in viaggio) ma non per questo riusciva a non pensarci.

Aveva cercato di radunare tutti i suoi ricordi, quei pochi e vaghi che rimanevano dopo tutto quel tempo, per cercare di stabilire più o meno dove dovesse trovarsi. Ma quello che aveva recuperato erano frammenti sbiaditi, erano le chiacchere di Gambone mentre lui sonnecchiava, era Supplizio che abbaiava a ogni pappagallo, erano i milioni di insetti a cui non era abituato, erano chilometri e chilometri di sponde all'apparenza tutte uguali: non abbastanza.

Troppo difficile ricostruire con precisione per quanto tempo avevano viaggiato risalendo il fiume dopo la deviazione per evitare la cascata, figurarsi calcolare a che velocità andasse la barca a motore e quanto veloce fosse invece la corrente che li portava ora. Senza nemmeno parlare di tutto il tragitto fatto in jeep con Pepè, del cui orientamento e direzione non aveva alcuna idea precisa: la zattera era stata messa in acqua – toccava prenderne atto – in un punto qualsiasi del fiume, senza che fosse possibile individuarne nessuna relazione con la Cachoeira e il suo scrosciante pericolo.

Antônio si arrovellava e le ore passavano, smorzato l'impatto della novità della navigazione i ragazzi si erano rilassati – tranne Itaúna che non sembrava ancora a suo agio e non aveva mai mollato la presa delle mani sui tronchi – e si erano messi a chiacchierare e scherzare tranquillamente, senza trascurare di versare di tanto in tanto qualche goccia d'acqua tra le labbra di Yamandé.

Quando il sole iniziò a calare verso un opalescente tramonto il gruppo si consultò per scegliere se accostare per passare la notte a riva oppure pernottare a bordo e all'unanimità venne deciso di restare sul fiume: più distanza avessero percorso meglio sarebbe stato, viste le condizioni di Yamandé la priorità era sbrigarsi.

Inoltre il fiume aveva anche l'innegabile vantaggio di non dover pensare a difendersi dagli animali notturni: a meno che uno jacaré impazzito saltasse sulla zattera come un ranocchio era molto più sicuro dormire lì che per terra nella foresta.

Ma l'idea che potessero capitare nei pressi della cascata in piena notte non era di quelle che lasciassero Antônio tranquillo, perciò con un sospiro dovette decidersi e parlare ai ragazzi della Cachoeira. Cercò di spiegare loro quanto fosse grande – senza molto successo – ma il fatto che l'avesse descritta come la dimora di una dea del Grande Fiume particolarmente bizzosa e forse

217

affamata li impressionò quanto bastava per accogliere con prontezza la sua proposta di dormire a turno, così che ci fosse sempre qualcuno sveglio e con le orecchie ben tese: «*Un rumore come di tuono, anche lontano, anche che si senta a malapena, e chi è di guardia sveglia subito tutti. Mi raccomando ragazzi, le dee non dormono.*»

Nonostante non l'avesse previsto Antônio dormì bene e quando si svegliò con il sole negli occhi trovò la ciurma sveglia e vispa che faceva colazione con la carne arrosto portata dal villaggio: «*Nessun tuono, Antônio, solo gli uccelli e le scimmie e il fiume grande che anche di notte bisbiglia.*»

Per ora tutto è andato bene, chissà, forse siamo stati così fortunati da imboccare un ramo laterale come quello che aveva preso Gambone, forse nemmeno la vedremo quella benedetta cascata che non mi esce di mente. E per molte ore la navigazione sembrò dargli ragione, procedendo così liscia che l'unica preoccupazione fu quella di tenere per quanto possibile a Yamandé la testa all'ombra. Il ragazzo sembrava quasi sempre assopito e Antônio non era sicuro che fosse un buon segno: quando aveva rinnovato l'impacco sulla gamba l'aveva trovata in condizioni a cui preferiva non ripensare.

Fu proprio Itaúna a sentirla per primo: il più intimidito dal fiume e per questo più allerta. Alzò la testa e mormorò: «*Il tuono.*»

Poi lo ripeté gridando: «*Il tuono, sentite, sentite!*» e all'improvviso lo udirono tutti, ancora lontano ma ben distinguibile, un rombo e uno scroscio, una vibrazione nell'aria.

«*A riva, a riva! In fretta, dobbiamo accostare, usate le pertiche, cerchiamo il fondo!*»

Ma i bastoni, per quanto lunghi, sembrava non riuscissero a fare la minima presa, il fiume doveva essere più profondo di quanto pensassero e chissà se era solo la loro agitazione o davvero la corrente era già più rapida e forte.

Il rumore della cascata ora si distingueva anche senza farci attenzione e sembrava avvicinarsi a ogni istante. Siamo troppo al centro del fiume, troppo lontani da riva, le pertiche non toccano fondo, non riusciremo mai ad accostare così: Antônio capì che bisognava decidere in fretta: «*Moacir,*» (il più atletico, il più impavido) «*Moacir dobbiamo entrare nell'acqua e spingere la zattera verso la riva, dobbiamo farlo subito, adesso!*»

«*Sì, Antônio, ma non sono tanto bravo a fare come i pesci nell'acqua...*»

«*Devi solo muovere i piedi e stare bene attaccato alla zattera, non mollarla mi raccomando, e batti i piedi più forte che puoi, vieni, andiamo, non c'è tempo, andiamo.*»

Antônio si calò in acqua per primo, cercando di non pensare a quanti esseri popolavano il fiume: il nuoto non era uno sport praticato, nella foresta, e per molti buoni motivi. Ma non c'era scelta, la cascata significava morte sicura per tutti, così aggrappato ai tronchi (non pensare ai pesci, non pensare ai serpenti, ai caimani) nuotò con tutta la forza che aveva. Moacir era già accanto a lui e subito dopo Ubiratan, il taciturno Ubiratan dalle gambe robuste, senza una parola scese in acqua mulinando i piedoni con l'energia di un piraricù. Il fiume era fresco e persino gradevole – se si escludeva la sensazione continua che qualcosa di vivo sfiorasse le gambe, la pelle – ma la corrente era forte davvero, non ce la facciamo, no, non pensarci, muovi le gambe, muovi le gambe. Erano quasi allo stremo, i denti stretti, le nocche bianche di sforzo, quando finalmente la traiettoria obliqua che erano riusciti a imprimere all'imbarcazione la portò abbastanza vicino alla sponda perché le pertiche facessero presa: «*Tocchiamo, Antônio, tocchiamo!*»

Con un ultimo spasmodico strappo arrivarono ad aggrapparsi alle piante, a bloccare la zattera contro la riva: tra arcobaleni di gocce e un rombo ormai assordante il fiume spariva nel vuoto appena cento metri più avanti.

Fu necessaria una lunga pausa, sdraiati ansimanti sulla riva fangosa, per far decantare l'emozione del rischio, rifocillarsi e levarsi di dosso un'intera legione di sanguisughe. Soprattutto fu necessario decidere come procedere: la vaga speranza di Antônio di imboccare per caso un ramo laterale che aggirasse la cascata era fin troppo visibilmente sfumata e a quel punto, in un modo o nell'altro, la Cachoeira andava affrontata.

La prima ipotesi fu quella di trasportare semplicemente la zattera a spalle e rimetterla in acqua a valle del salto, ma bastò una rapida ricognizione per verificare che la foresta in quel punto, inzuppata da secoli di spruzzi e vapori, era ancora più lussureggiante del solito: riuscire a farsi largo in quell'umido groviglio scosceso trasportando oltre al ferito quell'ingombrantissimo aggeggio sarebbe stato un miracolo.

D'altro canto Antônio aveva un ricordo abbastanza preciso di che distanza ci fosse tra Monte Dourado e la cascata: a suo tempo era appena partito e ancora attento a quello che gli stava intorno, ricordava bene che non avevano viaggiato più di mezza giornata. Con buona approssimazione si poteva quindi pensare che fossero venticinque, forse trenta chilometri: non erano troppi da fare a piedi, poteva bastare una giornata di marcia forzata. Ma bisognava innanzitutto arrivarci, ai piedi di quell'accidente di salto, e solo per scendere in mezzo a quel folto ci sarebbero volute ore: questo significava doversi fermare un'altra notte nella foresta, ma soprattutto significava arrivare in città un giorno più tardi. Nessuno osava dirlo apertamente ma tutti si rendevano conto di come le condizioni di Yamandé peggiorassero a vista d'occhio: forse un giorno in più sarebbe stato troppo, per lui.

«Possiamo scendere a piedi, e lasciare che la zattera la porti giù il fiume. Poi la prendiamo passata la cascata.»

«Si sfracellerà, Pirai.»

«Forse no.»

«Ti dico che andrà in mille pezzi, è alta quella cascata, non potrebbe mai...»

E in quel momento Antônio si ricordò – dove e quando l'aveva visto, su un giornale, in TV? – di quei tizi che si erano lanciati dalle cascate del Niagara dentro una botte di legno e incredibilmente ce l'avevano fatta. Per quanto la Cachoeira fosse imponente certo non era altrettanto alta: forse una possibilità che la zattera non andasse in frantumi poteva esserci. E se non volevano perdere un giorno sembrava fosse l'unica possibilità.

«*Forse hai ragione, forse non si sfracellerà. Dobbiamo provare. Se poi finirà a pezzettini vorrà dire che ce la faremo a piedi.*»

«*Ma come la riprendiamo, dopo? Come facciamo a riprenderla dal mezzo del fiume?*»

«*Non so, Moacir, non lo so. Le correnti provocate dalla cascata creano un moto che porta gli oggetti più ingombranti verso i margini e... almeno credo, più o meno. Comunque ci penseremo quando saremo lì.*»

Decisero che due di loro sarebbero rimasti con la zattera, per affidarla alla corrente soltanto dopo che gli altri fossero arrivati a valle: non potevano lasciarla cadere senza qualcuno che guardasse e almeno provasse a vedere dove andava a finire.

Così si avviarono tutti tranne Moacir e Cauê, che dovettero aspettare quasi tre ore, cercando bacche e cacciando lucertole, prima di avvistare il filo di fumo e il bagliore del fuoco acceso dagli altri.

Avevano già allontanato il più possibile da riva la zattera usando le pertiche, trattenendola legata solo con due lunghe liane. Soltanto quando avvistarono il segnale e la liberarono tagliando gli ormeggi si resero conto che si sarebbero persi lo spettacolo di vederla volare: la videro correre sull'acqua sempre più in fretta e – all'improvviso – scomparire nel nulla.

3.3 Salto

Non so quale spirito devo ringraziare, pensò Antônio quando vide che la zattera, dopo quel volo che era sembrato lunghissimo, quasi al rallentatore, era rimasta praticamente integra. O forse non lo pensò, perché Ubiratan iniziò a invocare così tanti spiriti, divinità, nomi di alberi o di uccelli o di qualcosa mai sentito prima, ciascuno puntualmente ringraziato, che ad Antônio venne il dubbio di aver pensato ad alta voce e la certezza che molti di quei nomi il ragazzo se li stesse inventando lì per lì.

La zattera aveva tenuto. La deriva si era fracassata su uno sperone di roccia e il timone era andato perduto ma la struttura, anche se un po' sghemba, aveva retto l'impatto con l'acqua e adesso navigava ballonzolando verso di loro, sospinta dalla turbolenza della zona di impatto della cascata che, come aveva ipotizzato Antônio, la spingeva verso la riva. Moacir e Cauê si ricongiunsero al gruppo quando un nuovo timone era già stato approntato, poco più di un lungo palo un po' storto.

Decisero di comune accordo che non c'era tempo per ricostruire la deriva, si sarebbe dovuta smontare e rimontare tutta la zattera per poterne inserire una nuova, perciò si imbarcarono subito lasciandosi di nuovo trasportare dal fiume, ciascuno in cuor suo orgogliosissimo per la prova superata grazie al loro coraggio e alla loro impavida imbarcazione.

Le successive ore di navigazione furono talmente facili che Antônio, stanchissimo, si addormentò più di una volta, quasi ipnotizzato dallo sciabordio dell'acqua sui tronchi e dal rumore di sottofondo della foresta, sempre così diverso eppure così uguale a sé stesso. La zattera comunque sembrava animata da vita propria e li conduceva con decisione tra le lunghe anse del fiume il cui letto si stava ormai allargando percettibilmente.

Yamandé iniziò a gemere dalla sua amaca attirando l'attenzione di tutti. Era forse arrivato il momento di dargli un'altra dose di erba dello svenimento.

3.4 Sguardi

Fu allora che, dopo l'ennesima ansa del fiume, Antônio vide in lontananza lo scintillare di un tetto in lamiera, la sagoma di costruzioni tra gli alberi e non molto dopo poté chiaramente distinguere il molo, malfermo come lo aveva lasciato, e deserto. Non c'erano barche ormeggiate, soltanto i soliti barchini sbiaditi in secca e un rugginoso fuoribordo senza elica da cui un urubu appollaiato li guardò sonnolento ormeggiare e sbarcare.

I ragazzi si erano fatti silenziosissimi, entrarono in paese con cautela, le mani che andavano inutilmente a cercare le lame che Antônio aveva loro proibito di portare. Assiepati attorno all'amaca lasciarono che lui facesse loro da avanguardia guardandosi intorno con gli occhi sgranati, curiosi ma all'erta.

A quanto parve ad Antônio non c'era però alcun pericolo: le strade, con qualche auto in più di quanto ricordasse parcheggiata accanto alle case erano, tolti cani e lucertole, polverose e vuote. La gente doveva essere a cena, dalle finestre aperte veniva un acciottolìo di piatti, voci e sigle di telegiornali. I due o tre bambini che li videro arrivare – sei ragazzi nudi che portavano un fagotto di amaca e un uomo più alto nudo e barbuto che li precedeva – avevano spalancato gli occhi ammutoliti ed erano corsi a rifugiarsi in casa.

La piazzetta era rimasta quasi identica a come la ricordava, era stata aggiunta una aiuola un po' spelacchiata intorno al pelourinho e un fabbricato dall'aria mai inaugurata era stato rinnovato con tapparelle e intonaco plastico e recava la targa "Parco Naturale del

Tumucumaque - Amministrazione". La bottega aveva posizionato all'esterno un espositore con appese infradito colorate e vestitini di nylon, tre lampioni dal fin troppo ardito design di alluminio offrivano ai cani nuove e avveniristiche opportunità di pisciatina, la pousada era stata tinteggiata in color ciclamino e corredata da una insegna al neon, ora spenta, che con non troppa originalità recitava "Al pelourinho - Pousada - Cafè - Cerveja Brahma".

Nella sala in penombra la padrona lavava i bicchieri voltando le spalle all'entrata e all'unico avventore, un vecchio che carezzava una birretta guardando intento, su un enorme televisore appeso alla parete, un acceso diverbio a tutto volume tra due dame molto truccate che un corpulento conduttore in giacca blu marino cercava contemporaneamente di sedare e di aizzare.

Vedendoli entrare nudi e dipinti, in perfetto silenzio, l'ometto sgranò gli occhi e gracchiò: «Gesita...»

«Sì, Armando, cosa c'è? Avete già finito la vostra cervezinha?»

«Gesita, ehm... c'è... gente.»

Gesita si voltò e rimase un momento interdetta, il bicchiere in una mano e lo strofinaccio nell'altra, ma si riprese in fretta: «E voi chi siete? Cosa ci fate qui? Fuori, su, su, questo non è un posto adatto a voi.»

Antônio si fece avanti, aggiustandosi le due piume di pappagallo tra i capelli arruffati: «Signora Gesita, buonasera. Non vi preoccupate, non facciamo niente di male: abbiamo bisogno di aiuto, c'è un ragazzo ferito, ci serve aiuto.»

«Ma voi, dite un po', voi non siete uno di loro. Non capisco, cosa ci fate con questi indios?»

«Sarebbe una storia molto lunga, signora... mi chiamo Antônio Carlos Rocha de Almeida. Vedete, voi non vi ricordate certo di me, ma io sono già stato qui, tempo fa. Conosco vostro fratello, Gambone...»

«Oh, Gambone! Saranno due anni che non lo vedo. Paulo ha preso la barca e se n'è andato su lungo il rio, voleva fare affari, vendere, comprare, dio sa cosa. Diceva che Monte Dourado non offriva prospettive, diceva. In due anni mi avrà telefonato tre volte, quell'anima di capibara.»

«Conoscevo anche vostro cugino, il povero Pepè che purtroppo...»

«Pepè? E chi sarebbe? Mai avuto cugini: Paulo e io abbiamo sette cugine, tutte femmine, e dire che zio Armando ci avrebbe tenuto tanto a un figlio maschio, ma forse è stato meglio così, sarebbe venuto fuori un puttaniere fannullone come lui... Ma voi, non ho ancora capito chi siete e cosa volete: un ragazzo ferito, dite? Dove sarebbe? Fate un po' vedere.»

«Avete ragione, questo ragazzo sta parecchio male, bisogna che un medico lo veda in fretta.»

«Forse con una barca...»

«Non ci sono più barche a motore come si deve; la sua se l'è presa Gambone e quell'altra era tanto malandata che il fiume l'ha fatta marcire ormai anni fa. Usano tutti la macchina, adesso: dovremo cercare qualcuno che trasporti il ragazzo.»

«Ma siamo in troppi, ci vorrebbero due auto, forse anche tre...»

«Che sciocchezze, il ragazzo va in ospedale e quegli altri se ne tornano nella foresta. Non vorrete mica portare tutti quanti in città.»

«Veramente... credo di sì, signora Gesita, dovremo fare così: loro non si separeranno, e nemmeno io voglio lasciarli qui, voglio che vengano con me in città. E poi vorrei andare a Macapá, non ad Almeirim. È una lunga storia, vi ho detto.»

«A me pare una follia ma beh, contento voi, vedremo di trovare le auto anche se non sarà facile trovare chi dia un passaggio a una intera tribù... Ah! Ma ecco: domani mattina presto passa da Laranjal la corriera che va a Macapá: lì ci starete tutti e viaggerete tranquilli. Laranjal sta dall'altra parte del fiume ma questo non è un problema, noi traversiamo sempre con le barchine. Tutto sommato è il modo più veloce per farvi arrivare in città, ci metterete di meno e viaggerete più comodi che a farvela tutta in auto.»

«Oh, vi ringrazio, questa è un'ottima idea! Certo dovremo fermarci qui per la notte, ma non vi saremo di disturbo: ci mettiamo fuori dal paese, sotto le piante…»

«Ma no, ma no, ma che piante. Non siete nella foresta qui. Dormirete qua, nella sala, porterò giù amache per tutti. E quel ragazzo lo mettiamo in un letto come si deve: è stato sballottato fin troppo, deve stare tranquillo.»

«Vi ringrazio, siete davvero molto gentile. Io non ho soldi con me, ma arrivato in città posso andare in banca e…»

Gesita scrollò le spalle: «A questo penseremo poi. A me di che vivere non manca e in famiglia di sanguisughe basta già mio fratello Gambone. Non state a preoccuparvi. Piuttosto, vorrete mangiare, giusto?»

«Effettivamente, ecco, sì. Sa, sono ragazzi, hanno sempre appetito: abbiamo portato delle provviste ma ormai sono finite… sì, grazie mille, in effetti la prima cosa è mettere Yamandé a riposare e poi mangiare qualcosa.»

«No,» disse Gesita squadrandolo da capo a piedi «da prima cosa è mettervi qualcosa addosso.»

Per la prima volta dopo molti anni Antônio fu consapevole di essere senza vestiti: lo sguardo divertito di Dona Gesita lo fece sentire, che strano, parecchio… com'era quella parola, non gli tornava in mente, non c'era una parola corrispondente nella lingua della tribù: ecco, nudo, la parola era nudo.

Nella sala il vecchietto scordata la birra fissava i ragazzi. I ragazzi, stretti vicini in un bruno gruppo compatto, a occhi spalancati fissavano mesmerizzati il televisore.

3.5 Gesita

Dona Gesita doveva avere un grande istinto materno che non aveva trovato modo di esprimersi perché, dopo la breve diffidenza iniziale, li accudì come una chioccia. È tutt'altro che una brutta donna, pensò Antônio, forse un po' chiacchierona ma pare molto affettuosa, chissà come mai non è riuscita a mettere su famiglia. Probabilmente in quel buco non erano molti i pretendenti disponibili, o forse non ne aveva ritenuto nessuno alla sua altezza di proprietaria di pousada con tanto di insegna al neon.

Fatto sta che li prese sotto la sua ala protettrice, come fossero tutti – Antônio incluso – bambini di cui prendersi cura. Il che tutto sommato non era lontano dal vero: cacciatori aguerriti e perfettamente adattati nella foresta, in quell'ambiente del tutto nuovo erano sprovveduti come bebè.

Innanzitutto Gesita collocò Yamandé in un vero letto al piano di sopra, non prima di averlo bene imbottito di svariate pastiglie prese da un armadietto dei medicinali grande come un dispensario. E sebbene materasso e cuscini fossero un'esperienza del tutto nuova per il ferito dopo un iniziale senso di fastidio e stupore per quella morbidezza, quel bianco liscio e odoroso, il sorriso di beatitudine che gli si dipinse in faccia nonostante la febbre fece capire senza il minimo dubbio che la trovava tutt'altro che sgradevole. Per ottenere l'attenzione dal gruppo fu necessario spegnere il televisore – al cui incantesimo altrimenti nemmeno la Grande Anaconda avrebbe potuto sottrarli – con un certo disappunto del signor Armando, che venne allontanato da Dona Gesita con gentilezza ma senza troppi complimenti: «Per stasera siamo chiusi, Armandinho. Ho gente.»

Il vecchio se ne andò scuotendo la testa, poco convinto. Se uno non può neanche bersi la sua birretta senza che arrivi una intera tribù di indios nudi a piazzarsi davanti alla TV, che mondo. A che punto siamo arrivati.

Sgombrato il campo, la donna prese in mano l'organizzazione: i ragazzi sembrarono accettare di buon grado le sue attenzioni – soprattutto Moacir che le dedicava continui luminosi sorrisi – e con un certo stupore di Antônio si mostrarono più incuriositi che intimiditi da quel profluvio di novità.

Dopo avere lasciato i giovani un bel po' a innaffiarsi a vicenda con la canna dell'acqua e offerto ad Antônio l'uso di un bagno con vasca, Gesita mise a disposizione del gruppo un vasto comò traboccante di capi di vestiario di ogni genere.

«Voi non avete idea di quante cose le persone dimenticano nelle stanze» aveva borbottato ma, per quanto potesse essere vero, ad Antônio sembrò che quegli indumenti fossero davvero un po' troppi, soprattutto quelli maschili, rispetto alla quantità di clienti distratti che una locanda come quella potesse mai avere avuto. Forse dopotutto un marito c'era stato, ma a quanto pareva Gesita non gradiva parlarne.

I ragazzi, dopo un momento di diffidente timore – del resto il riflesso di sé stessi migliore che avessero visto era quello in una pozzanghera torbida – si innamorarono del grande specchio a figura intera che con la sua vezzosa cornice rococò troneggiava nella stanza di Dona Gesita: passarono un'ora intera a pavoneggiarsi con calze e magliette, spingendosi uno con l'altro per riuscire a specchiarsi, ridendo vanitosi ed esilarati.

Mentre preparava la cena – scostando da una parte all'altra Piraí che le stava continuamente tra i piedi, affascinato dalla cucina, dai fornelli, dalle stoviglie, dagli ingredienti in cui ficcava le dita per assaggiarli goloso – Gesita pensava a organizzare la partenza: «Dopo cena andrò a chiedere a João e Vicente di accompagnarvi domani mattina presto in barca dall'altra parte del fiume. Del resto bisognerà pure che dica qualcosa di voi, vi avranno visto arrivare. E anche se non fosse, il signor Armando è più pettegolo di mia cugina Gilberta.»

La soluzione più semplice si rivelò quella di servire al gruppo la cena nel cortile interno: le sedie della sala le avevano molto apprezzate e le avevano provate una dopo l'altra tutte, ridacchiando compiaciuti, ma avevano trovato i tavoli, a quanto pareva, un'invenzione più che altro scomoda.

Così mangiarono in cortile tra i vasi di geranio, coriandolo e origano, seduti per terra come si deve, ben abbigliati delle magliette che si erano scelte. Bisognerà che domani quando si parte si riesca a fargli mettere addosso anche un paio di pantaloncini, accidenti, alle scarpe è inutile proprio pensare, vedremo più avanti, magari delle infradito gli piaceranno, ma i pantaloncini sono assolutamente essenziali. E bisognerà a tutti i costi convincere Cauê a levarsi di dosso quella sottoveste lilla con il pizzo che sembra piacergli moltissimo.

Lo stufato che la padrona mise in mezzo a loro in un gran pentolone, ben ricco di fagioli e rinforzato da fette di platano fritte, fu apprezzato con entusiasmo: non avevano mai assaggiato il pollo ma lo trovarono ottimo, un po' meno saporito del serpente, ma certo più dello jacarè.

Non ci fu modo invece di farli bere l'acqua dai bicchieri: il vetro, così trasparente, li turbava, sembrava acqua solida, era incomprensibile e decisamente inquietante. Si decisero a bere soltanto quando Gesita portò alcune ciotole di terraglia recuperate in cucina, ma trovarono molto interessante e un po' buffo il fatto che quell'acqua non avesse sapore. Erano nel pieno di un acceso dibattito sul fatto che fosse ben strano che l'acqua non sapesse di fango, né di foglie, né di terra, né di canne marcite quando Antônio fu folgorato da un ricordo che aveva del tutto rimosso: la birra. Gesùmio, esiste la birra!

Gesita fu lieta di stappargliene una bottiglia e quando la prima fredda sorsata gli scese in gola Antônio pensò che quello, ecco, quello valeva la pena non di tre giorni, ma anche di tre mesi su e giù per le cascate a bordo di una zattera zuppa e sbilenca. Al secondo sorso chiuse gli occhi, perso nella delizia. Ma li riaprì di colpo con la terza sorsata, colpito da un pensiero improvviso: «Signora, ma in che anno siamo?»

3.6 Quattordici anni

2014. Diomio, il dieci di marzo del 2014. Antônio rifletteva su quella sconvolgente scoperta immerso nella vasca da bagno di cui Dona Gesita gli aveva gentilmente offerto l'uso. Vasca da bagno. Sciacquone. Piastrelle. Saponetta al profumo di rosa: quante possono essere le cose di cui in quattordici anni si arriva a dimenticare l'esistenza? Quattordici anni erano molti, molti di più di quanto avesse pensato. Certo, aveva visto i bambini diventare giovani uomini, aveva visto le bimbe che ormai erano mamme, ma per qualche strano motivo – forse per quello scorrere senza stagioni dei giorni – non aveva mai fatto un pensiero preciso sugli anni. Se glielo avessero chiesto a bruciapelo, senza pensare, avrebbe detto cinque o sei, al massimo sette.

Si guardò nello specchio del lavandino, si trovò tanto cambiato che non era sicuro si sarebbe riconosciuto se si fosse incontrato.

Magro e abbronzato, scuro ormai quanto loro, e un gran gomitolo umido di barba e capelli. Prese in mano un rasoio, annusò l'aroma della schiuma da barba, ne passò tra le dita un fiocchetto. Poi decise che era meglio non rasarsi del tutto, un po' perché con mezza faccia abbronzata sarebbe stato ridicolo, un po' perché ormai si era abituato a sentirsi barbuto, così iniziò a dare una spuntata a barba e capelli con le forbici – sempre meglio che regolarli ogni tanto a casaccio con una lama di osso – e in quel momento, inaspettata e violenta, la consapevolezza che presto avrebbe rivisto la sua famiglia lo colpì come un pugno.

Aveva nascosto senza nemmeno accorgersene in fondo allo stomaco, al cuore, alla mente, il dispiacere di non rivederli mai più, e solo ora che sapeva che li avrebbe rivisti si rendeva conto di quanto a fondo l'avesse sepolto.

E lì, profumato di rosa davanti al lavandino, con le forbici in mano e mutande di due taglie più grandi, si concesse dopo tutto quel tempo la gioia di pensare a loro.

Chissà Janita se era ancora ingrassata, e se si era poi fatta suora come ogni tanto diceva, chissà Amanda, chissà se aveva sposato quel bellimbusto del suo fidanzato – non mi è mai andato giù quel ragazzo, con quell'aria da mangiafatica – chissà, forse aveva già due o tre bambini, o magari era già divorziata, e Gabriela, Gabrielita che quasi non camminava e ormai era una signorina, come sarà diventata, chissà se a scuola va bene. Una fitta di paura lo gelò per un istante: e papà, e la mamma? Se fossero morti? Ma no, cosa vai a pensare, erano appena di mezza età quando sei partito, papà era in gamba e la mamma scoppiava di salute e di floridezza: sarà ancora a battibeccare tutto il tempo con zio Ernesto e zia Norminha, chissà se hanno ancora quel cane orrendo che sembra un tapiro spelato. Chissà gli amici, anche, chissà se Paco aveva riaperto la radio, se Jaquinho si era trovato una donna, chissà i suoi allievi, quel George così saputello e tutti gli altri adolescenti che ora erano uomini. Chissà quella ragazza, quella della radio, come si chiamava, Isabella, Isadora, chissà che fine avrà fatto.

Non mi riconosceranno, pensò sorridendo allo specchio. Non mi riconosceranno ma io li riconoscerò, li riconoscerò tutti.

3.7 Sveglia

Tutto è relativo. Tutto dipende, pensò Antônio nella sala in penombra, ascoltando a occhi socchiusi i ragazzi chiacchierare tra loro, poco prima di addormentarsi adagiati nelle amache fornite da Gesita. Poi gli venne in mente con stupore che l'espressione "tutto dipende" era un suo antico vezzo, ma nel tempo trascorso nella foresta aveva smesso di usarla. E ora che ci pensava gli sembrava che non ci fosse nemmeno una parola per esprimere quel concetto, in *Lingua*. Chissà, magari è indice del fatto che tutto nella foresta è più semplice e più netto, si chiese e poi tornò a concentrarsi sulle parole dei ragazzi, sorridendo della loro ingenuità.

«Ma voi le immaginavate così grandi queste capanne?» era stato Jaci a parlare.

«Io sì» rispose qualcuno.

«Io no. E non avevo nemmeno capito che un villaggio potesse essere così grande. Cioè, Antônio lo ripeteva sempre, grande, grande, ma non pensavo così grande.»

«Se ho capito bene, questo villaggio non è nemmeno il più grande che hanno. Quello da cui arriva Antônio è ancora più grande.»

«Impossibile.»

«Ti dico di sì.»

«Chiediamo ad Antônio.»

«Mi sa che sta dormendo. È vecchio, si stanca prima di noi.»

«Hahaha.»

«Invece io sono stupito perché c'è pochissima gente,» era Ubiratan, ad aver parlato *«guardatevi intorno: questa capanna è grandissima, ma quando siamo arrivati c'era solo quell'uomo che beveva la bevanda gialla...»*

«*Beveva piscio!*» lo interruppe Cauê, scatenando grande ilarità.

«*…e la donna Gesita. E basta. Questi villaggi devono essere posti noiosissimi.*»

«*Io avevo capito che c'era molta più gente.*»

«*Forse è successo qualcosa di brutto e sono morti tutti!*»propose Cauê, scherzando, ma provocando qualche brivido di troppo nei suoi amici e anche in sé stesso.

«*Antônio!*» chiamò Jaci «*Stai dormendo?*»

«*No, ma dovrei. E dovreste anche voi.*»

«*Perché ci sono così poche persone nel villaggio? È successo qualcosa di brutto?*»

«*No, Jaci, non ti preoccupare. Questo villaggio è così. E poi quando siamo arrivati era quasi sera, erano già quasi tutti nelle loro capanne. Domani prendiamo la barca con le ruote e andiamo nel mio vecchio villaggio, vedrai che ci saranno molte più persone. Adesso dormite, che domani dobbiamo svegliarci presto.*»

«*Che vuol dire svegliarci presto? Ci svegliamo quando ci svegliamo.*»

«*No, perché il* pullman, *cioè la barca con le ruote, non ci aspetta. Dobbiamo svegliarci prima che vada via.*»

«*E come facciamo?*»

Antônio mostrò loro la sveglia che Gesita gli aveva dato poco prima: «*Questo oggetto conta con precisione il tempo che passa e quando è il momento fa un suono e ci sveglia.*»

«*Avete un oggetto per svegliarvi mentre dormite?*» chiese incredulo Jaci.

«*Sì.*»

«*Siete matti.*»

«*Forse hai ragione.*»

3.8 Nuove parole

All'alba erano già tutti svegli, prima ancora che suonasse la sveglia, eccitatissimi per la corriera su cui sarebbero saliti. La sera prima avevano sbirciato con reverenza le poche auto parcheggiate in paese, così lustre e colorate e diverse da qualunque cosa avessero mai visto prima. Antônio aveva spiegato loro che la corriera era come una di quelle, solo molto più grande, ci sarebbero saliti dentro e li avrebbe trasportati come una barca ma sulla strada. Probabilmente non avevano capito del tutto ma non vedevano l'ora di sperimentare quel prodigio di movimento e metallo.

Metallo *come le cose che usa Dona Gesita per far da mangiare, come* la pentola, *però ci andremo dentro e lei si muove e ci porta al villaggio di Antônio, tu hai paura? Paura di una* pentola *che si muove? Io non ho paura di niente, quando sarò vecchio come Antônio avrò una* corriera *anch'io, tutta di metallo e colorata come un pappagallo.*

Assaggiarono tutti il caffè – che Antônio sorbì quasi estatico – trovando che sapeva di legno bruciato e che era molto ma molto meglio lo zucchero mangiato da solo invece di sprecarlo sciogliendolo in quella brodaglia, poi passata l'ispezione di Gesita che aveva controllato che tutti avessero addosso pantaloncini e magliette si avviarono al molo, Yamandé sofferente ma già un po' sfebbrato adagiato nell'amaca in un ampio pigiama a righine.

João e Vicente erano già lì: quando la sera prima Gesita aveva spiegato loro la situazione non avevano fatto obiezioni, un ragazzo ferito perbacco, ma certo, ci mancherebbe. Nei paesi così isolati si è abituati a essere solidali, è difficile che si neghi un aiuto a qualcuno.

Ma nei paesi così isolati si è anche molto curiosi, così quella mattina attorno al molo si era riunita l'intera Monte Dourado a guardarli partire: i bambini un po' delusi perché avevano sentito parlare di indios nudi – quelli che stanno là, nella foresta – e vedevano solo ragazzi in maglietta, gli adulti molto colpiti da Antônio restato quattordici anni fuori dal mondo, ma come ha fatto, ma io sarei morta, ma certo che saresti morta ti avrebbe mangiato il primo giaguaro che passava di lì, saresti morta anche solo perché non potevi vedere la telenovela del pomeriggio, cosa vuoi sapere tu della foresta, ah perché tu invece, ci vivi da una vita a tre metri da casa e non ci hai mai messo piede, guarda questi ragazzi, sono cresciuti cacciando giaguari e tu sei lì più grasso e indolente di un capibara.

Le barchine si staccarono dall'imbarcadero, il paese li salutava agitando le mani, Gesita – in quel mortorio gli imprevisti erano rari come un giorno senza la pioggia – aveva già nostalgia.

«Che donna bella, bellissima.»
«Eh? Ma chi? Bellissima chi?»
«Quella donna, Gesita, quella che ci ha dato da mangiare nella sua casa.»
«È molto vecchia per te, Moacir.»
«Sì, è molto vecchia. Ma bella, con tutti quei capelli gialli, bei capelli gialli» sospirò.
«Sì, beh, erano tinti, *Moacir,* tinti.*»*
«Cosa è tinti.*»*
*«*Tinti *è colorati, pitturati, dipinti, non è il loro vero colore.»*
«Non importa, non dire così, tu provi invidia perché i tuoi capelli non sono così belli. Lei è una donna bellissima, ha un odore di fiori, ha delle pitture sugli occhi, ha un vestito bellissimo pieno di colori, ha i capelli gialli come il sole. Io penso che lei è come la dea del fiume, la Grande Anaconda Gialla, è bellissima, tu non capisci niente.»

Moacir sospirò ancora, gli occhi remoti che guardavano allontanarsi la riva.

Cauê strinse nel pugno la sottoveste lilla che gli avevano permesso di portare con sé purché non la indossasse, pensava alla corriera e aveva molta paura, ma sarebbe morto prima di ammetterlo.

3.9 Lacrime

Il conducente si chiamava Fernando e quando ripartì stridendo sulla ghiaia di Laranjal era un po' diffidente, quelli erano indios, lui li riconosceva lontano un miglio, neanche sapevano la lingua a parte quello barbuto che chissà da dove è spuntato, e poi quel ragazzo ferito... Lui non voleva avere problemi, già guidare quel credenzone su quelle strade più fango che asfalto, già era una fatica che per quel che pagavano forse aveva ragione sua moglie, forse meglio andare in fabbrica a inscatolare il pesce a Belém. Ma poi si era ricreduto: tutto sommato non creavano problemi, erano silenziosi e tranquilli – guardavano dai finestrini, affascinati dal vedere la strada che correva, correva.

Quando entrarono in città Antônio quasi non si accorse di quello che gli stava intorno, era frastornato ma soprattutto era preoccupato – come fare a portare tutti quanti fino all'ospedale, con un autobus, un taxi, con quali soldi – quando il conducente, sbarcata alla fermata l'ultima massaia che andava di fretta, disse: «Ma voi dov'è che andate, quel ragazzo ferito lo dovete portare al Senhora dos Anjos, non è vero?»

«Sì, ma non so, ci sarà un autobus forse...»

«Secondo me non è così comodo, dovreste cambiare in Rua Paranà e magari aspettare, con quello che nemmeno sta in piedi... Mah, io comunque ho finito il giro, già che ci siamo vi porto io, via.»

«Ma siete sicuro? Noi abbiamo i soldi per il biglietto solo fino alla città (in qualche modo li devo restituire a Gesita, assolutamente), è fuori dal vostro tragitto andare fino all'ospedale.»

«Ah, ma l'ospedale praticamente è di strada per andare al deposito… Sono bravi questi ragazzi, educati, e quello lì poverino, ho un figlio anche lui di vent'anni, brutta cosa a quella gamba, vi porto fin là, poi vedete.»

Ci fu un certo scompiglio nell'astanteria quando entrarono sei indios portando un'amaca, intimiditi da tutto quel bianco e verde, da quell'odore sconosciuto e sospetto, guidati da un tizio barbuto che chiedeva a gran voce un dottore, un come si dice quello che aggiusta le gambe, le ossa, c'è un ragazzo ferito, serve un, un… un ortopedico. In fretta.

«Così voi mi dite che siete stato quattordici anni nella foresta, è una cosa molto…bizzarra, una cosa davvero particolare, sapete.»
«Sì, dottore, lo so. È una storia un po' lunga, ma a me interessa che il ragazzo, la gamba, stia bene.»
«Sì, sì, bene. Lui sta bene, ma avete fatto bene a portarlo qui: era davvero una brutta frattura ed era messo molto male, sarebbe morto se non fosse stato preso in tempo. La gamba andrà a posto, neanche si accorgerà di essersi fatto male ma sarà una faccenda lunga, ci vorrà un bel periodo di riabilitazione. Ma voi, ditemi di voi: come è stato che, insomma, quei quattordici anni…»
«Sentite, sì, vi racconterò, ma adesso siate gentile, potrei fare una telefonata?»

Al telefono aveva risposto Janita – non si era fatta suora, tutto sommato – ed era stata una fortuna perché il modo in cui era rimasta sconvolta lasciava pensare che se avesse risposto la mamma si sarebbero trovati a fronteggiare un infarto: bocheggiò, ansimò, balbettò, chiese per sicurezza – non si sa mai, c'è un sacco di gente strana in giro – il nome della bisnonna paterna, poi si sciolse in lacrime singhiozzando: «Antoninho, oh, Antoninho! Arriviamo, veniamo subito, mezz'ora e siamo lì.»

Avevano appena trasferito Yamandé nella stanza, operato e

ancora sedato, e Antônio cercava di capire che fare con quei ragazzi in piedi ormai da un bel pezzo nell'astanteria, anche se sembravano ancora tranquilli, incollati ai finestroni a guardare con inesauribile curiosità giù nella strada le auto, i furgoni, le insegne, i negozi, le biciclette e le moto, i semafori e i mendicanti, le donne coi tacchi, l'asfalto, i rifiuti e i tombini, i pantaloni e le gonne e gli occhiali, i cani al guinzaglio, le tapparelle, le sigarette, gli ombrelli.

Fu allora che arrivarono, tutti insieme, la mamma a farsi largo per abbracciarlo per prima stringendolo da togliergli il fiato, piangendo come una fontana e brandendo il pacchetto con i quaranta beijinhos che travolta dall'agitazione aveva preparato prima di uscire, e poi Janita e Amanda, a carezzarlo tutte e due insieme e anche loro piangevano, e il marito di Amanda che meno male non era il bellimbusto e che non lo aveva mai visto prima ma lo strinse virile, incitando i due bimbetti che teneva per mano: «Su, su, date un bacio allo zio!» e Gabrielita in minigonna che non lo ricordava per niente e stava un po' in disparte ma, contagiata, piangeva anche lei. E zia Norminha che lo inondava di lacrime strizzandogli tra le mani le guance, e zio Ernesto che non smetteva di dargli manate sulle spalle e tirava su con il naso, e Antônio che non sapeva se ridere o piangere un pochino anche lui.

«Come ti sei fatto bello, Antoninho della sua mamma, il mio bambino, con questa barba da garimpeiro... Chissà quando ti vedrà papà, a lui non piace la confusione, sai com'è orso, ma ti aspetta a casa: non l'ho visto emozionato così da quando ti ha visto nascere... Il mio bel bambino! Sembri più alto, ma sei magrolino, fatti vedere, chissà cosa mangiavi, che brutte bestie ed erbacce... E quanto ho pianto pensando che fossi morto, ho fatto dire non so quante messe, vedi che Nossa Senhora dos Meninos mi ha ascoltato, mi devi raccontare tutto, tutto... Ma questi, sono questi i tuoi amici? Ma che bei ragazzi!»

E impazzita di gratitudine e gioia abbracciava i ragazzi, un po' sconcertati da quella morbida mole bagnata di pianto e odorosa di iris, gli carezzava i capelli, riempiva loro le mani di beijinhos appena sfornati poi tornava a strappare Antônio dalle braccia delle sorelle per abbracciarlo di nuovo, abbracciava le figlie, abbracciava Norminha ed Ernesto come non li vedesse da anni, abbracciò piangendo e ridendo un infermiere coi baffi che passava per caso.

Zio Ernesto stappò due bottiglie di spumante italiano dopo aver spedito un'infermiera a cercare dei bicchieri «Su, siate gentile, fate presto che dobbiamo brindare!», i ragazzi si ingozzavano di dolcetti, le donne inzuppavano un fazzoletto via l'altro, i bambini intonarono per lo zio una canzoncina imparata all'asilo, zia Norminha batteva le mani: l'astanteria del Senhora dos Anjos non aveva visto tanto trambusto e lacrime e gioia da quando tredici anni prima la signora Anita Madeira de Andrade aveva dato lì alla luce, senza il tempo di arrivare in sala travaglio, i suoi quattro gemelli, due biondi e due bruni.

3.10 Casa

Le ore seguenti furono un tale marasma di sensazioni e facce, ribollente di voci che non ricordava e appiccicoso di dolcetti al cocco, che Antônio non riuscì mai a ricostruirle con precisione.

Avevano prelevato lui e i ragazzi prima che uscissero dall'ospedale per vaccinarli praticamente contro tutto: «È il protocollo standard, i nativi di tribù che non sono mai entrate in contatto con noi sono estremamente a rischio, un'influenza può uccidervi, per non parlare di morbillo e varicella.»

«Ma io la varicella l'ho fatta da bambino, e l'influenza l'ho presa almeno mille volte...»

«Su, su, non fate tutte queste storie, facciamo tutto anche a voi, per sicurezza.»

La cosa infastidì parecchio più lui che i ragazzi, i quali erano più che altro incuriositi dai camici, i lettini, le siringhe, e che furono entusiasti all'idea che quella piccola puntura – *Meno di una vespa, meno di una formica di quelle grosse!* – li avrebbe protetti per sempre contro tutte le malattie del mondo.

«Non è proprio così, ragazzi, siete protetti da alcune malattie ma...»

«Tu hai detto che questa cosa era una medicina che ci proteggerà dalle malattie. Hai detto che serviva a non farci ammalare mai più.»

«Va bene, Cauê, va bene. Non ho detto esattamente questo ma va bene lo stesso. Adesso vediamo di riuscire ad andarcene da qui.»

Dovettero prima passare a salutare Yamandé che, appena svegliato dall'anestesia e ancora imbambolato, sembrava non capire del tutto dove fosse e perché e certamente non capiva affatto chi fosse tutta quella gente, in particolare la paffuta signora anziana che gli sprimacciava i cuscini e quei due bimbetti che gli diedero un bacino sulla guancia: «Fate ciao all'amico dello zio che è malato!»

Però per la prima volta da giorni aveva il viso rilassato e non contratto dalla sofferenza e nel duro lettuccio bianco pareva a suo agio perciò, una volta rassicuratolo che prestissimo sarebbero tornati, fu sufficiente recuperare Cauê che era andato a esplorare i corridoi del terzo piano per essere pronti a lasciare l'ospedale.

Ci vollero tre viaggi sull'auto di Ernesto per trasportare tutti a casa di Marcela, la madre di Antônio, dove una frotta festante di parenti e vicini li aspettava per abbracciare il redivivo, vedere la tribù della foresta che lo accompagnava e approfittare dell'occasione per mangiare, bere, mettere su un po' di musica, ballare, spettegolare, discutere di politica, di calcio, dei prezzi che sono sempre più alti e di quella serie TV che si era appena conclusa, che peccato.

«Peccato tu non sia tornato di sabato, Antoninho, così sarebbe potuta venire ancora più gente a festeggiarti!»

Sabato, ma pensa. Ricordarsi che sabato e domenica erano giorni diversi dagli altri, che ogni giorno aveva un nome e una peculiarità – di giovedì c'è il mercato in Rua Mendes, di martedì c'è il telequiz, il lunedì escono in edicola i settimanali, o forse il mercoledì? – divertì molto Antônio, era una cosa che aveva del tutto dimenticato e che ora gli parve piuttosto ridicola.

In mezzo a quella calca di sconosciuti i ragazzi se la cavarono benissimo, sorridevano a tutti, gorgheggiavano compìti nella loro lingua sconosciuta e si lasciavano rimpinzare di dolci, patatine ed empanadas bollenti, bevendo una scodella di coca cola dopo l'altra: la bevanda li aveva fatti innamorare al primo istante mentre sul vetro dei bicchieri mantenevano tutte le loro riserve.

Ubiratan non si era più mosso dalla veranda, da cui seduto sul dondolo cigolante che la signora Marcela ogni anno rinnovava con cuscini nuovi – al momento acriliche ortensie rosa confetto –

rimirava senza stancarsi il panorama della città, i tetti, le strade, il groviglio inestricabile di fili elettrici e antenne, un vicino cantiere irto di altissime gru.

Gabrielita seduta a un angolo del divano mostrava a Itaúna, che non capiva una parola ma assentiva ammirato al dispiegarsi di ogni nuova funzione, un aggeggino fucsia che sembrava un televisore in miniatura – parla di telefono, di internet, di giochi e musica e film, ma cosa sta dicendo, lo sta prendendo in giro, non possono esistere ancora telefoni così, sarà un giocattolo, una di quelle cose da ragazzini che pubblicizzano sui giornaletti, tra poco gli dirà che permette di vedere attraverso i vestiti – mentre Piraí rideva in cucina con un gruppo di matrone che si erano messe in mente, vedendolo interessato a intingoli e tegami, di insegnargli a cucinare la moqueca di granchi.

Janita si trattenne a casa lo stretto necessario per preparare una borsa per Yamandé e tornare in ospedale a portargliela: «Povero ragazzo, non ha con sé nemmeno il pigiama, un paio di pantofole, una vestaglia... Gli porto anche un pacco di biscotti e un po' di caramelle, all'ospedale non cucinano certo come noi qui a casa, gli farà piacere addolcirsi la bocca. Magari prendo anche un paio di riviste, un ragazzone così tutto il giorno a letto, chissà come si annoia.»
Antônio stava per dirle che leggere giornali in portoghese non era il passatempo giusto per Yamandé, ma poi pensò che invece le figure delle riviste gli sarebbero piaciute moltissimo, alla fin fine era un'ottima idea. Così buona che non stette nemmeno a discutere con sua sorella riguardo all'opportunità di pantofole e vestaglia.

Si era stabilito che i ragazzi dormissero in veranda – al riparo dalla pioggia incessante ma non chiusi in una stanza, loro preferivano così – e con efficienza Janita, Amanda e Marcela avevano pensato, senza dirlo l'una all'altra, che sarebbe stato meglio chiedere in prestito agli amici qualche amaca, ottenendo il risultato di averne ammonticchiate almeno trenta sulle poltrone del salotto. Antônio iniziava a essere stanchissimo, le emozioni, la confusione e non ultime le due o tre birre a cui non era più abituato lo tenevano sospeso in un sorridente obnubilamento, salvo trasalire ogni volta che una porta sbatteva, una moto per strada rombava, un'autoambulanza passava: rumori di cui una volta nemmeno si accorgeva e che ora gli occorreva qualche istante anche solo per identificare.

Ma riconobbe subito il suono che venne dal televisore che qualcuno aveva acceso: la telecronaca di una partita, evidentemente, era impossibile da dimenticare. Quando entrò nel salotto, sfuggendo al vischioso abbraccio di una lontana cugina arrivata in ritardo di cui non ricordava il nome, Moacir era appena corso a chiamare tutti e i ragazzi erano eccitatissimi: «*Antônio, guarda, guarda quell'oggetto con le persone dentro, guarda! Giocano come noi con la palla, giocano al calcio!*»

3.11 TV

«*È uno* schermo, *vero?*» chiese Cauê ricordando la parola portoghese che Antônio aveva tante volte pronunciato nei suoi racconti: «*Le persone che stanno giocando non sono davvero lì dentro, sono in un posto lontano, molto lontano. Ah, sì, sono sulla luna!*»

Antônio sorrise e annuì, lasciando che i suoi occhi si posassero su quei ragazzi che per certi versi gli sembrava di vedere per la prima volta.

Non avevano nessuna nozione della funzione degli oggetti di arredamento, per loro una poltrona era solo un ammasso ingombrante e non era associata in nessun modo al concetto di "sedersi". Jaci vedendo il divano ci si sdraiò sopra, pensando che un oggetto vagamente simile a un letto di ospedale potesse anche avere vagamente la stessa funzione. Anche Piraí ebbe la stessa pensata però con il tavolo sollevando mormorii di protesta e risatine da parte del parentado. Gli altri erano appollaiati a diverso titolo sui mobili, chi su una cassapanca, chi sulla spalliera della poltrona. Solo Jaci se ne restava in piedi in un angolo, affascinato dai pendagli di vetro del lampadario, che più di una volta Antônio gli aveva detto di non cercare di cogliere perché temeva potesse pensare che fossero frutti.

Le immagini della partita scorrevano troppo velocemente per riuscire a catturare l'attenzione dei ragazzi, continuamente distratti dalle troppe novità che stavano loro attorno, lo stesso Antônio aveva completamente perso l'abitudine a focalizzare la sua attenzione su un oggetto di quel tipo.

Inoltre era affascinato dalla tecnologia: quel televisore era enorme rispetto a quelle che ricordava lui, lo schermo era piattissimo e sottilissimo e la qualità delle immagini era da mozzare il fiato.

Piraí, scacciato dal tavolo, fu il primo a iniziare a imitare i movimenti dei giocatori che vedeva sullo schermo, in breve seguito da tutti gli altri. Una finta, un passaggio, uno scatto sul posto. Ognuno di loro sceglieva un giocatore inquadrato e ne copiava i movimenti. Antônio era estasiato. A vederli da fuori sembrava stessero danzando una danza senza ritmo, invece Antônio capiva che stavano dimostrando una visione di gioco che non si aspettava. Non imitavano il portatore di palla ma gli altri giocatori, quelli che partecipavano all'azione difensiva o offensiva, era il modo che avevano di percepire e commentare le strategie di gioco.

A un certo punto il numero 10 della squadra in giallo, Antônio ci aveva messo un quarto d'ora buono per capire che si trattava proprio di una partita della nazionale del Brasile, prese palla poco fuori dall'area avversaria e si infilò senza paura nel vespaio della difesa avversaria, muovendosi con un'agilità e una potenza spaventose, nonostante la sua taglia minuscola. In breve aveva superato tre o quattro avversari ma si era defilato troppo sulla destra per poter scagliare un tiro potente. Mentre cadeva avvitandosi su sé stesso per evitare l'ennesimo difensore avversario dal suo piede sinistro uscì una traiettoria magica, un pallone lento dalla parabola arcuatissima che superò il portiere avversario infilandosi nel sette alla sua destra.

«GOL!» urlarono i ragazzi in coro, «GOL!»

Per la prima volta in vita loro vedevano applicati i gesti che Antônio aveva loro insegnato: le braccia in alto, gli abbracci, i pugni chiusi in segno di vittoria. La regia si soffermò con un primo piano sul volto di quel piccolo genio in maglia gialla che aveva appena compiuto quel miracolo di tecnica. I ragazzi smisero di abbracciarsi, si azzittirono e si voltarono di scatto verso Antônio. Il primo a parlare fu Cauê: *«Quello che ha fatto gol…»* Non sapeva bene come dirlo (non ce n'era bisogno perché se n'erano già accorti tutti) *«Hai visto Antônio? Hai visto come assomiglia a Yamandé?»*

Antônio era incredulo: Yamandé e il geniale numero 10 del Brasile sulla cui maglietta spiccava il nome "Foguete" scritto in verde effettivamente si somigliavano come fratelli.

3.12 Zerão

«*Dove andiamo, Antônio?*»

Sveglia o non sveglia Antônio al sorgere del sole era già in piedi, come d'altronde tutti i ragazzi.

Aveva riflettuto a lungo su come organizzare le giornate, soprattutto gli stava a cuore il fatto che Yamandé non stesse troppo da solo. Però le regole dell'ospedale erano molto rigide, prima di mezzogiorno non li facevano entrare, e gli orari di visita erano comunque limitati: il tempo libero era parecchio.

Aveva passato ore intere a spiegare ai ragazzi l'uso e il significato degli oggetti della casa ma quel mondo, si era accorto, era troppo bizzarramente diverso dal loro e gli ci sarebbe voluta ben più di qualche mattina per farli abituare.

Moacir era uno dei più curiosi, aveva trascorso dieci minuti buoni aprendo e richiudendo il frigorifero, toccando affascinato tutte le cose fredde che conteneva e cercando con successo di capire come funzionasse l'accensione e lo spegnimento della luce al suo interno: Antônio aveva deciso che li avrebbe lasciati fare almeno finché non si fossero messi in qualche situazione potenzialmente pericolosa. Mentre gli altri lo ascoltavano parlare di serrature, tappeti, interruttori, libri e tutte le altre cose che capitavano loro sotto gli occhi Moacir era passato a esaminare il rubinetto. Apriva e chiudeva l'acqua calda e fredda, la toccava, regolava il getto al minimo, la assaggiava, un paio di volte quasi si ustionò.

Quella mattina, fresca e inaspettatamente inondata di sole dopo la pioggia notturna, Antônio si rese conto che non poteva più trattenere in casa sei robusti e vivaci giovanotti a parlare di lampadari e sciacquoni e fece di necessità virtù.

C'era un posto che voleva assolutamente visitare e che come una specie di tarlo si era fatto strada nella sua mente fino a mettersi al centro di ogni pensiero: voleva andare allo Zerão, voleva vedere che fine avesse fatto dopo tutti quegli anni, dentro di sé sapeva che non poteva essere stato abbandonato.

Non sarebbe stato facile, lo sapeva benissimo, nemmeno per lui stesso. Troppe stranezze, troppe differenze. Per percorrere i pochi chilometri che li separavano dallo stadio ci potevano volere ore (o potrebbero volerci giorni, o potremmo perderci e non ritrovare mai più la strada, ci sono mille pericoli qui.)

«Voi avete insegnato a me tutti i segreti della foresta. Questa è la mia foresta ed è piena di segreti che voi non conoscete. Dovete stare molto attenti, perché nella mia foresta ci sono cose molto più pericolose del giaguaro e del caimano.»

I sorrisi di scherno dei ragazzi si spensero al primo autobus passato in una pozzanghera a pochi centimetri da loro schizzandoli senza interrompere la sua corsa e divennero presto espressioni di panico: motorini, automobili, perfino le biciclette e i carretti diventavano minacce mortali. *«Non si ferma!»* era il commento più frequente, *l'uomo su quel grande animale di* metallo *ci guarda negli occhi ma non si ferma!»*

«Forse il grande animale di metallo *non si può fermare.»*

«Sì,» precisò Antônio *«si può fermare ma il* guidatore *non lo fa fermare.»*

«Perché? E perché non attacca allora?»

«Questi animali di solito non attaccano, devi pensare che la mente di questi animali è la mente del guidatore. *Quando attaccano è perché il* guidatore *si è sbagliato.»*

Le risposte di Antônio non li soddisfacevano e lui ci mise un bel po' per convincerli a seguirlo; alla fine tagliò corto: *«Se fate come faccio io non vi succederà niente.»*

La valanga di sensazioni contrastanti che così spesso aveva provato dopo il ritorno lasciò Antônio nuovamente scosso. Gli sembrava di essere finito in uno di quei telefilm di fantascienza in cui c'erano i terrestri con magliette tutte colorate, non si ricordava il titolo, che esploravano i pianeti più strani: i modelli delle automobili e dei motorini gli erano per lo più sconosciuti, i negozi, le persone, perfino l'odore nell'aria non era più lo stesso, il tanfo dei gas di scarico gli sembrava soffocante. Gli sembrava di avere sfondato un muro invisibile e di essere finito in un altro universo, simile a quello in cui era cresciuto eppure profondamente diverso. Nonostante questo senso di straniamento, però, c'erano anche abitudini antiche ed evidentemente mai dimenticate che riemersero spontaneamente lasciandolo profondamente stupito.

Sbucare sulla Rodovia Juscelino Kubitscheck e guardare a sinistra per vedere se c'è Alfonso a fumare appoggiato alla veranda da sempre dipinta di giallo della sua pescheria (la pescheria c'è ancora! Con l'insegna e tutto! Magari c'è anche Alfonso!); imboccare la Rua da Bacia anche se la strada è più lunga, solo perché ci sono gli alberi lungo il canale (gli alberi ci sono ancora! E come sembrano piccoli e striminziti!); riconoscere le basse case a un piano e le perenni baracche in bilico sul ciglio delle strade fangose, le lunghissime infilate di edifici biancastri e grigi punteggiate qua e là da scoppi di colore con le palme a fare da punti esclamativi; ricordarsi di un rubinetto d'acqua dietro l'angolo di una casa, ma anche sorprendersi per qualche nuovo edificio o per un incrocio modificato.

Finalmente ecco lo Zerão, irriconoscibile. Il parcheggio di fronte ridotto a un'enorme spiazzo sterrato, la sua amata recinzione blu completamente ridipinta, anzi, rifatta in uno sgargiante bianco intervallato da pilastri verdi. E gli spalti, si accorse, del tutto nuovi, ricostruiti: a due piani e con un tetto spiovente, più larghi dei precedenti, dipinti di fresco, bellissimi. Avevano fatto i lavori di ristrutturazione, allora, pensò Antônio. Non riuscì a trasmettere ai ragazzi il suo entusiasmo, già ebbe difficoltà a spiegar loro che quello era il campo di cui tanto spesso aveva raccontato, non sapeva cosa si aspettassero ma non certo quella recinzione, quelle strade e quello che stavano vedendo.

Nonostante i lavori la parte nord dello stadio era ancora recintata da una rete interrotta da un malfermo cancelletto semiaperto.

Mentre faceva entrare i ragazzi vide che sul campo c'era una squadra che si stava allenando e vedendo qualche casacca bianconera non ebbe alcun dubbio: era il Macapá Futebol Clube.

Ecco, qualcuno di questi ragazzi potrebbe essere stato un mio giocatore, ma è passato troppo tempo, non li riesco a riconoscere e certo loro non riconosceranno me.

Un assistente si avvicinò di corsa con aria sorridente mentre Antônio non trovava le parole per scusarsi: «Non pensavo di trovare qualcuno a quest'ora del mattino…»

«Siamo professionisti,» rispose il giovane con aria molto affabile «dobbiamo essere qui per contratto, no?»

Professionisti, pensò Antônio, il Macapá adesso è una squadra di professionisti!

I ragazzi erano rimasti letteralmente a bocca aperta, Cauê disse: «*È grande.*» e Piraí quasi contemporaneamente: «*Che strani quegli alberi bianchi che usate…*» e già si avvicinava a toccarli «*Non sono alberi! È metallo!*»

L'assistente guardò Antônio con una espressione stupita e chiese «Ma stanno parlando? È una lingua?»

Antônio gli sorrise e disse a Piraí: «*Certo che non sono alberi, sono sicuro di avervelo anche raccontato.*»

«*Non me lo ricordavo*» rispose il ragazzo.

Poi Antônio si rivolse all'assistente: «Sì, è una lingua. Non vogliamo rompervi le scatole comunque, ero venuto a far vedere il campo a questi ragazzi, pensavamo che non ci fosse nessuno e di fare due tiri ma guardate, ce ne andiamo subito.»

«Perché, loro giocano a calcio?»

L'assistente aveva notato che c'era qualcosa di strano in quel gruppo di giovani. Non era il fatto che fossero indiani, non era affatto infrequente che gruppi di indiani girassero per Macapá; non era nemmeno come erano vestiti, pantaloncini corti e piedi nudi erano la norma. Però c'era qualcosa, a parte la lingua, che non gli tornava. Forse era come stavano vicini l'un l'altro, spalle contro spalle, forse era come gesticolavano sussurrando tra di loro. L'assistente li osservò ancora e ancora e si convinse che sì, c'era qualcosa di diverso in loro.

«Sì, non parlano portoghese ma giocano e anche abbastanza bene.»

«Se volete,» disse l'assistente senza perdere la sua aria amichevole «stavamo proprio per organizzare una partitella, se vi volete unire ci fa solo piacere, pensate che siano in grado di giocare con noi?»

«Guardate, non lo so. Proviamo e vediamo, d'accordo?»

Tra tutte le cose che avevano affascinato i ragazzi in quei pochi giorni niente era sembrato essere ai loro occhi così straordinario come sembravano ora i palloni. Morbidi, lisci, perfettamente sferici, li palparono, li annusarono, li leccarono per sentirne il sapore, li poggiarono in equilibrio sul naso o sui piedi, generando più di una risata nel gruppo del Macapá.

«Cosa succede?» sussurrò divertito l'assistente ad Antônio «Sembra che non abbiano mai visto un pallone in vita loro.»

«Vi posso dire un segreto?» sussurrò Antônio a sua volta: «Sì, è la prima volta che vedono un pallone.»

L'assistente diede una leggera gomitata ad Antônio, convinto che fosse una battuta e Antônio non fece niente per convincerlo del contrario. Andò invece dai suoi ragazzi e cominciò a spiegare loro un po' di cose. Gli atleti del Macapá intanto avevano fatto le squadre e un gruppetto di cinque giocatori si stava timidamente avvicinando ad Antônio e a quel gruppo di sconosciuti.

Non appena Antônio disse ai ragazzi che quei cinque giocatori avrebbero giocato con loro si scatenò una vibrante protesta: *«Noi siamo noi!»* proruppe Moacir *«Non possiamo giocare con loro, non ci capiscono!»* rincarò la dose Ubiratan, e così via.

Antônio si vide costretto a tornare dall'assistente, che a quel punto stava parlando con quello che sembrava l'allenatore: «Scusatemi, davvero, non volevo causarvi tutte queste noie. Io sono un allenatore...beh, lo ero, e so bene quanto fastidiose siano queste situazioni. Comunque i miei ragazzi vorrebbero giocare da soli, se non vi dispiace.»

«Quanti siete? Sei? Sette con voi? Se volete giochiamo sette contro sette.»

«Ecco, sì grazie, grazie mille, facciamo dieci minuti e poi ce ne andiamo, va bene? Così vedono com'è giocare.»

«Ma come, non hanno mai giocato?» chiese l'allenatore.

«Sì, hanno giocato. Insomma, dimenticate l'ultima cosa che ho detto, va bene?»

«Un'altra cosa,» disse ancora l'allenatore, un brizzolato uomo sulla quarantina, «non hanno le scarpette?»

«No, loro giocano a piedi nudi.»

«Allora anche noi!» disse con una risata l'assistente e in men che non si dica tutti i giocatori erano già schierati in campo scalzi, compresi i divertiti giocatori del Macapá.

Il calcio d'inizio fu lasciato agli ospiti e Antônio si premurò di ricordare a tutti come fosse esattamente la regola del primo passaggio: «*Verso avanti, mi raccomando.*»

Ubiratan toccò appena la palla verso Cauê che si produsse in uno scatto dritto verso la porta, a testa bassa, con un'espressione di convinzione animale negli occhi che nessuno allo Zerão aveva mai visto prima. Arrivato a una trentina di metri dalla porta avversaria, lasciò partire un tiro di una potenza inaudita che finì alto, molto alto. La palla sembrava non volersi fermare più, sorvolò la traversa, la pista di atletica i cui lavori non sarebbero mai stati completati, le reti di recinzione e anche le prime case del bairro.

I giocatori del Macapá scoppiarono tutti in una risata anche se qualcuno non poté nascondere almeno a sé stesso lo sgomento per tutta la potenza sviluppata in quel calcio. Antônio si precipitò da Cauê cercando di spiegargli la differenza tra questi palloni e le palle di foglie che usavano nella foresta. Gli occhi di Cauê sprizzavano fuoco mentre gli rispondeva a denti stretti: «*Ho capito, ho capito.*»

Il gioco riprese con un pallone diverso e non fu l'unica volta, gli indiani avevano piedi rapidissimi e arrivavano sempre primi sulla palla, ma l'ultimo tiro era sempre una fucilata che finiva lontano, spesso fuori dallo stadio.

«Più bassa» si limitava a dire Antônio trattenendosi dal dire "più piano", cercando di sdrammatizzare con sorrisi e pacche sulle spalle. Dopo pochi minuti le risate dei giocatori del Macapá si erano spente. Anche se nessuno dei tiri aveva impensierito il portiere, la supremazia fisica e tecnica di quei ragazzi, nonostante la loro stazza minuta, era evidente e l'impaccio che provavano con questi palloni stava diminuendo di minuto in minuto.

Dopo otto minuti l'allenatore emise il primo strillo furibondo nei confronti di uno dei suoi uomini che per l'ennesima volta aveva perso palla a centrocampo. Il Macapá in pratica non era ancora riuscito a superare la linea mediana del campo, se non con un paio di lanci lunghi che erano andati persi in fallo di fondo.

I passaggi degli indios non seguivano traiettorie paraboliche, le loro palle viaggiavano dritte come proiettili, venivano colpite con una violenza mai vista prima e il loro gioco era completamente privo di fronzoli, aggressività pura in difesa e conclusioni rapide in attacco.

Al nono minuto si giocava una rimessa laterale nella zona difensiva del Macapá. Cauê era almeno a dieci metri dal giocatore che stava ricevendo la palla ma la sua rapidità fu impressionante e quei dieci metri vennero percorsi in un lampo. Intercettata la palla iniziarono a passarsela velocemente tra loro finché Jaci vide con la coda dell'occhio lo scatto di Ubiratan e lo pescò con precisione millimetrica con un passaggio a mezz'altezza che tagliò il campo velocissimo. Ubiratan non ci pensò due volte e colpì la palla al volo questa volta riuscendo a controllare perfettamente il colpo.

La palla si insaccò imparabilmente nell'incrocio destro, con il portiere che partito in ritardo si sorprese a bestemmiare non appena si rese conto dell'inutilità del suo volo.

La freccia avvelenata, sorrise tra sé e sé Antônio nominando lo schema che avevano eseguito. Era abituato a quell'aggressività e a quelle velocità ma il confronto con questi giocatori formati era davvero impressionante. La differenza era così abissale che i ragazzi del Macapá sembravano fermi.

«GOL!» urlarono assieme i ragazzi, «GOL!» e si abbracciarono e sollevarono le braccia al cielo imitando goffamente l'esultanza dei calciatori vista il giorno prima alla TV.

L'assistente decise di fischiare la fine dei dieci minuti con i ragazzi che ancora eseguivano quelle pantomime. Antônio si avvicinò con un sorriso da un orecchio all'altro e comunicò loro che la partita era finita e che avevano vinto, dando il via all'esultanza, questa volta a modo loro, con i canti e le danze della vittoria, mentre gli atleti del Macapá si dirigevano alla chetichella verso l'allenatore che già li stava sgridando: «Vergogna! I campioni 2013! Vergogna!»

Antônio, ormai visibilmente imbarazzato anche se enormemente contento, andò a fermare i festeggiamenti dei suoi giocatori non risparmiando complimenti a tutti. L'assistente dell'allenatore gli si fece incontro stupefatto ma ancora gioviale e andò a complimentarsi con Antônio.

«Mai vista una cosa così,» disse «mai vista.»

«Grazie. Come vi chiamate?»

«Carlos, e voi?»

«Antônio. Grazie per i complimenti Carlos, ma guardate che abbiamo anche avuto molta fortuna.»

«Ma che fortuna e fortuna, questi ragazzi sono formidabili! Antônio avete detto? Io conoscevo un Antônio ma era tanti anni fa... Comunque, mi dareste il vostro numero che vorrei restare in contatto?»

«Numero?» chiese Antônio senza capire subito che si trattava del telefono «Io non ho un numero.»

Carlos lo guardò con un'espressione interrogativa e poi guardò i ragazzi: «Certo che siete strani voi, eh? Ditemi la verità Antônio, loro sono indiani, vero? Intendo proprio indios, vengono dalla foresta, vero?»

Antônio si guardò in giro prima di rispondere: il prato, gli spalti, il tabellone con un grosso orologio che indicava l'una. Yamandé!

«Sì Carlos, siamo indiani, ma adesso dobbiamo andare.»

E poi nella loro lingua: *«Ragazzi presto, dobbiamo andare da Yamandé, presto, presto!»*

Siamo? Pensò Carlos vedendoli allontanarsi di corsa.

3.13 Visione di gioco

Le urla del primario si sentivano dal fondo del corridoio. Il suo studio era nascosto dietro una porta con una targhetta poco leggibile, che Antônio aveva sempre visto chiusa.

Avevano trovato Yamandé a letto seduto che mangiava una mela ed era stata una gioia vedere finalmente il suo sorriso. Una energica infermiera aveva detto che il dottore lo aveva visitato da poco stabilendo che presto avrebbero potuto iniziare la fisioterapia così Antônio contento si era precipitato nel corridoio per cercare di parlare con il medico.

Nel frattempo i ragazzi si erano già messi a raccontare all'amico del campo da calcio, dei palloni e delle porte con quel modo così inusuale di parlare e di gesticolare che divertiva tutti gli altri pazienti e i loro visitatori: non capivano niente ma era comunque uno spettacolo.

Le urla del primario non si placavano, Antônio aveva già fatto due tentativi di bussare alla porta senza ottenere risposta ed era tornato impaziente di fronte alla porta della stanza di Yamandé aspettando che il medico si calmasse per potergli parlare.

I ragazzi stavano raccontando la partita con il Macapá con esuberante dovizia di particolari. In quei dieci minuti di gioco ognuno di loro aveva raccolto una quantità impressionante di informazioni e ora le stavano riversando a valanga su Yamandé. Avevano notato come erano vestiti i loro avversari e gli allenatori, avevano notato le differenze tra un pallone e l'altro, i posti negli spalti da cui mancavano le sedie, perfino dove si trovavano i mucchi abbandonati di terra che sarebbero dovuti servire a ristrutturare la pista di atletica. Ma più di tutto si ricordavano momento per momento la posizione di tutti gli avversari.

«Mentre passavo la palla a Jaci,» stava dicendo Cauê *«l'avversario con i capelli cortissimi e la* maglietta *gialla era a tre passi dalla linea di mezzo, quello alto e scuro era davanti a me a dieci passi, quello che rideva sempre stava correndo lentamente verso Piraí ma c'era tanto spazio tra loro…»*

«E il portiere era un po' spostato sulla destra, potevi già tirare!» intervenne Itaúna.

«Sì, potevo già tirare ma lo spazio per far passare la palla era meno di mezzo passo e con quelle palle così leggere potevo sbagliare, allora ho passato a Jaci.»

«Essere paurosi non è bene» concluse Moacir zittendo Cauê che abbassò lo sguardo non sapendo cosa rispondere.

Ma già Ubiratan aveva ricominciato a raccontare un'altra fase di gioco e anche lui aveva registrato la posizione e le direzioni di movimento di compagni e avversari con una precisione ai limiti dell'incredibile.

Antônio annuiva conoscendo bene questa qualità dei ragazzi. Fino quel giorno non si era mai chiesto il perché di questa loro dote, gli era sembrata normalissima. Ma ora che era immerso di nuovo nella realtà di Macapá si rendeva conto di quanto fosse speciale. Forse perché sono cacciatori? Deve essere stata la foresta a renderli così, concluse.

La gamba di Yamandé era ingabbiata in una rete di tiranti metallici che gli spuntavano dalla carne e che faceva molta impressione, ma lui diceva di non sentire molto dolore e a parte qualche smorfia il suo buonumore sembrava confermarlo. Seguiva i racconti facendo ogni sorta di domande e partecipando come poteva alla gestualità dei suoi amici. Sta registrando tutto anche lui, capì Antônio, sta ricostruendo tutta la partita nella sua testa.

Quasi a conferma di quanto stava pensando Antônio, Yamandé domandò: *«Ubiratan! Perché non hai passato a Cauê?»* costringendo

Ubiratan a una lunga incredibile spiegazione fatta di angoli e dire-zioni di corsa degli avversari alla fine della quale convennero tutti che il tiro, la soluzione scelta da Ubiratan, fosse stata l'opzione migliore.

Antônio decise di fare un altro tentativo con il primario e si avvicinò di nuovo alla porta dietro alla quale la sfuriata non era ancora finita. Suo malgrado si ritrovò ad ascoltare quello che il medico stava dicendo, non era possibile fare altrimenti visto il volume della sua voce.

«I Mondiali! I Mondiali un cazzo! Qui se un nostro paziente si prende un'infezione è praticamente morto, altro che Mondiali! Guarda! Guarda quanti soldi hanno speso per quegli stadi! Vuoi sapere quanti ospedali ci uscivano con quei dollari? Non lo vuoi sapere, te lo dico io! Altro che Mondiali!»

Gli occhi di Antônio si dilatarono a fissare un punto lontano, indefinito, che si trovava da qualche parte oltre la porta di allumi-nio anodizzato. 1998 Francia, poi 2002, 2006, 2010...

«Duemilaequattordici!» si ritrovò a urlare «Duemilaequattordici!»

Fece di corsa il corridoio, doveva dirlo a qualcuno e a portata di mano c'erano solo i ragazzi.

«Duemilaequattordici!»

Quando entrò nella stanza tutti si voltarono verso di lui e Antônio fece uno sforzo con sé stesso per ricomporsi. Nel letto a fianco di Yamandé un giovane con quelle che dovevano essere la moglie e le due figlie lo osservarono tutto il tempo mentre con quella lingua traboccante di suoni e gesti spiegava ai ragazzi che proprio quell'anno ci sarebbero stati i Mondiali di calcio, che si sarebbero tenuti da lì a pochi mesi. Il giovane, che aveva un brac-cio ingessato e un lato del viso pieno di escoriazioni, riconobbe il «Poropò, poropò!» che Moacir intonò ridendo e guardò Antônio in cerca di una spiegazione.

«Duemilaequattordici,» gli disse Antônio ancora sull'onda del-l'entusiasmo «ci sono i Mondiali di calcio!»

Il giovane sorrise e disse con il tono più bonario che poté: «Voi eravate forse gli unici al mondo a non sapere che quest'estate ci saranno i Mondiali in Brasile!»

Antônio ci mise un po' per assorbire la notizia: non solo tra poco ci saranno i Mondiali ma si svolgeranno in Brasile. Il suo cuore iniziò a pulsare più velocemente e i peli sul collo gli si rizzarono come la prima volta che aveva visto un giaguaro.

Tutti attorno a lui si accorsero che gli era successo qualcosa: il giovane con il braccio rotto emise un suono gutturale e lo stesso fece Yamandé ma forse per una fitta alla gamba. Cauê si avvicinò e chiese: «*Antônio?*»

«*Ragazzi,*» cercò di raccogliere le idee «*il mondiale...*» Si rese conto che per loro non sarebbe cambiato niente «*sarà in Brasile!*»

Per loro non cambiava niente. Per loro "Brasile" era un concetto astratto come tanti altri che avevano dovuto accettare senza questioni in questi ultimi tempi. Solo Yamandé ci pensò un po' e poi chiese «*Noi siamo del* Brasile, *giusto?*»

«*Sì Yamandé, noi siamo* brasiliani.»

«*E questo vuol dire...*» il ragazzo ci pensò brevemente, «*che potremo giocare ai mondiali?*»

«*No, Yamandé, giocheranno i più bravi.*»

Antônio sorrise mentre Cauê diceva «*Intende dire quelli come Foguete.*»

«*Ecco sì,*» confermò Antônio «*quelli come Foguete.*»

3.14 Notizie

Janita era in lacrime. Il primo pensiero di Antônio fu: Yamandé. È successo qualcosa a Yamandé.

Poi notò che Janita stava guardando il televisore e si rasserenò subito. Probabilmente piangeva per una soap o qualcosa di simile.

«Perché piangi, Janitinha?»

«Per la morte di Nelson Mandela.»

Ad Antônio venne in mente un giorno di tantissimi anni prima, quando aveva trovato Janita in lacrime per la scomparsa di Chaikovsky, di cui aveva appena letto le tragiche circostanze della morte.

Pensò che fosse uno dei tanti momenti storici che aveva saltato in quei quattordici anni e che non appena avesse avuto un po' di tempo libero voleva mettersi a recuperare.

«Quando è morto?» le chiese.

«Tre mesi fa,» rispose Janita per lo stupore di Antônio tirando su con il naso «ora c'è un documentario sui suoi funerali.»

Antônio si sedette in poltrona senza parlare. Per la prima volta da quando era tornato stava capendo, stava davvero capendo quale vicenda straordinaria avesse vissuto in quegli anni e quanto nel frattempo il mondo fosse andato avanti senza di lui, senza aspettarlo. Pensò alle innovazioni che sicuramente c'erano state su internet, si rese conto di non aver ancora avuto il tempo di osservare bene quei telefoni dall'aspetto futuristico che tutti sembravano avere in mano e che a quanto pareva servivano a cose molto più importanti che telefonare. Ed era ben conscio di non avere idea di come si fosse evoluta la politica locale o la geopolitica mondiale.

Mentre faceva queste considerazioni, la TV mostrava la sfilata dei vari capi di stato che erano andati a porgere l'ultimo omaggio a Madiba. "Ecco la Presidente del Brasile, Silvina Mello..." diceva la voce fuori campo.

La presidente? «Janita, abbiamo una presidente donna?»

«Sì.»

Ma pensa. E poi cos'altro, si chiese Antônio.

Il televisore, come se gli avesse letto nel pensiero, fu lesto a rispondergli: "...e suscitò clamore il caso di quest'uomo, che si finse interprete per sordomuti..."

«Hahahah, grandissimo!» rise Antônio.

"Qui lo si vede mentre finge di tradurre nel linguaggio per sordomuti le parole del presidente degli Stati Uniti Barack Obama."

«Janita, ho capito bene? Quello è il presidente degli Stati Uniti? Un nero?»

«Sì Toninho, è lui.»

Pazzesco. Ma quanto sono rimasto via, quattordici anni o centoquaranta?

Il padre di Antônio era sempre stato un tipo ritroso e ora che l'età avanzava era diventato ancora più taciturno. Per gran parte del giorno stava nella poltrona in salotto o sulla sedia in veranda, ad accarezzare il cane o a guardarlo giocare in cortile. Da quando lui era tornato si erano scambiati poche parole e ancora non avevano avuto l'occasione di fare un discorso a tu per tu.

Avevano sempre parlato raramente di sport: Italo era nato un anno dopo la tragedia del Maracanaço, mentre Antônio era nato un anno prima del trionfo dell'Azteca e per quanto sembrasse sciocco questa cosa sembrava aver segnato il loro rapporto.

Antônio si era ripromesso di usare la storia e la politica come argomento rompighiaccio, ma si era reso conto di saperne ormai davvero troppo poco per farne oggetto di chiacchiere senza impegno e, sedendosi in veranda di fianco al padre, decise di buttarsi sullo sport.

«Allora, papà. Visto che ho scoperto da poco che ci saranno i

Mondiali qui in Brasile, raccontami cosa mi sono perso in questi anni. Qualche trionfo sportivo del Brasile? L'ennesima delusione?»

«Dipende, Toninho, dipende,» Italo restò qualche momento a pensare, poi suggerì «parliamo di ginnastica artistica?»

«Haha, vuoi partire proprio dalle basi, papà?»

«No, voglio parlare di trionfi sportivi del Brasile.»

«Ma va'?»

«Sì, Toninho. Due anni fa ci sono state le Olimpiadi a Londra e per la prima volta abbiamo vinto la medaglia d'oro nella ginnastica, agli anelli.»

«Incredibile!»

«Eh sì. E ne abbiamo vinta un'altra nello Judo e una terza nella... pallavolo!»

«La pallavolo?! Davvero? Fantastico! L'avevo sempre detto che prima o poi avremmo vinto noi.»

«Pallavolo femminile, però.»

«Ah. Bene. E la pallavolo maschile?»

«Argento.»

«Aaaah, peccato! Va beh, se non altro abbiamo sconfitto la maledizione della semifinale. Chissà che prima o poi...»

«La maledizione della semifinale l'abbiamo sconfitta già da un po'.»

«In che senso? Dai papà, non farti strappare le notizie con le pinze.»

«Abbiamo preso l'argento anche a Pechino, nel 2008. Ma ad Atene nel 2004 abbiamo vinto l'oro.»

«L'oro?»

«Sì. Ma soprattutto...»

«Soprattutto?»

«Abbiamo vinto gli ultimi tre Mondiali di fila. La pallavolo è terreno nostro, ormai, Toninho. E lo sai chi è l'allenatore che ci ha guidato a questi trionfi? Bernardinho, proprio come auspicavi tu» sorrise suo padre, contento come se gli avesse fatto un regalo.

Come ciliegina sulla torta passarono a parlare di calcio. Italo raccontò del trionfo brasiliano del 2002, della vittoria italiana del

2006, soffermandosi con grande dovizia di particolari sull'ingloriosa uscita del capitano francese. E poi raccontò dell'ascesa del tiki taka e del trionfo degli spagnoli nel 2010.

Poi, dopo qualche minuto di silenzio, mentre Antônio ancora stava rielaborando tutte queste informazioni, Italo fece un sospiro profondo e disse al figlio: «Non ho mai creduto che fossi morto, sai?»
Stava piangendo, ma la voce era decisa come sempre.
«...»
«E lo sai perché? Te lo ricordi cosa disse il tuo nonno poco prima di morire? "Ho visto un lieto fine insieme ad Antônio, posso morire felice." Anch'io voglio vedere un lieto fine insieme a un mio nipotino, non potevi essertene andato prima.»

Antônio sbarrò gli occhi. Nella confusione di quei giorni, con mille cose a cui pensare, mille da raccontare e mille altre da riscoprire, gli era completamente sfuggito dalla mente di comunicare alla sua famiglia la notizia più importante. Miodio, che vergogna, come ho fatto a non pensarci?

3.15 Sorprese

Erano tutti a tavola, Antônio seduto coi genitori e Janita, i ragazzi variamente sparpagliati con i loro piatti di stufato e le loro ciotole di cocacola. Il vento tiepido e gonfio di pioggia faceva danzare le tende di nylon a fiori, la radio cicalava in sottofondo mentre sua madre e Janita discutevano se l'indomani portare a Yamandé dei cajuzinhos o di nuovo dei dolcetti al cocco, quando lui si schiarì la voce e disse: «Ehm, ecco, volevo dirvi che... finora non c'è stato il momento ma... insomma, io ho un figlio.»

«Madre di dio! Antoninho! Ti sei sposato!» Marcela aveva lasciato cadere le posate e quasi rovesciato il bicchiere portandosi le mani alle guance, rosse d'emozione.

«Non... ecco, non proprio, ma insomma...»

«Oddio, o gesù, che gioia! Un nipotino! Devo chiamare subito Amanda, dirle che è diventata zia, che i bambini hanno un cuginetto!»

Si alzò agitata, facendo volare il tovagliolo e precipitandosi verso l'ingresso e il telefono, ma a mezza strada fece dietrofront e tornò a lasciarsi cadere sulla seggiola, sventolandosi il viso accaldato: «Mammamia, mi sento quasi svenire, eri morto e invece sei vivo e ti sei anche sposato!!!»

«Mamma, non è che proprio...»

«Ma avete sentito? Un bambino di Antônio! Bisogna festeggiare! Janita, sei di nuovo zia! Italo, vai a prendere una bottiglia, o anche due, devo chiamare subito Amanda e zia Norminha... E come si chiama? E quanti anni ha?»

«No, non anni, è piccino, ha solo quattro lun... quattro mesi, più o meno. Si chiama Ybyráatã.»

«Ma che bel nome, sembra quello di un colibrì. E tua moglie come si chiama? Chissà che bella ragazza!»

Janita si era alzata ad abbracciarlo ridente, stringendolo forte: «Che bello, Antônio, come sono felice! Ormai manco solo io, mi toccherà sbrigarmi!»

Suo padre si limitava a guardarlo, dritto sulla sua sedia con in mano ancora coltello e forchetta, un sorriso da un orecchio all'altro e tirava su con il naso, gli occhi lucidi lucidi. I ragazzi non avevano capito niente, tranne che si stava festeggiando qualcosa, per cui ridevano anche loro, e applaudivano, e abbracciavano tutti mentre Ubiratan e Piraí battevano all'unisono con le mani sul tavolo il velocissimo ritmo della Canzone di Festa.

Si affacciò sulla soglia la vicina, ancora con il tovagliolo in mano: «Tutto bene? È successo qualcosa?»

«Genovefa, siamo diventati di nuovo nonni! Il mio Antônio ci ha dato un nipotino! Vieni, vieni a bere qualcosa, bisogna festeggiare, chiama anche Ronaldo e i ragazzi, dillo anche al signor Meñares del cortile a fianco, chissà come sarà contento!»

Antônio passava da un brindisi all'altro – erano arrivati anche i vicini dell'altro cortile – e a tutti doveva ripetere che no, non aveva fotografie, neanche un video, no niente: magari la prossima volta, la prossima volta promesso, promesso.

«E l'hai lasciata là tutta sola, tua moglie? Dovevi portarla a conoscerci, santo cielo che testa che hai. Oh, ma le devo mandare un regalo, Janita dobbiamo andare a prenderlo: qualcosa per il bambino e per lei degli orecchini, magari una liseuse. Italo, domani stesso devi aprire al piccino un libretto postale, oh ecco Amandinha, brava Janita che l'hai chiamata! Bambini, avete una zia e un cuginetto, venite a dare un bacio allo zio! Antônio bello della sua mamma che è diventato papà! E come hai detto che si chiama tua moglie?»

«Non è esattamente... Janaína, si chiama Janaína.»

«Un bel nome anche lei, e dimmi, come vi siete conosciuti, da

268

quanto siete sposati? Gesùmio, non vedo l'ora di vedere il bambino, il colibrì piccolino della sua nonna.»

Zia Norminha, arrivata con un grande vassoio di paste e un paio di babbucce azzurre ai ferri – le avevo fatte quando aspettavo Gabriela, le ho tenute via, non ti offendi vero? Un regalino di zia – lo abbracciò assieme a Gabrielita che chiedeva se avrebbe fatto lei la madrina, molto delusa perché non c'era neanche una foto da mettere su Facebook.

Amanda si soffiava il naso, tutta contenta: «Ma bravo Antônio, e poi un altro maschietto! Papà, hai visto, sei contento? Ma Antônio, devi assolutamente telefonare a Teresa.»

«Teresa? Teresa chi?»

«Ma come, non ti ricordi, la tua ascoltatrice, quella che chiamava sempre: senti, senti, è in onda adesso!»

«In onda? Ma dove, ma come?»

Amanda alzò il volume: «Massì, ha rimesso lei in piedi la radio, è tutta una storia lunga che non so bene, ma insomma è tutto merito suo. Fa un programma bellissimo di ricette e notizie dal mondo, lo ascoltiamo sempre: senti com'è brava, non si capisce mai niente, è bravissima, ascolta! Anzi chiamala, chiamala subito!»

Con il telefono già spintogli in mano Antônio rise: quasi una vertigine trovarsi in questo modo dall'altra parte del filo.

«Pronto?»

«Teresa?»

«Sì, buonasera mio caro, da dove chiamat... Ma questa voce, questa voce la riconoscerei tra mille, tra millemilioni... Antônio?!»

«Sì, Teresa, sono io, Antônio.»

«Diodelcielo, Antônio, che emozione! Chi non muore si rivede! Lo sapevo che non potevi essere morto, Antônio, non potevi, con una voce così. Mammamia cari ascoltatori voi non potete immaginare, ecco metto su una bella canzone per riprendermi dall'emozione: mie care e miei cari, ecco a voi di Barbra Gaynor 'I will survive'.»

3.16 Gazeta

Marcela arrivò trafelata, asciugandosi le mani nello strofinaccio, mentre Antônio cercava di capire come funzionasse il cellulare che sua sorella Amanda gli aveva prestato e che era a malapena riuscito ad accendere: «Antônio, Antônio, vieni al telefono! C'è un giornalista! Un giornalista per te!»

«Che giornalista, mamma? Cosa vuole?»

«Non so, la Gazeta di qualcosa, su sbrigati, non farlo aspettare!»

Antônio non condivideva affatto l'agitazione di sua madre e a dire il vero non aveva una gran voglia di parlare con un giornalista, per cosa, poi? Vabbe', sentiamo cosa vuole altrimenti la mamma mi dà il tormento.

«Sì, pronto?»

«Carissimo Antônio! Che piacere sentirvi!»

«Scusate, chi parla?»

«Sono José Geremia Opispo de Mervelhos, ma voi potete senz'altro chiamarmi José! Sono un giornalista della Gazeta Esportiva de Amapà, la conoscerete senz'altro.»

«Veramente no. Ma in effetti sono stato un po' fuori dal giro, ultimamente…»

«HAHAHAHA! Un po' fuori dal giro! Quattordici anni fuori dal giro, eh Antônio! Che sagoma!»

«Sentite, io avrei da fare, quindi se…»

«Ma certo! Ma certo, Antônio, sarete presissimo! Vi rubo solo cinque minuti, un'intervistina volante ma quando la vedrete pubblicata rimarrete di stucco! In cinque minuti vi faccio l'intervista dell'anno, vedrete, Antônio, vedrete!»

«Mah, non so, non capisco… un'intervista per parlare di che? Ma anzi, prima di tutto, chi vi ha dato il mio nome?»

«Eh, caro Antônio, un giornalista non rivela mai le fonti, chi non lo sa! In questo caso è stato il dottor Traverso, quello del Senhora dos Anjos, che guarda combinazione è mio cugino! Non si può nemmeno considerare una fonte il proprio cugino, no? E poi comunque ormai ve l'ho detto, hahahah!»

«E cosa diavolo vi ha raccontato il dottore?»

«Ah, tutto, Antônio carissimo, tutto! Che siete arrivato dopo quattordici anni perduto nella foresta accompagnato da una tribù di indios, di cui uno ferito, tutto mi ha raccontato!»

«Un bel ficcanaso, questo Traverso.»

«Eh, lui mi tiene sempre aggiornato, è una delle mie fonti più interessanti, e poi insomma, è mio cugino, ve l'ho già detto che è mio cugino, vero? Sapeste quante cose capitano in un pronto soccorso, è una fonte coi fiocchi, vi dico!»

«Bene, allora se vi ha già raccontato tutto, direi che possiamo anche salutarci e…»

«Mannò Antônio, mannò! Lui mi ha raccontato i nudi fatti ma quelli sono solo le ossa: la carne, Antônio, la carne del giornalismo sono le impressioni dei protagonisti, la loro voce! Allora, la prima domanda.»

«Ma io non sono sicuro di voler essere intervistato, non so, vorrei pensarci un momento perché…»

«Hahahahah! Non vuole essere intervistato! Siete davvero simpatico, Antônio caro: chi al mondo non vorrebbe essere intervistato? Allora dicevamo, la prima domanda: cosa avete provato rientrando nella civiltà dopo quattordici anni?»

«Ma che domanda è? Non so, non saprei, non è una cosa che si può dire così in due parole…»

«Fantastico. "Non so. Non so esprimere a parole quello che sento, è una cosa che mi ha traumatizzato a fondo, forse un giorno riuscirò a esprimere i violenti sentimenti che provo." Fantastico. Seconda domanda.»

«Ma non ho detto così! Ho detto che era una domanda stupida, come si fa a chiedere cosa ha provato uno che…»

«Seconda domanda. Cosa avete provato rivedendo i vostri cari che vi pensavano morto?»

«Sentite, non credo sia il caso di continuare, l'affetto per i miei cari è una questione privata perciò…»

«Splendido, splendido. "L'emozione di quel momento mi ha completamente travolto. L'infinito affetto che ho per i miei cari mi è sgorgato dal cuore come un fiume in piena, singhiozzavo come un bambino." Perfetto.»

«Vi saluto. Mi spiace, questa intervista è insensata.»

«Abbiamo finito, Antônio, abbiamo finito! Non è stato difficile, avete visto? Per concludere, ditemi, ho saputo che quei vostri ragazzi giocano al calcio, siete voi che li allenate, non è vero? Sono bravi, mi dicono, belle gambette!»

«E questo chi ve l'ha detto? Non credo proprio sia stato il dottore.»

«Hahahaha, no, no, Antônio! Questo me l'ha detto il custode del campo, un'altra mia fonte che non dovrei rivelare ma ormai, rivelata una rivelate tutte! Mi avvisa sempre quando c'è qualcosa di interessante, un litigio tra i giocatori, un infortunio, un pettegolezzo… In cambio io gli do un posto in prima fila per l'allenamento della scuola di samba Piratas da Batucada – ha questa passioncella per le ballerine, il birbante – a me non costa niente, è mia cugina che dirige la scuola, sapete, la moglie del dottor Traverso, ve lo ricordate il dottore, mio cugino, no?»

«Sentite, non so di cosa state parlando, vi saluto.»

«E il custode mi ha detto che gli indianini hanno dato una bella batostella al Macapá, hahahahah! Che forza! Sono in gamba, eh! Sicché Antônio, cosa avete provato quando…»

Click.

Antônio era esausto e frastornato, miodio ma chi è questo imbecille, avrei dovuto riappendere prima, che idiota, chissà cosa ha in mente di scrivere. Fortuna che questa Gazeta dell'accidente chi vuoi che la legga.

I ragazzi erano rimasti colpitissimi, non tanto dalla vittoria quanto dalla partita in sé, dal fatto di giocare con persone diverse da loro, di giocare per la prima volta nella loro vita con degli sconosciuti.

Ed erano entusiasti del campo, delle porte, delle righe per terra, degli spalti: lo implorarono di tornare là, morivano dalla voglia di riprovare a giocare sotto quelle gradinate, quelle luci, su quell'erba morbida come il pelo di una scimmietta.

Antônio d'altro canto non ne aveva meno voglia, perciò una mattina passò dal custode e chiese se potevano venire a fare due tiri in un momento in cui non ci fosse nessuno, non volevano dare disturbo, magari nelle ore morte. Joaquim, il custode, non fece problemi: spalancò le braccia e un ampio sorriso sdentato e proclamò «Ma certo! Ma quale disturbo! Dalle tre alle cinque non c'è mai nessuno, venite quando volete.»

Erano le quattro in punto, e già da una mezz'ora i ragazzi e Antônio caracollavano incuranti della pioggia, bagnati fradici, sudati e felici sul campo, palleggiando e correndo e sdraiandosi spesso su quella bellissima erba, *Antônio erba così bella non l'avevo mai vista, voglio metterla tutta intorno allo shabono quando torno a casa, tutto erba verde soffice così.*

In quel momento Antônio vide con la coda dell'occhio un movimento sulle gradinate e si voltò per vedere scendere a balzelloni, agitando le braccia in segno di saluto, un tipetto ricciuto in pantaloncini gialli: «Antônio carissimo! Sono José, vi ricordate, José Opispo della Gazeta!»

«Ricordarmi mi ricordo, ma voi cosa ci fate qui?»

«Ma il custode, Antônio carissimo! Mi ha avvisato subito – gliel'avevo detto di avvisarmi: giornalismo investigativo, Antônio, giornalismo investigativo! – e si è meritato il posto per la prova speciale, tutte le ballerine in costume, roba da brivido, Antônio. Ma dicevamo, proprio bravi questi ragazzi, che gambe!»

«Non capisco, l'intervista l'abbiamo già fatta, cosa volete da me?»

«Le foto, Antônio, le foto! Siamo la civiltà dell'immagine, un articolo non vale niente se non ci sono le foto! Ho fatto degli scatti fantastici, verrà un servizio spettacoloso, ecco, anche un primo piano, così.»

«Ma cosa fate, ma chi vi ha dato il permesso di fotografarmi, ma andate via!»

«Ecco, anche i ragazzi, sì, sì, così, guarda come sono fotogenici questi indianini, bravo, così, anche tu, fantastico, fantastico.»

«*Ragazzi ma cosa fate, ma non dategli retta!* E voi andatevene, via, fuori di qui!»

«Fatto, abbiamo fatto, a posto, un articolo fantastico caro Antônio, vedrete!»

E in un battibaleno gli aveva voltato le spalle e già risaliva saltellando le gradinate, la macchina fotografica in mano che agitava facendo ciao ciao.

3.17 Lezioni

Avrebbe dovuto pensarci e fargliela prima, la lezioncina che invece fu costretto a tenere ai ragazzi al mercato, davanti al banco di frutta e verdura da cui Jaci aveva preso un melone offrendo in cambio al venditore indignato due tappi di cocacola. Non avevano nemmeno torto: usciti per comprare pantaloncini e magliette avevano visto Antônio dare in cambio all'arabo baffuto della bancarella un paio di banconote, poi al venditore di pesce una manciata di monete per avere una borsata di pescato misto per la zuppa di mamma Marcela. Era logico che avessero capito che in cambio di quelle cose bisognasse offrire qualcos'altro e che dei tappi lucenti sembrassero loro un baratto adeguato.

«Non si può dare in cambio una cosa qualsiasi, bisogna per forza dare in cambio questi, vedete? Si chiamano soldi. *Li date in cambio quando volete qualcosa.»*

«Ma perché loro vogliono questi? Quelli lì piccoli tondi sono belli, lucenti, ma questi sono brutti, tutti sporchi con sopra il disegno di un uomo antipatico.»

«Perché funziona così, qui, Jaci. Se vuoi un melone devi dare a quell'uomo uno di questi, non una cosa qualunque, se no si arrabbia.»

«Va bene. Se a lui piacciono, va bene. E dove si prendono questi?»

«Non si prendono, si meritano. In portoghese si dice che si guadagnano. Per esempio tu hai tante banane, allora vieni qui e chi le vuole ti dà in cambio qualcuno di questi. Si chiama vendere, *e poi questi* soldi *che ti hanno dato diventano tuoi e puoi usarli per prendere altre cose da un'altra persona, si chiama* comprare.*»*

«Ma non ho capito, se io voglio una banana devo dare uno di quelli a quell'uomo?»

«Sì.»

«Ma per avere uno di quelli devo dare una banana a un altro uomo?»

«Sì, beh, più o meno.»

«Ma allora perché non me la tengo, la banana, invece di darla per poi prenderne un'altra?»

Oggesù, chi l'avrebbe mai detto che fosse così difficile spiegare il commercio, l'economia. Antônio non ricordava affatto come era stato quando da bambino l'aveva imparato: anche se sapeva che non era possibile che fosse stato così gli sembrava di averlo sempre saputo. Tentò un altro approccio.

«Ecco, diciamo che tu devi scavare un buco molto grosso, o costruire una grande capanna e da solo non ce la fai. Allora ti fai aiutare, giusto?» i ragazzi annuirono all'unisono «Bene, allora alle persone che ti hanno aiutato tu dai un po' di questi soldi per ringraziarli, in cambio del loro lavoro, capito?»

«E loro vanno da quell'uomo a prendere le banane?»

«Sì, se vogliono le banane sì.»

«E gli danno in cambio questi che gli ho dato io?»

«Ecco, sì, bravo!!!» dai che ce l'abbiamo fatta, hanno capito.

«E perché io non gli do addirittura le banane, se è quello che vogliono in cambio? E perché non se le prendono da soli, le banane?»

Antônio si prese la testa tra le mani. Diosanto.

Per quanto a volte fosse frustrante, del resto, sapeva molto bene di non potersi stupire per le difficoltà che i ragazzi a volte incontravano perché anche per lui, nonostante ci fosse nato, capire davvero quel mondo era tutt'altro che facile. Anche molte cose in cui si era sempre ritenuto ferrato ora gli sfuggivano ed era lui stesso ad aver bisogno di una guida.

Per introdurlo alle nuove meraviglie tecnologiche del mondo moderno era stata ovviamente designata la linfa nuova della famiglia. Gabrielita si sedette con lui di fianco al computer di casa, un bel computer con uno schermo sottile e molto più grande di quelli che ricordava lui.

«Cosa vuoi vedere, zio?»

«Beh, diamo un'occhiata a internet. C'è ancora internet, no?» disse Antônio, scherzando, ma con un pizzico di timore nella voce che non riuscì a dissimulare del tutto.

«Haha, zio. Certo che c'è» Gabrielita cliccò su un'icona che Antônio non riconosceva, ma poi apparve un logo familiare che lo deluse molto.

«Google?! Usate ancora Google?»

«Chiaro che sì. Tutti usano Google. Perché lo chiedi?»

«Mah, è che lo usavo anch'io quattordici anni fa, mi aspettavo che ci sarebbe stato qualche cambiamento nel frattempo. vabbe'. Senti, il programma per scaricare le canzoni gratis da tutto il mondo c'è ancora?»

«BitTorrent? Sì, sì, lo usiamo sempre.»

«No, dicevo un altro, ma non mi ricordo più come si chiama. Napper, mi pare, o qualcosa di simile.»

«Mai sentito.»

«Eh. Ma questo Bittoren, funziona che cerchi una canzone e la scarichi?»

«Uhm, sì e no. Le canzoni è difficile trovarle, in genere scarichiamo intere discografie.»

«Cioè tu vuoi sentire un pezzo dei... uhm... di... Santana e per sentirlo ti scarichi tutta la sua discografia?»

«No, per sentire un pezzo solo in genere uso YouTube.»

«Usi cosa?»

La sessione di studio non stava andando molto bene. A parte Google, sembrava cambiato tutto. In fondo era quello che Antônio si aspettava e sperava, ma un conto era aspettarselo, ben altra faccenda era ritrovarcisi davanti. Antônio si sentiva quasi più spaesato dei ragazzi: per loro se non altro era tutto da imparare da zero, per lui c'era il carico aggiuntivo di dover disimparare tutto quello che ricordava.

Gabrielita provò a spiegargli qualcosa che potesse piacere a un adulto, come Facebook e Twitter: Antônio annuiva ma si vedeva che non stava davvero capendo. Mentre parlavano, dalla conversazione saltò fuori che non aveva mai sentito parlare di Wikipedia.

«Non conosci nemmeno Wikipedia?»

«No. Dovrei, eh?»

«Gesusantissimo zio, ma dove hai viss…» Gabrielita si interruppe ridendo prima di completare la gaffe, ma Antônio non glielo fece pesare e spostò il discorso su un territorio più semplice.

«Fammi un po' rivedere quel sito per la musica, dai. E fammi ascoltare qualcosa di popolare oggi.»

Gabrielita gli fece sentire Na Linha do Tempo e Livre.

«Mi stai facendo sentire musica che piace a te, o musica che pensi potrebbe piacere a me?»

«Ehm…tutte e due» rispose diplomatica Gabrielita.

«E le star mondiali di oggi chi sono? Sii onesta.»

Antônio non osava fare domande più precise, soprattutto non voleva chiedere che fine avessero fatto i suoi gruppi preferiti, temeva si sarebbe tradotto in un lungo elenco di "mai sentito" intervallato da un elenco di morti e non aveva nessuna voglia di ascoltarlo.

«Hmm… non saprei, a me piacciono molto Katy Perry e Lady Gaga.»

«Dai, fammi sentire qualcosa.»

Antônio non poté, in tutta onestà, dire di condividere i gusti della nipote, ma in compenso imparò in fretta l'uso della colonna dei video correlati e si tuffò in un'esplorazione dei video più visti della rete. Alcuni li apprezzò, alcuni lo fecero molto ridere, altri non li capì. Poi la spettacolare immagine di un'esplosione lo attirò. Mentre cliccava gli sembrò di sentire Gabrielita irrigidirsi al suo fianco.

Per qualche decina di secondi guardò il filmato senza dire niente.

«Cos'è sta roba? È successo davvero?» le chiese, con la voce rotta.

«Sì» sussurrò lei, facendo una smorfia con la bocca.

Antônio rifletté sulla cosa per qualche secondo e poi disse: «Mi raccomando, i ragazzi non devono mai saperne nulla. Hai capito, Gabrielita? Per nessun motivo.»

Ma Gabrielita lo guardava con aria dispiaciuta. Antônio si girò, e qualche metro alle sue spalle vide Itaúna che guardava lo schermo. Si fissarono per qualche secondo, poi il ragazzo senza dire una parola si girò e tornò in cortile.

3.18 Redazione

La saletta della redazione di Rete Norte era affollata di persone, di fogli di carta, di tablet e cellulari, di involucri appallottolati di caramelle, di scadenze che si avvicinavano, di noia e fastidio.

«Forza, ragazzi. Forza. Questa puntata è moscia come le chiappe di una vecchia. Forza. Ci vogliono idee nuove, un po' di vita, un po' di colore. Qualcosa di vivace, di fresco. Alfonso, proposte?»

«Si potrebbe pensare a qualcosa sui Mondiali, magari un aspetto un po' laterale...»

«I Mondiali. Madonnamia. Parlo di qualcosa di fresco e lui mi tira fuori i Mondiali. È un anno intero che parliamo dei Mondiali e ne parleremo per almeno un altro anno. Ti sei accorto, dico, ti sei accorto che nel palinsesto ci sono già due servizi sui Mondiali? Uno sulle divise delle squadre – madonnamia – e uno su cosa mangeranno i nostri atleti – doppia madonnamia – tra una partita e l'altra. Ma anche se ci venisse un'idea geniale – e guardando le vostre facce ne dubito – non possiamo parlare SEMPRE E SOLO DEI MONDIALI: SONO STATO CHIARO?»

«Sì, sì, certo.»

«Chiarissimo, capo.»

«Sì, molto chiaro.»

«Ottimo. Tu, Amélia, idee?»

«Beh, c'è quella storia di corna che...»

«Io oggi vi faccio licenziare tutti. Tutti. Siete più imbalsamati e inutili di una mummia egizia. O forse sono io che non parlo portoghese. NON PARLO PORTOGHESE, io? Ho chiesto qualcosa di NUOVO, perlamadonna: le storie di corna erano già vecchie ai tempi di Omero. Tutti, vi faccio licenziare.»

«Ehm... ci sarebbe... nella rassegna stampa...»

«Forza, Esmeralda, su, non siate timida. Ci sarebbe cosa?»

Esmeralda si schiarì la voce, che passò dal fievolissimo al fievole: «Ehm, ecco, nella rassegna stampa c'è questo giornaletto locale che... ecco, ci sarebbe la storia di questo tizio che è tornato dopo quattordici anni nella foresta, assieme a una squadra di indios che giocano al calcio. E lui lo davano per morto. E loro sono bravi, dicono che in un'amichevole hanno battuto il Macapá e... ecco.»

«Mh. Mi piace. Nuovo, diverso. Il tizio, il Robinson Crusoe della foresta, le cerbottane e i palloni da calcio, gli indios tutti nudi e dipinti: simpatico, colorato, mi piace. Brava Esmeraldinha, dovrei fare te caporedattore e mandare Alfonso a fare la segretaria di redazione al tuo posto. O meglio ancora a lavare le scale. Dite grazie a Esmeralda se per oggi non siete licenziati, tutti quanti. E andiamo subito a intervistare il tizio, lì, il redivivo, com'è che si chiama?»

«Antônio Carlos Rocha de Almeida, capo» disse Esmeralda.

George, fino a quel momento quasi del tutto distratto – stava istoriando di complicatissime decorazioni un disegnino che somigliava molto vagamente a un capitello corinzio – lasciò cadere di colpo la penna.

«Antônio Rocha de Almeida?» esclamò stupefatto «Oddio, ma io lo conosco!»

«Assì? E come mai?»

«Era il mio prof di ginnastica, capo... Gesù, ero sicuro che fosse morto!»

Non disse che quando aveva saputo che era disperso e ormai dato per spacciato ci aveva pianto su un po': è vero che era un bamboccio di quindici anni, ma non si era reso conto di essersi affezionato così tanto a un insegnante, per pazzo che fosse: «Posso intervistarlo io, capo? Posso?»

«Ma certo, almeno ti rendi utile una volta tanto. Se lo conosci meglio ancora: più passione, più colore. Chiamalo subito. E portati dietro Manuel con la videocamera, che prepariamo un servizio e un filmatino riassuntivo intanto lo mettiamo sul sito. Una cosina simpatica, breve, qualche minuto, ma fresca, frizzante, mi raccomando. E mi raccomando: colore, molto colore.»

3.19 Strade

Troppi colori, stava pensando Antônio, schiacciato sul bus tra un'adolescente grassoccia vestita di rosa e un omino che parlava da solo rivolgendosi a una tale Ernesta che sembrava averlo deluso.

Le orchidee, le eliconie, le bacche, la frutta, gli uccelli erano variopinte pennellate abbaglianti ma lo sfondo, il colore vero e basilare della foresta era il verde, erano i milioni di sfumature di verde che sembrava tingessero l'aria, la luce. Là era come stare sul fondo smeraldino di uno stagno o di una piscina mentre qui l'accozzaglia di tutti quei rossi e gialli, dei turchini dei muri scrostati e dei fucsia acrilici delle magliette, i rossi e blu delle auto, gli arancioni, i viola, gli azzurrini elettrici delle insegne lo frastornavano, era tutto troppo colorato e sembrava affastellato a casaccio, colori che erano come rumori.

Doveva ancora fare un certo sforzo per andarsene in giro da solo in quella città che era stata la sua, gli sembrava ancora di non potersi orientare, che tutto fosse troppo complicato e confuso, una cacofonia quasi illeggibile.

Tre ragazze cicalavano sedute poco più avanti, le loro risate erano simpatiche ma Antônio si era già reso conto di non essere più in grado di stabilire se una ragazza fosse o non fosse carina: faticava a decifrare i loro abiti, che gli sembravano sempre o troppo sfacciati o troppo eleganti, e spesso le due cose insieme. E poi erano sempre troppo, troppo vestite. Come fai a capire se una donna è bella quando è così tutta bardata di stoffa io mi domando, chissà.

Si dimenò sul sedile, i pantaloni, la camicia, le scarpe lo mettevano a disagio: si sentiva legato, stretto, costretto e gli pareva di essere sempre un po' sporco e sudato. Come sporca e accaldata gli sembrava sempre di più la città, di una sporcizia che non ricordava, fatta di acqua sudicia e di vecchie vernici, di immondizie trascurate, di approssimazione, di dignità stanche che diventavano squallore, dell'odore onnipresente di gas di scarico e di cibo, di gente.

Del resto non poteva certo restarsene chiuso tutto il giorno in casa nudo e tranquillo, nemmeno i ragazzi lo facevano, ormai: uscivano ogni mattina, in gruppo, a fare giri cauti ma sempre più lunghi nel quartiere, osservando ogni cosa con il concentrato interesse dell'esploratore su un pianeta alieno. La vetrina della parrucchiera conteneva un intero mondo di profumi e stupori, di mechès cotonate e di boccoli, di unghie laccate. E subito dopo c'era l'autolavaggio, e come facevi a non fermarti anche un'ora intera a goderti le spazzole blu che si alzano si abbassano e ruotano, l'acqua, la schiuma, la lucentezza delle auto che ne uscivano smaglianti come gioielli, la risata rauca dell'uomo con la grossa pancia che faceva funzionare quella giostra di spruzzi. Poi l'ortolano, con montagne di frutta e verdura mai viste che chissà chi aveva colto da chissà quale pianta e che appassivano adagio nel sole, la musica che usciva dal bar dove l'ombra dallo strano e un po' rancido odore scintillava di vetri e bottiglie, poi una donna coi tacchi rossi, due cani che si rincorrevano, un poliziotto torvo che strattonava un ragazzino e un'ambulanza che passava in un lampo ululando. E gli ombrelli, una stupefacente novità per chi ha vissuto millenni di pioggia: Cauê e Ubiratan ne avevano voluto uno per uno e non se ne separavano nemmeno quando non pioveva affatto.

Moacir si era invece dimenticato all'istante di tutti gli ombrelli del mondo quando aveva visto sfrecciare un ragazzo in sella a una bicicletta. Aveva quasi pianto di entusiasmo quando era saltato fuori che la vecchia bicicletta di Antônio era ancora nell'androne e gli era stato dato il permesso di imparare a usarla, affidato a Janita per le prime sperimentazioni sui pedali nel polveroso cortile assolato.

Pensarlo in giro in bici per Macapá lasciava Antônio tutt'altro che tranquillo e coltivava la speranza che Yamandé guarisse e se ne tornassero tutti nella pace della foresta prima che la passione ciclistica diventasse un problema. Poi certo, i ragazzi erano mediamente molto prudenti e per ora la strada facevano in modo di attraversarla il meno possibile: persino ad Antônio le auto sembravano troppe e sempre troppo veloci, gestire un anaconda o un giaguaro era un conto ma azzardarsi a scendere dal marciapiedi per buttarsi tra quei bolidi rumorosi e imprevedibili era tutta un'altra storia. Ci mancava anche la bicicletta.

Guardò dal finestrino un po' teso, aveva sempre il dubbio di non riuscire a riconoscere le fermate, di sbagliare strada e perdersi tra un supermercato, un vicolo e una sala giochi, e mentre ascoltava il borbottìo relativo ai molti peccati di Ernesta cercava di immaginarsi l'aspetto di George, dopo tutto quel tempo. Era contento che l'avesse chiamato, che volesse vederlo, che si fosse dichiarato così felice di averlo saputo vivo e vegeto e ritornato in città. Non dovevo essere poi così male come insegnante, alla fin fine, se dopo tanto tempo un mio studente si ricorda ancora e con tanto affetto di me. La storia che vuole un'intervista, che vuole filmare i ragazzi giocare, che ha una proposta magnifica non so, sembra un po' strana, chissà cosa ha in mente, staremo a vedere. Però decidere di incontrarci alla radio è stata una buona idea, muoio dalla curiosità di vedere cosa ha combinato Teresa, chi l'avrebbe mai detto che sarebbe stata proprio lei a rimetterla in piedi, lei, la regina della telefonata confusa.

3.20 Radio

Si era aspettato di rivedere il vecchio muro un po' malandato, ma il quartiere era evidentemente salito di tono e la palazzina che ospitava la radio era tinteggiata di un bel turchese che faceva risaltare, alle finestre del primo piano, moderne vetrofanie a quattro colori con un indistinguibile logo e la scritta Radio Nova Amizade in giallo e nero.

All'ingresso, oltre la porta dipinta di giallo, era stata allestita una piccola reception con poltroncine di vimini e cuscini di chintz. Una ragazzetta ricciuta seduta di fronte a un computer e alla scritta piuttosto pomposa di "segretaria di redazione" accolse Antônio con entusiasmo: «Oh, certo, Teresa mi aveva detto che sareste venuto! Teresa! Teresa!» strillò verso una porta a vetri: «È arrivato quel signore!»

Teresa arrivò all'istante, con ancora le cuffie al collo: orecchini di plastica rosa fragola, rossetto ciliegia e un caschetto color banana, sembrava un cesto di frutta.

Lavorare in radio doveva averle fatto bene, come confermò lei stessa avvolgendo Antônio in un abbraccio alla violetta: «Antônio, come sono felice! Ho tanto pregato per te, ho acceso un sacco di candele a Nossa Senhora da Conceição e ho anche dato una gallina in offerta alla mia vicina che fa il candomblé, che non si sa mai, più dei sono in ballo meglio è, e vedi che è servito! Ti sei salvato! E che bello finalmente conoscerti, qui alla radio poi.

Sapessi come mi ha cambiato questa cosa della radio, come mi ha dato una svegliata, sai devi farti anche una cultura, essere aggiornata. E tutto grazie a te, alla tua voce, ma guardati che bel ragazzo, lo sapevo, con quella voce. Ti immaginavo un po' più fusto, ecco, ma sei proprio niente male, avessi dieci anni di meno, guarda.»

«Grazie per i complimenti, ma…»

«Ahah, non preoccuparti, non voglio farti la corte, so che sei anche sposato, figurati.»

«E come diavolo fai a saperlo?»

«Ma me l'ha detto tua mamma, no? Ieri quando ho chiamato per confermare l'orario abbiamo fatto due chiacchiere, che donna simpatica. Mi ha detto che hai sposato una bella ragazza, che hai un bellissimo bambino e che presto sarà ora di mettere in cantiere il secondo, congratulazioni, tua madre era tanto contenta!»

«Sì beh, non è esattamente… comunque, lasciamo perdere. Dimmi di te, della radio, come hai fatto a rimetterla in piedi?»

«Oh, è una storia lunga, guarda, quel Senhor Inàcio è stato generoso, non si può dire. E poi nemmeno ha fatto in tempo a vedere il successo che abbiamo avuto, ha avuto delle questioni con la polizia, dicono, io non so bene: è andato a stare a Bogotá, dove ha una filiale della sua azienda che aveva bisogno della sua presenza. Gustavo invece, sai com'è, la farina del diavolo va tutta in crusca: è in galera, poverino, un bravo ragazzo ma venuto su male, le cattive compagnie, sai come sono queste cose. E quindi così abbiamo rimesso su la radio, capisci?»

Antônio non aveva capito un accidente, ma ritenne inutile cercare di interrompere Teresa che nel frattempo l'aveva fatto accomodare sui cuscini di chintz e parlava ininterrottamente sventolando unghie color albicocca: «E abbiamo avuto un bel successo, sai? Il mio programma fa un sacco di ascolti, ricette e politica, funziona benissimo, sapessi. Certo io lavoro ancora da Madame Samuela – chi lascia la strada vecchia per la nuova male si trova, si sa – ma non lavo più le teste, adesso faccio le tinte e le pieghe ma tutto il giorno non faccio che pensare alla mia trasmissione, ho una passione, guarda. E gli ascolti vanno benone, Luiza è persino un po' invidiosa.»

«Luiza?»

«Massì, la mia amica Luiza, te la ricordi, no? Lei tiene la rubrica di gossip, si chiama così adesso, non più pettegolezzo, lo sai, no? Ecco, lei sa tutto dei cantanti e dei vip e di come si vestono e si fidanzano e si lasciano, fa un bel programmino, è proprio portata. Certo non ha gli ascolti del mio, l'unico che si avvicina è João.»

«Ma João chi, il custode?» Antônio era sempre più sconcertato.

«Sì, sì, lui, lui! Continua a fare il custode ovviamente, ma alle nove tiene il programma di astrologia e alle dieci la posta del cuore. Sapessi com'è bravo, dà dei consigli che ti fanno venire le lacrime agli occhi, quasi vorrei avere dei problemi d'amore per farmi consigliare da lui. Devi assolutamente farti fare l'oroscopo, guarda, chissà questa cosa dell'Amazzonia che influenze astrali che ha.»

«Ma certo, non vedo l'ora. Comunque complimenti, siete stati bravi davvero. Però non ho capito bene la cosa delle ricette e della politica, te ne intendi di politica adesso? A suo tempo non mi sembrava che...»

«Io di politica? Mannò, figurati! È che a cucinare son brava e ho sempre avuto passione – e i programmi di cucina vanno sempre forte, guarda – ma ho pensato che bisognava ampliare un po' il posizionamento, non solo nonne e massaie, così ci ho messo la politica dentro. Ma è facile, sai? Guardo un paio di siti di notizie, siti internet, hai presente, ma certo che hai presente: me l'hai insegnata tu l'internet, con il tuo programma, dio, sembra passato così tanto tempo! Ecco, leggo i titoli poi vado su gugol e metto le parole chiave, no? Metto le parole chiave assieme alla parola "ricette", per esempio che so: "Iraq, ricette" o "Ucraina, Putin, ricette". O se ho già in mente la ricetta di un piatto metto quello e poi le parole chiave: "Moqueca di gamberi, Obama, scie chimiche". Esce sempre qualcosa di interessante, sapessi. Mi ha insegnato Paco a usare gugol, te lo ricordi Paco, il fonico? Ha sposato una tedesca ed è andato a stare in Europa, a Berlino o Amsterdam o un'altra città in Germania, adesso non mi ricordo. Forse Sydney.»

Antônio si sforzò di bere un altro sorso del succo di frutta troppo dolce che Teresa gli aveva messo in mano: «Beh, sono contento: ha sempre desiderato l'Europa.»

«Sì sì, guarda, sono felice anch'io anche se da principio non sapevamo come fare per sostituirlo, poi per fortuna abbiamo trovato Saverio, insegna pianoforte alla scuola per ciechi, è bravissimo, dopo te lo presento, mi ha dato lui l'idea per il nuovo logo, ti piace? L'ho disegnato io.»

«Mh. Molto bellino, sì. Un... un pappagallo. Con nel becco un... rastrello?»

«Ahah, ma no, che pappagallo: è un cigno, un cigno ad ali spiegate su un mappamondo, con nel becco il ramoscello di ulivo della pace tra i popoli. Mi sono ispirata a quella bella canzone che mi piace tanto, sai, 'Imagine all the people', quella di Paul Lennon, hai presente?»

«Come no, come no. E il logo è davvero grazioso.»

«Vero? Sono sempre stata portata per il disegno. L'ha detto anche Saverio, lui non ci vede, s'intende, ma gliel'ho descritto bene e mi ha detto che è proprio carino. Oh, ma guarda, è arrivato il tuo amico! Vi lascio tranquilli, chissà quante cose avrete da dirvi, magari lo gradite un cafezinho?»

3.21 Individualità

Antônio continuava a chiamarli "i ragazzi". I ragazzi hanno fatto questo, i ragazzi hanno bisogno di quest'altro, come se fossero un unico corpo indistinto. E nei primi tempi in effetti quasi lo erano stati: intimoriti dalla quantità di novità, per non farsene travolgere si erano stretti uno all'altro facendosi forza a vicenda. Questo aveva reso anche più semplice il compito di Antônio di tenerli d'occhio e proteggerli dai tanti pericoli della vita fuori dalla foresta.

Ma man mano che le settimane passavano e si andavano adattando al nuovo mondo, e gesùsanto se lo facevano in fretta, le varie individualità tornavano a emergere e tenerli ogni momento tutti insieme non era più possibile: gli impacci, le diffidenze, i timori stavano di giorno in giorno sciogliendosi in una sempre maggiore disinvoltura e voglia di sperimentare quel mondo nuovo. Antônio aveva dovuto accettare il dato di fatto di non poterli più controllare o comunque di aver bisogno dell'aiuto dei suoi familiari per farlo.

Moacir e Cauê erano di nuovo andati all'aeroporto a vedere gli aerei atterrare e decollare da vicino, un passatempo che avevano iniziato a coltivare da qualche giorno. Antônio non aveva voglia di andarci per la quarta volta consecutiva, ma Gabrielita si era offerta di andare con loro: i ragazzi avevano comunque detto di conoscere la strada, e del resto non era lontano, così dopo molte raccomandazioni si era rassegnato a lasciarli andare. Era comunque sempre un piacere per lui vedere che la passione con cui quando erano nella foresta ascoltavano i suoi racconti sulla modernità aveva retto alla prova del confronto con la realtà.

Jaci e Itaúna, accompagnati da Janita, erano invece andati al cinema a vedere quel cartone animato ambientato in un regno ghiacciato. Chissà cosa avrebbero capito tenuto conto che, a parte la lingua, c'era anche il particolare che le loro uniche esperienze con il concetto di freddo erano il frigorifero di casa di Antônio e i ghiaccioli – parecchi, a dire il vero – che avevano mangiato.

Antônio ricordava di essersi molto spaventato il giorno in cui Itaúna lo aveva sorpreso guardare il filmato dell'undici settembre: non pensava che Itaúna avrebbe potuto capire cosa era successo, ma per andare sul sicuro aveva tenuto ai ragazzi una lezione sul concetto di "film", raccontando che alle persone piaceva recitare e riprendere sullo schermo racconti e avvenimenti strani di tutti i tipi, a volte anche tristi, che assolutamente non erano veri, no no, proprio nulla di vero, ecco vedete in questo film questo attore muore ma nel film successivo è di nuovo bello vispo.

Non tutti si erano mostrati molto interessati, anche per via della barriera linguistica, ma Jaci e Itaúna si erano rivelati degli appassionati cinefili e avevano iniziato a divorare un cartone animato dopo l'altro. Antônio non aveva niente in contrario, anzi: dopotutto sono belle storie, istruttive, facili da capire e non cruente, e pazienza se gli sembrava di trattarli come bambini di cinque anni.

D'altro canto sapeva bene che bambini non erano affatto, gusti cinematografici a parte: erano giovanotti ventenni o giù di lì e del resto nella foresta dopo l'iniziazione venivano considerati uomini in tutto e per tutto. Lì le cose erano un po' diverse, in quest'altro mondo ci si considera ragazzi fino a quarant'anni, come dimostrava il fatto che lui stesso a quell'età venisse chiamato così da mamma Marcela (quando non addirittura "bambino", un po' fuori luogo ma le mamme sono fatte così). E a proposito di Marcela: chissà cosa stava combinando in quel momento con Piraí, che l'aveva accompagnata al mercato a imparare i segreti della spesa.

Antônio si trovò a pensare: i miei ragazzi stanno crescendo. E gli venne un pizzico di malinconia, la qual cosa lo portò a ridere di sé stesso e dei pensieri strani che stava facendo. In quel momento alzò gli occhi e vide Ubiratan uscire sulla veranda con due birre in mano e sedersi di fianco a lui. Per un po' rimasero in silenzio a sorseggiare le birre e a guardare la strada al di là della cancellata. Fu Ubiratan a interrompere per primo il silenzio.

«*Sai, quando siamo partiti dal villaggio non ero sicuro che Yamandé si sarebbe salvato. È strano. Non so come dirlo, credevo alle tue parole ma lo stesso mi sembrava strano. Troppo strano. E invece ce l'hai fatta. Non ti ho ancora ringraziato.*»

«*Non devi ringraziare me. Non l'ho salvato da solo. Lo abbiamo salvato tutti insieme. E che impresa pazzesca è stata. Ti ricordi quando siamo riusciti a evitare la cascata per un pelo?*»

«*Sì,*» Ubiratan rise per due secondi, ma l'evidente malinconia tornò subito a rabbuiarlo «*è bello qui e sono tutti molto gentili. Ci stanno aiutando tanto. E non erano obbligati a farlo.*»

«*Neanche voi eravate obbligati a salvare e aiutare me, quando mi avete trovato. Tutto il villaggio mi ha accolto come se ne facessi parte da sempre. Alla mia famiglia sembra il minimo fare lo stesso con voi.*»

«*La tua famiglia, sì. Sai, Antônio, quando eravamo nel villaggio non ci avevo mai pensato; tu sei arrivato quando noi eravamo dei bambini, quasi non mi ricordo il tempo in cui tu non c'eri. Per me sei sempre stato uno della tribù. Ma ora che vedo la tua famiglia, mi chiedo come hai fatto a resistere a stare nel villaggio per tutto quel tempo, sapendo che la tua famiglia era qui.*»

«*Eh. Non è stato facile. Soprattutto i primi tempi, quando non sapevo nemmeno parlare la vostra lingua. Però mi avete aiutato proprio voi bambini e non vi ringrazierò mai abbastanza. E poi sai: il destino del figlio è quello di andare via. Io avevo nostalgia, ma grazie a voi ho continuato a vivere bene. Più che per me, mi dispiaceva per mia mamma e mio papà, sono quelli che rimangono a soffrire di più.*»

Antônio si accorse di aver toccato una nota dolente. "La" nota dolente. Si affrettò a rimediare: «*Ma non preoccuparti, Ubiratan. La mia situazione di allora e la nostra di oggi sono molto diverse. Quelli che rimangono soffrono di più quando non sanno. Non sanno cosa è successo al loro caro, non sanno se tornerà. Le nostre mogli sanno cosa ci è successo, sanno perché siamo andati via e sanno che torneremo. E tuo figlio è ancora troppo piccolo per capire cosa sta succedendo, sono sicuro che è lì che tiene compagnia a Ybyráatã.»*

Come spesso accade, la toppa era peggiore del buco.

«Hai detto tutti i motivi per cui sono triste, sai? Kinératan mi manca molto ma lui forse si è già dimenticato di me. E Amiajè sa solo perché sono andato via, ma non sa cosa mi è successo. Non sa se abbiamo trovato la strada giusta, non sa se siamo ancora vivi, non sa nemmeno che c'era una cascata a cui sopravvivere ma sono sicuro che si è immaginata pericoli ancora peggiori. E non sa se siamo riusciti a salvare Yamandé e non sa quando torneremo o se torneremo. Non lo sa nessuno. Quando torneremo, Antônio?»

«Yamandé sta guarendo bene ma gli serve ancora un po' di tempo, hanno detto i dottori, almeno una luna, poi torneremo a casa: non manca molto ormai. E sarà ancora più bello per chi ci ha aspettato vederci tornare tutti sani e salvi e con tante cose da raccontare» sorrise Antônio.

Ripresero a osservare il viavai della strada. La chiacchierata aveva fatto bene a entrambi e la seconda birra accompagnò una conversazione più allegra, incentrata sui tanti aspetti buffi della loro permanenza lì, il cui sottotesto era: sì, mi manca la foresta, ma in fondo questa è una bellissima avventura che mi ricorderò per sempre.

I primi a rientrare furono Marcela e Piraí. Scuri in volto, non si rivolgevano la parola. Era un'espressione strana per descrivere due persone che parlano senza comprendersi due lingue diverse, eppure nelle loro sessioni di cucina di solito nessuno dei due taceva un attimo e sembrava fossero madre e figlio, mentre ora si stavano praticamente ignorando. Ad Antônio parve di sentire sua madre mormorare qualcosa su bruchi e schifezze, ma guardandoli in faccia sia Antônio che Ubiratan decisero di evitare di chiedere informazioni dettagliate sul motivo del loro evidente litigio.

Poco dopo arrivarono anche Jaci e Itaúna, seguiti da una Janita che non stava un attimo zitta. I due, evidentemente scossi, si affrettarono a entrare in casa senza parlare. Pure loro sono turbati, pensò Antônio, notando che non avevano certo la faccia di due persone che avessero appena visto un cartone animato. È vero che i concetti di ghiaccio e neve gli erano estranei, ma non era possibile che avesse fatto loro quell'effetto: «Janita! Cos'è successo? Non siete andati a vedere Frozen?»

«Sì, e si sono divertiti tantissimo. Dovevi vedere come ridevano ogni volta che sullo schermo compariva quel buffissimo pupazzo di neve. È stato proprio divertente.»

«...A me non sembrano due ragazzi che hanno passato un pomeriggio divertente. Cos'è successo poi?»

«Ah, quello, sì. Eh, volevo portarli a mangiare un gelato, ma appena siamo usciti hanno visto i manifesti di quell'altro film, quello con quei bei guerrieri greci pettoruti, i 300 spartani. Erano molto curiosi, mi hanno fatto capire di volerlo vedere.»

«Janita, ma ti avevo detto...»

«Ho pensato, va beh, è un film di guerra, non sarà difficile da seguire anche se non capiscono la lingua. Basta con tutti sti cartoni, mica sono dei bambini.»

«Janita...»

«Solo che il film era un po' troppo violento, io continuavo a dirgli "film, film", ma loro si sono turbati un po' e dopo mezz'ora sono voluti andar via. Scusa, Antônio.»

Alla faccia di un po' turbati, pensò Antônio, non li ho mai visti così nemmeno quando abbiamo affrontato la cascata. Ma capì che Janita era già dispiaciuta per conto suo e che non era il caso di girare il coltello nella ferita: «Ma no, va beh. Non importa, vedrai che gli passa. Sei stata gentile ad accompagnarli, ora vado a vedere se riesco a calmarli un po'.»

Antônio si alzò, fece cenno a Ubiratan di seguirlo e in quel momento vide, oltre la cancellata, Moacir, Cauê e Gabrielita arrivare da una direzione completamente diversa rispetto a quella solita di provenienza dall'aeroporto.

Cauê aveva un'espressione feroce in volto, anche questa una novità. Moacir era visibilmente preda di sentimenti simili ma era più abile a tenerli sotto traccia. Gabrielita li seguiva tenendo il capo chino e ogni tanto alzava gli occhi per qualche rapido sguardo ora a uno ora all'altro. Uno sguardo in cui ad Antônio parve vedere gratitudine mista a dispiacere. Quando furono più vicini Antônio notò che la maglietta di Cauê era strappata ed entrambi i ragazzi erano piuttosto infangati. E forse quello sulla guancia di Cauê era un livido? E le nocche di Moacir erano sempre state così sbucciate? Antônio fu costretto di nuovo a esercitare le sue, non eccelse, capacità deduttive perché a quanto pareva neppure questo gruppetto aveva molta voglia di parlare. Possibile che Cauê e Moacir si fossero picchiati?

Cauê e Gabrielita andarono dritti in casa senza neppure salutare. Moacir si fermò un attimo, mise una mano sulla spalla di Antônio e gli disse: «*Lei sta bene, non ti preoccupare. E anche noi. Quegli altri stanno un po' meno bene*» e proseguì dietro ai suoi amici.

Antônio e Ubiratan rimasero interdetti a guardarsi l'un l'altro e Antônio pensò: già, quand'è che ce ne andiamo?

3.22 Proposta

«*Forza ragazzi, andate a prendere i palloni e datevi da fare, che tra poco arriva un mio amico a farvi le* riprese *per la* televisione.»

«*Cosa sono le* riprese?»

«*Quale* televisione, *quella che sta nello* schermo?»

«*Allora, le* riprese *sono…* beh, come fotografie, *vi ricordate quando vi hanno fatto le* fotografie, *no? Ecco, le* riprese *sono cose così, ma sono* fotografie *che si muovono e servono per metterle nello* schermo, *sì, così le vedono tutti.*»

«*Così poi le nostre* fotografie *le vedono tutti nello* schermo *come quando guardiamo la* televisione?»

«*Sì, proprio così.*»

«*A me piacerà molto vedermi piccolino nello* schermo.»

«*Tanto non ti guarderà nessuno nello* schermo, *guarderanno me perché sono più bello.*»

«*Ma io sono più bravo.*»

«*Ma io corro più forte.*»

«*Ragazzi, via a giocare, su. Allo* schermo *ci penseremo poi.*»

Già, allo schermo ci penseremo poi. Ma invece allo schermo bisognava pensarci subito: George era stato davvero affettuoso e carino, e l'intervista era stata piacevole e intelligente – non come quella di quel ricciolone idiota – ma a quanto pareva al pubblico la faccenda era sembrata molto interessante e George l'aveva richiamato proponendogli uno speciale incentrato sui ragazzi, con molte immagini dei ragazzi che giocavano, che dovevano appunto riprendere quel giorno non appena George fosse arrivato con l'operatore. E questo andava benissimo, naturalmente.

Quello che aveva detto dopo, però era una cosa a cui doveva pensare bene. E pensarci adesso, caro mio, perché è più che probabile che George oggi voglia una risposta e io ancora non so, non riesco a decidere. Antônio si fece passare distrattamente la palla tra un piede e l'altro, riflettendo, mentre i ragazzi schiamazzavano su e giù per il campo contendendosi non meno di sei o sette palloni.

Era la proposta che gli aveva fatto a lasciarlo incerto. A quanto pareva la rete per cui George lavorava era molto interessata a loro: avevano gli ascolti un po' in ribasso e avevano bisogno di qualcosa di nuovo – di fresco, aveva detto – così si erano offerti di organizzargli un giro di partite nella regione, sei o sette città, squadre a livello regionale, tutte le trasferte e le spese pagate e un compenso per l'ingaggio, in cambio dei diritti televisivi. E in più tenute sportive per tutti i ragazzi – con il marchio della rete, si intende – scarpe comprese.

Ecco, già le scarpe si prospettavano una faccenda rognosa, i ragazzi giocavano da sempre a piedi nudi e Antônio era sicuro che non avrebbero affatto gradito cambiare sistema. Però certo non era pensabile farli giocare a piedi nudi contro gli altri calzati, una questione che non aveva idea di come risolvere. E non era affatto l'unica a impensierirlo: tutti quei pullman, quelle trasferte, città diverse, alberghi, un sacco di sconosciuti, il fatto di giocare non per gioco ma perché a quel punto si sarebbe trattato di una sorta di obbligo, erano tutte cose che non sapeva come i ragazzi avrebbero preso.

D'altro canto si rendeva conto che per loro poteva essere un'occasione unica per fare delle esperienze nuove e sicuramente interessanti, conoscere altri posti e altre persone, confrontarsi con giocatori che non conoscevano e che giocavano in modo diverso dal loro, quasi certamente divertirsi molto. E non poteva negare di averne una gran voglia lui stesso: andarsene un po' in giro spesato, vedere altre città, giocare insieme alla sua squadretta godendosi qualche partitella come si deve lo attirava parecchio.

Inoltre bisognava tenere conto di quanto avevano saputo dai medici: Yamandé avrebbe avuto bisogno di almeno un altro mese per la riabilitazione e passare ancora tutto quel tempo a Macapá rischiava di diventare problematico. I ragazzi erano abituati a una vita attiva e restare fermi un altro mese senza nient'altro per occupare le giornate che bighellonare e giochicchiare un paio d'ore al giorno nel campo di allenamento – per ora bonariamente concesso, ma chissà fino a quando – certo non era l'ideale.

Già c'era stata la faccenda di Cauê che aveva detto di voler appendere la sua amaca accanto a quella di Gabrielita. Ma quale amaca, non ha neanche quindici anni, diosanto.

«Non se ne parla neanche, è troppo giovane.»

«Mia sorella è giovane quanto lei e ha appena avuto un bambino.»

«Tua sorella non c'entra niente. Qui le cose sono diverse.»

«Perché?»

«Perché sì. Perché te lo dico io. Ascolta, Cauê, io capisco che hai voglia di una ragazza: potresti – lasciamo stare l'amaca per un momento – potresti fare amicizia con la figlia dei vicini, Fernanda è simpatica e molto carina.»

«Ma è vecchia!»

«Ma vecchia cosa, ha diciotto anni*!»*

«Non so cosa è anni*. Ma è vecchia. E anche brutta, è secca come una gamba di cavalletta. Non la voglio.»*

«Beh, peggio per te.»

«E Gabrielita mi guarda sempre, secondo me lei vuole molto mettere la sua amaca vicino alla mia.»

«E finiamola con queste amache! Tu mia nipote la lasci stare, discorso chiuso.»

Ma Antônio sapeva che chiuso non era affatto: erano giovani, era ovvio che le ragazze fossero un pensiero primario per loro – soprattutto considerato che non avevano praticamente niente da fare – e temeva fosse solo questione di tempo prima che saltasse fuori qualche pasticcio.

Per non parlare di Moacir e della sua bicicletta, ormai era arrivato al "senza mani" e ben presto si sarebbe stufato di girare in tondo intorno al cortile: il momento che esce per strada va a mettersi in qualche guaio, lo so, non ho dubbi. Poi Ubiratan, che ha imparato perfettamente a manovrare il telecomando e sta tutto il giorno inchiodato davanti al televisore a rintronarsi di pubblicità e telenovele, mi si rimbecillisce (e graziaddio che non ha ancora scoperto i porno). E Piraí che è sempre in cucina e a forza di sperimentare pietanze e dolcetti con la mamma e zia Norma sta mettendo su peso: un altro mese di sughi e biscotti e gli verrà un culone da tapiro, altro che giocare alla palla. No, no, bisogna svagarli, schiodarli da qui, tenerli occupati: ecco, soprattutto tenerli occupati. E farli correre.

Dal fondo del campo vide arrivare George, accompagnato dal cameraman: Antônio sorridendo lo salutò con la mano. Aveva deciso.

3.23 Finanza

In effetti c'era anche un altro aspetto che l'aveva convinto, pensava Antônio mentre beveva il caffè nella luce piovigginosa del mattino osservando i ragazzi fare colazione con torta di mais, anguria e papaia e complimentarsi con Piraí perché i suoi beijinos erano buoni quasi quanto quelli di mamma Marcela. I soldi, a cui per quasi quindici anni non aveva rivolto nemmeno un pensiero, erano invece, guarda un po', una cosa di cui bisognava tenere conto. Sei giovanotti di buon appetito da nutrire, più lui, non erano un esborso da poco e in qualche modo andavano anche vestiti, che a loro piacesse o meno.

Quando era stato dato per morto – e il suo conto in banca estinto – quei quattro risparmi che aveva erano andati sul conto dei suoi, i quali naturalmente glieli avevano poi rimessi a disposizione: sono tuoi, Antoninho, ci mancherebbe. Lui li aveva usati fino ad allora per contribuire alle spese, erano già fin troppo generosi i suoi genitori ad accollarsi in casa una banda di bizzarri sconosciuti arrivati in omaggio assieme al figliolo resuscitato.

Ma i risparmi si stavano assottigliando, la permanenza a Macapá si prolungava, la riabilitazione e la fisioterapia di Yamandé avrebbero comportato spese non indifferenti: il tour con relativo ingaggio offerto da Rete Norte che George gli aveva proposto – proposta generosa quella di portarli in tournée, considerando che loro non erano nessuno – poteva contribuire a risolvere il problema.

Ne creava però un altro: anche calcolando di detrarre le spese mediche per Yamandé e il costo di un minimo di corredo che sarebbe stato necessario procurare ai ragazzi – e a sé stesso – per andare un mese in tour, se si teneva conto che per le prossime settimane avrebbero avuto tutte le spese pagate ne sarebbe risultato un gruzzoletto che, seppure ancora non quantificato e sicuramente irrisorio agli occhi di molti, impensieriva Antônio.

Il fatto era che quei soldi sarebbero stati a tutti gli effetti di proprietà dei ragazzi: erano loro a giocare, era loro l'ingaggio.

Dopo la confusione iniziale non ci avevano messo poi molto a padroneggiare discretamente il funzionamento del denaro, grazie anche al fatto che per farglielo capire ogni volta che uscivano Antônio affidava qualche moneta a turno a ognuno di loro per comprare un gelato o le caramelle, i cui nomi portoghesi avevano imparato con sorprendente prontezza.

Antônio era preoccupato perché sapeva che anche se non fosse stata ingentissima quella non era una somma da spendere in dolci e stringhe di liquerizia. Eppure non riusciva a farsi venire in mente che farne.

Era fuori di dubbio che una volta tornati nella foresta quei soldi non sarebbero serviti a niente, ma era altrettanto vero che erano di loro proprietà e da qualche parte si sarebbe dovuto pur metterli.

Fu Teresa a dargli l'idea.

Aveva voluto a tutti i costi che lui tornasse in radio assieme ai ragazzi e li aveva accolti con caloroso entusiasmo, era stata affettuosissima, aveva offerto caffè, limonate e mentine, li aveva presentati a Luiza, a João e a Saverio e aveva perfino voluto che aprissero loro la trasmissione, nonostante Antônio non fosse convinto: «Non parlano il portoghese, Teresa.»

«Oh, non importa. Anche quando parlo io si capisce poco anche se il portoghese lo so. Vorrà dire che li capiranno i loro amici, le loro mamme là nella foresta.»

«Non credo proprio che nella foresta possano sentirli, non...»

Ma nessuno lo ascoltava già più, i ragazzi si stavano già strappando l'un l'altro il microfono, tutti contenti di sentire la loro voce di trilli e fischi rimbalzare dagli amplificatori.

«Che carino! Sembrano uccelli che cantano! Quasi quasi la tengo come sigla, che dici?»

Quando alcuni giorni dopo era tornato a trovarla con una begonia in vaso per ringraziarla della gentilezza e ospitalità l'aveva trovata in compagnia di una donna bassina e tonda, nera e lustra come un açaí, che si era presentata con un larghissimo bianco sorriso: «Buongiorno, che piacere conoscervi. Io sono Mariana.»

«Lei lavora con le balene» precisò Teresa.

«Lavoro per Greenpeace, veramente. Non ci occupiamo solo di balene, come saprete.»

«Beh, come Teresa vi avrà detto non sono più molto al corrente ma certo, Greenpeace so bene cos'è.»

Mariana sorrise: «Tenevo molto a conoscervi, sapete? Abbiamo in corso diversi progetti che riguardano gli indios e la questione del disboscamento dell'Amazzonia. Da quanto ho capito i vostri amici provengono da una tribù di incontattati, non è vero? Quindi per fortuna il problema del disboscamento non li ha ancora colpiti. È un vero dramma, purtroppo.»

«Sì, ricordo che già si iniziava a parlarne prima che io partissi. Immagino che le cose siano andate peggiorando…»

«Già. Qualcosa si è fatto ma è sempre troppo poco, una goccia nel mare. C'è moltissimo ancora da fare.»

«Massì poverini, Antônio, ma pensa: gli tagliano tutte le piante intorno, strappano tutto e loro non sanno più dove andare. Dovrebbero comprarsela tutta la foresta, vorrei vedere poi chi gli va a strappare gli alberi nel giardino di casa.»

«Teresa si appassiona molto alle nostre cause, è una nostra grande sostenitrice, soprattutto quando ci sono le balene. Ma mi piacerebbe rivedervi, Antônio, con più calma. Magari parlare coi vostri amici, è molto importante per noi la voce dei popoli nativi coinvolti.»

«Ma certo Mariana, con molto piacere: i ragazzi non parlano portoghese ma posso fare da interprete io, non c'è problema. Ora siamo in partenza per un tour di qualche settimana, ma sicuramente ci organizziamo per vederci al nostro ritorno.»

«Vedi Mariana com'è gentile e simpatico? E poi gli piacciono tanto le piante, non vuole che vengano disboscate, non è vero, Antônio? Lui è un pollice verde, proprio come me. Guarda che bella begonia mi ha portato, non è una meraviglia? Sai cosa, in onore delle piante aprirò la trasmissione con la canzone 'Where are all the flowers gone' nella versione cantata da... Baez, sei contenta Mariana?»

«Joan. Joan Baez.»

«Ecco sì, Johnny Baez, non mi ricordavo il nome, chissà perché.»

Fu solo quando fu per strada, ancora stordito dal profumo di violetta di Teresa, che capì quale fosse il modo giusto di usare quei soldi. Appena torniamo dal tour ne parlerò con Mariana, lei saprà come fare. Ha ragione Teresa: compreremo la foresta, tutta la foresta tutto intorno al villaggio.

3.24 Contratto

Antônio attraversò la strada e sorrise tra sé ripensando all'incontro appena avuto con il direttore generale di Rete Norte, che era andato a visitare per definire gli accordi per la tournée, in particolare l'aspetto economico.

Il direttore lo aveva intrattenuto con lunghissimi discorsi, spiegandogli che l'idea era di mandare in onda sette partite, ognuna delle quali preceduta da un mini special di un quarto d'ora su ciascuno di loro. Alla fine dall'insieme avrebbero tratto anche un documentario, integrandolo con qualche altro spezzone filmato durante il loro tour.

«Abbiamo già preso contatto con qualche squadra locale di Belém e di Altamira. Purtroppo è difficile essere presi sul serio, perché nessuno vi conosce. Per ora ci stanno proponendo solo squadre minori o di ragazzini. Ma ho già parlato con l'allenatore del Macapá, che vuole una rivincita per la partitella del mese scorso. Inizieremo con quello: se ve la caverete bene, magari strappando un pareggio, sarà più facile ottenere incontri interessanti nelle partite successive.»

«Se giocano come ho visto l'altra volta sarà il Macapá a cercare di strappare un pareggio» aveva detto Antônio, sorprendendosi della sua sfrontatezza. Il direttore non gli aveva dato peso e aveva continuato: «Sarà una storia di calcio, ma non solo. Ci interessa anche l'aspetto umano dei vari membri della squadra. Com'è stato l'impatto della nostra società avanzata su voi... su di voi.»

Avanzata? Aveva pensato Antônio con una smorfia, ma senza interromperlo.

«Cosa fate, come mangiate, dove dormite. Diciamo che sarà una storia di Amazzonia, calcio e amache.»

Mah, aveva pensato Antônio dubbioso, guardandosi bene dall'esprimere le sue perplessità. La rete la gestiva lui, dopotutto.

«Dovrete abituarvi ad avere una telecamera intorno per la maggior parte della giornata, ma vedrete che non vi darà fastidio, anzi magari i vostri ragazzi ci si divertiranno anche. E, come dicevo, per gli special saranno necessarie delle interviste. Naturalmente è previsto un piccolo extra per il vostro ruolo aggiuntivo di interprete.»

Naturalmente. Antônio, limitandosi a guardarlo, era restato in attesa che quello continuasse.

Il direttore aveva premuto l'interfono e chiamato la segretaria, chiedendole di portargli il contratto che aveva girato subito ad Antônio, indicandogli dove firmare.

«Chiedo scusa,» aveva detto finalmente Antônio, innervosito dall'atteggiamento sbrigativo del direttore, «non vorrei sembrare venale, ma non abbiamo ancora affrontato il discorso economico. Ora avete accennato a un extra, ma non so a quanto ammonti questo extra. E non so nemmeno l'extra di cosa. Il compenso base qual è? Immagino sia tutto qui nel contratto?»

Il direttore aveva fatto una faccia come a dire "beh, ovvio".

«Vi dispiace se lo leggo velocemente?»

«Certo che no» aveva risposto il direttore, con una gestualità corporea che voleva dire: certo che sì.

Pazzesco come tutto è relativo, come tutto dipende dal lato da cui lo prendi, pensò Antônio mentre scendeva i gradini uscendo dalla sede di Rete Norte, soddisfatto di sé, quasi orgoglioso. Anzi, senza il quasi: orgoglioso per come aveva affrontato di petto il direttore imponendogli le sue condizioni. Certamente il fatto di non avere tutto sommato nulla da perdere era stato importante.

Il contratto che gli era stato messo davanti prevedeva un compenso per Antônio di 2.000 reais, circa il quadruplo del suo vecchio stipendio da insegnante. Certo nel frattempo erano passati quattordici anni, 2.000 reais valevano meno di allora, ma considerato che vitto, alloggio e trasporti sarebbero stati a carico di Rete Norte voleva dire intascarsi il gruzzolo quasi per intero. Niente male. Aveva quasi firmato, quando gli era venuto un dubbio e aveva iniziato a rileggere tutto daccapo. Il direttore aveva sbuffato senza nascondere una certa irritazione, ma Antônio non gli aveva badato. Aveva riletto la parte in questione, sgranato gli occhi, poi aveva fatto scorrere rapidamente il contratto alla ricerca di qualcosa che non aveva trovato.

«Scusate, ma qui si parla solo del mio compenso. Non vedo quello dei ragazzi.»

«Non lo vedete perché non è previsto. Naturalmente ci abbiamo riflettuto, sapete, non pensate male. Solo che a quanto mi risulta lo stato civile dei vostri ragazzi non è per nulla chiaro. A chi li dovremmo intestare questi soldi? Non sappiamo nemmeno come si chiamano né dove risiedono. Intestiamo il pagamento al Signor Indio, Foresta dell'Amazzonia n° 2?»

Il direttore aveva dato un piccolo colpo di tosse che forse era una risatina, ma Antônio non aveva colto alcun umorismo.

«Naturalmente mi sono consultato con il nostro ufficio contabilità e con il nostro ufficio legale ed entrambi dicono che la faccenda sarebbe troppo complicata, l'ufficio delle imposte ci salterebbe addosso.»

«E quindi, visto che la faccenda è complicata, avete deciso di non pagarli. Tanto sono indios, fra un mesetto se ne torneranno nella foresta, che se ne fanno dei soldi?»

«Infatti» aveva annuito il direttore, rendendosi conto con un fatale attimo di ritardo che quello di Antônio era sarcasmo diretto proprio a lui e che tutto avrebbe dovuto fare tranne dirsi d'accordo.

Antônio aveva posato il contratto non firmato sulla scrivania, si era alzato e aveva teso la mano al direttore: «Guardate, voglio venire incontro al vostro ufficio legale, a quello contabilità e a tutti gli altri. Dato che la cosa è un po' troppo complicata per i vostri mezzi, facciamo che non se ne fa nulla. Ognuno per la sua strada e tanti saluti.»

Il direttore magari qualche difetto ce l'aveva, ma anni di contrattazioni commerciali gli avevano insegnato a riconoscere un bluff quando ne vedeva uno, e quello di Antônio non lo era. Aveva provato a rilanciare proponendo un compenso di 4.000 reais, duemila per Antônio e duemila per i ragazzi, ma un'altra cosa che sapeva fare era riconoscere il momento in cui non bisognava tirare troppo la corda. Antônio era rimasto tranquillo, fermo nelle sue intenzioni di ottenere ciò che semplicemente riteneva giusto. Il direttore, terza dote, sapeva farsi i conti in tasca anche al volo, si rendeva conto che anche con un ingaggio di duemila reais a testa più le spese la rete avrebbe comunque avuto un bel margine di guadagno e aveva chiamato un'assistente per una modifica in corsa delle condizioni contrattuali.

Duemila reais al signor Antônio Carlos Rocha de Almeida, e altri dodicimila sempre al signor Rocha de Almeida in qualità di fiduciario della squadra... «Già, non abbiamo ancora deciso il nome della squadra. Noi qui pensavamo ad Amazonia Futebol Clube, che ne dite?»

«È un bel nome per una squadra di Manaus» aveva ribattuto Antônio, che si sentiva pervaso da una sicurezza mai provata prima: «Ma noi veniamo dalla foresta e abbiamo una lingua nostra. Ci chiamiamo Asu Ka'a Futebol.»

«Ah. Bene. Bello. Che significa, se posso chiedere?»

«Significa Grande Foresta. E comunque i reais aggiuntivi sono quattordicimila.»

«Prego?»

«Quattordicimila. Anche Yamandé fa a tutti gli effetti parte della squadra, anche se non gioca. Andate a intervistare anche lui, vedrete che non ve ne pentirete. L'extra per il mio compenso di interprete ve lo regalo, visto come siete stati gentili.»

3.25 Manichino

Forte della sicurezza derivante dall'ottimo andamento delle trattative con Rete Norte, Antônio decise d'impulso di recarsi presso l'Ente per la Tutela della Foresta Amazzonica per iniziare a mettere in pratica la sua idea di proteggere la foresta intorno al villaggio.

Ad accompagnarlo andò Cauê in veste di portavoce dei ragazzi, ai quali aveva succintamente spiegato che c'era gente cattiva che voleva abbattere gli alberi della foresta. O almeno il suo intento sarebbe stato quello di dare una spiegazione succinta, ma ovviamente erano iniziati i "perché". Perché vogliono abbattere gli alberi? Perché vogliono usare il legno. Beh la foresta è grandissima, possono abbattere qualche albero, non succede niente. Ma gli alberi che abbattono sono tanti, tantissimi, troppi, un giorno potrebbero essere tutti. Perché tutti? Perché sono cattivi. Perché possono farlo allora? Perché pensano che la foresta sia loro. Questa informazione aveva chiuso il discorso perché l'assurda, inconcepibile idea che qualcuno potesse considerare "sua" la foresta aveva provocato una tale ilarità nei ragazzi che Antônio era uscito dalla stanza lasciandoli che ancora ridevano a crepapelle di quella scemenza.

Varcata la soglia in finto marmo della palazzina Antônio e Cauê si trovarono al cospetto di un tarchiato signore calvo con berretto da usciere che seduto a una scrivania troppo piccola si dava all'eliminazione sistematica delle mosche mediante una rivista arrotolata. Alla richiesta di Antônio relativa a quale ufficio dovesse contattare per sottoporre la sua questione l'uomo scosse la testa, senza interrompere i colpi e decretò: «Non siete nel posto giusto, mi sa.»

«Ma questo non è l'Ente per la Tutela della Foresta Amazzonica?»
«Certo che sì» SBAM!
«Beh ma allora ci sarà un ufficio preposto, no, che si occupi delle pratiche di tutela…»
«Mah. Che io sappia no. Però se proprio ci tenete potete provare all'Ufficio Pubbliche Relazioni. Secondo piano» SBAM! SBAM!

L' Ufficio Pubbliche Relazioni ad Antônio non sembrava il più adatto ma poiché dall'usciere non sembrava potersi cavare altro si avviò verso l'ascensore, seguito da un Cauê piuttosto perplesso.

L'ufficio in questione risultò abitato da un nervoso giovanotto in cravatta che sovrintendeva a un drappello di ragazzi e ragazze seduti davanti a computer che persino ad Antônio sembrarono antiquati. Il giovanotto praticamente li spinse fuori dalla stanza dicendo che loro non avevano tempo e poi che idea, rivolgersi lì. Andassero, se proprio volevano, al primo piano, all'Ufficio Mappe e Catasto.

Da lì furono indirizzati, da un calvo e soave omino che odorava di lavanda e polvere, al terzo piano all'Ufficio Rendicontazione e poi di nuovo al secondo all'Ufficio Gestione Privati. Passarono poi per il pianterreno, dove un simpatico addetto al Servizio Manutenzione offrì loro un cafezinho, e per il quarto piano dove un sanguigno funzionario cercò di convincerli ad acquistare, anziché la foresta che è davvero umidissima, un lotto ben ventilato dalle parti di Santa Mariana, zona con grandi prospettive di sviluppo, un investimento sicuro. Il funzionario mise loro in mano il biglietto da visita dell'immobiliare di suo cognato ribadendo che è sempre meglio farsi consigliare da un esperto quando si tratta di acquistare terreni.

Antônio era stanco ed esasperato, e iniziava a trovare snervante il dover rispondere in continuazione a Cauê che guardava ogni interlocutore con occhi torvi chiedendo combattivo se era lui che voleva abbattere la foresta, quando si ritrovarono, senza un preciso perché, davanti all'Ufficio Stanziamenti, che almeno dal nome lasciava sperare fosse la destinazione corretta.

La porta era aperta e al suo interno si vedeva seduto alla scrivania un uomo in camicia a maniche corte che una targhetta indicava come dottor Thomas S. Mello Aluguer. Oltre a lui e a un manichino con una divisa da esploratore adagiato su una sedia in un angolo, non c'era nessuno. Antônio bussò e l'uomo gli fece cenno di accomodarsi in sala di attesa, cioè sulle sedie subito fuori dalla porta, dove Antônio ingannò l'attesa sfogliando con Cauê alcune decrepite riviste di ornitologia e osservando attraverso la porta l'uomo che fissava immobile alcuni fogli sulla sua scrivania, senza dare l'impressione di leggerli né di fare altro.

Dopo un'attesa di mezz'ora il signor Aluguer parve risvegliarsi dal letargo e fece loro cenno di entrare e di accomodarsi. Nell'ufficio c'era una sola sedia libera, su cui rapidamente si piazzò Cauê e Antônio dovette quindi decidere se restare in piedi o spostare il manichino dalla sua sede. Un nuovo gesto del signor Aluguer lo spinse verso la seconda opzione.

Appena furono seduti di fronte a lui, Aluguer accennò loro di scostarsi un po', mimando il gesto del caldo. A parte il fatto che ad Antônio non pareva che nell'ufficio facesse particolarmente caldo, la cosa più preoccupante dal suo punto di vista fu l'evidenza di avere a che fare con un muto. Come farà a spiegarmi quello che c'è da fare? Comunque ormai erano lì e tanto valeva provarci. Antônio si schiarì la gola e iniziò a parlare scandendo bene le parole.

«Dunque, noi saremmo intenzionati ad acquistare un lotto di terra nella Foresta Amazzonica e...»

Il signor Aluguer si alzò di scatto e andò rapido a prendere un faldone dall'armadio, dal quale estrasse un paio di opuscoli e una mappa che srotolò di fronte ad Antônio e Cauê indicando un punto della foresta al confine con il Perù.

«Ottimo!» disse il signor Aluguer con una bella voce profonda, facendo sobbalzare Antônio dalla sorpresa «mi fa molto piacere sentire di questa vostra intenzione. Abbiamo da poco avviato un programma del genere, il PPFACP, ma se siete qui senz'altro è perché lo conoscete. Con 50 reais potete tutelare – non acquistare, ahahah, certo non si parla di acquisto – 50 metri quadrati di foresta alle sorgenti del Rio Uapés, dove vivono svariate tribù di incontattati o ex-incontattati. Il vostro amico proviene da lì, immagino? Quanta foresta volete tutelare, cinquanta metri quadrati? Cento?»

«Ehm, no, noi veniamo da molto più vicino, il nostro villaggio è dalle parti del Rio Jarì, credo all'interno del Parco Nazionale del Tumucumaque.»

«Vostro? Voi, signor...?»

«Antônio Rocha de Almeida, piacere. E questo è Cauê».

«Piacere. Scusate, signor Almeida, non vorrei offendervi, ma voi non sembrate un indigeno.»

«No, sì, insomma è complicato. Rappresento un popolo indigeno.»

«Quale popolo precisamente? Come si chiama?»

Antônio fu colto alla sprovvista. Tra le molte parole di cui un popolo che viveva isolato nella foresta non aveva bisogno una certamente era la parola per definirsi. Cauê, che fremeva per capire cosa stesse succedendo, approfittò della pausa per chiedere lumi ad Antônio il quale gli tradusse la richiesta.

«Vuol sapere come ci chiamiamo? Tutti gli abitanti del villaggio uno per uno?»

«No, vuole sapere come si chiama la tribù.»

«Che domanda stupida è? Noi siamo noi, siamo la gente.»

Antônio non era sicuro che al funzionario potesse andar bene il nome di un popolo che si chiamasse "gente" ma già l'attento dottor Aluguer aveva colto il vocabolo ed era partito per conto suo: «Manguari? Mai sentiti. Comunque ci sono diversi programmi di protezione della foresta in corso, ma attualmente l'unico che ne preveda la presa in tutela da parte di terzi riguarda la zona che vi ho detto.»

«Ma se volessimo invece materialmente acquistare la foresta circostante il villaggio, invece?»

«Ahaha. Acquistare non se ne parla nemmeno. La foresta è un bene demaniale, è dello Stato, è proprietà di tutti. Di fatto in quanto brasiliani è già vostra, mio caro signore. Parlando invece di tutela, si diceva di questa interessantissima area al confine con il Perù che…»

«Ma a noi non interessa quell'area, interessa tutt'altra! Se ancora non c'è un programma di tutela forse si potrebbe avviare, no? Cosa servirebbe per avviarlo?»

«Eh. Sono cose complicate. Cose complesse. Voi non avete idea. Ma se ci tenete potete presentare una proposta al Ministero, corredandola di tutta la documentazione cartografica, idrogeologica e ovviamente dei rilievi floro-faunistici. Il business plan da allegare, naturalmente autenticato presso un Pubblico Ufficiale abilitato, dovrà riportare opportunamente tabellate tutte le misurazioni e i dati dei rilievi, comprese le schede anagrafiche di censimento etnografico di tutte le popolazioni ivi eventualmente presenti e un piano, comprensivo di ipotesi di rendicontazione a uno, tre e cinque anni, che attesti, consigliabilmente con la validazione dell'Istituto di…»

Antônio posò entrambe le mani sul tavolo, si schiarì la voce interrompendo il funzionario che mentre parlava andava estraendo da cassetti e faldoni fasci di modulistica, inspirò e disse con voce forzatamente calma: «Ok, come non detto, ho capito. Chissà cosa mi è saltato in testa.»

Si alzò e uscì dall'ufficio chiudendo la porta con un po' più di forza del necessario.

Cauê e il signor Aluguer restarono a fissarsi per qualche secondo, mentre il funzionario iniziava a sentirsi inquieto per lo sguardo da puma che il giovane gli puntava addosso. Poi la porta si riaprì, Antônio entrò, rimise la sedia nell'angolo, ci appoggiò sopra il manichino e disse, gelido, al ragazzo: «*Vieni Cauê, andiamo via. Torniamo a giocare a pallone, che è quello che sappiamo fare.*»

Il ragazzo lo seguì, non prima di aver sibilato alcune parole al dottor Aluguer, che li guardò uscire interdetto, le braccia ingombre di moduli.

«*Cosa gli hai detto? Cosa significa ambúá eçaí ité? È una parola che non ricordo*»

«*Significa viscido-centopiedi-con-occhi-di rana-velenosa.*»

Sì, molto appropriato.

3.26 Amici

Yamandé avrebbe recuperato completamente l'uso della gamba, l'incidente non avrebbe lasciato conseguenze nemmeno sulle sue capacità sportive. Certo sarebbe stato necessario ancora un po' di tempo, almeno un mese, anche perché la fisioterapista che lo seguiva si era presa a cuore la faccenda e aveva posto come obiettivo non solo il recupero completo del tono muscolare ma anche il ritorno all'attività atletica. Ma era un'ottima notizia, i dottori si erano detti molto sorpresi dalla velocità con cui stava recuperando e dalle qualità del fisico del ragazzo.

E Yamandé non aveva reagito nemmeno troppo male alla notizia che dopo pochi giorni i suoi amici e Antônio sarebbero partiti per un tour durante il quale avrebbero giocato vere partite di calcio con vere squadre, sette contro sette: inizialmente si era rabbuiato, poi aveva riflettuto per qualche secondo per sentenziare infine: «*Ma il settimo chi è? Giochi tu, Antônio? Ahahah giusto, se no siamo troppo forti! Che bello però! Se guarisco in fretta magari qualche partita riesco a giocarla anch'io!*»

Fin dal principio ogni giorno la comitiva si era divisa per andare a turno all'ospedale in gruppetti di due o tre persone e quel giorno ascoltare le parole del primario era toccato ad Antônio e Jaci: la strada del ritorno era stata un susseguirsi di risate e di entusiaste anticipazioni riguardo a quel viaggio per giocare a calcio che sarebbe iniziato tra poco.

Arrivati a qualche centinaio di metri da casa Antônio sentì chiaramente uno «Jaci!» provenire dallo spiazzo sterrato circondato di erbacce dall'altra parte della strada.

Un gruppo di ragazzini stava giocando a palla e il più piccolo di loro, a piedi nudi come tutti, con una canottiera giallo canarino troppo lunga che gli faceva anche da pantaloncino e forse da pigiama e la pioggia che gli rigava il faccino infangato dove spiccava la mancanza di tre o quattro denti, stava agitando una mano in segno di saluto.

Antônio si girò verso Jaci che, con quella che gli sembrò un'espressione di imbarazzo, si diresse verso lo spiazzo e il bambino attraversando la strada senza badare in nessun modo all'eventuale arrivo di automobili e facendo prendere un mezzo infarto ad Antônio che non ebbe nemmeno il tempo di aprire bocca.

Il rimprovero gli si spense in gola quando vide il bambino e Jaci salutarsi con i gesti della tribù, piccola cerimonia che si ripeté con altri tre o quattro ragazzi un po' più grandicelli. Si conoscono?

Jaci si staccò dal gruppetto per raggiungere Antônio dall'altra parte della strada, sempre senza assolutamente guardarsi intorno, sfiorato infatti da un motorino con due uomini che si produssero in una scarica di improperi che nemmeno Antônio riuscì ad afferrare correttamente.

«Io rimango un po' a giocare a palla con Marcos e gli altri.»

(Marcos? Gli altri?) Non era una domanda e Antônio provò una strana sensazione: si era auto-eletto loro protettore ma questi ragazzi avevano una loro autonomia e tutto il diritto di vivere come meglio credevano.

«Ma certo, Jaci... Però ti prego, stai attento quando attraversi la strada.»

«La strada? Oh sì certo, la strada, la strada.»

Jaci la riattraversò con la medesima noncuranza e dopo pochi istanti era già circondato da ragazzini che contavano ad alta voce i suoi palleggi: testa, testa, ginocchio, tacco, piede sinistro (diversi colpi), piede destro, spalla, ancora tacco e così via. Antônio lo guardò cominciando a sorridere mentre Jaci si sedeva per terra senza interrompere il palleggio – provocando un applauso spontaneo da parte dei ragazzi – per poi rialzarsi di nuovo.

La cosa più sorprendente per Antônio non era la sua tecnica ma il fatto che con le labbra stesse inequivocabilmente contando, e ormai aveva fatto almeno cinquecento palleggi. Nella lingua della tribù esistevano solo i numeri fino al venti e poi alcune parole per definire diversi ordini di grandezza non ben definiti: "molti" come i giorni vissuti dagli anziani, "molti" come i pesci nel fiume, "molti" come tutti gli alberi della foresta. Jaci invece stava contando e, questo pensiero colpì Antônio nel profondo, lo stava per forza facendo in portoghese.

Verso il millesimo palleggio i ragazzi persero interesse e lo stesso Jaci si stufò. Potrebbe andare avanti all'infinito, pensò Antônio mentre iniziava una partitella in cui Jaci e il piccolino avrebbero giocato contro tutti gli altri. I due comunicavano: qualche gesto, molti sorrisi, certamente il calcio come lingua comune e... qualche parola? Antônio si accorse che Jaci aveva insegnato i rudimenti di alcuni loro schemi a quel bambino che sembrava apprezzare particolarmente la *doppia freccia,* una specie di uno-due in velocità che provavano continuamente e quando riusciva, a un decimo della velocità con la quale Jaci la eseguiva normalmente con i suoi compagni, festeggiavano assieme saltando e facendo ripetutamente il gesto di tendere e rilasciare la corda di un arco. In effetti è una fortuna, pensò Antônio, questi ragazzi a vent'anni possano vivere una seconda infanzia, non molto diversamente da quello che è successo a me nella foresta.

Era rimasto imbambolato a osservare la scena nella stessa posizione per circa un quarto d'ora e la consapevolezza di questo si stava lentamente affacciando in lui quando uno dei ragazzi sventolò di nuovo la mano in segno di saluto.
«Moacir! Moacir! È venuto a parare i rigori, Moacir!»
Eh no, questo è troppo.

Moacir arrivò contromano a velocità folle sulla vecchia e scricchiolante bicicletta di Antônio e si produsse in una goffa frenata in controsterzo sul terreno scivoloso dello spiazzo che lo fece finire a gambe all'aria tra le risate dei ragazzi.

Se si fa male pure lui siamo rovinati. Fortunatamente si rialzò senza conseguenze e anzi con un'espressione di gioia pura dipinta in faccia. Pur essendo solo poco più alto dei suoi compagni, in mezzo a questi ragazzini il suo sorriso e i suoi occhi sornioni svettavano su tutti. Dopo nemmeno un minuto era in porta a parare i rigori.

La porta era un vecchio muro scrostato sul quale erano stati incisi malamente nell'intonaco due pali e una traversa. Tutto il muro era pieno di piccoli buchi, il più grande della dimensione di un pugno, e di scritte fatte con gessetti colorati scolorite dalla polvere e dalla pioggia.

Moacir si mise davanti alla porta. Accoglieva ogni tiratore con un piccolo ruggito e con il gesto degli artigli fatto con le mani, seguito spesso da una risata sdrammatizzante. Nessuno dei ragazzi era in grado di impensierire l'agilissimo portiere che infatti per parare alcuni rigori aspettava il tiro accucciato o addirittura seduto per terra.

Scosso dall'arrivo di Moacir, Antônio attraversò a sua volta la strada andando a fianco di Jaci che stava seguendo i rigori leggermente in disparte.

«*Guarda il piccolo*» gli disse Jaci con un sorriso.

Di fronte a Marcos, Moacir si preparò stando in piedi come se di fronte avesse avuto un avversario vero. Due passi di rincorsa e un tiro di punta. Sarà stato il pallone leggero, sarà stata l'effettiva bravura del bambino, la palla venne indirizzata con grande precisione nell'angolino alto alla destra di Moacir il quale si esibì in un salto plasticissimo che gli consentì di deviarla fuori proprio con la punta delle dita. Se il tiro fosse stato appena più veloce non ci sarebbe arrivato.

«*È molto bravo,*» gli rispose Antônio «*assomiglia un po' a te quando eri piccolo...*»

Ma già tutti quanti lo stavano chiamando in portoghese: «Jaci, Jaci, vieni a tirare un rigore!»

Una frase che Jaci mostrò di comprendere perfettamente per il rinnovato stupore di Antônio.

Jaci non si fece pregare. Prese la palla, contò gli undici passi che Antônio gli aveva insegnato tanto tempo prima (chissà se sta contando in portoghese, si chiese Antônio) e adagiò con cura il pallone per terra come un professionista consumato (ma dove l'avrà vista questa? Sto proprio perdendo il controllo). Moacir davanti a lui stava ruggendo e artigliando l'aria con più convinzione e i suoi occhi erano diventati occhi di giaguaro. Jaci non si trattenne e scagliò un tiro potentissimo che andò a staccare un grosso pezzo di intonaco del diametro di una trentina di centimetri proprio all'altezza dell'incrocio dove aveva cercato di infilare il rigore il piccolino. Da una parte gioia ed esultanza, dall'altra il gesto di sconfitta di Moacir, che era comunque riuscito a sfiorare anche questa palla.

Subito uno dei ragazzi più grandi corse sotto a quel grande buco, di gran lunga il più grande di tutto il muro, e con un gesso rosso scrisse 'JACI' con una calligrafia incerta.

Solo allora Antônio capì che le scritte erano firme, erano pallonate che i ragazzi avevano tirato e che avevano fatto cadere pezzi di muro (tutti o quasi all'interno della porta), erano buchi che ricordavano le piccole imprese di quei giovani. E ora anche Jaci aveva lasciato il segno.

Quando Antônio decise che era ora di andarsene a casa Jaci stava ancora osservando con orgoglio il suo nome scritto sotto al buco più grande.

3.27 Foresta

«*Adesso sono tutti al villaggio di Antônio, vero?*»

Janaína cercava di non essere in ansia – la preoccupazione va dentro il latte e fa male al bambino, lo dicevano sempre le anziane – ma non riusciva a non pensare in continuazione a dove fosse, a cosa stesse facendo il suo uomo, a quali pericoli stesse correndo.

«*Certo che sono là. Ora sono tutti nel grande shabono dove vive Antônio, intorno al fuoco come siamo noi, e mangiano tenera carne di caimano che i guerrieri del villaggio hanno catturato nel fiume grandissimo che c'è laggiù. Sono caimani molto, molto più grandi dei nostri, ma non sono pericolosi, non hanno nemmeno un dente, mangiano solo papaye e orchidee.*»

La sicurezza che Kirimà ostentava era parecchio lontana da quella che in realtà sentiva, erano partiti da due lune e non sapevano nulla di loro, non avevano idea se fossero sani e salvi e dove. Ma non voleva che Janaína si preoccupasse, che nessuno nel villaggio si preoccupasse. Soprattutto non voleva a nessun costo preoccuparsi lui. Aveva già passato intere notti insonni, davanti agli occhi la visione della gamba di suo figlio così devastata che aveva dovuto fare uno sforzo quasi insostenibile per convincersi che una ferita così non dovesse per forza portare alla morte.

Si era trovato a doversi fidare di un uomo che aveva sempre pensato di odiare, dell'uomo che ancora adesso riteneva confusamente in qualche modo responsabile dello sfavore degli spiriti che aveva provocato l'incidente a Yamandé. Ma incredibilmente si era accorto che si fidava davvero. Forse perché non aveva scelta, certo, ma forse perché tutto sommato ai suoi racconti, per quanto gli fosse costata una immensa fatica ammetterlo con sé stesso, aveva sempre creduto.

Era un cantastorie Kirimà, certe cose le sapeva. Sapeva distinguere quando qualcuno raccontava una storia vera e quando invece una inventata. Quando racconti una storia che stai inventando i tuoi occhi si perdono alti, sul cielo, sulle cime degli alberi, per vedere volare le immagini del tuo racconto, vederle formarsi dal nulla nell'aria come fiocchi di fumo. Ma quando racconti una storia vera le immagini le hai già tutte dentro, non devi cercarle. Quando racconti una storia vera guardi in faccia quelli che ti stanno ascoltando, vuoi vedere cosa pensano, essere sicuro che capiscano bene.

Quando inventi una storia non ti importa se chi ti ascolta ne vede una un po' diversa, è comunque una storia inventata, anzi è ancora più bella per questo. Ma se una cosa esiste davvero vuoi che gli altri la capiscano giusta. E Antônio guardava sempre negli occhi il villaggio quando parlava, perciò Kirimà, suo malgrado, aveva sempre saputo che non stava inventando.

Guardò le nuvole sopra le chiome: lui invece doveva un po' inventare, ora, perché Antônio aveva raccontato molte cose ma di moltissime altre non aveva parlato, se voleva raccontare dov'erano i loro ragazzi quello che non sapeva avrebbe dovuto crearlo con la fantasia. Era sicuro che l'intera tribù lo sapesse benissimo, ma a nessuno importava: erano contenti lo stesso, una storia ben inventata placava le ansie quanto una vera.

«Sul grande fuoco in mezzo a loro cuociono anche altri animali di fuori dalla foresta, animali che corrono con innumerevoli gambe di rana, animali che volano all'indietro e bisogna colpire con una freccia proprio in mezzo ai loro tre occhi, altrimenti sono immortali. Ma hanno carne squisita, dal sapore di bruco e di bacca matura.»

L'intero gruppo di ascoltatori raccolti intorno al focolare deglutì acquolina, la loro cena di carne di formichiere non poteva nemmeno paragonarsi a tanta esotica delizia.

«Finito di mangiare ascolteranno i canti portati dai fili invisibili e danzeranno tutti, tutta la notte, bevendo succhi dolci come miele, Yamandé danze-

rà in mezzo a loro, la sua gamba più dritta e forte di prima» la voce di Kirimà si incrinò per un istante.

Janaína gli venne in aiuto: *«Danzerà anche Antônio con loro, vero?»*

«Oh, lui è quello che batte il ritmo sopra il tamburo con piume di colibrì intrecciate ai capelli, ci sono donne bellissime tutte intorno a loro, donne di fuori dalla foresta con lunghissimi capelli gialli e verdi...»

Kirimà, ripresosi dal momento di commozione, non aveva resistito al desiderio di prendere un pochino in giro Janaína e proseguì sorridendo tra sé vedendo che sgranava gli occhi già fiammeggianti di gelosia: *«...ma Antônio non guarderà le donne gialle e le loro amache di fiori intrecciati, perché guarderà nelle fiamme e vedrà la sua Janaína e il suo Ybyráatã che lo salutano agitando le mani.»*

Ecco, Janaína già sorrideva di nuovo, cullando il piccino.

«Non ci ha mai parlato di queste donne bellissime, Antônio» rilevò Piata, molto interessato.

«Oh beh, se ne deve essere dimenticato. Preferiva raccontare storie di giochi di palla, lo sai.»

«E chissà quante nuove storie ci racconterà, ci racconteranno, al loro ritorno.»

«Moltissime storie, sì. Racconti di giochi alla palla, loro non fanno che giocare tutto il giorno, là nel grande villaggio. Ma racconteranno anche di quando hanno volato altissimi sul dorso dei grandi uccelli lucenti, con tutti i fili invisibili che gli sfioravano come dita i capelli e...»

Gli uccelli lucenti erano interessanti ma Piata si era distratto, pensando che non vedeva l'ora di chiedere a Moacir e Yamandé maggiori dettagli su quelle donne dai capelli multicolori e fluenti.

3.28 Passaparola

Isabel si sentiva prigioniera in una torre d'avorio. Dopo aver passato cinque anni della sua vita a Ginevra (fatico a trovarne l'anima, ripeteva a sua madre durante le loro rade conversazioni telefoniche) aveva guardato con entusiasmo al suo ritorno a New York ma una volta toccato terra al JFK e canticchiato, come sempre, l'immancabile pezzo degli U2, si era presto ritrovata preda dello sconforto. Davvero era quella la sua vita? Davvero avrebbe fatto l'interprete per sempre?

Professionalmente doveva solo essere felice. Già lavorare per le Nazioni Unite, con il loro sistema durissimo di selezione, era la dimostrazione delle sue qualità; avere vinto subito il concorso per un secondo ciclo di cinque anni, e nella sede di New York poi, avrebbe dovuto renderla estremamente soddisfatta. E dopotutto quello dell'interprete era un lavoro meraviglioso, indispensabile ponte tra culture diverse: ogni tanto, quando era di buon umore, si presentava dicendo che era collega della Stele di Rosetta.

Ma ora sentiva il peso di avere parlato, per anni, delle più varie problematiche, dalle più piccole alle più rilevanti e non avere mai toccato con mano dal vero nessuna di queste. Era a contatto con tutti i problemi del mondo eppure se ne sentiva distante come fosse su un altro pianeta.

E poi la saudade, quel sentimento così unicamente brasiliano. Quando viveva a Ginevra l'aveva scambiata – come avevo potuto fare un errore simile! – per nostalgia dell'ultimo posto che aveva chiamato casa, il suo appartamento sulla 36esima Avenue. Ma ora che il suo sguardo si posava sulla familiare silhouette del Roosevelt

Bridge, la sua mente si era schiarita: pensare che la saudade possa essere provata per un paese diverso dal Brasile è come credere che si possa avere mal d'Africa per l'Asia: per quanto affascinante possano essere Ulan Bator o Kathmandu è semplicemente impossibile.

Credeva di aver imparato a tenerla a bada, a colpi di viaggi e di una vita impegnata e frenetica, ma la lontananza da casa tornava sempre a farsi sentire, come quell'amica-nemica da cui non sappiamo staccarci, pensava. Gli strumenti forniti dal progresso tecnologico non facevano che soffiare sul fuoco: da quando aveva ripreso servizio al palazzo di vetro il suo tablet era connesso sempre più spesso con le agenzie di stampa brasiliane, con i media della regione di Macapá.

La piccolezza degli avvenimenti di casa le scaldava il cuore e le strappava spesso un sorriso e qualche volta – le pareva di essere diventata più sentimentale, ultimamente – una lacrima: non aveva mai sentito nominare il signor Jaco Sainz, ma leggere che un'onda di pororoca, la marea fluviale fuori stagione, aveva disperso il bestiame della sua fattoria l'aveva rattristata. Povero Jaco. E povere le sue mucche. La scuola di samba Maracatu da Favela, fresca vicecampione del 2014, già iniziava i preparativi per il carnevale dell'anno seguente. Chissà se Silvinha era ancora nel comitato organizzatore, che bella persona, così solare. Una nuova segretaria straordinaria per le politiche femminili era appena stata nominata dal governatore dello stato di Amapà: una donna giovane dai tratti simpatici, ecco una buona notizia.

Ogni volta che Ana, un'interprete serba che parlava un bellissimo portoghese e con cui aveva subito stretto amicizia, vedeva Isabel maneggiare il suo tablet si avvicinava incuriosita.

A parte le notizie locali, la stampa parlava di donne e di coppa del mondo, associando in tutti i modi possibili i due temi. In poco più di una settimana nella zona di Macapá erano state nominate: "Miss Coppa", "la Musa della Coppa", "la Gattona della Coppa", "la Madrina della Coppa" e una decina di altri titoli, tutti corredati dalle fotografie di giovani donne più o meno discinte e più o meno carine. Ana trovava la cosa divertentissima: «Voi brasiliani siete incredibili!»

Isabel non era altrettanto entusiasta, più passava il tempo e più trovava stonato questo genere di articoli.

«Sì, lo siamo. Ma preferisco quando la nostra unicità si manifesta in altri modi. Guarda qui,» ribatté Isabel «un uomo è tornato a Macapá dopo quattordici anni trascorsi nella Foresta Amazzonica» lesse ad alta voce.

«E senti: "Accolto da una tribù di incontattati, si è rifatto vivo assieme a un gruppo di indios per prestare soccorso a un membro della tribù." Guarda che foto!»

Le foto erano fantastiche, ritraevano il gruppo di indiani mentre giocavano a calcio a piedi nudi, assieme a quell'uomo più alto e barbuto.

Riguardandolo meglio a Isabel venne il sospetto di conoscerlo. Nascose con un dito la barba per guardare bene solo gli occhi: le ricordava qualcuno ma non riusciva a inquadrarlo. Fu leggendo l'articolo che le tornò chiarissimo alla memoria.

Antônio Carlos Rocha de Almeida.

«Antônio!» esclamò Isabel.

«Perché, lo conosci?» chiese Ana.

«Sì, lo conosco, lo conosco» rispose Isabel allibita.

«Ma dai, è incredibile! Mi mandi il link via mail?» domandò Ana «È una storia troppo bella per non condividerla su Facebook.»

L'indomani Ana presenziava a una riunione della Terza Commissione e come al suo solito arrivò con buon anticipo per organizzare le sue cose e, se possibile, scambiare quattro chiacchiere. Il suo post su Facebook aveva già ricevuto un centinaio di like e lei scorse la lista per vedere chi l'avesse ricondiviso. A fianco a lei uno dei pezzi grossi, un'ambasciatrice membro del Consiglio Permanente e del gabinetto personale del Presidente, sbirciava ostentatamente le immagini che scorrevano sullo schermo. Ana sapeva che lei e Isabel si conoscevano bene, Isabel era stata una preziosa collaboratrice dell'ambasciatrice prima di fare il concorso per l'ONU.

«È un amico di Isabel,» le disse indicando un'immagine sullo schermo «ecco, questo qui. Sembra che si conoscessero anche abbastanza bene.»

«Ma cos'è successo? Sono indiani?»

«Sì, pare che lui sia scomparso quattordici anni fa nella Foresta Amazzonica e che nei mesi scorsi sia ricomparso nella loro città natale portandosi dietro alcuni membri della tribù nella quale ha vissuto. E la notizia buffa è che sono bravissimi a calcio!»

«A calcio?»

«Sì, sembra che giochino benissimo.»

«Ma è uno spot della Coppa del Mondo?»

«No, no, è successo davvero: le dico che questo qui, si chiama Antônio, è un amico di Isabel.»

«Mi manda il link all'articolo?»

«Sulla sua mail personale?»

«Sì, per favore, è una bellissima storia.»

L'ambasciatrice incontrò Isabel qualche giorno dopo, in occasione di un ricevimento presso l'ambasciata del Brasile, ma fecero appena in tempo a scambiare un saluto e poche parole prima che la folla le dividesse.

Isabel, gingillandosi con il bicchiere di batida, stava pensando divertita che in quella sala faceva caldo proprio come a Macapá quando si sentì interpellare.

«Non vi annoiate?»

Vide che si rivolgeva a lei uno sconosciuto sui quarantacinque, l'unico senza cravatta nella sala in cui si teneva il ricevimento, dall'aria molto sicura di sé.

«Io a queste cose mi annoio sempre» aggiunse lui in un portoghese fluido ma un po' grezzo.

«No, non mi annoio,» rispose Isabel in un inglese privo di inflessioni «mi sento solo un po' stanca, è stata una settimana impegnativa. Ci conosciamo?»

«Di sicuro non ci siamo mai presentati, me ne ricorderei. Robert, piacere.»

«Maria Isabel Barbosa,» rispose Isabel, aspettando qualche istante prima di aggiungere l'obbligatorio «piacere mio.»

Robert non poté non notare il sopracciglio alzato di Isabel, e ricalibrò l'approccio, passando anche lui all'inglese.

«Il cognome, giusto. Hubert, Robert Hubert. Lavora per l'ambasciata? Ho intravisto che parlava con l'ambasciatrice.»

«No, sono un'interprete e lavoro per le Nazioni Unite, però io e l'ambasciatrice ci conosciamo da molti anni e ci vediamo sempre con piacere. Aspetti un attimo, Hubert?»

«Sì, Robert Hubert» rispose l'uomo sorridendo.

«'Quel' Robert Hubert?»

«Sì, sono 'quel' Robert Hubert, quello degli stadi da centinaia di milioni di dollari. E durante l'ultimo Workshop Internazionale ho presieduto il gruppo di lavoro "Sostenibilità": se vede qualcosa di ironico in tutto questo volevo confermarle che di ironia ce n'è molta, anche se forse non dove pensa lei.»

Il dialogo venne interrotto dall'ambasciatrice che si era avvicinata sorridendo, con in mano il solito bicchiere di acqua frizzante: «Stai raccontando del tuo amico? Questa storia è sulla bocca di tutti, qui.»

«Quale amico?» chiese Hubert incuriosito.

«È pronto per un po' di ironia dove non pensa che ce ne possa essere?» chiese Isabel, e proseguì: «Un mio amico che era dato per disperso nella foresta è tornato dopo quattordici anni, portando con sé i membri della tribù in cui ha vissuto tutto questo tempo.»

«E l'ironia dove sarebbe?» disse Hubert in modo leggermente troppo rude.

«L'ironia sta nel fatto che i membri di questa incredibile tribù sanno giocare a calcio, non ho capito se gliel'ha insegnato Antônio, il mio conoscente, o cosa, e adesso sono impegnati in una tournée in giro per il Brasile del nord.»

«Oh, capisco. Sa se per caso vanno anche a Manaus?» chiese di rimando Hubert, che continuava a non vedere nessuna ironia in questa storia, ma evitò di insistere sul punto.

«Mi sembra di sì, ma non ne sono sicura,» rispose Isabel «comunque ci metto un attimo a controllare.»

Dopo due minuti l'attenzione di tutti e tre era focalizzata sul tablet di Isabel sul quale comparivano immagini e video sempre più bizzarri. A quanto pareva fino a quel momento gli indios avevano vinto tutte le partite, alcune anche con un margine larghissimo (era talmente incredibile da far pensare a una mossa pubblicitaria) e sì, effettivamente a Manaus si sarebbe giocata l'ultima partita del tour.

«È la partita di inaugurazione dello stadio!» esclamò Robert vedendo la data «non sapevo che fossero indiani quelli che dovevano giocare ma beh, mi sembra più che giusto. Io naturalmente in qualità di progettista dovrò partecipare alla cerimonia, perché non venite anche voi? Mie ospiti, naturalmente. Mrs. Barbosa potrebbe darmi una mano con il mio portoghese zoppicante, gliene sarei grato.»

«Mi spiace, io non posso esserci,» rispose l'ambasciatrice «da prossima settimana parto per Ginevra e poi ho una serie di incontri in medio oriente, non tornerò in America prima di fine giugno.»

«E lei?» chiese Hubert rivolgendosi a Isabel.

Isabel sentì di nuovo la stretta al cuore che le stava provocando in quel periodo la nostalgia di casa e contemporaneamente un altro sussulto che poteva anche essere dovuto allo sguardo dell'uomo, a onor del vero molto avvolgente, così quando rispose le parole le uscirono da sole: «Il suo portoghese non mi è parso così male, non credo abbia bisogno di un'interprete. Ma in effetti ho parecchie ferie arretrate e il Brasile mi manca tanto. Sono tentata, ci penserò. Ma la avverto: se dovessi venire per me sarà un'occasione per farle sapere come la penso su tutti quei milioni di dollari che sono stati spesi per gli stadi di calcio.»

«D'accordo. Ma mi prometta che prima di dirmelo si lascerà accompagnare a fare un giro dello stadio.»

3.29 Tournée

Antônio aveva aperto la finestra prima di sedersi sul letto con il portatile in grembo. Il rumore tamburreggiante della pioggia gli piaceva, e gli piaceva l'odore caldo del fiume al di là del quale l'umidità velava i contorni delle case ammonticchiate sulla riva. Sembrava davvero una bella città, Manaus, e un pochino gli spiaceva avere avuto solo mezza giornata per fare un giro, ma i tempi del tour erano stati fissati in anticipo da Rete Norte e ovviamente bisognava adeguarsi.

Era contento anche di avere una camera da solo, i ragazzi se la cavavano ormai più che bene in cose come il dormire per conto loro, e lui che doveva ammettere di aver trovato la tournée più faticosa di quanto si aspettasse – per quanto la vita nella foresta l'avesse mantenuto in ottima forma fisica giocare a calcio con dei ventenni era un impegno non indifferente, e poi tutto quel viaggiare, quelle strade sconnesse e allagate, quei campi da gioco impiastricciati di fango – si godeva con piacere qualche momento di pace. Ormai aveva capito che riusciva a sentirsi tranquillo solo quando sapeva i ragazzi sotto controllo e al sicuro, pensa quanto istinto paterno che avevo senza saperlo.
Ma l'albergo dove si trovavano quella sera era grazioso e tranquillo, privo delle pericolose lusinghe di discoteche ambigue e fumose sale gioco tra le quali aveva dovuto destreggiarsi in alcune delle tappe precedenti, cercando un difficile equilibrio tra la legittima curiosità e voglia di divertirsi dei giovani e i rischi che potevano comportare situazioni e ambienti a cui non erano affatto preparati. Una vecchia zia più che un allenatore, pensava: quel liquo-

re è troppo forte, stai attento, quelle macchine sono mangiasoldi, non farti incantare dalle lucette, no quelle ragazze non fanno per te, sono lì, sono lì a lavorare ecco, lasciale perdere, e tu mettiti una maglia, non si può andare a mangiare a torso nudo qui. Una vecchia zia, uno chaperon, una badessa.

Ora però era tutto a posto, probabilmente nonostante fossero stati divisi in tre camere erano tutti ammassati in una a contendersi il telecomando del televisore e lo smartphone su cui non si stancavano di guardare le loro foto che Gabrielita, con ammirevole costanza, riprendeva dai filmati di Rete Norte per metterle sull'account Instagram che aveva aperto in nome loro, a cui Moacir contribuiva caricando ogni tanto qualche foto scattata da lui stesso.

Antônio si accomodò meglio i cuscini dietro la testa. Beh, anche questa è andata, pensò. E andata molto bene, benissimo anzi. Vincere tutte le partite era ormai diventata la norma e Antônio ogni tanto si chiedeva se le squadre con cui avevano giocato non fossero più scarse di come gliele avevano presentate. Comunque sia, domani ultima partita poi si torna a Macapá. Yamandé se tutto è andato come previsto verrà dimesso subito dopo il nostro arrivo: qualche giorno ancora per organizzarci e fare fagotto e poi finalmente si torna a casa, nella foresta.

Sorrise andando a cercare sul computer la foresta: quel Google Maps che gli aveva insegnato a usare sua nipote gli sembrava ancora una magia, non si stancava di ripercorrere lo Jarì, di seguire il corso della famosa strada 210 che non aveva mai trovato, di riguardare le tappe della tournée, Belém, Tucuruì, Altamira, Santarém, di allargare la mappa e guardare dall'alto l'intero Brasile, il Sud America tutto.

E poi tornare a stringere il campo, sempre di più, sempre di più, sul verde fitto della foresta, come se guardando bene potesse riuscire a vedere Janaína che andava al fiume con Ybyráatã appeso al collo, Piata che tornava dalla caccia, Itátakúara assopito nella sua amaca.

Rise tra sé, pensando che tutto quel guardare il mondo dall'alto avrebbe fatto invidia anche a Poranga Pagé.

Chissà se troveremo un modo per proteggere almeno questo nostro pezzettino di mondo; chissà, si domandò guardando quello sterminato verde, quante altre tribù come la nostra ci sono. Lanciò una ricerca, cliccò su un link, poi su un altro e un altro ancora, sempre più inquieto e perplesso: c'erano decine e decine di pagine che parlavano di una "questione india" di cui lui non aveva mai sospettato l'entità.

Durante la sua vita precedente a quella nella foresta ne aveva sentito accennare, naturalmente, ma non ci aveva speso troppi pensieri, come capita a moltissime cose di cui si sente parlare ma che non ci toccano affatto. Non si era affatto reso conto che ci fossero dietro problematiche tanto complesse e dibattute.

Il fatto di essere praticamente diventato un indio gli faceva leggere quelle pagine con un certo sgomento: da un lato leggeva della questione da istruito brasiliano di città com'era stato per gran parte della sua vita, cercando di districarsi tra le informazioni e le opinioni con distacco e freddezza, dall'altra se ne sentiva coinvolto in prima persona, lui, la sua famiglia, i suoi amici e faceva fatica a non lasciarsi trasportare dalla rabbia e dal turbamento.

Spense il computer, si stese sul letto ad ascoltare lo scrosciare della pioggia. Tornati a Macapá devo vedere quella donna di Greenpeace, quella Mariana: lei ha lavorato tanto su questa cosa e forse potrà aiutarmi a capirci qualcosa un po' meglio, senza farmi trasportare troppo dalle emozioni.

E a proposito di emozioni, pensò mentre stava scivolando nel sonno, sono stato contento ma molto meno emozionato di quanto avrei creduto risentendo Isabel dopo tanto tempo.

Gli aveva fatto piacere che l'avesse rintracciato e chiamato, e ancora più piacere che fosse proprio lì, a Manaus, e gli avesse proposto di cenare insieme dopo la partita del giorno seguente. Ma se pensava a quanto era rimasto male per il suo rifiuto di tanti anni prima e a quanto era stato stupido e goffo quella sera gli sembrava tutto così lontano, gli sembrava di vedere agire nella memoria un altro Antônio, del tutto diverso. E si rese all'improvviso conto che fino a quel momento aveva pensato che il giorno dopo avrebbe rivisto la ragazza vestita di verde di quella sera, che scemo, è ovvio che gli anni passino anche per lei: ormai ha quarant'anni passati, sarà una signora sposata e posata.

Si addormentò pensando che non ricordava affatto come si chiamasse di cognome.

3.30 Manaus

Isabel non aveva mai dormito su un aereo in vita sua. Non provava paura, anzi volare le piaceva molto, e aveva sempre pensato che fosse in qualche modo eccitante librarsi così in alto sopra il mondo, liberi da tutti i vincoli del peso e della gravità. Si sedeva tranquilla al suo posto e anche nelle tratte più lunghe rimaneva sveglia a contemplare il panorama o, di notte, gli altri passeggeri. Raramente guardava i film che proponevano e ancora più raramente leggeva. L'aereo per Isabel era un luogo di osservazione e introspezione.

Hubert invece si era già addormentato durante il decollo e tranne due brevi pause per mangiare il cibo "orribile" servito da hostess "rumorose" non aveva fatto altro che girarsi e rigirarsi sul suo sedile reclinato russando rumorosamente. Da più di un'ora stavano sorvolando solo foresta e Isabel era allo stesso tempo inorridita e affascinata. Il mare verde è davvero un mare, guarda, un oceano anzi, si estende a perdita d'occhio in ogni direzione, talmente regolare che ogni irregolarità polarizza completamente l'attenzione. Antônio è stato un naufrago, si rese conto, chissà cosa deve aver provato là sotto per quattordici anni, perduto là dentro. Isabel aveva passato la sua gioventù ai margini di quel mondo verde, lo aveva sfiorato più volte, e adesso le metteva i brividi. Cosa mi sta succedendo, si chiese, cosa sono tutte queste improvvise fragilità?

Hubert si girò di colpo esalando l'ennesimo grugnito e appoggiò la guancia sul braccio generoso di Isabel che sorrise e non si spostò di un millimetro, represse anzi la tentazione di aggiustargli un po' la frangia scompigliata prima di rifocalizzare la sua attenzione sulle cime degli alberi.

Il caldo e l'umidità soffocante di Manaus la accolsero come due vecchi conoscenti, assieme all'odore torpido di fiume e di frutta. Non era della stessa opinione Robert che iniziò a sbuffare e a sudare copiosamente appena uscito dall'aeroporto e dalla protezione dell'aria condizionata. Isabel si sentiva a casa, sorrise a sé stessa pensando com'era dolce che tutto il calore della sua terra le fluisse attraverso i piedi e le vibrasse nel corpo. La sua euforia cresceva di momento in momento e raggiunse il suo apice nel taxi che passava per strade che le sembrarono familiari anche se non era mai stata a Manaus: i colori, i suoni, i volti, tutto contribuiva alla sensazione di sentirsi a casa e alla sua felicità.

E, doveva ammettere, vi contribuiva in modo leggermente perverso anche il disagio di Robert che le dava un senso di superiorità e di controllo.

Ma la mattina dopo Hubert era trasformato. Aveva smesso di sudare e un sorriso radioso gli illuminava il viso.

«Mi succede sempre così, da quando sono venuto a lavorare in Brasile. Le prime ore sono faticosissime, poi non so come il mio corpo si adatta e mi sento benissimo.»

«Ma hai dormito stanotte?»

A Isabel sembrava impossibile che fosse riuscito a prendere sonno dopo aver dormito per quasi tutte le dieci ore di volo il giorno prima, lei stessa era rimasta sveglia fino a molto tardi.

«Sì, sì. Io sono un dormiglione, non è raro che mi faccia delle dormite anche di una ventina di ore. E adesso mi sento proprio bene, mi sento quasi brasiliano.»

«Effettivamente anche il tuo accento è migliorato!» scherzò Isabel.

La conversazione continuò piacevolmente durante la mattinata, quando fecero colazione insieme e poi si trasferirono con calma verso la zona dello stadio cittadino. Ma mentre in tutta la città si respirava un clima pigro e sereno nella zona dello stadio qualcosa stava accadendo. I primi piccoli assembramenti di persone si stavano organizzando con il loro cartelli di protesta lungo i viali che portavano all'impianto, guardati a vista da troppi poliziotti in assetto antisommossa.

"Vergogna", "Gol per la Coppa del Mondo - Brasile eliminato", "Rispetto!", "La Coppa per chi è?" erano solo alcuni degli striscioni che Isabel e Hubert, un po' preoccupato di essere riconosciuto, osservarono assieme.

«Adesso dimmi che hanno torto» disse a un certo punto Isabel.

«Hanno torto se credono che questi due cartelli che avranno sì e no visibilità solo sulla stampa locale possano davvero cambiare qualcosa.»

«Intendevo nel merito, nel senso che tutte quelle centinaia di milioni spesi per gli stadi si potevano spendere in un altro modo. Ci sono bambini che muoiono per la miseria e l'abbandono, qui, sai.»

«Beh, hanno torto anche in quello. I soldi erano per gli stadi, non c'erano altri progetti. E questo hanno avuto: stadi, belli e moderni. Ai brasiliani piace il calcio? Sì. Questo è l'unico argomento sul piatto. Non ti sto dicendo che sono contento di vedere la povertà diffusa in questo paese e tutte le contraddizioni che conosci meglio di me. Sto dicendo che a questo giro un grande sistema di potere ha toccato il Brasile e né io né forse nessuno poteva farci niente. Quello che ho fatto, che avevo in testa di fare fin da quando mi sono trasferito in Brasile per seguire questi incarichi, è dare al Brasile il meglio: la massima sostenibilità possibile con le tecnologie attuali, il riutilizzo dei materiali, il minore impatto ambientale possibile. Questo avrà il Brasile: gli stadi più belli del mondo.»

«Che nessuno utilizzerà.»

«Lo so, sono cose che possono succedere, ma in questo caso non c'era niente in mio potere che potessi fare per impedirlo.»

La cerimonia di inaugurazione vera e propria si svolse in maniera molto semplice. Il governatore dello Stato di Amazonas scoprì una targa in ricordo di quel giorno, Rete Norte coprì l'evento con uno speciale, ma Hubert rimase in secondo piano, comparendo di spalle solo in qualcuna delle foto ufficiali. La protesta non sortì l'effetto desiderato e alla fine i poco più di mille manifestanti vennero nettamente superati in numero dai tifosi accorsi, circa ventimila.

Poiché la partita sarebbe stata sette contro sette il campo era stato allestito girato di 90° nella metà sud dello stadio, con le porte su quelle che sarebbero poi diventate le linee laterali. La metà nord del campo era ancora parzialmente inagibile in attesa del completamento dei lavori.

Prima del calcio d'inizio ebbe luogo una seconda piccola cerimonia che era previsto venisse coronata da un discorso del capitano della squadra degli indiani.

Quando i calciatori entrarono sul terreno di gioco Isabel si rese conto di quale affare aveva in mano Rete Norte. Ben sfruttato sarebbe potuto essere un fenomeno mediatico di livello mondiale. Gli indiani arrivarono a torso nudo con i corpi e i visi dipinti di diversi colori: erano tutti giovanissimi, fieri, con una camminata così fluida da sembrare una danza. Antônio – eccolo! Com'era cambiato! – teneva in mano un microfono e invitò uno dei ragazzi, evidentemente il capitano, a dire qualcosa. Non appena il ragazzo parlò, Antônio si girò di scatto a guardarlo.

La lingua degli indiani non somigliava a nessuna lingua che avesse mai sentito. Era un insieme di suoni molto acuti, intervallati da colpi con la lingua e lunghe vocalizzazioni. Il tutto accompagnato da ampi gesti molto scenografici. Chissà se secoli fa, prima di perdere il contatto con la natura, anche i nostri avi erano così teatrali nel parlare, pensò Isabel. E quando Antônio iniziò a parlare in portoghese per tradurre quello che aveva detto il ragazzo lei non poté fare a meno di sorridere. Anche tu un interprete, Antônio, vedi il destino?

«Ci hanno spiegato che cosa sono i soldi, cosa significa vendere e comprare. E noi l'abbiamo capito, anche se ci sembra una cosa strana.»

A Isabel sembrò che la voce di Antônio fosse incerta, non capiva se per l'emozione o per qualche altro sentimento che non riusciva a riconoscere.

«Poi ci hanno detto che la foresta non è nostra. Che uomini possono venire a tagliare gli alberi come se la foresta appartenesse a loro. Ma che non appartiene a noi, a noi che ci viviamo da quando la luna era piccola e giovane.»

A Isabel vennero i brividi: che cosa ha detto? Ogni volta che il ragazzo parlava Antônio prendeva delle pause sempre più lunghe, come se riflettesse sulle parole che stava per tradurre. Il ragazzo disse ancora una cosa; Antônio tacque per qualche secondo e fu solo dopo un deciso gesto di invito del ragazzo che si decise ad aprire bocca.

«Noi non possiamo comprare la foresta. Ma nessuno può comprare la foresta. Come potete acquistare o vendere il cielo, il calore della terra? L'idea ci sembra strana. Se noi non possediamo la freschezza dell'aria, lo scintillio dell'acqua sotto il sole, come può qualcuno considerarli suoi?»

Dopo la frase successiva del ragazzo, Antônio gli allontanò il microfono dalla bocca e gli disse qualcosa a cui il giovane replicò con decisione. I due andarono avanti a gesticolare e a parlarsi per un certo tempo finché Antônio concluse con due gesti molto più bruschi e meno eleganti degli altri: il capitano sembrò tentennare ma alla fine decise di continuare facendo una smorfia di disappunto. Isabel si trovò a giocare con la sua deformazione professionale: pur non conoscendo nulla di quella lingua si trovò a cercare di indovinare cosa stavano dicendo Antônio e il ragazzo in base al tono, ai loro gesti e a quello che avevano detto prima. Se adesso le avessero chiesto di ipotizzare su due piedi una traduzione, avrebbe attribuito ad Antônio le parole "Adesso basta, questo non è il luogo né il momento per questi discorsi", ma naturalmente in realtà avrebbe potuto essere qualsiasi altra cosa: pur con tutti gli anni trascorsi all'Onu non aveva mai sentito nulla di simile a quella lingua.

Antônio riprese a tradurre, visibilmente tranquillizzato: «Ma oggi siamo qui per giocare per primi in questa nuova casa del calcio, la più grande casa del calcio di tutta la foresta, e siamo molto felici. Per l'occasione abbiamo indossato i colori delle grandi feste e siamo molto emozionati perché tantissime persone ci guarderanno giocare, speriamo che per tutti loro sarà divertente come lo sarà per noi.»

«Per loro lo sarà di sicuro» disse Hubert in un orecchio a Isabel, un gesto un po' troppo intimo per il rapporto che avevano avuto fino a quel momento, ma che non le dispiacque affatto.
«Cosa intendi?» domandò lei.
Robert le mostrò una rivista che stava sfogliando, acquistata poco prima, sulla cui copertina campeggiavano i ragazzi dell'Asu Ka'a ("All'interno il poster di Moacir!"): «Nella partita che gli è andata peggio, la prima tra l'altro, hanno vinto quattro a zero. Certo che si divertiranno, non stanno giocando con gente al loro livello, guarda qui: quattro a zero, cinque a zero, otto a uno, sei a uno...»
«Ma perché hanno organizzato questo tour contro delle squadre così scarse?»
«Scarse? Non tanto. A quanto pare sono tutte le migliori squadre dei campionati del nord del Brasile, campionato Amazonense, campionato Paraense, campionato Amapaense. Tenuto conto che nella serie A brasiliana giocano solo squadre del centro-sud, direi che è il meglio che potevano trovare.»

Nel frattempo era già arrivato il primo goal della squadra degli indiani con un'azione così rapida che Isabel, distratta dal dialogo con Robert, non aveva fatto in tempo a vedere. La sensazione che quei ragazzi danzassero sempre le si rafforzò vedendoli giocare,

sembravano leggerissimi e fragilissimi eppure dai loro piedi uscivano tiri e passaggi di una potenza non comune, avevano un istinto o forse una rapidità che li faceva arrivare sempre per primi sulla
palla e con quei colori dipinti sul corpo erano ipnotici, non riusciva a staccare gli occhi dal campo.

E festeggiavano in un modo davvero strano, facendo il gesto di
un arciere che tende l'arco, e guarda, già qualcuno tra il pubblico
li stava imitando.

3.31 Accordi

«Perdonami ma non mi sono ancora riabituato del tutto a mangiare come voi.»

Non era facile capire cosa ci fosse di indiano in Antônio: non aveva le loro fattezze, i capelli erano di un castano chiaro molto raro nella foresta, la sua pelle era meno scura di quella degli indiani e una barba incolta faceva sfrontatamente capolino sul suo mento. Eppure era indiscutibilmente diventato un indio, saranno stati i suoi movimenti o il tono della sua voce o chissà cos'altro, Isabel non smetteva di chiederselo.

«Intendo dire... come noi, cioè come noi prima che voi diventaste voi...»

Isabel sorrise. Lei e Antônio erano in un ristorante abbastanza raffinato di Manaus, e rivedersi dopo tanti anni per passare una serata assieme era ancora più piacevole dopo la vittoria strepitosa dei ragazzi di Antônio nella partita di quel pomeriggio.

Quando Isabel aveva comunicato a Robert (da quando con Hubert erano passati a chiamarsi per nome? Strano, nemmeno lo ricordava) i suoi piani per la serata, lui aveva commentato: «Mi sembra un posto un po' troppo elegante, forse lui si sentirà a disagio.»

Era carino che Robert si preoccupasse dei sentimenti di Antônio, ma Isabel aveva notato lusingata la punta di gelosia insita nel commento.

Era in realtà curiosissima, troppo curiosa secondo l'opinione di Robert, di conoscere tutti i risvolti dell'incredibile avventura che stava vivendo Antônio.

«Cosa mangiavate nella foresta?» chiese Isabel addentando

un'ottima costela cotta alla brace «mi immagino di tutto, anche gli insetti!»

«Ma non tutti gli insetti,» rispose Antônio «solo quelli buoni.»

Isabel rise di gusto pensando che Antônio avesse fatto una battuta: «No dai, seriamente.»

«Guarda che sono serio. Mangiamo di tutto, insetti, larve, pesci, uccelli, rettili, anfibi, mammiferi, una quantità di vegetali che non riesco nemmeno a elencare… E sarà la nostalgia, non so, però quei sapori mi mancano e queste cose che mangiate voi mi sembra che abbiano sempre un po' lo stesso sapore. E sono tutte un po' troppo salate.»

Isabel guardò dritto negli occhi Antônio per la prima volta, forse per la prima volta nella sua vita.

«È incredibile quanto sei cambiato. Oddio, è credibilissimo, considerato il tuo naufragio in quell'oceano verde, ma è comunque stupefacente vederlo con i propri occhi.»

«Sei cambiata parecchio anche tu. Sei… parli in un modo curioso, ecco.»

Sembra sempre che stia scrivendo un articolo di giornale, pensò Antônio, non mi ricordavo questi suoi slanci retorici. E non mi ricordavo che avesse una corporatura così matronale, forse è un effetto del tempo che è passato, come quelle rughette agli angoli degli occhi.

Ci fu qualche attimo di silenzio, poi Antônio riprese: «Comunque, i bruchi…» ma venne interrotto con un sorriso da Isabel: «Basta parlare di schifezze, va bene?»

«Guarda che non sono affatto schif…»

«Raccontami qualcosa di curioso su quei tuoi incredibili ragazzi, piuttosto. Hanno fatto fatica ad adattarsi al nostro mondo?»

«Molto meno di quanto avrei pensato. Forse il fatto di avergliene parlato per anni li ha aiutati. Certo, ci sono cose che non capiscono ancora, l'immondizia, per esempio: nella foresta i rifiuti sono una manciata di ossa spolpate e di noccioli di frutta, non si spiegano le carte, le bottiglie, le cicche di sigaretta, i rifiuti per strada. Ma altre cose che dovrebbero sconcertarli invece non li turbano affatto. Un episodio significativo è la storia delle scarpe da calcio. Io ero preoccupatissimo, mi ero preparato tutto un lungo discorso per spiegare che giocare scalzi era bellissimo, chiaro, ma anche molto pericoloso se gli avversari giocavano con le scarpe con i tacchetti. Pensa che c'è anche una leggenda sulla nazionale dell'India che non avrebbe partecipato ai Mondiali del 1950 perché non li lasciavano giocare scalzi... scusa, ho divagato. Dicevo: ho passato giorni a pensare a quale potesse essere il modo migliore per convincerli e invece quando siamo arrivati al reparto sportivo del centro commerciale si sono lanciati a provarle e l'unica cosa che mi hanno chiesto è stata: «Ma sei sicuro che Rete Norte ce le compra? Non dobbiamo pagare dei soldi?».

«Hahah, ma come mai, secondo te?»

«Beh, volevano assomigliare il più possibile ai grandi calciatori che hanno visto in TV, da quando sono qui non si perdono una partita.»

«Che carini. Ma senti, a proposito di "comprare" e di "soldi": davvero ti hanno detto così? E il discorso del ragazzo, sul comprarvi la foresta?»

«Quello è stato un episodio che... mi ha preso alla sprovvista, ecco: ero concentrato nella traduzione e dalla lingua della tribù non è facile, è una lingua adattissima alla vita della foresta ma non lo è per niente per questa vita, mi capisci, no?»

«Ti capisco bene, succede spesso anche a me, anche se portoghese, inglese, spagnolo e francese sono molto più simili tra loro.»

«Quando mi sono accorto di quello che stava dicendo gli ho chiesto di smetterla.»

Le pupille di Isabel leggermente dilatate dalla caipirinha lo fissarono intensamente (un po' troppo intensamente, avrebbe detto Robert).

«Si, ma se ho capito bene provengono, provenite, da una tribù di incontattati. Guadagnare, comprare la foresta mi sembrano concetti "occidentali", per così dire. In questi quattordici anni gli hai tenuto corsi di finanza?»

Antônio aveva sviluppato una specie di sistema di allarme: quando si parlava di indiani o di foresta o delle differenze tra la civiltà occidentale e quella indigena il senso di superiorità che regolarmente trapelava nei suoi interlocutori lo faceva facilmente andare su tutte le furie. Si prese un momento per osservare i lineamenti curvi del volto di Isabel e il suo sorriso appena accennato.

L'allarme non scattò.

«È una cosa a cui avevo pensato io quando Rete Norte ci ha proposto il contratto, una cosa così ingenua che quasi me ne vergogno. Alla fine ci resteranno in mano poche migliaia di reais, insufficienti anche per pagare il primo funzionario a cui chiedere informazioni.»

Il telefonino di Isabel squillò, facendo sobbalzare Antônio che ancora non riusciva ad abituarsi al fatto che la gente avesse in ogni momento il cellulare con sé.

Isabel, leggermente arrossita, rispose al telefono parlando in inglese. Era una lingua che Antônio non aveva mai conosciuto benissimo e che non praticava più da quattordici anni, ma non c'era bisogno di conoscere la lingua per notare che il tono della sua voce era diventato lieve e spumeggiante.

È un uomo, indovinò, e presto Isabel appenderà l'amaca vicino alla sua.

E comunque qualche parola di inglese in testa gli era rimasta: buying the rainforest non vuol forse dire comprare la foresta? Forse gli stava raccontando del fatto che Antônio voleva comprarsela? Non capiva bene. Lo stavano forse prendendo in giro?

L'allarme non scattò nemmeno questa volta.

Alla fine della telefonata chiese lumi: «Volete comprarvi anche voi un pezzo di foresta? Per farci cosa?»

Isabel si ricompose e tornò seria, anche se la luce negli occhi non se ne andava: «Antônio. Sarà l'atmosfera magica di Manaus, o forse semplicemente la caipirinha, ma ora ti faccio una proposta azzardata.»

Antônio non capì e per paura di dire una cosa stupida rimase in silenzio, limitandosi a un cenno per invitarla a continuare.

«Io credo di sapere come aiutarti in questa faccenda dell'acquisto di un pezzo della foresta. Tempo fa ho lavorato in un progetto ONU relativo alla ricerca di modelli di project financing atti alla salvaguardia della Foresta Amazzonica. Ero l'interprete e non una degli esperti, ma qualcosa ho imparato e credo di sapere come mettere in piedi una fondazione per questo scopo.»

Ignorò l'espressione stupita di Antônio e proseguì: «Non so esattamente di quanti soldi disponete, ma almeno per avviare il progetto ne bastano pochi.»

A Isabel sembrò di vedere i milioni di pensieri che combattevano nella testa di Antônio per riuscire ad arrivare primi alla bocca: «Ma sei sicura? Io ho provato a informarmi ma mi è sembrato di capire che con poche migliaia di reais non si possa proprio fare niente, se non agganciarsi a progetti già in corso da tutt'altra parte che a noi interessano relativamente. Per non parlare del delirio burocratico.»

«Gli ostacoli burocratici si superano, è appunto a questo riguardo che posso aiutarti. E ovviamente più soldi ci sono e meglio è, non sto dicendo il contrario, se tu vincessi un miliardo di reais alla lotteria sarebbe tutto più semplice. Però per iniziare i vostri soldi penso proprio che basteranno. Poi bisognerà trovare uno sponsor o qualche via di finanziamento e anche qui ho già qualche idea, magari anche Rete Norte potrebbe essere interessata. In ogni caso sono sicurissima che la bella favola del gruppo di indiani che compare dal nulla e gioca a calcio meglio di chiunque altro toccherà il cuore di molte persone. Il mio, per esempio, è stato toccato.»

«Mi stai dicendo che con il tuo aiuto potremmo comprarci la nostra foresta. È questo che mi stai dicendo.»

«Sì. Non ti biasimerò se non ti dovessi fidare, ma te lo dico lo stesso: fidati. I vostri soldi non finiranno né nelle mie tasche né nelle tasche di nessun altro. Resteranno sempre direttamente sotto il tuo controllo o, se avrai bisogno di aiuto nell'amministrazione, sotto il controllo di qualcuno di cui avrai fiducia.»

«Perché lo fai? Voglio dire, la tua vita è a New York, non è quello che hai sempre desiderato?»

«Non lo so, sai, per arrivare a fare questa vita ho studiato e faticato tanto, ho anche rinunciato a molte persone e cose. Adesso sento il peso di questa fatica. E mi manca il Brasile. Mi manca la poesia, l'energia di questa gente. E mi sembra di essere in una posizione in cui posso fare qualcosa per migliorare le cose che non vanno. Così la tua comparsa improvvisa mi è sembrata un segnale, come mi è sembrato un segnale l'arrivo nella mia vita di Robert…»

«Quello della telefonata?»

«Sì,» disse Isabel sorridendo «si è capito così bene?»

«Si è capito che hai appeso l'amaca vicino alla sua.»

«Ah ah, bello questo modo di dire!»

«Sì.»

«No.»

«No cosa, scusa?»

«Non ho appeso la mia amaca vicino alla sua.»

«Ma vorresti.»

«Chissà.»

La conversazione proseguì distesa per il resto della serata e Isabel si divertì moltissimo a sentire raccontare tanto le avventure di Antônio nella foresta quanto quelle del loro arrivo in città, ridendo fino alle lacrime quando Antônio le raccontò di Teresa e della radio. Si lasciarono con la promessa di risentirsi al più presto per definire tutti i dettagli: Antônio aveva espresso il desiderio di tornarsene il prima possibile nella foresta dalla sua famiglia. E il fatto che quella famiglia esistesse e lui ne parlasse con tanto affetto punse Isabel con una piccolissima fitta di delusione, della quale cercò di dimenticarsi al più presto.

3.32 Ritorni

«Aggiungi un po' di fagioli ancora, Janita. Da quando sono tornati da quel viaggio di calcio mi sembra che i ragazzi abbiano sempre più fame, sarà che hanno fatto tanto movimento.»

Marcela si asciugò il sudore sopra il labbro, aveva sempre fatto un gran caldo in quella cucina: «E magari qualche altro peperone, la verdura fa bene.»

Mescolò con cura il sugo, mentre cercava di ricordarsi se aveva detto a Italo di passare al negozio a prendere un paio di cassette di birra: «Janita, qualcuno ha steso i panni? Bisogna fare subito partire un'altra lavatrice, c'è il cesto della biancheria sporca che sta per scoppiare.»

«Sì, il bucato l'ha steso Ubiratan. È sempre attento a queste cose.»

«Bene, bravo ragazzo. Piraí, devono essere più sottili quelle cipolle. Guarda, così. Ecco, perfetto.»

Sta diventando proprio bravino in cucina questo ragazzo, pensò Marcela sfiorandogli la spalla con una carezza, potrebbe anche farne un mestiere, sono sicura che gli piacerebbe. Antônio non aveva mai voluto saperne, Amanda era una gran pasticciona, Janita in compenso era molto precisa e affidabile ma senza nessuna fantasia. Sì, è davvero il più portato per la cucina tra – Marcela interruppe il pensiero a metà, stupefatta e un po' turbata – stava per dire a sé stessa: tra i miei figli.

Scosse la testa, sorridendo e affondando il mestolo nel tegame, faceva davvero caldo in cucina. E c'era ancora da preparare la farofa, almeno un chilo per farla bastare per tutti. La lavatrice, bisognava proprio ricordarsi di farla partire altrimenti dove li trovavi poi sette pantaloncini puliti. Si ravviò una ciocca di capelli sudati con un sospiro: eh, non sei più una ragazzina, Marcela, non è così strano se alla sera sei stanca dopo essere stata dietro a una famiglia di dieci persone. No, undici, undici, ora c'è anche Yamandé uscito dall'ospedale e ringraziamo il cielo che stia bene, un bel ragazzo così, sarebbe stato davvero un peccato.

Yamandé aveva un sorriso da una parte all'altra della faccia fin da quando era stato dimesso: finalmente dopo tutto quel tempo passato a poter solo ascoltare i racconti di mille meraviglie e cose strane e sapessi questo e vedessi quell'altro, finalmente poteva vedere coi suoi occhi e sperimentare tutto quello di cui gli altri erano già persino un po' stufi, e si aggirava molleggiandosi sulla gamba rimessa in funzione con gli occhi felici di un bambino al luna park. Avevano detto che ora che era guarito sarebbero tornati nella foresta, ma lui non ne aveva nessuna voglia, non prima di aver visto e provato tutto quello che avevano fatto gli amici.

Aveva quasi litigato con Ubiratan e Itaúna, la sera prima, perché loro non la finivano più di parlare di come presto sarebbero tornati al villaggio, prestissimo, e non vedevano l'ora di rivedere la donna, il bambino, la mamma, il fratello, l'anziano e l'ultimo nato e magari anche quel rompiscatole di Itátakúara e perché non il formichiere o il ragno, che amici noiosi.

Aveva dalla sua parte Moacir e Cauê, che non sembrava avessero tutta questa fretta di rientrare nella foresta. Giocare al calcio come avevano fatto in quell'ultimo periodo gli piaceva molto e si baloccavano con l'accenno che Antônio aveva fatto loro – non sapevano quanto mangiandosi la lingua, dopo – riguardo al fatto che dopo averli visti giocare durante il tour un paio di squadre l'avevano contattato per sapere se i ragazzi potevano essere interessati a un contratto.

Poi nel caso gli sembrassero incerti Yamandé aveva già capito che bastava nominare la bicicletta per far storcere il naso a Moacir al pensiero del groviglio della foresta e parlare di Gabrielita per veder riaccendersi in faccia a Cauê la speranza di quella famosa amaca.

E in realtà, parlando di amache, Yamandé stesso aveva una mezza idea di tornare a trovare Joana, la fisioterapista, che così alta e grande e con quelle mani larghe e leggere forse, forse avrebbe avuto voglia di continuare a insegnargli il portoghese.

Antônio propose a Isabel un'altra birra prima di tornare a casa per cena: si sarebbe sentito un po' a disagio a lasciare che fossero i suoi genitori da soli a cenare con i ragazzi, cercando di sbroglia-re i loro malumori e piccoli litigi senza nemmeno capirne la lingua. Già facevano molto, moltissimo per tutti loro, e anche Janita che si era trovata a fare da sorella maggiore a una intera banda di ragazzoni che una ne facevano e cento ne pensavano ogni tanto, per paziente e affettuosa che fosse, iniziava a dare segni di insof-ferenza.

Isabel accettò volentieri, anche lei aveva altri programmi per cena e voleva fare in tempo a tornare in albergo dove aveva deci-so di soggiornare con Robert a cambiarsi: Antônio visibilmente non faceva affatto caso all'abbigliamento dei suoi interlocutori – forse nella sua testa vede tutti nudi e liberi con solo la brezza sulla pelle, pensò con un risolino sognante – ma Robert apprezzava una donna ben vestita, e lei apprezzava che lui apprezzasse.

La conversazione proseguì distesa, ormai Antônio aveva deciso che la proposta di Isabel di occuparsi degli aspetti legali e pratici della messa in tutela della loro piccola parte di foresta era non solo l'unica strada effettivamente percorribile ma anche la migliore che potesse trovare. L'aveva già messa in contatto con Mariana e, poi-ché grazie al cielo le due si erano trovate molto bene l'una con l'al-tra, le loro competenze unite sarebbero state efficaci, o così spe-rava Antônio.

Certo il portare a termine l'intera faccenda avrebbe preso un pochino di tempo e sarebbe stato necessario rinviare il ritorno al villaggio, ma Antônio doveva necessariamente essere raggiungibile almeno per firmare le carte e approvare l'operato di Isabel e Mariana: se fosse di nuovo scomparso nella foresta il progetto non sarebbe nemmeno potuto partire.

Dover aspettare gli dispiaceva un po', si era già fatto l'idea che ora che Yamandé era del tutto rimesso in sesto entro pochissimo tempo avrebbero potuto programmare la partenza, e l'urgenza di rivedere Janaína e Ybyráatã, di rivedere il verde profumato e sonoro del villaggio, di tornare vittoriosi alla tribù avendo compiuto la loro missione si era fatta forte, per certi versi davvero non vedeva l'ora di partire.

Ma a consolarlo, ed era una consolazione tanto valida che solo a pensarci gli si illuminavano gli occhi, c'era il fatto che restare ancora un po' a Macapá voleva dire poter vedere i Mondiali e beh, non si può proprio dire che fosse una cosa da niente. Anche solo a pensarci, però, gli venne da ridere: sua madre, sua sorella e suo padre seduti con lui in salotto assieme a sette indios educatamente disposti in cerchio davanti al televisore, finestre aperte e bandiere pronte, in mutande, noccioline e birra per tutti, a fare il tifo.

3.33 Urla

Le urla e le risate che risuonano da un lato all'altro del pullman. I mille rumori della strada sembrano svaniti, coperti dal rumore della gioventù e della spensieratezza. E nella testa, già sanno che le urla più raggianti ed esaltate saranno quelle che usciranno dalle loro gole tra un mese. Non sono ancora così in alto da svettare sul mondo, ma sono vicini. Solo i più forti e coraggiosi arrivano così in alto da poter spaziare con lo sguardo sull'infinita immensità degli spalti e capire che sei arrivato in cima, che più in alto di così non si può andare. Non hanno ancora mai provato questa sensazione, ma l'hanno sentita raccontare tante volte. E oggi sono loro gli uomini forti e coraggiosi che dovranno compiere l'impresa. Presto saranno loro a bucare le reti bianche che li circondano e saranno loro a raccontare ai bambini cosa si prova a salire sul tetto del mondo. Il suono delle risa e delle urla di autoincoraggiamento copre tutto: il suono della musica che esce dalle cuffiette di chi voleva solo rilassarsi, il suono di chi chiacchiera con il vicino, incurante del compito che li attende. E il suono di un qualcosa di metallico che si piega sotto la spinta poderosa del mezzo e poi si spezza. Poi c'è un attimo di silenzio e poi i suoni sono brutti, diventano rumori. Rumori che non ci dovrebbero essere: rumori di altre parti metalliche che si spezzano, rumori di paura, rumori di un botto terribile. E poi le urla di dolore e disperazione.

Capitolo 4

4.1 Detto questo

Il pullman si era ribaltato su se stesso e giaceva ruote all'aria sul bordo della carreggiata, con una fiancata squarciata come se qualcuno fosse passato a rigarla usando una motosega invece di una chiave.

I primi automobilisti che arrivarono sul posto e scesero dall'auto per aiutare notarono i colori del Brasile dipinti sulla fiancata. Qualcuno poi notò che il pullman sembrava nuovo di zecca e che il disegno era diverso da quello dei tanti pullman che pubblicizzavano gli imminenti Mondiali di calcio e qualcun altro lesse la scritta "Preparatevi! Il sesto sta arrivando", che era stata scelta come frase ufficiale della nazionale, suscitando tante polemiche tra tutti quelli che ricordavano la disfatta del 1950.

«Forse l'hanno scritto su tutti i pullman?»

«Non lo so, non lo so, io l'avevo detto che portava male.»

Man mano che il dubbio cresceva le operazioni di primo soccorso si facevano più concitate.

Tre uomini robusti si misero di buona lena a scardinare la portiera per farsi largo all'interno e quando il primo riuscì a entrare e posò lo sguardo su quel volto che aveva visto così tante volte in televisione e poi su un altro e un altro ancora, arrivò la conferma, e le urla disperate dei soccorritori sovrastarono per intensità quelle dei feriti che chiedevano aiuto.

Non era morto nessuno. Detto questo, era una tragedia assoluta: a bordo del pullman viaggiava l'intera nazionale brasiliana che avrebbe dovuto debuttare ai Mondiali due settimane dopo e quasi tutti gli atleti sembravano essersi tagliati o rotti qualcosa. Sin dai primi servizi televisivi e dai primi articoli dei giornali online, sin dalle prime discussioni per strada, nei bar, nei posti di lavoro, tutti sembravano pensarla allo stesso modo: esaurito a inizio discorso il dovere di sentirsi sollevati per l'assenza di risvolti ancora più tragici, si passava a esaminare le gravi conseguenze che un colpo così duro poteva avere sulla nazionale brasiliana. Tanto che l'espressione divenne rapidamente un tormentone: «Non è morto nessuno. Detto questo...»

4.2 Like

Come tutti i suoi connazionali, anche Yaia era rimasta travolta dal vortice di incredulità e disperazione in seguito alla Notizia (era diventata subito la Notizia, non c'era alcun bisogno di specificare quale). Un messaggino di Dani su Whatsapp, pieno di faccette piangenti e punti esclamativi, le aveva fatto accendere la TV e per due ore aveva guardato tutti i telegiornali, tutti i servizi dall'autostrada, dall'ospedale, le reazioni dall'estero, il messaggio di incoraggiamento della Presidente, il tutto punteggiato dall'incessante bip che segnalava il ricevimento di nuovi messaggi dai suoi amici via Whatsapp, Facebook, Twitter e ogni altra app avesse installato sul telefono. Se ne parlava anche nella chat di Ruzzle ed era persino tornata in vita una vecchia discussione su Orkut.

Poi, di botto, aveva spento la TV, il computer e il cellulare, in cerca di pace. Voleva dormire ma la pace non arrivava, disturbata dal trambusto proveniente dalla cucina dove i suoi genitori e suo fratello stavano litigando a proposito di una qualche legge sulla sicurezza stradale che non aveva afferrato e che in quel momento non le interessava.

Con la testa appoggiata sul suo adorato cuscino imbottito di farro aveva vagato con lo sguardo nella penombra sulle immagini appese al muro che segnalavano l'evoluzione in corso nella sua stanzetta di sedicenne. L'unico poster della vecchia guardia che resisteva ancora, più per ragioni di affetto storico che altro, era quello di Justin Bieber regalatole da Fábio tre anni prima. Gli altri erano stati sostituiti da foto e ritagli che mostravano una Yaia più matura e consapevole delle problematiche del mondo che la circondava. Un manifesto di Greenpeace, il biglietto incorniciato di un concerto dei Titãs, le foto di Camila Vallejo e di Kennedy. Il lato sportivo era coperto da ritagli di riviste con i tre giocatori più fighi della nazionale che, con il pallone in mano e poco indosso, mettevano in risalto le proprie doti extra-calcistiche e, a fianco, una foto di Moacir, quel giovane indio che non era niente male nemmeno lui (proprio niente, ma niente male) e che, a quanto aveva visto in TV, se la cavava molto bene pure sul campo.

Il suo sguardo tornò brevemente su JFK, che la invitava a chiedersi cosa avrebbe potuto fare lei per la sua nazione. E poi di nuovo sui tre figoni della Seleçao e su Moacir, Seleçao e Moacir, con quella sensazione di un'idea che si forma non in testa ma nel petto e poi, finalmente, sale su e si manifesta in tutta la sua chiarezza.

Riaccese il Mac, picchiettando sulla scrivania con l'unghia smaltata di verde, in fremente attesa, e appena fu possibile si collegò a Facebook. Una breve ricerca le rivelò diversi gruppi di cordoglio per l'incidente, tra i quali "Preghiamo per la Seleçao e il Brasile intero" aveva già oltre ventimila iscritti. E già erano state create innumerevoli pagine in sostegno della convocazione di questo o quel calciatore, colme di discussioni in cui ragionevoli persone esponevano il proprio punto di vista con la consueta pacatezza: "Oreste è fortissimo, era un'ingiustizia che non l'avessero convocato prima, è il destino che lo ha preservato per questa occasione." "Se lo convocano spero che il pullman faccia un nuovo incidente." "Si capisce che non hai mai visto una partita di calcio in vita tua ;-)" "Si capisce che sei cieco :-D" e via scrivendo.

Yaia si riavviò il ciuffo color mandarino e constatò contenta che nessuno aveva ancora avuto la sua idea. Cliccò su Crea Pagina, scrisse "Mandiamo l'Asu Ka'a ai Mondiali", scelse per copertina una bella foto di uno dei ragazzi impegnato in una spettacolare rovesciata, premette Invio e guardò soddisfatta la sua opera. Mentre rifletteva sul passo successivo vide che sulla pagina erano già comparsi i primi due "Like": quello di Fábio (e figuriamoci! Che ci avesse messo ben venti secondi era quasi sospetto: che stesse iniziando a passargli la cotta?) e quello di sua cugina Patricia.

Poi erano seguiti gli altri Like dei soliti amici con cui interagiva di più, incluso quello di sua nonna che Yaia ricambiò con un cuoricino chiedendosi cosa ci facesse ancora sveglia a quell'ora (ma forse è nonna a chiedersi lo stesso di me, LOL). Trentanove Like nel giro di mezz'ora, all'una di notte: era decisamente il suo più grande successo da quando era su Facebook. Indugiò un po' sul tasto "segnala questa pagina a tutti i tuoi amici", al quale in genere era contrarissima, ma stavolta era per una buona causa. Cliccò su Invia e nel giro di un quarto d'ora era arrivata a sessantasette Like.

I primi due apprezzamenti provenienti da sconosciuti amici di amici, tali Fernanda Greenpeace e Victor Menezes, le diedero molta soddisfazione e con la soddisfazione arrivò finalmente anche la calma. Spense di nuovo il computer e appena posò la testa sul cuscino sentì che stava già per addormentarsi, ma ebbe il tempo di fare un ultimo pensiero: pensa che figata se domani mattina mi sveglio e ci sono cento Like.

Al suo risveglio i Like erano quasi mille ed erano già apparse alcune discussioni su quali dei sei indios fossero i più indicati per andare a rinforzare la Seleçao e in che ruolo.

Yaia era elettrizzata e decise di saltare la colazione per curare meglio la pagina. Trovò una foto di ciascuno dei sei (Antônio lo scartò senza nemmeno un pensiero. Se ci avesse pensato su, comunque, il pensiero sarebbe stato "troppo vecchio e poi non è nemmeno un vero indio") e creò sei post dedicati, arricchendoli con le poche informazioni che riuscì a trovare in quei venti minuti. Poi uscì di casa e corse a scuola.

Al Colégio Sagrado Coração de Maria di Brasília vigeva lo stretto divieto di usare il cellulare in classe. Yaia in due anni non lo aveva mai infranto, ma quella mattina resistere alla tentazione fu molto più duro del solito. Al primo intervallo corse in bagno con le amiche fidate e accese il cellulare, ma fu accolta da un risultato deludente: mille e dodici Like. Dani lanciò un urlo incredulo e altrettanto fece Leticia, che però notò l'espressione delusa di Yaia: «Mille Like? Ma che figata, è pazzesco! Cos'è quella faccia lì?»

«No, è che eravamo a mille già stamattina quando sono uscita di casa, speravo che la cosa prendesse piede più velocemente. Forse si è esaurita la spinta. vabbe', peccato.»

«Ma sei matta? Ma tu conosci qualcuno con mille Like su una pagina che non sia Adoro Justin Bieber o LeoDiCaprio Sposami? Dovresti tirartela da qui alla prossima settimana, altro che!» provò ancora a sostenerla Leticia, subito fulminata dallo sguardo delle altre due: come osava Leticia dimenticare l'affronto subito a opera della loro arcinemica Maria Eduarda, che deteneva il record scolastico con oltre tremila Like su una ruffianissima pagina di descrizione della scuola.

«Ah, già. Dimentico sempre. Va beh, ma la pagina di Eduarda lo sanno tutti che aveva i Like comprati dal padre.»

«Comunque sia,» tagliò corto Dani, più pragmatica, «non devi darti per vinta. L'hai già messo il link su Twitter? Whatsapp? No, eh? Dai, facciamola girare questa pagina, che voglio vedere una smorfia diversa sulla faccia di Eduarda.»

Da:fernanda.silva @ greenpeace.br – Ore: 10.39
A: [amiche greenpeace + Amigos da Terra]
Oggetto: Bella idea

Ehi ragazze,
ieri sera vagavo semidisperata su Facebook quando mi sono imbattuta in questa pagina: "Mandiamo l'Asu Ka'a ai Mondiali". È una bella idea, no? Che ne dite, proviamo a diffonderla e vediamo dove arriviamo?

Baci
F

Verso mezzogiorno, sveglio da non più di venti minuti, Victor Menezes stava facendo colazione davanti al computer, in cerca di uno spunto per un pezzo da inviare al "Jornal de Taguatinga", il sito di news locali con cui collaborava.

Ovviamente voleva parlare della Notizia, ma stava cercando di darle un'angolazione diversa dalle migliaia di altri pezzi che non parlavano d'altro, quando gli venne in mente quella pagina Facebook che aveva marcato con un Like la sera prima. La ritrovò, diede un'occhiata al profilo della ragazza che l'aveva creata, pensò: può andare, e nel giro di dieci minuti inviò il suo pezzo.

All'una e cinque, appena suonò la campanella, Dani accese il telefonino e cercò subito la pagina creata da Yaia. Al primo colpo d'occhio fece una smorfia di delusione, ma poi capì che aveva letto male e nel numero di iscritti c'era una cifra in più rispetto al mattino. Senza nemmeno mostrare la schermata alle sue amiche, corse fino alla classe accanto, giusto in tempo per incrociare Maria Eduarda e sbatterle in faccia la dura realtà: «La pagina di Yaia ha undicimila iscritti e neanche uno pagato dal papà!»

Alle tre e mezza Jaci, dalla sua cameretta nel centro di Manaus, si imbatté nella pagina di Yaia, che aveva sedicimila iscritti. Jaci aveva tredici anni. Fino a due mesi prima il suo nome, che i suoi genitori gli avevano detto essere un antico nome indigeno, non gli era mai piaciuto un granché. Ma da quando era venuta fuori la notizia di quegli indios che giocavano benissimo a pallone e uno di loro addirittura si chiamava come lui ne era diventato fierissimo e si era anche inventato una serie di astruse storie di legami di sangue con antichi guerrieri della foresta. Aveva registrato tutte le loro partite trasmesse dalla TV e ora preparò un montaggio con le loro azioni più spettacolari. Lo caricò sulla pagina di Yaia, con il commento: "Con dei campioni così, la coppa è nostra."

Alle sette di sera Yaia non riusciva a staccare lo sguardo dal computer. La pagina che aveva creato meno di ventiquattro ore prima aveva più di trentamila iscritti, grazie anche al bellissimo video caricato da Jaci00, un ragazzino sveglio con il quale aveva finito di chattare pochi minuti prima.

Il giorno dopo Dani e Leticia andarono a prenderla nel pomeriggio, poi passarono lì vicino a prendere sua cugina Patricia e andarono a festeggiare. Yaia si sentiva euforica, ma anche un po' ridicola, perché non riusciva a reprimere la sensazione di essere una persona famosa in incognito. Ah, se sapeste chi sono...

Mentre le ragazze ballavano, nelle redazioni di tutto il mondo migliaia di giornalisti sportivi stavano cercando di replicare l'impresa mattutina di Victor Menezes: riuscire a trovare un'angolazione inedita per parlare della clamorosa notizia dell'incidente al pullman della nazionale brasiliana. Elmar Stod, un giovane redattore della Cnn fidanzato con una studentessa di antropologia della Emory University di Atlanta, Georgia, ripensò ad alcune conversazioni avute nelle settimane precedenti con Jill a proposito di quella tribù amazzonica recentemente venuta alla ribalta. Cercò qualche informazione online e si imbatté dapprima nel video di Jaci00 e poi nella pagina di Yaia.

Qui ci esce un bell'articoletto, pensò soddisfatto.

Yaia tornò a casa alle due del mattino e per scaramanzia decise di non controllare il telefonino né di riaccendere il computer e andò dritta a dormire. Vediamo domani, fu il suo ultimo pensiero.

Al risveglio la tirò ancora per le lunghe. Mancava un insegnante quindi l'entrata a scuola era posticipata di due ore: si fece una lunga doccia e poi un'abbondante colazione con latte, pane di kamut e marmellata di lime. Stava decidendo di andare ad accendere il computer, quando sentì una gragnola di colpi alla porta. Aprì, solo per essere travolta da Patricia che per la fretta non si era nemmeno piastrata i capelli: «Ma non mi dici niente? Ma ti rendi conto?»

«Non ti dico niente cosa? La pagina?»

«Sì! Non hai ancora controllato, stamattina?»

«No...» le rispose Yaia già fremente di eccitazione.

Corsero in camera e aspettarono che il Mac si accendesse, con Yaia che ridacchiava a guardare l'agitazione della cugina. Aprì Facebook e di colpo smise di ridere.

Due milioni quattrocentomila settecentodiciotto Like. La pagina era stata citata in una notizia di Cnn.com, e da lì ripresa a cascata da tutti i principali quotidiani del mondo, man mano che la linea dell'alba si spostava sulla terra svegliandone gli abitanti.

L'istinto immediato di Yaia fu controllare quanti Like avesse la pagina della Presidente: 450.000. Ha! E pensare che fino a ieri facevo a gara con Maria Eduarda. Poi controllò quella del Presidente precedente: 765.000. La sua aveva persino più Like della pagina della Seleçao stessa.

Finito il giro di confronti si sentì svuotata, senza sapere cos'altro fare. Poteva passare il tempo a farsi ipnotizzare dal contatore dei Like, che saliva a botte di cento al secondo, ma poi si girò verso Patricia, che nel frattempo si era messa a piagnucolare, e la abbracciò: «E adesso?»

Pochi minuti dopo, sua madre entrò in camera trafelata, porgendole il telefono: «È un redattore di Rete Globo. Vogliono parlare con te.»

4.3 Convocazione

Dal cellulare appoggiato sul tavolinetto di fianco al letto partì l'inno nazionale che il Mister, con un sarcasmo che chi lo conosceva poco avrebbe potuto scambiare per servilismo, aveva attribuito a un solo numero particolare.

«Oggesùredentore. E che vuole questa di nuovo? Cosa mai potrò dirle di diverso rispetto a ieri sera?»

«Forse vuole solo sentire come state» propose l'infermiera che lo aveva appena finito di risistemare nel letto.

«Benvenuta sul pianeta terra, giovane extraterrestre,» la apostrofò il Mister «nella vostra galassia esistono politici disinteressati?»

Si tirò su a fatica, facendo leva sul braccio non rotto e cercando di risvegliare il meno possibile il dolore alle costole, abbassò il volume della TV, che lo stava mostrando nell'atto di informare la nazione di ciò che aveva detto la sera prima e che avrebbe ripetuto adesso, e rispose: «Presidente! Che piacere sentirvi anche oggi!»

Dopo un lungo e inutile scambio di convenevoli, il Mister la aggiornò sullo stato della situazione, che poi era lo stesso del giorno prima e di quello prima ancora. Vista l'eccezionalità dell'evento, la FIFA, con l'accordo unanime di tutti gli altri paesi partecipanti, aveva deciso di concedere al Brasile la massima flessibilità per la definizione della lista dei convocati, che ora andava fissata entro l'undici giugno, il giorno prima dell'inizio dei Mondiali.

Dei ventitré giocatori coinvolti nell'incidente tre erano usciti quasi illesi, salvo qualche botta o taglio di poco conto. Altri cinque, incluso Foguete, avevano infortuni più seri, che ne avrebbero impedito la partecipazione nelle prime partite, ma forse – forse

– erano recuperabili per la fase finale del torneo. Gli altri quindici erano inservibili, tra gambe, braccia teste e costole rotte avevano tutti prognosi che andavano dai due ai sei mesi.

«È una tragedia, ma detto questo mi sembra ancora un miracolo che siate tutti vivi» disse quasi sussurrando la Presidente.

Il Mister annuì con un brivido e proseguì il resoconto: «Ho già stilato, d'accordo con i miei collaboratori, la lista dei giocatori da convocare e stiamo provvedendo a contattarli in queste ore. Ovviamente sono tutti dispiaciuti per la sorte toccata ai compagni…» sì, certo, dispiaciutissimi, pensò il Mister, come no «ma sono al contempo onorati di essere stati chiamati per tenere alta la nostra bandiera in questo momento di grande difficoltà. Sono tutti giocatori di tale livello che non ho dubbi che con l'aiuto di dio e della torcida brasiliana il trofeo sarà comunque nostro.»

Il Mister mise il cervello in pausa, pronto a sfumare l'inutile tiritera di auguri e incoraggiamenti finali, il paese conta su di voi e bla e bla e bla e invece fu sorpreso dal colpetto di tosse della Presidente, che si schiarì la voce e disse: «Ehm. Ecco, a questo proposito…»

«Ma sono tutti idioti? Sono tutti COMPLETAMENTE IDIOTI? Tu, lì, cosa, come ti chiami!» il Mister apostrofò l'infermiera che, in un angolo, spostava attonita lo sguardo dal bozzo nel muro ai resti del cellulare sparpagliati per mezza stanza.

«Natália, signore.»

«Natália, dimmi un po': dopo il nostro incidente, mentre ero svenuto, per caso tutta la nazione ha battuto la testa sul tavolo e ora siamo circondati da duecento milioni di imbecilli?»

«Non… non credo, signore.»

«No, perché non me lo so spiegare in nessun altro modo, madonnasantissima diddio.»

Fece il gesto di prendere il cellulare dal tavolinetto e con disappunto si ricordò di averlo appena scagliato contro il muro.

«Rosìta, mi presteresti un momento il tuo telefono?»

«Non lo porto con me mentre lavoro, signore,» mentì Natália, con gli occhi fissi sui resti dell'iPhone (chissà se Chico riesce a rimetterlo insieme e a farlo funzionare di nuovo, pensò).

«Non importa, tanto non so più nemmeno un numero a memoria, maledetta tecnologia! Senti, fammi un po' un favore: vai da uno dei giocatori che sono ricoverati qui e digli che il Mister ha detto di telefonare a Thiago e farlo venire qui al più presto.»

«Va bene, signore.»

«E fagli dire anche di portarmi un telefono nuovo!» le urlò dietro il Mister, che poi riprese a parlare da solo, mentre Natália usciva di fretta dalla stanza.

«Facebook. Twitter. La rete. Ma porc... Ma cosa cazzo dice? Ahhmmm ma io spacco tutto, spacco. Dio, fammi mettere le mani addosso a quel cretino che ha avuto questa pensata!»

4.4 Thiago

Thiago aiutò il Mister a indossare il completo elegante che gli aveva appena recapitato.

«Ma ti rendi conto? Mancano pochissimi giorni all'inizio del torneo, dobbiamo ricominciare praticamente da zero e questi dementi mi costringono a perdere tempo dietro a questa... questa... una petizione per gli indios ai Mondiali! Ti rendi conto, dio-santissimo? Ahia, stai un po' attento!»

Il Mister era un fiume in piena, Thiago si limitava ad aiutarlo a vestirsi e ad annuire, qualunque cosa dicesse.

«Questi fanno una petizione su Facebook e io devo stare a sentirli, come se fosse una cosa seria. Ma il mondo è completamente impazzito, dico io! Ouch!»

Thiago annuì e gli annodò la cravatta come meglio poteva considerando che il Mister non stava fermo un istante.

«E che petizione! Un gruppo di ragazzetti che nemmeno parlano portoghese e che non hanno mai giocato una partita vera in vita loro. Ma perché non fare direttamente una petizione per regalare la FIFA agli italiani o ai tedeschi, dico io. Ahia. Guarda, avrei preso più seriamente una petizione che chiedeva di convocare Ronaldo, Zico e Pelé. Ma forse è meglio che stia zitto, meglio non dargli altre idee.»

L'ipotesi "zitto" non sarebbe dispiaciuta a Thiago, che però non si fece troppe illusioni. E infatti.

«Va bon Thiago, grazie. Senti, agli studi della TV ci vado con il taxi, non c'è bisogno che mi accompagni, mi servi su un altro fronte: attaccati al telefono, a internet, a qualsiasi cosa e trovami un appiglio legale che mi impedisca di convocarli, non si sa mai che questi incapaci facciano sul serio.»

Il Mister firmò con il suo braccio scarso i documenti di dimissione anticipata, salutò calorosamente il personale medico che lo aveva accudito e chiese che gli venisse chiamato un taxi.

Thiago era al telefono e stava già parlando con qualcuno. Bravo ragazzo, pensò il Mister e si concesse finalmente un sorriso.

4.5 Diretta

Mille chilometri più in là la mamma di Yaia spalancò la porta della sua stanza: «È arrivata la macchina di Rete Globo. Sei pronta?»

«Arrivo subito» Yaia si diede un'ultima controllata nello specchio, un ultimissimo tocco con il rossetto, poi si girò verso Patricia, Dani e Leticia e ne ricevette l'approvazione e tre baci di incoraggiamento. Diede ancora un'occhiata al cellulare, fisso sulla sua pagina di Facebook. Quattordici milioni di like. Pagina ufficiale del Mondiale 2014 ampiamente superata. Come ultimissima cosa diede un'occhiata al poster di Justin Bieber: lo senti il fiato sul collo, caro mio? Gli strizzò un occhio e uscì.

Il traffico lungo la W3-Norte era ancora più intricato del solito e Yaia arrivò agli studi di Rete Globo in ritardo rispetto alla tabella di marcia. Fu fatta accomodare di corsa nello stanzino del trucco, dove una truccatrice tanto cordiale quanto professionale la fece sedere su una poltroncina e nel tempo di dirle: «Ohi, ragazza mia, ma che trucco meraviglioso, si vede che è la tua prima volta in TV e ci tenevi, eh? Sei perfetta così, giusto un ritocchino e dopo la trasmissione scambiamo due chiacchiere e mi spieghi esattamente cosa hai usato» l'aveva già struccata, ritruccata e ripettinata in maniera completamente diversa.

Appena finito, Yaia fu spinta dall'assistente di produzione nello studio, microfonata e fatta accomodare su una delle due poltroncine. Salutò distrattamente la signora in tailleur già seduta nell'altra poltrona e si mise a guardarsi intorno con la curiosità di un bambino: le telecamere, i vari operatori che vi si affollavano intorno, i tre

367

schermi giganti, uno collegato con lo studio centrale e gli altri due con degli studi più piccoli simili a quello in cui si trovava lei.

Peccato che il pubblico sia solo nello studio centrale, pensò; ma forse è meglio così, almeno non mi agito. Che poi è strano, perché aver paura di agitarsi per cento persone in uno studio, quando sai che ci sono milioni di persone che ti guardano attraverso la TV? E solo in quel momento le venne in mente che i milioni di persone attente di fronte alla TV c'erano davvero e facevano molta più impressione dei milioni di persone che avevano messo un distratto like sulla sua pagina di Facebook. Oddio! Milioni di persone! Speriamo di non fare una figura tremenda, sono sicura che Maria Eduarda è lì che non aspetta altro.

«Sei agitata, cara?» le chiese con gentilezza la signora «Non esserlo. Sei giovane e voi giovani siete tutti belli, venite sempre benissimo in televisione. E tu mi sembri una giovane anche in gamba, oltre che bella. Andrà tutto bene.»

«Uh? Ah, grazie» rispose Yaia con un sorriso. Per ricambiare la gentilezza decise di assecondare questo tentativo di fare conversazione e stava per chiedere alla signora se lei, invece, fosse già stata altre volte in televisione, quando finalmente la riconobbe: «Oggesù! Scusatemi, non vi avevo assolutamente riconosciuta. Dal vivo sembrate molto più giovane» aggiunse, subito chiedendosi perché avesse detto una frase simile.

«Allora dovrò far licenziare qualcuno» ribatté, strizzandole l'occhio, la Presidente.

«Bella, la vostra pagina di Facebook» disse allora Yaia, sempre chiedendosi: ma cosa sto dicendo? Oddio, ho perso il controllo del cervello.

«Detto da una super esperta come te è un grandissimo complimento.»

Prima che Yaia potesse continuare con il suo delirio, l'assistente di regia fece una serie di cenni, tutti si mossero con consumata destrezza, le luci cambiarono di intensità e il programma iniziò.

«Signore e signori, buonasera e benvenuti a questa edizione speciale di "Bom Dia Copa du Mundo",» declamò il conduttore dallo studio centrale di Rio de Janeiro, già pregustando il record di ascolti che avrebbe fatto la trasmissione «in studio con noi abbiamo Gerson Louis Ribeira Cardoso, presidente della Federazione Calcio Brasiliana e il professor Everaldo Conrado de Mello Dias, antropologo dell'Universidade de Rio de Janeiro.»

[Applausi]

«In collegamento da San Paolo abbiamo il Mister Alexandre Sergio Gonçalves, allenatore della Seleçao, a cui vorremmo subito fare un grande applauso per essere con noi nonostante il grave infortunio di tre giorni fa.»

[Applausi scroscianti]

«In collegamento da Macapá abbiamo il signor Antônio Carlos Rocha de Almeida e i suoi ragazzi della squadra dell'Asu Ka'a Futebol. Stiamo cercando anche di stabilire un contatto con il presidente della FIFA, Hans Mallor, che però è in viaggio per Rio de Janeiro proprio in questo momento: vedremo se riusciremo a recuperarlo. In collegamento da Brasilia abbiamo infine la giovane e intraprendente Yaia Anita Guermães Pereira e, per chiudere con il botto, niente di meno che la Presidente del Brasile Silvina Mello. Benvenuti a tutti e grazie per essere con noi.»

[Applausi]

«Prima di entrare nel vivo, un caloroso saluto agli sfortunati eroi della Seleçao: vi aspettiamo più in gamba e più forti di prima!»

Gli applausi furono fragorosi e commossi. Dopo un'ulteriore serie di interminabili preamboli, il conduttore venne finalmente al sodo.

«Ma partiamo subito dal motivo per cui siamo qui. Yaia, vuoi parlarci della tua idea e del successo che ha avuto? Ricordiamo ai gentili spettatori che in questo momento la pagina Facebook "Mandiamo gli Asu Ka'a ai Mondiali" ha oltre 19 milioni di iscritti, in costante e rapidissima crescita.»

Una volta che Yaia ebbe terminato, senza impappinarsi nemmeno una volta, il suo racconto (nel quale trovò spazio per un breve cameo anche Maria Eduarda), la parola fu girata al Mister per un commento.

«La tragedia che si è abbattuta su di noi è, appunto, una tragedia. E come responsabile della squadra e a nome di tutti i giocatori vorrei innanzitutto ringraziare tutto il Brasile per l'affetto e il supporto che ci avete dato in questi giorni,» disse Gonçalves guardando dritto in camera «c'è bisogno dell'aiuto di tutti, e iniziative come questa sono l'esempio di quanto tutti siate disposti a prodigarvi. Ma se l'incidente è una tragedia umana, voglio rassicurare i miei connazionali: non è una tragedia sportiva.»

[Brusio]

«Certo, non potremo schierare molti dei nostri uomini di punta e mi dispiace per loro, per noi e per il mondo intero che non potrà godersi le loro prodezze. Ma noi non siamo un paese che nel 2014 ha avuto per caso la fortuna di avere qualche fuoriclasse in squadra. Noi siamo il Brasile. Siamo noi, tutti, i fuoriclasse del calcio mondiale. Anche la nostra terza squadra sarebbe favorita per la vittoria finale e quindi figuriamoci quanta fiducia ho nel fatto che i nuovi convocati ci permetteranno di alzare la coppa per la sesta volta.»

«E perché non sono stati convocati prima, qualcuno potrebbe chiedere?» chiese il conduttore, facendo le veci di quel qualcuno.

«Perché come molti sanno al massimo si possono convocare ventitré giocatori. Il Brasile nel calcio è come l'Austria nella discesa libera o la Cina nel ping pong: non c'è abbastanza posto per tutti, siamo troppo forti» chiuse con un sorrisetto il Mister.

[Tiepidi applausi]

«Ma perché non dare una chance anche a qualcuno di questi ragazzi?» incalzò il conduttore, mentre le telecamere inquadravano il gruppetto di indios, con Antônio seduto alle loro spalle che faceva da traduttore simultaneo. La maggior parte dei ragazzi aveva tutta l'aria di annoiarsi assai, ma il primo piano di Yamandé e Moacir suscitò ben altro che noia in Yaia e in centinaia di migliaia di cuori in tutto il Brasile. Il regista indugiò il più possibile su di loro, ma quando vide che Yamandé stava per sbadigliare mandò in sovrapposizione un montaggio di alcune azioni dei loro precedenti incontri che il conduttore sottolineò rivolto a Gonçalves: «Mi sembra che se la cavino molto bene tutto sommato, no?»

«Ma certo che se la cavano bene. Sono brasiliani anche loro, no? Sarà qualcosa nella nostra aria.»

[Risate]

«Scherzi a parte, se continueranno ad applicarsi non è impossibile immaginare un futuro roseo per loro.»

Il Mister aveva optato per lasciare da parte il bastone e usare il più possibile soltanto la carota: «Ma è, appunto, un futuro possibile, non certo il presente. Non solo questi ragazzi non hanno alcuna esperienza internazionale ma come vediamo da queste immagini non hanno nemmeno mai giocato a calcio a undici in vita loro.»

Questa frase, appena fu tradotta da Antônio, provocò mormorii di indignazione nello studio di Macapá.

«Non possiamo nemmeno sapere se conoscono tutte le regole e...» Yamandé si alzò in piedi di scatto quando Antônio tradusse, ma lui fu lesto a tirarlo giù a sedere prima che l'operatore lo inquadrasse.

Fu comunque il conduttore a interrompere nuovamente il Mister: «Nel pomeriggio abbiamo sentito anche qualche altro parere: sentiamo cosa ne pensano questi signori, che forse alcuni di voi riconosceranno.»

Partì un filmato in cui alcuni ex fuoriclasse del calcio intervistati per l'occasione tessevano le lodi dei giovani calciatori indiani. Di una vecchia gloria brasiliana era stato usato lo spezzone in cui diceva che la rovesciata di Cauê gli ricordava la sua, mentre un ex campione argentino si fece inquadrare mentre cliccava Like sulla pagina di Yaia. Il Mister fulminò con lo sguardo il conduttore.

Terminato il filmato, il conduttore cercò di dare la parola ad Antônio, ma Gonçalves si impose per terminare il pensiero che aveva iniziato e, già che c'era, dare un parere sul filmato.

«Il calcio è estro e fantasia, sì, ma si è evoluto molto da quando giocavano questi campioni, sono passati moltissimi anni.» (Tié!) «Oggi la fantasia non basta e soprattutto, anche se sembra strano dirlo, non si improvvisa. Servono molte altre cose, tra cui preparazione e abitudine a giocare insieme. Sarebbe un problema persino inserire in squadra alcuni grandi campioni dell'Italia, della Germania, dell'Argentina. Figuriamoci inserire in squadra sei ragazzi che non sanno quasi nulla del calcio, non conoscono gli altri giocatori e non parlano nemmeno la loro lingua.»

[Mormorii]

Il Conduttore annunciò di voler passare la linea a Macapá, ma che prima ci sarebbe stato un breve stacco pubblicitario. Questo diede il tempo ad Antônio e ai ragazzi di scambiare qualche idea su cosa andasse detto.

Quando ebbe finalmente l'occasione di parlare, Antônio riportò quanto concordato, stando attento a lasciare da parte gli insulti che soprattutto Cauê e Moacir avevano destinato a Gonçalves: «Innanzitutto vorrei dire che sono d'accordo con il collega.»

Bene! Pensò sorpreso il Mister. Ma anche: collega? Ma dove? Ma chi si crede di essere?

«Il calcio non si improvvisa,» continuò Antônio ripetendo le parole del Mister «gli schemi e la preparazione sono fondamentali. Ma non è per niente vero che questi ragazzi non conoscono il calcio. Questi ragazzi il calcio lo conoscono benissimo. Certo non hanno mai giocato al Maracanã davanti a duecentomila spettatori, ma giocano da quando erano bambini proprio come ogni altro calciatore brasiliano, e conoscono tutte le nostre storie di calcio e odiano Paolo Rossi e Zidane come ogni brasiliano che si rispetti.»

[Risate]

«E certo che sanno giocare a undici. In questi mesi sono stati costretti a giocare a sette, per giunta sopportando un vecchietto come me, perché il gruppo che ha coraggiosamente lasciato il villaggio per soccorrere Yamandé...»

[Pausa a effetto. Applausi scroscianti. Primissimo piano di Yamandé. Migliaia di cuori infranti in tutto il Brasile]

«...doveva essere ristretto. Ma nel campo del villaggio hanno sempre giocato undici contro undici. E vi posso assicurare che il loro rendimento a undici è uguale se non superiore a quello che avete potuto vedere in TV in questi mesi nel gioco a sette. Alcuni di loro, singolarmente, sono tra i più forti calciatori oggi in circolazione...»

[Brusio del pubblico]

«...e come squadra, beh, è difficile pensarne una più unita. Quanto alle insinuazioni sulla lingua, in campo si parla soprattutto coi piedi e quel linguaggio lo capiscono benissimo.»

Il conduttore stava per aggiungere qualcosa ma Antônio alzò un poco la voce e continuò: «E vorremmo che fosse chiara una cosa: noi non abbiamo chiesto niente a nessuno. Fino a due giorni fa ce ne stavamo tranquilli e beati a vivere la nostra vita. Se qualcuno vorrà chiedere il loro aiuto questi ragazzi saranno orgogliosi di offrirlo, perché anche se non sono nati a Rio de Janeiro o a San Paolo sono tanto brasiliani quanto chiunque altro in questo studio e fieri di esserlo. Se si riterrà che il loro aiuto non serve non c'è nessun problema: guarderemo il mondiale nel mio salotto a Macapá, tiferemo Brasile e poi ce ne torneremo al nostro villaggio.»

«Io credo che dobbiamo mantenere la calma.» Fu il presidente della Federazione Calcio a prendere la parola: «Non ci sono insinuazioni né irriconoscenza, ma bisogna capire che è anche una questione di opportunità. I calciatori che il Mister Gonçalves ha convocato sono tutti professionisti che hanno fatto una gavetta durissima, e...»

Antônio lo interruppe: «Ma cosa credete, credete che in Amazzonia la vita scorra facile e senza problemi? Voi calcate l'accento sulla parola professionisti, ma non immaginate nemmeno la fatica e la dedizione necessaria per giocare a pallone nel cuore della foresta. Non c'è gavetta che tenga di fronte a ventidue ragazzi che per giocare a pallone devono curare il campo con le proprie mani e prepararsi il pallone da soli!»

«Ma sì, sì, non intendevo certo offendere,» concesse il presidente della Federazione, «però è anche una questione di regolamenti, che non possiamo certo non considerare solo perché ci sembra bello.».

[Risate di scherno del pubblico a casa]

«Questi ragazzi non so nemmeno se possiedono un documento propriamente detto, ma di certo non sono tesserati presso la nostra Federazione, dubito che la FIFA ne accetterebbe la partecipazione.»

Il conduttore tornò a prendere la parola: «Grazie, Presidente. La interrompo un istante per salutare giustappunto il Presidente della FIFA Mallor, che è appena atterrato e ha avuto la cortesia di chiamarci direttamente dall'aeroporto.»

[Timidi applausi]

«Presidente Mallor: intanto ringraziamo la FIFA per aver concesso una proroga sulla tempistica delle convocazioni.»

«È stato davvero il minimo che potessimo fare.»

Il conduttore fece un rapido riassunto delle posizioni espresse fino a quel momento, che Mallor commentò, in un buon portoghese con lievi inflessioni spagnole e inglesi: «L'azione della FIFA ruota intorno alla diffusione universale e alla preservazione di questo meraviglioso gioco. Per questo, da un lato siamo sempre restii a modificare le regole, perché il calcio è già magnifico così. Dall'altro, accogliamo a braccia aperte chiunque voglia entrare nella nostra grande famiglia. È politica della FIFA interferire il meno possibile con le decisioni delle singole Federazioni e certamente non vogliamo mettere il becco nella decisione sui giocatori da convocare. Ma voglio rassicurare tutti i presenti e tutti gli spettatori su una questione: le regole per la cui conservazione lottiamo strenuamente sono quelle del gioco. Le questioni burocratiche sono di supporto al gioco e non devono essere un ostacolo a chi gioca con fair play. Per questo voglio rassicurare il presidente della

Federazione: siamo stati elastici nelle date e lo saremo, se necessario, anche per altre questioni regolamentari. Il Brasile convochi i giocatori che ritiene opportuno convocare. A patto che siano brasiliani» concluse Mallor con una battuta.

Il Mister accolse con incredulità queste parole e cercò in uno dei monitor lo sguardo del presidente della Federazione, che aveva l'espressione di un bambino al quale hanno appena smontato la scusa che si era preparato per non fare i compiti. La trasmissione volgeva al termine e ancora non aveva parlato la Presidente Silvina. In virtù del suo ruolo istituzionale le era stata lasciata l'ultima parola.

«Il Brasile è un grande Paese di cui sono orgogliosa, ogni giorno che dio manda in terra, di essere la Presidente. L'Amazzonia è una delle nostre principali ricchezze e siamo contenti di avere l'occasione di dimostrare quanto ne siamo coscienti. Non c'è dubbio alcuno che questi coraggiosi ragazzi siano nostri connazionali e siano brasiliani tanto quanto me e questa intraprendente ragazza seduta al mio fianco. Non c'è neanche dubbio che ognuno deve fare il suo lavoro e che il lavoro di ricomporre la squadra dopo questa incredibile disgrazia tocchi al presidente della Federazione Cardoso, al Mister Gonçalves e ai loro collaboratori. Ma non c'è nemmeno dubbio che questa sia una situazione di emergenza, in cui tutta la Nazione ha sentito di dover dare il proprio supporto. Ed è in rappresentanza della Nazione che ho loro chiesto di prendere in considerazione l'idea della giovane Yaia, idea che la Nazione ha così caldamente supportato.»

La Presidente sorrise e tacque, dando a intendere che il suo intervento era terminato, anche se nessuno mostrava di averne interpretato il senso. Intendeva dire che gli indios andavano convocati? Che il Mister era libero nelle sue scelte?

Per spezzare l'impasse, il conduttore diede il via alle telefonate da casa.

«A proposito del polso della nazione: tastiamolo ancora un po'. Intanto un aggiornamento sul sito: siamo a ventisei milioni di like, tre milioni in più arrivati nel corso di questo programma. Ma sentiamo anche la voce di qualcuno di questi ventisei milioni. Pronto?»

«Pronto?»

Antônio sgranò gli occhi per un istante e poi scoppiò a ridere.

«Sì, buonasera. Il vostro nome?»

«Buonasera a tutti. Madre santissima che emozione. Mi chiamo Teresa, e chiamo da Macapá.»

«Oh, una concittadina del senhor Almeida!»

«Sì. E non solo concittadina, ma anche sua grande fan e, oserei dire, amica. Lo ascoltavo sempre, sempre, alla radio già quindici anni fa, avete sentito che bella voce? Devo ribadire che in Tv è ancora più bello che dal vivo.»

[Risate in studio. Imbarazzo di Antônio, che non tradusse la frase ai ragazzi]

«Diteci, Teresa.»

«Ecco, sì. Volevo dire che non capisco bene tutte queste discussioni. Come si stabilisce chi vince la Coppa del Mondo? Giocando, no? Ecco, perché non fate una bella partita, i ragazzi di Antônio contro la squadra scelta da quell'altro signore, e chi vince va ai Mondiali a rappresentare il Brasile. Chi non risica non rosica.»

L'ingenuità geniale di Teresa lasciò tutti di stucco. I primi a riprendersi furono Mallor e la Presidente Silvina che aprirono bocca contemporaneamente per dire che era una bellissima idea. Il Mister si disse subito d'accordo, fregandosi le mani al pensiero di liquidare quella gran rottura di palle senza fare la figura del razzista e offrendo anche un allenamento decente ai suoi nuovi convocati.

Nello studiolo di Macapá ci fu un concitato conciliabolo, a seguito del quale Antônio prese la parola e disse: «Per noi va benissimo. Ma se dobbiamo stabilire quale debba essere la squadra da mandare ai Mondiali, secondo noi è meglio se giochiamo a undici.»

«Ma voi siete solo in sette» obiettò il conduttore.

«Non c'è problema. Torniamo al villaggio a recuperare gli altri.»

4.6 Burocrazia

Tra i milioni di spettatori intenti a seguire lo speciale "Bom Dia Copa do Mundo" mancava Thiago, impegnato a saltare in motorino da un locale all'altro nella brezza serale in cerca del suo obiettivo, tale César Azevedo, individuato dalla sua rete di contatti come l'uomo che faceva al caso loro. Essendo venerdì sera non lo si poteva trovare al suo posto di lavoro di alto dirigente dell'anagrafe centrale di San Paolo e non rispondeva nemmeno al cellulare, quindi a Thiago era toccata questa operazione di ricerca vecchio stile che tutto sommato lo stava divertendo – anche perché in più di un locale la richiesta di informazioni si era accoppiata con una cervezinha – e quando finalmente lo trovò quasi gli dispiacque.

«Il senhor César Azevedo?»

«Sì?» gli rispose César, senza distogliere lo sguardo dal televisore sul quale stava guardando, insieme agli altri avventori del baretto, lo speciale sulla Coppa del Mondo.

Thiago si sedette al suo tavolino e si presentò come assistente della Federazione Calcio Brasiliana. César gli diede una rapidissima occhiata laterale, prima di riportare il suo sguardo sullo schermo: «Sì, lo so chi siete. Che cosa vi serve?»

E prima che Thiago potesse iniziare a parlare subito aggiunse: «È ovvio che vi serve qualcosa che a quanto pare non può aspettare, ma io vorrei guardare il programma, quindi fate in fretta e venite al sodo.»

Thiago non era entusiasta di parlarne così, in pubblico, ma l'attenzione di tutto il bar sembrava catturata dalla TV e quindi avvicinandosi gli disse a bassa voce: «Ehm, ecco noi temiamo che essere costretti a inserire quel gruppo di indigeni in squadra potrebbe danneggiare la squadra stessa.»

«Uhm...»

«E quindi ci chiedevamo se... ecco... se è legale convocarli o se per caso c'è qualche legge, qualche regolamento che ci potrebbe impedire di farlo.»

César non disse nulla per qualche secondo, l'unico segno che avesse ascoltato Thiago era, forse, un lieve dondolio con la testa.

«Ci avete messo tanto a trovarmi?» gli chiese poi.

«Un po' sì. Perché?»

«Ci avete messo tanto perché dal venerdì pomeriggio fino al lunedì mattina non mi piace parlare di lavoro, non porto con me il cellulare e non dico a nessuno dove vado a riposarmi. Non sapete quanta gente ha bisogno di favori, in continuazione.»

Thiago scelse di giocare la carta del lei non sa chi sono io: «Con tutto il rispetto, senhor Azevedo, noi non siamo "gente". I responsabili della Seleçao a dieci giorni dai Mondiali non stanno chiedendo un favore per sé. Stanno chiedendo un aiuto per tutta la Nazione.»

«Quindi in pratica è come se tutta la gente che mi chiede favori di continuo si fosse presentata qui tutta insieme, con tutti i parenti. Proprio la mia serata di riposo ideale.»

«...»

«Senti ragazzo: vincete i Mondiali e se il tuo capo vuole un documento che attesti il suo status di imperatore del Brasile glielo preparo in un minuto. Ma questo non è il 1950. Cambiali in bianco non ne firmiamo più. E guarda un po' lì,» disse César indicando il Mister inquadrato dal televisore «ti sembra la faccia dell'imperatore del Brasile? A me sembra la faccia di uno che non può nemmeno dire alla donna delle pulizie di passare lo strofinaccio con più energia.»

Thiago guardò in alto e pensò che il tizio non aveva tutti i torti.

«A me sembra la faccia,» continuò César «di uno che sta per fare esattamente quello che una ragazzina di sedici anni gli ha detto di fare. Figuriamoci se può venire da me a dirmi cosa devo fare io.»

«Ma io... ma noi non...»

«E ora scusa ragazzo, ma vorrei finire di vedere il programma.»

Thiago si alzò, sconfitto, e uscì dal locale, portando con sé la cervezinha. Si sedette sul motorino e prese a sorseggiarla, guardando distrattamente verso il televisore dentro al bar e riflettendo sul da farsi. Finita la birra notò che sembrava finita anche la trasmissione. Estrasse dalla tasca il cellulare con un sospiro, prevedendo correttamente che di lì a pochissimo avrebbe squillato.

«Mister!»

«Thiago! Hai trovato il tizio?»

«Sì. Ecco...»

«Ferma tutto! Non c'è più nessun problema. Questi cretini alla fine non si sono rivelati dannosi, anzi. Continuiamo le convocazioni come da programma.»

Non c'era niente da fermare, ma questo il Mister non doveva saperlo per forza, pensò Thiago. Meglio lasciargli l'impressione di aver portato a termine al meglio il primo incarico e dover ora risolvere una nuova complicazione. Risalì sul motorino e partì sollevato per farsi un giro nella città più grande d'America.

4.7 Fotoreporter

Non erano passati nemmeno due minuti dalla fine della trasmissione che il cellulare di Moacir squillò. Teoricamente era il cellulare della squadra ma Moacir se ne era di fatto appropriato. Era diventato un entusiasta fotografo e, per lo stupore di Antônio, era anche piuttosto bravo: il suo seguito su Instagram cresceva di giorno in giorno e a quanto pareva non erano solo appassionati di calcio o di faccende indigene. Quando si trattava di telefonare porgeva controvoglia l'apparecchio ad Antônio che per parte sua lo prendeva altrettanto controvoglia, non essendosi ancora del tutto abituato a questa specie di ubiquità telefonica.

«Pronto?»
All'altro capo c'era il direttore di Rete Norte.
«Antônio carissimo. Ho appena visto la trasmissione, complimenti vivissimi. E complimenti vivissimi anche a me stesso per il fiuto dimostrato, ah ah. Naturalmente dovrò fare i complimenti anche a George, forse mi toccherà perfino dargli un aumento, maledizione. Sarebbe stato meglio se non vi avessimo incontrato, ah ah!»

Antônio non seppe come commentare e quello continuò.
«Sto scherzando naturalmente, come ben sapete a noi di Rete Norte piace trattare adeguatamente i nostri collaboratori e i nostri partner.»
Naturalmente, pensò Antônio.
«E a questo proposito, ho pensato che la nostra recente collaborazione è stata soddisfacente per entrambe le parti, non credete?»

«Sì, sì, certo» dovette ammettere Antônio.

«Ecco. Se ho capito bene vi è appena stata fornita un'occasione formidabile, ma avete il problema pratico di metterla in atto. I tempi per tornare nella foresta a prendere il resto della squadra e volare a San Paolo sono molto stretti, avete già idea di come fare?»

«Ehm, no, ma è successo tutto pochi minuti fa, sono certo che qualcosa ci inventeremo, suppongo che la Federazione ci aiuterà…»

«Non ci conterei troppo, se fossi in voi. A guardarle in TV le facce degli esponenti della Federazione non mi sembravano troppo amichevoli. No, Antônio, io vi propongo di collaborare con chi ha già mostrato di essere degno della vostra fiducia: i vostri cari amici di Rete Norte. Posso farvi una proposta?»

«Prego.»

«Noleggiamo un elicottero. Con quello facciamo un po' di avanti e indietro e portiamo l'intera squadra dal villaggio a Macapá. E poi vi paghiamo anche il volo per»

«Non se ne parla nemmeno» lo interruppe Antônio.

«Non siate precipitoso, volevo illustrarvi prima la parte pratica: vi garantisco che all'aspetto economico ci sarei arrivato, ho imparato la lezione.»

«No, non è quello. È che non voglio che la collocazione esatta del villaggio venga svelata, non certo prima di averne discusso con i suoi abitanti.»

«Capisco,» il direttore pensò rapidamente a un'alternativa «allora sentite questa: in qualche modo il villaggio lo vorrete raggiungere, no? Allora noi vi aiutiamo a organizzare il ritorno, secondo le vostre esigenze, e poi ci occupiamo della trasferta a San Paolo. In cambio ci fornite l'esclusiva per accompagnarvi lungo il viaggio nei tratti in cui ci concederete il permesso… »

«Hmm… messa così in effetti…»

Il mormorio di Antônio stava per trasformarsi in un sì e il direttore ne approfittò per sparare la sua ultima richiesta.

«…e ci fornirete in esclusiva materiale foto-video del vostro ritorno al villaggio.»

«Scusate, ma mi sembrava di essere stato chiarissimo sul non voler svelare la posizione del villaggio. Non condurremo nessun giornalista al villaggio, nemmeno George.»

«No, no, non intendevo quello. Il materiale foto e video lo produrrete voi, così avrete la garanzia che rispetterà le vostre richieste.»

«Ah» Antônio considerò con ammirazione l'abilità del direttore.

Sembrava aver pensato a tutto. O a quasi tutto: «Uhm, mi pare una proposta ragionevole, anche se dovrò comunque parlarne con gli abitanti del villaggio. Purtroppo però devo essere onesto: non sono un granché come fotografo e men che meno come video operatore.»

«Oh, ma io non voglio che le riprese le facciate voi. Stavo pensando a quel Moacir. È da un po' che seguo il suo Instagram, è proprio bravo.»

4.8 Gambone

Quando Dona Gesita posò la cornetta aveva la mano tutta sudata. I Mondiali di Calcio, addirittura.

Ma tu guarda quei quattro strapelati arrivati nudi come vermi con le piume nel naso, tu guarda cosa erano riusciti a mettere in piedi. Questa è un'occasione da non perdere, se tutto va bene l'anno prossimo ritinteggio la facciata in rosa antico e faccio la veranda con il dehòr. Si asciugò la mano sul vestito e risollevò la cornetta.

«Pronto, Paulo? Sempre io a telefonarti, eh, morire se chiami almeno per sentire se sono ancora viva. Ma no, non chiamo per sentire come stai, le male erbe come te stan sempre bene. No, è che ho per le mani una cosa interessante: dì un po', ce l'hai ancora quella tua barcaccia? Sì? Molto bene, stammi a sentire: questa è una cosa grossa, ti dico solo che c'è di mezzo Rete Norte e la Seleção. Sì, la Nazionale di calcio, proprio quella, se ti dico calcio è perché è quella del calcio. Sia ben chiaro che gestisco tutto io, ché tu sei degno di fiducia quanto un giaguaro, ma se dai retta alla tua sorellina e fai le cose a modo il mese prossimo ti compri il motoscafo.»

Gesita conosceva suo fratello meglio di tutti al mondo, l'aveva tenuto tra le braccia quando era nato, e sapeva bene che c'erano tre sole cose al mondo che lo facessero muovere, e in fretta. La prima erano i soldi, la seconda le donne. La terza, l'arma più potente di tutte, quella invincibile da sfoderare in emergenza, era il commovente ricordo della loro povera mamma, che in punto di morte carezzandogli la frangetta aveva detto: «Promettimi, Paulinho, che ubbidirai sempre, sempre a tua sorella. Altrimenti poi la tua mamma in cielo piange.»

Donne nelle circostanze attuali non erano coinvolte, ma soldi sì, e in quantità più che sufficiente da rendere superfluo il ricorso al letto di morte di mamma.

Così quando la corriera da Macapá depositò il drappello dell'Asu Ka'a davanti all'imbarcadero di Laranjal, trovarono Gambone ormeggiato e pronto sull'attenti. Alla barca era stata data una mano di pittura gialla e Supplizio – un altro cane, ovviamente, ma perché far fatica a cercare ogni volta un nome nuovo – portava fiero un collare di paillettes, in precedenza giarrettiera dell'ultima spogliarellista con cui Gambone era stato in amicizia.

Quanto a Gambone, sfoggiava un berretto da capitano della Marina inglese: un tocco un po' ridondante, ma quando sua sorella gli aveva parlato delle cifre si era sentito subito disponibilissimo a mettere in campo tutta la ridondanza che si fosse rivelata necessaria. Aveva di fatto chiesto a Gesita un congruo anticipo: «Ma a cosa ti servono tanti soldi? La barca l'hai già, e la nafta costa un decimo di così.»

«Ho da fare delle spese. Spese di rappresentanza. Ho da comprare un cappello.»

Antônio aveva garantito a tutte le persone coinvolte, dal direttore di Rete Norte agli alti papaveri della Federazione Calcio, che non c'erano problemi: una volta risolto il problema della barca e di una guida che conoscesse alla perfezione il fiume tutto era assolutamente sotto controllo, voi forse non siete in grado di trovare la strada per casa vostra? Ma in realtà ne era tutt'altro che convinto.

Gambone gli aveva tirato un brutto scherzo quattordici anni prima, ma quanto a conoscenza del fiume Antônio era certo che fosse imbattibile. L'abilità con cui in prossimità della deviazione per evitare la cascata aveva seminato un paio di barche che avevano provato a seguirli, presumibilmente di giornalisti, aveva ulteriormente rafforzato questa convinzione. Ma dove sbarcare? Antônio ricordava perfettamente che poco dopo aver messo la zattera in acqua avevano oltrepassato una bizzarra confluenza di tre corsi d'acqua che era abbastanza sicuro di saper riconoscere. Ma da lì a ritrovare il punto preciso in cui erano sbucati dalla foresta – in tre mesi la vegetazione doveva avere ormai cancellato le tracce del loro passaggio – e riuscire a ripercorrere a ritroso il cammino fino al villaggio, beh, quello era ancora nel regno dell'assoluta incertezza.

Ci penseremo quando saremo lì, si disse, chiedendosi non senza una punta d'ansia se Janaína l'avesse nel frattempo dato per perso e avesse appeso l'amaca accanto a qualcun altro.

Fu interrotto nei suoi pensieri da Gambone che lo avvisava che l'aperitivo era servito: se si fanno le cose si fanno per bene, ecco. Non è una barca di poveretti questa, una bellissima barca, la miglior scelta per chi volesse visitare la Cachoeira do Santo Antônio e risalire il corso del Rio Jarì. Perché per risalire lo Jarì ci vuole non solo una bellissima barca ma anche un uomo che sappia pilotarla, concluse Gambone guardando dritto nel telefono che Moacir teneva in mano. È acceso, sì? Stai filmando? Antônio, chiedetegli se sta filmando. E non è mica per i soldi, ci mancherebbe, quelli vanno bene, come no, ma ciò che conta è dare il tuo bellissimo contributo alla Squadra, dare il tuo contributo al Paese. Anche Supplizio se ne accorge, guarda come è seduto elegante, manca solo che serva lui la caipirinha per l'aperitivo.

Da vari punti di vista sarebbe stato più logico che nella foresta per recuperare i giocatori mancanti alla squadra fossero tornate un paio di persone, magari Antônio e uno o due dei ragazzi. Ma nessuno aveva voluto perdere l'occasione di rivedere i propri cari, di dare loro notizie di prima mano, di raccontare in prima persona tutte le cose viste, provate, scoperte, di descrivere le meraviglie del mondo oltre la foresta (magari passando un po' più sotto silenzio le cose inquietanti, incomprensibili, paurose).

Nessuno a parte Piraí, si intende. Il quale aveva borbottato qualcosa sul voler restare ancora qualche giorno per rimettersi in cucina con dona Marcela e imparare finalmente a fare i beijinhos come si deve. I tempi erano talmente stretti e le cose da fare talmente tante che Antônio non aveva avuto voglia di mettersi a discutere: si era limitato a chiedergli se era davvero sicuro di voler restare e alla sua risposta affermativa aveva chiesto ai suoi familiari di fargli ancora quest'ultimo favore di tenere d'occhio il ragazzo e accompagnarlo all'aeroporto quando sarebbe stato il momento di partire per San Paolo.

Gli altri giovani erano tanto eccitati e impazienti che avrebbero portato la barca a spalle se fosse servito ad arrivare prima. Aprivano e richiudevano le borse con i regali per parenti e amici, sciorinavano, rimiravano e rimettevano via in continuazione magliette e berretti, collane e ciondoli, borse di plastica e scodelle, ombrelli pieghevoli e forchette, specchi, coltelli e lattine di coca cola. Yamandé portava anche una borsa con una dotazione speciale appositamente preparata da Janita: disinfettanti di ogni tipo, bende e cerotti, colliri e pomate antibatterici (era stata indecisa fino all'ultimo sull'infilare una scatola di preservativi, non si sa mai, ma l'imbarazzo al pensiero di spiegarne l'uso a Yamandé l'aveva fatta desistere).

Moacir aveva dovuto rinunciare con dispiacere a portarsi la bicicletta (prima disbosca abbastanza foresta da poter girare il manubrio e poi vedremo, vedremo poi quando torniamo la prossima volta) mentre Cauê scalpitava dalla voglia di raccontare agli amici della collezione di ragazze che aveva incontrato durante il tour e con le quali, con molto senso pratico, non potendo fare conversazione era passato ai fatti scoprendo che anche ragazze vecchiotte, oltre i diciassette anni, potevano dare grandi soddisfazioni.

Nonostante i dubbi sul percorso e l'impazienza dei ragazzi, irrequieti come vespe, Antônio si stava godendo il viaggio, l'odore della foresta ritrovato, il volo dei pappagalli, la cortesia impeccabile del capitano che arrivava quasi a compensare la sua cucina che era rimasta pessima. Ma gli restava un cruccio, un irragionevole ombra di senso di colpa che non lo lasciava tranquillo: «Ma senti, Gambone, ma quel tuo cugino, quello della jeep...»

«Non ne ho di cugini, io, solo sette cugine una più noiosa dell'altra. Niente cugini, eppure al povero zio sarebbe piaciuto. I signori gradiscono un altro bicchierino?»

«No, ma dico quello della jeep rossa, quel Pepè che poverino...»

«Ah, Pepè! Mica è mio cugino, quello. L'ho conosciuto giù a Santarém, all'Anaconda Vortex Night Club, un bel posticino, conosci?»

«No, non ho il piacere. Ma volevo dire, ecco, se era un amico tuo, volevo dire che mi dispiace davvero che sia morto così...»

«Morto? Ma che morto, l'ho incontrato il mese scorso: fa il rappresentante di corsetteria a Belém.»

4.9 Piraí

Sdraiato sul letto di Antônio, Piraí assaporava il dolce gusto della libertà. Era un gusto della cui esistenza aveva iniziato a sospettare solo di recente, ma ora che lo provava si chiedeva come avesse potuto farne a meno per tutti quegli anni. C'era sempre stato qualcosa che non gli piaceva nella vita del villaggio, ma solo adesso stava finalmente capendo bene cosa fosse.

Qualche volta, da ragazzino, ascoltando i racconti di Antônio aveva ipotizzato che fosse legato a ciò che sentiva raccontare. Ma al contrario di Moacir e Cauê non erano le incredibili invenzioni a colpirlo, e nemmeno erano i racconti sul calcio che tanto affascinavano Yamandé, Piata e tutti gli altri. Era qualcosa di più indefinito. E poi Piraí ricordava di aver provato disagio anche quand'era piccolo, prima che arrivasse Antônio, come potevano quindi essere stati i suoi racconti a parlare di ciò di cui avvertiva la mancanza da sempre?

Nel corso del tempo passato a Macapá e in giro con gli altri aveva finalmente iniziato a chiarirsi le idee, a capire cosa lo attraeva di questo nuovo mondo e cosa lo opprimeva del suo mondo natale: lo spazio e la sua mancanza.

La vita nel villaggio era tranquilla e aveva i suoi pregi, Piraí non lo negava. Ma, ora lo capiva, era sempre stata troppo affollata. Era strano, stranissimo, considerato che a Macapá c'era molta, molta, moltissima gente in più che nel villaggio, ma nel villaggio si stava sempre assieme, troppo assieme, troppo stretti, mentre a Macapá paradossalmente c'era più spazio. E non c'era quella sensazione, che aveva sempre trovato vagamente snervante, di come tutti sapessero sempre dov'eri, cosa stavi facendo, accanto a chi appendevi l'amaca, persino dove e quando facevi la cacca. È strano, pensava, era come se in città ci fosse più aria, come se respirare fosse più facile. E si poteva anche stare soli, per un po', senza che nessuno lo trovasse strano.

Non che i momenti di solitudine fossero stati molti, anzi. Antônio era un grande uomo, l'impresa del salvataggio di Yamandé sarebbe stata tramandata per generazioni, ma era anche un po' assillante.

Piraí non aveva mai conosciuto sua madre e un giaguaro gli aveva portato via anche il padre molto presto, quasi non lo ricordava, quindi sapeva di non essere il più qualificato a fare questo confronto ma Antônio in quel periodo era sembrato fare da madre e padre a tutti loro contemporaneamente. Anzi, forse era proprio il confronto giusto: Antônio non era il loro vero padre e per qualche motivo questo lo spingeva ad aumentare le sue attenzioni, una cosa che Piraí aveva già provato vivendo sulla sua pelle l'esperienza di una intera tribù che ti fa da padre e madre.

Per quanto Antônio si sforzasse, però, non poteva essere dappertutto e qualche sprazzo di libertà glielo aveva dovuto concedere per forza. E che sensazione incredibile era stata la prima volta, ancora gli mancava il fiato se ci pensava: durante una delle prime passeggiate in giro per Macapá, quando erano andati per la prima volta sulla riva del rio. L'immensità del fiume, la sponda opposta lontanissima, quasi invisibile, dall'altra parte.

C'era stato un qualche problema con Jaci e un venditore di frutta, Antônio era dovuto intervenire e gli altri gli erano andati dietro, tutti tranne lui e Ubiratan, che erano rimasti lì, a pochi passi l'uno dall'altro, ad ammirare tutto quello spazio. Che strano, c'era così tanta aria da respirare e lui si sentiva una cosa strana nel petto, si sentiva quasi mancare il fiato. Ma era una sensazione bella, aveva capito ripensandoci.

Presto Antônio era arrivato a spezzare i suoi confusi pensieri, aveva riunito il gruppo e li aveva portati a casa, a fare loro una lezione sui soldi. Interessante, come molte delle cose che spiegava, ma Piraí avrebbe voluto restare a guardare il fiume ancora un po'.

Poi tutti i parenti di Antônio erano sempre affettuosi e gentili, ma li trattavano come se fossero dei bambini piccoli. E, stando alle parole di Antônio, sembravano tutti anche troppo preoccupati di dare a loro un ruolo ben preciso: Yamandé è quello con la gamba rotta, Itaúna quello che ha paura di tutto, Cauê quello che non ha paura di niente. E io sono quello che cucina.

Per questo aveva colto al volo l'occasione che gli si era presentata. Quelli dopo la comparsa alla televisione erano stati due giorni confusissimi, Antônio era ancora più indaffarato di prima. Era bastato dirgli «*Io resto qui*» e bofonchiare qualcosa sul desiderio di imparare bene a fare i beijinhos che quello non aveva quasi avuto il tempo di replicare: «*Sei sicuro? Allora ci vediamo all'*aeroporto di Macapá *quando torniamo.*» «*Sì, va bene*» ed era stato finalmente libero.

Oddio, libero. C'è ancora quell'altro piccolo problema da risolvere, pensò con un brivido. Sono un cacciatore, in nome della Grande Anaconda. Ho ucciso un caimano da solo prima di tutti gli altri. E ora ho paura di una donna anziana, di ferire i suoi sentimenti. Ma come faccio a spiegarle cosa voglio, se non conosco la sua lingua? Guardò fuori dalla finestra. Stava ancora piovendo, ma si capiva che fra poco avrebbe smesso. Si alzò dal letto e si diresse in cucina.

Marcela era intenta ad armeggiare con una pentola. Sentendolo arrivare lo salutò con il consueto trasporto: «Piraí! Ti sei riposato un po'? Bene. Sto iniziando a preparare il vatapá, vieni che ti spiego una cosa sull'olio di dendê.»

Piraí le posò delicatamente una mano sulla spalla, aspettò che si girasse del tutto e di avere la sua completa attenzione. Si diresse verso il vassoio dei beijinhos, che come ormai si era appurato erano di gran lunga il suo cibo preferito. Ne mangiò uno e fece la faccia da "buonissimo". Ne mangiò un altro ancora, di nuovo con la stessa faccia, poi le fece cenno di aspettare.

Marcela lo fissava con attenzione.

A quel punto Piraí fece finta di mangiarne ancora uno, poi un altro e un altro e un altro ancora.

Dopo aver ripetuto lo stesso gesto un gran numero di volte, fece per mangiarne ancora uno, ma si bloccò, mettendosi una mano sulla pancia e inclinando gli angoli della bocca verso il basso. Poi guardò Marcela per controllare se avesse capito.

Marcela fece per parlare, ma Piraí ci ripensò e la fermò. Si diresse verso il vassoio della torta di maracujá, altra sua passione, e fece il gesto di mangiarne una fetta, stavolta di nuovo con aria felice.

Poi indicò i pudim de leite, buoni, l'arroz doce, proprio niente male, e i churros, uuuh, che voglia.

Infine tornò al vassoio dei beijinhos. Ne mangiò davvero uno, di nuovo con aria felice.

Guardò Marcela per controllare che lo stesse seguendo e fece un ultimo gesto: con le mani cercò di indicare tutta la cucina e Marcela stessa e poi indicò i beijinhos. Quindi si fermò e guardò nuovamente Marcela, con aria interrogativa.

Marcela gli sorrise: «Ho capito cosa mi vuoi dire, sai? Fare da mangiare ti piace, ma non è la tua unica, la tua sola passione. Hai ragione. Anche il mio Antônio è sempre stato così: la radio, la scuola, lo sport. Gli sport. Bravo Piraí, sono contenta.»

Piraí ovviamente capiva non più di una parola o due, ma il tono della voce e l'espressione di Marcela non lasciavano dubbi: aveva capito. La abbracciò, poi tirò un sospiro di sollievo e si preparò a uscire: era da quando erano partiti per la tournée che aveva voglia di fare una passeggiata fino alla Fortaleza sul rio. Ma Marcela aveva ancora una cosa da chiedergli: indicò il vassoio dei churros e gli lanciò uno sguardo interrogativo.

Piraí ebbe un istante di dubbio, ma capì subito dopo che lei gli stava chiedendo quali fossero i suoi altri interessi. Aprì la finestra, dalla quale iniziava già ad affacciarsi il sole, e fece un gran respiro.

4.10 Brividi

Chi l'avrebbe detto che la fiaba di Pollicino raccontata chissà quando, anni prima, sarebbe tornata utile. E soprattutto che Itaúna – che certo aveva buona memoria ma Antônio non aveva immaginato fino a quel punto – se la sarebbe ricordata nel momento opportuno.

Trovare il punto dove avevano messo la zattera in acqua era stato, smentendo le sue preoccupazioni, piuttosto facile poiché era saltato fuori che, oltre alla riconoscibile confluenza dei tre bracci di fiume che Antônio aveva in mente, ognuno aveva un suo ricordo, un riferimento: «*Vicino a un ebano altissimo*», «*C'era un'ansa stretta con un vecchio tronco nell'acqua*», «*Appena partiti c'era un gruppo di jacarande, dev'essere lì appena dietro*».

Ma chissà se sarebbero riusciti, una volta sbarcati, a imboccare subito la strada giusta nella foresta se Itaúna non avesse inciso all'andata profonde tacche negli alberi: «*Ho pensato a quella storia di Piccolo Pollice, ho pensato che così sapevamo tornare indietro.*»

Era stato in gamba a pensarci, i segni sui tronchi li avevano guidati per un bel tratto nella direzione giusta, quel che bastava perché Moacir e Cauê – che avevano già percorso quel tragitto sia all'andata sia al ritorno quando avevano trovato il Grande Fiume – ritrovassero con sicurezza i loro punti di riferimento.

Mentre camminavano ormai spediti verso il villaggio Antônio rifletteva su quante cose fossero cambiate in quei tre mesi, come tutto fosse diverso da quando erano passati sotto quegli stessi alberi portando Yamandé mezzo morto, diretti tra mille rischi verso l'ignoto.

Era felice di averlo fatto, bastava guardare il ragazzo sgambettare vispo in mezzo al gruppetto per non avere il minimo rimpianto per averlo salvato, ma si rendeva ora conto che niente sarebbe stato come prima. Tra pochi giorni sarebbero stati di nuovo in città, altri ragazzi che non erano mai usciti dalla foresta avrebbero sperimentato la cosiddetta civiltà e anche loro ne sarebbero stati affascinati e turbati, poi avrebbero provato tutti insieme a giocarsi questa assurda possibilità di partecipare ai Mondiali – ancora non riusciva a credere che stesse succedendo una cosa simile – poi, poi sarebbero tornati a casa, nella foresta. O no? Avrebbero davvero potuto tornare a vivere la vita di prima?

E non sarebbe comunque stata la vita di prima, non avrebbe mai più potuto esserlo avendo portato al villaggio vestiti e coltelli, avendo visto automobili e aerei e televisori. Si rese conto che, comunque potessero andare le cose, quel modo di vita millenario era stato cambiato, contaminato per sempre. Chissà se sarà stato un bene, chissà. Meglio non pensarci, è una responsabilità troppo grossa, a pensarci vengono i brividi.

Ma un brivido gli veniva anche ripensando a quello che gli aveva raccontato Gambone: «Ma quale morto. Quella gente ha la pellaccia, gente che viene dai bassifondi. Mica come noi. Quelli non li ammazzi così facilmente. La fortuna è stata che aveva quella jeep di quel bellissimo rosso. Un elicottero di quelli del parco faceva una perlustrazione. Hanno visto il rosso e sono scesi a dare un'occhiata. Hanno tirato su la jeep con il verricello, quel figlio di armadillo di Pepè era schiacciato come una noce ma vivo. Gli è rimasta una gamba un po' più cortina, e la faccia ammaccata, ma tanto bello non era mai stato. Mica come noi. E poi quello della corsetteria è un settore in crescita, dice che le signore vanno matte per i pizzi, sempre in mezzo alle mutande, un bel mestiere.»

Antônio era felice che quel brigante non fosse morto, gli era rimasto sempre un po' il cruccio di non avere forse fatto abbastanza, di non essere riuscito a trovare aiuto: saperlo in mezzo ai pizzi a Belém, per quanto azzoppato, gli toglieva un peso dal cuore. Ma il brivido, il turbamento, era per il pensiero che se non si fosse allontanato, se fosse rimasto vicino alla jeep sarebbe tornato a Macapá dopo un giorno anziché dopo quattordici anni. E tutto, tutto sarebbe stato diverso. Chissà dove sarei adesso, a far cosa, con chi. Per certo, per certissimo non avrei tra una settimana uno spareggio per partecipare ai Mondiali.

4.11 Sorpresa!

La scena se l'era immaginata cento volte in cento versioni diverse e man mano che si avvicinavano a casa gli si affollavano in testa una sovrapposta all'altra. La sua preferita ritraeva loro sette camminare uno a fianco all'altro con lui al centro, al rallentatore, come nei film di Hollywood. Ma nella foresta si fa fatica a camminare fianco a fianco in due, figuriamoci in sette e questo puntiglio realista gli rovinava la fantasia. Poi c'erano altre scene che prevedevano sguardi silenziosi e lunghissimi: lui e Janaína, Yamandé e Kirimà, Moacir e Piata. Oppure un gaudio chiassoso e incontrollato. Se l'era immaginata in cento modi diversi e nessuno si rivelò quello giusto: più che con la fantasia, ci andò vicino con il ricordo.

Il villaggio non doveva essere ormai molto distante – mi sembra di aver riconosciuto un albero. Possibile? Quanti alberi ci saranno in Amazzonia, un miliardo? Cento miliardi? E a me sembra di averne appena riconosciuto uno! – e Antônio si trovò a ripensare ai suoi primi istanti al villaggio e alla pallonata che lo aveva accolto. Chissà chi l'aveva calciata. Magari era stato Yamandé, DueCalzini. O Cauê. No, non poteva essere Guanciotte, allora era troppo piccolo per avere un calcio così. Quando aveva imparato a parlare bene la *Lingua* aveva chiesto chi gliel'avesse tirata, ma non se lo ricordava più nessuno. Forse era stato Piata, che aveva una bella sberla già da ragazzino. Pensa se entriamo nel villaggio e la prima cosa che mi succede è ricevere una pallonata in pancia.

Non ci fu alcuna pallonata nello stomaco, ma il rientro della banda, come molte delle vicende di Antônio nel villaggio, fu segnato dalla palla.

«*Shhh!*» fu Moacir, zittendoli, a stabilire con che approccio si sarebbero ripresentati: «*Sento delle voci. C'è qualcuno nella radura, stanno giocando a palla.*»

Yamandé fece per scattare in avanti, ma Moacir lo trattenne per un braccio: «*Aspetta, avviciniamoci senza farci sentire. Voglio fare il* film *senza che se ne accorgano.*»

Moacir aveva preso con grande serietà ed entusiasmo il ruolo di documentarista della spedizione. Rete Norte lo aveva dotato di cinque cellulari moderni e di altrettante batterie di ricambio, cariche. Non dovendo telefonare né collegarsi a internet, facendo un minimo di attenzione sarebbero dovuti bastare per portare a termine il suo reportage video-fotografico. Aveva già scaricato un primo cellulare durante il viaggio sulla barca, intervistando tutti i suoi amici e facendo innumerevoli foto a Supplizio. Su richiesta di Antônio, aveva evitato di documentare le ultime parti del tragitto in barca e le prime del percorso a piedi («*Perché non vuoi che si sappia dove si trova il villaggio?*» «*È troppo complicato da spiegare. Te lo chiedo per favore, Moacir: in questo pezzo non fare il* film, Rete Norte *è già d'accordo*») e anche quando Antônio gli aveva dato l'okay per ricominciare non aveva fotografato molto, un po' per non rallentare il cammino del gruppo un po' perché si era reso conto presto che gli animali erano difficili da ritrarre e gli alberi, alla trentesima foto, non erano così appassionanti.

Ma ora finalmente aveva la possibilità di fare una ripresa fenomenale. Un gruppo di abitanti del villaggio che giocano a pallone, ignari di essere ripresi da un occhio esterno. Moacir pensò che forse solo in quel momento, per la prima volta in vita sua, era vicino a comprendere come si fosse sentito Antônio al suo arrivo al villaggio. Poi scacciò quel pensiero, fece gli ultimi passi nel silenzio più assoluto e si concentrò sulla scena davanti ai suoi occhi.

Piata stava per calciare una punizione.

«*La barriera è messa malissimo*» commentò Yamandé sottovoce, mentre armeggiava con il suo zaino per estrarre il regalo che aveva comprato per i suoi amici del villaggio.

«*Shhh!*» li zittì nuovamente Moacir. Che però poi non seppe trattenersi dall'aggiungere: «*La barriera mi dà più fastidio che altro, blocca la vista della palla.*»

«*Comunque è mal messa.*»

«*È una questione di...*» intervenne Antônio: «*prima di giudicare bisogna considerare l'errore di... dipende da che lato la guardi.*»

«*In che senso? Se è mal messa è mal messa*» aggiunse Itaúna.

«*Shhhhhh!*»

Piata amava temporeggiare prima di battere una punizione. Gli piaceva prendersi tutto il tempo per studiare da quale parte far passare la palla, anche se con la barriera così mal messa c'era poco da studiare, bastava tirare una sassata in porta ed era goal sicuro. Acamim non era male come portiere, ma nulla a che vedere con... va beh. Quella volta però temporeggiò più del solito: si guardò in giro, c'era qualcosa di strano, prima gli sembrava di aver sentito dei rumori e ora al contrario da un lato della radura c'era uno strano silenzio, come se tutti gli animali da quella parte avessero deciso di zittirsi assieme. Poi scrollò le spalle e partì con la rincorsa, in cuor suo già sospirando perché pochi secondi dopo gli sarebbe toccato andare a cercare la palla nel fitto della foresta.

La palla era sparita tra gli alberi, come sempre. Lo avevano visto tutti. Quando Piata batteva una punizione tutti puntavano gli occhi verso la foresta dietro la porta, per velocizzare le operazioni di ricerca. Per questo, l'apparizione a centrocampo di quello strano oggetto che sembrava una palla ma rimbalzava molto di più fu accolta con un carico aggiuntivo di sorpresa e perplessità. Lentamente tutti i ragazzi si avvicinarono a essa, mentre questa finiva di rimbalzare. Si avvicinarono anche i più grandi tra i bambini che guardavano la partita, mentre i più piccoli venivano trattenuti dalle mamme, intimorite.

«*Che cos'è?*» chiese Jerujeru.

«*Un frutto?*» propose Icicaribá.

«*Un frutto così non l'ho mai visto prima,*» disse Piata, che continuava a guardarsi attorno «*e non ho capito da dove è caduto. Qualcuno ha visto da dove è caduto?*»

«*Forse è caduto dal grande uccello luminoso del pomeriggio?*» suggerì Tainì, non sapendo quanto ci fosse andato vicino.

«*Se stiamo ancora giocando vuol dire che non è ancora passato, no?*» lo rimbeccò Icicaribá.

«*A me pare che sia venuta da là!*» squillò la vocetta di una delle bambine del pubblico.

Piata fu il primo a volgere lo sguardo nella direzione indicata dalla bimba e quindi il primo a sentirsi quasi svenire quando le foglie si mossero, i rami si separarono e dalla foresta sbucò il fantasma di Yamandé.

4.12 Unghie

Man mano che gli altri membri del gruppetto sbucavano nella radura, alcuni indossando una strana cosa sul corpo che impediva di vederne il petto, il muto stupore dei presenti venne sostituito da urla di gioia. Alcuni bambini corsero allo shabono urlando: «*Yamandé! È tornato Yamandé! Antônio, Moacir, sono tornati tutti!*» e nel giro di pochi minuti nella radura c'era una confusione tale che al confronto il carnevale era un passatempo per amanti del silenzio. Antônio vide il volto di Janaína e il profilo di Ybyráatã, in braccio a lei, e provò una sensazione di caldo benessere, subito rimpiazzata da una sensazione più sgradevole. Janaína stava avanzando con passo tranquillo, guardandosi attorno con calma. Sorrideva, anzi rideva, e di fianco a lei, a sorridere anzi ridere con lei, c'era Kirimà. Possibile? Gelosia. Quella sensazione sgradevole era senza dubbio gelosia. Possibile? Si chiese una seconda volta Antônio, ma poi gli occhi di Janaína incrociarono i suoi e il sorriso più bello della foresta schiarì ogni nuvola. Janaína lo baciò e passò Ybyráatã tra le sue braccia. Certo che non è possibile, cosa mai sono andato a pensare.

Sarebbero stati, lo si capì subito, due giorni di grandi feste ed emozioni intense, innaffiate da abbondanti razioni di bevanda del cambiamento.

Alla gelosia, dopo una breve parentesi di felicità, si era però sostituita in Antônio una nuova sensazione sgradevole: il senso di colpa. Spiegare che erano lì per soli due giorni e sarebbero dovuti subito ripartire non fu per niente facile.

Aveva portato in regalo a Janaína due pentole lucenti che l'avevano fatta rimanere a bocca aperta, decine di collane e braccialetti, i più colorati che fosse riuscito a trovare e con i quali lei aveva immediatamente sostituito quelli di semi e piume che aveva indosso e una bellissima amaca di robusta tela a strisce rosse e blu, che le era piaciuta moltissimo. Ma i regali non erano affatto bastati a fare sparire del tutto un malinconico broncio che le incupiva il viso.

«Ma staremo via al massimo solo un mese *e poi ritorniamo per sempre, te lo prometto.»*

«Cosa è mese*? Sei stato via tre lune e già hai ricominciato a parlare come Antônio di tanto tempo fa.»*

«Scusami. Mese *è come dire luna.»*

«E allora perché non hai detto luna?»

«Scusa tanto, eh. Sono stanco, emozionato e confuso, porco cane, abbi un po' di comprensione!*»*

Janaína lo guardò per capire se stesse facendo apposta. Solo allora Antônio si rese conto di aver parlato in portoghese. E provò a buttarla sullo scherzo e sulla richiesta di pazienza.

«Scherzo, ranocchia mia. Ti amo, amo Ybyráatã e voglio tornare il prima possibile da voi. Prima devo solo fare questa cosa.»

Le carezzò una guancia e prendendo una delle collane di semi che lei aveva abbandonato sull'amaca ne sfilò ventidue grossi semi marroni e otto rossi e li reinfilò con cura su un lungo stelo: *«Ecco, guarda. Questi rossi sono i giorni delle partite e questi marroni sono i giorni tra una e l'altra. Ora lo appendiamo sulla porta dello shabono e ogni giorno tu sfilerai un seme. Così saprai quando giocheremo e saprai, tutto il villaggio saprà che, dopo ogni partita, se non saremo tornati entro tre giorni vorrà dire che abbiamo vinto e che faremo anche la successiva. E saprai quanto tempo manca prima che torniamo: vedi, anche se vincessimo sempre non staremmo via più di una luna. Poi tornerò da voi e dormiremo per sempre insieme su questa bella amaca nuova, sei più contenta adesso?»*

Una volta ristabilita la pace con Janaína, Antônio la prese per mano e la portò verso il fiume, in cerca di un angolo tranquillo. Quando si fu accertato che erano soli, Antônio disse: *«Ti ricordi i miei racconti sullo* schermo *e le cose che si possono vedere dentro di esso?»*

«*Certo che mi ricordo.*»

«*Ecco. Nel tempo in cui sono rimasto qui, hanno inventato degli* schermi *che si possono trasportare e in cui si possono ricordare le immagini che questi stessi schermi hanno visto nel passato.*»

«*Non so se ho capito.*»

«*Guarda, ora ti faccio vedere.*»

Antônio estrasse dal suo zaino un iPad. Lo mise in mano alla donna, che lo prese con una certa trepidazione, poi lanciò l'applicazione per vedere i filmati. E fu così che, sbigottita e affascinata, Janaína conobbe Marcela, papà Italo e tutto il resto della variopinta famiglia di Antônio, che le mandavano tanti ma proprio tanti saluti e guarda com'è bello il nostro nipotino, ma cosa dici, sono loro che vedranno noi, mica stiamo vedendo noi loro adesso, non importa sono sicura che è bellissimo, non è vero Norminha?

Anche parlare con Itátakúara e spiegare che non solo sarebbero ripartiti prestissimo ma che avevano bisogno di portare con loro molti più giocatori non fu semplicissimo. Di nuovo Antônio ricorse al suo iPad, mostrando alcune immagini della tournée appena conclusa.

Il capo villaggio, nonostante quell'aggeggio lo lasciasse molto perplesso, fu assai comprensivo: «*Antônio, vivi con noi da tanto tempo, sei parte di noi. Lo sai, vero?*»

«*Sì, lo so. Lo sono.*»

«*E allora dovresti sapere che io sono solo l'anziano del villaggio, non sono padrone del destino di nessun altro oltre me. Sono felice che mi racconti del vostro piano, ma non dovete chiedere permesso a nessuno. Se sentite di dover compiere questa impresa posso solo augurarvi che gli spiriti siano con voi.*»

La parte più difficile della conversazione fu mantenere sobrietà e umiltà mentre fuori dallo shabono si stava scatenando il finimondo.

Moacir aveva capito perfettamente le richieste di Rete Norte. Per questo aveva anche chiesto ai suoi compagni di avventura di aspettare un po' prima di consegnare i regali, voleva prima fotografare e filmare gli abitanti del villaggio impegnati nelle loro attività di tutti i giorni. Ma una volta estratto uno dei suoi cellulari dallo zaino, scattata qualche foto e mostrato il risultato sullo schermo, la vita del villaggio era cambiata per sempre. Moacir doveva ora affrontare l'assalto di decine di persone che facevano a gara per farsi fare una foto nelle pose più improbabili. Visto che oramai il danno era fatto, tanto valeva placarli un po': Moacir fece segno ai suoi amici che avevano il via libera, potevano fare quello che volevano.

Passata la prima ondata di stupore e meraviglia per tutti i regali, *«Bellissimo, questo è mio»*, *«E questo cos'è?»*, *«Ma allora tutto quello che ci ha raccontato Antônio in questi anni è vero!»*, fu il momento dei racconti. Kirimà raccontò del formichiere che aveva figliato proprio sotto l'albero dei fiori rossi, Piata li aggiornò sul rito di iniziazione che si era svolto una luna addietro e in cui molti giovani, di nuovo, avevano fatto un'ottima figura *«Anche se non al nostro livello.»*

Molto interesse suscitarono anche le rapide selezioni, curate da Piata, Antônio, Yamandé e Ubirajara, per decidere chi sarebbero stati gli altri sedici a comporre il gruppo che avrebbe sfidato il Brasile. Le facce felici dei protagonisti del primo viaggio erano una grande pubblicità per la nuova avventura che stavano proponendo: *«Piraí si è divertito così tanto che è rimasto là ad aspettarci.»*

Pochissimi tra i prescelti si mostrarono titubanti e alla fine anche loro accettarono contagiati dal generale entusiasmo.

Ma a tenere banco furono naturalmente le avventure del gruppo dei ragazzi: un coro di elogi per la famiglia di Antônio, per Macapá e per il Brasile in generale. E come in ogni coro, immancabile, anche la voce fuori da esso, quella di Itaúna. A tutti quelli che avevano la pazienza di ascoltarlo, Itaúna raccontava una versione della vita a Macapá ben diversa dal ritratto idilliaco che stavano dipingendo gli altri.

«Il vuoto. È stranissimo: c'è allo stesso tempo vuoto e confusione. C'è tantissima gente, molta più che nel villaggio, e in ogni momento del giorno e della

notte c'è un rumore fortissimo, ma lo stesso è come se fosse vuoto, come se le persone fossero distanti le une dalle altre. Ci sono tantissime capanne giganteesche e dentro di esse vivono solo poche persone, a volte due o tre o anche solo una.

Ci sono pochissimi alberi. E quei pochi alberi sono tutti piccoli, mosci come quando un uomo ha la febbre. E ci sono anche pochi animali. E in questo vuoto, c'è la cosa più strana di tutte: una cosa che loro chiamano vento. È aria che si muove, ma non come qui. Si muove forte, piega gli alberi, se ti metti una piuma in testa te la porta via con una mano invisibile, ha addirittura una sua voce.

E poi le persone hanno la passione per fare i film, ma non come quelli nello schermo di Antônio. A volte nei film fanno finta di uccidersi e le persone vanno in una specie di shabono a vedere le persone che fanno finta di uccidersi e sono contente.

E giocano alla palla, sì, ma sono molto più scarsi di noi. La nostra squadra dei bambini vincerebbe contro i loro adulti.

Ma soprattutto: la gente è diversa. Molti sono pallidi. Lo sai che si dice che anche Antônio fosse bianco quando arrivò qui. Ma questi sono ancora più chiari, più pallidi di un pesce morto. Altri invece sono scuri come il legno dopo il fuoco. Sono neri come la notte, anche di giorno. Li guardi e non riesci nemmeno a capire se hanno la faccia oppure no. E tutti ci guardavano come se gli strani fossimo noi.»

Fu dunque naturale per Itaúna, al momento di partire, comunicare la sua decisione ad Antônio: «*Io non vengo.*»

«*Ma come non vieni? E la partita con il Brasile? E i mondiali?*»

«*La partita la vincerete anche senza di me. I mondiali, preferisco quelli che ci hai insegnato a giocare tu qui, da bambini. Che gli spiriti siano con voi. Portate i miei saluti a Piraí.*»

Dannata fretta, pensò Antônio. Sono stato quattordici anni nella calma più assoluta e ora devo fare tutto di corsa. Così come a Macapá non c'era stato il tempo per parlare con Piraí e convincerlo a tornare nella foresta, ora non c'era il tempo di parlare con Itaúna e convincerlo a venire con loro a San Paolo.

«*Va bene, Itaúna. Come preferisci. Mi dispiace molto. Ora non posso, ma ci rivedremo presto e parleremo tanto.»*

«*Sì.*»

Quando all'alba ripartirono, due giorni e mezzo dopo essere arrivati, Itaúna era in prima fila a salutarli, la mano protesa verso l'alto e lo sguardo orgoglioso, con una fierezza tale che chiunque avesse visto la splendida foto scattata da Moacir avrebbe pensato che fosse lui il capo del villaggio.

Appena il gruppo dei ventitré fu svanito dalla loro vista, però, quella stessa mano finì dentro la bocca di Itaúna, che passò le due ore seguenti a mordersi le unghie come non faceva più da quando era bambino.

Furono due ore di agitazione crescente, che Itaúna trascorse passando e ripassando nella propria mente tutto ciò che lo aveva turbato nei tre mesi precedenti. Ma alle immagini delle capanne gigantesche e vuote, delle persone con le facce strane, dei trecento spartani che si massacrano continuavano a sovrapporsi le immagini dei suoi amici, delle partite a pallone, del crescente numero di spettatori alle loro partite. Al ricordo del rumore delle automobili si sovrapponeva il rumoreggiare del pubblico a ogni goal.

Itaúna guardò il cielo, molto più luminoso di quando i suoi amici se n'erano andati. Sono partiti da molto, pensò. Ma pensò anche che un gruppo di ventitré persone avanza nella foresta molto più lentamente di un uomo solo. Soprattutto se quell'uomo è quello che ha avuto la grande pensata di segnare il percorso come Piccolo Pollice. E poi perderanno parecchio tempo a costruire la... Gambone! Non c'è nessuna zattera da costruire! Prese lo zainetto che si era portato da Macapá, ci infilò dentro precipitosamente un po' di cibo, corse da Iracema trovando finalmente il coraggio di baciarla, poi andò da Itátakúara: «*Vado a raggiungerli. Forse avranno bisogno di me.*»

«*Senz'altro*» disse Itátakúara, mentre il giovane correndo già si inoltrava nel fitto della foresta.

4.13 Monte Dourado

Un trafelato ma soddisfatto Itaúna riuscì a raggiungere il gruppo poco prima che questo arrivasse al fiume. Antônio fu sollevato nel vederlo, ma era nulla in confronto al sollievo che provò nel vedere che Gambone, non si sa mai, li aveva aspettati davvero.

Appena messo piede sul barcone, primo contatto con il mondo esterno, il gruppo si divise subito in due. Da un lato i novellini, quelli che per la prima volta mettevano piede fuori della foresta, dall'altro lato gli esperti.

Ora che Antônio ci ripensava, i ragazzi erano stati veramente coraggiosi, sin dalle primissime battute. Coraggiosi ad abbandonare il loro mondo e impavidi nell'abbracciarne uno nuovo senza particolari timori reverenziali. Ma non erano mai apparsi così sicuri di sé come lo erano adesso a confronto con gli altri.

Era buffo vedere come quei pochi viaggi in battello lungo il rio e lo Jarì bastassero per farli sentire i massimi esperti mondiali di navigazione fluviale. Per non dire del resto della loro permanenza a Macapá e della tournée, che li aveva trasformati in novelli Magellano. Il coro di voci era incessante, l'argomento principale una variazione sul classico tema di "Ah, lo Jarì non è più quello di una volta", cosa che divertiva moltissimo Antônio e pure Gambone, al quale Antônio ogni tanto traduceva bocconi di conversazione.

«Ah, stavolta abbiamo la barca già pronta, ma l'altra volta ce la siamo dovuta costruire da soli. Ti ricordi, Jaci?» disse Ubiratan.

«Certo, solo un pazzo potrebbe dimenticarlo. E che barca. Navigare su quella era molto diverso. Più pericoloso, ma anche più divertente.»

«*E quando l'amaca con dentro Yamandé è quasi scivolata in acqua e l'abbiamo presa solo per un pelo?*» propose Cauê.

Questo Antônio non se lo ricordava, ma forse era successo mentre dormiva.

«*E poi abbiamo passato tutta la notte a vegliare per scacciare i jacaré*» aggiunse Moacir.

Questo sono sicuro che non sia successo, pensò Antônio, che però non si immischiò perché era curioso di ascoltare.

Quando arrivarono al racconto della cascata fu quasi impossibile capire qualcosa perché tutti – incluso un improbabile Yamandé – volevano raccontare la propria versione della storia, interrompendosi a vicenda e coprendo le voci dei compagni. In questa nuova versione del racconto ognuno di loro si era tuffato in acqua per salvare la zattera o aveva fatto qualcosa di altrettanto determinante per il successo della spedizione. E il fatto era che, piccoli particolari a parte, era davvero andata così. Erano stati tutti eroici e determinanti e Antônio dovette lottare contro il groppo che gli si stava formando in gola.

La cascata fu anche, però, la causa della prima disillusione per il gruppo dei nuovi. Gambone l'aveva accuratamente evitata, e nonostante avesse proposto di fare una deviazione quando l'avevano già oltrepassata per andare ad ammirarla Antônio si era opposto perché intendeva arrivare a Monte Dourado il prima possibile: già così i tempi di marcia erano forzatissimi e voleva cercare di far stancare i ragazzi il meno possibile. La decisione fu accettata da tutti, ma tra i novellini iniziò a serpeggiare il dubbio che "gli esperti" ne avessero approfittato per esagerare un po'.

Fu Piata a dare voce a questi dubbi non appena spuntarono i primi tetti di Monte Dourado.

«*Tutto qui? Dai vostri racconti sembrava chissà cosa e invece è solo un po' più grande del nostro villaggio. Siete sicuri di non esservi sognati tutto?*», disse in parte scherzando e in parte serio.

Gli altri novellini, compatti come un sol uomo dietro al loro portavoce, annuirono convinti. Ma Yamandé e gli altri si limitarono a ridacchiare: «*Vedrai. Vedrete.*»

L'arrivo a Monte Dourado non avrebbe potuto essere più diverso dalla volta precedente. Allora erano arrivati in silenzio, quasi di soppiatto. Ora ad attenderli sul molo c'era un manipolo di curiosi piuttosto nutrito – che aumentò rapidamente di numero non appena si sparse la voce del loro sbarco imminente – e anche un buon numero di telecamere. Per fortuna Antônio aveva pensato in anticipo a questa evenienza e aveva deciso di prendere di petto la situazione. Se il primo gruppetto dei sette si era dovuto adattare piuttosto in fretta alla vita brasiliana, questi avrebbero dovuto fare ancora più velocemente: forse l'unica soluzione era non dargli nemmeno il tempo di capire cosa stava succedendo. Per questo sulla barca aveva distribuito pantaloncini e magliette per tutti, così da evitare almeno il problema della nudità di massa e aveva anche iniziato a far provare gli scarpini da calcio ai nuovi arrivati.

Ancora prima che attraccassero, dal molo partì il coro «Jaci! Piraí! Cauê e Moacir! Son più forti di Spagna e Argentin!». Antônio sulle prime non capì, poi sorrise e iniziò a salutare con la mano, mentre molti dei ragazzi si accalcavano intimoriti verso la poppa della barca, come a evitare il più a lungo possibile il contatto con quella folla urlante.

Appena sbarcati Antônio cercò tra la gente George. Lo individuò quasi subito, un po' defilato, intento a impartire direttive a uno dei suoi colleghi. Si salutarono, ma con un cenno decisero di comune accordo che per le prime interviste avrebbero aspettato di trovarsi in un luogo più tranquillo. Tra la folla ad Antônio parve di vedere anche lo sguardo spiritato di quel giornalista pazzo che lo aveva intervistato, o meglio che si era inventato l'intervista appena tornati a Macapá, Pippo, Pispo, come si chiamava. In fondo tutto quello che stava succedendo era in qualche modo merito anche suo, si ritrovò a pensare Antônio, anche se comunque provare riconoscenza per un personaggio del genere era al di là delle sue capacità.

Circondati dal codazzo di tifosi, si diressero insieme a George e la sua troupe verso la pousada, sulla cui insegna per l'occasione era stato appeso lo striscione "Al pelourinho - Pousada ufficiale della Nazionale India del Brasile". Ad attenderli sulla soglia, come due guardiani, c'erano da un lato il medico che si sarebbe occupato delle vaccinazioni e dall'altro il senhor Armando, a cui Gesita, in memoria della volta precedente, aveva concesso l'onore di essere l'unico ospite della pousada estraneo alla spedizione.

«Benvenuti!» disse Armando sollevando la sua cerveza «Aspettate che vado a chiamare Gesita.»

Ma non ce ne fu alcun bisogno. Pochi secondi dopo, richiamata dal rumore della folla, la padrona della pousada apparve sulla soglia con un sorrisone che cercò e subito trovò le telecamere di Rete Norte. Fece ampi cenni di accomodarsi a tutta la banda e li salutò tutti a uno a uno mentre entravano, chi timido chi spavaldo.

L'ultimo a entrare, quando anche la troupe televisiva era già all'interno, fu Moacir, che tirò fuori dallo zainetto un bellissimo fiore che aveva colto al villaggio e, in un portoghese che tradiva l'essere stato provato decine di volte, le disse: «È per voi, Dona Gesita» accolto da un boato proveniente dall'interno della Pousada.

«È per voi, Dona Gesita» era rapidamente diventato il tormentone del gruppo. Già quando erano in barca, mentre assistevano alle prove di Moacir, alcuni avevano chiesto più volte di descrivere questa Gesita e lo avevano aiutato a imparare la frase portoghese, ripetendola insieme, con diverse intonazioni. Altri si erano limitati a osservare con curiosità quanto stava succedendo, altri ancora, soprattutto i membri della prima spedizione, avevano avuto un atteggiamento più scherzoso e ogni volta che si arrivava alla descrizione di Gesita numerosi particolari venivano aggiunti, soprattutto sull'aspetto del vestiario che sapevano non sarebbe stato compreso appieno dai nuovi esploratori. «*Sì, bella, peccato per quelle grandi foglie di palma che le spuntano dalle orecchie...*» oppure «*Bella? Siete sicuri? Finché rimane nascosta nel tronco dal quale spuntano solo mani e piedi non saprei dire...*» e via così.

Ma quando furono tutti dentro, Eçaí avvicinò Moacir e gli disse, sottovoce: «*Avevi ragione, è bella. Molto strana ma bella.*»
«*È così anche il resto del mondo, vedrai.*»

4.14 Calma

«Thiago!»

«Sì, Mister.»

«Guardami bene.»

Thiago lo guardò, senza capire cosa ci fosse da vedere ma già subodorando l'arrivo di qualche incarico più o meno assurdo.

«Ti sembro diverso?»

«In che senso?»

«Non so, ti sembro come prima? Come un mese fa?»

«Scusate Mister, ma non sto capendo.»

«No, Thiago, sono io che non capisco. Mi guardo allo specchio e mi sembra di essere sempre lo stesso, a parte questo maledetto braccio rotto. Ma dentro non sono più io, ho paura che mi abbiano rapito gli alieni e sostituito con una versione più calma, più posata, più tranquilla.»

«Ah, capisco. No, garantisco che siete sempre lo stesso.»

«Nel senso che sono sempre incazzato?»

«Ma no, non intendev...»

«Invece no, Thiago. Invece no. Non mi incazzo proprio per niente. Ma dovrei. Fra tre giorni inizia il Mondiale e non so ancora con che squadra giocherò. Cioè, lo so, ma non mi hanno ancora dato l'autorizzazione formale a convocarli. E già il solo fatto che io debba chiedere l'autorizzazione di qualcuno per scegliere chi portare ai Mondiali, guarda, già sarebbe abbastanza per chiederti di andare a comprarmi una mazza per spaccare tutto. Ma non è mica finita qui, no. Questi dementi pretendono che io, quarantotto ore prima del debutto, gli faccia anche fare una partita contro una squadra di...di... di... gente che non ha mai visto un campo da calcio in vita sua. Ma ti rendi conto?»

Thiago taceva, sapeva che il suo ruolo in quei casi era solo quello di stare lì per evitare al Mister l'impressione di parlare da solo.

«Io pensavo che fossero tutte scemenze per ingraziarsi la nazione. E pensavo che almeno quell'altro, quel tarzan del calcio, avrebbe avuto quel minimo di buon senso di tornarsene da dove è venuto e di restarci. E invece niente. Pronto, arriviamo stasera, ci vediamo al campo domani alle due, come i bambini. E io, invece di spaccare tutto, sono qui tranquillo come una pasqua.»

Insomma, pensò Thiago senza aprire bocca.

«Guardo questi imbecilli che cercano di rovinare tutto, e li guardo con distacco, come se la gamba su cui sta pisciando questo cane non fosse la mia.»

Quale cane, stava per chiedere Thiago, che si trattenne giusto in tempo.

«Va beh, se non altro sono riuscito a convincerli a giocare un tempo solo, così chiunque vinca (chiunque, figuriamoci), non sarà troppo affaticato quando giocherà contro la Croazia. Ma se qualcuno di quegli indigeni fa del male a uno dei miei giuro che prendo il napalm e gliela brucio tutta, quella dannata foresta.»

4.15 Grande uccello luminoso

Le istruzioni di Antônio non avrebbero potuto essere più chiare: «*Fermi e zitti. Fermi come quando si avvista una preda e zitti come quando si avvista una preda. Semplice no?*»

No, non semplice. Anzi, molto difficile.

L'emozione incredibile del primo volo, vedere Monte Dourado diventare sempre più piccola sotto i loro occhi, la vista dell'immensa foresta dall'alto, aveva riportato tutti sullo stesso piano: non c'erano più esperti e inesperti, nessuno di loro era mai salito prima sul grande uccello luminoso e Antônio stesso lo aveva preso solo due volte tantissimi anni prima.

Ma il primo volo era stato breve e il rumore del piccolo aeroplano, scricchiolante quasi quanto la barca di Gambone, era stato così forte e fastidioso da attutire qualunque altra emozione. Avevano fatto scalo a Macapá, dove avevano raccolto un emozionatissimo Piraí, e un altro breve volo passato quasi tutto il tempo con le mani sulle orecchie li aveva portati a Belém.

Nel moderno aeroporto di Belém la distanza tra veterani e novellini era ritornata ampia e visibile. Il piano di Antônio per sopravvivere alle quattro ore di scalo, un'eternità, era quello di affidare in custodia a ogni veterano due o tre dei nuovi arrivati così da tenerli sotto controllo.

La grande vetrata dava sulla pista, sulla quale si muoveva pigro qualche aereo. Così grandi, così lucidi, così potenti, si sarebbe potuto guardarli per ore. Ma alzando lo sguardo si poteva assistere allo spettacolo nuovo e terribile dell'orizzonte: una linea scura delimitava il visibile, il margine della foresta, e in fondo sulla sinistra un'esile colonna di fumo grigio interrompeva lo sguardo regalando profondità alla vista.

La prima ora passò così, a familiarizzare con la presenza di un vetro così grande e con il fatto che, come veniva ripetuto spesso, non dappertutto ci fossero alberi, che tutto quello spazio senza piante fosse quasi inconcepibile.

Possiamo farcela, si ripeteva spesso Antônio continuando a guardare l'orologio e sentendo più di una fitta di nostalgia per la vita nella foresta.

La seconda ora iniziò con un miagolio a cui nessuno dei presenti fece caso, tranne naturalmente quel gruppo di abilissimi cacciatori che erano i ragazzi appena usciti dalla foresta. Si mossero con circospezione attorno alle poltroncine del terminal incapaci di distinguere la provenienza del verso a causa dell'ampio spazio che generava un'eco che li confondeva. Alla fine la individuò Jerujeru, già famoso per il suo udito fine e per le sue mani grandi, ben nascosta nel cesto di vimini che la sua padrona aveva lasciato per un momento su una poltrona. Antônio vedendo i suoi ragazzi muoversi in quel modo era entrato subito in allarme ma una rapida occhiata a Cauê e Yamandé lo tranquillizzò: anche a loro giudizio non era niente di serio. Poi sentì all'improvviso il miagolio, vide la cesta di vimini e il gruppo sempre più numeroso che si accalcava lì intorno e capì.

«*È un cucciolo di giaguaro!*»
«*Nero?*»
«*Esistono i giaguari neri, io ne ho sentito parlare.*»
«*Ma è piccolo!*»
«*Sarà appena nato.*»
«*Però sembra grande, non lo so spiegare, sembra un cucciolo adulto.*»
«*Fa anche un verso molto strano.*»
«*Perché è chiuso lì dentro?*»
«*Adesso lo libero...*»

Antônio arrivò troppo tardi così come l'inconsapevole padrona, uscita dai bagni forse a causa del trambusto e ritrovatasi in mezzo a una dozzina di ragazzi intenti a inseguire rocambolescamente il suo gatto che nel frattempo aveva pensato bene di arrampicarsi su una delle travi di sostegno della struttura e di nascondersi dietro un pannello metallico a non meno di cinque metri d'altezza.

«*Vado io!*» l'inconfondibile voce di Yamandé risuonò nell'ampio salone.

«*No, Yamandé…*» iniziò a dire Antônio con voce preoccupatissima.

«*Non ti preoccupare, non mi succederà niente.*»

«*Yamandé te lo dico con tutto l'amore che provo per te. Se provi a salire su quella trave ti amm…*»

Antônio non finì la frase. Yamandé aveva già raggiunto il gatto che subito gli aveva dimostrato tutto il suo disprezzo a suon di artigliate sugli avambracci.

Ci volle una buona mezz'ora di scuse per far tornare tutto alla normalità. Antônio pensò a un migliaio di argomenti per rimproverare Yamandé per quel gesto ma decise di tenere tutto per sé. Perché l'altra volta non mi era sembrato così difficile?

Ma fu il bagno al centro dell'ora successiva, quando ad Antônio iniziarono ad arrivare i primi rapporti sui vari bisogni dei ragazzi.

Nonostante i giovani della prima ondata facessero da supervisori, e nonostante Antônio ripetesse come un mantra «*Fermi e zitti. Fermi come quando si avvista una preda e zitti come quando si avvista una preda*» l'entusiasmo di fronte ai rubinetti che sputavano acqua da soli – e già li avevano lasciati di stucco quelli della pousada, mai avrebbero pensato ci fosse un modo ancora più strano di vedere sgorgare dell'acqua – di fronte agli specchi enormi, alla forma delle tazze candide (ma se le usiamo si sporcheranno tutte, ci sgrideranno!), ai bocchettoni di aria calda per asciugarsi le mani sembrava incontenibile, tanto che qualcuno si sarebbe ricordato dei bisogni soltanto una volta salito a bordo dell'aereo.

L'urlo usato nel villaggio per lanciare l'allarme risuonò all'improvviso nel terminal: un grandissimo aereo lucente stava atterrando sfolgorante del riflesso del sole, i ragazzi corsero scompostamente verso la vetrata, qualcuno andò proprio a sbattere contro il vetro, qualcuno era estasiato, qualcuno impaurito, qualcuno domandò dove fosse il proprio arco. Per fortuna Moacir e Cauê presero in mano la situazione e iniziarono una mini conferenza dimostrando ad Antônio di aver compreso molto bene diversi aspetti aeronautici che lui stesso avrebbe fatto molta fatica a raccontare nella *Lingua*.

Il momento era carico di magia: due indiani stavano spiegando in una lingua densa di gesti, trilli e squittii tutto quello che sapevano sugli aerei a una platea composta da un gruppo di incontattati che avevano appena lasciato il loro villaggio per la prima volta. Gli altri viaggiatori, le guardie e gli addetti già da ore avevano focalizzato la loro attenzione su questo gruppo così anomalo e adesso stavano assistendo a una scena che sarebbe stata di grande teatro se non fosse stato per il fatto che nessuno stava recitando.

Antônio in disparte aveva di nuovo ritrovato fiducia, anzi si stava proprio divertendo, forte soprattutto del fatto di essere l'unico a capire tutte le spiegazioni e a poterle contestualizzare correttamente.

«Stanno spiegando come funzionano gli aerei vero?» chiese George che viaggiava con loro e che gli si era avvicinato nel frattempo.

«Fanno del loro meglio» rispose sorridendo Antônio.

«I gesti più o meno si capiscono, sono i suoni che sono davvero strani.»

«Sì? Dici che si capiscono? Io ho fatto una gran fatica a impararli, fanno parte della *Lingua* sai? Lo stesso suono accompagnato da un gesto differente può voler dire tutt'altro.»

«Sì, ci credo. Però quando indicano l'aereo, quando aprono le braccia per indicare il volo, quello si capisce.»

La padrona del gatto si avvicinò a sua volta, incuriosita, e trovò il coraggio di fare la domanda che le era rimasta chiusa dentro da diverse ore: «Chi siete? Cosa siete?»

Antônio ci pensò qualche secondo e poi rispose: «Una squadra di calcio, signora.»

«Oh, siete quella squadra? Quella di cui ha parlato la televisione?»

«Credo di sì, ultimamente non ho guardato la televisione, sa, ma credo di sì, se hanno parlato di una squadra penso che potremmo essere noi.»

«Ma ho capito male o andrete a giocare i Mondiali?»

«Ci proveremo, signora, ci proveremo.»

«E i ragazzi sono…» fece un gesto con la mano a indicare un po' tutto il gruppo, «quelli lì?»

«Sì, sono quelli lì.»

La signora parve soddisfatta della risposta, rimuginò solo un istante e si allontanò. Poi ci ripensò e tornò da Antônio, gli prese una mano, gli disse «Auguri. Mi piacete. Sono sicura che avrete successo. Auguri davvero» e solo allora ritornò alla poltroncina vicino al suo gatto, contenta.

Quando finalmente arrivò il loro aereo e si misero in fila per l'imbarco nella brezza torrida Antônio si rilassò, ce l'abbiamo quasi fatta, ancora un ultimo sforzo.

«Andremo di nuovo vicini al sole adesso?» chiese Jaguarìuna a Moacir il quale venne colto un po' di sorpresa dalla domanda e ci pensò per un po'.

*«Sai che penso che il sole sia magico? Prima, da dentro l'*aereo *l'ho guardato e non era più grosso e nemmeno più caldo. Ci avviciniamo ma lui rimane uguale, vuol dire che è magico no?»*

Jaguarìuna fece il gesto che significa "non lo so", mentre Antônio passava a contarli per la seconda volta.

«C'è qualcosa che non va, Antônio?» chiese George.

«Me ne manca uno,» disse Antônio perplesso «sto ricontando perché non sono sicuro.»

«Se vuoi ti aiuto.»

«Sì, grazie.»

E così dopo tutte quelle ore di attesa dovettero contare e ricontare tre volte per giungere assieme alla conclusione che sì, effettivamente ne mancava uno.

Trovarono Icicaribá chiuso in uno dei bagni, seduto con le spalle contro una delle paratie, gli occhi rigati di lacrime — evento raro tra gli adulti del villaggio.

«*Dobbiamo andare Icicaribá, dobbiamo andare a giocare a palla.*»

Icicaribá guardò Antônio con uno sguardo vuoto e ci mise un po' a recepire le sue parole.

«*Antônio...*» C'era qualcosa che voleva dire ma che non riusciva a esprimere, faceva ampi gesti con le mani come a indicare qualcosa: «*Antônio...*» Poi finalmente riuscì a mettere a fuoco quello che voleva sapere: «*Dove stiamo andando ci sono alberi?*»

Antônio lo aiutò a rialzarsi, passò il braccio attorno alle sue spalle e lo accompagnò lentamente verso la porta.

«*Non ce ne sono molti, però ci sono tante altre cose che ci possono proteggere. Pensi di potercela fare?*»

Icicaribá camminava lentamente e a testa bassa, pensando intensamente.

«*Ci proteggono? Riescono a proteggerci?*»

«*Sì, ti do la mia parola.*»

«*Allora sì, penso di potercela fare.*»

4.16 Storia

Può una partita essere senza storia e al contempo entrare nella storia? Gli spettatori presenti allo stadio Morumbi di San Paolo avrebbero concordato che sì, è possibile.

Il termine ultimo per decidere le convocazioni come tutti sapevano era stato fissato all'11 giugno, giorno prima dell'inizio dei Mondiali. Ma in attesa di sapere se e quando il gruppo di Antônio sarebbe tornato dalla foresta la macchina organizzativa era rimasta in standby (gergo tecnico per dire che nessuno aveva fatto niente): non era stata fissata una data per la partita che doveva decidere chi sarebbe andato ai Mondiali, né tantomeno erano stati messi in vendita i biglietti.

Ormai persino una guerra faticava a restare la notizia principale per dieci giorni, figuriamoci un variopinto gruppi di indios che erano ritornati nella foresta due giorni dopo essere balzati alla ribalta nazionale. L'attenzione a breve termine del pubblico era stata catturata dal conto alla rovescia per i Mondiali, ormai agli sgoccioli, e dall'intensificarsi delle proteste anti-mondiale nelle grandi città.

Appena l'Asu Ka'a era – malgrado le previsioni di molti – riemerso dalla foresta si era cercato in fretta e furia uno stadio disponibile, radio e TV avevano ripreso a battere la notizia e ai botteghini si era optato per un prezzo politico, ma il risultato fu che al fischio di inizio il Morumbi era semivuoto e davanti alla TV c'era un numero di spettatori tipico da amichevole.

Dopo dieci minuti, però, le linee telefoniche brasiliane iniziarono a trasportare e a ripetere per milioni di volte lo stesso messaggio: stai vedendo la partita? Pazzesco, accendi subito il televisore. E una gran quantità degli abitanti del quartiere accorse verso lo stadio, sperando di arrivare in tempo per assistere ad almeno un minuto di un evento che stava entrando nella storia del calcio.

Nei primi cinque minuti di gioco la squadra degli indios aveva già rifilato due goal al Brasile, ai giocatori professionisti che di lì a due giorni avrebbero dovuto vestire la maglia verde oro ai Mondiali. Certo, mancavano tutte le star, queste erano le riserve delle riserve ma erano pur sempre giocatori di livello internazionale: il fatto che una squadra di sconosciuti li stesse liquidando con questa facilità era stupefacente.

Gli indios avevano puntato molto sull'effetto sorpresa: si erano lanciati all'attacco sin dai primi secondi di gioco e avevano subito segnato con un fenomenale tiro da lontano di Jaci. Il tempo di battere e capire cosa era appena successo e il Brasile aveva preso il secondo goal, segnato da Cauê e nato da un'azione corale giostrata secondo uno schema che nessuno dei brasiliani in campo aveva mai visto prima.

Poi l'Asu Ka'a aveva rifiatato un po' e il Brasile aveva provato ad attaccare, ma molti di quelli tra gli indios che fino a cinque minuti prima si comportavano come attaccanti ora stavano difendendo come se fossero nati nella propria area di rigore e questo aveva generato ulteriore confusione nei già sconcertati brasiliani. Una parata agevole di Moacir seguita da un contropiede fulminante avevano portato in scioltezza il risultato sul tre a zero per gli indios al quindicesimo minuto.

Prima della partita i due allenatori si erano accordati sulla proposta del Mister Gonçalves di giocare lo spareggio su 45 minuti. Quella che era parsa un'avveduta scelta tattica dell'esperto Mister per non sfiancare la sua squadra in vista del debutto mondiale era ora il chiodo sulla bara della possibilità di partecipare al Mondiale stesso. Trenta minuti non sembravano sufficienti per ribaltare il risultato e a dirla tutta l'impressione era che se pure avessero giocato ancora tre ore l'unica cosa che sarebbe potuta risultarne sarebbe stata una vittoria ancora più eclatante degli indios. E così fu: al fischio finale il risultato era salito a quattro a zero per l'Asu Ka'a, senza che il Brasile fosse più riuscito a impensierire gli avversari.

E mentre tutti i ventidue in campo e tutte le riserve si guardavano intorno attoniti, seppure per due motivi opposti, già sugli spalti si iniziarono a sentire i primi, disorganizzati cori inneggianti ai ragazzi dell' Asu Ka'a.

A bordo campo l'inviato speciale di "Bom Dia Copa do Mundo" stava intervistando il Mister Gonçalves; accanto a loro il Presidente della Federazione e Antônio aspettavano il loro turno per parlare.

«No, non sono d'accordo,» stava spiegando Gonçalves «questa non è una sconfitta del Brasile, semmai l'ennesima dimostrazione che il nostro solo problema nel calcio è l'imbarazzo della scelta.»

Antônio ascoltò le parole del Mister – a cui andava dato atto di averla presa con grande filosofia – ma distrattamente, impegnato com'era a tenere a bada le emozioni che gli stavano vorticando nel cervello. E impegnato soprattutto a cercare di preparare in pochi secondi un discorso che non suonasse troppo borioso, ma nemmeno troppo dimesso: in fondo da pochi minuti lui era – pazzesco, devo ripeterlo perché non riesco a crederci – l'allenatore che avrebbe guidato il Brasile ai Mondiali. Qualcosa sugli indios, qualcosa sul Brasile, qualcosa sul valore degli sconfitti, non dico un discorso che resti nella storia, ma nemmeno qualcosa di imbarazzante. Pensa, Antônio, pensa.

Nel frattempo il microfono passò al Presidente della Federazione.

«...e le giuste parole del Mister Gonçalves devono guidarci nelle prossime quattro settimane. Oggi non ci sono un Brasile sconfitto e uno vittorioso, oggi un gruppo di giocatori ha dimostrato di essere più meritevole di un altro di rappresentare il nostro grande Paese ai Mondiali e così sarà.»

Bravo, belle parole, pensò Antônio.

«Naturalmente la lingua è un ostacolo, ma d'accordo con il Mister Gonçalves pensavamo di proporre al senhor Almeida di aggregarsi alla squadra nel ruolo di interprete e, più in generale, esperto di affari indigeni. Siamo certi che in questo modo riusciremo a valorizzare al massimo le competenze di ciascuno dei protagonisti e permetteremo a questi fantastici ragazzi di rappresentarci al meglio.»

Eh?

Tutte le parole che Antônio si era preparato svanirono all'istante, gli parve di vederle evaporare davanti ai suoi occhi. Capì di aver parlato solo quando sentì l'inviato ringraziarlo e passare la linea allo studio, ma non aveva la minima idea di cosa avesse detto.

Capitolo 5

5.1 Regole

È come se ti dicessero che hai vinto alla lotteria però poi per ritirare la vincita devi farti dare una bastonata in faccia. Anzi no, come se potessi abitare nella casa più bella del mondo ma l'ingresso puzzasse e non ci fosse modo di far sparire l'odoraccio. No, nemmeno.

La mente di Antônio, in stato di obnubilamento da quasi un'ora, tornò alla luce aggrappandosi a una sua teoria di lunga data: i paragoni reggono solo fino a un certo punto, passato il quale diventano rapidamente delle stronzate. Ma poi a che pro farli? I paragoni dovrebbero servire a spiegare qualcosa che è difficile da comprendere. La sua situazione faceva schifo, ma non era difficile da comprendere.

Oddio, nello spogliatoio non mancavano gli sguardi interrogativi. I ragazzi della seconda ondata faticavano a capire cosa stesse succedendo: per loro i Mondiali erano ancora quella cosa di cui Antônio aveva parlato spesso e che avevano trasformato in un bel gioco quando erano bambini, e il Brasile era quel posto in cui ogni tanto bisognava dire «È per voi, Dona Gesita», il tormentone generato da Moacir.

Quelli della vecchia guardia invece stavano capendo bene e le loro reazioni oscillavano tra lo stupore, l'indignazione e la rabbia.

«Ma che vuol dire esattamente che da adesso il nostro capo è quello là e che dovremo fare quello che ci dice lui?»

«Vuol dire quello che vuol dire, Moacir. O forse non conosco più la nostra lingua?» Antônio sapeva che i ragazzi non avevano alcuna colpa e che essere caustico non serviva a nulla ma faticava a trattenersi.

«*Immagino che tra poco il Mister Gonçalves verrà qui con i suoi assisten-ti,*» continuò Antônio «*e ci spiegherà cosa bisogna fare adesso. In che* albergo *andare, come allenarsi, cosa mangiare, con che tattica giocare le prossime partite, tutto.*»

«*Cosa mangiare?*» disse Itaúna, con uno stupore rivolto più che altro a suscitare la reazione di Piraí, che invece lo guardò con un'aria in parte rassegnata e in parte "cosa vuoi da me".

L'attenzione di Yamandé era invece tutta per l'aspetto calcisti-co: «*E con che tattica vuoi giocare? Andiamo e vinciamo, come abbiamo sempre fatto finora.*»

«*Questi sono i mondiali, Yamandé, è molto diverso. Gli avversari sono molto, molto più forti.*»

«*Ma se abbiamo battuto il Brasile 4 a 0 in un tempo solo!*»

Antônio non ebbe il tempo per farlo ragionare sul fatto che quello non era certo un Brasile da leggenda ma una sua copia pal-lida e spenta, che già Brejauva ed Eçai avevano spostato il discor-so altrove.

«*Perché dobbiamo cambiare abitazione? Dove abbiamo dormito ieri era bellissimo!*»

«*Già! Noi ora siamo il Brasile! Il Brasile deve dormire nel posto più bello.*»

Antônio sorrise al pensiero che l'alberghetto in cui avevano alloggiato (il budget di Rete Norte non permetteva lussi eccessivi) sembrasse, a loro che avevano come unico metro di paragone la pousada di Gesita, il massimo del lusso. Non spiegò nulla, avreb-bero capito da soli entro poche ore, ma considerò con amarezza quanto poco ci voleva, per alcuni, per diventare viziati campioni.

Poi come previsto si sentì bussare e nello spogliatoio entraro-no il presidente della Federazione, il Mister Gonçalves e un nugo-lo di altri sconosciuti, accolti da due o tre «È per voi, Dona Gesita» complice forse l'equivoco di aver preso questa formula per un generico saluto o forse la generale confusione dovuta a tutti quegli improvvisi dialoghi in portoghese. Sta di fatto che mentre Gonçalves parlava nella sua mente si era definitivamente consolidata la convinzione di avere di fronte un gruppo di idioti.

I ragazzi ascoltarono in totale silenzio le parole del presidente e del Mister e la traduzione di Antônio. Ma appena la porta si richiuse e rimasero di nuovo soli, nello spogliatoio si scatenò il pandemonio.

«Stanotte dobbiamo andare a dormire presto? Ma io volevo festeggiare!»

«Io volevo andare a vedere il villaggio. Quando volavamo dentro l'aereo ho visto delle capanne altissime, voglio vederle da vicino.»

«E questa pazzia che non ci possiamo dipingere?»

«Ma davvero? Io pensavo fosse uno scherzo.»

«Guarda la faccia di Antônio, non mi sembra che stia scherzando.»

«Ma io ancora non ho capito chi l'ha detto che dobbiamo fare quello che dice quello là e non possiamo fare come ci pare.»

«È questo mondo che è fatto così,» tagliò corto Cauê *«ho capito che loro le chiamano* regole. *A me sembrano tutti scemi.»*

Il cellulare della squadra squillò. Moacir lo passò ad Antônio che lo prese ancora più di malavoglia del solito. Prima che riuscisse a rispondere la porta dello spogliatoio si riaprì e riapparve la faccia di Gonçalves, con quel suo cavolo di sorrisetto, insieme a quell'altro giovane uomo che stava sempre con lui e non si capiva se sembrasse più rassegnato o più ossequioso.

«Almeida, anzi: Antônio. Posso chiamarvi Antônio? Siamo nella stessa squadra adesso. Potete dire ai miei giocatori che non possono ancora lasciare lo stadio? Vorrei portarli in albergo al più presto ma purtroppo ci sono tutta una serie di pratiche burocratiche da sbrigare. Abbiamo convocato in tutta fretta il direttore dell'anagrafe centrale di San Paolo, sarà qui il prima possibile. Grazie.»

Antônio fissò la porta che si era appena richiusa alle spalle di Gonçalves.

I MIEI giocatori?

Poi il telefono squillò di nuovo. Antônio lo guardò quasi senza vederlo, lo soppesò in mano e poi lo scaraventò contro il muro con tutta la forza che aveva.

Dall'altro lato della porta, il sorrisetto di Gonçalves si intensificò.

«Hai sentito questo rumore, Thiago? Sembra che io e Almeida abbiamo almeno una cosa in comune.»

5.2 Fiducia

«Prima non rispondeva, adesso dice che è disconnesso» disse Isabel posando il telefono.

«Avrà le sue gatte da pelare in questo momento. Riprova più tardi» le disse Robert, seduto sul divano a guardare i servizi in TV, affollati di commentatori ancora increduli per quanto era appena successo.

«Sì, riproverò più tardi. Che ingiustizia, però. Che tremenda ingiustizia togliergli il ruolo di allenatore. Povero Antônio, quando l'hanno intervistato sembrava in trance. Secondo me non gli avevano detto niente e lo ha scoperto lì su due piedi.»

«In compenso hai appena risolto il problema del finanziamento della Fondazione.»

«Cosa intendi dire?»

«Beh, per quanto suoni assurdo, l'Asu Ka'a Futebol si è appena guadagnato il diritto di andare ai Mondiali. Non so esattamente quanti soldi gli spetteranno, ma si parla senz'altro di grosse cifre. Quasi quasi mi spiace non far sborsare qualche soldino ai miei capi, avevo più che una mezza idea di proporre loro una sponsorizzazione...»

Isabel aprì il browser nel suo telefono e fece una veloce ricerca: «Hai ragione. Così su due piedi non ho trovato il Brasile, ma qui dice che alle squadre qualificate spettano circa sei milioni di dollari. Accidenti! È davvero una bella quantità di soldi. Non so se vanno alla Federazione o direttamente ai giocatori, ma sicuramente a loro ne toccherà una bella fetta.»

«O almeno spero» aggiunse subito dopo.

«Perché dici così?»

«Beh, Antônio mi ha raccontato che inizialmente con Rete Norte c'erano stati dei problemi con il pagamento dei ragazzi, addirittura il direttore aveva cercato di non pagarli affatto.»

«Che stronzo!»

«Eh sì. E poi ci saranno sicuramente dei problemi burocratici, sai con il fatto che questi ragazzi ancora formalmente non hanno nemmeno un documento, un attestato di nascita, un conto in banca…»

«Praticamente non hanno nemmeno un nome!»

«In che senso?» a questo Isabel non aveva mai pensato.

«Cioè, sì che ce l'hanno, ma sai, la tradizione di scegliersi il nome da mettere sulla maglietta. È una cosa che ho sempre ammirato in voi brasiliani: dice molto sull'atteggiamento con cui affrontate lo sport, come se fosse ancora il gioco di quando si era bambini.»

Isabel fu lusingata dal complimento. Le piaceva quando Robert, architetto tedesco tutto d'un pezzo, sottolineava un qualche pregio del suo Brasile, le faceva sentire presenti le radici comuni di quell'umanità il cui senso troppo spesso le sfuggiva di mano.

«Beh però, sai, sono brasiliani solo nel senso che sono nati all'interno dei nostri confini, dubito che conoscano questa nostra specifica tradizione.»

«Considerato come giocano a pallone mi stupirei se non la conoscessero. Sono sicuro che Almeida gliene ha parlato. Ma piuttosto, prima hai detto che non hanno nemmeno un conto in banca. Ma allora i soldi di Rete Norte come gli sono stati versati?»

«È stato versato tutto sul conto di Antônio.»

«Ah» fece Robert. Un "ah" dal significato molto chiaro.

«No, ahahaha, non pensare male! È stato girato tutto fino all'ultimo real su un conto che abbiamo aperto per la Fondazione.»

«Uhm, okay.»

«Perché fai quella faccia? Cosa non ti convince?»

Robert ci pensò su qualche secondo. Aveva capito quasi subito (quasi) che tra Antônio e Isabel non c'era nulla di cui lui si dovesse preoccupare. La passione che Isabel metteva nei discorsi che lo riguardavano era dovuta alla sua natura tanto sentimentale da sfiorare la retorica (e non di rado cascarci in pieno), oltre naturalmente all'interesse che ultimamente le si era riacceso nei confronti della terra natia. Per Isabel Antônio era solo il mantice per soffiare su questo rinnovato interesse. Robert lo capiva e per questo fino a quel momento aveva tenuto per sé ogni perplessità nei suoi confronti. Ma ora si trattava di qualcosa che riguardava la Fondazione, più che Antônio, così decise di parlare.

«Perdona la domanda, ma i ragazzi lo sanno dell'esistenza della Fondazione?»

«Ma certo che lo sanno!» rispose indignata Isabel, quasi senza lasciargli terminare la domanda. Ma Robert non si fece intimidire.

«Mi sono espresso male, scusa. Quel che intendo è che dei giovani indios che hanno vissuto tutta la vita nella Foresta Amazzonica e ne sono usciti solo tre mesi fa... Ecco, mi sembra strano che abbiano tutta questa consapevolezza della loro situazione. Non è che nella foresta ci sia il Gazzettino dell'Amazzonia che li informa del problema della deforestazione o della condizione degli indios nel Brasile odierno.»

«E quindi?» chiese Isabel, con un tono al contempo difensivo e aggressivo.

«E quindi mi colpisce che decidano di investire i loro primi soldi nella soluzione di un problema che probabilmente fino a tre mesi fa non sapevano di avere.»

Prima che Isabel potesse dire qualcosa, Robert proseguì: «E anzi, ora che ci penso mi colpisce ancora di più che abbiano chiaro il concetto di denaro. In particolare che abbiano ben chiaro il concetto di quantità di soldi. Che, ammesso che sappiano contare, capiscano concretamente, e sottolineo concretamente, qual è la differenza tra tremila reais e trecentomila.»

La faccia di Isabel non prometteva niente di buono. Robert alzò le mani e si sentì in dovere di chiarire ulteriormente il suo pensiero.

«Senti, non voglio insinuare nulla. Ti giuro. Non so neanch'io bene cosa volevo dire. Sono certo che questa vostra, questa tua iniziativa sia la cosa migliore per loro. Che sia... però lo abbiamo appena letto, no? Abbiamo letto che ora gli arriveranno un sacco di soldi. Poi se andranno avanti nel mondiale – e hanno appena mostrato di avere le capacità per farlo – ne arriveranno ancora di più. E sono sicuro al cento per cento che nelle principali agenzie pubblicitarie del mondo in questo momento si stanno fregando le mani. Se per caso dopodomani batteranno la Croazia vuoi che non arrivino i procuratori di mezzo mondo a cercare di metterli sotto contratto?

E sto parlando solo della gente onesta. Lo sai quanti squali là fuori si stanno limando i denti al pensiero di ventitré ragazzi che non hanno nemmeno il concetto di denaro e che improvvisamente sono diventati ricchi?»

Isabel si alzò in piedi, si ravviò i capelli e si diresse alla finestra dell'ufficio di Robert. Si stava preoccupando soprattutto per lei, capì. Le vennero in mente i versi di Amleto: "Non prestare soldi e non fare debiti, perché ciò che si dà in prestito spesso si perde assieme all'amico e i debiti fanno smarrire il senso della parsimonia."

Ma quello che Robert non aveva, o aveva e ignorava, era il suo istinto. Lei sapeva, sentiva come una voce che parlasse al suo cuore di donna e di brasiliana, che quella era la cosa giusta da fare.

Sentiva che proteggere il villaggio, difendere quell'incontaminato pezzetto di foresta, era il miglior modo per tutelare quei ragazzi e il loro mondo, il loro ambiente, le loro famiglie proprio dagli squali di cui parlava Robert. Ma non poteva parlargliene, l'istinto non era un argomento da Robert.

«Fidati di me,» si limitò a dire dopo un lungo silenzio «so quello che faccio.»

Robert colse quelle parole come il segnale che sarebbe stato il momento di spostare la conversazione su un altro tema. Ma prima non era riuscito a esprimere compiutamente un concetto e chiarire il suo pensiero era un'esigenza superiore.

«Ecco, questo era precisamente quello che mi rendeva perplesso: proteggere la loro foresta è la cosa giusta da fare. Ma proteggere qualcuno da un pericolo di cui non ha piena consapevolezza è una cosa che fanno i genitori con i figli. Questi sono uomini. Uomini che vengono da una situazione particolare, ma uomini. Siamo, siete sicuri che non desiderino sperperare tutti i loro averi in donne e motori come i loro colleghi delle altre nazioni? Per quanto sicuramente un peccato sarebbe loro pieno diritto farlo se questa fosse la loro volontà. È questo che volevo invitarti, invitarvi a fare: accertarvi della loro volontà. La loro, non la vostra, per quanto benintenzionata.»

«Hai ragione. Sono sicura che Antônio glielo chiederà o glielo avrà già chiesto e per andare sul sicuro glielo chiederò anch'io. Ma hai ragione anche sul fatto che sono uomini e non bambini. Sono sicurissima che hanno già ben capito da soli che da ora in avanti ci sarà poco da scherzare.»

5.3 Paolorossi

«Ma come Paolorossi? Ma questo idiota mi sta pure prendendo per il culo?»

L'adempimento delle formalità burocratiche, grazie all'aiuto del direttore dell'anagrafe di San Paolo, César Azevedo, era filato liscio. Sorprendentemente liscio. A quanto pareva c'era già una procedura standard per dotare di documento di identità e cittadinanza brasiliana gli indios fuoriusciti dalla foresta. Antônio aveva notato tra sé e sé che non aveva mai fatto così poca fatica per una pratica burocratica in vita sua, e nulla gli avrebbe tolto dalla testa l'idea che tutto ciò fosse dovuto esclusivamente al loro nuovo status di calciatori della Seleçao. Per un attimo gli era anche parso che Azevedo e l'assistente di Gonçalves si conoscessero ma qualunque fosse il motivo di quella procedura senza intoppi a caval donato non si guarda in bocca.

Poi però era venuto il momento della burocrazia calcistica: assegnare i numeri di maglia e indicare il nome che ciascuno di loro avrebbe portato sulla schiena per il mese successivo. Lì Antônio aveva scoperto che il lavoro di interprete poteva essere faticosissimo.

Sì, erano più di tre mesi che traduceva dal portoghese alla *Lingua* e viceversa, ma ora era molto diverso. A parte il fatto che avere appena firmato un contratto cambiava tutta la dinamica, e che le persone per cui tradurre prima erano sette e ora ventitré, la cosa che lo metteva più in difficoltà era tradurre attenuando o censurando del tutto gli insulti che Gonçalves e i ragazzi si scambiavano all'insaputa l'uno degli altri.

«*Dice che vuol sapere se fai sul serio o lo stai prendendo in giro.*»
«*Certo che faccio sul serio, mica sono un buffone come lui.*»
«Dice che fa sul serio.»

Dopo una serie di batti e ribatti era stato chiaro che Yamandé sarebbe stato inflessibile. Grazie ad Antônio conosceva benissimo la tradizione brasiliana di usare i soprannomi invece dei nomi, e sempre grazie ad Antônio conosceva anche la storia di Paolo Rossi che rientrato dopo una lunga assenza pochi giorni prima dell'inizio dei Mondiali del 1982 aveva poi trascinato l'Italia al trionfo: Yamandé sperava che prenderne il nome sarebbe stato di buon auspicio.

«Questo montato già si vede campione del mondo, eh? Vuole ripercorrere la storia di Paolo Rossi, eh? E allora ripercorriamola tutta: nelle prime tre partite Paolo Rossi giocò malissimo, quindi siccome noi siamo furbi e sappiamo già tutto in anticipo dopodomani tu, mio bel giovanotto, vai in panchina.»

Appena Antônio finì di tradurre la decisione di Gonçalves nello spogliatoio scese il gelo. Numerose occhiate di sfida gli furono lanciate, ma Gonçalves resse lo sguardo di tutti e quando domandò se qualcun altro aveva qualche bella idea per il nome da mettere sulla maglia per qualche secondo nessuno rispose e molti occhi si abbassarono verso il pavimento dello spogliatoio.

Poi Jaci si alzò e disse: «*Io sulla maglietta vorrei scrivere* Marcos. *Sono sicuro che gli farà piacere.*»

Antônio cercò nel suo archivio mentale di grandi campioni dello sport chi fosse questo Marcos, poi ricordò i ragazzini delle baixadas con cui Jaci giocava a pallone e quel bambinetto che batteva bene i rigori. Spiegò la cosa a Gonçalves, che non ebbe nulla da obiettare, e questo riportò un po' di serenità nello spogliatoio.

«Qualcun altro?»
«*Qualcun altro?*»

Cauê notò una armonia ristabilita, e alzò il braccio per agitare di nuovo le acque: «*Io vorrei scrivere Yaia. È grazie a lei che siamo qui. E poi è molto bella.*»

Antônio si rivolse, mesto, a Gonçalves: «Vuole chiamarsi Yaia.»

«E perché?»

«Non ho capito.»

«…Ma sta scherzando?»

«Speriamo.»

«Dio mio. Aiutaci tu.»

«Cauê, ma dici sul serio?»

Cauê rispose, con uno sguardo eloquente: *«Ma secondo te davvero mi voglio mettere un nome di donna sulla maglia?»*

5.4 Barriere

Moacir
Marcos
Piata

Ubirajara
Itaúna
Tainì

Ubiratan
Jaguarìuna
Icicaribá

Cauê
Piraí

«*Non avevo capito che avremmo dovuto giocare contro gli anziani.*»

«*Non sono anziani, sono tutti molto più giovani di Antônio.*»

«*Sono anziani. Alcuni hanno anche quei peli sul mento, come Antônio. E poi cosa c'entra, sono più giovani di Antônio ma Antônio è molto anziano: se ci pensate è come se avesse vissuto due vite e nella prima era già anziano.*»

«*Comunque Antônio ha detto di rispettarli perché questi…*»

«*Anziani?*»

«*…giocatori sono tutti molto forti e giocano tutti nella* Europa, *che è un posto molto vecchio e lontano.*»

Antônio teneva gli occhi chiusi nel sole del pomeriggio. Le chiacchiere che provenivano dai ragazzi seduti in panchina a pochi metri da lui, ciarlieri come comari, lo distraevano piacevolmente da una certa ansia: non si sentiva molto tranquillo a causa delle polemiche che erano continuate fino a cinque secondi prima di lasciare gli spogliatoi.

«*Chissà com'è questa* Europa *eh? E chissà com'è questo posto, la* Croazia…»

«*Quante persone che ci sono, verranno tutte dallo stesso villaggio?*»

«*No.*»

«*Sì.*»

«*Si dice* città.»

«*Forse quelli bianchi e rossi vengono tutti dalla stessa* città. *Sono pochissimi.*»

«*Non sono pochissimi, sono molti di più di noi, intendo di noi al villaggio.*»

«*Forse la* Croazia *è un villaggio molto grande.*»

«*Si dice* città.»

«*Silenzio, silenzio, inizia una musica!*»

«*Che musica è?*»

«*È il canto delle feste della* Croazia, *non mi ricordo come si dice in portoghese…*»

«*Qualcosa* nazionale, *come "suono* nazionale", "*canto* nazionale"…»

«Inno,» sussurrò Yamandé, «inno nazionale.»

«Ah, giusto.»

«Giusto.»

«Ecco.»

«Adesso tocca a quello del Brasile, *voi ve lo ricordate?»*

«Antônio lo aveva cantato ogni tanto.»

«Io non me lo ricordo.»

«Zitti che inizia.»

«Zitti!»

In piedi Antônio cantava un po' incerto l'inno nazionale. Incerto perché non si ricordava bene tutte le parole, perché travolto dall'emozione dell'evento, di uno stadio pieno di gente che cantava con lui l'inno di apertura dei Mondiali e anche perché si rendeva conto che i suoi ragazzi erano gli unici che non sapevano le parole dell'inno, tranne Piraí e Cauê che in qualche modo se ne ricordavano qualcuna, e questa scena alla televisione non sarebbe stata una bella pubblicità per loro.

«Cantavano tutti, è stato molto bello.»

«Mi tremano le gambe dall'emozione, credo che sia perché non ci siamo dipinti il corpo.»

«Anch'io senza il corpo dipinto mi sento vuoto, debole.»

«Sì.»

«Anch'io.»

«Moacir si è dipinto.»

«Si è dipinto? Davvero?»

«Sì, non in faccia ma sul corpo e sulle braccia. Con uno di quei pennarelli *di Antônio. Lui deve portare il* vestito *che lo copre tutto, ha detto che nessuno se ne accorgerà.»*

Deve aver approfittato della bagarre successa nello spogliatoio, pensò Antônio, non mi ero accorto che lo avesse fatto.

I ragazzi erano stati schierati dal Mister Gonçalves con un classico 4-4-2 ma, nonostante l'impegno di Antônio per tradurre il meglio possibile le sue indicazioni, più di un mugugno e di una lamentela erano scaturiti dai giocatori. *«Non si gioca così,»* avevano protestato *«non è questo il gioco della palla!»*.

Antônio non se l'era sentita di riportare fedelmente questo tipo di argomenti all'allenatore della nazionale più blasonata della storia, e si era limitato a dire ai propri ragazzi che anche con questa disposizione in campo avrebbero dovuto dare il meglio di loro stessi.

«A voi non danno fastidio queste scarpe con i denti?»
«Tacchetti» corresse Yamandé.
«Molto.»
«A me non molto, però mi dispiace di essere caduto quando ci hanno fermati prima di entrare sul campo.»
«Si scivolava.»
«Molto.»
«Anch'io sono quasi caduto.»
«Qualcuno della Croazia *si è messo a ridere.»*
«Non ho visto!»
«È perché non ci siamo dipinti.»
«Hai ragione.»
«È vero.»

Erano buffi da vedere, ben chiusi nelle loro felpe e coi cappucci tirati fin sugli occhi: per la prima volta stavano sperimentando una temperatura più bassa di venticinque gradi e avevano dovuto accettare la spiegazione di Antônio che no, non erano malati, quello si chiamava "fresco" o, se preferivano, "freddo". E per la prima volta avevano capito quale potesse essere una funzione sensata dell'abbigliamento.

Ma mentre i ragazzi in panchina commentavano, quelli in campo sembravano più concentrati nell'adeguarsi alle istruzioni e contare fino a quattro che nel giocare contro i croati, che iniziarono con un vero e proprio arrembaggio. Jaci in particolare, abituato a spaziare moltissimo, sembrava gravemente a disagio a dover fare il terzino puro, a dover seguire sempre lo stesso uomo, a doversi limitare a una zona ai suoi occhi così ristretta di campo. E forse era stata anche colpa di Antônio che gli aveva detto che doveva accertarsi che i difensori fossero sempre quattro e che formassero sempre una linea: era più il tempo che passava a chiamare e contare e allineare e ricontare che a giocare.

Al quinto del primo tempo Gonçalves era già in piedi paonazzo a sbraitare insulti che Antônio dalla panchina – a lui non era consentito alzarsi (e tecnicamente nemmeno di parlare ai giocatori, fatta salva l'esigenza di tradurre) – cercava come poteva di riferire. Da quel momento in poi l'intercalare "IDIOTIIDIOTIIDIOTI!" avrebbe fatto ogni pochi minuti da sottofondo al primo tempo.

«Questi stanno picchiando i nostri.»

*«E l'*arbitro *non fischia mai.»*

«Ecco, guarda, un altro calcio a Tainì.»

«Questo era forte.»

«Quando Tainì fa quella faccia vuol dire che sente molto dolore.»

«Eppure guarda come corre!»

«Bravo Tainì!»

«Forza!»

«Una gomitata!»

«Ubiratan!»

«Perde sangue!»

*«L'*arbitro *gli fa i gesti di uscire.»*

«Sì,» intervenne Antônio *«bisogna farlo smettere di sanguinare, se no non può giocare.»*

«Davvero?»

«E perché?»

«Sì, perché?»

«Antônio…» domandò confuso Ubiratan mentre gli medicavano il naso: *«Come facciamo? Ci picchiano e* l'arbitro *non fischia!»*

«Non siete concentrati, anche durante la tournée *qualcuno era entrato duro ma non vi eravate mai lamentati.»*

«Oggi è diverso.»

«Sì, questo lo vedo.»

Al decimo del primo tempo un'azione croata si sviluppò lungo il fallo laterale sinistro. Piata scivolò nei pressi della linea di centro-campo (ancora non si era adattato del tutto al dover indossare le scarpe) e fece filtrare un passaggio verso Kovadric che, quasi sulla linea di fondo, fece partire un cross tesissimo. Jaci stava convergendo verso il centro cercando di coprire due attaccanti che si erano prontamente sganciati. La palla, che si era infilata in una selva di gambe ed era stata toccata e deviata da compagni e avversari, gli sbucò davanti ai piedi e lui, che non aveva modo di fermare la sua corsa, la colpì e la fece finire in fondo alla propria rete.

«No!»

«Come ha fatto!»

«Non l'ha vista passare!»

«Uno a zero!»

«Per loro!»

«No!»

Un silenzio alieno scese sullo stadio di San Paolo e sull'intera nazione. Le poche migliaia di croati presenti sugli spalti esplosero di una gioia insperata e incontenibile. Gonçalves collassò sulla panchina con uno sguardo truce, Jaci gesticolò e urlò nella propria lingua non si sa cosa. Antônio guardò i suoi giocatori smarriti, in campo e in panchina: quello che succedeva non era giusto, i suoi ragazzi potevano giocare molto meglio di così. La situazione in cui si trovava non gli dava quasi nessuno spazio di manovra, ma doveva fare qualcosa. Il gioco riprese con una Croazia più cauta e questo permise al Brasile di respirare e a Gonçalves di calmarsi.

«Una mandria di idioti,» sussurrò ad Antônio con un ringhio trattenuto «siamo venuti a giocare il mondiale con una mandria di idioti.»

«Cosa dice il Mister?»

«Continua a ripetere sempre la stessa parola.»

«Cosa significa?»

Fu in quel momento che Antônio capì cosa fare. È un'idea folle ma potrebbe funzionare, pensò. Devo solo aspettare il momento giusto.

«Hai visto che sono anziani? Te l'avevo detto!»
«Non stanno più giocando, ci aspettano a centrocampo per picchiarci.»
«Non corrono più come prima.»
«Sono stanchi.»
«Sì, perché sono anziani.»

In effetti a dispetto della partenza confusa si era arrivati fino al venticinquesimo minuto senza ulteriori grossi spauracchi: Jaci sembrava avere deciso di ignorare le disposizioni impartitegli e cominciare a giocare più avanzato e più passava il tempo più prendeva coraggio, riusciva ormai ad arrivare al cross con regolarità e a essere comunque presente in copertura.

Il primo a seguire il suo esempio fu Cauê che, stufo di restare là davanti isolato, iniziò a tornare a recuperare palloni. E due giocatori di Antônio sulla fascia sinistra erano più che sufficienti per impostare una "freccia avvelenata".

Al ventinovesimo l'ennesima ripartenza di Jaci indusse l'allenatore croato, preoccupato dalla sua evidente freschezza fisica, a spostare il baricentro della squadra verso di lui. Questo diede a Cauê più spazio di quello che gli fosse necessario: un passaggio preciso, uno scatto improvviso e la freccia scoccò dritta e imprendibile verso l'angolino in basso a sinistra dell'altissimo ma lento portiere croato.

La festa scoppiò. Il pubblico brasiliano che dopo il goal subìto sembrava sotto shock riprese tutto d'un colpo fiato e un urlo liberatorio scosse le fondamenta stesse dello stadio. La panchina scattò in piedi e i ragazzi iniziarono a festeggiare a modo loro mentre Antônio, concentratissimo, non si fece sfuggire l'occasione. Prese da parte Ubiratan e Piraí e nel giro di un minuto, fingendo di tradurre le indicazioni di Gonçalves, impartì loro tutte le disposizioni che poteva. Quando il gioco riprese i ragazzi non seguivano più il 4-4-2 anche se Gonçalves non sembrò accorgersene.

«Così va meglio.»
«Sì.»

«Si può fare il giaguaro silenzioso.»
«E un'altra freccia avvelenata.»
«E laggiù c'è spazio anche per un arco troppo teso.»
«Bravo Ubiratan! Se n'è accorto anche lui!»
«Sì!»

Al quarantesimo il mediano croato Modolic prese palla a centro campo e con uno scatto a sorpresa arrivò fino alla tre quarti dove venne contrastato da Jaguarìuna, finendo a terra.

«Si è buttato.»
«Non è fallo.»
«L'arbitro ha fischiato?»
«Ma non era fallo!»
«Sono anziani, cadono più facilmente.»
«Ma non è caduto, si è buttato!»

I giocatori brasiliani si guardavano tra loro increduli senza sapere bene cosa fare. A complicare le cose Moacir stava urlando di non mettere la barriera e di lasciare libera la vista della palla. Gli stessi giocatori croati non credevano ai loro occhi.

«Cosa sta dicendo l'idiota in porta?» chiese Gonçalves sapendo già la risposta. Antônio lo ignorò ostentatamente ma già dalla panchina i suoi ragazzi stavano urlando inutilmente: *«Barriera! Barriera! Moacir! Metti una barriera! Guarda che questi tirano forte quasi quanto noi!»*

Il calcio di punizione senza nessuno davanti partì veloce e preciso verso il sette. Moacir con tutti i suoi riflessi quasi sovrumani riuscì a distendersi e a sfiorare la sfera quel tanto che bastò per farla terminare clamorosamente sulla traversa. Era stata questione di un centimetro. Gonçalves ormai sembrava l'ombra di sé stesso. Sedeva in panchina girato su un fianco parlottando da solo e rivolgendo solo rari sguardi al terreno di gioco.

Durante l'intervallo Antônio perfezionò la sua idea. Anziché tradurre diligentemente le parole di fuoco di Gonçalves si inventò un ripensamento del Mister e diede ai ragazzi indicazioni su come disporsi in campo in maniera molto più simile a quella a cui erano abituati, approfittando anche della sostituzione di Tainì, ancora dolorante per la botta presa all'inizio della gara, con Brejauva.

Il secondo tempo iniziò con un'incursione di Piraí sulla destra: saltati due uomini si infilò in area dove Lovruka riuscì a soffiargli la palla con un intervento disperato in scivolata un centesimo di secondo prima del tiro. Intervento regolarissimo, anche se Piraí trascinato dallo slancio rovinò spettacolarmente a terra. L'arbitro però non ebbe dubbi: fischiò rigore in favore del Brasile.

I ragazzi di Antônio avevano giocato tutto il primo tempo con un atteggiamento molto dimesso sia nei confronti degli avversari sia nei confronti delle decisioni arbitrali che talvolta avevano subito senza capirne il significato. Ma nel secondo tempo qualcosa era cambiato. Si precipitarono in massa dall'arbitro protestando vigorosamente, e nonostante l'incomunicabilità fu presto chiaro agli spettatori presenti e a quelli collegati in mondovisione la natura delle proteste: sostenevano che non fosse rigore, che l'arbitro si era sbagliato perché Piraí era caduto da solo, gridavano: «No rigore! No, no!»

Cauê gridò anche: «Ingiusto! Ingiusto!»

Il pubblico in festa non capiva cosa stesse accadendo né lo capiva Gonçalves schizzato in piedi al fischio dell'arbitro.

Arbitro che, colto completamente alla sprovvista da una situazione probabilmente mai accaduta prima in un campo da calcio, reagì d'istinto ammonendo Piata ed espellendo Icicaribá, le cui proteste erano particolarmente accese, prima di consultarsi con il guardalinee e con il quarto uomo: il rigore andava battuto in ogni caso.

Fu Cauê a incaricarsi del tiro, mentre uno stadio e un intero pianeta si interrogavano sulle sue intenzioni. Gonçalves in piedi ormai urlava soltanto vocali senza alcuna ulteriore articolazione mentre Cauê con occhi fiammeggianti non prese nemmeno la rincorsa e appoggiò lentamente la palla al portiere che la parò fermandola con un piede e spedendola subito in fallo laterale.

Il pubblico trattenne il fiato a lungo, Cauê non si mosse: i croati, i brasiliani, nessuno osava fiatare, lo stesso Gonçalves rimase impietrito. Finché da un settore degli spalti nell'anello più alto un ragazzino non iniziò a battere le mani rompendo l'incanto e provocando una reazione a catena che provocò l'applauso più lungo che si ricordasse nello stadio di San Paolo. Lo stesso Gonçalves si sorprese a battere le mani e un minuto dopo le agenzie di stampa di tutto il mondo avrebbero reso questo evento il più popolare in assoluto di tutta la storia del calcio.

La vittoria alla fine conquistata per 3 a 1 dai ragazzi di Antônio, la felicità di Yamandé che giocò gli ultimi dieci minuti e colpì anche un doppio palo con un solo tiro (Gonçalves avrebbe giurato che l'avesse fatto apposta) e i festeggiamenti seguenti passarono quasi in secondo piano.

Simbolo della partita e forse dell'intero mondiale erano già diventati gli occhi fiammeggianti di Cauê.

5.5 Opispo

Opispo non era uomo da serbare rancore. Serbare rancore fa perdere tempo e offusca la mente, lui era più per la rapidità di gambe e di pensiero. Se avesse guardato indietro, ma non era uomo da guardare indietro, il fatto che la scoperta mediatica dei ragazzi di Almeida venisse attribuita a Rete Norte e non alla sua Gazeta avrebbe potuto dargli fastidio. Ma Opispo era uomo convinto che il successo arridesse a chi guardava avanti. Solo guardando avanti un giornale coi mezzi limitati come il suo poteva arrivare per primo, soprattutto ora che gli indios stavano diventando davvero famosi e stavano entrando in campo i pezzi da novanta dell'informazione. Guardando avanti aveva visto cosa sarebbero diventati, dal punto di vista mediatico, se fossero riusciti a qualificarsi per i Mondiali: e come molte altre volte ci aveva visto giusto, si ripeteva compiaciuto.

Ma a volte per guardare avanti bisogna guardare molto più indietro: per quello era andato a Monte Dourado, alla ricerca di informazioni sull'origine della squadra dell'Asu Ka'a Futebol. Le tribù di indios incontattati in generale erano materiale interessante, questi poi erano anche circondati da quell'alone di mistero che fa sempre bene a una bella storia: essere il primo a svelarne l'esatto luogo di provenienza sarebbe stato un colpo da maestro.

L'idea iniziale era stata quella di seguirli di nascosto fino al villaggio – giornalismo investigativo, era sempre stato il suo forte – ma ci aveva presto ripensato: troppo pericoloso, ci possono essere giaguari, bestie velenose, tribù di cannibali e chissà che altro. Così aveva deciso di esercitare le sue capacità investigative su un terreno più confortevole ed era rimasto a girovagare tra Monte Dourado e Laranjal alla ricerca di qualche spunto. Ma lì c'era già troppa concorrenza, per trovare una storia davvero originale bisognava guardare ancora più avanti, più indietro, più a fondo, più a destra, più a fianco. Bisognava offrire birre, parlare e far parlare e ascoltare, soprattutto ascoltare: il comandamento di ogni vero giornalista d'assalto.

Forse in realtà era questo a distinguerlo dagli altri, pensava: non la rapidità di gambe, che pure non era trascurabile, ma al contrario la pazienza. Gli altri arrivavano con la storia preconfezionata e cercavano solo notizie che la supportassero. Lui no, lui aveva la pazienza di aspettare che il contatto giusto, e soprattutto l'idea giusta, gli si presentasse. E parlando e riparlando ora gli si era presentata. Forse sarebbe diventato l'uomo più odiato della nazione: proprio ora che il Brasile sembrava aver trovato una Seleçao da sogno infrangere il sogno di un Paese intero poteva essere rischioso. Ma a una bella idea un vero giornalista non rinuncia.

Per questo motivo si trovava ora a Santarém, nella speranza di parlare con colui che lo avrebbe aiutato a guardare indietro nel punto giusto. Nel frattempo, perché non guardare avanti e godersi le grazie di questa signorina in approssimativo costume da anaconda che si dimena così abilmente proprio qui a pochi passi? Finito di ammirarla, le fece segno di avvicinarsi e le chiese: «Cara, sei bravissima! Hai mai pensato a fare del cinema? Io ho molte entrature, posso mettere una buona parola. Ma intanto che ci siamo, tesoro, per caso conosci un certo Pepè? È un rappresentante di corsetteria, mi dicono...»

Cos'è il genio? È intuizione, tenacia, un pizzico di fortuna. È avere un'idea vincente e avere la capacità di arrivare dove nessuno era arrivato prima. Il villaggio indio di quell'Almeida dove si trova? Nella foresta, d'accordo ma qualcuno si è domandato dove si trovi veramente? Perché, diciamocelo, i confini nella foresta non sono mica così precisi. Un momento sei in Brasile e il momento dopo, senza accorgerti, ecco che ti ritrovi in Suriname. Mica ci sono le guardie di confine nel folto della foresta.

«Corsetteria? Di queste cose si occupa il mio patrigno, sapete, è lui che mi compra la roba che mi metto addosso, ha buon gusto non credete? Se volete aspettare fino alla chiusura del locale mi verrà a prendere, magari lo chiedete a lui. Così gli parlate anche di quella cosa del cinema.»

Tenacia e fortuna. E se il villaggio di quell'Almeida fosse in Suriname? Chi se non un reporter di quelli veri, di quelli come oggi non ce ne sono più, potrebbe scoprire una verità tanto scottante?

Nelle due ore passate a sudare e bere birra scadente Opispo aveva messo sulla carta una grande quantità di appunti, la bozza di quello che sarebbe stato il più grande articolo della sua vita. Non aveva bisogno di conferme anche se era certo che le avrebbe avute, oh sì. Questo Pepè avrebbe confermato tutto, ne era sicuro, il fiuto del giornalista non inganna.

«Pepè? Pepè? Quel vecchio ubriacone, certo che lo conosco. Ma più che ai pizzi della corsetteria quello sta attaccato alla bottiglia dalla mattina alla sera, date retta a me.»

Il patrigno della ragazza era un tipo bassetto e pienotto, pieno di tatuaggi e cicatrici, non un tipo che si incontra volentieri dopo l'imbrunire.

«La sua avventura nella foresta? Quel matto ne racconta di balle! Certo che mi ha raccontato della sua avventura nella foresta, quale vuole sentire? Quella del caimano ucciso a mani nude? Quello della tribù di sole donne che lo ha rapito per una settimana? Quello della statua di due metri d'oro massiccio che non ha più ritrovato?»

«No, veramente no, magari un'altra volta,» Opispo rifletté per un istante «vorrei sentire quella del turista di Macapá che ha perso di vista al confine con il Suriname.»

L'uomo si produsse in una risata secca indistinguibile dal verso di un urubu: «Questa mi manca, ma sono sicuro che con la giusta dose di reais potrete avere una sua confessione firmata, se ne avete bisogno.»

«Ahahah, lo immaginavo mio caro, conosco il tipo!»

Diede all'uomo una socievole gomitata, gli piaceva impostare un'atmosfera amichevole: «Ma dove posso trovarlo?»

«E chi lo sa, magari sta vendendo mutande in cima al rio o sta scarrozzando qualche gonzo in qualche sperduta pista del Parà. Per ogni dieci viaggi che si inventa uno lo fa davvero. Ma state tranquillo che prima o poi ritornerà qui.»

L'uomo – non poi così amichevole, dopotutto – risalì in auto e mise in moto, chiudendo il finestrino sulle proteste della ragazza che sosteneva di dover parlare di cinema. Opispo li guardò allontanarsi tra due ali di polvere in una notte molto nera.

Ripassò mentalmente il suo pezzo. Era come se lo vedesse già scritto, un pezzo dirompente, da svoltare una carriera, sì. Ma purtroppo i lettori, per quanto fossero disposti a mangiarsi di tutto, avevano bisogno di un digestivo di accompagnamento: un filmato, un'immagine, qualcosa che ai loro occhi potesse essere usato per dire "È sicuramente così, ho visto la foto!". Dio, che manica di fessi. Vai al cinema e vedi un dragone alato trasformarsi in un T-Rex alla guida di un'astronave, poi esci e vedi una foto sul giornale e la tratti come le tavole della legge, non ti viene nemmeno il dubbio che ti stiano prendendo per i fondelli. Però è il pubblico e il pubblico va accontentato, ragazzi: una bella foto di Pepè a bordo della sua jeep sarebbe stata perfetta.

Certo, il problema era sapere dove accidenti fosse adesso questo Pepè e quando sarebbe tornato. Ma del resto, pensandoci, se lo scoop fosse saltato fuori verso fine torneo avrebbe avuto una risonanza ancora più grande: "I campioni brasiliani in realtà sono tutti del Suriname!" Roba da far scoppiare una guerra.

L'importante era lanciarlo prima che il Brasile venisse eliminato, ma contro la Croazia se l'era cavata benissimo: il passaggio di turno non sembrava in discussione. Opispo ripensò alle ragazze che si erano succedute sul palco nell'arco della serata: tutte promettentissime, non ce n'era una che non avesse un futuro nel cinema. Posso aspettare, decise.

5.6 Battigia

Questo è quello che chiamano mare, Jerujeru, il grande oceano.

Jerujeru era un grande e coraggioso cacciatore, forse il più grande che il villaggio avesse mai conosciuto, e aveva sempre pensato di non conoscere la paura. Ma si era sbagliato.

Con i piedi nell'acqua tiepida, le piccole onde che gli accarezzano le caviglie, quella che provava era una paura profonda, che quasi lo paralizzava. Tutta quell'acqua, tutta quell'acqua.

Due ragazze passarono mano nella mano sulla spiaggia, erano giovani, sorridenti, del colore della frutta matura. Lo guardarono con uno sguardo sornione: lui indossava la maglia di riposo della nazionale brasiliana ma chi non indossava qualcosa della nazionale brasiliana in quei giorni? Se lo avevano riconosciuto non lo diedero a intendere, ma era improbabile: quelli di loro usciti da poco dalla foresta non erano ancora così famosi. Jaci, Cauê, Yamandé così somigliante al campione ferito erano ormai sulle copertine di tutti i giornali ma lui, Jerujeru, lui no: si poteva vedere il suo sguardo smarrito nella foto ufficiale della squadra e poco altro.

Antônio ti aiuterà a superare anche questa paura, vedrai, ma ora gli altri si stanno allontanando, devi andare, la giornata di libertà sta per finire, presto tornerete allo shabono dove vi allenate tutti assieme.

Il sole stava tramontando sulla spiaggia di Fortaleza, i ragazzi da tutta la città stavano convergendo, pallone sottobraccio, per cominciare la solita serata di calcio. Pochi privilegiati avrebbero giocato nei campi dentro alle reti, la stragrande maggioranza degli altri avrebbe improvvisato le porte con due zaini o, i più organizzati, con piccole porte comprate al bazar. Avrebbero giocato tutta la sera, nuove amicizie si sarebbero create, nuovi amori sarebbero nati.

Il gruppo dei compagni di Jerujeru si era fermato davanti a un baracchino da cui proveniva un profumo di arrosto. Un capannello di persone stava seguendo su un piccolo televisore la partita Camerun - Croazia che il Mister sicuramente stava registrando. Gliel'avrebbe poi proposta una dozzina di volte, com'era stato, inutilmente, per Messico - Camerun.

Registrare è come la memoria, Jerujeru, solo che succede sullo schermo. È più precisa della memoria – già le sensazioni della foresta lasciata solo da qualche giorno stanno svanendo – ma più incompleta, mancano gli odori, il calore, lo spirito.

Un gruppo di ragazzi e ragazze stava organizzandosi per giocare una partitella: non era come al villaggio, sulla spiaggia le ragazze che giocavano (e bene!) a calcio erano centinaia, forse migliaia, e la tentazione di unirsi a loro era troppo forte, abbastanza da allontanarlo dai compagni e dalla battigia verso la quale provava un'attrazione magica.

«Vuoi giocare?» gli chiesero ma Jerujeru non capì. Prese un pallone e cominciò a palleggiare con la testa e con le ginocchia e questo fu più che sufficiente. La sera prima contro il Messico era entrato per giocare solo alla fine, per pochissimo tempo, quando Ubiratan aveva preso una botta molto forte e aveva cominciato a zoppicare. Aveva guardato negli occhi quel demonio del portiere messicano e ne aveva avuto paura, come era successo a tutti i suoi compagni. Non pensava di soffrire la paura, non l'aveva mai conosciuta prima di uscire dalla foresta.

Giocare sulla sabbia era strano, era difficile correre, saltare, colpire bene la palla. Però giocare di nuovo a piedi nudi era bello, senza quelle terribili scarpe che lo avevano fatto cadere (di nuovo!) mentre entrava nel campo di gioco. I messicani non avevano riso, avevano qualcosa negli occhi e nel colore della loro pelle di familiare, gli erano piaciuti, tranne naturalmente quel demonio del portiere.

Finire una partita zero a zero era stata però una sensazione disgustosa, a nessuno di loro era mai successo prima. Molti dei suoi compagni volevano continuare a giocare, non credevano che potesse finire così. Il Mister si era di nuovo comportato da malato, anche se meno che durante la prima partita. Jerujeru sapeva che del Mister bisognava guardare gli occhi e ignorare quello che faceva il resto del suo corpo, il Mister era il capo, doveva essere saggio anche se faceva comportare il suo corpo come quello di un malato.

La brezza di mare rinfrescava la giornata caldissima, la partita in spiaggia si giocava tra una squadra "con maglietta" e una "senza maglietta". Per fortuna Jerujeru venne a trovarsi con i senza maglietta, toglierla fu un vero sollievo.

Una delle ragazze che giocava con loro avrebbe potuto benissimo venire dalla foresta, i suoi lineamenti tradivano la sua origine indiana: Jerujeru l'aveva guardata a lungo e avrebbe voluto chiederle perché non restava a petto nudo come loro ma non conosceva le parole per dirlo.

La sera prima quando Antônio lo aveva chiamato per entrare in campo aveva provato un lunghissimo brivido lungo la schiena. Yamandé – l'aveva sentito – aveva già ripetuto più volte: «Sono debole, sono debole,» quando il portiere avversario aveva respinto numerosi suoi tiri che contro chiunque altro sarebbero entrati in rete «non è il portiere che è forte, sono io che sono ancora debole.»

Il giocatore che aveva subìto di più la presenza del demonio messicano in porta però era Moacir. L'agile Moacir, lo svelto Moacir, sembrava improvvisamente tornato bambino. La velocità e i riflessi straordinari del demone gli avevano tolto le forze e in più di un'occasione solo uno spirito benevolo aveva impedito il goal per il Messico.

Giocare con le ragazze era divertente. Ragionavano in modo diverso, erano più lente ma più astute, a volte non molto più lente. Architettavano passaggi difficili da prevedere, difendevano con una visione del campo da gioco non comune, a Jerujeru ricordavano un po' Yamandé. Si distraeva spesso a guardarle, come si distraeva a guardare le barche, gli uccelli di metallo e molte altre cose.

Quando aveva la palla tra i piedi però tornava a essere il cacciatore della foresta, spietato e coraggioso. La piccola porta era difficile da centrare ma lui ci riusciva da ogni parte del campo. La ragazza con i lineamenti simili ai loro lo abbracciò quando Jerujeru riuscì a segnare con un pallonetto angolatissimo che colse di sorpresa tutti quanti, i giocatori e gli spettatori che erano cresciuti sempre più di numero per assistere allo spettacolo di quello straniero che non parlava nemmeno portoghese e che giocava a calcio così bene. Applaudivano tutti, si stavano divertendo un mondo.

Anche la sera prima era stato abbracciato. I giocatori messicani alla fine della partita erano felicissimi, si abbracciavano tra di loro, qualcuno era anche in lacrime. Quando i compagni erano andati da loro per questa strana usanza dello scambio delle magliette tre o quattro avversari lo avevano abbracciato con abbracci convinti, reali, come si abbraccia un fratello tornato dalla caccia, una ragazza vicino alla quale hai appena appeso l'amaca.

Sono come noi, aveva pensato Jerujeru. Naturalmente sono tutti come noi, le persone dentro allo stadio, le persone che vivono nelle città. Ma loro sono più come noi degli altri. Aveva ricambiato gli abbracci sperando di poter assorbire un po' della forza di quegli uomini e gli era sembrato che fosse proprio così, si era da subito sentito più forte, più convinto.

Il più abbracciato di tutti era però il portiere-demonio. Aveva salvato il risultato più volte, era stato un vero eroe, anche il pubblico brasiliano lo stava applaudendo senza sosta. Jerujeru aveva deciso di andare ad abbracciare anche lui, voleva assorbire un po' della forza del demone, voleva diventare imbattibile come lui.

Quando l'aveva raggiunto e lo aveva stretto tra le sue braccia aveva capito però che il demone se n'era andato, il portiere era tornato a essere un uomo debole e tremante. Jerujeru si era guardato attorno per cercare di vedere dov'era volato via il demone ma tutto quello che i suoi occhi avevano visto era stata la luce accecante dei riflettori. Voleva chiedere a Yamandé, lui vedeva sempre tutto, ma se ne stava in disparte a parlare con Antônio di chissà cosa, forse stava ancora ripetendo «Sono debole, sono debole.»

Al goal del dieci a zero l'abbraccio arrivò da tutti i suoi compagni e compagne. Era bello giocare sulla spiaggia, perché i Mondiali non li facevano sulla spiaggia? Il mondo è un posto strano.

«Antônio, dì a quell'idiota che se si sloga una caviglia giocando sulla sabbia poi vengo io a finirlo mentre è ancora a terra!» fu la frase che interruppe la partita, mentre Gonçalves accompagnato da Antônio, dallo staff e dai ragazzi stava avvicinandosi tra due ali di folla divenuta improvvisamente riverente e silenziosa. Come d'incanto tutti riconobbero Jerujeru, la stessa ragazza dal viso indiano rimase a bocca aperta a guardarlo, un braccio a mezz'aria congelato in gesto di saluto.

Era Jerujeru, lo sconosciuto che aveva salvato il Brasile. La sera prima, a due minuti dalla fine, dal limite dell'area il temibile Peraldez aveva lasciato partire un tiro angolatissimo. Il Moacir di sempre ci sarebbe arrivato facilmente, ma la sera prima Moacir era stregato, lo avevano capito tutti, anche gli avversari. Jerujeru stava tornando verso la difesa a tutta velocità e molti avrebbero giurato che al momento del tiro lui fosse ancora fuori area, troppo lontano. Invece le sue gambe erano diventate di fulmine e il suo piede come la più forte delle radici era riuscito a deviare proprio sulla linea di porta il tiro sicuramente destinato al goal. Da quel momento in poi nessuna delle due squadre sarebbe più arrivata vicina alla segnatura e pochi minuti dopo la partita sarebbe finita zero a zero.

Jerujeru si unì al suo gruppo e in quel momento si ricordò della strana usanza dello scambio delle magliette. Gli avevano spiegato che la maglietta andava scambiata con un avversario ma lui voleva proprio scambiarla con la ragazza con quel bel viso. E mentre lei perplessa gli dava in cambio della sua una canottiera gialla comprata pochi giorni prima al mercato Jerujeru capì cosa era successo. Era stato il demone. Mentre faceva il suo ingresso in campo aveva fissato il portiere avversario: il demone aveva abbandonato l'uomo del Messico ed era uscito dallo stadio passando attraverso di lui. Lo aveva trascinato verso il salvataggio del goal, non c'era altra spiegazione.

Doveva parlarne con Yamandé, dovevano stare più attenti, in quei due ultimi minuti il portiere avversario era tornato a essere un uomo normale e loro avrebbero potuto approfittarne e vincere, ma non l'avevano fatto: non doveva succedere mai più.

5.7 Interprete

«Yamandé – o dobbiamo forse chiamarti Paolorossi – grandissima prestazione, complimenti. Vuoi raccontarci il goal?»

Essere il solo uomo al mondo in grado di parlare con alcune tra le persone più popolari della terra lo metteva in una posizione unica e Antônio stava iniziando a prenderci gusto.

La sera prima, mentre giaceva con la mente che vorticava rendendo difficile addormentarsi, si era reso conto con stupore che l'oggetto delle sue elucubrazioni non era la partita con il Camerun del giorno seguente, decisiva per il passaggio del primo turno, bensì la gamma di possibilità aperte dal suo ruolo di interprete. Peccato non aver avuto più tempo per pensarci, avrei potuto creare ventitré personaggi completamente inventati, fargli dire tutto quello che mi passava per il cervello, e nessuno avrebbe potuto dirmi nulla.

Che ambasciator non porta pena è cosa nota; ciò su cui non aveva mai riflettuto fino a quel momento era che ambasciator poteva anche dire quello che gli pareva ed era difficile (o, nel suo caso, impossibile) controllare se fosse corretto oppure no.

Certo, se la fama dei ragazzi fosse cresciuta ancora, e ce n'era tutta la possibilità, prima o poi qualche antropologo si sarebbe interessato a loro, ne avrebbe studiato la lingua e il suo gioco sarebbe stato scoperto. Ma tanto lui per quell'epoca sarebbe tornato nella foresta. E comunque in realtà non è che volesse approfittarne per fare chissà cosa: aveva solo due obiettivi, il più facile – e irresistibile – dei quali era togliersi qualche sassolino dalla scarpa.

«Ti fa i complimenti e chiede se gli racconti il gol.»

Yamandé guardò Antônio con stupore: *«Ho visto un angolo libero e ho tirato lì pensando che il portiere non ci sarebbe arrivato. Cosa c'è da raccontare?»*

«Dice che gli dispiace che non abbiate visto il goal, forse stavate lavorando? Ma sa che c'è l'usanza di registrarli, dice di non preoccuparsi, riuscirete a vederlo stasera.»

Il giornalista continuò senza accusare il colpo.

«Nel complesso, cosa ne pensi dei Mondiali fino a oggi? Sono come te li aspettavi? C'è qualcosa che ti ha colpito in particolare?»

Questa era una domanda sensata e Antônio scelse di tradurre correttamente la risposta di Yamandé, tanto questa volta l'ironia ce l'aveva messa direttamente lui.

«Dice che si sta divertendo molto. Una cosa che lo colpisce è che basta sfiorare uno di questi omoni per farlo cadere per terra in agonia. Nemmeno quando si è rotto il femore ha provato così tanto dolore come sembrano provare questi. Ma è anche impressionato dalla loro capacità di recupero, in pochissimo tempo sono di nuovo in piedi mentre lui ci ha messo tre lune a guarire.»

Mentre parlavano il giornalista si guardava in giro in continuazione, forse non stava nemmeno ascoltando le risposte, così Antônio fece un piccolo esperimento. Alla domanda successiva, qualcosa sulle prospettive per il resto del torneo in seguito a questo ottimo 4 a 1 rifilato al Camerun, dopo aver tradotto la domanda a Yamandé fece finta di sbagliarsi e ne riportò la incomprensibile risposta in *Lingua*.

Il giornalista non batté ciglio: «Grazie mille. La linea allo studio!»

L'altro obiettivo, molto più complicato da raggiungere, era sfruttare la situazione per guidare la squadra nonostante le interferenze di Gonçalves.

Tradurre "Basta con questa scemenza di non avere ruoli" con *"Giocate liberi come sapete e come avete sempre fatto"* era semplice. Ma Gonçalves non era un cretino e anche se apertamente non gli aveva ancora detto niente aveva chiaramente intuito cosa stesse succedendo. Ma, sempre per il fatto di non essere un cretino, già l'ottima prestazione vista nel secondo tempo della partita con la Croazia lo aveva convinto a fare buon viso a cattivo gioco e la successiva conferenza stampa di Gonçalves era stata tutta un elogio per il calcio totale praticato dai ragazzi, punteggiata dal racconto falsamente modesto di come lui e lo staff si fossero limitati ad aiutarli ad adattarsi al calcio mondiale (il che in parte era vero, questo Antônio doveva riconoscerlo).

Se intercettare e modificare in fase di traduzione le disposizioni tattiche era relativamente agevole, un'impresa assai più complicata era però intervenire sulla formazione.

Antônio aveva considerato la possibilità di creare tensione tra Gonçalves e i giocatori che secondo lui era meglio lasciare in panchina inventandosi delle rispostacce, ma poi l'aveva scartata come idea troppo bieca. Più che altro in realtà doveva fare l'opposto: ingentilire le parole di Yamandé, e soprattutto di Cauê, che avevano preso in antipatia il Mister e continuavano a insultarlo (Cauê d'altro canto stava anche iniziando a sviluppare, in parallelo, una certa ammirazione per il fatto che Gonçalves continuasse a farlo giocare nonostante gli insulti).

Dopo la partita pareggiata con il Messico Gonçalves aveva avuto intenzione di cambiare qualche giocatore, in particolare Yamandé non lo aveva convinto per niente. Antônio però sapeva che per il ragazzo era solo questione di tempo, aveva bisogno di continuare a giocare per tornare a essere il prima possibile la potenziale stella del Mondiale. Pensa che ti ripensa, per tenerlo in campo alla fine si era inventato una serie di lievi indolenzimenti muscolari per tutti gli altri possibili attaccanti: Quicé, Piraí e Sanhaçu con loro grande stupore erano stati sottoposti a visite mediche e sessioni extra di massaggi e fisioterapia, e Yamandé era sceso in campo contro il Camerun. Campo che poi gli aveva dato ragione.

Al primo goal di Cauê era seguito un fortuito pareggio del Camerun. Ma pochi minuti dopo Cauê aveva riportato in vantaggio il Brasile con una palma inclinata, uno dei tanti schemi studiati nel corso degli anni con Antônio, che sorprendevano tanto il pubblico quanto gli avversari.

Il terzo goal era venuto in seguito a una punizione di Jaci che si era infilata proprio nell'angolino. Mentre tutti esultavano Jaci si era diretto con calma verso la porta e con il dito aveva fatto il gesto di scrivere nell'aria M A R C O S nel punto in cui era entrata la palla. Voleva essere un tributo ai suoi compagni di gioco nel bairro di Macapá, ma i giocatori del Camerun lo avevano interpretato come un gesto di irrisione, e solo l'aver notato che Gonçalves l'aveva preso altrettanto male e sembrava ancora più arrabbiato e urlante di loro aveva evitato che si scatenasse la rissa.

Il goal del quattro a uno finale lo aveva marcato proprio Yamandé, finalizzando un arco troppo teso: il pubblico del Mané Garrincha di Brasilia sembrava non aspettare altro e settantamila spettatori avevano esultato scoccando all'unisono una freccia immaginaria negli ultimi bagliori del crepuscolo. Una scena a cui Antônio per anni non riuscì a ripensare senza ricoprirsi di uno strato di pelle d'oca dello spessore un metro.

5.8 Sudore

Seduta sul divano marrone del salotto di Leticia, troppo soffice per essere davvero comodo, Yaia rifletteva sul fatto che da quando era successa quella storia della pagina Facebook invitare qualcuno a casa sua era diventata un'impresa: le amiche preferivano portarla in giro o invitarla da loro, per esibirla come trofeo a parenti e amici.

Non che a Yaia dispiacesse, sicuramente meglio così che essere spernacchiate come Eduarda. E poi in questo modo si conosceva tanta gente, qualcuno pure interessante, anche se ovviamente nessuno interessante come... oddio! Yaia mosse la mano di fianco a sé per recuperare il cellulare, ma non lo trovò dove avrebbe dovuto essere e inciampò subito nella coscia di Fábio, seduto vicino a lei. Si alzò di scatto per andare a controllare nella borsa: eppure sono sicura di averlo tirato fuori... e infatti nella borsa non c'è. Con un rapido sguardo scansionò il salotto: chi poteva averglielo preso? Le mie amiche ormai dovrebbero aver capito che sono disposta a uccidere se mi si tocca il telefonino.

«Yaia, c'è qualcosa che non va?» le chiese premuroso Fábio, alzandosi dal divano e così facendo scostando leggermente il cuscino. Eccolo! Fiuuu, era solo scivolato tra i cuscini.

«Niente, niente, tutto a posto, grazie.»

Gli rivolse un bel sorriso, senza badare a quanto quel sorriso lo facesse emozionare, inserì il codice di sicurezza nel cellulare e, mettendosi in modo che nessuno potesse sbirciarvi dentro, aprì l'applicazione delle immagini.

«Ecco, ecco!» disse Dani «Inizia il programma.»

Il conduttore di "Bom Dia Copa do Mundo" salutò il pubblico a casa e in studio, introdusse gli ospiti e poi lanciò il primo servizio, un'intervista di George a Yaia e Cauê, registrata la sera prima con la consueta traduzione di Antônio.

Il rapporto privilegiato tra George e Antônio si era rivelato molto vantaggioso per Rete Norte: da emittente semisconosciuta del Brasile settentrionale era diventata uno dei principali punti di riferimento della televisione nazionale. In particolare, un accordo stipulato dal suo direttore con Rete Globo aveva fatto sì che George venisse invitato spesso come opinionista nel programma sportivo della sera e che gli venissero commissionati pezzi su misura, come quello che stava andando in onda in quel momento. Il direttore, naturalmente, riteneva che tanta popolarità aggiuntiva andasse perfettamente a sostituire un aumento di stipendio e tutto sommato George si trovava d'accordo.

«Carino questo George, eh?» disse Leticia, girandosi verso Yaia e strizzandole l'occhio.

«Ma che dici? Avrà come minimo trent'anni!» la contestò Patricia.

«E beh, ogni tanto si trova anche qualche trentenne carino» continuò l'amica.

«Niente male pure Cauê» commentò Dani.

«Secondo me è un po' piccolo,» sentenziò Leticia «peccato abbiano intervistato lui e non quei fighi pazzeschi di Yamandé o Moacir.»

«Però ieri ha segnato due goal» si intromise Matheus, un amico di Fábio invitato per l'occasione, «il secondo poi, usando il palo per far sponda, è stato un goal da favola. E in generale, fino a ora è stato il principale protagonista della qualificazione agli ottavi di finale. Era giusto intervistare lui.»

Matheus era stato zitto fino a quel momento e dall'inizio della serata stava cercando un modo per dire qualcosa e far notare la propria presenza. Lo sguardo delle ragazze gli fece capire che avrebbe fatto meglio a continuare a tacere.

«Io speravo che dopo averti invitata a vedere la partita in tribuna d'onore poi ti invitassero anche a un ricevimento serale post partita e che ci potessimo infiltrare anche noi, tutti vestiti eleganti!» sospirò Leticia.

«Ma no, dai!» Yaia emerse per un attimo dal suo telefonino «Non sono mica degli attori a una serata di gala, sono calciatori in ritiro. Vedremo, sono sicura che si ricorderanno di me a fine Mondiali.»

«Io ribadisco che sto Cauê ha l'aria di uno che a letto sa come farti divertire» insistette Dani.

«Shhh! Scema! Abbassa la voce. C'è mio padre di là!» la redarguì Leticia.

Non sai quanto hai ragione, cara Dani, pensò Yaia, rimirando ancora una volta l'autoscatto che si era fatta la sera precedente, qualche ora dopo la partita e l'intervista. Si vedeva solo il suo volto sudato, una clavicola e il volto di Cauê, altrettanto sudato, pressato contro il suo. E dal rossore sulle sue guance e dal luccichio nei suoi occhi si capiva che non erano sudati perché erano appena andati a fare una corsa insieme.

5.9 Sigarette

Teresa finì di disporre succhi di frutta e biscottini su un tavolino coperto da una tovaglia di plastica gialla, che posizionò davanti alle tre poltroncine sistemate di fronte al televisore. Non aveva mai guardato una partita di calcio in vita sua, in precedenza, ma quei Mondiali in cui giocavano i ragazzi di Antônio – e lui stesso era sul campo in panchina, come gli donava la divisa – erano ovviamente imperdibili.

Fin dalla prima partita era rimasto inteso che lei e Saverio seguissero gli incontri insieme, lì a Radio Nova Amizade, ma subito dopo si era aggregato anche João, che trovava più soddisfazione nel commentarli con qualcuno che come lui conoscesse di persona i protagonisti. Per gli ottavi di finale avrebbe dovuto esserci anche Luiza ma aveva un attacco di mal di denti, così João l'aveva sostituita nella trasmissione 'O carrosel do gossip', che sarebbe finita tra pochi minuti, giusto in tempo per il fischio d'inizio.

Teresa accese il ventilatore, andò a prendere nel cassetto della scrivania la bandiera del Brasile – la più grossa che erano riusciti a trovare, avevano fatto una colletta a cui aveva partecipato anche Rebeca, la segretaria – e la drappeggiò con cura fuori dal davanzale della finestra aperta. Buttò un bacino nell'aria rovente del mezzogiorno nella direzione che presumeva fosse quella di Belo Horizonte: «Forza Antônio, forza ragazzi!»

Tutto era pronto.

La visione della prima partita era stata un po' confusa perché Teresa aveva lasciato il sonoro alzato per sentire la telecronaca, ma

Saverio continuava a chiederle dettagli di cui il cronista non parlava: «Com'è la gente, che espressione ha, sembrano contenti? L'arbitro è un bell'uomo? È grasso o magro? Che faccia ha fatto Antônio adesso? Di che colore hanno le scarpe?»

Lei per rispondergli perdeva dei pezzi di azione e dopo non si raccapezzava.

Perciò fin dalla volta successiva avevano trovato il sistema, molto più comodo, di abbassare il volume fino a un mormorio – giusto quanto bastava per ascoltare un chiarimento nel caso ce ne fosse bisogno – e lasciare che Teresa spiegasse per benino la partita a Saverio, come piaceva a lui.

«Ecco, ecco, stanno entrando in campo! Sono vestiti di giallo, come sempre: gli dona molto, trovo, e poi è un colore che mette allegria, si sa. Antônio si è accorciato la barba, sta proprio bene. Ma mi sembra un po' magretto, dev'essere stressante per lui: tutta questa tensione, tutta questa gente, chissà se mangia abbastanza. Dio che brutto l'arbitro, vedessi. Tutto naso, e bassino e rincagnato come se l'avessero strizzato. Speriamo non sia troppo cattivo, ha degli occhietti che non mi piacciono. Il Cile invece ha una bella maglia rossa. Hanno delle facce simpatiche e anche allegre, speriamo che a fine partita siano un po' più tristi. Ma aspettate, alzo il volume così sentiamo gli inni che sono tanto belli…»

Si azzittirono tutti, João a mento alto, fiero come se fosse in campo, Saverio che oscillava la testa a tempo, concentratissimo, e Teresa che muoveva le labbra seguendo le parole. La commuoveva sempre l'inno, tutti gli inni, e vedere poi quei bei ragazzi, così giovani, così tutti seri e impettiti, che tesori, chissà come sono emozionati. Si asciugò veloce una lacrima all'angolo dell'occhio. Basta sentimentalismi adesso, forza, si comincia.

«Corrono moltissimo, Saverio, sono proprio bravi. E hanno un modo di muoversi tanto bello, sapessi, hanno inquadrato le ragazze tra il pubblico, se li mangiavano con gli occhi i nostri ragazzi… Ah! Attento Piata! Quel piccoletto con il numero sette gli sta addosso come una zecca, secondo me quando non lo inquadrano gli dà dei calci o dei pizzicotti, la faccia da maligno ce l'ha. Ecco adesso parte Jaci, guarda come corre, sembra che abbia sei gambe, tira la palla a Cauê che oh! La deve aver calciata ma nemmeno s'è visto tanto è stato veloce, sembra che il pallone sia rimbalzato! La prende Ubiratan che la butta subito a Tainì che è già là davanti, come si chiama, dopo le righe.»

«Oddio, fuorigioco!» si preoccupò Saverio.

«Eh?»

«No, no,» interloquì João «non è fuorigioco per un pelo!»

«Questo che avete detto non l'ho capito bene, poi me lo spiegate, ma attento adesso, perché Piraí è già arrivato lì a destra, Yamandé gli passa la palla e lui con la testa, oh! Oh! Goal! Goal, Saverio, GOAL!»

Non ci sarebbe stato nemmeno bisogno di dirlo: dalle finestre aperte era entrato un rombo e poi un urlo, che rimbalzava adesso come un'eco tra una casa e l'altra e scuoteva le palme sul lato della strada: «Goal! Goal! Gooooooooal!»

Tornarono a sedersi, mentre Teresa approfittava per far girare succo di ananas e cocco e Saverio e João si accendevano una sigaretta. Dai che andiamo bene.

L'avevano appena spenta che Teresa avvisò concitata: «Oddio non ho capito bene cos'è successo ma adesso ha la palla uno del Cile, uno sgarlampone sgarbato che viene voglia di prenderlo a sberle, ecco che la tira a quell'altro con il numero 10 e i capelli cortissimi, oh cielo l'allenatore dei nostri urla qualcosa, anche Antônio urla qualcosa ma secondo me se urlano insieme i ragazzi non capiscono, vedi, si sono come confusi, il numero 10 tira fortissimo, Moacir si butta come un giaguaro ma no, no, no, non ce la fa per un pelo… no! Goal per loro. Moacir è disperato, povero bambino, è rimasto interdetto da tutto quel gridare, ma io non so, non so, ma come si fa…»

L'ora e mezza successiva fu un'agonia di equilibrio, finirono succhi di frutta e biscottini, João fumò un intero pacchetto e

Saverio, che solitamente era più che morigerato, chiese a Teresa se non avesse in giro una bottiglia di rum, un goccio di cachaça, qualcosa di forte per sopportare quell'estenuante mancanza di conclusioni. Teresa, mortificata per non essersi attrezzata come si doveva, mise in mano il borsellino a João e lo spedì a comprare rum, pinga e una confezione grande di gelato alla papaya.

«È praticamente finita, Saverio, l'allenatore non fa che sbracciarsi e strillare e Antônio sta seduto con il mento tra le mani, dovranno giocare i rigori, sai, a me fanno tanta paura i rigori.»

«Faranno paura anche a loro,» osservò Saverio «da quanto ho capito non ci sono affatto abituati.»

«No, infatti,» confermò João «anch'io penso siano una cosa quasi del tutto nuova per loro... Ma cosa fa quello adesso, oggesù...!»

«Madonnasanta Saverio, quel numero 9 è partito come un razzo, è troppo vicino, non l'hanno fermato ecco che tira, oddio no, è goal, è finita! No! No! È cosa, è trave, ha colpito la trave, non è entrata Saverio, non è entrata! L'angelo custode ha guardato giù, non è entrata!!!»

«Traversa, traversa!» João gridava incredulo «Incredibile, è traversa, incredibile!»

«Ecco che fischia, è finito il tempo, madonnasanta che poco è mancato che perdessimo all'ultimo minuto, gesùmio mi è venuto come un colpo al cuore, sono tutta sudata, meno male che non hai visto Saverio, guarda, ti giuro!»

Teresa per prepararsi ai rigori andò a frugare nei suoi cassetti e mise sopra il televisore un'immaginetta di Nossa Senhora do Rosário e una statuetta di Ogum, dio del fuoco e della battaglia: «Meglio farsi aiutare da tutti, meglio che Moacir abbia tutto il sostegno che si può, poveri ragazzi che responsabilità, io morirei guarda.»

Agitatissima, si accese una sigaretta: l'ultima l'aveva fumata con le compagne di scuola decenni prima, la teneva tra due dita e senza aspirare soffiava febbrili piccoli sbuffi di fumo. Dio che ansia.

5.10 Consigli

«Almeida! Antônio! Pensi che io sia cieco? Credi che sia un'idiota?»

«Eh?» Antônio era nella saletta TV dell'albergo, intento a rivedere per l'ennesima volta le immagini salienti di Colombia – Uruguay.

«No dico, mi vedi forse andare in giro con un bastone? Con un cane? Con gli occhiali scuri?»

«Scusate Gonçalves ma non...»

Gonçalves lo bloccò con un gesto della mano e lo soppesò con lo sguardo: «Fermo lì. Negare, negare sempre, anche l'evidenza. Bravo. Ti rispetto. E quindi ti risparmio l'arrampicata sugli specchi. Lo so a che gioco stai giocando.»

Antônio cercò di assumere l'espressione più neutra possibile e si limitò a guardarlo. Quello proseguì.

«Ti ripeto: ho tanti difetti di carattere, ma di calcio qualcosa ne so. Non sono incazzato per quello che hai fatto, probabilmente al tuo posto avrei fatto lo stesso. Mi fa un po' incazzare che pensi che non me ne sarei accorto, questo sì. Ma fino a che i risultati erano dalla tua parte ho deciso che era meglio non intromettermi, tutto sommato questi ragazzi li conosci molto meglio tu.»

Antônio continuò a tacere.

«Ma oggi siamo andati a tanto così dall'eliminazione, quindi stammi bene a sentire: questa libertà di gioco che gli concedi va bene. È incredibile che funzioni, ma mi arrendo all'evidenza. Funziona. Ma qualche punto fermo glielo devi dare, qualcosa a cui aggrapparsi quando le cose vanno storte. Altrimenti dalla libertà passi all'anarchia e poi allo sbandamento e non va per niente bene.»

Antônio non riusciva a decidere se Gonçalves fosse sincero o gli stesse tendendo un trappolone. Dal momento però che aveva appena espresso stima per chi nega sempre Antônio decise che la strada più sicura fosse continuare a fare il finto tonto: «Gonçalves, vi assicuro che non capis…»

Gonçalves lo liquidò con un gesto della mano e si sedette di fianco a lui.

«Passami il telecomando» ordinò.

Caricò il filmato della loro partita del pomeriggio, vinta in extremis ai rigori, e tornò fino al punto che lo interessava. Fece partire il filmato, visualizzando un momento in cui la difesa brasiliana se l'era cavata solo per un fortunato errore degli avversari. Poi mandò un po' avanti, fino a un momento che mostrava un attacco brasiliano stranamente privo di idee. Poi interruppe e fece ripartire la partita della Colombia, che sarebbe stata la loro prossima avversaria.

«Hai visto? Gli ossi che incontriamo da qua in poi sono sempre più duri. Ogni partita è esponenzialmente più difficile di quella precedente. Le vostre tattiche andavano bene nei primi incontri e possono continuare a funzionare, ma devi dare ai ragazzi un punto di riferimento per la difesa e uno per l'attacco.»

Gonçalves si girò verso Antônio per controllare che lo stesse seguendo e continuò.

«Per la difesa è senz'altro Piata. L'ho tenuto d'occhio, mi ha colpito perché ha un atteggiamento quasi paterno nei confronti della difesa. Quando va in avanti sembra quasi che lo faccia controvoglia. Ha un bel tiro, ma un bel tiro ce l'hanno anche gli altri, io lo lascerei indietro a dare sicurezza. Per l'attacco sono più indeciso: quell'imbecille di Paolorossi, mi duole dirlo ma è in gamba davvero. Però forse lui è meglio lasciarlo libero, mi dà l'idea di essere bravo ovunque, anche in porta. Meglio il degno compare suo: mi sta altrettanto sulle palle, quel dannato ragazzino con la faccia tonda che pensa che non mi accorga quando la sera scavalca la recinzione dell'albergo. Però in attacco ha un'incisività incredibile, glielo devo riconoscere.»

«Intendete dire Cauê?»

«Sì. Non dico di bloccarlo in un punto fisso dell'attacco, ovviamente. Ma è bene che chi rilancia lungo dalla difesa sappia che in attacco troverà lui. Non qualcuno a caso, lui. Cambia tutta la dinamica dell'attacco e ti assicuro che la cambia in meglio.»

Gonçalves si alzò e a sottolineare che il discorso era chiuso spense il televisore.

Antônio mantenne la sua faccia da poker fino all'ultimo: «Riferirò le vostre indicazioni ai ragazzi, Mister.»

5.11 Valério

Valério si svegliò in un bagno di sudore nel suo letto d'ospedale gridando «La Colombia! La Colombia!»

Nella costosa clinica privata di San Paolo, la "Fisioterapia e Armonia", dove era in cura assieme ai compagni di squadra, Valério Almunhos, perno spezzato della difesa brasiliana, ormai da una settimana se ne andava in giro con le stampelle avendo rinunciato alla sedia a rotelle che lo faceva sentire invalido e gli metteva troppa ansia. Ma evidentemente l'ansia non era così facile da scacciare.

«Valério?»

«Sì...»

«Ah, sei sveglio. Pensavo stessi sognando.»

«Ho avuto un altro di quegli incubi. Questa volta c'era anche quel tipo che gioca centravanti...»

«Chi? Paolorossi?»

«Sì, lui, lui. Dovevo accompagnarlo da qualche parte assieme ad altre persone che non ricordo ma finivamo sempre in Colombia.»

«Eh, oggi c'è la partita, dev'essere per quello.»

«Era un sogno frenetico, sai di quelli dove ti senti sempre in ritardo? Dovevo accompagnare Paolorossi e poi andare allo stadio per giocare e stavo facendo tardi. Mi sembrava di conoscere le strade e tutto ma ogni volta poi sbagliavo una svolta e mi ritrovavo in Colombia.»

«Un vero incubo, eh?» disse Orbiz ridacchiando.

«Eh sì,» rispose Valério con un accenno di risata «un incubo molto realistico.»

Nei giorni che precedevano una partita del Brasile il suo senso di colpa veniva amplificato e si trasformava in sogni molto agitati o in veri e propri incubi nei quali più o meno regolarmente tutti si aspettavano da lui qualcosa che non era in grado di fare. In questo caso aveva sognato di avere l'incarico di portare in salvo un gruppo di profughi ma ogni volta che attraversavano il confine, via mare, via aria o via terra, si ritrovavano invariabilmente in Colombia. Non sapeva quale fosse la sua meta, ma non era certamente la Colombia.

Cercò le stampelle, ormai non sarebbe più riuscito a dormire, lo sapeva, meglio fare due passi. Oddio, due passi... Valério non si capacitava di quanta fatica si facesse a camminare con le stampelle. Sono un atleta di livello mondiale, continuava a ripetere a sé stesso, possibile che debba fermarmi ogni cinque minuti a prendere fiato? E perché non mi dimettono non lo so, dicono che devono tenere sotto osservazione questa caviglia ma a me non sembra di essere più grave di altri che sono già a casa.

Devil invece non aveva scelta: di tutti i feriti del terribile incidente che aveva azzerato le convocazioni della nazionale brasiliana era uno di quelli che avrebbe avuto più possibilità di essere titolare. Ed era uno dei più gravi: trauma cranico con frattura della mandibola e temporanea totale inabilità alla parola. Finché non fossero stati del tutto risolti gli esiti del trauma cranico – tra cui un continuo, martellante mal di testa – e finché non fosse stato in grado di alimentarsi normalmente sarebbe stato obbligato a rimanere in ospedale.

«Anche Devil il supereroe mascherato all'inizio aveva avuto un gran mal di testa» gli aveva detto Fabbri, avido conoscitore di fumetti americani, riuscendo a farlo sorridere almeno con gli occhi se non con la bocca malandata.

Mezz'ora prima dell'inizio erano già tutti davanti alla TV a discutere animatamente. La prima partita avevano iniziato a seguirla ognuno per conto suo, un po' perché le condizioni di tutti erano generalmente più gravi e un po' perché non se la sentivano di condividere un'esperienza che tutti avrebbero scommesso sarebbe stata disastrosa. Ma alla fine si erano ritrovati in venti, contando anche parenti e amici, nella stanza di Valério e Orbiz a gioire e abbracciarsi per la vittoria della nazionale. Da quel momento avevano tacitamente deciso di seguire le partite in una sala comune.

Arrivavano alla chetichella, criticavano furiosamente tutto e tutti: il Mister, la Federazione, i giocatori, i politici, ma poi il tifo aveva il sopravvento e seguivano la partita soffrendo più di tutto il resto della popolazione.

Prima di Brasile - Colombia l'oggetto del contendere era stata l'idea di Foguete di compiere il gesto plateale di regalare la propria maglietta all'attaccante indio, Paolorossi. I due si assomigliavano moltissimo, un po' più basso Paolorossi (bisognava indovinarlo, visto che Foguete era in sedia a rotelle a causa di un trauma alla sua colonna vertebrale) e decisamente meno a suo agio davanti alle telecamere: teneva lo sguardo basso, si muoveva in modo del tutto particolare, accennava inchini o gesti che sembravano interrotti sul nascere. Foguete da parte sua si comportava come se da lì a pochi minuti a entrare in campo dovesse essere lui: tatuaggi ben in mostra, cappellino americano portato di sbieco, immancabili cuffie al collo, gesti di saluto con le mani, gli occhi di chi sa già di aver conquistato il successo.

«Io l'ho sempre detto che Foguete è uno stronzo!» disse Rominho con la sua tipica voce stridula.

«Non è uno stronzo, è che gli piace stare al centro dell'attenzione» rispose Fabbri.

«Al centro di tutto vorrai dire» aggiunse Rominho.

«Macché. Tra due minuti si saranno già dimenticati di lui, qui c'è un quarto di finale da vincere» ricordò Carlos Dugal.

«Certo si assomigliano quei due, eh?» osservò Valério.

«Eh sì, sembrano fratelli» disse Fabbri.

«Allora è stronzo anche quell'altro,» intervenne di nuovo Rominho «d'altronde quanto può essere stronzo uno che si chiama Paolorossi? Poi guardatelo, fa tutto l'impacciato e l'altra sera dopo il goal sembrava indemoniato.»

«Beh, ha fatto un gran goal» rilevò Orbiz.

«Non so se è stronzo, forte è forte,» ammise Fabbri «non so se è più forte di Foguete ma è forte.»

«Perché adesso Foguete è forte» borbottò Rominho.

«Poi a me quel gesto dell'arco teso non dispiace, vi devo dire» replicò Valério fingendo di non aver sentito l'ultimo commento di Rominho.

Assistere alle partite assieme a un Devil quasi completamente muto era un vero spasso, se si riusciva a dimenticare un momento il dramma che stava vivendo. Ogni volta che la palla raggiungeva anche vagamente la zona di attacco del Brasile lui si alzava in piedi mugolando inarticolati «MWGAAAAH! GHBAAAAAH!» e gesticolando terribilmente per compensare la mancanza di parole, tanto che in cinque minuti attorno a lui si creava il vuoto dopo che tutti, fidanzata compresa, si erano spostati qualche metro indietro per evitare eventuali sberloni involontari.

Alle urla di Devil qualcuno si preoccupava sempre di replicare come se avesse capito, per cui una partita come Brasile - Colombia ricchissima di occasioni da parte del Brasile si dipanò sonoramente in: «GHBAAAAAH!! AAAAAH!»

«Hai ragione, era una bella azione.»

«MWGAAAAH! BGEEEEH!»

«E certo.»

«Anche secondo me.»

«MBWWWWH?»

«No.»

«Ma figurati, neanche per sogno.»

«MWGAAAAH! GHBAAAAAH!»

E così via.

Al trentacinquesimo del primo tempo Yamandé batté un calcio d'angolo dalla destra della difesa colombiana. I tiri piazzati venivano accolti da Devil con una specie di rito propiziatorio: rimaneva in piedi con le braccia larghe gorgogliando chissà cosa. Alla partenza della palla iniziava con un particolarmente stentoreo «AAAAABWH! AAAAAANGH!»

Ma in quel momento Yamandé riuscì a imprimere alla palla una traiettoria a effetto incredibile che tagliò fuori tutta la difesa. Questa volta nessuno ebbe il tempo di commentare. La palla finì precisa sul piede di Piata che la mise in porta senza sforzo. Nella sala comune della "Fisioterapia e Armonia" di San Paolo esplose un boato senza precedenti. Devil si accasciò in lacrime sulla sedia mentre compagni e familiari pur con i rispettivi limiti fisici festeggiavano saltando e abbracciandosi senza sosta.

I ragazzi di Gonçalves, come se davvero sentissero gli inintelligibili ma sentiti incitamenti di Devil, sembravano inarrestabili: solo la sfortuna e un paio di parate davvero spettacolari del portiere colombiano impedirono il raddoppio nei primi quarantacinque minuti.

L'intervallo portò con sé una nuova discussione.

«Avete visto Gonçalves? Sembrava inebetito» disse Marcelinho al quale la contusione al volto che gli teneva quasi chiusi gli occhi gonfi permetteva di vedere soltanto ombre vaghe o poco più.

«Non è inebetito, lui fa così quando la squadra gira» rispose Valério.

«Ma non sembra una squadra di Gonçalves, sembra quasi l'Olanda del calcio totale» notò Carlos Dugal.

«È vero, chissà cosa sta succedendo,» disse Fabbri «è come se in campo comandassero i ragazzi, ma è possibile? Come fanno ad avere tutta quella esperienza?»

«A me oggi invece sembrano più ordinati rispetto alle altre partite» controbatté Corujao, che vedeva sempre tutto attraverso gli occhiali del tatticismo.

«Gonçalves è un idiota» disse Rominho tra sé e sé, ignorato ancora dai presenti.

Verso la metà del secondo tempo l'arbitro fischiò una punizione in favore del Brasile ad almeno trenta metri dalla porta. Dopo una breve discussione con i compagni Jaci appoggiò la palla per terra e aspettò che l'arbitro tracciasse con la bomboletta i segni della distanza della barriera. La bomboletta era stata accolta senza particolare sorpresa dai ragazzi indiani, era soltanto una delle migliaia di stranezze alle quali venivano esposti quotidianamente: il più sorpreso e divertito da questa innovazione era stato Antônio.

Devil era già in piedi con le sue lunghe braccia allargate che biascicava la solita cantilena incomprensibile. Jaci e Yamandé erano poco distanti l'uno dall'altro, fissavano la palla concentratissimi.

«Tira quello stronzo di Paolorossi» disse Rominho.

«No,» rispose Marcelinho «tira chi ha messo giù la palla, Jaci. Ricordatevi la punizione contro il Camerun.»

Invece fu Yamandé a prendere la rincorsa e calciare. La palla venne colpita con una forza incredibile, sotto i riflettori viaggiò bianca e piatta senza nemmeno un accenno d'effetto verso le tribune alle spalle del portiere colombiano. Dopo una decina di metri la traiettoria inspiegabilmente si spezzò e la palla iniziò a cadere verso la porta. Il portiere, ormai in netto ritardo, partì verso la sua sinistra. Devil aveva già iniziato il suo «AAAAABWH! AAAAAAEEENGH!!» quando la palla non era ancora entrata in porta. Yamandé dopo il tiro si era voltato di spalle e camminava rientrando, le braccia al cielo, verso la sua porta senza nemmeno guardare l'esito della punizione. Antônio vedendo il comportamento di Yamandé, e conoscendo molto bene quel tiro, iniziò a esultare ancor prima del goal effettivo. Lo stesso Gonçalves alzò istintivamente le braccia al cielo in anticipo. Quando la rete si gonfiò i ragazzi nella clinica "Fisioterapia e Armonia" stavano già urlando di gioia fino a sgolarsi.

«QUEL RAGAZZO È UN GENIO!» continuava a ripetere Rominho «L'HO SEMPRE DETTO: PAOLOROSSI È UN GENIO!»

Devil si era di nuovo seduto a singhiozzare stringendo la sua maglia e così sarebbe rimasto fino alla fine, soffrendo per ogni azione. La Colombia si era buttata a capofitto in attacco e a dieci minuti dalla fine era riuscita anche ad accorciare le distanze su rigore: il giovanissimo Julio aveva segnato il goal dell'uno a due battendo Moacir con una perfetta esecuzione dal dischetto. Ma quello che tutto il mondo vide fu un'enorme cavalletta che si era posata sulla manica destra di Julio senza che lui se ne accorgesse e due giocatori del Brasile, Ubirajara e Itaúna, che la presero al volo e se la mangiarono lì davanti a tutti.

Le urla di disgusto che uscirono dalla stanza comune della clinica non si placarono fino a un minuto dal termine quando un nuovo e più strano grido «MBGHAAAAEEVVHHIVA!» uscì dalla bocca di Devil. Si girarono tutti a guardarlo con aria interrogativa mentre lui stava già pronunciando, roco ma comprensibile «EVVV...HI...EVVIVAH! Val...érioh! Possssoh parl...hare!»

Non riusciva ancora a essere del tutto sciolto, ma la temporanea paralisi sembrava svanita.

«Certo, che sfortuna,» concluse Rominho «uno riacquista la parola e il primo a cui si rivolge è Valério.»

5.12 Conferenze

Opispo guardò l'email di conferma quasi incredulo per avercela fatta: "Martedì 8 luglio alle 16.00; Estadio Mineirão, Avenida Antônio Abrahão Caram, 1001, Pampulha, Belo Horizonte, Minas Gerais." Dopo il passaggio agli ottavi di finale aveva deciso che aveva aspettato Pepè fin troppo a lungo e arrabattandosi un po' aveva trovato il modo per aggregarsi al carrozzone mediatico che circondava la nazionale brasiliana. I fondi a sua disposizione non erano molti (anche perché una parte di essi erano stati utilizzati in modo disinvolto), però tenere una conferenza stampa in un luogo che pullulava di giornalisti provenienti da tutto il mondo era un'occasione che non poteva perdere.

«José, sei un cretino.»

Dall'altra parte della linea telefonica Geovani Barreto, suo direttore, cercò di riportarlo alla ragione: «Un'ora prima del fischio iniziale della semifinale forse più importante della storia del Brasile alla tua conferenza stampa non ci sarà nessuno.»

«Geovani, amico mio, abbi fiducia in me, sai che di Opispo ci si può fidare ciecamente, no? Ti prego di fare come abbiamo detto. La conferenza stampa inizierà alle quattro e dieci, forse se ci saranno ritardatari alle quattro e un quarto. Tu per le quattro e venti pubblica sul sito web quegli stralci che ti ho mandato.»

«José, sei un cretino. Non ci saranno ritardatari perché non ci sarà nessuno.»

«Fai come ti ho detto, pubblica lo stralcio alle quattro e venti, d'accordo?»

Geovani aveva già chiuso la comunicazione. Se c'era una cosa che gli mancava con questi telefoni moderni era il gesto di abbassare violentemente la cornetta sul telefono. Ne sentiva quasi la mancanza fisica.

Opispo iniziò a pregustare la più grande vittoria professionale della sua carriera, fino a quel momento arida delle soddisfazioni che era certo di meritare. Aveva avuto un'idea fulminante, l'aveva perseguita con tenacia, aveva scritto un reportage degno delle migliori penne del paese, un grande scoop, qualcosa che avrebbe fatto saltare in aria la nazione intera e ora finalmente il momento del suo trionfo stava per arrivare.

Certo, era stato anche molto bravo a relegare in un angolo del suo cervello il fatto che lo scoop fosse un falso, la vocina che ogni tanto sentiva e che gli diceva "Falso! Falso!" era diventata ogni giorno più debole fino a essere sepolta sotto alle altre decine di voci molto più interessanti che popolavano la sua mente.

Quello che era rimasto era inconfutabile (quasi inconfutabile): la zona della foresta dalla quale proveniva la tribù indiana che era arrivata alla semifinale dei campionati del mondo non si trovava in Brasile ma in Guyana. Quasi inconfutabile: Opispo sapeva benissimo che non era vero – in effetti non aveva la più pallida idea di quale fosse il punto preciso da cui la tribù proveniva – ma contava sul fatto che la Foresta Amazzonica è grande, gigantesca, e nessuno si mette mai in testa di fare calcoli precisi sull'esatta localizzazione delle tribù, nessun brasiliano perlomeno. È impossibile determinare certe cose con precisione, si ripeteva spesso, è semplicemente impossibile.

Normalmente non vengono indette conferenze stampa a un'ora dall'inizio di una partita, men che meno di una partita così importante, ma lui aveva insistito così tanto con la responsabile dell'Ufficio Stampa della Nazionale – bella ragazza tra l'altro, aveva annotato con cura il suo numero di telefono – che lei, esausta, aveva fissato l'orario alle quattro.

«Alle quattro non verrà nessuno, senhor Opispo» gli aveva detto.

«Non vi preoccupate, non vi preoccupate signorina... Roxana avete detto, vero? Che bel nome cara, bello quasi quanto voi. Non preoccupatevi, vedrete quanto se ne parlerà di questa conferenza stampa, ohohohoh sì, quanto se ne parlerà.»

Partecipare al gran guazzabuglio mediatico significava anche avventurarsi in lunghissime trasferte; aspettare ore e ore che qualcuno della Delegazione comparisse a dire qualcosa, problema reso più snervante dal fatto che nessuno dei giocatori parlava portoghese per cui erano tutti virtualmente non intervistabili se non per tramite di quell'Antônio; sorbirsi conferenze stampa sugli argomenti più disparati tenute da persone alla disperata ricerca di una briciola di visibilità. Da queste conferenze stampa lui si era sempre tenuto puntigliosamente alla larga, ma quel giorno non gli importava: l'indomani alle quattro sarebbe stato il suo momento, quel giorno poteva anche sedersi in ultima fila e vedersi sfilare di fronte quei patetici personaggi.

La prima conferenza pomeridiana del 7 luglio era effettivamente piuttosto affollata, notò con acredine (o era invidia?) Opispo: una certa Isabel Barbosa – tutt'altro che una brutta donna, anche lei – annunciava la creazione di una Fondazione per la tutela di una parte di Foresta Amazzonica.

La particolarità curiosa che aveva spinto tanti giornalisti a partecipare era che i finanziamenti per la Fondazione provenivano direttamente dai premi dei giocatori. Opispo dovette ammettere che era una notizia che avrebbe potuto fare molto scalpore – gli indiani che si compravano un bel pezzo di foresta, nientedimeno – se non fosse stato certo che il suo annuncio del giorno dopo avrebbe offuscato tutto quanto.

Quella mattina Isabel aveva passato lunghi momenti a guardare dalla finestra della sua stanza d'albergo, in uno degli alti palazzi del centro di Belo Horizonte.

L'aria era pesante e umida e, uscita dalla doccia senza asciugarsi i capelli, dopo più di mezz'ora ancora li sentiva bagnati. Lo scroscio dell'interminabile doccia che Robert si stava facendo era il suo sottofondo sonoro mentre guardava le automobili imbottigliarsi nel traffico cittadino. Avevano lavorato fino a tardi per limare gli ultimi dettagli della presentazione, avevano discusso di calcio, avevano dormito insieme e ora lei non riusciva a staccare gli occhi da quella città.

«Questa Fondazione ti sta dando proprio alla testa, eh?» aveva chiesto lui uscendo dal bagno in una nuvola di vapore.

«È il Brasile che mi dà alla testa, è la mia gente, queste città, questi bambini, quell'immensa foresta che continuiamo a ignorare, l'incredibile squadra che ci ha portati in semifinale nella coppa del mondo...»

«E io?»

«Tu cosa?»

«Non ti do un po' alla testa?»

Isabel si era girata sorridendo: «No, tu no!» aveva risposto, facendo una linguaccia e dando inizio a una serie di schermaglie che li avevano fatti finire di nuovo nel letto.

Era stato solo a colazione che avevano ricominciato a parlare.

«Spero che questa conferenza stampa arrivi presto perché sento che non ti posso più aiutare oltre» aveva detto serissimo Robert.

«Cosa dici? Perché non mi puoi più aiutare?»

«Perché man mano che si avvicina la partita diventiamo sempre più nemici, io tedesco tu brasiliana, siamo nemici perfetti. Posso provarci ancora un po' ma già sento che la mia resistenza sta per cedere.»

«E cosa succederebbe se la tua resistenza cedesse?»

«Niente di particolare, tu diventi mia nemica e io inizio a odiarti.»

Isabel aveva squadrato per un momento Robert. Il suo accento tedesco non le consentiva di cogliere immediatamente un suo eventuale tono scherzoso: lui continuava a essere serissimo ma lei dopo qualche incertezza aveva stabilito che stava scherzando.

«Non sapevo che ti interessasse così tanto il calcio, fino all'altro giorno quasi non ne parlavi.»

«Certo che mi interessa il calcio, sono tedesco.»

«Certo che mi interessa il calcio…» aveva fatto eco lei cercando di scimmiottarne la parlata.

«Lo vedi? Siamo già più nemici di prima!» aveva risposto lui ridendo.

«Fammi chiamare Antônio, per lui partecipare alla conferenza non sarà facile.»

«Antônio, eh?»

«Lo so che sei terribilmente geloso di lui e ne hai tutte le ragioni: Antônio è brasiliano e quindi molto più bello di voi tedeschi che siete i nostri nemici, ha vissuto nella foresta in simbiosi con la natura più selvaggia e questa natura selvaggia brilla nei suoi occhi, tanto che da bruttino com'era quando lo conoscevo a Macapá è diventato perfino bello.»

«Bello, eh?»

«Anzi di più, bellissimo. Ed è protagonista dell'avvenimento più incredibile della storia del calcio, devo continuare?»

«Vedi che siamo sempre più nemici?»

La Sala Stampa dello stadio di Belo Horizonte era gremita di giornalisti. La scarsità di informazioni che uscivano dal ritiro della Nazionale li rendeva avidi di notizie e una conferenza stampa a cui partecipava Antônio – seppure a proposito di un argomento laterale come la tutela della foresta – poteva essere un'occasione per avere un po' di informazioni: di qualunque tipo, bastava ci fosse materiale per scrivere qualcosa.

Opispo seduto in fondo alla sala stava cercando di analizzare la prima immagine che era comparsa sul grande schermo. Era divisa in due parti: a sinistra la fotografia che ritraeva un gruppo di indios che giocavano a calcio in un vasto spiazzo di forma vagamente rettangolare privo di vegetazione, completamente circondato da alberi. Il mormorio nella sala stampa gli fece capire che uno dei ragazzi raffigurati, intento a battere un calcio di punizione, era Piata. A destra una mappa del nord del Brasile dove si vedeva

Macapá, l'ultima parte del corso del Rio delle Amazzoni, un grosso pallino azzurro che evidentemente localizzava a grandi linee la zona di foresta in cui era stata scattata la foto di sinistra e in alto, molto in alto, la linea rossa tratteggiata che rappresentava il confine con la Guyana Francese e il Suriname.

Ci mise un po' a capire cosa significasse tutto questo. Prima ci furono le fotografie a Isabel, Antônio e a un terzo tizio, il direttore di Rete Norte. Poi un piccolo problema tecnico con i microfoni prontamente risolto da un ragazzo molto solerte. Infine un breve intervento di Antônio che assicurava ai giornalisti presenti che gli ultimi cinque minuti sarebbero stati dedicati alle domande sulla squadra. Fu solo mentre Isabel si schiariva la voce per iniziare a parlare che Opispo, come in un lampo, comprese.

Dopo questa conferenza stampa nessuno avrebbe creduto a una parola del suo reportage. Chi meglio di Antônio poteva essere una voce autorevole per localizzare il villaggio in cui era vissuto?

D'altronde, si disse, con le tecnologie attuali è facilissimo calcolare certe cose con precisione. Facilissimo.

«Geovani?»

«José! Ciao, cosa succede?»

«Geovani, ciao, sai quella cosa dello stralcio del mio reportage?»

«Certo che lo so, ci siamo sentiti mezz'ora fa, che succede?»

«Ecco, Geovani. Sai, sono accaduti alcuni avvenimenti, roba grossa, molto grossa, non te la sto a raccontare al telefono… Sì insomma, ho subito pressioni da gente molto in alto…»

«Pressioni? Quali pressioni?»

«Beh, Geovani, mi conosci, sai che di certe cose delicate preferisco parlare di persona. Comunque, sì, ecco, sarebbe preferibile aspettare e non pubblicare subito quel pezzo.»

«Ma come! Era una roba esplosiva, lo scoop del millennio!»

«Sì, sì, è una roba esplosiva, sì, però insomma, sai, qui c'è gente molto in vista…»

«José mi vuoi dire cosa è successo?»

«Geovani, non pubblicarlo, ok?»

Quando Opispo chiuse la comunicazione era già in fondo alle scale d'uscita dello stadio. Andò in albergo a prenotare un volo di ritorno e a quell'articolo non pensò più. Si dimenticò anche di disdire la conferenza stampa del giorno dopo, alla quale comunque si presentò soltanto una persona.

Alle 16 e 20, dopo venti minuti passati a riflettere sull'ironia della sorte che in un solo mese lo aveva portato dal cercare un modo per impedire la convocazione degli indios all'esserne l'angelo custode ("tutto dipende" sentiva spesso ripetere ad Antônio, e aveva ragione), Thiago stabilì che la conferenza stampa era palesemente saltata, visto che nemmeno il relatore si era presentato e che la si poteva derubricare come falso allarme. Mentre si avviava a passo veloce verso gli spogliatoi, tirò fuori il telefonino: «Roxana? Sono Thiago. Grazie per avermi avvisato di quello strano tipo. Volevo solo dirti che poi alla conferenza non si è presentato nessuno. No, neanche lui. Boh, chi lo sa. Meglio così. Certo. Grazie ancora.»

5.13 Attesa

I consigli di Gonçalves erano stati molto utili, Antônio non fati-cava ad ammetterlo: la squadra aveva disputato contro la Colombia la sua miglior partita nonostante l'avversario fosse il più tosto incontrato fino a quel punto. Lungi dall'essere contento, però, Antônio contemplava le fosche nubi che si addensavano all'orizzonte.

Nel concitato finale della partita Piata aveva rimediato la sua seconda ammonizione del torneo, per la qual cosa sarebbe stato squalificato per la partita successiva. E anche Cauê era in forse, per via della brutta botta presa alla schiena negli ultimi minuti di gioco che lo aveva costretto a uscire in barella. Dover rinunciare a quelli che avevano appena individuato come perni della difesa e dell'attacco sarebbe stato un problema in qualunque caso, e la par-tita che li aspettava l'indomani non era certo un incontro qualsia-si: la Germania fino a quel momento era stata la squadra più con-vincente di tutto il mondiale.

Ma la nube più fosca di tutte, al cui confronto le altre erano lievi e paffute nuvolette bianche, era il fatto che si trattasse della semi-finale. Il tipo di partita che Antônio temeva di più, la sua partita maledetta. Forte del buon rendimento della squadra Antônio cer-cava di tenere sotto traccia l'ansia montante e di non trasmetterla ad altri, ma non era facile. Non era per niente facile.

Seduti nella saletta della TV in attesa di cenare, un gruppetto di ragazzi indulgeva in uno dei loro passatempi preferiti: cambiare canale con la velocità del lampo, alla ricerca di servizi che parlas-sero di loro o più in generale dei Mondiali.

«Torna indietro. Mi è sembrato di vedere una cosa.»

Tainì tornò al canale precedente, che stava trasmettendo un filmato d'epoca in bianco e nero.

«Che strano, questo canale *forse è rotto, non ha i colori.»*

«Anche la palla è strana, non è la stessa che usiamo noi. Vai avanti, dai.»

«Aspetta. Mi è sembrato che abbiano detto Moacir.»

«Ma no, che Moacir. Sarà una di quelle parole che hanno loro che sembrano le nostre ma poi vogliono dire tutt'altro.»

Fecero tutti silenzio. Per qualche secondo le loro orecchie registrarono solo l'ormai familiare ma ancora incomprensibile suono del portoghese, poi però si udì distintamente la parola "Moacir."

Qualche istante dopo sullo schermo apparve l'immagine di un bell'uomo con i baffi. Chi tra i ragazzi aveva ancora conservato memoria delle lezioni di scrittura di Antônio lesse sullo schermo: *«M O A C – c'è scritto Moacir! Ma quello non è mica Moacir!»*

Jerujeru corse a chiamare Antônio e Moacir e pian pianino, attirati dalla confusione, arrivarono anche quasi tutti gli altri. Antônio diede un'occhiata al televisore e capì al volo. Era un servizio sul Maracanaço, la partita finale dei Mondiali del 1950 che tutto il Brasile aveva già dato per vinta per poi ritrovarsi di fronte alla più grande disfatta della storia sportiva brasiliana.

«Ma è mai possibile,» disse Antônio tra sé e sé ma ad alta voce *«che il giorno prima della semifinale questi imbecilli mandino in onda una storia del genere?»*

«Che storia è?» chiese Moacir.

«Ma no, niente,» Antônio indugiò *«in realtà è una storia stupenda, nella sua tragicità. Forse la più grande storia di calcio di tutti i tempi, esclusa la vostra.»*

«E perché non ce l'hai mai raccontata?» lo pressò Yamandé.

«Non ve l'ho mai raccontata perché i protagonisti furono molti, e molte furono le colpe, ma il Brasile *poi scelse di scaricare tutto il peso sulle spalle di un uomo solo, il portiere. E lo sapete come si chiamava? Si chiamava anche lui Moacir. Era lui l'uomo che avete visto prima. Una volta anni fa, nella foresta, stavo per raccontarvela poi ho pensato al nostro Moacir e ho deciso di no.»*

Antônio tacque. I ragazzi lo fissavano pendendo dalle sue labbra. Per un momento tornò con la memoria agli anni passati, quando aveva da poco iniziato a parlare la *Lingua* in maniera decente, alla sensazione di liberazione che aveva provato, a quanto era stato importante per lui riuscire a raccontare le prime storie. Quasi senza accorgersene, riprese a parlare: «A *me questa storia la raccontò mio nonno. Quel giorno il nonno era al Maracanà come membro della banda incaricata di suonare l'inno…*»

Mezz'ora dopo Antônio, quasi contro la sua volontà, aveva finito di raccontare la sua storia. Si riscosse e pensò ma cosa sto dicendo? Perché diavolo gli ho raccontato questa storia? Sui volti dei ragazzi erano comparsi una serie di segnali preoccupanti e Antônio pensò bene di cercare di metterci una pezza.

«*Ma non fate quelle facce, su. Voi siete molto più forti del* Brasile *di allora e della* Germania *di oggi. Vincerete senza problemi.*»

Oddio, ma sono diventato matto? Cambia discorso Antônio, cambia discorso.

«*Non avete niente di cui preoccuparvi. La maledizione della semifinale è una cosa che riguarda solo me.*»

Niente, forse è meglio se taccio, pensò ancora Antônio, alzandosi e lasciando dietro di sé i suoi ragazzi esterrefatti.

I giorni dopo il quarto di finale con la Colombia erano passati lentissimi. Antônio stava ormai esaurendo ogni trucco per distrarsi, per non lasciarsi montare l'ansia e non farla salire ai suoi. La telefonata ai genitori non gli era stata d'aiuto, troppa confusione, raccomandazioni concitate e auguri balbettati. La telefonata a Teresa lo aveva un po' risollevato: come riusciva a farlo ridere lei, anche se involontariamente, non riusciva nessuno. E la sequela di scongiuri e l'elenco dei portafortuna che aveva schierato in loro favore l'avevano fatto sorridere ancora di più. Anche la telefonata con Isabel gli aveva fatto piacere, le notizie sul fronte della Fondazione erano molto buone, ma una cosa che lei gli aveva detto gli aveva messo una fastidiosa pulce nell'orecchio.

Poteva, Antônio, in tutta sincerità, dire di essere stato corretto con i suoi ragazzi? Sì, tutto sommato sì. Si era comportato come un padre premuroso con dei figli piccoli: aveva curato interessi che non sapevano di avere, e li aveva protetti da molte insidie non mettendoli a conoscenza della loro esistenza. Però lui non era davvero loro padre e tantomeno questi atleti di livello mondiale erano dei bambini piccoli. Sono uomini forti e coraggiosi. Meritano di sapere e di decidere per conto loro, pensò Antônio, non senza un pizzico di fatalismo indotto dalla crescente ansia da semifinale.

Dopo cena chiese il permesso a Gonçalves (Antônio era rimasto molto attento a salvare le apparenze) di portarli a fare una passeggiata per un rito indio che si era inventato qualche giorno addietro e che usava come scusa quando voleva restare da solo con loro.

«Vi ricordate che vi ho raccontato che il calcio non è fatto solo di squadre nazionali? Ci sono anche le squadre dei villaggi e quelle delle tribù. In queste possono giocare calciatori da tutto il mondo, anche se sono nati in un villaggio diverso, anche dall'altra parte del mondo.»

Un mormorio di conferma accolse le parole di Antônio.

«Le squadre più forti e più ricche danno molti soldi *ai giocatori più forti del mondo per convincerli a far parte della loro squadra.»*

Antônio tacque per qualche secondo perché non sapeva bene come girare il discorso, poi decise di essere diretto.

«Nei giorni scorsi ho saputo che alcune delle squadre più forti del mondo vorrebbero che giocaste con loro.»

Ci fu un breve attimo di silenzio, poi Piraí chiese: *«E chi di noi?»*

«Tutti.»

«Tutti?» si stupì Apererá *«Ma io non ho giocato nemmeno una volta, come fanno a sapere che sono un bravo giocatore?»*

«C'è più richiesta per chi ha giocato, è vero. Ma pensano che se siete nella stessa squadra di Yamandé, Cauê, Jaci, allora dovete essere bravi anche voi.»

«Ed è vero!» aggiunse ridendo Brejauva.

«*Peccato che dopo il mondiale dobbiamo tornare subito al villaggio,*» disse pensoso Tainì «*mi piacerebbe visitare un po' di altri posti. E poi giocare tutti assieme in una grande squadra sarebbe bello, no?*»

«*Non giochereste tutti assieme,*» spiegò Antônio, «*Ognuna di queste squadre ha già giocatori molto forti e cercano solo uno, due, massimo tre giocatori per completare la squadra, a seconda delle loro esigenze. Per esempio c'è una squadra molto forte in* Spagna *che sta cercando un portiere perché quello precedente ha smesso di giocare e sono molto interessati a Moacir.*»

«*Ma la* Spagna *è quella squadra scarsissima che è già stata eliminata, non ci possono essere squadre forti in* Spagna*!*» ribatté indignato Moacir.

«*E invece sembra strano ma è così, alcune delle squadre più f…*»

«*E io? Chi mi vuole in squadra?*» lo interruppe Jaci.

«*A te sono interessate due squadre dell'*Inghilterra*…*»

«*Ma abbiamo visto giocare anche quelli che si chiamano* Inghilterra *e anche loro sono scarsi! Antônio, ci stai prendendo in giro?*»

«*Lasciami finire. Due dell'*Inghilterra*, una dell'*Italia*…* »

«*Ci sta prendendo in giro*» dedusse Jaci tra le risate di scherno degli altri.

«*Una della* Germania *e due del* Brasile*.*»

«*Ah. Bene*» concluse Jaci, improvvisamente fiero.

Passò qualche secondo di silenzio e poi si sentì Piraí schiarirsi la gola.

«*Io non ci voglio tornare al villaggio. Come faccio per dire a una squadra che mi vuol dare* soldi *per giocare che sono d'accordo?*»

Piata fu il più lesto a rispondere: «*Ma cosa dici? Cosa vuol dire che non vuoi tornare al villaggio? Al villaggio c'è bisogno di tutti noi. Torneremo al villaggio, dopo averlo reso fiero con la nostra impresa.*»

«*Tornaci tu al villaggio. Tu ci stai bene e fai bene a tornarci, io sto meglio qui e resto qui.*»

Mentre Piata, tra lo stupito e il furente, stava cercando le parole giuste, fu Itaúna a intromettersi a sorpresa: «*Anche a me piacerebbe restare qua per un po'. Magari senza andare troppo lontano, ma giocare a* Macapá *o in quella bella* città *dove siamo stati a giocare, a* Manaus*, sarebbe bello.*»

«*Tu? Ma se è tutto il tempo che dici che qua fa schifo, se non volevi nemmeno venire a fare i mondiali.*»

«*Ho cambiato idea. Cambiare idea è furbo.*»

Nel giro di dieci minuti molti altri espressero a voce sempre più alta la propria preferenza, gli animi si scaldarono sempre di più, Piata e Itaúna vennero quasi alle mani e la squadra si divise nettamente in due.

Furono Moacir e Yamandé, tra i pochi rimasti in disparte, a riportare se non la serenità perlomeno il silenzio nel gruppo. Antônio, in piena crisi, se n'era andato via senza dire niente limitandosi a pensare, quasi sollevato: se non altro peggio di così non può andare.

5.14 Deliri

Ybyráatã, no! Non salire su quell'albero, no! No! Quello è l'albero maledetto, no! I caimani non mangiano le scimmie, i caimani non mangiano i bambini, no!

È domani, è domani, dobbiamo partire, correre, non importa quanto sia pericoloso, è domani. Dite al senhor Inácio di aspettarmi, che questa volta vengo anch'io in chiesa, Inácio, Inácio, aspettami Inácio, devo attraversare la foresta per venire a messa anch'io ma ce la posso fare, partirò presto la mattina, costruirò una zattera, però Ybyráatã promettimi che su quell'albero no, non ci salirai, ricordati, i caimani non mangiano le scimmie.

Devo insegnarvi a contare, perché non vi ho mai insegnato a contare? Devo insegnarvi a contare almeno fino a cento, forse fino a mille. Se vi avessi insegnato a contare fino a mille sapete che differenza? Sapete quante cose in più avremmo potuto fare? Mille giorni, mille anni, mille chilometri. Perché non vi ho mai insegnato a contare?

Facciamo così, domani scappiamo tutti, torniamo nella nostra foresta, torniamo da Ybyráatã, non fa niente la semifinale, non fa niente. Aspettiamo che sorga il sole e poi prendiamo una canoa, una jeep, qualcosa e ce ne torniamo tutti assieme ai nostri shabono, alla nostra vita, non fa niente la semifinale.

Julio, Julio!

Lo spirito di Velasco deve scendere su di noi, è l'unico modo. Julio, Julio, vieni in chiesa, fatti benedire anche tu, ma non mangiare l'ostrica! Non mangiare niente, l'ostrica, il granchio, niente, non mangiare perché sono velenosi, li hanno avvelenati apposta. Julio aiutami tu, Julio. Domani il mio sangue deve uscire dalle mie vene e al suo posto deve entrare ghiaccio, ghiaccio e veleno. Julio aiutami tu, il sangue deve uscire tutto.

Mister ti lascio la squadra, me ne sto andando da mia moglie, da mio figlio, ti lascio la squadra. Non fate l'arco troppo teso, non fate il gioco delle liane intrecciate, loro ci hanno studiati, ci conoscono, sono stati tutto questo tempo nascosti dietro agli alberi e non ce ne siamo accorti. Per questo il giaguaro ha smesso di venire, per cosa se no? Loro lo mandavano via per osservarci e studiarci. Adesso ci conoscono troppo bene, dobbiamo scappare, abbandonare il villaggio, trasferirci da un'altra parte.

Ma è troppo tardi, la semifinale è domani.

Coraggio ragazzi, datemi coraggio, io non ce la posso fare. Ho male a una caviglia, ho male a un piede, non posso correre, non posso giocare con voi, datemi coraggio. Senza di me non ce la potete fare, la fascia destra sarà completamente sguarnita, datemi coraggio che con questo piede non ce la posso fare. Chi giocherà a destra? Chi giocherà? Sarà sempre colpa mia, vero?

Lo sentite lo spirito del Maracanaço aleggiare su di noi? Non possiamo fare niente, non possiamo fuggire, lo spirito è potente e non c'è niente che lo fermi. Ragazzi scappate, è l'unico modo per salvarvi, scappate, lo fermerò io, mi metterò io davanti alle telecamere mentre voi tornate alla foresta, vi disperdete, fuggite.

Aiutatemi.

Non dovevate tenere così vicino il grande serpente nero, non dovete farvi ingannare dalla sua apparente tranquillità, nel momento in cui avrà fame non esiterà ad attaccare qualcuno di voi, dovete scacciarlo, rinchiuderlo. Non guardatelo negli occhi, quel giallo delle sue iridi è già velenoso, come sono velenose le sue fauci rosse. Io vi amo tutti, non vi rendete conto, dovete scacciarlo, non state così vicini, ecco che si muove, ecco che attacca, ECCO CHE ATTACCA ME!

TUM! TUM! TUM! «Almeida! Senhor Almeida!»

Sulle prime Antônio pensò che fosse il suo cuore a battere così forte.

TUM! TUM! TUM! «Almeida, siete qui? La squadra sta lasciando l'albergo per andare al centro tecnico…» TUM! TUM! TUM!

Però c'erano quelle parole.

TUM! TUM! TUM! «Senhor Almeida, so che siete ancora nella stanza, rispondetemi, vi prego.»

Non era il suo cuore, che pure batteva all'impazzata. Era qualcuno alla porta.

«Sì…» rispose Antônio con un filo di voce. Dove si trovava? Che giorno era?

«Oh, Almeida, grazie al cielo! Grazie al cielo! Vi sentite bene? Posso aiutarvi in qualche modo?»

«Sì, sto bene, sto bene» la voce faceva fatica a uscire. Era in un albergo. Ma dove? Quando?

«Oh che sollievo, Almeida, la squadra è già sul pullman, stanno partendo per il centro tecnico, mancate soltanto voi: sapete, con il fatto che c'è la semifinale e tutto forse dovreste raggiungerli al più presto…»

«La semifinale? LA SEMIFINALE!»

5.15 Fischio

Si sciolse dall'abbraccio di piume e lustrini: «Su, da brava Almeiridia, che Pepè tuo vuole vedere la partita. No, non così, ho i tuoi capelli davanti agli occhi, su, scollati di dosso farfallina mia che questa è una partita importante, se fai la brava bimba poi Pepè ti fa vedere quelle mutandine di pizzo viola che ti ha promesso, ma adesso lasciami vedere, che quello lì io lo conosco, gli ho salvato la vita a quello lì.»

La ragazza spalancò gli occhioni bistrati, impressionata: «Eh, se non era per me era bell'e morto, sì. Gli ho salvato la vita nella foresta, quella volta che ero scampato per un pelo al grande giaguaro bianco, te l'ho raccontato, no? Poi ho trovato questo qui che s'era perso, stava morendo di fame e sete ed era assalito da una torma di formichieri feroci, non fosse stato per me... Ma te lo racconto dopo, zuccherina, magari in camera tua così rifacciamo quel gioco dell'altra volta, adesso stai buona e zitta che sta per iniziare.»

«State zitti, che sta per iniziare!» Teresa si era messa gli orecchini azzurri a forma di conchiglia, che le avevano sempre portato buono e aveva disposto sopra il televisore un'intera schiera di immagini e statuette di santi e orixas. Aveva persino acceso un "Defumador chama fortuna" comprato per l'occasione che nonostante spandesse un vago odore di piedi le era stato raccomandato come il miglior talismano in commercio.

Aveva messo in fresco una intera cassetta di birra e due bottiglie nuove di rum e di pinga erano pronte sul tavolino accanto a una stecca di sigarette e a un vassoio di biscottini. Luiza elegantissima in rayon a strisce gialle e verdi era seduta tra João e Saverio che avevano pronto, nascosto in un cassetto, un intero assortimento di fuochi d'artificio comprati dal cinese all'angolo.

«Non li vedo ma il rumore che fanno mi piace tanto, prendi anche un po' di quelli che fischiano, mi raccomando,» aveva detto Saverio «ma non diciamo niente a Teresa, che lei ha tutte le sue scaramanzie e chissà mai che pensi che portino male, le facciamo una sorpresa.» La bandierona era già spiegata fuori dalla finestra, Teresa si era già rosicchiata tutta l'unghia fucsia del mignolo ancora prima del fischio d'inizio.

«Ma quando fischiano questo inizio? Diomio, sono tutta sudata dall'emozione... forse non dovevamo venire, Italo, forse dovevamo restare a casa e guardare anche questa partita in TV... io non so se riesco a guardarli dal vivo, mi emoziono troppo...»

«Ma via, Marcela, come potevamo non venire, è già tanto che io abbia resistito finora: a vedere le partite in TV stavo male... e poi vedrai come sarà contento Antônio quando saprà che siamo venuti, comunque vada avrà i suoi genitori accanto a lui!»

«Oh ma lui secondo me lo sa che siamo qui.»

«E come vuoi che faccia a saperlo? Non gliel'avrai mica detto, no? Deve essere una sorpresa!»

«No, no, figurati se gliel'ho detto! Ma secondo me lo sente, sente il cuore di mamma vicino vicino... guardalo – come funziona questo binocolo, non riesco mai a – ecco, ecco guardalo, mammamia che occhiaie che ha, povero bambino, dev'essere stato sveglio tutta notte... Ma quando cominciano, io un'ora e mezza così non la reggo mica!»

«Svegliati, dai!»

«Hmmm, mh... ma come, vuoi ricominciare? Non siamo mica più ragazzini, cos'è questa foga, Isabel la panterona?»

«Ahaha, ma no Robert, togli quel braccio, su, sta per iniziare la partita, dobbiamo vederla! E poi panterona... io mi sono sempre più vista come una gattina, romantica, tenera, allegra e un po' pazzerella...»

«Allora vorrà dire che il panterone lo faccio io, crande pante-rone tetesco che mancia in un bocone piccola polposa braziliana e tutti suoi amichetti...»

«Ahahah, no smettila, smettila! Voglio vedere!»

«Non c'è niente da vedere, non potete fare niente contro cran-de Cermania, ci fate solletico così, così e così... ahaha, tanto vinciamo noi!»

«Vinciamo noi, vero papà? Questa Germania è forte, devo dire che fa un po' paura.»

«Ma certo Manuelito, vince il Brasile, vince Antônio.»

Carlos alzò gli occhi al cielo: «Papà...! Ancora con questa storia che secondo te il vero allenatore di questa squadra è Antônio?»

«Non è una storia. Ti ripeto che lo conosco bene, molti degli schemi che usano sono uguali a quelli che avevamo inventato quando allenavamo il Macapá e per i quali tutti ci deridevano.»

Carlos e Manuelito si scambiarono un'occhiata e poi iniziarono a ridacchiare.

«Papà, dai! Il binario spaccato, hahaha, ma certo che vi deridevano, come si fa a star seri!» Manuelito attaccò a ridere così tanto che la coca cola gli risalì su per il naso e ne dovette sputare un po' sui pantaloni.

Eduardo sistemò meglio la nipotina Evita che gli si era addormentata in braccio e liquidò con un gesto della mano l'accondiscendenza con cui i figli ascoltavano i suoi racconti. Chissà se ha figli, Antônio, non mi sembrava tanto il tipo. Chissà se ha trovato qualcuno che ascolta volentieri i suoi racconti. E chissà se è riuscito a vincere il panico delle semifinali, è inquadrato un po' troppo da lontano ma lo conosco, conosco quella faccia: ci crede ancora, nella maledizione. Forza Antônio, tutta la famiglia Bezeiros è con te.

«Allora? È iniziata sta partita? Ci sono già stati gli inni?» si intromise sua moglie Rosa piazzandosi di fronte al televisore e facendolo tramontare dietro i suoi prosperosi fianchi.

«Mamma!» «Rosa! » urlarono insieme i tre Bezeiros maschi: «Shhhh! Spostati e facci sentire!»

«SHHHHH! La volete smettere con questo casino? Già tanto che vi faccio vedere la partita qui nel salone... Raimundo, togli i piedi dal tavolino, con quegli stivalacci. E tu, Ivàno, se quella bottiglia te la bevi tutta prima dell'inizio poi non distingui più nemmeno il televisore...»

«Senhor Inàcio, c'è il senhor Almundes al telefono, per la partita che...»

«Ma se la partita sta per iniziare! Cosa diavolo vuole?»

«No, non la partita di calcio, è per quella partita di coca che deve arrivare e...»

«Ma che, ma che! Digli che sono impegnato, che richiami! Questa gente, che pensa solo al lavoro! Non hanno patriottismo, non hanno poesia! Senti l'inno, mi commuove ancora di più da quando sono lontano dal mio Brasile... e poi quel ragazzo, l'allenatore, l'ho scoperto io.»

«Davvero, Senhor Inàcio?»

«Ma certo. L'ho tirato su io, è una mia creatura, gli ho messo io la palla in mano quando era ancora un ragazzino. Ho visto subito che aveva un avvenire, non mi sbaglio in queste cose, Inàcio con l'aiuto della Madonna non si sbaglia mai, vero ragazzi?»

«Aveva ragione il mio capo, aveva ragione il Senhor Inàcio: lui non si sbaglia sulle persone,» si pavoneggiava Gustavo nell'assoluta indifferenza dei presenti, i quarantadue carcerati che avevano il permesso di assistere alle partite nella sala TV, grigiastra di linoleum e luci al neon «non sbaglia mai. Guarda me. Sistemato questo inciampo tornerò al posto che merito, questione di tre anni, mica di più.

E guarda lui, l'Antônio. Il capo l'ha sempre detto che quel ragazzo era dotato, era come un figlio per lui. Io e lui, come figli. Siamo praticamente fratelli di latte io e Antônio. Praticamente sono fratello di latte della Nazionale di calcio, vedi tu.»

Al suo fianco Romualdo, pluriomicida che in carcere si stava laureando in botanica, sbadigliò rumorosamente: «Chiudi il becco, che inizia.»

«Ragazzi, venite, sta per iniziare!»

Marcos, Sebastião, Rui e una decina di altri ragazzini erano accalcati davanti alla vetrina del negozio di elettrodomestici della Rua Madeira, dove almeno cinque televisori accesi mostravano in tutti i formati il campo del Mineirão.

«Guarda, quello è Moacir!» «Beh, certo che è lui, è vestito da portiere!» «È lui, è lui, è anche il più alto! E quello è Jaci!» «Ahia, e non spingere!» «Io devo stare davanti! Sono il più piccolo, devo stare davanti! E poi Jaci ha messo il mio nome sulla maglia, mica il vostro.» «Seee, figurati, il tuo nome! Chissà chi è quel Marcos, magari è suo padre.» «Ma suo padre è un indio! Si chiamerà Ykaiturjurxãnutky o uno di quei nomi che hanno loro, ti dico che ha messo Marcos sulla maglia per me! È un mio amico!» «Ma va là, ranocchio pidocchioso, chi ti credi di essere!»

«Ma guardali quei crucchi che aria spaccona, chissà chi si credono di essere. »

«Beh, Rominho, forti sono forti, eccome. Che poi ti stiano sulle palle non è una novità.»

«Una novità sarebbe che qualcuno gli andasse a genio, Valério.»

«Chissenefrega delle simpatie, il problema è che Cauê è in panchina, guardate! »

«Occazzo. Non ci voleva! »

«No che non ci voleva. Quel Tainì al posto di Piata, anche, boh. Dio come vorrei essere lì» Fabbri aveva le gambe ingessate che erano tutte un fremito. Valério si tamburellava sulle ginocchia, Devil faceva senza accorgersene gli esercizi di respirazione che era abituato a fare prima di scendere in campo, Carlos non riusciva a tenere fermi i piedi. Nella bianca stanza della clinica si respirava un odore di adrenalina tanto intenso che l'infermiera aveva quasi avuto un capogiro.

«Non so voi, ragazzi, ma io è come se stessi lì, sento persino l'odore dell'erba…»

«Quello è il deodorante di Devil. Ma anch'io mi sento come se stessi per giocare, vibro tutto.»

«Concentriamoci, magari gli arriva anche la nostra energia, bendata e steccata ma sempre energia è. Forza Brasile, dai.»

Supplizio era concentratissimo. Era la prima volta in assoluto che gli veniva concesso di entrare nella sala della pousada e cercava di essere estremamente beneducato. Gambone gli teneva una mano sulla testa, a ogni buon conto, e si sventolava con il cappello da capitano.

«Fa caldo, Gesita. Dovevo comprarmi un televisore per la barca. Di quelli piatti, bellissimo, ne compro uno domani. Almeno me lo guardo al fresco.»

«Eh, magari quest'altr'anno mettiamo l'aria condizionata, vedremo. Ma io sono sudata dall'emozione, ecco. Pensare che sono stata la prima a conoscerli, e adesso li guarda tutto il mondo. Li ho rivestiti io, li ho rivestiti.» Si asciugò gli occhi: «Facciamoci una cervezinha, via, se no mi commuovo. Armandinho, ne volete una anche voi?»

Armando fece sì con la testa, senza staccare gli occhi dallo schermo. Era accaldato anche lui, ma non aveva nessuna intenzione di togliersi la cravatta che aveva messo per l'occasione, nera e con una macchiolina d'unto che risaliva al suo matrimonio cinque decenni prima.

L'arbitro andò a centro campo. Ammutolì Pepè, con una paillette purpurea incastrata nella barba ruvida del mento. Si rosicchiò l'unghia dell'anulare Teresa, si fece il segno della croce Luiza, incrociò le dita Saverio. Trattenne il fiato Italo, mentre Marcela si mordeva il labbro sventolandosi furiosamente con il ventaglio finto giapponese. Si tirò il lenzuolo fino al mento Isabel, fissando lo schermo da sopra la spalla di Robert che cantava Deutschland Über Alles e rimase immobile Eduardo, con un rivolo di saliva della neonata che gli colava lungo il collo. Si asciugò il sudore Inàcio, accendendosi di nuovo il sigaro che era già acceso, ruttò Gustavo, si azzittirono i bambini mentre Marcos si infilava l'indice nel naso. Si fece silenzio nell'affollata stanza bianca, Gambone sputò per terra, Supplizio ringhiò. E l'arbitro fischiò l'inizio.

5.16 Tamburi

Era un crepuscolo luminoso e terso, una luna grandissima si era appena affacciata sopra i rami più alti degli alberi quando Kirimà iniziò a raccontare. Poteva sbagliarsi su molte cose, ma sapeva quando la tribù aveva bisogno di sentirsi raccontare una storia. I ragazzi, quasi tutti i loro giovani maschi, così lontani, così irraggiungibili, che correvano chissà quali pericoli in posti che nessuno nel villaggio riusciva nemmeno a immaginare: non c'era adulto che non fosse in ansia per il figlio o il nipote, non c'era ragazza che non pensasse a un innamorato o a un fratello, non c'era uno tra i pochi ragazzi rimasti che non si chiedesse in ogni momento dove fossero e cosa stessero facendo gli amici con cui era cresciuto. Il non sapere nulla, ancora più della loro mancanza, pesava sulle menti di tutti. Sì, il villaggio aveva bisogno di sentire raccontare una storia.

Kirimà guardò il cielo e gli alberi, si sforzò di immaginare quel posto lontano e si chiese se la luna che da laggiù si vedeva fosse la stessa. Poi iniziò il suo racconto.

«Lontano lontano, dove il fiume diventa largo e ancora più largo, c'è un grande villaggio in mezzo alle palme, e in quel villaggio c'è una grande radura, ma grande davvero, vi ricordate delle radure nei racconti di Antônio?»

Un mormorio di assenso percorse la tribù, certo che si ricordavano dei racconti di Antônio.

«Ecco, questa è ancora più grande, grande come dieci delle nostre radure. I nostri ragazzi sono sul bordo di quella radura, proprio adesso: sono dipinti dei colori della sfida e ascoltano i tamburi che suonano fortissimo per incitarli a correre e a vincere. Sono arrivate tribù da tutti i villaggi per vederli gioca-

re, da tutti i villaggi del mondo, e ci sono venti volte venti volte venti persone tutte ad aspettare che il gioco inizi. Hanno acceso una moltitudine di fuochi, tutto intorno, e la radura è illuminata come se fosse giorno. Tutti cantano e danzano, e battono pietre e bastoni: è una grande serata, è il gioco più importante di tutti quello che inizierà tra poco e gli avversari hanno pitture rosse come il sangue, sono molti e molto cattivi.»

I bimbi più piccoli si strinsero ai genitori, tutti quegli avversari dipinti di rosso e così cattivi li impressionavano un po'. Non credevano affatto alla descrizione di Kirimà, figuriamoci se esiste una radura tanto grande, illuminata come di giorno poi, figuriamoci se ci sono così tante persone, quante ha detto, venti volte venti volte…non possono essercene tante al mondo. Però è una bella storia, pensarono e, come tutti, si sedettero più comodi per ascoltare meglio.

Kirimà descrisse ognuno dei ragazzi, i disegni che ciascuno aveva sul volto e sul corpo, enumerò gli ornamenti e parlò dei loro visi concentrati, da grandi guerrieri. Tamburellando con due bastoncini su un tronco cavo per darsi il ritmo descrisse l'acconciatura di piume di Antônio, seconda per imponenza solo a quella del grande sciamano che avrebbe dato inizio alla gara. Fece sentire loro i versi delle rane nel fiume e delle scimmie sugli alberi che circondavano la radura spiegando che sembrava cantassero sul ritmo dei tamburi, tracciò puntando il dito sul cielo le rotte di dieci volte dieci grandi uccelli lucenti, quelli di cui Antônio aveva parlato così spesso, disse che gli uccelli lucenti in quel grande villaggio sono numerosi come pappagalli, e vanno e tornano dalla luna dove hanno i loro nidi splendenti.

Guardò intorno a sé, i visi su cui si muovevano le ombre del fuoco erano tutti rivolti a lui, guardò i bambini a bocca aperta e quelli che si succhiavano un dito, vide gli occhi scintillanti del riflesso di fiamme di tutti gli adulti, che trattenevano il fiato fissandolo: non aveva mai, mai avuto così tanta attenzione. Sarà la storia più bella di tutte, decise, racconterò la storia più bella che abbia mai raccontato.

«Tutti cantano il canto della sfida, venti volte venti volte venti voci si alzano e fanno vibrare la terra, scuotono le foglie sugli alberi mentre le scintille di tutti i fuochi volano nel cielo come sciami di lucciole pazze. Allora lo sciamano degli uomini gialli lancia il grido dell'inizio e butta in mezzo alla radura la palla. È Yamandé a colpirla per primo, il suo calcio è fortissimo e compie un arco perfetto come un arcobaleno: gli avversari capiscono quanto i nostri ragazzi sono potenti e sono atterriti.»

I bambini si diedero di gomito, tutti contenti.

«Ma gli uomini rossi sono forti e molto crudeli, non permettono ai nostri ragazzi di correre, li accerchiano da ogni lato. Sono veloci e malvagi, e infidi come ragni, non appena gli sono vicini colpiscono i ragazzi con gomiti e calci.»

Un brusio di sdegno si levò dagli ascoltatori, una bimba mormorando *«Maaaaiaaaa!»* nascose la faccia tra le ginocchia della mamma.

«Uno uomo grande e grosso, con una piuma di corvo infilata dietro un orecchio, colpisce a una gamba Jaci, che cade per terra.»

La tribù rumoreggiò per l'affronto, ma Kirimà aveva già ripreso a parlare: *«Jaci è molto coraggioso e si rialza subito, ma gli avversari approfittano nel vedere i nostri confusi, guizzano come serpenti velenosi e uno di loro, dopo aver urtato Itaúna da dietro fino a farlo quasi cadere, tira la palla e la manda a colpire l'albero sacro, troppo in alto per il salto disperato di Moacir.»*

«No... Nooo...» Una voce sola, lo sconforto di tutti.

«I nostri si guardano, vorrebbero reagire ma viene lanciata su di loro da uno stregone invisibile una potentissima magia, le gambe gli si fanno molli, sembra che non vedano più dove mettono i piedi, sono incerti, inebetiti dall'incantesimo. Ed ecco che un altro uomo rosso si mette a correre, supera Ubirajara e Piraí che hanno gli occhi come persi nel vuoto, calcia la palla che con ali di magia supera Moacir e colpisce di nuovo l'albero sacro.»

«NO!!!»

«Jaci zoppica, non sa cosa fare, gli altri sembra non sappiano più dove andare, sembra che i loro occhi non vedano più la palla, Yamandé e Moacir cercano di scuotersi ma non ce la fanno, sono tutti preda del sortilegio.»

Il ritmo dei bastoncini di Kirimà era aumentato, gli occhi erano tutti sgranati, Itátakúara scalpitava agitatissimo, seduto sul tronco: che stupido che sono stato, nemmeno un incantesimo gli ho insegnato prima che partissero, come si fa, come si fa a mandare la gente in un'avventura così pericolosa senza conoscere neanche una magia, come si fa.

«E due uomini con collane di denti di puma circondano Ubiratan, lo colpiscono forte al ginocchio, ecco che cade, non riesce a rialzarsi. Lo portano fuori dalla radura, non potrà più giocare stasera. Entra al suo posto Jerujeru ma il sortilegio è anche su di lui, inciampa su gambe che non sembrano sue, lascia passare un piccolo uomo rosso molto brutto e cattivo che in un momento è già davanti agli alberi sacri, guarda Moacir fisso negli occhi e lo manda a buttarsi dalla parte sbagliata mentre lui calcia e FA UN ALTRO PUNTO!»

«NOOOO! NOOOOOO!!!»

L'urlo della tribù rombò così forte che i tucani sugli alberi svegliati dal sonno volarono via con un gran sbattere d'ali. Le donne si morsero le labbra, molti bambini piangevano. La madre di Ubiratan si strinse alla donna accanto a lei, spaventata dall'infortunio ma quasi sollevata che suo figlio non fosse più costretto a giocare, a misurarsi contro quelle belve sleali.

«I nostri ragazzi sono come stupefatti, non sanno reagire, e il tempo passa: quando la stella dell'occhio dell'anaconda avrà raggiunto la luna la partita sarà finita, non manca molto. E gli uomini rossi segnano altri punti, per contarli tutti ci vuole una mano intera e due dita dell'altra. Sentono già la vittoria sulla pelle, ridono di noi e della nostra impotenza, hanno occhi rotondi e violenti.»

Gli uomini, nervosissimi, carezzavano i coltelli che avevano al fianco, Itátakúara si mordeva le nocche, nessuno osava emettere un fiato. Kirimà tutto sudato dalla tensione accelerò ancora il ritmo dei legnetti, ora era il battito di un cuore impazzito.

«Sembra tutto finito, gli avversari gridano lanciandosi sulla palla, sanno che potranno fare molti punti ancora. Quando ecco che a un tratto...»

Quando ecco che a un tratto Yamandé si porta sulla palla e urla: «YANIAHÃÃ TELÈÈÈH HOICÃIIII!!!»

È un urlo possente, riesce a bucare anche il brusio degli 80.000 spettatori del Mineirão che ammutoliscono per sentirlo meglio. E di nuovo Yamandé, guardando i compagni, per essere sicuro di essere stato capito: «Yaniahãã telèèèh hoicãiiii!»

Negli spogliatoi, poco prima, c'era stato silenzio. I ragazzi tacevano. Il Mister non aveva voglia di parlare, non ne poteva più di tutta questa pantomima e non gli importava nemmeno più di salvare le apparenze. Si era sorpreso a pensare che non vedeva l'ora che fosse finita, comunque andasse.

Ma Antônio sembrava – era – paralizzato dal panico. Continuava a mormorare: la semifinale, di tutte le cose che potevo trasmettergli gli ho trasmesso la mia paura delle semifinali, e allora il Mister parlò, non fosse altro che per zittirlo.

«La situazione è dura. Ma stiamo perdendo tre a zero, non sette o dieci. Tre goal sono recuperabili. So che Antônio vi ha raccontato molte storie di calcio, non so se vi ha raccontato quelle delle rimonte dallo zero a tre. Poche, ma ce ne sono state. C'è persino stata una semifinale dei Mondiali in cui proprio la Germania ha perso quattro a tre. Fare quattro goal sparsi qua e là o farli tutti di fila non fa tutta questa differenza. Adesso avete paura. Ma quando farete il primo goal e poi il secondo… e badate bene, non "se": quando. Quando farete il primo e il secondo goal, starete ancora perdendo ma la paura sarà passata nei loro occhi, non più nei vostri. Come fare? Dovete saperlo voi. Più siamo andati avanti coi Mondiali e più avete preso a giocare come gli altri. Anche per colpa mia. Ma voi non siete gli altri. Siete voi. Smettetela di scimmiottare gli altri e giocate come sapete. E tornate a essere una squadra, perdio! Fino all'altro giorno eravate la squadra più unita che io avessi mai visto, oggi sembra che non riusciate nemmeno a guardarvi negli occhi. Ripigliatevi, diosantissimo. E smettetela di rompere le palle alla panchina! Avete capito?»

Per un attimo c'era stato silenzio assoluto.

Molti sguardi si erano spostati da un volto all'altro. Poi Gonçalves aveva piegato ancora di più verso il basso gli angoli della bocca, si era girato verso Antônio scuotendo la testa e aveva detto, un po' a lui ma soprattutto a sé stesso: «Ma no. Certo che non hanno capito. Che situazione del cazzo.»

Mentre Gonçalves si sedeva, Thiago lo aveva rincuorato «Bel discorso, mister.»

«Ma vaffanculo!» gli aveva risposto quell'altro. Antônio gli aveva dato un'occhiata, aveva annuito e poi aveva parlato a sua volta.

«Che gli hai detto?» gli aveva chiesto il Mister.

«Ho tradotto quello che gli avete detto voi.»

«No, sul serio.»

«Sul serio. Era un bel discorso.»

Il Mister aveva guardato Antônio con aria interrogativa, aveva scosso la testa e aveva guardato Cauê: «Ragazzino! Te la senti di entrare?»

Poi era uscito dagli spogliatoi e si era diretto in panchina, seguito da Antônio. Mentre Cauê si preparava, i giocatori erano rimasti negli spogliatoi a confabulare per qualche secondo e poi erano rientrati in campo.

«YANIAHÃÃ TELÈÈÈH HOICÃIIII!!!»

«Che ha detto?» chiede il Mister curioso.
«Facciamo la mossa del tapiro.»
«E cos'è?»
«Mai sentita prima» risponde Antônio sorridendo.

Il secondo tempo è iniziato da pochissimo e la Germania ha appena fatto un fallo in attacco. Prima che Yamandé batta, nove giocatori del Brasile si portano in avanti all'unisono e si dispongono lungo la linea di metà campo. Un nuovo schema! Mormorano gli spettatori eccitati. Finalmente! Lo sapevo che non potevano mollare il colpo così! Lo dicono anche i più scettici, quelli che fino a un minuto prima stavano pensando di andar via, quelli che iniziavano a rimpiangere il Brasile tradizionale.

I tedeschi si aspettavano qualcosa, ma questo li spiazza. Lasciare così sguarnita la difesa è una follia, forse è una qualche tattica, ma sembra più che altro la mossa della disperazione. Nel dubbio, i giocatori rossi e neri non sanno bene che fare, si limitano a marcare stretto ciascun avversario in attesa degli sviluppi della situazione.

«Lo sapete come si caccia un tapiro?» chiede Antônio al Mister.
«Mi stai prendendo per il culo?»
Yamandé calcia. È un calcio lungo e teso verso Jaci. Mentre Jaci salta come per colpire, manca la palla volontariamente e questa arriva sul piede di Cauê, proprio sulla riga di metà campo.
«C'è una liana al cui interno anziché esserci acqua c'è una sostanza vischiosa e puzzolente, l'odore ricorda quello del cocco ma più rancido.»
Cauê colpisce la palla al volo anticipando per un istante Alherman, dal quale riceve un duro colpo. Resta a terra, ma la palla è indirizzata correttamente verso Ubiratan, il quale al volo la gira per Jerujeru che sta già scattando verso la porta.
«Bisogna prendere questa sostanza e spalmarsela per bene sul

sedere e davanti sulle pelvi, non bisogna trascurare nessun buco o fessura.»

Ma il passaggio è un pelo troppo corto, Kuntz ha intuito tutto e lo intercetta. La palla è alla Germania e il Brasile è scoperto che più scoperto non si può.

«Perché il problema con il tapiro è che non è difficile da cacciare ma è pieno di zecche, che si chiamano proprio zecche del tapiro.»

L'occasione per il contropiede è ghiottissima e chi non la coglierebbe? La palla vola da un piede all'altro dei giocatori in maglia rossa che avanzano rapidi verso la porta del Brasile. Sono in quattro contro Yamandé: tutto il Brasile corre velocissimo indietro in suo aiuto, il vantaggio dei tedeschi è poco ma può bastare.

«E queste zecche, che sono terribili, si sono adattate a risalire sulle zampe o sulle gambe e a insinuarsi nelle pelvi, questo perché il tapiro si gratta contro le cortecce degli alberi ma ovviamente non si gratta proprio in quel punto lì.»

Yamandé tiene bene la posizione, temporeggia quanto basta per rendere temibile il recupero di Itaúna e mettere pressione sugli avversari: Bauer sceglie di bruciare i tempi ed esplode un sinistro potente pochi passi fuori dall'area. È un istante e poi Moacir si tuffa. La direzione è quella giusta e l'agilità quella che tutti hanno imparato ad ammirare in queste settimane. Forse ci arriva.

È una questione di prospettiva, pensa Antônio fotografando quell'istante. Tutto dipende. Poi a un certo punto la palla finisce fuori, o sul palo, o in rete, o sulle dita del portiere e non dipende più.

Moacir arpiona la palla con la mano destra. Cade. Il tempo di rialzarsi e senza nemmeno guardare rilancia la palla piazzandola diretta sui piedi di Yamandé.

«È questo il punto del tapiro: lo vedi, sembra un animale indifeso, vinto in partenza. Penseresti che batterlo sia un gioco da ragazzi, ma se non stai attento anche ai minimi particolari sarà lui a battere te.»

Yamandé lancia lungo. In quel punto c'è solo Cauê, che fino a un secondo prima era ancora a terra, ma ora si rialza con l'agilità di un giaguaro e aggancia la palla con uno stop perfetto. Era una finta? È risorto motivato dall'occasione d'oro? Non si sa e in quel momento non importa a nessuno. Cauê corre fulmineo verso la porta tedesca, è completamente solo, davanti a lui solo il portiere. Il Mineirão ribolle di rinnovata speranza come se ci fossero cinquecentomila spettatori, stanno già urlando così tanto che viene da chiedersi cosa succederà se dovesse segnare. Lo si scopre qualche secondo dopo: Krugenstein esce alla disperata, ma Cauê con una finta lo mette a sedere e insacca a porta vuota.

Antônio è felice, la partita è riaperta, la maledizione della semifinale è spezzata ma soprattutto il suo destino di allenatore è arrivato a compimento: la mossa del tapiro ha funzionato e lui è diventato inutile, come aveva sempre predicato.

Kirimà si asciuga la fronte. Il punto è segnato e altri ne seguiranno: tutto il villaggio ora ride, piange e canta. Una bella storia finisce bene, lui lo sa.

Lo sa anche Antônio, mentre ride sul fischio finale nel fragore dello stadio che esulta.

Indice

zero	7
Capitolo 1	9
1.0	11
1.1 Radio	12
1.2 Scuola	17
1.3 Stadio	21
1.4 Macapá	24
1.5 Isabel	28
1.6 Minimatch	32
1.7 Teresa	36
1.8 Inácio	41
1.9 Interrogazione	45
1.10 Millennium bug	49
1.11 Macapá Futebol Clube	53
1.12 Semifinale	59
1.13 Fine delle trasmissioni	65
1.14 Finale di partita	72
1.15 Rio	78
1.16 Partenze	81
Capitolo 2	87
2.1 Acqua	89
2.2 Frastuono	97
2.3 Foresta	101
2.4 Incontro	103
2.5 Contatto	108
2.6 Villaggio	112
2.7 Esplorazione	115
2.8 Lingua	118
2.9 Tentativi	124
2.10 Formica-Giaguaro	128
2.11 Tempo	131
2.12 Presagi	136
2.13 Figure	140
2.14 Ipê	144
2.15 Donne	147
2.16 JanaÌna	151
2.17 Parole	156

2.18 Lontano   159
2.19 Mondiali   162
2.20 Cenere   166
2.21 Felicità   170
2.22 Racconti   174
2.23 Rivelazioni   177
2.24 Saudade   180
2.25 Adulti   184
2.26 Iniziazione   187
2.27 Presagi   193
2.28 Nascita   197
2.29 Urla   201
2.30 Addio   202
2.31 Saluti   207
Capitolo 3   211
3.1 Partenza   213
3.2 Zattera   216
3.3 Salto   222
3.4 Sguardi   224
3.5 Gesita   228
3.6 Quattordici anni   232
3.7 Sveglia   234
3.8 Nuove parole   236
3.9 Lacrime   239
3.10 Casa   243
3.11 TV   247
3.12 Zerão   250
3.13 Visione di gioco   259
3.14 Notizie   263
3.15 Sorprese   267
3.16 Gazeta   270
3.17 Lezioni   275
3.18 Redazione   280
3.19 Strade   283
3.20 Radio   286
3.21 Individualità   290
3.22 Proposta   296
3.23 Finanza   300
3.24 Contratto   304
3.25 Manichino   308
3.26 Amici   314

3.27 Foresta 319
3.28 Passaparola 322
3.29 Tournée 328
3.30 Manaus 332
3.31 Accordi 339
3.32 Ritorni 345
3.33 Urla 349
Capitolo 4 351
4.1 Detto questo 353
4.2 Like 355
4.3 Convocazione 362
4.4 Thiago 365
4.5 Diretta 367
4.6 Burocrazia 378
4.7 Fotoreporter 381
4.8 Gambone 384
4.9 Piraí 389
4.10 Brividi 394
4.11 Sorpresa! 397
4.12 Unghie 401
4.13 Monte Dourado 407
4.14 Calma 412
4.15 Grande uccello luminoso 414
4.16 Storia 420
Capitolo 5 425
5.1 Regole 427
5.2 Fiducia 431
5.3 Paolorossi 436
5.4 Barriere 439
5.5 Opispo 449
5.6 Battigia 453
5.7 Interprete 459
5.8 Sudore 463
5.9 Sigarette 466
5.10 Consigli 470
5.11 Valério 473
5.12 Conferenze 480
5.13 Attesa 487
5.14 Deliri 493
5.15 Fischio 496
5.16 Tamburi 502

Contatti

Se volete saperne di più su alcuni fatti e costumi accennati qua e là nel corso del racconto, collegatevi a
http://lamossadeltapiro.wordpress.com

Potete anche trovarci su:
Facebook: www.facebook.com/lamossadeltapiro
Twitter: twitter.com/MossaDelTapiro

Per contattare gli autori: lamossadeltapiro@gmail.com

Ringraziamo per l'immagine di copertina Paul B. Jones (Ottawa, Canada)
https://www.flickr.com/photos/paulbjones/

Degli stessi autori:

Ingegneri, però simpatici, *Leonardo Poggi, Sonda Editore;*
Da bambino ero sovietico, *Leonardo Poggi;*

Doppler, *Miki Fossati, Blonk Editore;*